Volker Klüpfel / Michael Kobr
Die Unverbesserlichen
Der große Coup des Monsieur Lipaire

Volker Klüpfel / Michael Kobr

DIE UNVERBESSERLICHEN

Der große Coup des Monsieur Lipaire

Ullstein

Wir verpflichten uns zu Nachhaltigkeit
- Klimaneutrales Produkt
- Papiere aus nachhaltiger Waldwirtschaft und anderen kontrollierten Quellen
- ullstein.de/nachhaltigkeit

ISBN 978-3-550-20144-8

1. Auflage 2022
© 2022 by Ullstein Buchverlage GmbH, Berlin
Alle Rechte vorbehalten
Gesetzt aus der Quadraat
Satz: Pinkuin Satz und Datentechnik, Berlin
Druck und Bindearbeiten: CPI books GmbH, Leck

#1: Guillaume Lipaire

Wasser. Nichts als Wasser! Trotz der vielen Jahre, die Guillaume Lipaire bereits hier in Port Grimaud verbracht hatte, versetzte ihn der Anblick noch immer in Staunen. Während er mit seinem Morgenzigarillo im *Café Fringale* saß und es genoss, dass er zu dieser frühen Stunde schon kurze Hosen und Poloshirt tragen konnte, glitt sein Blick wie von selbst immer wieder auf die Wellen, die die Kaimauern umspielten. Wo hätte er auch sonst hinschauen sollen? Schließlich war das ganze Städtchen so gebaut, dass man, egal, wo man sich befand, vor allem eins sehen konnte: Wasser. Selbst wenn man etwas abseits vom Zentrum wohnte, hatte man aus jedem Reihenhäuschen, jedem Appartement einen unverbaubaren Blick darauf. Wenn nicht auf die Kanäle, dann auf den Sandstrand, das glamouröse Saint-Tropez am schräg gegenüberliegenden Ufer und das fast immer azurblaue Meer. Port Grimaud kam Guillaume Lipaire manchmal weniger wie eine Stadt vor, die man ins Wasser gebaut hatte, sondern eher wie Wasser, in das ein bisschen Stadt gestreut worden war.

Aber genau das war es, was die Leute im Sommer in Scharen anlockte und dafür sorgte, dass es selbst im Winter niemals so leer war wie in anderen Ferienorten am Mittelmeer: ein Flair, das es eben nur hier gab. Wo die Masten der großen Jachten die bunten Häuschen oft um mehrere Meter überragten und sich die Segel auf der Oberfläche der Kanäle spiegelten. Und das alles im sanften, tröstlichen Licht der Côte d'Azur. Dieses besondere Flair war auch der Grund, weshalb er einst hier gestrandet war.

Gestrandet – wie passend das Wort doch war. Dieses Blau ... der strahlende Himmel ... das sanft plätschernde ...

»... Wasser, Ihr Croissant und natürlich der Kaffee, Monsieur.«

Lipaire drückte seinen Zigarillo aus und blickte auf das Tablett, das der *garçon* auf dem Tischchen vor ihm abstellte. Ein buttrig glänzendes Hörnchen, das obligatorische Glas Leitungswasser und eine henkellose Tasse voll mit bronzefarbenem Kaffee. Kein Cappuccino, wie ihn die ganze Welt trank. Nein, hier wurde *café au lait* serviert. Was für Lipaire jedoch auch nichts anderes war als zu wenig Kaffee mit zu viel Milch. Er hatte andere Vorlieben.

»Michel, hast du dich da nicht vertan?«

Der Ober sah ihn fragend an, folgte dann seinem Blick und schlug sich mit der Hand gegen die Stirn. »*Pardon*, Monsieur Lipaire, ich weiß auch nicht, was heute mit mir los ist.« Er griff sich das Tablett und flüsterte: »Das ist für die beiden dort.« Dabei deutete er mit dem Kopf auf ein Pärchen am Nebentisch und rollte mit den Augen. Guillaume Lipaire betrachtete ihre Aufmachung: Trekkingsandalen, eine lederne Gürteltasche und grelle Funktionshemden.

Er zuckte mit den Achseln und blickte wieder auf den Kanal, wo Karim, der Wassertaxifahrer, gerade zu seiner ersten Tour aufbrach. Er hatte nur wenige Fahrgäste in seinem Elektroboot und winkte Lipaire fröhlich zu. Das idyllische Bild wurde jedoch gestört vom schrillen Piepsen des Müllwagens, der rückwärts die schmale Brücke zur kleinen Insel im Kanal passierte.

»Geht das nicht ein bisschen schneller, *putain*!«, schimpfte ein Mann, dem es nicht gelang, an dem Fahrzeug vorbeizukommen.

»Guten Morgen, *Abbé*!«, rief Lipaire und spielte mit einem der Zuckertütchen, die auf dem Tisch herumstanden. Der Pfarrer des Ortes war ein recht spezielles Exemplar seiner Zunft, doch wer ihn kannte, wusste seine Diskretion und Hilfsbereitschaft in allen Lebenslagen zu schätzen. »Haben Sie es eilig?«

»*Bonjour, Guillaume!*«, schrie der Priester zu ihm herüber. »Und wie. Ich habe einen Termin beim Bischof, und ausgerechnet heute hat der Wecker gestreikt. Wir haben … ich habe heillos verschlafen.«

»Jetzt aber: wie immer.« Michel, der Kellner, stellte Lipaire einen neuen Teller hin, diesmal nur mit einem Stück Baguette und etwas Butter, dazu eine schöne Tasse schwarzer Kaffee. Ohne Sahnehaube, Milchschaum oder sonstiges Chichi. Lächelnd zog Lipaire eine kleine Dose getrüffelter Leberpaté aus seiner Hosentasche und strich sich etwas davon auf sein Baguette. Genussvoll biss er ein Stück ab. So konnte der Tag beginnen.

Nachdem sich in seinem Magen diese angenehme Fülle ausgebreitet hatte, die ihn bis zum Abendessen tragen würde, stand Lipaire auf und winkte dem Kellner. »Schreib's bitte an, Michel, ja?« Das Anschreiben hatte er hier eingeführt, eine Reminiszenz an seine alte Heimat. Es hatte etwas gedauert, bis die Einheimischen das Prinzip verinnerlicht hatten, aber inzwischen fanden sie es genauso gut wie er.

»Der Chef lässt fragen, wann Sie denn Ihre Liste mal begleichen wollen«, rief Michel ihm nach. Lipaire sah dem jungen Mann an, wie unangenehm es ihm war, ihn so direkt darauf ansprechen zu müssen. Die Touristen vom Nebentisch reckten die Köpfe. Sie hofften offenbar auf eine Auseinandersetzung, eine erste kleine Attraktion an diesem Urlaubstag, der womöglich noch den Besuch der Burgruine von Grimaud oder des berühmten Jachthafens von Saint-Tropez beinhaltete. Doch den Gefallen würde Lipaire ihnen nicht tun. Dafür war das Leben zu kurz und das Wetter viel zu schön. Lächelnd erwiderte er: »Richte ihm doch bitte aus: Die Saison geht ja erst richtig los, dann laufen auch meine Geschäfte wieder ordentlich an.« Er wandte sich bereits zum Gehen, da schob er nach: »Ach ja, und für das Schäferstündchen mit seiner neuen Freundin im romantischen Fischerhäuschen hab ich sowieso noch was gut bei ihm.« Dann hob er die Hand zum Gruß und schlenderte pfeifend davon.

»*Je t'aime*, was für ein wundervolles Lied!«

»*Bonjour, Madame*«, grüßte Lipaire die alte Dame, die sich ächzend bückte, um die Hinterlassenschaften ihres schwarzen Pudels mit einer Tüte einzusammeln. »Wenn man sein Leben liebt, kann ja nur alles gut werden, nicht wahr?«

Die Dame nickte eifrig, während sie ein wenig ungelenk ihr Beutelchen zuband. »Ja, das Leben und die Menschen zu lieben, das war immer mein Motto. Und Brigittes auch.«

Jetzt war er baff. »Ach, Sie kennen die Bardot?«

»Natürlich. Sie und auch Jane Birkin, die das Lied nach ihr mit dem guten Serge Gainsbourg gesungen hat. Aber Brigitte ist eine Frau, die man nicht so leicht vergisst.«

»Ganz wie Sie, wenn ich mir diesen Kommentar erlauben darf.«

Die alte Dame winkte mit gespielter Bescheidenheit ab. Da erhob sich ein greiser Mann mit Stock von einer Bank und trippelte auf Lipaire zu. Als er nahe genug bei ihm stand, zischte er: »Lass die Hände von ihr, sie gehört mir.«

»Ach, halt doch die Klappe«, fauchte die alte Dame. »Ich gehöre niemandem, und dir schon gar nicht.«

Guillaume nickte und trat den Rückzug an. Inzwischen war es lebhafter geworden. Jener kurze Moment am Morgen, wenn das Städtchen langsam zum Leben erwachte, die Händler ihre Vorräte auffüllten und die Menschen zu ihren Arbeitsplätzen eilten, die Touristen aber noch nicht auf der Suche nach Zerstreuung durch die Gassen irrten, neigte sich bereits seinem Ende zu.

Er schlenderte über den gekiesten, von Platanen bestandenen Marktplatz, auf dem schon die Boulekugeln aufgereiht bereitlagen. Die Spieler, ein paar ältere Herren mit Schiebermützen, saßen abseits auf einem Mäuerchen und rauchten filterlose Zigaretten. »Habt ihr heute Dienst?«, wollte Lipaire wissen.

»Frühschicht geht gleich los. Bis drei«, erwiderte einer von ihnen, ein Dicker mit mächtigem Schnurrbart. »Heute ist Bettenwechsel drüben in der Anlage, da müssen wir für Provence-Atmosphäre sorgen. Aber es dauert noch, bis die Neuen hier sind. Und du wirst ja auch zu tun haben mit deinen Vermietungen, *n'est-ce pas?*« Dabei zwinkerte ihm der Mann verschwörerisch zu.

Lipaire nickte. Ja, er musste sich langsam beeilen. Er wünschte ihnen einen schönen Tag, eilte über die Brücke und wollte bereits auf die *Place des Artisans* abbiegen, da rief ihm die junge Eisverkäuferin zu: »Eine Portion unserer ... Spezialsorte, Monsieur?«

»Dazu könnte nicht einmal ein Sonnenschein wie Sie mich zu dieser Stunde überreden.« Er wusste, was mit Spezialsorte gemeint war und dass man diese eher rauchte denn in einer Waffel genoss. Für ihn jedoch war das schon lange nichts mehr, er verließ sich ganz auf Wein und seine ohnehin meist tadellose Laune, wenn es darum ging, sich einen entspannten Tag zu machen. Die Aussicht, gleich mit einem Glas eiskalten Rosé in den Arbeitstag zu starten, ließ ihn seinen Schritt beschleunigen. Vor der Bäckerei jedoch hielt er inne. Auf dem schmalen Weg kam ihm ein Mann mit einer Schubkarre voller Gartengeräte entgegen. Lipaires Stimmung trübte sich sofort, als er den kahl rasierten Schädel unter dem Strohhut erkannte. Er bog ab, denn wenn es jemanden gab, dem er nicht begegnen wollte, dann war es dieser Mann. Er hatte in seiner Vergangenheit schon genug Schaden angerichtet. Doch sich in dieser kleinen Stadt aus dem Weg zu gehen war schwierig, man musste dafür den einen oder anderen Umweg in Kauf nehmen. Immerhin konnte er so auch vermeiden, an dem Haus vorbeizukommen, das einmal ihm gehört hatte. Ihm und seiner damaligen Frau Hilde. In einer anderen, besseren Zeit. In der er dachte, ihr den großen Traum vom Häuschen am Meer zu erfüllen sei so etwas wie die ultimative Liebeserklärung. Aber auch die hatte nicht verhindert, dass letztlich alles den Bach runterging. Wie dumm er doch gewesen war.

Nachdem er die nächste Brücke überquert hatte, hielt Lipaire erneut inne und rief dem jungen Mann, der mit einer Angel in der Hand am Kai stand, zu: »Das ist hier verboten, wussten Sie das gar nicht? Dafür gibt's saftige Strafen, wenn Sie erwischt werden. Die *police nationale* kennt da kein Pardon.«

Eingeschüchtert rollte der Mann die Schnur wieder ein. »Das wusste ich nicht«, erklärte er.

Ein Holländer, vermutete Lipaire. »Wird Ihnen nichts nützen. Ist schon zu spät.«

Unschlüssig blickte ihn der Angler an.

»Sie können das Bußgeld gleich bei mir bezahlen, wenn Sie wollen.«

»Ach, sind Sie dafür zuständig?«

»Ja. Ehrenamtlich, sozusagen.«

»Wie viel kostet das?«

Lipaire dachte kurz nach. »Sechzig.«

Der andere bekam große Augen. »So viel hab ich gar nicht dabei.«

Achselzuckend gab Lipaire ihm zu verstehen, dass man da nichts machen könne.

»Reichen vierzig nicht auch?«

Mit einem gönnerhaften Nicken streckte er seine Hand nach den zwei blauen Scheinen aus, die ihm der Holländer hinhielt.

»Ausnahmsweise. Falls Sie keine Quittung benötigen.«

Der andere schüttelte energisch den Kopf. Mit ein paar hektisch geflüsterten Entschuldigungen packte er seinen Angelkram zusammen und trollte sich. Lipaire sah ihm nach und zündete sich noch einen Zigarillo an. Er schlenderte weiter und hätte beinahe den Gruß der Frau überhört, die am Bootsanleger in der *Rue de l'Octogone* stand, einen halb vollen Eimer mit Fischen neben sich. Sofort richtete er seinen drahtigen Oberkörper ein bisschen mehr auf und fuhr sich durch seine grauen Locken. »*Bonjour*, Lucie!«

»Na, Guillaume, was gibt's Neues?«, fragte sie und warf ihre Angel aus.

»Stell dir vor, ich musste schon wieder einen Touristen verscheuchen, der hier geangelt hat.«

Die Mittfünfzigerin schüttelte den Kopf. »Die denken wohl, Verbote gelten für sie nicht, was?«

»Werden immer dreister. Ach übrigens, ich hab das Geld dabei, das ich dir noch schulde.« Er reichte ihr die Scheine, die er eben vom Holländer bekommen hatte.

»Oh, danke. Komm doch mal wieder zum Essen vorbei.«

Er warf einen skeptischen Blick in den Kübel. »Sind die denn schon wieder ... gut?«

»Du meinst, wegen dem ausgelaufenen Öl von dem Boot neulich?«

Er nickte.

»Also, das war so wenig, das merkt wirklich nur ein Gourmet wie du. Aber warte halt noch eine Woche, bis du wieder ins Restaurant kommst.«

»Mach ich, bis dann, meine Liebe! Und guten Fang noch.« Er warf ihr eine Kusshand zu, was sie mit einem Lächeln und geröteten Wangen quittierte. Guillaume registrierte das mit Genugtuung. Er war eben noch immer ein Hingucker, keiner trug die Shorts und die Polohemden so nonchalant wie er. Zufrieden steuerte er auf den gemauerten Durchgang zwischen zwei Häusern zu. Dort, in einer Nische, in die auch im Hochsommer nie die Sonne schien, war eine unscheinbare Tür eingelassen, neben der ein Schild hing: *gardien* stand darauf, daneben prangte der stilisierte grün-blaue Fisch, das Wahrzeichen von Port Grimaud. Kein Name, nur eine Funktion: *gardien*. Das war er, Guillaume Lipaire, streng genommen Wilhelm Liebherr, aber diesen Namen benutzte er schon lange nicht mehr. Stolzer Wächter über zahlreiche Ferienhäuser und Wohnungen im Städtchen, hochoffiziell beauftragt und bezahlt von der Eigentümergemeinschaft.

Er schloss auf und schaltete die Neonröhre an. Weil die Dienstwohnung außer der Tür nur über ein winziges Fenster verfügte, war es darin immer recht dunkel. Aber dafür auch stets angenehm kühl, sagte sich Lipaire, holte sich die Flasche Rosé aus dem Kühlschrank, goss den Inhalt in das nächstbeste leere Senfglas und prostete seinem Ebenbild im Spiegel zu, der im winzigen Flur hing, der wiederum nahtlos in die Küchenzeile überging. Er sah immer noch geradezu unverschämt gut aus, urteilte er zufrieden. Vielleicht so gut wie noch nie in seinem Leben. Es gab Menschen, die verglichen ihn gar mit Alain Delon. Obwohl der schon weit über achtzig war und er erst Mitte sechzig, protestierte Lipaire nie dagegen, denn er wusste, dass dies eines der größten Komplimente war, das ihm Franzosen machen konnten. Natürlich war eine gewisse Ähnlichkeit vorhanden: Wie der Filmstar war auch er schlank, hatte ein weiches, aber, wie er fand, ausdrucksstarkes Gesicht mit einer markanten Nase, und seine Haare waren immer noch so dicht wie in seiner Jugend. Lächelnd strich er sich die silbergrauen Locken zurück, ließ sich in einen der drei Plastikstühle fallen und legte die Füße auf den Tisch, den er auf ein Viertel seiner ursprünglichen Größe zurechtgesägt hatte. Sonst hätte er nicht in die Küche gepasst, die kleiner war als in vielen Wohnmobilen drüben auf den Campingplätzen. Doch es machte ihm nichts aus, dass hier alles eng und spartanisch war. Nicht mehr, jedenfalls. Als er vor vielen Jahren mit seiner Frau und den Kindern regelmäßig in den

Sommerferien hierherkam, war das noch anders gewesen. Die Träume waren groß gewesen, das Haus auch. Selbst als seine Apotheken in die Insolvenz schlitterten, hatte er noch von Dolce Vita in Port Grimaud geträumt. Nur er und Hilde, die Sonne und das Meer. Die Kinder brauchten ihre Eltern längst nicht mehr. Doch dann kam alles anders, und von seinen Träumen war nicht mehr viel übrig geblieben. Auch wenn er die Trennung von seiner Frau inzwischen verarbeitet hatte – dass seine Kinder den Kontakt zu ihm abgebrochen hatten, war nur zu ertragen, indem er den Schmerz darüber ganz tief begrub. Er wusste noch nicht einmal, ob sie inzwischen selbst Kinder hatten. Nur auf eine Weise schaffte er es, seine Zuversicht zu behalten: indem er sich verbot, zurückzuschauen, zu lamentieren.

Er blickte auf das Nagelbrett mit den vielen Schlüsseln an der Wand. In den dazugehörigen Häusern konnte er ein und aus gehen, wie es ihm gefiel. Als *gardien* war er der Schlüsselmeister, kannte die Wohnungen manchmal besser als die Besitzer selbst, wusste, welchen Wein sie in ihren Vorratsschränken lagerten, welche Bücher sie lasen, wer ihnen schrieb, und manchmal – wenn er es für nötig erachtete – auch, was in den Briefen stand. Er kannte die Orte, wo die privatesten Fotos versteckt waren, wusste, bei wem es stets sauber und aufgeräumt, bei wem chaotisch und schmutzig war. Das musste er wissen, es war sein Beruf. Dennoch war er stolz darauf, dass er sich nie etwas notierte. Es war alles in seinem Kopf.

Lipaire schaltete eben den Fernseher an, da klopfte es. Vor der Tür stand Frau Krause, die deutsche Schreckschraube aus Haus Nummer 46. Dauernd lag sie ihm mit irgendwelchen Lappalien in den Ohren. Obwohl sie dieselbe Muttersprache hatten, sprach er Französisch mit ihr. Ihr Gartentürchen quietsche immer noch, beschwere sie sich, zudem fehle ein Riegel, er habe doch versprochen, sich darum zu kümmern. »*Oui Madame, pardon … bien* sûr, Madame ... tout de suite, Madame«, antwortete er stoisch auf ihr Gezeter. Immer, wenn sie besonders laut schimpfte, zuckte er entschuldigend mit den Achseln, als verstehe er nicht, was sie sagte. Worauf sie etwas in hanebüchenem Französisch zusammenstotterte, das übersetzt in etwa so viel bedeutete wie: »Mein Garten singt in der Tür.«

Doch all das beschleunigte Lipaires Puls nicht. Er nahm sich vor, den Ärger demnächst mit der teuersten Flasche *Château Lafite* hinunterzuspülen, den die Krauses in ihrem Küchenschrank lagerten – in einer Menge, die sie nie und nimmer überblickten. Es würde ihm Freude und Genugtuung zugleich sein, damit auf das deutsche Ehepaar anzustoßen, wenn es in wenigen Wochen wieder nach Hause zurückkehrte.

Das Telefon klingelte. Lipaire entschuldigte sich bei Frau Krause, versprach wortreich, sich vor allen anderen Punkten auf seiner Liste zuerst ihres Problems anzunehmen, machte ihr überschwängliche Komplimente über ihre Frisur und ihre Beine, was sie sich gern gefallen und ihren Zorn sichtlich verrauchen ließ. Schließlich drückte er mit einem in die Luft gehauchten Kuss die Tür zu und nahm den Hörer ab. Eine flüsternde Stimme am anderen Ende sagte etwas, das er nicht verstand. »Können Sie etwas lauter reden?« Er schaltete den Fernseher stumm und hörte angestrengt zu. Jetzt erkannte er die Frau. »Ah, Bernadette, Sie sind es.«

»Hören Sie, Monsieur Lipaire: Familie Vicomte kommt morgen«, sagte sie, noch immer flüsternd.

»Sicher?«

»Sicher. Das Boot liegt schon im Hafen von Marseille zur Abfahrt bereit.«

»Wie viele?«

»Alle.«

»Alle?«

»Ja.«

Das war ungewöhnlich, schon ewig waren nicht mehr alle Familienmitglieder der Vicomtes gleichzeitig da gewesen. »Herzlichen Dank, liebe Bernadette. Es ist immer ein Genuss, Ihre melodische Stimme zu hören.«

»Jaja. Wie sieht es mit meiner Bezahlung aus? Es steht noch immer ein längerer Urlaub aus.«

Seufzend blickte Lipaire auf das Brett mit den Schlüsseln. »Zurzeit bin ich ziemlich ausgebucht. Leider. Aber es kann sich ja immer spontan etwas ergeben.«

»Schon gut. Ich wollte nur sichergehen, dass Sie es nicht vergessen.«

»Auf keinen Fall, seien Sie beruhigt.« Dann legte er auf. »Merde!«, zischte er. Er hatte sich auf einen ereignislosen Tag gefreut, jetzt aber musste er ihn damit verbringen, die Spuren seiner letzten inoffiziellen Vermietung zu beseitigen, bevor die eigentlichen Besitzer des Hauses kamen, das noch dazu das mit Abstand größte in ganz Port Grimaud war. Da musste er sich ranhalten. Aber so war das eben in seinem Geschäftsfeld. Er nahm den Hörer wieder zur Hand und wählte eine Nummer. Schon nach dem ersten Klingeln wurde abgehoben. »Karim?«

»Was gibt's?«

»Arbeit.«

»War mir fast klar, dass du nicht anrufst, um mir einen schönen Tag zu wünschen.«

»Wann kannst du kommen?«

»Ich hab den ganzen Tag Rundfahrten und danach noch ein paar Privataufträge. Gegen acht?«

»Gut, bis dann«, sagte Lipaire schnell und nannte ihm die Adresse, zu der er kommen sollte. »Es gibt noch einiges zu tun bis dahin. Ach ja, wenn du an der Vierunddreißig vorbeikommst, schau bitte vom Wasser aus, ob die tatsächlich einen Hund dabeihaben. Wenn ja, stelle ich denen das noch extra in Rechnung. Schönen Tag!«

Guillaume Lipaire schnappte sich einen der Schlüssel und schlenderte zu dem sonnenbeschienenen Fischerhaus an der *Place du Quatorze Juin*, einem seiner liebsten Objekte. Der Begriff Fischerhaus – *maison de pêcheur* – war ein wenig irreführend. Es handelte sich nicht um eine geduckte, sturmumtoste Natursteinkate auf irgendeiner Klippe, sondern um ein dreistöckiges, farbig gestrichenes Reihenhaus mit dem hier obligatorischen Bootsliegeplatz davor. Denn auch wenn Port Grimaud wirkte, als sei es ein über Jahrhunderte gewachsenes provenzalisches Dorf: Der Ort war erst Mitte der Sechzigerjahre auf dem Reißbrett entstanden.

Lipaire zog das hölzerne Gartentor auf und betrat den schmalen Vorgarten mit den blühenden Oleanderbüschen. Das Anwesen gehörte einer reizenden Familie aus dem Elsass mit einem besonderen Händchen für Inneneinrichtung und einem herrlichen Oldtimer von Citroën. Nachdem er die Post aus dem Briefkasten entnommen hatte, schraubte er den Riegel des Gartentürchens mit dem Vorsatz ab, ihn demnächst bei den Krauses zu montieren, und öffnete die große Glastür zur Terrasse, an die der Bootssteg grenzte. Alles in Ordnung. Zufrieden, seinen Pflichten als *gardien* so gewissenhaft nachgekommen zu sein, holte er sich aus dem Kühlschrank eine angebrochene Flasche Elsässer Riesling, machte es sich auf dem Liegestuhl auf der Terrasse bequem, ließ sich die Sonne ins Gesicht scheinen und schlief ein.

#2: Karim Petitbon

Zum dritten Mal innerhalb einer Minute warf Karim Petitbon einen Blick auf das zerkratzte Display seines Smartphones. Das Ergebnis blieb immer dasselbe: Er würde es nicht rechtzeitig schaffen. Es war bereits kurz vor acht, und egal, wie kräftig er den Hebel seines Wassertaxis auch nach vorn drückte – mehr als die paar Knoten, die er machte, waren mit dem schwachbrüstigen Elektroboot einfach nicht drin. Eigentlich hätte er die Fahrt gerne genossen, denn in der Dämmerung durch die Kanäle zu schippern gehörte zu den schönsten Privilegien, die ihm sein Job bot. Wenn der Himmel sich in ein fast kitschiges Rosa verfärbte, die Hitze des Tages einer erfrischenden Brise wich und die Schiffe von ihren Ausflügen auf dem Meer zurückkamen.

Vor allem von den großen Segeljachten konnte er nicht genug bekommen, er kannte alle Details, ihre Namen, ihre Länge, wusste, wie tief ihre Kiele gingen. Dennoch verspürte er keinen Neid auf die Besitzer, denn er war sich sicher, dass er selbst einmal einen großen *voilier* sein Eigen nennen würde. Irgendwann würde er nicht mehr diese *coches d'eau* im Auftrag der Verwaltung durch die Kanäle lenken. Irgendwann würde er nichts tun als segeln, würde Regatten gewinnen mit einer atemberaubenden Rennjacht.

Dabei gab es keinen plausiblen Grund für eine solche Annahme: Er kam aus ärmlichen Verhältnissen, und seit sein Vater vor ein paar Jahren überraschend gestorben war, schlugen seine Mutter und er sich mehr schlecht als recht durchs Leben. Doch es gab da jemanden, der ihn gelehrt hatte, seine Träume mit

Konsequenz zu verfolgen, anstatt sie aufzugeben. Dieser Jemand war Guillaume Lipaire, und er hatte wirklich »mit Konsequenz« gesagt. Das war eines seiner Lieblingswörter – genau wie »Disziplin« und »Pünktlichkeit«. An der mangelte es Karim leider ein wenig, wie ihm ein erneuter Blick auf die Uhrzeit auf seinem Handy zeigte.

Dabei bemühte er sich wirklich, denn er wollte seinen väterlichen Freund nicht enttäuschen, auch wenn der es einem mit seinen deutschen Tugenden nicht immer leicht machte, diesem Anspruch zu genügen. Aber er hatte sich um Karim gekümmert, als der eine Vaterfigur brauchte, und daraus war eine Freundschaft geworden, auch wenn sie rund vierzig Jahre trennten. Eine Freundschaft – und eine lukrative Geschäftsbeziehung. Ständig hatte Lipaire irgendwelche Aufträge für ihn, kleine Erledigungen, deren Entlohnung Karim stets eisern beiseitelegte. Jedenfalls den Teil davon, mit dem er nicht seine Mutter unterstützte. Genau deswegen war er so nervös, als ihm klar wurde, dass er wieder zu spät kommen würde, was einen Vortrag Lipaires zur Folge haben würde, der ihm ...

»Mein Guter, sagen Sie mir: Was habe ich heute im Ort verpasst?«

Karim Petitbon zuckte zusammen, als die Stimme seines Fahrgastes ihn aus seinen Gedanken riss. Er hatte die alte Dame in seiner Eile ganz vergessen. Doch nun drehte er sich um und lächelte die Frau an, die da mit ihrem struppigen, schwarzen Pudel auf der Bank des Wassertaxis saß. Irgendwie hatte er einen Draht zu Lizzy Schindler, auch wenn sie mit weit über achtzig fast viermal so alt war wie er. Karim mochte ihren Akzent. Irgendjemand hatte ihm erzählt, sie komme ursprünglich aus Österreich. Sogar ihren Hund Louis Quatorze, der mittlerweile unter noch schlimmeren Hüftproblemen als sein Frauchen litt, hatte er irgendwie ins Herz geschlossen.

In seinen Augen war sie eine echte Dame mit Stil und Größe. Viele im Ort sahen das anders und lästerten unverhohlen über sie, wenn sie mit ihren abgetragenen Glitzerklamotten vorbeiflanierte, bemüht, alle in dem Glauben zu lassen, sie führe noch immer das Leben einer Grande Dame an der Côte d'Azur.

»Nein, Madame Lizzy, alles ruhig«, antwortete er. »Na ja, bei den van Mools in der Neununddreißig hing heute der Haussegen schief, weil der Mann sich zu wenig für die neue Katze interessiert und lieber mit dem Boot rausfährt, was seine Frau hasst, seitdem sie so schnell seekrank wird. Und bei Ihnen?«

Sie machte eine wegwerfende Handbewegung. »Ach, hör mir auf, Karim! Saint-Tropez ist nicht mehr das, was es war. Lauter Tagestouristen, kaum mehr Einheimische und vor allem kaum mehr Leute mit Stil, wenn du weißt, was ich meine. Heute muss man sogar schon bei Dior anstehen. Dabei kaufen die doch nichts, sie wollen nur … schauen.« Sie verzog das Gesicht bei dem letzten Wort und schwenkte ein Tütchen der Designermarke vor seinem Gesicht.

Karim nickte lächelnd. Die abgewetzte Dior-Tüte trug Lizzy Schindler schon seit Monaten mit sich herum. Samt Louis fuhr die alte Dame immer wieder hinüber in den mondänen Nachbarort, wo sie sich dann auf eine Bank am Hafen setzte und die Leute beobachtete, um nach ihrer Rückkehr den Bewohnern von Port Grimaud von einem ausschweifenden Jetset-Tag vorzuschwärmen. Karim hatte sie einmal in Saint-Tropez gesehen, allein an einem leeren Baguette mümmelnd. Das Bild hatte ihm einen Stich ins Herz versetzt. »Wir sind da, Madame Lizzy«, verkündete er, machte das Boot an der Anlegestelle am Marktplatz fest und reichte ihr die Hand zum Aussteigen. Obwohl er es furchtbar eilig hatte, nahm er sich Zeit für sie.

»Danke, Karim, du weißt, was sich gehört.« Damit ging sie von Bord.

»Selbstverständlich, Madame«, antwortete er und hievte den altersschwachen Pudel an Land. »Erholen Sie sich gut von Ihrem anstrengenden Tag.«

Lizzy Schindler winkte ihm gönnerhaft und setzte sich schlurfend in Bewegung, wobei sie den störrischen Hund unter lauten »Louiiiiiis«-Rufen hinter sich herzog.

Sofort verfiel Karim in hektische Betriebsamkeit, denn es war bereits eine Minute vor acht, und auch wenn er keinen weiten Weg bis zum Haus in der *Rue de l'Île Longue* hatte: Er hätte schon einen Helikopter gebraucht, um es noch rechtzeitig zu schaffen.

Nach ein paar Minuten hatte er sein Ziel erreicht und drehte vor dem Anlegesteg an der breiten Terrasse bei. Sie gehörte nicht zu irgendeinem Haus, sondern zum Anwesen der Vicomtes. Es stach aus der Reihe der kleinen, niedrigen Fischerhäuschen heraus. Einst hatte es dem Architekten gehört, der die Stadt entworfen hatte. Und der hatte sich etwas Besonderes gegönnt: nicht weniger als das mit Abstand größte und außergewöhnlichste Anwesen weit und breit. Im Gegensatz zu den anderen wirkte es modern, war dominiert von einem rechteckigen Turm samt Fahnenmast und lag auf einer Art Halbinsel, vor der sich mehrere Kanäle zu einem kleinen Hafenbecken formierten. Das Gelände besaß einen weitläufigen Garten mit Palmen und einer ausladenden Schirmpinie sowie gleich mehrere Anlegestege für Boote, die im Moment jedoch alle unbenutzt waren. Das Beste aber, fand Karim, war die Bootsgarage, in die man vom Kanal aus einfahren konnte, um direkt ins Haus zu gelangen. So etwas gab es nur einmal in Port Grimaud, auch wenn die Einfahrt für sein Wassertaxi ein wenig zu eng war. Er musste vorn an einem der Liegeplätze festmachen.

Als er das Boot vertäute, tauchte über ihm ein Schatten auf.

Karim musste sich ein Grinsen verkneifen, als Guillaume Lipaire vorwurfsvoll auf seine Armbanduhr tippte.

»Junge, Junge! Schon mal geschaut, wie spät es ist?«

Karim zog die Schultern hoch. »Würd ich ja, aber bei dem bisschen, was du mir zahlst, kann ich mir einfach noch keine Rolex leisten.«

»Sparen liegt dir wohl nicht?«

»Nicht so wie dir.« Karim Petitbon zog sein Handy heraus und kontrollierte die Uhrzeit: sechs Minuten nach acht. »Oje, du hast recht, in der Zeit hättest du ja locker noch zwei Flaschen geborgten Wein zischen können.«

»Eineinhalb. Schön, dass du's einsiehst. Nächstes Mal bitte pünktlich, ja?«

»Jawoll, sofort, schnell, schnell.« Karim salutierte zackig und lachte. Guillaume konnte seine deutsche Herkunft beim besten Willen nicht verleugnen, sosehr er sich auch bemühte, für einen Franzosen gehalten zu werden. Doch seine überzogene Pünktlichkeit verriet ihn immer wieder.

Der Junge schwang sich auf den hölzernen Steg, wo er mit Guillaume abklatschte. Der stand offensichtlich unter Strom. »Also, pass auf: Die Pflegerin vom alten Vicomte hat mich heute früh angerufen. Sie kommen schon morgen an.«

»Verstehe. Wer denn alles?«

»Alle, Karim, alle!«

»Oh, das hatten wir ja schon lange nicht mehr, oder?«

»Du sagst es. Das Haus war bis letzte Woche vermietet, und ich bin noch nicht zur Endreinigung gekommen. Wir müssen uns sputen, hörst du, Junge?«

»Geht klar, auch wenn wir bei dem riesigen Kasten eine Weile beschäftigt sein werden. Aber vielleicht ist ja ein Expresszuschlag drin?« Weil von Lipaire keine Antwort kam, fragte Karim: »Hast du schon angefangen?«

Sein Gegenüber schüttelte den Kopf und deutete auf die Zigarre in seiner rechten Hand. »Ich bin einfach noch nicht dazu gekommen.«

»Bin ich also eigentlich zu früh, hm?«

Sie warteten, bis er fertig geraucht hatte, durchschritten den Garten bis zum gepflasterten Bereich, der direkt ans Haus grenzte, dann schloss Guillaume Lipaire die Terrassentür auf. »Nimm dir am besten erst mal die oberen Räume vor.«

Mehr musste er nicht sagen, sie waren ein eingespieltes Team, und die Aufgabe war immer die gleiche: Alles, was nicht ins Haus gehörte, wurde entfernt, damit nichts mehr auf eine Vermietung hinwies, wenn die tatsächlichen Eigentümer zurückkamen.

»Staubsaugen müsste man vielleicht noch.«

Karim nickte und ließ seinen Blick durch die offene Wohnhalle wandern. Hier, auf der untersten Ebene, standen einige Ledersessel und zwei Sofas um einen niedrigen Couchtisch herum. An der Stirnseite befand sich ein offener Kamin. Man sah den Möbeln an, dass sie aus den Siebzigerjahren stammten, dennoch war alles gepflegt und wirkte ziemlich teuer. An den Wohnbereich schloss sich eine offene Küche samt Tresen mit ledernen Barhockern an, die deutlich neuer als der Rest des Inventars aussahen. Der Essbereich war um drei Stufen erhöht, und Karim fragte sich, wozu man dort eine weitere Feuerstelle brauchte. In der Mitte stand ein mächtiger ovaler Esstisch mit antiken Holzstühlen. Aus dem Wohnzimmer führte eine offene Treppe in die obere Etage, wo sie in eine Art Galerie mit hölzernem Geländer mündete. Dort lagen die Schlafräume der Familie. Es war, zumindest für die beengten Verhältnisse in dieser Stadt, fast ein Schloss, wie Karim auch heute wieder beeindruckt feststellte.

»Träumst du gerade, oder brauchst du noch irgendwas?« Lipaire riss ihn aus seinen Gedanken.

»Ich frage mich nur gerade, was du in der Zwischenzeit machst.«

»Mein Lieber, ich trage die Verantwortung für die Zwischenvermietungen, das ist Bürde genug.«

Das war natürlich übertrieben, das wusste Karim, auch wenn Lipaire immer behauptete, es erfordere »umfangreiche Koordination, um das volle Potenzial der Häuser auszuschöpfen«. Schließlich tue es denen nicht gut, wenn sie dauernd leer standen. Außerdem hatte sich offenbar noch nie jemand bei ihm beschwert.

»Also dann: Die Aufgaben sind verteilt, jeder geht an seine Arbeit.« Damit ließ Lipaire sich in einen der Korbsessel fallen und betrachtete mit glänzenden Augen die gläserne Vitrine mit den wertvollsten Weinen der Familie, während sich Karim seufzend den Staubsauger aus der Abstellkammer holte und nach oben ging.

Keine fünf Minuten später kehrte er ins Erdgeschoss zurück, wo Lipaire eben eine edel aussehende Flasche mit billigem Rotwein aus einem TetraPak auffüllte.

»Werden sie das nicht merken?«

»Bisher ist es immer gut gegangen. Es ist ja keiner von den ganz edlen aus dem Glastresor gewesen.« Er zeigte grinsend auf den Weinschrein, wie er ihn immer nannte. Karim wollte schon wieder nach oben, da drehte er sich noch einmal um. »Beinahe hätt ich's vergessen: Du hast doch vorher gemeint, es soll alles raus, was nicht reingehört.«

»Ja, natürlich.«

»Wirklich alles?«

Lipaire seufzte. »Na komm! Du machst das doch nicht zum ersten Mal.«

»Der Typ auch?«

»Welcher Typ denn?«
»Der da liegt.«
»Wo?«
»Na oben. Soll der auch weg, oder kann der bleiben?«
Guillaume Lipaire sah ihn verständnislos an, dann folgte er ihm in die erste Etage.

»*Merde*«, zischte Lipaire.
Karim nickte und musterte beunruhigt seinen Freund, dessen gut gebräuntes Gesicht auf einmal ganz blass wirkte. Eine Weile standen sie nur da und schauten auf den Mann, der in einem der Schlafzimmer ausgestreckt auf dem Boden lag und an die Decke zu starren schien. Wobei er kein einziges Mal blinzelte. Er trug einen ziemlich zerknitterten, hellen Sommeranzug und ausgetretene Segelschuhe.
»Ist der tot?«, flüsterte Karim.
»Sieht so aus, irgendwie.«
»*Merde*.«
»Ist er schon kalt? Oder … starr?«
»Denkst du etwa, ich habe ihn angefasst?«, kiekste Karim und schüttelte so heftig den Kopf, dass seine schwarzen Haare in alle Richtungen flogen. »Vielleicht atmet er noch«, sagte er schließlich.
»Sieht für mich nicht so aus.«
Wieder schwiegen sie eine Weile und horchten in die Stille, ob der Mann vor ihnen irgendein Geräusch von sich gab.
»Man müsste mal den Puls fühlen«, schlug Lipaire vor.
»Ich sicher nicht.«
»Ganz ruhig. Es handelt sich nur um einen Verblichenen, keinen Untoten.« Der Junge wich einen Schritt zurück, als Lipaire auf den Mann zuging und ihn mit dem Fuß in die Seite stupste. »Tatsächlich schon ein bisschen steif in den Gliedern.«

Karim spürte, wie sein Puls sich beschleunigte. »Warst du nicht früher Arzt?«

»Nein, Apotheker.«

»Kannst du ihn dann nicht ...?«

Jetzt kniete sich Lipaire zu dem leblosen Körper und kontrollierte den Puls. »Mit Wiederbelebung kommen wir bei ihm nicht mehr weit«, konstatierte er und kratzte sich am Kopf. »Ich hatte das noch nie. In keinem der Häuser.«

»Ist das einer von denen, an die du vermietet hast?«

»Nein, die sind schon letzte Woche abgereist. Dann würde der nicht mehr so frisch aussehen.«

Karim spürte, wie ihm das Blut in den Kopf stieg. »Ob den jemand abgemurkst hat?«

»Hm, könnte sein.« Lipaire sah sich den Toten genauer an. »Ich bin da aber kein Experte. Bin ja nicht von der Polizei.«

»Sollten wir die nicht rufen?«

Lipaire tippte sich an die Stirn. »Und was erklären wir denen? Dass ich als *gardien* mein Gehalt aufbessere, indem ich ohne Wissen der Besitzer deren Ferienhäuschen untervermiete? Und du mich dabei tatkräftig unterstützt?«

»Na ja, das vielleicht nicht, aber wir könnten uns ja eine Geschichte überlegen, die ...«

»Karim!«, zischte Lipaire. »Wenn rauskommt, was wir hier treiben, muss ich in ein noch kleineres Zimmer ziehen – und zwar im Knast. Und du kannst von Glück reden, wenn sie dich in der Pariser *banlieue* als Drogenkurier brauchen können, klar?«

»Können wir ihn dann nicht einfach hierlassen? Ich meine, wir haben ja nichts zu tun mit der Sache.«

»Dann fliegt doch trotzdem alles auf, wenn hier erst mal die Polizei rumschnüffelt.«

Petitbon schluckte. Wo Guillaume recht hatte, hatte er recht.

Man konnte sich normalerweise auf seine Lebenserfahrung verlassen.

»Aber wenn den Typen hier wirklich jemand gekillt hat? Dann sind die vielleicht bald auch hinter uns her, Wilhelm.«

Lipaire musterte den Toten noch einmal. »Nein, sieh doch nur, wie friedlich er aussieht, Karl.«

»Ich heiße Karim.«

»Und ich Guillaume.«

Darüber konnte man streiten, aber dafür war gerade nicht der richtige Moment, fand Petitbon.

»Komm schon, wir müssen ihn wegbringen.«

»Aber das ist illegal.«

»Genau wie alles andere, was wir hier so machen.«

Wieder ein Punkt, in dem er dem Deutschen nur schwer widersprechen konnte. »Und wohin bringen wir ihn? In eines der anderen Häuser in deinem *gardien*-Bezirk?«

»Zu riskant. Früher oder später muss er da wieder weg.«

Karim überlegte eine Weile und verkündete: »Wir lösen ihn in Salzsäure auf.«

»Du schaust zu viele Krimis.« Nachdenklich blickte Lipaire aus dem Fenster. »Natürlich, das ist es«, entfuhr es ihm plötzlich heiser.

»Was denn jetzt? Verbrennen?«

»Nein, besser.«

»In feine Scheibchen schneiden und an die Fische verfüttern? Vielleicht können wir uns beim Metzger so eine Maschine ausleihen, die …«

»Jetzt überleg doch mal, Karim. Wo sind wir denn hier, hm?«

»In Port Grimaud natürlich.«

»*Exactement.* Und wo würde man einen Toten wohl an einem solchen Ort verstecken?«

»In einer Eisdiele?«

»Im Wasser!«

»Wasser, klar«, gab der Junge zurück und schlug sich mit der flachen Hand an die Stirn. »Wollte ich auch gerade vorschlagen.«

Eine halbe Stunde später hatten sie nicht nur im Expressverfahren die Endreinigung des Hauses durchgeführt und sämtliche Spuren ihres Besuches beseitigt, sondern auch den Toten fein säuberlich in eine Plane von Karims Boot eingeschlagen, das Päckchen notdürftig verschnürt, ins Erdgeschoss verfrachtet und von der Terrasse auf eine der Bänke im Wassertaxi gehievt. Zum Glück war es mittlerweile stockfinster und auf dem Kanal kaum Verkehr. Nur hier und da saßen ein paar Leute im Kerzenschein auf den Terrassen und nahmen einen Schlummertrunk.

»In was für einer friedlichen Gegend wir doch leben, findest du nicht auch?«, schwärmte Lipaire und machte das Tau vom Anlegesteg los – als auf einmal das Blubbern eines Schnellboots zu hören war. Keine zehn Sekunden später tauchte es in ihrem Blickfeld auf.

»Oh nein«, zischte Karim.

»Schnell, runter von der Bank mit ihm«, flüsterte Lipaire, und der Junge beförderte den stillen Fahrgast mit einem raschen Fußtritt zu Boden.

Das andere Boot drosselte den Motor, und Karim blickte nervös zu seinem Freund, der jedoch im gleichen Moment erleichtert ausatmete. »Nur Polizei«, sagte er und winkte der zerknitterten Gestalt am Steuerrad zu. Karim tat es ihm gleich, die Gestalt deutete einen Salut an, der Motor röhrte wieder auf, und der Polizist verschwand so schnell, wie er gekommen war.

»Da haben wir noch mal Glück gehabt«, sagte Petitbon, als das Städtchen nur noch eine Lichterkette am Horizont war und sie die Mitte der ausgedehnten Bucht erreicht hatten, deren Eckpunkte die Orte Sainte-Maxime, Saint-Tropez und Port Grimaud bildeten. »Dass du ihm auch noch gewinkt hast, obwohl wir eine Leiche dabeihaben! Ich hab mir beinahe in die ... du weißt schon.«

»Gelernt ist gelernt.«

»Und wenn er irgendetwas gewittert hat?«

»Der? Sicher nicht, ist ja beileibe nicht die hellste Lampe im Leuchtturm.«

Karim grinste. Das stimmte natürlich, jedes Kind hier kannte Marcel Durand, den alle nur *commissaire Marcel* nannten. »Trotzdem. Was, wenn er unseren Mitfahrer schon sucht?«

»Ach was, als ich eben am *Fringale* vorbeikam, saß er mit zwei blonden Touristinnen da und hat seine Dienstwaffe bestaunen lassen. Mach dir mal keine Gedanken. Und jetzt: raus mit dem blinden Passagier.«

Karim stoppte den Motor. »Hier?«

Lipaire zuckte mit den Achseln. »Warum nicht? Spricht was dagegen?«

»Keine Ahnung.«

»Siehst du!«

Guillaume Lipaire packte das Bündel an einer Seite und hob es ein Stück an. Petitbon kam ihm zögernd zu Hilfe. Was um alles in der Welt tat er nur? War es nicht eine völlig andere Nummer, einen Toten verschwinden zu lassen, als seinem Freund hin und wieder bei seinen Vermietungen zur Hand zu gehen und das Taxiboot für Privataufträge und Freizeitfahrten zu nutzen? Vor ihnen in der Plane lag ein Mann, über dessen Ableben sie rein gar nichts wussten. Den sie noch dazu nicht einmal selbst um die Ecke gebracht hatten. Ob sie nicht doch besser die Polizei ...?

»Hast du vor, mir zu helfen, oder soll ich mir an dem Brocken endgültig den Rücken versauen?«

Karim wischte seine Zweifel beiseite und packte das Paket an der anderen Seite, wobei ein Handy herausrutschte. Als sie bis drei gezählt hatten, platschte der Körper ins Wasser neben dem Boot. Der Junge bückte sich schnell, ließ das Smartphone in seine Hosentasche gleiten und sah dem Leichnam nach. Karim hatte in seiner Kindheit sämtliche Lucky-Luke-Hefte verschlungen und beschloss, in alter Westernmanier kurz Einkehr zu halten, um ein paar Worte zu sprechen, während der namenlose Verblichene in die ewigen Jagdgründe einging. Doch die störrische Leiche durchkreuzte seine Pläne: Sie dachte offensichtlich nicht daran unterzugehen. Stattdessen dümpelte sie im Wasser herum und trieb zurück zum Boot. Stirnrunzelnd sahen sich Petitbon und Lipaire an.

»So ein Querulant.«

»Ein was?«, fragte Karim.

»Ein sturer Hund.«

»Wieso geht der nicht unter? In Filmen funktioniert das doch auch.« Er raufte sich die schwarzen Haare. »Wir können ihn nicht einfach treiben lassen, sonst liegt er morgen früh am Strand oder landet im Netz vom alten Olivier.« Damit zeigte er auf das Fischerboot, das in der Ferne gerade an ihnen vorbeiknatterte.

»Und meine Plane noch dazu!«

»Vielleicht müssten wir ihm nur einen kleinen Schubs geben, und er überlegt es sich anders. Hast du irgendwas Langes dabei? Ein Ruder vielleicht?«

Karim ging zum Bug und holte den Bootshaken, der an einer langen hölzernen Stange befestigt war. Damit konnte man sich im Notfall an einen Steg oder ein anderes Boot heranziehen – oder eine Leiche unter Wasser drücken, wenn es nötig war. Er reichte das Teil an Lipaire weiter und nahm sich selbst eines der Paddel, die unter den Sitzbänken verstaut waren. Mit vereinten Kräften drückten und schlugen sie nun auf das Paket ein, was lediglich dafür sorgte, dass sie beide klitschnass wurden.

»*Olivier für Karim, bitte kommen*«, schepperte es da auf einmal aus dem Funkgerät.

»Da geh ich besser mal hin«, erklärte der Junge, hastete zu seinem Cockpit und antwortete: »Karim hört?«

»*Ist euch der Saft ausgegangen, oder warum müsst ihr rudern?*«, kam als Antwort aus dem Gerät. Karims Kehle wurde trocken. »Bin gerade an euch vorbei, braucht ihr Hilfe? Sind die Akkus leer?«

»Ich ... nein, wir ... machen nur eine Sicherheitsprüfung. Sind jetzt Vorschrift, diese ... Nachtübungen.«

»*Wird alles immer komplizierter*«, schimpfte Olivier und beendete das Gespräch mit einem gebrummten »*Over*«.

»Wir müssen ihn beschweren«, beschloss Lipaire. »Haben wir irgendetwas an Bord, was dazu taugt?«

»Nur meine Batterien«, antwortete Karim. »Aber die können wir schlecht hier mit ihm im Golf versenken. Wobei ... ich hätte da eine andere Idee: Nathalie.«

»Deine Mutter?«

»Die heißt Naima, das solltest du langsam wissen.«

»Ach, stimmt.«

»Nathalie heißt das Wrack, das auf dem Meeresgrund seit Jahren vor sich hinrostet. Wenn ich das richtig sehe, befinden wir uns ziemlich genau darüber.«

»Jetzt verstehe ich ...«

Petitbon zog sich bis auf die Boxershorts aus, schnappte sich eine wasserdichte Taschenlampe, begab sich zum Toten ins Wasser und schlang ein weiteres Seil mehrmals um ihn, bis er aussah wie ein überdimensionierter Rollbraten. Dann holte er tief Luft und tauchte die knapp zehn Meter zu dem gesunkenen Schiff hinunter, die Leiche hinter sich im Schlepptau. Unten knotete er das Seil an einem Teil der alten Reling fest, dann kehrte er wieder an die Oberfläche zurück.

»Du hast ja 'ne Lunge wie ein Thunfisch«, empfing ihn Lipaire.

»Fische haben keine Lungen.« Keuchend hievte er sich zurück an Bord.

»Jaja, du kleiner Schlaumeier. Dann eben wie ein Wal. Und du hast ihn sicher vertäut, da unten?«

»Mit meinem besten Seemannsknoten.« Und dem einzigen, den er richtig beherrschte, fügte er in Gedanken hinzu, aber das ging Lipaire nichts an. Genauso wie das Handy des Toten, das er in seiner Hose spürte, als er sich die Klamotten wieder anzog. Sein Freund würde es ihm sonst abknöpfen, aber er wollte es lieber schnell zu Geld machen.

»Dann können wir ja unseren langen Arbeitstag beruhigt mit einem kühlen Gläschen Wein im *Café Fringale* beenden. Du bist mein Gast. Haben wir doch prima hinbekommen: Das Haus ist makellos, unser Freund schlummert am Meeresgrund – die Vicomtes können also getrost kommen.«

Hart am Wind

»He, Yves, pass auf, das Kleid ist nagelneu und war noch nicht auf Instagram.«

Marie blickte zu ihrer Tochter Isabelle, die mit einem Glas Lillet Rosé an Deck stand. Mit der anderen Hand hielt sie ihr Mobiltelefon weit von sich gestreckt, um eines der Fotos zu schießen, mit denen sie ihre täglich wachsende Follower-Schar begeisterte. Marie vermutete, dass ihr Neffe Yves das Boot deshalb so ruckartig manövrierte, damit sich der Inhalt des Glases auf das neue Kleid seiner Cousine ergießen würde. Schon lange hatte sie den Verdacht, dass er Isabelle ihren Erfolg in den sozialen Medien neidete. Nicht, dass er in diesem Bereich sonderlich aktiv gewesen wäre, aber Aufmerksamkeit, die jemand anderem als ihm zuteilwurde, bereitete ihm schlechte Laune. Das war schon immer so gewesen. Bei der Beerdigung seines Vaters, Maries älterem Bruder Antoine, hatte er vor allem deshalb so laut geschluchzt, weil niemand Notiz von ihm genommen hatte, dachte sie manchmal.

Seufzend rückte Marie den ausladenden Strohhut zurecht, den eine Windböe ihr beinahe vom Kopf geweht hätte. Dann ließ sie ihren Blick mit einem spöttischen Lächeln über das Deck der hölzernen Jacht gleiten. Das hier hätte ein Familienausflug sein können, der jedem Glamour-Magazin zur Ehre gereicht hätte. Sie selbst vorn am Bug, ihr in der Mittagssonne leuchtendes Kleid gebläht von der erfrischenden Brise, ein Stück weiter Isabelle in ihrem knappen Kleidchen, der stets ein wenig zu elegant gekleidete Yves am Steuerrad und in der Mitte der Fixstern, um den diese Ego-Planeten kreisten: ihr Vater, der Patriarch Chevalier Vicomte, in strahlend weißem Sommeranzug mit Panamahut. Der Rollstuhl, in dem er saß und für den extra eine Haltevorrichtung auf dem Boot angebracht worden war, wirkte wie ein Thron. Marie bewunderte ihn dafür, dass er selbst in diesem fortgeschrittenen Stadium körperlichen Verfalls noch so eine Grandezza ausstrahlte. Sie hoffte, dass ihr das Schicksal dereinst ähnlich gewogen sein würde. Nur auf Bernadette, die Pflegerin in ihrer weißen Dienstkleidung, die mit puppenhaft starrem Lächeln hinter ihrem Vater stand, immer darauf wartend, dass er einen Wunsch äußerte, könnte sie gut verzichten.

Für Marie Yolante Vicomte, Chevaliers älteste Tochter, seit Antoines Tod seine Stammhalterin, war der Stolz, den ihr Vater ausstrahlte, Ziel und Auftrag zugleich. Und der Maßstab, an dem sie ihr Leben auszurichten hatte. Nein, korrigierte sie sich. Nicht nur sie selbst. Sie alle. Da fiel ihr Blick auf Henri, der eben die steile Treppe aus der Kabine der *Comtesse* heraufkam, wie die Jacht hieß. So hatte Papa ihre Mutter immer genannt. In seinen abgewetzten Shorts und dem halb heraushängenden Hemd wirkte Henri eher wie einer ihrer Angestellten. Doch auch er war ein Sohn des Patriarchen. Er setzte sich halb auf die Reling und blickte rauchend auf das türkisblaue Meer. Es schien ihn nicht zu stören, dass der Qualm zu seinem Vater hinüberzog, der schon mehrmals ostentativ gehustet hatte. Marie hatte alle Mühe, sich eine Bemerkung zu verkneifen. Denn darauf wartete Henri nur, da war sie sich sicher. Er ließ keine Gelegenheit aus, ihr und allen anderen zu zeigen, wie egal ihm die Familie war. Dabei glaubte sie ihm kein Wort. Für sie war es nur Ausdruck seiner Frustration. Darüber, dass er, obwohl ein Jahr älter als Marie, ganz unten in der Rangfolge stand. Denn obgleich Chevalier sein Vater war, hatte er eine andere Mutter – eine in jeder Beziehung gewöhnliche Frau. Eine Tatsache, die sich beim Anblick von Maries Halbbruder nicht verleugnen ließ.

Die nächste ruppig gesegelte Wende brachte auch Marie kurz aus dem Gleichgewicht. »Yves, bitte, jetzt streng dich doch ein kleines bisschen an.« Sie verstand nicht, warum er die Segel nicht einholte, schließlich verfügte das Boot über einen Motor, mit dem es deutlich leichter zu navigieren war. Aber Yves musste eben immer und überall beweisen, was er alles konnte.

»Jetzt hart am Wind bleiben«, rief ihr Vater kehlig über das Deck. Sie wusste nicht, was das in diesem Moment bedeuten sollte, ob es überhaupt etwas bedeutete. Wahrscheinlich war es nur ein Satz, der gerade durch sein Gehirn gefegt war, das immer eigenartiger funktionierte, mal völlig klar, messerscharf und blitzgescheit, mal träge und ganz weit weg. So oder so: Sie liebte diesen sechsundachtzigjährigen Mann. Bedingungslos. Und wenn er sie, wie vor ein paar Tagen, zusammenrief, um in Marseille ihre Jacht zu besteigen und in ihr gemeinsames Sommerhaus nach Port Grimaud zu segeln, dann kamen sie alle. Fast alle zumindest. Sie war Realistin genug, zu wissen, dass ihm die anderen nicht aus der gleichen Zuneigung heraus folgten wie sie selbst, sondern dass ihre Gefolgschaft andere Gründe hatte. Furcht vor seinem Zorn etwa, vor seiner Unberechenbarkeit. Immer stand die unausgesprochene Drohung im Raum, dass er jeden jederzeit aus seinem Testament streichen könne.

Marie wischte diesen Gedanken beiseite und versuchte, den Törn zumindest ein wenig zu genießen. Es war lange her, dass sie gemeinsam gesegelt waren. Seit dem Tod ihrer Mutter kam es nur noch selten zu solchen Ausflügen.

»Magst du auch ein Gläschen, Schwesterherz? Hilft, das alles hier zu ertragen.« Henri hielt ein Glas und eine Flasche hoch.

Marie schüttelte den Kopf und ging zu ihrem Vater. »Ist dir kalt, Papa?«, fragte sie, auch wenn es fast dreißig Grad waren. Dabei blickte sie vorwurfsvoll die Pflegerin an, als hätte sie die Frage eigentlich stellen müssen.

Chevalier Vicomte griff nach ihrer Hand.

Sie umschloss sie, fühlte seine papierne Haut, die zerbrechlichen Glieder.

»Nein, mein Engel«, hauchte er. Sie blickten eine Weile aufs Meer, den Hafen von Saint-Tropez, den sie eben passierten, bis schließlich die Silhouette von Port Grimaud auftauchte.

»Wo ist eigentlich Clément?«

»Hm?« Marie hatte genau verstanden, aber sie brauchte noch ein paar Sekunden Zeit für die Antwort.

»Warum ist Clément nicht gekommen, Marie Yolante?«, wiederholte ihr Vater.

Sie wusste noch immer nicht, was sie antworten sollte, also schwieg sie.

»Mein Lieblingsbruder ist vorgestern verschwunden«, rief stattdessen ihre Tochter. »Mal wieder. Niemand weiß, wo er sich rumtreibt. Mal wieder.«

»Isabelle!« Marie warf ihr einen eisigen Blick zu, und die junge Frau verstummte.

»Habt ihr schon in den einschlägigen Schwulenklubs nachgefragt?«, mischte sich Henri ein.

»Hör auf damit«, zischte Marie mit schneidender Stimme.

Er hob abwehrend die Hände. »Schon gut, Schwesterherz.« Dann leerte er sein Glas und goss sofort nach.

Halbschwester, hätte sie gerne erwidert, aber sie wusste, dass ihr Vater das missbilligt hätte. Er hatte eine Schwäche für diesen verkrachten Autor. Vielleicht war es auch nur die Erinnerung an das Flittchen, das sich von ihm hatte vögeln lassen, um diesen Bastard in die Welt zu setzen.

»Lass das, Idiot«, hörte sie da Isabelles schrille Stimme. Henri hatte ihr seinen Kopf auf die Schulter gelegt und grinste dümmlich in ihre Handykamera. Angewidert verzog ihre Tochter das Gesicht und schob ihn zur Seite. »Du stinkst nach Alkohol, Onkel.«

»Isabelle, Ausdruck!«, mahnte Marie.

»Entschuldige: Halbonkel.«

»Lass mich doch auch auf ein Foto mit drauf«, insistierte Henri mit schwerem Zungenschlag.

»Spinnst du? Ich hab einen Ruf zu verlieren.« Sie drückte ihn endgültig weg und wollte noch etwas hinzufügen, da rief Yves: »Wir laufen ein. Haltung bitte, wie es sich für die Vicomtes gehört.«

Das war eigentlich Chevaliers Text, und Marie wusste, dass Yves ihn damit auf den Arm nehmen wollte, doch da ihr Vater nicht reagierte, ließ sie es unkommentiert.

»Lasst uns den Paparazzi ein tolles Bild liefern«, schob Yves nach.

Zu gerne würde er ein Foto von sich in den Hochglanzmagazinen finden, das wussten alle. Doch die nahmen von den Vicomtes schon lange keine Notiz mehr, da halfen all seine Regatten und wohlkalkulierten Eskapaden nichts.

Als sie die Hafeneinfahrt von Port Grimaud passierten und an den ersten Häusern entlangglitten, standen sie stumm an der Reling, das Mahagoni der imposanten Jacht in der Sonne glänzend. Auch wenn sie zu dieser Mittagsstunde kaum Menschen sah, so glaubte Marie doch wahrzunehmen, wie sich die Köpfe der Bewohner in ihren Häusern drehten, wie ihnen aus den Fenstern die Blicke zuflogen. Blicke, die zu sagen schienen: *Die Vicomtes sind wieder da.* Sie genoss diesen Augenblick und hätte gerne gewinkt, doch sie unterdrückte den Impuls und setzte stattdessen eine gelangweilte Miene auf. Obwohl es in ihrem

Inneren brodelte, weil sie den Nachhall der alten Größe ihrer traditionsreichen Familie spürte.

Dann knirschte es lautstark, und die *Comtesse* kam abrupt zum Stehen. Beinahe hätte Marie das Gleichgewicht verloren und sich unsanft auf die Planken gelegt. Yves war der schlechteste Skipper, den man sich vorstellen konnte! Isabelle saß mit offenem Mund auf ihrem Hosenboden, das Kleid nun doch getränkt vom Lillet. Henri brach in schallendes Gelächter aus, während Marie sorgenvoll zu ihrem Vater im Rollstuhl blickte, der sich jedoch keinen Millimeter bewegt hatte.

»Scheiße, geht's eigentlich noch mit eurem Protzkahn?«, zeterte eine Frauenstimme vom Wasser.

Sie blickten über die Reling. Ein Pärchen in einem dieser unsäglichen Elektroboote, die sich die Touristen für teures Geld ausliehen, um damit eine Runde durch die Kanäle zu dümpeln, entfernte sich gerade lauthals schimpfend. Marie bemerkte eine Schramme im Mahagoni der *Comtesse*.

»Mann, Yves, manchmal muss selbst ein Vicomte von seinem hohen Ross runtersteigen und ausweichen«, sagte Henri und wischte sich mit einem Taschentuch über die dunklen Flecken auf seinen Shorts, die der Cognac bei der Kollision hinterlassen hatte.

»Wollte ich ja. Aber das Ruder ist irgendwie verklemmt. Der Kahn lässt sich kaum noch steuern.«

»Das sagst du doch auch immer, wenn du deine Gegner bei den Regatten rammst.«

»Aber diesmal stimmt es.«

Ein sonores Hupen unterbrach ihr Streitgespräch. Alle drehten sich zum Heck und blickten auf ein rostiges Schiff mit ausladendem Baggerarm direkt hinter ihnen. Damit wurden die Kanäle regelmäßig vom Schlamm befreit.

»Was man sich heutzutage alles bieten lassen muss«, schimpfte Isabelle.

Da meldete sich die knarzende Stimme ihres Großvaters: »Das wird sich bald erledigt haben.«

Mit Müh und Not erreichten sie schließlich einen der Anlegestege ihres Hauses. Der Turm überragte die anderen Häuser um ein Geschoss und fiel mit seinen klaren, modernen Linien ziemlich aus dem Rahmen. Etwas Besonderes eben, für eine besondere Familie. Als Yves die *Comtesse* unter Quietschen und Knarzen an den Kai manövrierte, hatten sie endlich die volle Aufmerksamkeit der Menschen der benachbarten Häuser.

Henri schüttelte den Kopf. »*Mon Dieu*, Yves, es reicht, glaubst du, der Kratzer von eben fühlt sich einsam?«

»Das Ruder klemmt, wie oft soll ich es noch sagen?«

Jetzt mischte sich Marie ein. »Dann reparier es gefälligst so schnell wie möglich. So können wir unmöglich noch einmal auslaufen. Was sollen die Leute denken?«

»Reparieren? Ich?«

»Weißt du jemand anderen?«

»Ich glaube schon.« Yves holte sein Mobiltelefon heraus und wählte eine Nummer. Während er sprach, gingen die anderen durch den Garten ins Haus. Marie liebte es, von der Seeseite aus hier anzukommen und durch die Terrassentür direkt in den repräsentativen Wohn- und Essbereich der Familienvilla zu gelangen.

»Ist es nicht schön, wieder hier zu sein, Papa?« Sie strich ihrem Vater zärtlich über die Wange, als die Pflegerin den Rollstuhl im Wohnzimmer abstellte.

Als Antwort gab er nur ein Brummen von sich und deutete auf die große Vitrine mit den edelsten Weinflaschen, die sie besaßen. Sie stand mitten im Raum und trennte den Essbereich vom ein paar Stufen darunter liegenden Salon ab, in dem die Couch und die originalen, cognacfarbenen Designersessel aus der Entstehungszeit des Hauses standen.

»Bringen Sie meinem Vater ein Glas Wasser, Bernadette«, wandte sich Marie an die Frau. »Wir ziehen uns inzwischen kurz zurück und machen uns frisch.« Wie auf Stichwort beeilten sich alle, in ihre privaten Zimmer in den oberen Etagen zu kommen. Dort kam Marie Henri entgegen. Er hatte es so eilig, dass er fast in sie hineingerannt wäre. »Was ist denn mit dir los?«, fragte sie.

»Ich … muss …«

»Ist dir schlecht?« Sie roch seinen Cognac-Atem.

Er nickte nur und stürmte in eines der Bäder.

Sie blickte ihm nach. Schon in diesen wenigen Stunden hatte er ihr wieder klar vor Augen geführt, dass er nicht hierhergehörte. Nicht in dieses Haus. Nicht in diese Familie.

Marie war froh, als sie die Tür hinter sich zuziehen konnte und endlich allein war. Sie ließ sich aufs Bett fallen. So viel Zeit hatte sie schon lange nicht mehr mit der Familie verbracht. Und nach der Überfahrt von Marseille hierher wusste sie auch wieder, weshalb. Sie bedauerte, dass es so war. Dennoch hatte auch sie für die Anreise mit der Jacht plädiert. Sie waren schließlich nicht irgendwer, stahlen sich nicht durch die Hintertür.

Es klopfte. Marie setzte sich auf und rief ein »Herein«, worauf Isabelle ins Zimmer trat.

»Wann kommt dieser Barral?«

»In einer Stunde.«

Ihre Tochter blies hörbar die Luft aus. »Erst? Und was sollen wir so lange machen?«

»Was du machst, weiß ich nicht, vermutlich wieder etwas mit deinem Telefon, aber ich …« Sie wurde vom Türgong unterbrochen.

Die Miene ihrer Tochter hellte sich auf. »Oh, es scheint, wir haben Glück.«

Marie folgte ihr die offene Treppe hinunter und öffnete die Haustür. Vor ihr stand ein junger Mann mit dunklem Teint und schwarzem Haar. Sie hatte ihn schon einmal gesehen. Irgendein Bediensteter der Gemeinde. Wie war noch sein Name gewesen?

»Petitbon, endlich!« Yves tauchte hinter ihr auf. »Hast dir ja ganz schön Zeit gelassen.«

»Aber Sie haben mich doch gerade erst angerufen.«

»Keine Ausreden. Kümmere dich um die *Comtesse*. Irgendwas ist mit dem Ruder.«

Karim deutete eine Verbeugung an. »Sofort, Monsieur.«

Er wollte eintreten, da stoppte ihn Yves mitten in der Bewegung: »Was soll das werden?«

»Ich wollte zum Boot.«

»Durchs Haus? Bist du betrunken? Du gehst außen herum.«

»Verzeihung, Monsieur.«

»Hör auf, dich immer zu entschuldigen. Und, Karim?«

Der junge Mann drehte sich noch einmal um. »Ich will diesmal keine Abdrücke von deinen ausgelatschten Tretern auf den Planken sehen, klar?«

»Natürlich. Versprochen, Monsieur Yves. Ich werde die *Comtesse* behandeln, als sei sie meine Mutter.«

Yves blickte die Umstehenden an und grinste schief. Dann zuckte er mit den Achseln und ging ins Haus.

Ein stummer Passagier

Karim Petitbon ließ sich von Yves Vicomtes ruppiger Art nicht die Stimmung verhageln. Warum auch? Er hatte allen Grund, fröhlich zu sein: Die Sonne schien, doch selbst jetzt am Mittag war es wegen des angenehmen Winds nicht ganz so heiß wie manchmal zu dieser Jahreszeit. Die überraschend aufgetauchte Leiche vom Vortag war ein für alle Mal im Golf von Saint-Tropez versenkt, und seine Mutter, mit der er trotz seiner sechsundzwanzig Jahre noch immer zusammenlebte, hatte ihn heute Morgen mit einem frischen Croissant überrascht. Das alles war aber nur schmückendes Beiwerk angesichts des Hauptgrunds für seine gute Laune, der hier sanft schaukelnd vor ihm lag: die *Comtesse*, die majestätische Holzjacht der Familie Vicomte. Trotz der vielen Jahre, die sie schon auf dem Buckel hatte, wirkte sie stolz und Respekt einflößend. Auch durfte man sich von dem Komfort, den sie ihren Passagieren bot, nicht täuschen lassen: Die *Comtesse* war ein extrem schnittiges Boot, das schon einige Regattasiege eingefahren hatte – in den Jahren, bevor Yves das Ruder übernommen hatte.

Yves Vicomte hatte aber auch schon mehrere Male mit der Jacht an den *Voiles de Saint-Tropez* teilgenommen, dem berühmten internationalen Rennen, das jedes Jahr im Herbst stattfand. Er selbst war ebenfalls schon mit von der Partie gewesen – als Yves' Schiffsmechaniker. Ein echtes Abenteuer, weil das Talent seines Skippers sich in engen Grenzen hielt. Seitdem träumte Karim davon, selbst als Kapitän an Bord einer solchen Jacht dem Sieg entgegenzusegeln. Yves würde er allemal abhängen.

Er beschloss, sich keinen weiteren Fantasien hinzugeben und sich stattdessen seiner Aufgabe zu widmen. Schließlich fehlten ihm noch ein paar Euros bis zur Rennjacht. Immerhin: Für die Vicomtes zu arbeiten, die hier in der Gegend ziemlichen Einfluss genossen, war lukrativer, als im nahe gelegenen Azur-Park bei irgendwelchen Jahrmarktsattraktionen Hilfsjobs zu verrichten.

Von Schwierigkeiten mit dem Ruder hatte Yves gesprochen. Karim überlegte. Möglicherweise hatte sich etwas verbogen, weil der Skipper zu nahe an eine Boje oder einen Felsen am Grund der Bucht gekommen war, was er vor ihm nicht zugeben wollte. Wie auch immer, das Problem dürfte schnell zu beheben sein. Am Heck des Zweimasters beugte er sich weit über die Reling, doch aus dieser Position konnte er nichts erkennen. Er musste also wohl oder übel unter Wasser nachsehen.

Flugs zog er sich sein Shirt und die Shorts aus – eine Badehose trug er zur Sicherheit immer drunter, man wusste ja nie, wann man einen Tauchgang machen musste. Dabei rutschte ihm das Handy, das er dem Toten gestern abgenommen hatte, aus der Hosentasche. Mit einem Klacken landete es auf dem Holzdeck. Karim schluckte. Sein schlechtes Gewissen meldete sich. Eine Leiche zu beklauen war sicher eine Todsünde. Jedenfalls bei den Christen. Und im Koran stand bestimmt etwas Ähnliches. Selbst wenn weder sein verstorbener französischer Vater noch seine marokkanische Mutter besonders gläubig waren, schnürte sich ihm in diesem Moment die Kehle zu.

Auf der anderen Seite: Was war schon dabei? Schließlich brauchte der Typ, da, wo er jetzt war, kein Handy mehr, es wäre also reine Verschwendung gewesen, es mit ihm auf dem Meeresboden zu versenken. Noch dazu, wo er selbst eine sinnvolle Verwendung dafür hatte. Somit war es auch vom Umweltaspekt das Beste. Beruhigt über seine neue Sichtweise ließ sich Karim ins Wasser gleiten, tauchte unter dem Ruder durch, um es zu inspizieren – und bekam einen solchen Schock, dass er sich beim Auftauchen den Kopf am Rumpf des Holzschiffes stieß. Keuchend hielt er sich am Steg fest und versuchte, erst einmal seine Gedanken zu ordnen. Ob ihm seine Nerven einen Streich gespielt hatten? Unsinn, er war schließlich nicht geistig umnachtet. Was Karim da unten gesehen hatte, war real. Und ein Problem. Er zog sich an Bord, schnappte sich sein eigenes Telefon und wählte Lipaires Nummer. Zum Glück nahm der bereits nach dem zweiten Läuten ab.

»Karim, ich kann jetzt nicht, ich hab eine Anreise nach der anderen und noch dazu eine Doppelbuchung. Ich ruf dich zurück, wenn's besser passt, ja?«

»Nein, warte, du musst sofort herkommen«, zischte er ins Mikrofon, stets darauf bedacht, dass ihn niemand sonst hören konnte.

»Hast du nicht verstanden, dass ich …«

»Es gibt ein Problem. Ich bin bei den Vicomtes.«

»*Merde!* Warum das denn bitte?« Lipaire klang nun tatsächlich ein wenig alarmiert.

»Weil ich … egal, das sag ich dir später. Aber du musst sofort kommen: Alarmstufe Rot, verstehst du?«

Die nächsten zehn Minuten versuchte Karim nach Kräften, den Eindruck zu erwecken, als arbeite er daran, den Schaden zu beheben: Er hantierte ein wenig am großen Steuerrad, schraubte hier und da ein bisschen herum.

»Ist die *Comtesse* endlich wieder einsatzfähig?«

Karim zuckte zusammen. Er hatte Yves Vicomte gar nicht kommen hören. Mit einem verlegenen Lächeln richtete er sich auf und antwortete: »Noch nicht ganz, Monsieur. Es braucht noch ein wenig Arbeit, aber das sollten wir schnell haben.«

»Wir?«

»Ich habe einen Bekannten gebeten, mir zu helfen«, erklärte Petitbon und versuchte, dabei möglichst beiläufig zu klingen.

»Mehr Geld gibt es deswegen aber nicht, dass das klar ist. Was ist denn das Problem? Irgendwas verklemmt?«

»Es ... hat sich etwas eingeklemmt, genau. Nichts Schlimmes, nur ein wenig unnützer Ballast, der im Golf herumgetrieben ist. Sie können reingehen, ich melde mich.«

»Na gut, aber ohne Trödeln, klar?«

»Klar«, antwortete Karim und sah erleichtert, wie Yves die Terrassentür ohne weiteren Kommentar hinter sich ins Schloss fallen ließ.

In diesem Moment zwängte sich Guillaume Lipaire den engen Steg vor dem Nachbargrundstück der Vicomtes entlang und schwang sich zu Karim aufs Boot. »Was gibt's denn für ein Problem?«

»Schuhe!«

»Du hast ein Problem mit deinen Schuhen?«

»Nein, mit deinen, wenn die Vicomtes dich damit auf ihrer Jacht erwischen.« Vorwurfsvoll blickte er an den Beinen seines Freundes hinunter, worauf Lipaire widerwillig aus seinen Schlappen schlüpfte.

»Soll ich meine Gäste stehen lassen, nur weil du Probleme mit meinen Schuhen hast?«, knurrte er.

»*Putain*, die Vicomtes haben sich mit ihrem Ruder was eingefangen, was dir bekannt vorkommen wird.«

»Was denn? Oliviers altes Fischernetz?«

»Unsinn.«

»Dann quatsch nicht so kompliziertes Zeug.«

Damit hatte Lipaire natürlich recht, aber er war ja nicht ganz unschuldig daran, schließlich hatte er Karim gelehrt, ihre nicht immer ganz legalen Tätigkeiten mit allerlei Codewörtern zu verschleiern. Das konnte schon zur Gewohnheit werden. Karim sah sich nach allen Seiten um. »Unser blasser Freund von gestern Abend ist wieder aufgetaucht! Und genau in dem Moment scheinen die Vicomtes über ihn drübergesegelt zu sein.«

»Nein!«

»Doch.«

»Oh!«

»Er hat sich samt Plane im Ruder der Jacht verfangen. Und jetzt hängt er drin.«

»Anscheinend hatte er Sehnsucht nach den Vicomtes«, flüsterte Guillaume Lipaire grinsend.

»Und was sollen wir jetzt machen? Schließlich steht auf der Plane riesengroß der Name meines Taxis. Wir sollten ihn also lieber wieder loskriegen.«

»Schon. Aber erst mal müssen wir den da loskriegen.« Lipaire wies mit einem Kopfnicken zur Terrasse, wo Yves Vicomte eben wieder in der Tür erschienen war.

»Wir sind bald so weit, Monsieur«, rief Karim zu ihm hinüber, während Guillaume freundlich winkte. Yves nahm sich den Aschenbecher vom Tisch und ging wortlos zurück ins Haus.

»Wir holen jetzt dein Boot, dann gehst du auf Tauchstation, befreist unseren anhänglichen Freund aus dem Ruder, und wir bringen ihn weg.«

»Mit dem Wassertaxi?« Karims Stimme überschlug sich.

»Hast du ein anderes Boot?«

»Natürlich nicht. Aber es ist komplett offen und gehört der Verwaltung. Ich hab außerdem gleich meine Schicht, sollen wir die Leiche etwa zwischen die Fahrgäste setzen und ihn für den Rest des Tages durch die Kanäle schippern?«

Lipaire seufzte. »Nein. Ja. Vielleicht. Ich muss mir doch auch erst was überlegen, Junge! Jetzt hol du mal das Taxi, und wenn du zurück bist, ist mir bestimmt schon eine Idee gekommen.«

Als Karim Petitbon einige Minuten später mit dem solargetriebenen *coche d'eau* neben der *Comtesse* festmachte, fehlte von Guillaume Lipaire jede Spur. Ob er sich einfach vom Acker gemacht hatte? Karim zog bereits sein Handy heraus, um ihn anzurufen, da sah er kleine, blaue Rauchwölkchen vom Heck der Jacht aufsteigen. Er sprang an Deck und erblickte seinen Freund in der Sonne liegend, eine Zigarre im Mundwinkel.

»Deine Nerven möchte ich haben, Guillaume.«

»Das glaub ich dir gern, aber dafür brauchst du noch ein paar Jahre, Kleiner.«

»Nenn mich nicht Kleiner, Alter!«

»Schon gut. Während du nur das Boot geholt hast, habe ich einen Masterplan entwickelt.«

»Und wie sieht der aus?«

Lipaire machte ein wichtiges Gesicht und winkte Petitbon näher zu sich. »Also, pass gut auf: Du holst ihn aus dem Wasser, wir wuchten ihn aufs Boot und bringen ihn weg.«

Karim zog die Brauen hoch. »Wow, und das alles ist dir in der kurzen Zeit eingefallen?«

»So ist es. *Pas mal*, oder?«

»Und wie genau unterscheidet sich das von dem, was wir vorher schon gesagt haben?«

»Jetzt ist alles viel ... greifbarer für mich. Also: ab ins Wasser mit dir!«

Karim sah sein Gegenüber kopfschüttelnd an, fügte sich dann aber in sein Schicksal, zog erneut seine Klamotten aus, wobei er peinlich darauf achtete, dass das Handy des Toten diesmal nicht herausfiel, und ließ sich in den Kanal gleiten. Nach drei kurzen Tauchgängen gelang es ihm, den Körper samt der inzwischen ziemlich zerfetzten Plane aus dem Ruder zu befreien und zwischen die beiden Boote zu bugsieren. Lipaire ließ vom Taxi aus zwei Gurte ins Wasser, an denen Petitbon die heikle Fracht befestigte, die sie schließlich, halb ziehend, halb schiebend, auf das Solarboot wuchteten. Karim beeilte sich, zurück an Bord zu kommen, trocknete sich hastig ab und schlüpfte wieder in seine Kleider. Lipaire blickte derweil auf das nasse Bündel am Schiffsboden. »Hast du noch eine andere Plane? Die hier besteht ja fast nur noch aus Löchern.«

Der Junge schüttelte den Kopf. »Ich hab denen immer wieder gesagt, sie sollen lieber eine bessere Qualität kaufen, als das Logo und die Werbung für unsere Rundfahrten draufzudrucken. Aber auf mich hört ja keiner.«

»Na gut, dann muss es eben so gehen. Wir legen ihn zwischen die Sitzbänke, da wird ihn schon niemand bemerken.«

»Was wird niemand bemerken?«

Karim und Guillaume fuhren herum. Auf dem Steg stand Henri Vicomte, Yves' Onkel.

»Die ... Schramme, die sich die *Comtesse* heute eingefangen hat«, sagte Karim schnell.

Henri nickte grinsend. »Na ja, ist ja beileibe nicht der erste Makel am Familienschätzchen. Kann man euch helfen, Männer?«

»Nein, bloß nicht«, platzte Lipaire heraus.

»Ah, Sie sind ein Deutscher«, kommentierte Henri.

»Woher wissen Sie ...«, begann Guillaume, fuhr dann aber fort: »Sie sind hier, um sich zu erholen, wir kümmern uns um den Rest.«

Karim kannte den Spruch. Damit warb sein Freund für sein zweifelhaftes Vermietungsgeschäft.

»Na gut, dann noch einen angenehmen Tag, *Messieurs*. Und passen Sie auf, wenn Sie noch mehr Schaden anrichten, verfüttern Sie meine Verwandten an die Haie!« Henri hob eine Hand zum Gruß, ging zurück zur Terrasse, öffnete dort eine Flasche Rosé und machte es sich in einem Liegestuhl bequem.

Karim kannte ihn kaum, doch im Ort galt er allgemein als der umgänglichste Spross der Vicomtes. Anscheinend war der früh ergraute Endvierziger Krimiautor, dessen Werke sich sogar recht gut verkauften. Da Karim es in seinem Leben jedoch insgesamt nur auf die Lucky-Luke-Gesamtausgabe, eineinhalb richtige Bücher und vier Asterix-Comics aus der Sammlung seines verstorbenen Vaters gebracht hatte, interessierte ihn das nicht sonderlich.

»Lass uns verschwinden, Guillaume!«, zischte er und hastete zu seinem Cockpit. Erst als sie die Mitte des Kanals erreicht hatten, beruhigte er sich ein wenig. »Glaubst du, dieser Henri hat was gesehen?«, fragte er, während Guillaume an der zerfetzten Plane herumzupfte, unter der immer mal wieder eine Hand oder ein Fuß zum Vorschein kamen.

»Ach was.« Lipaire winkte ab. »So hell auf der Platte sind die Vicomtes nicht. Und alles, was Henri kann, ist Bücher zu schreiben. Also unterm Strich nichts.«

»Na hoffentlich. Apropos Plan: Wohin fahren wir denn jetzt eigentlich?«

»Wir bringen unseren Mitfahrer an einen Ort, wo er unter seinesgleichen ist.«

»Was soll das heißen?«

»Überleg doch mal.«

»Kannst du aufhören, immer in Rätseln zu sprechen, Guillaume?«

»Ein bisschen Gehirnjogging schadet euch jungen Leuten nicht.«

»Auf den Friedhof?«

»Fast.« Lipaire lächelte milde. »Vielleicht fällt es dir ja noch ein. Wir können ihn sowieso erst heute Abend hinbringen. So lange müssen wir ihn hierlassen.«

»Hier? Spinnst du? Ich hab jetzt Dienst.«

»Na schön, dann werden wir ihn eben erst mal zwischenparken.«

Petitbon stöhnte. »*Merde!* Und wo?«

»Mäßige deinen Ton, Junge, diese Ausdrücke stehen dir nicht gut zu Gesicht!«

Karim nickte. Er bemühte sich ja nach Kräften, sich in Guillaumes Gegenwart ein wenig gewählter auszudrücken als gewöhnlich, weil er wusste, dass seinem Freund das wichtig war.

»Haaaallo, Kariiiiiiim!«

Die Köpfe der beiden ruckten herum: Auf dem kleinen Anlegesteg, den sie eben passierten, stand, in einer schrillen Blumenleggings, einem Shirt mit der goldenen Aufschrift VIP und einer Plastiktüte, Lizzy Schindler und winkte ihnen aufgeregt zu. Neben ihr wedelte der ebenfalls betagte Pudel mit dem Schwanz.

»Oh Mann, die hat mir gerade noch gefehlt!« Karim winkte ihr und steuerte das Boot Richtung Kai.

»Du willst die allen Ernstes mitnehmen?«

Der Junge hob die Schultern. »Was soll ich machen? Sie befindet sich am öffentlichen Steg und hat damit ein Recht auf Beförderung.« Dass er es einfach nicht übers Herz brachte, die alte Dame in der prallen Sonne stehen zu lassen, sagte er nicht.

»Ein Recht? Ich bitte dich! Außerdem machen wir ja gerade eine … Betriebsfahrt. Mit heikler Fracht.«

Karim drosselte den Motor. »Wenn die sich bei der Verwaltung beschwert, dass ich sie nicht mitgenommen habe, dann …«

»Dann?«

»Kariiiiim! Louis und ich warten auf Sie!«, tönte es da wieder vom Steg.

»Dann schauen sie vielleicht genauer hin, wofür ich das Boot alles so benutze.«

»Oje, das will niemand«, gab Lipaire zu.

»*Exactement.*«

»Aber ausgerechnet diese alte Schachtel, die alles sofort weitertratscht?«

»Kariiiim, kommen Sie endlich? Louis wird es allmählich zu warm in der Sonne.«

»Louis?«

»Ihr Hund. Louis Quatorze, um genau zu sein.«

Lipaire verdrehte die Augen. »Also gut. Wahrscheinlich bekommt sie eh nichts mehr mit.« Zähneknirschend bedeutete er dem Jungen, den Steg anzusteuern. Auf dem Weg dorthin schob er den Toten samt Plane unter die Bank am Heck. Als sie Lizzy Schindler erreicht hatten, hielt er ihr die Hand hin. »Madame, einen wunderschönen Tag. Wohin dürfen wir Sie bringen?«, flötete er und hob ihren Hund an Bord.

»Oh, heute gleich zwei attraktive Männer, sehr schön! Ich müsste nur rasch zum Marktplatz. Habe einen Spaziergang am Strand hinter mir. Gut für die Fitness.«

»Aber das haben Sie doch nicht nötig, Teuerste.«

»Sie Charmeur, Sie.«

»Ich sage nur die Wahrheit.«

Lizzy Schindler lächelte geschmeichelt. Dann stakste sie auf die hinteren Sitzreihen zu, wohin sie der Pudel wild schnüffelnd zog. Karim warf seinem Freund einen panischen Blick zu.

»Wenn Sie vielleicht gleich hier Platz nehmen wollen?«, sagte Lipaire schnell und zeigte auf eine der vorderen Holzbänke.

»Louis will aber lieber nach hinten.« Noch immer zog der Köter wie ein Berserker an der Leine.

»Sicher. Nur wir hätten Sie eben gern hier in unserer Nähe. Wann hat man als einfacher Angestellter schon das Vergnügen, mit einer Dame von Welt Zeit verbringen zu können ... Möchten Sie uns nicht vielleicht etwas aus den goldenen Zeiten unseres Örtchens erzählen? Von der Bardot vielleicht?«

»Au ja«, mischte sich jetzt auch Karim ein. »Das wär doch ...« Er stockte, offenbar fiel ihm nicht das passende Wort ein. Madame Lizzy runzelte die Stirn.

»… überaus reizend, meint er, nicht wahr, Karim?«

Der Junge nickte.

»Von Brigitte? Wo fange ich da an?«

»Oder was mit anderen Prominenten?«, schlug Karim vor.

Lizzy Schindler lächelte beseelt. »Natürlich. Mit Prominenten war ich auf Du und Du. Ich könnte Ihnen da Sachen erzählen! Ende der Siebziger hatte ich zum Beispiel öfter Besuch von diesem Politiker. Nur der Minister für Kultur, aber immerhin. Seine Familie war in Sainte-Maxime abgestiegen, und wir mussten ihn jeden Abend auf dem Fischerboot wieder aus der Stadt bringen, unter den stinkenden Netzen. Einmal haben wir ihn sogar in die Kühlbox gesteckt.«

»Unglaublich«, sagte Guillaume, der auf einmal seltsam abwesend wirkte.

»Dann war da dieser Schauspieler, der sich jeden Morgen partout von einem Hubschrauber …«

»Wie schade, ein andermal, Madame Lizzy. Wir sind schon da.« Karim deutete auf die Haltestelle an der Kirche, an der wie immer bereits einige Touristen warteten.

»So schnell?«

»Ja, ich hab etwas mehr Gas gegeben als sonst. Sie haben es sicher eilig.«

»Sehr umsichtig von Ihnen, junger Mann.«

Als Lipaire der alten Dame samt Hund auf den Steg geholfen hatte, drehte die sich noch einmal um: »Fahren Sie denn ab jetzt immer mit, Monsieur … wie war noch gleich Ihr Name?«

»Lipaire. Guillaume Lipaire.«

»Na, so was. Ich dachte, Sie seien ein Landsmann. Oder zumindest Deutscher.«

Er ging nicht darauf ein. »Ich bedaure, aber ich kann nur zu besonderen Gelegenheiten an Bord sein.«

Lizzy nickte, zog heftig an der Hundeleine und stakste davon.

Kurz darauf hatten sie die Haltestelle wieder verlassen – allerdings erst, nachdem sie fünf hartnäckige Urlauber überzeugt hatten, dass dies hier nicht das Express-Linienboot nach Saint-Tropez sei, für das sie eben bei dem mobilen Verkaufsstand verbilligte Tickets erstanden hätten, dass das Boot aber bestimmt in den nächsten zwei Minuten komme und ihnen ansonsten ihr Geld von der Verkäuferin, von der allerdings nichts mehr zu sehen war, zurückerstattet werde.

»Hat Francine heute wieder ihre gefälschten Tickets verkauft?« Lipaire nickte anerkennend.

»Vermutlich. Macht sie alle drei Wochen. Sie hat eine feste Route, die sie abklappert. Wenn sie dann das nächste Mal aufkreuzt, sind die Touristen längst wieder zu Hause und haben andere Probleme als ein Boot, das niemals kam.«

Sie lächelten sich wissend an. Die immerwährende Rotation der Gäste eröffnete ihnen Chancen, die es nur in Urlaubsorten gab.

»Und wohin jetzt?«, fragte Karim.

Statt zu antworten, sah sich Lipaire nach allen Seiten um.

»Was ist denn dein Plan?«

»Mein Plan ist, dass wir ... zu Olivier fahren.«

»Dem Fischer? Wegen Madame Lizzys Geschichte eben?«

»Wegen ... nein, das hatte ich schon die ganze Zeit vor.«

»Und was willst du ihm erzählen?«

»Olivier? Gar nichts. Denn der dürfte um die Zeit in Saint-Tropez sein und Louis-Vuitton-Taschen verkaufen. Er ist doch neuerdings nur noch Fischer im Nebenerwerb.«

Karim runzelte die Stirn. »Und dann arbeitet er ausgerechnet in einer Nobelboutique?«

»Boutique? Er vertickt hinter der Hafenmauer diese nachgemachten Dinger. Bis die *flics* ihn verjagen.«

Inzwischen hatten sie den Liegeplatz des letzten im täglichen

Einsatz befindlichen Fischerboots von Port Grimaud fast erreicht, eine Lücke zwischen zwei Häuserreihen der *Rue du Septentrion*.

»Leg einfach parallel zu Oliviers Kahn an«, ordnete Lipaire an. Karim nickte und steuerte das Boot Richtung Kai.

»Pass auf: Wir werden ihn in der Kühltruhe an Deck zwischenlagern. Bis heute Abend, da kommt er dann an seinen endgültigen Bestimmungsort. Na, weißt du inzwischen, wo das sein könnte?«

Karim schüttelte genervt den Kopf, vertäute das Wassertaxi am rot lackierten Fischerboot, auf dem ein Gewirr aus Netzen, Leinen und Kisten lag. »Und was, wenn Olivier die Truhe aufmacht?«

»Das wird er nicht. Er fährt erst nach Mitternacht wieder raus, und das Ding ist obendrein leer. Ich hab ihn gesehen, er hat seinen gesamten Fang an den Wirt vom *Escargot d'Or* verkloppt.«

»Aber wenn er doch reinschaut?«

»Dann findet er eine Leiche, um die er sich selber kümmern muss. Und wir sind fein raus.« Damit ging Lipaire an Deck des Kahns und hob den rostigen Deckel der Kühltruhe an.

Fünf Minuten später hatten sie ihre Fracht unbehelligt verstaut, allerdings erst, nachdem Lipaire die vier schönen Langusten, die in einer Ecke herumlagen, an sich genommen hatte. »Die kleinen Scheißerchen werde ich mir nachher gönnen. Kann man ja niemandem mehr zumuten, wenn sie neben einem Toten gelegen haben. Dazu ein Gläschen von dem *Bergerac Rosé* aus dem Fundus von Herrn Suttner. Du weißt schon, dem deutschen Dirigenten. Die Suttners haben diesen praktischen Gasgrill auf der Terrasse und kommen frühestens in sechs Wochen zurück.«

Karim schüttelte nur lachend den Kopf. Sein Freund war einfach unverbesserlich.

»Sei doch so gut und fahr mich dort vorbei, ja?«

»Kommst du denn da überhaupt rein?«

»Der Schlüssel müsste unter dem Geranientopf auf der Terrasse liegen, wenn ich nicht irre.«

»Immer für alles eine Lösung, was?«

»Klar, man darf das Leben nicht zu ernst nehmen.«

»Und den Tod auch nicht, stimmt's?« Karim deutete auf das Fischerboot.

»Genau. Was machst du denn den Rest des Tages?«

»Ich würd mal sagen: arbeiten.«

»Verstehe«, murmelte Guillaume Lipaire. »Schade, irgendwie.«

»Warum?«

»Na ja, weil ich einen Spezialauftrag hätte. Einen, den nur du ausführen kannst.«

»Also gut, lass hören!« Karim lenkte das Wassertaxi an den freien Anlegeplatz der Suttners.

»Wir sind den Toten zwar los, aber was, wenn er den Vicomtes doch irgendwie fehlt? Schließlich hat er in ihrem Haus gelegen. Wenn sie ihn suchen und dann auf uns kommen?«

»Und was genau hab ich damit zu tun? Streng genommen ist es dein Toter.«

»Nur keine falsche Bescheidenheit, er gehört uns beiden. Du könntest also zu den Vicomtes gehen, ihnen sagen, dass die Jacht repariert ist, und dich unverbindlich umhören, ob sie irgendetwas vermissen.«

»Irgendwen, meinst du …«

»Du bist einfach ein schlaues Kerlchen.«

»Könntest du ja auch einfach selber machen. Sieht verdammt danach aus, als hättest du nichts weiter vor.«

Lipaire wiegte den Kopf hin und her. »Könnte ich. Aber bei dir ist es viel unauffälliger. Und wenn ich die Langusten jetzt noch länger ungekühlt liegen lasse, verderben sie am Ende. Damit ist keinem geholfen, das musst du zugeben.«

»Unglaublich«, sagte Karim seufzend. »Du verkaufst am Nordpol Kühlschränke, wenn es sein muss. Ja, von mir aus, ich geh später noch bei ihnen vorbei. Kann dir ja sowieso keine Bitte abschlagen.«

Lipaire lächelte zufrieden. »Toll, dass du das freiwillig übernimmst, Junge. Meld dich einfach, wenn du etwas weißt. Nur bitte nicht zwischen zwei und drei, da würde ich gern auf dem Balkon der Suttners eine kurze Siesta machen. Sie haben diese wahnsinnig bequemen Wellnessliegen.«

Familienbande

»Verdammt noch mal, wo bleibt das Arschloch?« Yves knallte das Glas so heftig auf den Tisch, dass alle im Raum zusammenzuckten.

Auch wenn Marie diese Ausdrucksweise verabscheute, so konnte sie ihn doch verstehen. Warum ließ Barral sie nur so lange warten? Er selbst hatte sie doch um dieses Treffen gebeten. Sie regelrecht herbestellt. Wie Dienstboten. War nicht er es, der etwas von ihnen wollte? Zumindest hatte er eine ziemlich hohe Summe Geld für das gefordert, was er ihnen anzubieten hatte.

»Ich verstehe das nicht. Wir sind doch bereit, seinen Forderungen zu entsprechen«, fasste Isabelle ihre Gedanken in Worte.

»Aber er hat auch mitbekommen, wie sehr wir an der Sache interessiert sind«, brummte Yves. »Wahrscheinlich will er jetzt den Preis in die Höhe treiben.«

Daran hatte Marie auch schon gedacht. Wenn es stimmte, hatten sie kaum Möglichkeiten dagegenzuhalten. Barral saß am längeren Hebel. Sie seufzte und ließ ihren Blick über die lange Tafel wandern. Alle hatten mit großem Abstand zueinander Platz genommen, als hätten sie Angst vor einer ansteckenden Krankheit, die sie sich bei zu großer Nähe einfangen könnten. Und alle waren nervös, wobei jeder seine eigene Art hatte, damit umzugehen. Selbst ihr Vater schien aufgeregt, sein Gesicht zeigte hektische rote Flecken. Yves zappelte mit den Beinen und stand immer wieder auf, Isabelle nahm ständig ihr Mobiltelefon zur Hand, nur um es gleich wieder wegzulegen. Lediglich Henri wirkte ruhig, was wahrscheinlich am Alkohol lag. Er hatte, seit sie mit der Jacht in Marseille abgelegt hatten, permanent eine Flasche und ein Glas in der Hand gehabt. Allerdings wirkte er auf Marie nicht betrunken. Ihr Halbbruder schien eine Menge zu vertragen.

»Er kommt schon noch. Auch für ihn geht es um viel«, sagte er.

Marie beruhigte das nicht. Schließlich hatten sie ein Treffen um zwölf vereinbart, nun aber war es bereits Nachmittag. Und bei dieser Art von Geschäft war man normalerweise pünktlich. Sie kritzelte auf einem Block herum, der vor ihr auf dem Tisch lag.

»Vielleicht hat er ja auch Probleme mit seinem Boot«, mutmaßte Henri und warf Yves einen vielsagenden Blick zu.

Der sprang auf. »Das Ruder war blockiert. Aber wenn du so schlau bist, dann steuere doch nächstes Mal selbst.«

»So hab ich das nicht gemeint. Aber wenn du es schon ansprichst ...« Henri prostete seinem Neffen zu.

Dann schwiegen sie wieder. Nur ab und zu durchbrach ein schwerer Atemzug von Chevalier Vicomte die Stille. Auf einmal steuerte der Senior seinen Rollstuhl vor die gläserne Vitrine mit den Weinflaschen, die neben dem Fenster an der Wand stand.

Yves sog scharf die Luft ein, Isabelle verdrehte die Augen. Marie wusste, dass die beiden diese Anbetung für völlig übertrieben hielten. Aber sie hatte Verständnis dafür. Jedenfalls ein bisschen. Als amtierende Geschäftsführerin des Familienbetriebs war sie quasi täglich mit der ruhmreichen Vergangenheit konfrontiert. Eine Vergangenheit, von der nicht mehr allzu viel übrig war. Doch diese drei Weinflaschen zeugten noch davon, standen symbolhaft für den einstigen Erfolg des Weinimperiums, bevor ihr Bruder Antoine ... Marie wischte den Gedanken beiseite. Das würde ihre Stimmung nur noch weiter verdüstern.

Sie stand auf, ging zu ihrem Vater, legte ihm die Hand auf die Schulter und betrachtete ebenfalls die Flaschen in dem gläsernen Tresor, die von kleinen Spots angestrahlt wurden wie Filmstars bei einer Premiere. Die ältesten noch erhaltenen Flaschen der Marke *Vicomte*. Samtiger, schwerer Rotwein. Vielleicht waren sie längst ungenießbar. Aber trotzdem alles andere als wertlos. Wozu auch der Anlass beitrug, zu dem sie gekeltert worden waren, die Kaiserkrönung Napoleons III. anno 1852. Vor hundertsiebzig Jahren. Unfassbar. Ihren beträchtlichen Wert kannten sie genau, seit Chevalier schweren Herzens in die Versteigerung von einer der ursprünglich vier Flaschen eingewilligt hatte. Das Geld hatten sie benötigt, um die Firma zu retten, als gleich mehrere Kredite nicht mehr bedient werden konnten. Und der Betrag hatte ausgereicht, um die Misere zu beheben. Ihr Vater hatte sein Einverständnis später bereut, als er merkte, wie sehr die Versteigerung die Gier der anderen Familienmitglieder entfacht hatte. Alle wussten nun, welche Werte hier schlummerten und wie schnell man sie zu Geld machen konnte. Immer wieder brachten sie eine mögliche weitere Versteigerung zur Sprache. Doch zwischen ihnen und den Flaschen stand, oder vielmehr saß, Chevalier Vicomte. Für ihn war dieser Wein ein Symbol, mehr wert als alles Geld dieser Welt. Ein Symbol einstiger Größe. Und zukünftiger, wenn alles nach Plan verlaufen würde.

Als könne er Maries Gedanken spüren, wanderte Chevaliers Hand zu der Kette an seinem Hals, an der ein goldfarbener Schlüssel hing. Der Schlüssel zum Weintresor, einer Sonderanfertigung, die komplett aus Panzerglas gefertigt war. Yves hatte einmal die Vermutung geäußert, dass er ihn mit ins Grab nehmen wolle. Vermutlich hatte er recht. Marie war sich sicher, dass Papa in seinem Testament verfügt hatte, dass niemand die Flaschen anrühren dürfe. Jedenfalls nicht, wenn er oder sie sich nicht um den Erbteil bringen wollte.

»Was ist das denn?« Isabelles Stimme holte Marie ins Hier und Jetzt zurück.

»Was denn, Liebes?«

»Das da.« Isabelle hielt etwas hoch. Alle blickten zu ihr. Als Marie ein paar Schritte auf ihre Tochter zumachte, erkannte sie ein Streichholzheftchen in ihrer Hand.

»Tu doch nicht so, als würdest du nicht auch ab und zu eine rauchen«, brummte Yves.

»Ich weiß, was das ist, du Idiot. Aber wie kommt es in unsere Bibliothek?«

Yves stand auf und nahm es ihr aus der Hand. »Hm, komisch. Das ist aus einer Hafenkneipe in Toulon.«

»Toulon?« Isabelle hob die Augenbrauen. »Wer von uns verkehrt bitte freiwillig in diesem hässlichen Kaff? Da wohnen doch nur …« Sie sprach nicht weiter, aber Marie wusste, was sie meinte. Toulon war eine schmucklose, von Arbeiterquartieren dominierte Hafenstadt, in die sie selbst noch nie einen Fuß gesetzt hatte.

»Das wird Yves bei einer seiner Sauftouren aufgegabelt haben, oder?«, vermutete Henri.

Marie sah ihren Halbbruder verwundert an. Dass ausgerechnet er sich an Yves' Alkoholkonsum störte, empfand sie als nachgerade lächerlich. Schließlich sprach er dem Wein von ihnen allen am meisten zu. Zumindest in dieser Hinsicht passte er ganz gut in ihre Weindynastie, dachte sie bitter.

Yves' Augen funkelten angriffslustig. »Wahrscheinlich ist es von einem deiner minderjährigen Autoren-Flittchen.«

»Das nehm ich jetzt mal als Kompliment«, entgegnete Henri und kippte den Rest des Glases in sich hinein.

Doch Isabelle ließ sich nicht beirren. »Was, wenn dieser Barral schon da war? Stammt der nicht aus Toulon?«

Marie legte ihre Stirn in Falten. »Was willst du damit sagen?«

»Dass er vielleicht schon hier im Haus war.«

»Schwachsinn«, entfuhr es Henri ungewöhnlich scharf. »Wie sollte er denn hereingekommen sein?«

»Vielleicht hat jemand ...« Ein Klopfen an der Tür ließ Isabelle verstummen.

»Na bitte, da ist unser Gast ja endlich. Hast dich wohl getäuscht, Miss Marple.« Yves wirkte erleichtert und eilte zur Tür, die anderen blickten ihm gespannt hinterher.

»Du?«, hörte Marie ihren Neffen überrascht ausrufen. Sie erhob sich. Draußen stand wieder der Junge von vorhin. »Dachte, du wärst schon längst fertig, Petitbon.«

»Es tut mir leid, das mit dem Ruder hat länger gedauert.«

»Was war denn?« Yves klang nicht, als würde es ihn wirklich interessieren.

»Etwas hatte sich darin verklemmt, wie Sie vermutet hatten, Monsieur. Ein bisschen schwer zu entsorgen ... entfernen, meine ich. Schwimmt ja immer mehr ... Unrat rum, da draußen.«

Yves hielt dem Jungen einen Zwanziger hin, den der mit einem Kopfnicken an sich nahm.

»Kann ich sonst noch was für Sie tun, Monsieur?«

»Nein, außer meine Nerven schonen.«

»Wenn Sie noch irgendwas brauchen, dann ...«

»Himmel, sieh zu, dass du endlich Land gewinnst!«

»Ich dachte nur ... vielleicht fehlt Ihnen ja etwas.«

Yves hatte die Tür schon halb geschlossen, da hielt er inne. Er öffnete sie wieder ganz und musterte Petitbon mit zusammengekniffenen Augen. »Was meinst du damit?«

»Nur, dass ich, falls Sie etwas suchen oder ...«

»Uns fehlt nichts. Jedenfalls nichts, was du uns besorgen könntest.«

»Sicher?«

»Jetzt werd mal nicht frech, Kleiner!«

»Wenn doch, dann ...«

Jetzt riss Yves der Geduldsfaden, und er knallte die Tür zu. Gedämpft erscholl dahinter noch einmal Karim Petitbons Stimme. »Es wäre mir wirklich eine Freude, Ihnen bei jedweder Suche oder Besorgung zu helfen.«

»Zieh Leine, crétin«, brüllte Yves und ging an Marie vorbei zum Tisch. Die anderen blickten ihn fragend an.

Nur Henri grinste. »Schwer, heutzutage gutes Personal zu finden, was?«

»Kannst du laut sagen.«

»Was wollte der Junge denn?«

»Sich andienen. Vielleicht braucht er Geld. Er hat mir irgendwann erzählt, dass es sein Traum sei, auch mal Regatten zu fahren. Ich lass ihn in dem Glauben, dass er das schaffen wird. Ansonsten kann man ihn leidlich als Schiffsmechaniker brauchen. Er macht fast alles. Und das für einen Hungerlohn.« Yves lachte polternd.

»Du bist so ein Snob«, sagte Isabelle.

»Das sagst ausgerechnet du?«

»Was wollte er denn jetzt genau?«, insistierte Henri.

»Er wollte wissen, ob wir etwas suchen, und hat uns angeboten, alles zu besorgen, was wir benötigen.« Er machte eine kurze Pause und fuhr dann fort: »Wenn man's nicht besser wüsste, könnte man gerade meinen, er weiß was über diesen Barral.«

Transportprobleme

Es war kurz nach sieben, als es an der Tür von Guillaume Lipaire klopfte. Ächzend erhob er sich von seinem Bett, in dem er sein tägliches Spätnachmittag- bis Frühabendnickerchen gehalten hatte, und kletterte die Leiter in seinen Wohnraum hinunter. Er mochte das Hochbett, das sein Vorgänger hier eingebaut hatte, auch wenn sich direkt unter der Zimmerdecke immer die Wärme staute. Die meisten *gardien*-Wohnungen hatten diese »halbe Etage«. Er fluchte eigentlich nur darüber, wenn er nachts rausmusste, denn dabei hatte er schon ein paarmal nicht den richtigen Tritt gefunden.

»*J'arrive*«, rief er in Richtung Tür, strich sich vor dem Spiegel die Haare glatt und öffnete. Draußen stand Karim Petitbon, der von einem Bein aufs andere tänzelte.

»Ich muss unbedingt pissen«, platzte er heraus und stürzte an Lipaire vorbei in Richtung der kleinen Nasszelle.

»Ausdrucksweise!«, rief ihm Guillaume mahnend hinterher, da fiel bereits die Toilettentür ins Schloss. »Und ein Gruß sollte ja wohl drin sein.« Er holte zwei Dosen Bier aus dem Kühlschrank, machte gerade so viel Platz auf dem übervollen Esstischchen, dass er sie abstellen konnte, und ließ sich auf einen der Plastikstühle sinken.

»Mann, das war knapp, beinahe hätte es mir den Hydranten weggerissen!«, erklärte Karim, als er sich zu ihm gesellte.

Lipaire schüttelte ungläubig den Kopf. »Wohin soll das nur führen mit dir? Wenn du dich eines Tages in besseren Kreisen bewegen möchtest, musst du auch so reden wie die.«

»Ja, schon gut. Ich geb mir Mühe, okay?«

»Apropos bessere Kreise: Bist du bei den Vicomtes weitergekommen?«

»Hm?«

»Ob du bei denen irgendwas rausbekommen hast. War dein Gespräch aufschlussreich?«

Karim machte seine Bierdose auf und nahm einen großen Schluck. »Aufschlussreich? Klar, und wie. So was von aufschlussreich, ich weiß gar nicht, wo ich anfangen soll.«

»Vielleicht ... am Anfang? Hier, setz dich.« Lipaire schob ihm mit dem Fuß einen Stuhl hin.

Karim nahm Platz und holte tief Luft. »Also, erst mal, da hab ich natürlich geklopft, bei denen.«

»Ziemlich geschickter Schachzug«, sagte Guillaume grinsend. Offenbar war bei der Unterredung nichts herausgekommen, sonst hätte Karim es längst erzählt. Aber er war gespannt, was der Junge alles zusammenfabulieren würde. Auch er öffnete also seine Dose und bedeutete Karim, weiterzuerzählen.

»Ja, und dann ... haben sie aufgemacht.«

»Alle?«

»Nein, Yves Vicomte.«

»Und dann?«

»Hab ich gefragt.«

»Was?«

»Ob sie was vermissen und ob ich was für sie tun kann. Ich hab das sogar auf verschiedene Arten getan, hab mir mehrere Formulierungen einfallen lassen«, erklärte Petitbon mit stolzgeschwellter Brust.

»Aha. Und, vermissen sie was?«

»Nö, also nicht direkt jedenfalls.«

»Und indirekt?«

»Indirekt ist das schwer zu sagen, weil mir dieser Yves irgendwann einfach die Tür vor der Nase zugeknallt hat. Aber ich hab dann trotzdem noch gesagt, dass sie sich melden sollen, wenn was ist. Durch die Tür. Von draußen. Nicht schlecht, oder?«

Lipaire musste kichern.

»Wieso lachst du?«

»Weil du nichts erreicht hast, dich aber zierst, es zuzugeben, als wären wir im Mädchenpensionat.«

»Das stimmt doch gar nicht!«

»Okay, also, wie ist dein Eindruck: Vermissen sie den Typen in der Kühltruhe? Denken sie, wir haben was mit seinem Verschwinden zu tun? Haben sie ihn kaltgemacht?«

»Na ja, also, so genau kann ich das jetzt … ich mein, das sind ja so viele Fragen auf einmal, und ich war gerade mal 'ne Minute dort.«

»Weißt du, was, Karim? Ich versuche einfach, das in den nächsten Tagen selbst mal zu klären, *d'accord*?«

Der Junge seufzte. »Wenn du meinst. War doch wirklich ein bisschen viel, was ich alles hätte rausbekommen sollen, das musst du zugeben.«

»Ja, mag sein«, gab Lipaire brummend zurück. »Das heißt, wir haben noch immer keine Ahnung, wer der Verblichene ist. Wenn du dich nur ein bisschen geschickter …«

»Wir müssen ihn jetzt erst mal wegbringen. Stell dir vor, Olivier überprüft seine Netze oder räumt auf seinem Kahn auf.«

Lipaire lachte kehlig. »Keine Sorge, seit ich hier bin, wäre es das erste Mal, dass Olivier irgendetwas aufräumt.«

»Trotzdem … was ist denn jetzt dein Plan?«

Guillaume lächelte verschmitzt. »Bist also tatsächlich nicht draufgekommen, wie?«

Petitbon zog die Schultern hoch.

»Okay, ich sag's dir, wenn wir auf dem Boot sind. Wo hast du festgemacht?«

»Ich hab das Boot heute Abend nicht.«

»Dein *coche d'eau*?«

»Genau genommen ist es nicht mein Wassertaxi, aber: ja.«

»*Merde*! Wie sollen wir den Bleichen dann von Oliviers Boot kriegen? Wir können ja schlecht ein Stand-up-Paddle nehmen. Was ist denn los mit dem Taxi?«

»Ist gerade nicht einsatzbereit.«

»Warum?«

Karim sah zu Boden und murmelte: »Es ist nicht geladen, *putain*!«

»Nicht schon wieder fluchen, Karim. Kann keiner was dafür. Außer dir.«

»Ich weiß schon. Und jetzt? Können wir nicht irgendeins von diesen Booten da nehmen?« Karim zeigte auf das große Schlüsselbrett an der Wand, an dem fein säuberlich getrennt die Haustür-, Auto- und Bootsschlüssel der Leute hingen, für die Lipaire arbeitete.

Guillaume schüttelte vehement den Kopf. »Nein, das mach ich nicht. Dabei kann viel zu viel schiefgehen. Denk nur an Didier.«

»Welchen Didier?«

»Den von der Werft, der sich vor zwei Jahren ein Schnellboot geschnappt hat, das sie für einen Kunden überholt haben. Und was ist passiert?«

»Keine Ahnung.«

»Abgesoffen ist er. Mitsamt dem Boot.«

Karim sah ihn mit großen Augen an.

Guillaume nickte bedeutungsschwer. »Wir brauchen eine andere Lösung.« Er erhob sich und ging zu seinem Küchenbüfett, auf dem eine flache Blechkiste mit der Aufschrift *Ammann's feine Teebiskuits* stand. Vor Jahren hatte er sie im Mülleimer eines seiner Häuser gefunden und zum Aufbewahrungsort für seine ebenso umfangreiche wie hilfreiche Adressdatei umfunktioniert. Als Trenner für die Buchstaben fungierten kleine Holzbrettchen, hinter denen sich dann Kartei- und Visitenkarten, Zettel oder Zeitungsausschnitte befanden.

Das Geniale daran war, dass er sie nicht nach Namen, sondern nach Themengebieten geordnet hatte. Er entnahm also dem Fach *Transport* die darin liegenden Adresskärtchen und begann, sie zu sichten. Als er die Nummer von Bruno, der bei der Müllabfuhr arbeitete, in die Hände bekam, überlegte er kurz, blätterte dann aber weiter. Es gab keinen Grund, pietätlos zu werden. Ob er bei Brigitte anrufen sollte, deren Mann einen Eselskarren samt Zugtier besaß? Nein, zu laut und zu langsam, verwarf er den Gedanken gleich wieder. Maximes Elektrotandem war für den Zweck ebenso wenig geeignet wie Rachids riesiger Sattelschlepper. Vielleicht das alte Amphibienfahrzeug von Gernot, dem steirischen Koch und Oldtimerfan? Aber das hatte sicher wieder irgendeine Macke, mutmaßte er und fand schließlich den richtigen Kontakt. »Das ist es«, verkündete er selbstsicher und langte nach seinem Telefon.

»Würdest du mich vielleicht mal in deine Pläne einweihen?«

»Klar«, sagte Guillaume grinsend. »Aber jetzt noch nicht.«

Er wählte die Nummer und hatte kurz darauf Nicolas am Apparat. Sein Transporter würde sich ganz hervorragend für ihre Bedürfnisse eignen. Er willigte ein und sagte zu, gegen Mitternacht bei Lipaire zu sein.

»Wer war das denn jetzt?« Karim war sauer, das war nicht zu übersehen.

»Ganz ruhig. Ich sag's dir ja: Ich hatte Nici am Telefon. Er hat genau das, was wir brauchen.«

»Nicolas vom Laden?«

»*Exactement.*«

»Der hat einen Transporter?«

»Nicht nur das: Das Ding hat genau die richtige Größe für unseren Zweck. Außerdem fällt es nicht unter das nächtliche Autoverbot. Und Nici fragt nicht nach. Kein einziges Mal bisher. Sehr diskret, auch bei heiklem Frachtgut.«

Karim schien zu überlegen. »Moment mal, Guillaume, was meinst du mit ›kein einziges Mal‹ und ›heikles Frachtgut‹?«

»Das Erste heißt so viel wie ›nie‹ und das Zweite ...«

»Das weiß ich. Aber was hat er denn schon für dich fahren müssen, was so heikel war?«

Guillaume rieb sich die Nase. »Na ja, also, nachdem Rudi so überraschend verstorben war ...«

Karim bekam große Augen. »Rudi? Sag bloß, du hattest schon mal einen Toten.«

Guillaume grinste. »Nicht nur einen.«

Karims Kiefer klappte nach unten.

»Aber keinen Menschen, ganz ruhig. Rudi war der Papagei von holländischen Kunden.«

»Ach so. Und was war los mit dem Piepmatz?«

»Na ja, ich hatte versprochen, mich um ihn zu kümmern. Aber woher sollte ich denn bitte wissen, dass so ein Flattermann derart viel Aufmerksamkeit braucht? Schließlich war ich fast jeden Tag bei ihm.«

»Fast?«

Lipaire winkte ab. »Im Nachhinein betrachtet, lag es wahrscheinlich gar nicht an mir. Rudi war ja schon zehn.«

»Ich hab im Fernsehen gesehen, dass Papageien bis zu hundert Jahre alt werden können. Locker.«

Lipaire seufzte. »Rudi war das nicht vergönnt. Wie dem auch sei, ich musste für Ersatz sorgen. Zufälligerweise bin ich am nächsten Tag nachts in Saint-Tropez an einer großen Voliere vorbeigekommen, und Rudi zwei ist mir regelrecht zugeflogen. Lebt immer noch bei den Holländern, ist also viel haltbarer als

Rudi eins. Und dass er plötzlich Französisch sprach, hat die sehr gefreut.«

Karim schüttelte den Kopf. »Du bist und bleibst unverbesserlich. Gibt es irgendwas auf der Welt, was du dir nicht schönreden kannst?«

Lipaire zuckte mit den Achseln. »Das Leben ist zu kurz und zu schön, um sich darüber Sorgen zu machen.«

»Also, im Moment mach ich mir schon Sorgen, wer der Typ ist, den wir bei den Vicomtes gefunden haben, du nicht?«

»Doch, wie gesagt. Mich würde interessieren, ob noch irgendjemand Zugang zu deren Haus hat. Die sind ja erst gekommen, nachdem wir ihn gefunden haben.«

»Hm, stimmt.«

»Wie dem auch sei, wir müssen gut aufpassen, dass es nichts gibt, was uns mit ihm in Verbindung bringt. Sonst merken die Vicomtes am Ende doch noch, dass ich hin und wieder ihr Haus einer erweiterten Nutzung zuführe.«

»Kannst du geschwollen daherreden!«

Lipaire nahm das, bei aller Kritik, als Kompliment.

»Sag doch einfach, dass du sie bescheißt ...«

»Ach, das hört sich so hässlich an. Ihr Anwesen ist eine der Perlen in meinem Vermietungs-Portfolio.«

»Portfolio«, wiederholte Karim kopfschüttelnd. »Aber was meinst du: Wie ist er gestorben?«

»Na ja, wie gesagt, ich hab nichts erkennen können, was auf Gewalt hindeutet. Bin aber ja auch nur Apotheker. Gewesen. Vielleicht ist er einfach vom Stängelchen gekippt.«

»Stängelchen ...«, wiederholte Karim. »So wie Rudi?«

»So ähnlich. Aber hör mal: Nicolas braucht noch eine Weile, so lange haue ich mich noch aufs Ohr. Ich hatte einen ziemlich anstrengenden Tag. Die Vermieterei sieht immer so einfach aus, macht aber schrecklich müde.«

Piraten

»Guillaume? Guillaume, hörst du? *Mon Dieu*, Wilhelm!«

Lipaire richtete sich kerzengerade auf. Nur wenige Menschen kannten seinen wahren Namen, und wenn er ihn hörte, fuhr es ihm immer in alle Glieder, selbst im Schlaf. Er war sofort hellwach und starrte in Karim Petitbons gerötetes Gesicht. »Was ist denn los, zum Teufel?«

»Er ist da.«

»Wer?«

»Na, der ... Transporteur. Aber hör mal, Guillaume ...«

»Was denn?« Lipaire entspannte sich etwas. Karim hatte wieder die französische Version seines Vornamens benutzt.

»Das geht auf keinen Fall.«

Mit einem Ächzen kletterte er aus dem Bett und folgte dem jungen Mann nach draußen. Dort stand, eine E-Zigarette im Mundwinkel, deren Dampf ihn und die halbe Straße in eine Wolke hüllte, Nicolas. Er lehnte an seinem Lastenfahrrad und tippte sich zum Gruß an die Schiebermütze.

»Siehst du?« Karim deutete auf das Gefährt.

»Hat doch genau die richtige Größe. Danke, dass du so schnell kommen konntest, Nici.«

Der Mann mit der Schiebermütze nickte.

»Aber mit dem Ding können wir nicht fahren.« Petitbon blickte Lipaire mit weit aufgerissenen Augen an.

Der hatte längst verstanden: Das Lastenfahrrad war zwar zweckmäßig, aber zugegebenermaßen auch ein wenig auffällig. Auf ihm prangte das Logo des Süßigkeitenladens *Les Bonbons du*

Pirate. Lipaire hatte nie verstanden, warum diese Kette als Maskottchen für ihre Läden ausgerechnet einen Seeräuber gewählt hatte. Der wäre für einen Schnapsladen weitaus passender gewesen. Aber so stand auf der knallbunt bemalten Lastenkiste des Fahrrads die fast lebensgroße Figur eines Piraten mit Hakenhand und Augenklappe. »Es ist so, Karim: Die beste Tarnung ist immer die, die nicht danach aussieht, als würde man etwas verstecken, verstehst du?«, flüsterte Lipaire.

Petitbon sah nicht so aus, als würde er ihm das wirklich abnehmen. Der Junge musste eben noch viel lernen, und da er keinen Vater mehr hatte, würde Lipaire die Aufgabe übernehmen, ihm derartige Weisheiten zu vermitteln. »Das ist wie bei deinem Taxi.«

»Was hat das Wassertaxi damit zu tun?«

»Na, das nehmen wir doch auch ab und zu für unsere ... privaten Fahrten. Hast du dich nie gefragt, warum?«

»Weil ich der Einzige bin, der Zugriff auf ein Boot hat und so ein Ding fahren kann?«

»Ja, das auch. Aber vor allem, weil es niemandem auffällt, obwohl es so groß ist. Es gehört zum Stadtbild, niemand dreht sich danach um.«

Jetzt hellte sich Karims Miene auf, und Lipaire nickte zufrieden. Der Junge hatte wieder etwas gelernt.

»Wohin soll's gehen?«, wollte Nicolas nach ein paar Minuten wissen, in denen ihm Guillaume vom Gepäckträger aus lediglich die jeweils einzuschlagende Richtung angegeben hatte, während Karim neben ihnen herjoggte.

Statt einer Antwort tippte Lipaire dem Fahrer von hinten auf die Schulter.

»Was denn?«, fragte der.

»Wir sind da.«

Nicolas hielt an. Sie standen vor Oliviers rotem Kahn. Man sah ihn kaum, die Jachten ringsherum überragten das Fischerboot deutlich.

»Warte hier, wir sind gleich zurück.« Lipaire stieg ab und winkte Petitbon, der keuchend zu ihnen aufschloss. Sie sprangen an Deck und holten aus der Kühltruhe ihre notdürftig in die kläglichen Reste der Plane gehüllte Fracht, die nun, in halb gefrorenem Zustand, deutlich unhandlicher zu transportieren war. Als sie ächzend bei Nicolas ankamen, sagte der: »Da ist euch aber ein dicker Fisch ins Netz gegangen.«

Bevor einer der beiden etwas erwidern konnte, zuckte Nicolas mit den Schultern und klappte sein Lastenabteil auf. Kaum hatten sie den Körper hineingewuchtet, knallte Petitbon die Abdeckung wieder zu.

»Und jetzt?«

»Jetzt, Nicolas, gehen wir dahin, wo du schon viel zu lange nicht mehr warst.«

»Ins Schlafzimmer meiner Frau?«

»In die Kirche, Ungläubiger.«

Die Fahrt zum Gotteshaus gestaltete sich nicht mehr ganz so angenehm, da wegen der schweren Fracht nur noch Nicolas fahren konnte. Guillaume und Karim liefen nebenher und hatten Mühe, Schritt zu halten. Bei der ersten Brücke, die sie erreichten, wartete der Fahrer kurz und winkte den beiden zu.

»Los, ihr müsst schieben! Mein Rad packt sonst den steilen Anstieg nicht.«

Lipaire verfluchte sich, dass er sich nicht doch für den Eselskarren entschieden hatte, und packte das Rad am Rahmen. Als sie den Scheitelpunkt erreicht hatten, gab er ihm einen kräftigen Schubs.

»Noooooon!«, hörte er Nici noch schreien, dann ging es für ihn, den Eingewickelten und den Plastikseeräuber in halsbrecherischem Tempo abwärts. Mit angehaltenem Atem sahen sie dabei zu, wie das Fahrrad in einem Affenzahn auf das Kopfsteinpflaster auf der anderen Seite der Brücke zuraste. Nicolas hatte alle Mühe, sich im Sattel zu halten, und die Hakenhand des Piraten schwankte bedenklich. Dann hörten sie ein Krachen, als das Lastenrad unsanft von einem herausschauenden Pflasterstein gebremst wurde.

»*Putain de merde!*«, schimpfte der Fahrer, der beinahe einen Satz über die Lenkstange gemacht hätte, dann drehte er sich mit erhobener Faust zu ihnen um. Karim und Lipaire rannten los und wurden unten von einem rotgesichtigen Nicolas empfangen. »Seid ihr von allen guten Geistern verlassen?«, blaffte er mit funkelnden Augen. »Ihr könnt mich doch da oben nicht anschieben! Meine Bremsen sind nicht mehr die neuesten. Wenn ihr so weitermacht, kann ich mich da gleich noch mit reinlegen!«

Sie folgten mit den Augen seiner Hand, die auf das Lastenabteil zeigte – und erstarrten im selben Augenblick: Zwei Beine schauten unter dem halb offenen Deckel des Kastens heraus – noch dazu ohne Plane. Die holprige Fahrt hatte anscheinend dafür gesorgt, dass sich der Fahrgast noch ein wenig mehr aus seiner Hülle geschaukelt hatte.

Sofort verstaute Lipaire die Füße hastig wieder in der Wanne und schloss den Deckel. Dann warf er dem Fahrer einen Blick zu, der ihn verdrießlich ansah. »Können wir dann wieder? Ich hab nicht ewig Zeit.«

Lipaire nickte. Bei den folgenden Brücken achteten sie penibel darauf, das Lastenrad mit vereinten Kräften abzubremsen, sobald es bergab ging. Ohne weitere Zwischenfälle und entsprechend erleichtert erreichten sie schließlich die Kirche, die um diese Zeit wie ein dunkles Fort in den Nachthimmel ragte.

Nicolas, offenbar nicht weniger froh, diese spezielle Fahrt hinter sich gebracht zu haben, holte seine E-Zigarette heraus. »Und jetzt?«

Lipaire warf einen Blick auf seine Armbanduhr. »Jetzt müsste gleich ...«

»Wer da?«, zischte eine dunkle Gestalt, die sich aus dem Schatten der Kirche löste.

»*Merde*, der Pfarrer!«, entfuhr es Petitbon. Sein Gesicht wurde bleich.

Mit einem Nicken ging Lipaire auf den Geistlichen zu. »Gesegneten Abend, *Abbé*!«

»Abend? Es ist mitten in der Nacht.«

»Auch die Nacht ist eine gute Zeit, um im Haus des Herrn zu sein. Wollen wir?«

Der Pfarrer brummte etwas Unverständliches, dann zog er einen ausladenden Schlüsselbund aus seiner Tasche und sperrte das Portal auf.

»Wie hast du das denn geschafft, Guillaume?«, flüsterte Petitbon, der sich offenbar wieder ein bisschen beruhigt hatte.

»Mein Lieber, hier ist eine weitere Lektion: Jeder Mensch hat seine Schwachstellen, und sie zu kennen öffnet einem so manche Tür. Auch die der Kirche.«

»Wie meinst du das?«

Lipaire legte seinen Zeigefinger an die Lippen. »Ein andermal. Wir haben zu tun.« Er blickte zum Pfarrer, der sich immer noch bei der Tür herumdrückte. Offenbar interessierte ihn, was die drei zu dieser Stunde hier trieben. »*Abbé*, wir wollen Sie nicht weiter stören. Sie haben sicher ... noch Gebete zu sprechen, für die vielen armen Seelen da draußen.«

Der Geistliche verstand und trollte sich widerwillig. »Schön, gehet hin in Frieden!«

Lipaire konnte sich nicht beherrschen und schickte noch einen Satz hinterher: »Danke, *Abbé*. Und vergessen Sie nicht, nach uns wieder abzuschließen. Nicht, dass sich noch irgendwelche Strolche nachts in Ihrem Gotteshaus zu schaffen machen.«

Dann luden sie im dichten Qualm von Nicis E-Zigarette ihre Fracht aus und bezahlten ihren diskreten Fahrer, der dampfend davonradelte. In der Kirche legten sie ihr schweres Paket ab und zündeten ein paar Opferkerzen an, um etwas Licht zu haben.

Petitbon schaute sich um. »Gibt's hier 'nen Keller, oder wo soll der hin?«

Lächelnd schüttelte Lipaire den Kopf. »Wie lange lebst du schon hier, hm?«

»Das weißt du doch genau: schon immer.«

»Dann solltest du wissen, dass es in dieser Stadt keine Keller gibt.«

Der junge Mann wippte von einem Bein aufs andere. »Mag ja sein, aber was machen wir dann mit ihm? Bringen wir ihn da rauf?« Er sah zur Empore im hinteren Teil der Kirche. Guillaume schüttelte den Kopf.

»Wir können ihn ja schlecht ...«, Karim schaute sich um, »... in den Sarkophag legen.«

Lipaire wollte ihn nicht noch länger auf die Folter spannen. »Und warum nicht?«

»Weil ... das nicht geht!«

»Nein? Was kommt denn in einen Sarkophag rein?«

»Tote.«

»Genau. Und was ist unser Freund hier?«

»Spinnst du? In dem Ding liegt doch ...«

»Gilbert Roudeau, genau. Der alte Knabe ist sicher froh über ein wenig Gesellschaft. Man sagt, er sei ein lebenslustiger Typ gewesen.«

Gilbert Roudeau – der Name hatte in Port Grimaud einen Ruf wie Donnerhall. Er war der Architekt der künstlich angelegten

Lagunenstadt. Mehr noch: Er hatte die Vision gehabt, hier überhaupt etwas zu errichten, hatte das Land gekauft, das vorher nur ein von Moskitos verseuchtes Feuchtgebiet gewesen war, hatte Investoren überzeugt, jedes einzelne Haus geplant, die Bauleitung innegehabt. Kurz: Ohne diesen Mann würden sie jetzt auf einer sumpfigen Brachlandschaft stehen statt in einer Kirche. Roudeau hatte sogar die bunten Glasfenster entworfen und den Bau obendrein der Gemeinde gestiftet, weswegen er nicht nur fast wie ein Heiliger verehrt wurde, sondern auch wie einer ruhte – in einem steinernen Sarkophag.

Karims Mund stand weit offen. »Du willst dich wirklich daran vergreifen und seine Totenruhe stören?«

»Hör zu, er ist ja nicht der Papst, sondern bloß ein Architekt, noch dazu in einer Urne. In dem Sarkophag ist noch massenhaft Platz.«

»Woher willst du das denn wissen?« Die Augen des jungen Mannes weiteten sich.

Lipaire grinste. Dennoch sorgte er sich ein wenig um seinen Begleiter, der von der ganzen Situation überfordert schien.

»Wie sollen wir denn den Deckel aufkriegen?«, fragte Petitbon mit kieksender Stimme. »Der ist doch viel zu schwer.«

»Normalerweise funktioniert das ganz gut.«

»*Normalerweise?*«

Wenn er jetzt nicht achtgab, würde Karim gleich ohnmächtig werden, befürchtete Lipaire. Es war wohl das Beste, wieder an die Arbeit zu gehen, um für etwas Ablenkung zu sorgen. Also holte er sich das Werkzeug, das er für solche Fälle im Sockel der Heiligenfigur im Altarraum deponiert hatte, steckte das Brecheisen in eine Lücke unter dem steinernen Deckel des Sarkophags und stemmte ihn auf. »Geht leichter, wenn man zu zweit ist«, ächzte er, und Karim packte mit an. Mit vereinten Kräften schoben sie die Steinplatte so weit zur Seite, bis die Öffnung groß genug war. Lipaire sah die Fragen in Karims Gesicht, ermunterte ihn aber nicht, sie zu stellen. Stattdessen leuchtete er mit der Taschenlampe seines Handys in den Sarg. »So, *Monsieur l'Architecte*, jetzt mal ein bisschen rücken, Sie bekommen Besuch.« Dann murmelte er, »oh, das muss ich beim letzten Mal vergessen haben«, griff nach einem metallenen Gegenstand und ließ ihn in seiner Tasche verschwinden.

»Guillaume, heute bist du mir unheimlich«, flüsterte Petitbon.

»Danke für das Kompliment. Aber jetzt an die Arbeit. Wenn wir fertig sind, haben wir eine Sorge weniger. Da drin findet ihn keiner.«

SCHLÜSSELGEWALT

»Wenn dieser Vollidiot nicht bald kommt, hau ich wieder ab!« Yves Vicomte war vom Tisch aufgesprungen und knallte wütend sein Smartphone darauf. »Es ist schon bald Mittag, der Typ ist also beinahe vierundzwanzig Stunden überfällig. Der will uns doch verarschen. Und ich geh noch ein, hier in dem Kaff mit euch allen. Könnte schon längst in Saint-Tropez sein.«

»Wäre kein Verlust«, zischte Isabelle ihrer Mutter zu, doch die winkte nur ab und erklärte süßlich: »Für mich ist die Situation auch nicht einfach, glaube mir, lieber Neffe.« Dann fuhr sie in scharfem Ton fort: »Aber es wird uns doch möglich sein, noch ein wenig zu warten. Schließlich geht es um viel. Für uns alle. Dieser Barral hat nun mal, was wir brauchen, um unserer Familie zurück zu altem Glanz zu verhelfen.«

Ihr Vater brummte zustimmend und richtete sich ein wenig in seinem Rollstuhl auf.

»Nicht wahr, Papa, diese Sache wird sich lohnen.«

Der Greis hob den Zeigefinger und nickte bedeutungsschwer.

»Dann tu doch wenigstens, was in deiner Macht steht, um diesen Barral zu erreichen, liebste Tante Marie Yolante«, säuselte Yves zurück. »Schließlich lief die Kontaktaufnahme über dich. Wir lassen uns doch nicht von so einem *crétin* zum Narren halten.«

»Reg dich nicht so auf, er wird schon kommen, Yves.« Henri stellte sein Weinglas auf dem Kaminsims ab. »Jetzt haben wir so lange gewartet, da kommt es auf ein paar Stunden nicht mehr an. Was verpasst du denn schon?«

»Mein Leben«, blaffte Yves zurück und entlockte seinem Onkel damit ein süffisantes Grinsen.

»Gut, dass du mich daran erinnerst.« Henri nahm seinen Laptop und ging in Richtung Terrassentür. »Ich werde noch ein wenig arbeiten.«

»Arbeiten? Du?« Für Yves schien die Auseinandersetzung gerade erst loszugehen.

»Bien sûr. Ich schreibe gerade an einem Roman über einen misslaunigen Emporkömmling, der glaubt, er könne seine Familie nach seiner Pfeife tanzen lassen. Doch da ahnt er noch nichts vom unheilvollen sozialen Abstieg, der ihm bevorsteht.«

»Ach ja? Hört sich nach einem weiteren Ladenhüter an.« Yves gähnte demonstrativ. »Und mach dir keine Sorgen um meinen Abstieg. So tief kann ich gar nicht fallen, dass wir uns unten begegnen würden.«

Henri warf ihm eine Kusshand zu und wandte sich zum Gehen, doch Marie hielt ihn zurück.

»Warte, ich werde Barral noch einmal anrufen. Vielleicht klappt es jetzt. Oder muss der Künstler just in dem Augenblick arbeiten, in dem ihn die Muse küsst?«

Henri legte seinen Computer ab und goss sich Wein nach, während Marie das Mobiltelefon ergriff. Sie wollte sich nicht nachsagen lassen, dass sie nicht alles versuchte, um den Deal doch noch über die Bühne zu bringen. Kurz darauf schüttelte sie resigniert den Kopf. »Noch immer nicht erreichbar«, sagte sie in den Raum, ohne jemanden aus ihrer Familie direkt anzusehen.

»Vielleicht hat man diesem Barral allzu deutlich zu verstehen gegeben, wie viel uns seine Informationen wert sind«, mutmaßte Henri und schwenkte den eiskalten Rosé in seinem beschlagenen Weinglas.

Marie schnaubte. »Mit *man* meinst du mich, oder?« Sie funkelte ihren Halbbruder an, doch der zuckte nur lächelnd mit den Achseln. »Ich bin die Einzige, die sich für die Belange der Familie interessiert. Alle anderen verfolgen doch nur ihre Einzelinteressen!«

Chevalier ließ ein Räuspern vernehmen.

»Außer dir natürlich, Papa, das versteht sich ja von selbst.« Marie legte ihm eine Hand auf die Schulter, die er sogleich mit erstaunlich festem Druck ergriff. Dann gab er ihr ein Zeichen, sich zu ihm hinunterzubeugen.

»Was, wenn ihr euch im Tag geirrt habt und er schon vorher da war?«, sagte er mit brüchiger Stimme.

»Nein, Papa, das ist zwar ein guter Gedanke, aber ich bin mir sicher, dass das Datum stimmt.«

Auf einmal kam Leben in den Familienpatriarchen. »Aber überlegt doch: Ihr alle habt eure Termine nur noch in euren Telefonen. Wenn da etwas durcheinandergerät, kommt es zum Chaos.«

Marie ging nicht darauf ein. Sie kannte die Skepsis ihres Vaters, wenn es um technische Neuerungen ging. Zu oft hatte sie diese Auseinandersetzung schon geführt, seit sie die Leitung der Firma übernommen hatte. Auch wenn sie Chevalier als Mensch bedingungslos liebte – womit sie wahrscheinlich die Einzige in ihrer Familie war –, nervte sie diese Seite an ihm. Sie war es, die ihre Verwandtschaft nun zusammenhalten musste. Und das würde schwer genug werden. Sie führte das Familienunternehmen, jedenfalls das, was noch davon übrig war. Dass das Weinhaus Vicomte, ach was, die Weindynastie, nicht mehr im alten Glanz strahlte, war nicht ihre Schuld. Aber sie hatte die Folgen zu tragen.

Ihr Bruder Antoine, Chevaliers Erstgeborener, war damals gemäß der Familientradition mit der Geschäftsführung der Firma betraut worden und hatte sie in kürzester Zeit nach allen Regeln der Kunst heruntergewirtschaftet. Schließlich stand man kurz davor, alles für einen Spottpreis an die Konkurrenz zu verkaufen. Nur die Auktion einer Flasche des uralten Weines und ein paar weiterer Familienerbstücke hatte ihnen ein wenig Aufschub gegeben. Ein halbes Jahr später war Antoine tot. Alkoholvergiftung, hatte es offiziell geheißen. Totgesoffen am eigenen Wein, hatten die weniger Diskreten es genannt. Marie hatte das nie verstanden, nie geglaubt. Auch wenn ihr Bruder alles war, was sie verachtete: eine Spielernatur, ein Suchtkranker, ein Egomane – geliebt hatte sie ihn dennoch. Bewundert sogar. Und sie wusste: Antoine hatte am Leben gehangen. Nach seinem Tod musste sie sich um den Scherbenhaufen kümmern, den er hinterlassen hatte.

Über zehn Jahre war das nun her. Davor hatte es wohl kaum einen Franzosen gegeben, der nicht schon einmal von ihrem Namen gehört hatte. Der nicht davon geträumt hatte, einen ihrer erlesenen – und sündteuren – Weine zu kosten. In ihrem Haupthaus, dem Weingut in der *Haute Provence*, nahe Avignon, waren Filmstars, Society-Sternchen und sogar die hohe Politik ein und aus gegangen.

Das alles war längst vorbei. Aber Marie hatte es mit unermüdlicher Arbeit geschafft, Teile der Firma zu retten und daraus wieder ein gut gehendes Unternehmen aufzubauen. Chevalier Vicomte hatte es nach Antoines Tod ihr überlassen, den Betrieb zukunftssicher zu machen. Auch wenn es der alte Herr als Schmach erachtete, dass der Hauptteil ihres Einkommens nun nicht mehr aus dem Weinbau, sondern aus der Produktion von Kork- und Flaschenverschlüssen kam: Marie wusste, dass er es ihr hoch anrechnete, sie alle vor dem vollständigen Ruin bewahrt zu haben. Und dem Rest der Familie war es ziemlich egal, woher das Geld stammte. Allerdings würden nach Chevaliers Tod die Anteile unter den Angehörigen aufgeteilt werden – und eine Unternehmensführung mit diesem zerstrittenen Haufen war völlig undenkbar.

Sie blickte ihren Vater an, seinen kahlen Schädel mit der papiernen Haut. Er wirkte so zart, so verletzlich, aber in ihm schlug immer noch das Herz des knallharten Patriarchen. Der es zugelassen hatte, dass sein Lieblingskind die Firma ruiniert hatte. Aber nun hatte sie Antoines Platz eingenommen. Nun hatte sie es in der Hand, welchen Klang der Name Vicomte in der Geschäftswelt und den Gesellschaftsressorts der Zeitungen in Zukunft haben würde.

»Merde!« Henris Ausruf riss Marie Yolante jäh aus ihren Gedanken. Er hatte sich beim Nachgießen seines Glases von oben bis unten mit Rosé besudelt. »Egal, riecht wenigstens gut«, erklärte er nonchalant und nahm erneut einen großen Schluck.

Ihr Halbbruder war das beste Beispiel dafür, wie wenig vom ehemaligen Glanz noch übrig war. Nicht nur, dass er sich Schriftsteller schimpfte. Ausgerechnet der Krimisparte hatte er sich verschrieben, in der er leidlich reüssierte. Zum Glück schrieb er nicht unter ihrem Familiennamen, sondern dem seiner Mutter als Henri Bécasse. *La bécasse* – das bedeutete Schnepfe, und so nannten sie sie auch, wenn sie überhaupt von ihr sprachen.

Natürlich war diese Person von Maries Mutter sofort aus ihrem Dienst auf dem Anwesen entlassen worden, nachdem die vom Fehltritt ihres Mannes erfahren hatte – mit dem Ergebnis jedoch mussten sie bis heute leben. Denn Chevalier hatte nichts Besseres zu tun gehabt, als seinen verlorenen Sohn unmittelbar nach dem Tod seiner Frau als vollständiges Mitglied in die Familie einzuführen. Seitdem hatten sie diese Laus im Pelz sitzen. Und wenn er tausendmal irgendwelche Schreibkurse an der Uni gab: Sie war es, die – wie auch ihr Bruder Antoine – das Eliteinternat besucht hatte, Henri hingegen nur irgendein *lycée* in der Pariser *banlieue*. Er passte nicht zu ihnen, und das würde sich nie ändern.

»Wann kommt denn eigentlich Papa?« Isabelle hatte den Kopf auf die Schulter ihrer Mutter gelegt.

»Er wird es nicht schaffen, meine Kleine, du weißt doch, dass er mal wieder in Uganda ist.«

»Man könnte fast glauben, die Kinder, für die er die Schule baut, sind ihm wichtiger als wir.«

Davon kannst du ausgehen, meine Süße, lag Marie auf der Zunge, doch statt den Gedanken auszusprechen, winkte sie nur ab. Vielleicht würde sich ja alles noch zum Guten wenden, wenn nur endlich dieser Barral käme. Wenn sie endlich hätten, was sie benötigten. Dann würde Marie im Zentrum einer der mächtigsten Familien des Landes stehen.

»Vielleicht hat dieser Mann auch so ein vermaledeites Telefon«, hörte sie ihren Vater raunen.

»Papa, wenn da etwas durcheinandergekommen wäre, hätte er sich doch bei uns gemeldet«, seufzte sie.

»Weiß man's?«

»Sollen wir uns einfach mal erkundigen, ob sich irgendjemand bei uns rumgetrieben hat, die letzten Tage?«, schlug Yves vor.

»Was soll das bitte bringen?«, gab Henri skeptisch zurück.

»Ist ja nicht so, dass wir sonst was zu tun hätten. Wir können doch den *gardien* fragen, diesen ... wie heißt er gleich?«

»Monsieur Chimaire, schön, dass Sie gleich Zeit hatten.« Yves, Henri und Marie hatten sich mit ihrem Gast auf die Terrasse mit dem Holzdeck direkt am Wasser gesetzt, um ihn nicht im Haus zu haben.

»Lipaire. Guillaume Lipaire, hochverehrte Madame Vicomte«, korrigierte der Mann.

Er sah gepflegt aus und besaß einen gewissen Charme, das musste sie zugeben. Kaum eine Viertelstunde war seit Yves' Anruf bei ihrem *gardien* vergangen, schon hatte er sich bei ihnen eingefunden. Typisch deutsch, konstatierte sie. Denn auch wenn er sich als französischer Lebemann gerierte – alles an ihm verriet seine Heimat, da konnte er sie nicht täuschen. Genauso wenig, wie er seine gewöhnliche Herkunft vor ihr verbergen konnte. »Wir wollten uns kurz mit Ihnen über Ihre Arbeit unterhalten und Ihnen für Ihre Dienste rund um unser Anwesen danken.«

Lipaires Lächeln wirkte gekünstelt. »Ach, gnädige Madame Vicomte, ich bitte Sie, es ist mir eine Ehre, für Kundinnen wie Sie und Ihre Familie tätig zu sein.«

»Schleimer«, flüsterte Yves ihr zu. Sie tat jedoch, als hätte sie den Kommentar nicht gehört. Auch wenn sie ihm ausnahmsweise zustimmen musste.

»Überdies ist es natürlich meine Pflicht, mich um die Liegenschaften zu kümmern, kein Grund also, mir über Gebühr zu danken«, palaverte Lipaire weiter. »Ich hoffe, Sie haben alles ... gefunden?«

»Gefunden?«, wiederholte Marie stirnrunzelnd.

»Vorgefunden, meine ich«, korrigierte sich der *gardien*. »Hoffentlich haben Sie alles nach Ihren Wünschen vorgefunden.«

»Sicher, keine Frage. War denn viel los in Port Grimaud, vor unserer Ankunft?«, versuchte sie nun, das Gespräch in die intendierte Richtung zu lenken.

»Viel, ja. Und dann andererseits auch wieder wenig. Wie die Wellen des Meeres, die mal aufbranden und sich dann eine Sekunde später wieder zurückziehen. Ist es nicht genau dieser stete Wechsel, der unser Städtchen so liebenswert macht?« Er sah sie an, als erwarte er allen Ernstes eine Antwort auf dieses Geschwurbel.

»Wie poetisch Sie sich ausdrücken«, meldete sich nun Henri zu Wort. »Man könnte fast meinen, Sie wären ein Kollege.«

»Nein, Sie schmeicheln mir.« Nach einer kurzen Pause fuhr Lipaire fort: »Sie vermissen also nichts, hier in Ihrem Urlaubsparadies?«

»Wie meinen Sie das denn?«, schaltete sich Yves ein.

»Nun, geht Ihnen etwas ab, das Sie gern noch hier bei sich hätten?«

»Schon wieder diese schwachsinnigen Fragen, wie gestern von dem Jungen.«

»Yves, sei doch bitte nicht so rüde zu unserem *Monsieur le Maire*«, pfiff Marie ihn zurück.

»Lipaire.«

Marie wollte nun endlich zum Punkt kommen. »Gab es irgendwelche besonderen Vorkommnisse auf dem Anwesen, während unserer Abwesenheit?«

»Nicht, dass ich wüsste, Madame«, beeilte sich Lipaire zu erklären und griff nach seinem Wasserglas. »Meines Wissens alles in bester Ordnung.«

»Keine Leute, die ums Haus unterwegs waren und da nicht hingehörten?«

Lipaire verschluckte sich. »Wie bitte?«, krächzte er mit rotem Kopf.

»Wann waren Sie denn vor unserer Anreise das letzte Mal hier im Haus, Monsieur?«, fragte Henri.

Marie entging nicht, dass Lipaire kurz zögerte, bevor er mit einer weit ausladenden Geste sagte: »Hier? Ach, das ist schon eine halbe Ewigkeit her. Lange, richtig lange.«

»Sehen Sie nicht regelmäßig nach dem Haus, checken die Installationen, lüften und holen die Post aus dem Briefkasten? So steht das doch im Vertrag, oder?«, wollte Henri wissen.

Der *gardien* hüstelte. »Ach, das meinen Sie! Ja, dazu bin ich natürlich häufig vor Ort. Jetzt, wo Sie es sagen …«

»Ja?« Henri beugte sich vor, und auch Marie war gespannt, was nun kommen würde.

»Jetzt, wo Sie es sagen, fällt mir wieder ein, dass ich einerseits regelmäßig hier bin, aber andererseits eben auch nicht. Wegen der Diskretion, verstehen Sie? Ich versuche, mich stets so diskret zu verhalten, dass ich manchmal selbst vergesse, anwesend zu sein.«

Alle sahen den Mann skeptisch an, der mit geröteten Wangen dasaß und einen weiteren Schluck aus seinem Glas nahm.

»Wenn also etwas Besonderes gewesen wäre, die letzten Tage vor unserem Eintreffen, hätten Sie es bemerkt?«

»Bemerkt. Ganz bestimmt. Ich oder einer von den anderen.«

»Welchen anderen?«

»Den anderen Gästen.«

»Welche Gäste?«, wunderte sich Marie.

»Nachbarn, meinte ich. Touristen, Mieter, Eigentümer. Alle haben ja ein Auge auf Ihr Haus geworfen. Beziehungsweise haben es im Auge, Sie verstehen. Weil es ... so schön ist.«

»Was Sie nicht sagen«, brummte Yves.

»Aber was war denn jetzt in Ihrem Fall genau, Madame?« Lipaire schien sich ein wenig zu fangen.

»Was war?«

»Ja, was war denn ungewöhnlich, vor Ihrer Ankunft?«

Yves schien bald der Kragen zu platzen. »Mann, keine Ahnung, das wollen wir ja von dir wissen, *putain*!«

Wieder setzte Lipaire sein seltsam süßliches Lächeln auf. »Ich kann Ihnen versichern, dass ich oder jemand anders es bemerkt hätte, wenn hier zum Beispiel ein ungepflegter, dicklicher Mann im Leinensakko herumgestreunt wäre.«

»Wie meinen Sie das, ungepflegt, dicklich und im Leinensakko?« Henri war aus seinem Stuhl hochgefahren und sah Lipaire von oben herab an.

»Nur als Beispiel, meine ich. Vielleicht auch dürr, vollbärtig und im Trainingsanzug. Oder klein, athletisch und in Bermudas. Oder ...«

»Wir haben's kapiert, Mann!«, blaffte Yves.

»Nur als Beispiel?« Henri nahm wieder Platz, schenkte sich ein Glas Wein ein und kippte es in einem Zug seine Kehle hinunter.

Marie spürte, dass es Zeit war, diese Unterredung zu beenden. Sie würden mit diesem seltsamen Typen nicht weiterkommen. Also erhob sie sich, bedankte sich noch einmal für Lipaires Dienste und wies ihm den Weg nach draußen.

»Sonst haben Sie nichts für mich?«, fragte er im Gehen.

»Nein, also, wenn Sie nichts mehr haben …« Sie musterten einander noch ein paar Sekunden, dann ging der *gardien*. Sie sah ihm nach, bis er verschwunden war, dann winkte sie die anderen nach drinnen.

»Das hätten wir uns wohl sparen können«, sagte Henri beiläufig und entkorkte eine neue Flasche Wein. Dazu hatte er sich ein Thunfisch-Sandwich gemacht und dabei, wie gewöhnlich, die ganze Küche in ein Chaos verwandelt.

Obwohl es bereits früher Nachmittag war, verspürte Marie selbst nicht den geringsten Hunger. Sie zuckte mit den Schultern. »Ja, vielleicht.«

»Pardon? Der Typ hat sich doch total komisch verhalten«, protestierte Yves. »Ich hab mich gewundert, dass ihr ihn einfach so habt gehen lassen. Ist doch sonnenklar, dass der mehr weiß, als er sagt. Ich bin dafür, dass wir ihn im Auge behalten, vielleicht dreht er irgendwelche krummen Dinger. Solchen Leuten ist nicht zu trauen. Bodensatz ist das. Sozialneid treibt solche Leute oft in die Illegalität.«

»Und worauf sollte dieser *gardien* bitte bei dir neidisch sein?«, fragte Henri. »Auf deinen Job als Aushilfsmakler von angeblichen Luxusimmobilien?«

»Besser als ein verkrachter Schreiberling zweifelhafter Herkunft, würde ich sagen.« Yves wandte sich ab.

»Aber vielleicht war Barral wirklich schon da«, mischte sich jetzt Isabelle ein und schob in Miss-Marple-Ton nach: »Ich sag nur eins: Streichhölzer aus Toulon!«

»Mann, Isabelle, wie soll er denn reingekommen sein?«, konterte Yves. »Die Türen und Fenster sind alle unversehrt. Also muss er einen Schlüssel benutzt haben, oder?« Die anderen nickten. »Seht ihr? Und wer hat den?« Er schaute auffordernd in die Runde. »Genau: schon wieder Lipaire, dieser verdammte *gardien*.«

Henri schüttelte den Kopf. »Ich verstehe nicht, wieso du dich so auf ihn eingeschossen hast. Er ist beileibe nicht der Einzige mit Schlüsselgewalt über unser Haus.«

»Na ja, von uns wird es wohl niemand gewesen sein, oder?«, gab Isabelle zurück. »Außerdem hast du ihn doch vorher selbst in die Mangel genommen, mit deinen Fragen!«

Marie nickte ihr zu. Sie hatte das Gefühl, dass die Nerven bei allen blank lagen, nur weil dieser Barral nicht auftauchte. Vielleicht war es genau das, was er beabsichtigte.

»Warum kann es niemand von uns gewesen sein?«, fragte Henri trocken. »Vielleicht hat schon jemand einen Deal mit Barral auf eigene Rechnung gemacht?«

Yves blickte auf. »Genau. Onkel Lucas oder Clément. Was, wenn sie gemeinsame Sache machen und uns jemand ganz Bestimmtes hier nur Theater vorspielt?«

Marie schluckte. Das war zu viel. »Ich muss mir derartige Unverfrorenheiten von euch nicht bieten lassen. Papa, wir gehen auf die Terrasse. Isabelle, kommst du mit?« Sie schob den Rollstuhl in Richtung Tür und ging nach draußen, gefolgt von ihrer Tochter. Als sie an der Jacht vorbei auf den Kanal blickte, seufzte sie. Was war das nur für eine Familie? Sie rang sich ein Lächeln ab. »Schau nur, Papa, was für ein schöner Tag heute ist.« Ihr Vater konnte ja nichts dafür. Er war ein Relikt aus einer anderen, einer besseren Zeit.

Chevalier Vicomte nickte.

»Magst du etwas trinken?«, fragte sie, da die Pflegerin ihres Vaters, die sich mangels weiteren Personals auch leidlich als Hausdame machte, unterwegs war, um etwas zu besorgen. Bald würden sie wieder eine ganze Schar von Bediensteten beschäftigen.

»Nein, im Moment nicht. Aber ich möchte in den Schatten.«

Marie winkte ihrer Tochter, und mit vereinten Kräften schoben sie den Rollstuhl durch das Gras Richtung Grundstücksgrenze. Dort war im Schatten einer mächtigen Palme ein kleiner Sitzplatz eingerichtet. Der hatte allerdings den Nachteil, dass er im Sichtbereich ihrer schwatzhaften niederländischen Nachbarn lag.

Prompt tönte es von hinter der Hecke: »*Bonjour, Madame Vicomte!* Na, Sie sind ja nach langer Pause mal wieder in voller Besetzung hier.« Nur einen Augenblick später tauchte der Kopf von Jarno van Dijk auf.

Marie zwang sich zu einem Lächeln. »So ist es. Man ist viel zu selten hier in diesem Paradies.«

»Genau, Sie haben völlig recht.«

Sie wandte sich demonstrativ wieder ihrem Vater zu, da sah sie, dass sich Henri vom Haus aus näherte. »Sehen Sie, da kommt mein Bruder Henri. Sie kennen sich doch?«

Der Holländer nickte. »Monsieur Henri ist uns natürlich bekannt. *Bonjour!*«

Marie grinste. Damit wäre ihr Halbbruder erst einmal beschäftigt.

»Bei Ihnen im Haus ist aber recht viel los«, redete van Dijk sofort auf ihn ein. »Immer andere Leute hier, manche habe ich noch nie gesehen. Freunde wahrscheinlich?«

Marie wurde hellhörig. Eigentlich gab es eine Übereinkunft, dass jedes Familienmitglied die anderen darüber informierte, wenn man mit Freunden ins Ferienhaus wollte. Vielleicht wäre ein Schwätzchen mit dem Nachbarn hin und wieder ganz erhellend.

»Freunde, Familie ... letztlich alles Menschen, die das Meer lieben«, gab Henri nonchalant zurück und zündete sich eine Zigarette an.

»Ganz oft sieht man ja diesen Herrn Lipaire hier bei Ihnen. Er verwaltet Ihr Anwesen?«

»Ja, das tut er«, hörte Marie ihren Halbbruder etwas schmallippiger antworten. »Wieso?«

»Nur so. Man hat ein wenig das Gefühl, als sei er auf den Terrassen unseres Viertels allgegenwärtig. Ich will ja nichts gesagt haben, aber ...«

»Aber?«

»Nun, wir haben ihn bewusst nicht beauftragt, er ist uns zu ...«

»Hören Sie: Wie wäre es, wenn Sie jetzt einfach ein wenig in Ihren Pool gehen, die Leute hier tun lassen, was sie möchten, und sich ansonsten um Ihre eigenen Angelegenheiten kümmern?« Henri schien auf einmal Mühe zu haben, seine Wut zu unterdrücken.

»Das ... haben Sie ganz falsch ...«

»Einen schönen Tag noch, Herr Nachbar!« Damit ließ er den Holländer stehen.

»Ich wollte ja nichts ... Haben auch Sie einen wunderschönen Tag zusammen. Auf bald. Und weiterhin gute Nachbarschaft!«, rief Jarno van Dijk noch und winkte ihnen dabei mit beiden Händen zu.

Die Sache mit dem Handy

»Und? Wie war's? Hast du mehr erreicht als ich?« Karim hatte schon im Torbogen auf Lipaire gewartet, als er sich in der gleißenden Sonne des frühen Nachmittags seiner Wohnung näherte. Geduld war nicht gerade die Stärke des Jungen.

»Lass uns drinnen reden, da ist es kühler«, antwortete Guillaume und deutete auf seine Tür. Als er sie hinter sich geschlossen hatte, ging er zum Kühlschrank, holte eine Flasche Rosé heraus, entnahm seinem Küchenregal zwei Gläser und setzte sich an den Tisch. Er bedeutete Karim, es ihm gleichzutun, schenkte ein und begann mit seinem Bericht: »Also, die haben mir jede Menge komische Fragen gestellt.«

»Komisch? Wie meinst du das?«

»Na, sie hätten schon gern was über unseren Toten erfahren, das war ziemlich deutlich. Aber sie haben nicht direkt gefragt. Nur so ... verklausuliert. Die scheinen ihn jedenfalls schwer zu vermissen.«

»Meinst du?« Karim kratzte sich am Kopf und nahm einen Schluck Wein aus dem beschlagenen Glas. Er klang besorgt.

»Oh ja. Ich weiß zwar noch nicht, warum, aber es beginnt, mich zu interessieren.«

»Also wissen sie es.«

»Was denn jetzt genau?«

»Dass er tot ist.«

Lipaire überlegte kurz. »Ich bin mir nicht sicher. Vielleicht wollen sie auch nur wissen, ob ihn schon jemand in Port Grimaud gesehen hat. Keine Ahnung.«

»Keine Ahnung? Also bist du auch nicht weitergekommen als ich?«

»Sie haben eben immer so seltsam gefragt. Nie direkt. Aber ich habe das natürlich sofort bemerkt, ich bin ja nicht minderbemittelt, bloß weil ich kein Schloss hab wie diese Marie und ihr Vater.«

»Die hat ein Schloss?«

»Klar«, bestätigte Lipaire. »Denen gehört ein riesiges Weingut. Mann, wenn wir doch nur etwas hätten, womit wir die Identität des Toten feststellen könnten. Da wäre vielleicht ein nettes Sümmchen zu holen ...«

Karim wandte den Blick ab.

»Hast du eine Idee, Kleiner?«

»Eine Idee? Ausgerechnet ich?«

Guillaume wunderte sich über die bescheidene Reaktion des Jungen, vor allem aber darüber, dass er sich nicht über den *Kleinen* beschwerte.

»Ja, du. Ist ja sonst niemand da.«

»Also ich ... nein. Ich meine ...« Er hielt inne.

»Ja?«

»Na ja, vielleicht hatte er was bei sich, was uns helfen könnte.«

»Davon rede ich ja gerade. Aber was könnte das sein?«

Karim seufzte. »Könnte ja sein, er hatte – nur so als Beispiel – ein Handy. Viele Leute haben schließlich eins.«

»Alle, eigentlich«, musste Lipaire zugeben.

»Siehst du?«

»Und?«

»Na, wenn er eins gehabt hätte, meinst du, das könnte uns jetzt weiterhelfen?«

»Bestimmt.«

»*Putain*«, zischte Karim.

»Du sollst auf deine Ausdrucksweise achten, verdammt!«

»Jaja, schon gut. Umso blöder, dass er keins hatte. Handy, meine ich.« Der Junge ließ die Schultern hängen.

»Ist ja nicht so, dass wir ihn durchsucht hätten«, wandte Lipaire ein. »Vielleicht müssen wir noch mal zurück an seine letzte Ruhestätte und seine Taschen filzen.«

»Das ist möglicherweise gar nicht nötig. Vielleicht hat er sein Handy ja ... verloren. Beim Transport. Könnte doch sein, oder?«

Lipaire kniff die Augen zusammen. Karim benahm sich seltsam. Ob das alles einfach zu viel für ihn war? »Was soll denn das dauernde Geschwätz von diesem Handy?«

»Nur so.«

»Und warum sollte er es verloren haben?«

»Na, weil er keines mehr hatte, als wir ihn in den Sarkophag gelegt haben.«

»Hast du nachgesehen?«

»Nicht direkt.«

»Was soll das denn nun wieder heißen?«

Karim lief rot an. »Wir hätten es sonst ja gefunden.«

»Ich denke, du hast nicht danach gesucht?«

»So ein Handy, das bemerkt man doch. Vielleicht taucht es ja wieder auf.«

»Wieso sollte es wieder auftauchen?« Lipaire hatte keinen Schimmer, wovon der Junge redete.

»Weil das viele ... verlorene Handys tun, hier in Port Grimaud.«

»Aha. Und wo?«

»Na, bei Delphine.«

»Bei der Dicken?«

»Dick ist sie vielleicht, aber sie hat es echt drauf. Egal. Nur so eine Vermutung.«

Lipaire seufzte. Er hatte gerade keine Nerven für Karims Geschwurbel. Vielmehr war er mit dem Gedanken beschäftigt, wie er sein Wissen um den Aufenthaltsort des Mannes, den die Vicomtes offenbar so dringend suchten, zu Geld machen konnte. Wenn er nicht ganz danebenlag, war da ein ordentliches Sümmchen zu holen, schließlich hatten die Vicomtes richtig viel Geld.

Karim ließ nicht locker. »Also, wie findest du das?«

Lipaire atmete tief ein. Ihn beschlich langsam ein Verdacht, warum sich der Junge so komisch aufführte.

»Soll ich Delphine mal fragen, Guillaume?«

»Was?«

»Ob ein verlorenes Handy aufgetaucht ist. Zufällig. Vielleicht eines, das vom Typ her zu dem Toten passt.«

Lipaires Verdacht erhärtete sich. Grinsend antwortete er deshalb: »Du bist ja ganz besessen davon. Wo sollte er es denn verloren haben?«

»Das kann ich doch nicht wissen.«

»Nein, das kannst du natürlich nicht mal ahnen.«

Jetzt war es Karim, der die Augen zusammenkniff, als wolle er etwas in Lipaires Gesicht lesen.

»Weißt du, was, Junge? Wir gehen einfach mal hin und fragen Delphine.«

»Ich mach das!«, entfuhr es Petitbon. »Du kannst nicht mit. Ich mein ... musst nicht.«

Mehr brauchte Lipaire nicht, um endgültig sicher zu sein. Er lächelte in sich hinein. Es bereitete ihm geradezu diebische Freude, diese Scharade noch ein wenig auszukosten. »Wieso denn nicht?«

»Ich mein nur, weil ... du doch viel zu tun hast. Mit den Mietern und so. Ich kann doch allein zu ihr und sie fragen. Vielleicht bringt's auch gar nix.«

»Das ist sehr rücksichtsvoll von dir, aber ich begleite dich gern. Gar nicht so viel los gerade. Und diese Sache würde ich wirklich ungern verpassen.«

»Was denn für eine Sache?«

»Na, wie du dich da nach dem verlorenen Handy erkundigst.«

#3 Delphine Berté

Der Schweißtropfen, der Delphine Bertés Stirn hinunterkullerte, an der linken Braue vorbei und dann in einer kleinen Kurve direkt in ihr Auge hinein, brannte wie Hölle. »So eine Scheiße!«, zischte sie, doch ansonsten hatte sie sich unter Kontrolle: Ihre Hand hob sich nicht einen Millimeter von der Platine unter dem Vergrößerungsglas. Das war ihr nur ein Mal passiert, als sie bei einem Smartphone einen Akkuwechsel vorgenommen hatte. Auch da hatte sie das Kopfgeschirr mit der Lampe getragen, auch da hatte sie geschwitzt wie ein Tier, weil die Scheiß-Klimaanlage zu schmalbrüstig war für die Sommerhitze, die jetzt am Nachmittag ihren Höhepunkt erreichte. Nur hatte sie damals reflexartig die Hand gehoben und sich den Schweiß abgewischt, worauf ein Tropfen auf die Platine gefallen war, was einen Kurzschluss verursacht und das Handy ins digitale Nirwana geschickt hatte – ohne Chance auf Wiedergeburt.

Auch wenn das eine schmerzhafte Erfahrung war, weil der Anwalt, dessen Gerät sie reparieren wollte, sie für den Schaden mehr hatte bezahlen lassen, als es wert gewesen war – sie hatte daraus gelernt. Sie lernte immer dazu, jeden Tag. Am meisten aus ihren Fehlern. Fehler, die wehtaten, weil sie Geld kosteten. Und das war im Hause Berté immer Mangelware. Während sie hier in ihrem Handyladen von früh bis spät schuftete, versoff ihr Mann daheim einen beträchtlichen Teil des Einkommens. Was Delphine letztlich egal gewesen wäre, wären da nicht ihre beiden Kinder.

Sie verzog die Lippen zu einem schiefen Grinsen. *Die zwei sollen es mal besser haben als ich.* Das klang so abgedroschen. Doch das machte es nicht weniger wahr. Nicht, dass ihr Leben so schrecklich gewesen wäre: Das Geschäft gehörte ihr und war dazu das einzige dieser Art in Port Grimaud, was sich positiv auf Delphines Preisgestaltungs-Spielraum auswirkte. Aber wenn sie damals die Möglichkeit gehabt hätte, mit der Schule weiterzumachen ... Sie seufzte und blickte zu ihren Töchtern, die an einem winzigen Tisch in dem ebenso winzigen Laden ihre Hausaufgaben machten. Mehr Motivation brauchte sie nicht für ihr Tun.

Sie konzentrierte sich wieder auf die Arbeit, kniff das brennende Auge zusammen und schaute mit dem anderen durch die Linse. Diese Smartphones waren Segen und Fluch zugleich. Segen, weil kaum jemand in der Lage war, die einfachsten Reparaturen daran selbst durchzuführen. Also musste man in Port Grimaud in ihren Laden, legte neben dem Gerät eine stattliche Summe auf den Tresen und nahm ein paar Stunden später das reparierte Telefon wieder mit. Fluch, weil ihre Finger für diese filigranen Maschinen zu kurz und zu dick waren. So, wie eigentlich alles andere an ihr auch: zu kurz und zu dick. Behauptete jedenfalls Amadou, ihr Mann. Und meinte das nicht etwa liebevoll. Vielleicht hatte sie sich deswegen diesen Namen für ihren Laden ausgedacht: *Madame Portable.* Das war so schön zweideutig. Einerseits war *portable* das französische Wort für Mobiltelefon. Andererseits konnte man den Namen auch mit *tragbare Frau* übersetzen. Mit ihren deutlich mehr als hundert Kilo dürfte es für die meisten Menschen allerdings unmöglich sein, sie hochzunehmen. Und das nicht nur körperlich.

»Geschafft!«, ächzte sie, nachdem sie endlich das letzte der mikroskopisch kleinen Schräubchen eingedreht hatte, die das Gehäuse zusammenhielten. Sie riss sich das Geschirr vom Kopf und rieb sich das brennende Auge. Was für eine Wohltat. Dann stoppte sie die Anzeige ihrer Armbanduhr. Fünf Minuten dreißig, nicht schlecht für einen Displaywechsel bei diesem Modell. Nach kurzem Nachdenken schrieb sie mit dem Vermerk *erhöhter Aufwand* zwei Arbeitsstunden auf die Rechnung. Dann stand sie auf, ging zu ihrem Korb und biss ein paarmal herzhaft in das Schinken-Käse-Sandwich, das sie sich im Morgengrauen gemacht hatte, als alle anderen noch in ihren Betten lagen. Sie spülte alles mit ein paar Schlucken der viel zu warmen *Orangina* hinunter, packte das restliche Brot wieder ein und ging zurück zu ihrem Arbeitstisch. Dort schaltete sie das eben reparierte Telefon an. Es funktionierte einwandfrei und zeigte eine Frau, wahrscheinlich die Lebensgefährtin des Besitzers, posierend auf einer der Brücken ihres Städtchens. Sie gab den Code ein. »Chérie«, seufzte sie. Wie abgeschmackt. Dabei hatte sie das Passwort nicht einmal erraten müssen, der Kunde hatte es ihr bereitwillig genannt, als sie erklärt hatte, sie brauche es für die Reparatur. Manche Menschen waren wirklich unfassbar naiv.

Jetzt nahm sie sich die Foto-App vor und scrollte durch die Galerie. Das Übliche: Urlaubsfotos mit Frau und Hund, ein paar Landschaften und ... Delphine stutzte. Junge Männer. Immer wieder Schnappschüsse von jungen Männern. Am Strand, in knappen Badeshorts. »Könnte was sein«, murmelte sie und zog flugs eine Sicherungskopie des gesamten Archivs auf ihren Laptop.

»Was kann was sein, *maman*?«

Delphine blickte auf. Ihre Kinder saßen gelangweilt da, der Tisch war inzwischen leer. »Ach, nichts. Seid ihr schon fertig mit den Hausaufgaben?«

»War nicht viel«, sagte Léa, die Kleinere der beiden, die mit ihren zehn Jahren dennoch die Ältere war. Offensichtlich dominierten bei ihr die Gene ihrer Mutter. »Jetzt ist uns langweilig. Stimmt's, Inès?« Ihre Schwester mit dem schwarz gelockten Wuschelkopf nickte abwesend und starrte auf ihr Handy. Kaum hatten die beiden mal einen der ohnehin ziemlich seltenen schulfreien Nachmittage, wussten sie schon nach kurzer Zeit nichts mehr mit sich anzufangen.

Delphine seufzte. Ihre Kinder pendelten ständig zwischen Aktionismus und Langeweile, und sie hatte das Gefühl, ihnen atemlos hinterherzuhecheln, um sie irgendwie zu beschäftigen. »Hier, nehmt euch die«, sagte sie und zeigte auf ein paar ältere Telefonmodelle. »Wer seins am schnellsten zerlegt und wieder zusammenbaut, kann sich bei Jacqueline ein Eis holen.«

»Aber wir ...«

Léa wurde unterbrochen vom Klingeln der Glöckchen über der Eingangstür. Sofort stürzte sie auf den Mann zu, der das Geschäft betrat. Denn von jedem Verkauf, an dem die Kinder beteiligt waren, bekamen sie einen Anteil. Man konnte ihnen nicht früh genug beibringen, wie wichtig persönlicher Einsatz war, fand Delphine und widmete sich ihrer Buchhaltung. Sie wusste, dass die Kunden bei ihrer Tochter in guten Händen waren, zumal deren Portemonnaies offener standen, wenn sie von süßen kleinen Mädchen beraten wurden. Nach ein paar Minuten stand Léa mit einer Handyhülle in Lederoptik neben ihr. »Was kostet die?«, flüsterte sie ihrer Mutter zu.

»Fünfzehn Euro. Ist nur Plastik.« Sie bekam die Dinger im Einkauf für knapp zwei Euro das Stück, da war trotz des geringen Preises noch eine ordentliche Marge drauf.

Léa beugte sich noch ein bisschen weiter zu ihr. »Das ist aber ein Tourist.«

Delphine blickte zu dem Mann mit den grau melierten Schläfen im Leinensakko. Deutscher, vielleicht auch Holländer, vermutete sie. »Dann mach fünfunddreißig und sag, es ist veganes Leder.«

Nachdem der Kunde den Laden verlassen hatte, nicht ohne in radebrechendem Französisch neben der zuvorkommenden jungen Verkäuferin auch noch die Nachhaltigkeit der Produkte zu loben, schickte Delphine ihre Kinder nach draußen. Ein bisschen Sonne und frische Luft würden ihnen guttun. Und sie selbst hätte Ruhe für die verhasste Schreibtischarbeit, die sie schon wieder viel zu lange hatte liegen lassen. »Geht ruhig auch mal an den Strand und schaut, ob ihr ein paar verlorene Handys findet. Oder guckt auf dem Platz, heute ist doch Markt. Wenn sie noch richtig gut erhalten sind, kriegt ihr mehr Prozente.« Schon sausten die beiden auf die sonnendurchflutete Straße hinaus.

Delphine blickte ihnen versonnen nach, dann widmete sie sich wieder der ambitionierten Aufgabe, wenigstens etwas Ordnung in ihren Unterlagenwust zu bringen. Weit kam sie nicht, denn die Glöckchen klingelten erneut. Sie kannte die beiden, die in der offenen Ladentür standen. Lipaire, der Deutsche, der aussehen wollte wie ein französischer Playboy, nur dass er dafür zwanzig Jahre zu alt und genetisch einfach zu sehr Germane war. Und Karim, der ihm auf Schritt und Tritt folgte wie ein Schoßhündchen, das darauf wartet, dass man ihm ein paar Leckerlis hinwirft. Es hatte einiges an Überredungskunst gebraucht, den Jungen dazu zu bringen, ihr ab und zu Handys zu überlassen, die die Touristen bei ihm im Boot vergaßen, ohne Lipaire an dem Geschäft zu beteiligen.

»*Salut*, meine liebe, reizende Delphine«, sagte der Grauhaarige und setzte ein strahlendes Lächeln auf, das seine makellosen Zähne freilegte.

Damit wollte er sie wohl bezirzen wie die ganzen frustrierten Ehefrauen, die in seinen Häusern urlaubten. Doch bei ihr wirkte das nicht. Jedenfalls nicht sehr. »Was wollt ihr?«, fragte sie kurz angebunden, denn dass die beiden irgendetwas im Schilde führten, war sonnenklar.

Bevor sie antworten konnten, bimmelte die Ladenglocke schon wieder. »Bitte, nach Ihnen, Monsieur«, sagte Lipaire zu dem Mann, der eben hereingekommen war, und deutete auf den Tresen. Der Mittvierziger nickte, ging energisch an ihm vorbei und legte ein riesiges Mobiltelefon auf den Verkaufstresen. »Können Sie das reparieren?«, fragte er ohne Begrüßung.

»Natürlich.« Sie nickte bestimmt.

»Aber Sie wissen ja noch gar nicht, was damit los ist.«

»Wäre das Erste, bei dem ich kapitulieren müsste.«

»Es geht immer wieder aus. Völlig ohne ersichtlichen Grund. Ich habe aber nicht lange Zeit. Habe noch ein Boot gemietet, das geht bald los.« Er blickte demonstrativ auf seine Smartwatch.

»Dann sollten wir besser gleich anfangen. Ihr Kennwort?«

»Wozu brauchen Sie das denn?«

»Na, ich muss ja sehen, ob alles funktioniert, wenn ich ...«

»Das kann ich dann ja selbst. Mein geheimes Kennwort möchte nämlich gern geheim bleiben.«

Delphine blickte zu Lipaire, der sie amüsiert beobachtete. Sie holte tief Luft und machte sich an die Arbeit. Der Mann wich dabei keinen Millimeter vom Tresen zurück und beobachtete genau, was sie tat. Das spornte ihren Ehrgeiz an. Den Fehler hatte sie schnell behoben, es handelte sich nur um ein winziges Drähtchen, das den Akku mit der Platine verband und das aus seiner Halterung gerutscht war. Doch dann begann die Kür. Während der Mann vor ihr stand, nahm sie das Handy, kippte es leicht, sodass er nicht auf das Display sehen konnte, schloss es an ein Kabel an, das mit ihrem Laptop verbunden war, und entsperrte mit dem darauf befindlichen Programm das Gerät. Dann spielte sie flugs eine Software auf, mit der sie in ein paar Wochen, wenn niemand mehr an die Reparatur im schnuckeligen Handyladen des Urlaubsortes denken würde, Zugriff auf das Telefon hatte – inklusive der Banking-App. Dabei sagte sie Sachen wie: »Das Backend muss neu konfiguriert werden«, oder »Die config-Datei scheint leider auch etwas abbekommen zu haben.« Der Mann nickte nur, als würden diese Worte irgendeinen Sinn ergeben. Unter anderen Umständen hätte sie ihn vielleicht so davonkommen lassen, aber er war derart herablassend aufgetreten, dass sie keine andere Wahl hatte.

Als ihre Arbeit beendet war und sie dem Kunden das Handy samt einer satten Rechnung zurückgab, schürzte Lipaire anerkennend die Lippen.

»Gute Arbeit«, erklärte er, nachdem der Mann gegangen war.

Delphine wusste nicht genau, welchen Teil er meinte, aber sie nahm das Lob dankend an. »Hast du wieder was für mich?«, fragte sie an Karim gerichtet. »*Catch of the day?*«

»Ich ... nein, ich bräuchte was.«

»So, was denn?«

»Ist vielleicht kürzlich ein Handy abgegeben worden?«

»Bei mir werden ständig Handys abgegeben, das solltest du eigentlich am besten wissen.«

»Klar, ich meine aber ein bestimmtes.« Karim schaute zu Lipaire. »Was könnte dieser Typ für eins gehabt haben?«

Lipaire hob die Augenbrauen. »Keine Ahnung. Wie meinst du das denn?«

»Na ja: Seine Klamotten waren ziemlich abgewetzt, also wird es kein nagelneues High-End-Handy gewesen sein.«

Lipaire nickte. »Gut kombiniert. Und weiter?«

»Dazu wahrscheinlich eines, das robust ist. Immerhin hatte er Bootsschuhe an. Möglicherweise ist das Handy also wasserdicht. Farbe vermutlich schwarz, der Mann hat ja keinen Wert auf modische Akzente gelegt. Alles in allem würde ich sagen: ein Caterpillar.«

Delphine verstand nicht, was das Ganze sollte. »Du meinst das, das du mir gestern gebracht hast?«

Karim schluckte, sein Blick ging zu Lipaire. »Vielleicht nicht genau das, aber so ... ähnlich«, sagte er leise.

Da prustete Lipaire los und schlug Karim auf die Schulter. »Komm, ich hab doch längst kapiert, was los ist. Also, Delphine, wir bräuchten das Handy wieder, das unser kleiner Sherlock hier gestern abgegeben hat. Hast du es noch?«

Sie nickte.

»Gut. Was hast du dafür bekommen, Karim?«

»Zwanzig Euro«, antwortete er, ohne Lipaire anzusehen.

Der kramte einen Zwanzigeuroschein aus seiner Tasche und legte ihn vor Delphine auf den Tresen. »Hier, bitte, meine Liebe.«

Delphine zuckte die Achseln. »Willst du 'ne Handyhülle kaufen, oder was?«

»Nein, ich möchte das Telefon zurück.«

»Ach so. Das kostet hundert.«

»Wie bitte?«

»Also eigentlich beläuft sich der Preis auf einhundertneunzehn Euro neunzig, aber weil ihr's seid: Gebt mir einen Hunderter und gut.«

»Das meinst du nicht ernst.«

»Es handelt sich um ein begehrtes Modell. Ziemlich selten. Robust, wasserdicht und in zeitlosem Schwarz.«

Lipaire kniff die Lippen zusammen. »Was soll denn das, Delphine? Wir helfen uns doch gegenseitig, hier in Port Grimaud.«

»Wir? Uns? Ich kann mich nicht erinnern, dass du mir schon mal einen Stein in den Garten geworfen hättest.«

»Wir brauchen es aber unbedingt«, platzte Karim dazwischen.

»Wenn das so ist: hundertfünfzig.«

»Das ist Wucher!«, brummte Lipaire, aber sie sah ihm an, dass er bereits aufgegeben hatte.

»Ach ja? Ich nenne es freie Marktwirtschaft. Keiner zwingt euch zum Kauf. Also?«

Zerknirscht griff der Deutsche in seine Hosentasche, zog die goldene Klammer mit den Scheinen heraus und blätterte ihr das

Geld auf den Tresen. Sie zählte demonstrativ nach, steckte es ein und holte ohne weiteren Kommentar das Telefon.

Bevor sie draußen waren, drehte Lipaire sich noch einmal um. »Ich bin menschlich sehr enttäuscht von dir, Delphine. Lass dir eins gesagt sein: Uns siehst du hier nie wieder!« Dann knallte er die Tür hinter sich zu.

Eine helfende Hand

Guillaume Lipaire kochte noch immer vor Wut. Wenn er etwas hasste, dann war es Geschäftemacherei zulasten anderer. Wobei: Das war es nicht direkt, was ihn störte, schließlich verdiente auch er sich damit einen Teil seiner Brötchen. Nein, was er hasste, war, wenn man die Notlage anderer ausnutzte, um daraus Profit zu schlagen. Jedenfalls, wenn es seine Notlage war und er bezahlen musste.

»Komm, Karim, wir schauen uns mal das Handy an.« Lipaire deutete auf die knallbunten Loungemöbel, die die Stadtverwaltung im Rahmen eines Kunstprojektes am Kai aufgestellt hatte. Er nahm auf einem roten Sessel Platz, lehnte sich zurück und blinzelte in die Nachmittagssonne. Eine Weile sagte er nichts, er musste erst seinen Ärger über diese gierige Person niederkämpfen, die ihn so viel Geld gekostet hatte.

»Wir sind doch wirklich die dümmsten Typen an der ganzen Côte d'Azur!«, riss Karim ihn aus seinen Gedanken.

Lipaire sah verwundert zu ihm hinüber und zog die Brauen zusammen. »Na, mal nicht alle über einen Kamm scheren. Ich für meinen Teil jedenfalls ...«

Doch Karim ließ ihn gar nicht ausreden. »Du bist genauso blöd, auch wenn es mir leidtut, dir das so deutlich sagen zu müssen. Hier!« Er hielt das Handy hoch, das sie eben von Delphine zurückgekauft hatten.

»Ja, es war zu teuer, schon klar, aber ...«

»Unsinn! Wir hätten es uns entsperren lassen müssen. Siehst du das? Es ist gesichert. Lässt sich nur mit Fingerabdruck oder

Code in Betrieb nehmen. Beides haben wir aber nicht. Deshalb werden wir Delphine wohl oder übel gleich noch einmal einen Besuch abstatten müssen.«

»Nur über meine Leiche!« Lipaire schüttelte entschieden den Kopf. So weit käme es noch, dass er bei der Dicken zu Kreuze kriechen würde und sich am Ende noch entschuldigen musste.

»Ich kann es ja allein machen«, schlug Karim vor.

»Dir zieht sie wahrscheinlich noch mehr Geld aus der Tasche.«

»Aber sie ist verdammt noch mal die Einzige weit und breit, die so was kann.«

»Breit, das stimmt«, brummte Lipaire und dachte nach. Nach einer Weile sagte er: »Aber dass sie die Einzige ist, ist so nicht ganz richtig. Überhaupt nicht, wenn man es genau bedenkt.« Damit stand er auf und bedeutete Petitbon, ihm zu folgen.

»Jetzt warte doch mal!«, rief der ihm hinterher, als sie die große Brücke überquerten und auf den ringsum mit Häusern bestandenen Marktplatz liefen.

»Du bist vier Jahrzehnte jünger als ich, und es gelingt dir nicht, mit mir Schritt zu halten?«

»Ich ... im Wasser bin ich auf jeden Fall deutlich schneller als du.« Inzwischen hatte Karim zu ihm aufgeschlossen. »Magst du mir jetzt mal verraten, zu wem wir gehen?«

Lipaire setzte ein süffisantes Grinsen auf. »Zu *dem* Experten für dieses Handy schlechthin.«

»Echt? Du hast noch mehr Spezialisten am Start?«

»Abwarten.«

»Und warum rennen wir, als wäre der Teufel hinter uns her? Macht dein Experte denn gleich zu?«

Guillaume hob die Brauen. »Nein, der hat immer offen.«

»Wo wohnt er denn?«

»In der Kirche.«

»Hä? Der Pfarrer?«

»Nicht ganz. Eher der rechtmäßige Besitzer.«

»Von was?«

»Vom Handy!«

»Der ist doch tot!«, entfuhr es Karim.

Guillaume zuckte kurz zusammen, weil just in diesem Moment eine Familie mit zwei großen Tüten Obst an ihnen vorbeischlenderte, die jedoch keine Notiz von ihnen und ihrer Unterhaltung zu nehmen schien. »Das schon«, flüsterte er. »Aber seine Finger waren beim letzten Mal, als wir ihn gesehen haben, noch tipptopp in Schuss.«

»Du willst ...« Petitbon schüttelte energisch den Kopf. »Guillaume, das können wir nicht machen!«

»Aha. Und warum nicht? Es wird ihn nicht mehr stören und ist obendrein kostenneutral, ganz im Gegensatz zu Delphines Diensten.«

»Ich will nicht, dass wir ihn noch mal ... stören. Das ist doch irgendwie ... wie sagt man?«

»Ökonomisch sinnvoll?«

»Nein, pietätlos«, antwortete Karim.

»Also vom christlichen Standpunkt her spricht da sicher nichts dagegen, denn schließlich wurde sogar unser Herr Jesus Christus nach drei Tagen noch einmal in der Totenruhe gestört.«

»Aber dafür hat er immerhin die Auferstehung und das ewige Leben als Entschädigung bekommen, oder nicht?«

Lipaire war erstaunt, wie firm der Junge in Sachen Christentum war. »Stimmt schon, das können wir unserem verblichenen Freund natürlich nicht bieten. Aber sag mal, du weißt also über die Sache mit der Auferstehung Bescheid? Bist du nicht Moslem?«

»Mama ist Muslima, Papa war katholisch. Seit seinem plötzlichen Tod glaub ich an gar nichts mehr.«

»Siehst du?«

»Aber das hat ja nichts mit Religion zu tun.«

Lipaire wandte sich nach allen Seiten um, dann zog er Karim ein wenig weiter von den Marktständen auf dem Platz weg. »Wir haben ihn aufs Boot geschleift, durch den halben Golf von Saint-Tropez geschippert, ihn versenkt, an ein Wrack gebunden, aus dem Ruder der *Comtesse* befreit, um ihn dann auch noch in einer nach Fisch stinkenden Kühltruhe zwischenzulagern. Meinst du wirklich, da macht ein weiterer Besuch bei ihm noch was aus?« Guillaume sah Karim an, wie er mit sich rang.

»Jetzt ist es anders: Er liegt im Grab.«

»Aber doch nicht in seinem! So, und jetzt los. Wir haben eine christliche Mission.«

An der Kirche *Saint-François-d'Assise* angekommen, musste Lipaire erst einmal ein wenig verschnaufen. Die Hitze war trotz des *mistral*, der seit heute Morgen wehte, nicht zu unterschätzen, und sie waren wirklich schnell gelaufen. Obendrein schlenderte gerade eine Gruppe von Jugendlichen durch das Kirchenportal ins Innere. Er lehnte sich also an eine der vier großen Pinien, die den Vorplatz beschatteten, und zündete sich einen Zigarillo an. Rauchend betrachtete er das hellbeige getünchte Bauwerk. Der unfreiwillige Mitbewohner ihres Toten, der große Architekt Roudeau, hatte es im Stil einer provenzalischen Wehrkirche entworfen, jedoch voll und ganz aus Beton gebaut. Dafür sah sie gar nicht so verkehrt aus, fand Guillaume.

»Sag mal, sind unsere jungen Freunde eingeschlafen, oder warum kommen sie nicht mehr zurück?«, brummte er nach einer ganzen Weile, den Blick immer auf den Eingang der Kirche gerichtet.

»Vielleicht machen sie Sightseeing.«

»Dann wären sie ja schon nach zehn Sekunden wieder rausgekommen.«

»Wenn die Sonne durch die bunten Fenster fällt, das hat schon was, irgendwie«, fand Karim. »Und wenn sie beten? Oder Opferkerzen anzünden?«

Lipaire zuckte mit den Achseln und bedeutete Karim, mitzukommen. Die Kühle in der Kirche tat ihm gut. Als sich seine Augen an die Dunkelheit gewöhnt hatten und er die jungen Touristen erblickte, musste er feststellen, dass keine ihrer Hypothesen zutraf: Die Jungs saßen auf den Bänken und aßen belegte Baguettes, auf dem gefliesten Boden standen eine Flasche Wein und Plastikbecher.

Lipaire räusperte sich vernehmlich, was die Besucher umgehend verstummen ließ. Verschämt griffen sich alle ihre Becher und sahen zu den beiden Männern.

»Es tut mir leid, aber wir müssen Sie bitten, die Kirche zu verlassen.«

»Logisch, *Abbé*, geht klar«, antwortete einer aus der Gruppe in holprigem Französisch.

»Das ist doch gar kein Pfarrer, Lorenz«, korrigierte ihn ein anderer auf Deutsch.

»Weiß man's?«

Guillaume legte im tiefsten Bass, zu dem er fähig war, nach: »Wir bereiten eine Zeremonie für einen Verstorbenen vor. Eine würdige Feier in intimem Rahmen, die heute Abend stattfinden wird.«

»Wir wollten auch bloß … weil wir den ganzen Tag nichts gegessen haben und es draußen so heiß ist – ein Restaurant ist einfach nicht drin, in unserem Budget *Abbé*. Pardon«, erklärte Lorenz, entschuldigte sich und schlich mit seinen Begleitern an ihnen vorbei nach draußen.

»Entschuldigt euch nicht für euren Hunger und euer Dürsten«, rief ihnen Guillaume nun ebenfalls auf Deutsch hinterher. »Denn Essen und Trinken hält die Seele zusammen, und den

Satten gehöret das Himmelreich«, fabulierte er salbungsvoll, hob eine Hand, beschrieb damit ein imaginäres Kreuz in der Luft und schloss: »Gehet hin in Frieden, aber gehet!«, wofür er sechs gemurmelte »Amen« erntete. »Mach bitte die Tür zu, und häng das hier von außen dagegen«, bat er Karim und reichte ihm ein ramponiertes Pappschild, das er unter seinem Poloshirt hervorzog. *Achtung, Kanalarbeiten* stand darauf, darüber prangte ein Warnschild mit einer abwehrenden Hand.

»Wie hast du das denn aus dem Hut gezaubert?«

»Stand direkt vor Delphines Laden, über einem geöffneten Kanaldeckel«, gab Lipaire mit gönnerhaftem Lächeln zurück. »So, und jetzt los, bevor wir noch mal ungebetenen Besuch bekommen.«

Er hatte den Deckel des Sarkophags bereits ein Stück aufgehebelt, als Karim von der Eingangstür zurückkam. Der Junge hielt sich angewidert die Nase zu. »Oh, jetzt fängt er aber gewaltig an zu müffeln!«

»Na komm, hab dich nicht so! Ist doch für einen guten Zweck«, gab Guillaume augenzwinkernd zurück. Was Gerüche anging, war er von klein auf ziemlich hart im Nehmen, was ihm schon als Kind unliebsame Aufgaben wie das Reinigen von Abflüssen oder Kompostbehältern eingebracht hatte. Allerdings auch die Bewunderung seiner Freunde, wenn er tote Füchse oder Hasen, deren Kadaver bereits vor Maden wimmelten, in aller Seelenruhe untersuchte, während alle anderen schreiend davonliefen.

Er tastete nach der rechten Hand des Toten, und als er sie zu fassen bekam, zog er so lange und fest daran, bis sie samt Unterarm ein gutes Stück aus dem Sarkophag herausragte.

»Gib mir mal das Handy.« Mit ausgestrecktem Arm gab Karim ihm das Telefon. »So geht das nicht, Kleiner. Wir müssen zusammenarbeiten: Entweder du fixierst seine Hand, oder du hältst das Handy dagegen. Was ist dir lieber?«

»Handy«, keuchte Karim und kam näher.

Zuerst probierten sie es mit dem Daumen, allerdings ohne Erfolg. Der Bildschirm blieb gesperrt. Auch mit dem Zeigefinger hatten sie kein Glück, und als sie auf Lipaires Geheiß auch noch die restliche Hand durchprobiert hatten, sahen sie sich ratlos an.

»Merde«, brachte es Karim auf den Punkt. »Meinst du, die Finger sind zu sehr, du weißt schon …«

»Abgehangen? Das nicht. Aber vielleicht haben sie zu lange im Wasser gelegen, und jetzt sind sie zu runzelig oder zu blutleer, zu blass, zu … kalt?«

»Soll ich eine Kerze vom Opferaltar holen, und wir wärmen sie ein wenig auf?«

Guillaume schüttelte den Kopf. »Nicht dass er uns noch ankokelt. Leuchte mir lieber mal mit der Taschenlampe, dann überprüfe ich den Fingerzustand.«

Karim holte sein eigenes Handy heraus, nahm es in die linke Hand und richtete die LED-Lampe auf die Hand des Toten.

»Das sieht alles noch tadellos aus«, konstatierte Lipaire in fachmännischem Ton. »Aber gib mir mal ein bisschen mehr Licht hier links auf seinen Daumen … *Bordel de merde!*«

»Jetzt müsstest du aber auch mal auf deine Sprache achten. Vor allem hier.« Karim grinste.

»Ach, ist doch wahr. Wir sind vielleicht zwei Schwachköpfe!«

»Wieso?«

»Links! Wer sagt uns denn, dass er kein Linkshänder ist?«

»War«, korrigierte Karim, während Guillaume die Hand zurück in den Steinsarg gleiten ließ, sich darüber beugte und nach der anderen Hand des Toten fischte. Und tatsächlich: Beim linken Daumen hatten sie Glück, das Handy entsperrte sich.

»Ich ändere gleich mal den Code, oder?«

»Auf jeden Fall«, presste Lipaire hervor, während er die schwere Steinplatte wieder in ihre ursprüngliche Position schob.

»Na, was habt ihr denn schon wieder hier zu schaffen?«, tönte es auf einmal von der Kirchentür. Guillaume fuhr herum. Er war so konzentriert gewesen, dass er nicht gehört hatte, wie jemand hereingekommen war. Und an Karims schockiertem Blick erkannte er, dass es ihm genauso gegangen war. Der Pfarrer, ausgerechnet! Jetzt galt es zu improvisieren. »Ah, *Abbé*, gut, dass Sie kommen«, tönte er. »Wir sind gerade dabei, den ... Handyempfang hier drin zu überprüfen. Anordnung der Gemeinde.« Dabei zeigte er auf Karim, der noch immer das Mobiltelefon in Händen hielt.

Der Pfarrer blickte skeptisch drein. »Ich dachte, es geht um den Kanal.«

»Den Kanal?«

»Steht doch draußen an der Tür.«

»Ja, das. Dazu machen wir ja quasi die Vorarbeiten. Für die ... Kanalvermessung und Datenübermittlung an die nationale Vermessungsbehörde muss die Mobilfunkverbindung sehr stabil sein«, fabulierte Guillaume drauflos, selbst überrascht, wie überzeugend das alles klang.

»Verstehe.« Der Pfarrer nickte. »Könnte was dran sein, mit dem Abwasserkanal. Es riecht seit gestern so seltsam in der Kirche.«

Sie schnupperten demonstrativ. »Ist uns gar nicht aufgefallen«, sagte Karim.

»Nun gut, dann lasst euch mal nicht bei eurer Arbeit stören. Der Herr segne euch. Ach ja, und lasst doch bitte die Tür offen, sobald ihr durch seid. Es soll hier ja nicht stinken wie in den Vorhöfen der Hölle.«

»Kennen Sie sich denn dort aus?«

»Wo?«

»In den Vorhöfen der Hölle«, wiederholte Lipaire mit einem Stirnrunzeln.

»Ich ... nur ein Sprachbild. Gehet hin in Frieden.«

»Amen«, erwiderten die beiden im Chor und sahen zu, dass sie schleunigst aus der Kirche kamen.

»Also, Karim, dann lass mal hören, was wir da Schönes über unseren Freund haben.« Lipaire blies gespannt den Rauch einer weiteren Zigarre in den wolkenlosen Nachmittagshimmel. Sie saßen an einem Bistrotischchen vor dem *Fringale*, wo er zur Feier des Tages einen *Kir Cassis* hatte springen lassen. Zusammen starrten sie auf den kleinen Bildschirm des Smartphones.

»Okay, also, erst mal die Mails?«, erkundigte sich Karim und sah sich verstohlen um.

»Von mir aus gern.« Lipaire lehnte sich zurück und nippte an seinem Getränk.

»Oh nein, so ein Idiot! So ein gottverdammter Idiot!«

Lipaire ließ das Glas sinken. »Was ist denn jetzt schon wieder?«

»Warte noch kurz«, bat Karim und tippte wie wild auf dem kleinen Bildschirm herum. »Hab ich mir's doch gedacht«, sagte er schließlich resigniert und knallte das Smartphone vor sich auf den Tisch. »*Putain de merde!*«

»Hätten der verehrte Honorarkonsul der Republik Vulgarien vielleicht die Güte, mich über den Grund für seine Fäkalsprache in Kenntnis zu setzen?«, säuselte Lipaire, da der Junge keine Anstalten machte, seinen Ausbruch zu erklären.

»Dieser Typ hat seine ganzen Dateien zusätzlich zum Fingerabdruck noch mal mit einem numerischen Code gesichert: Fotos, Nachrichten, Mails und Kontakte.«

»Also hatte er etwas zu verbergen?«

»Das bestimmt auch. Vor allem heißt das aber, dass wir in das Scheißhandy immer noch nicht reinkommen!«

Das waren wirklich niederschmetternde Neuigkeiten. »Dann kriegen wir da wohl nie einen Zugang, wie?«

Karim seufzte. »Doch. Und zwar, indem wir das tun, was wir gleich hätten tun sollen.« Mit diesen Worten kippte er seinen Kir in einem Zug hinunter, stand auf und lief los.

Angebot und Nachfrage

»Meine liebe, herzerfrischende Delphine, ich finde, wir haben uns eben gegenseitig auf dem ganz falschen Fuß erwischt. Es wäre doch zu schade, wenn unser unbeschwertes, wundervolles Verhältnis unter so einem dummen Missverständnis litte.« Schwungvoll hatte Guillaume Lipaire die Tür geöffnet und war mit dem festen Vorsatz in den Laden gestürmt, die Inhaberin so mit seinem legendären Charme einzulullen, dass sie gar nicht anders konnte, als ...

»Spar dir das für deine Hausfrauen.«

Irritiert sah er Delphine an, die gleichgültig zurückblickte. Auf die Überzeugungskraft seiner Schmeicheleien war stets Verlass, und sie würden auch bei dieser Frau zum Erfolg führen. »Wie machst du das nur, selbst bei dieser Hitze auszusehen wie aus dem Ei gepellt?«

»Sonst noch was? Ich hätte zu tun.«

»Aber Delphine. Liebe, allerliebste Delphine! So wollen wir das doch nicht stehen lassen.«

»Wollen wir nicht?«

»Nein, wir müssen zusammenhalten.«

»Wir?«

»Ja, wir Einheimischen.«

Jetzt verzog sich ihr Mund zu einem Lächeln, wie Lipaire erleichtert feststellte. Doch das Lächeln wurde immer breiter, Delphines Gesicht lief rot an, dann lachte sie rasselnd los, bis sich ihr ganzer Körper schüttelte. »Wir ... Ein...heimischen«, presste sie hervor. »Sehr gut.«

Die Männer warteten, bis sie sich wieder beruhigt hatte.

»Also, was wollt ihr Komiker? Soll ich das Gerät für euch knacken, weil ihr nicht reinkommt?«

Lipaire fand ihre Direktheit erfrischend, fühlte sich aber auch ertappt. »Ach, das meinst du?« Er hielt das Handy hoch. »Darum ging es uns nicht vorrangig. Aber wenn du schon davon anfängst ... schließlich bist du ja eine, ach was, *die* Expertin, was das betrifft. Da kann dir keiner das Wasser reichen. Obwohl es hier in unserem entzückenden Städtchen ja genug Wasser gibt.«

Guillaume lachte gekünstelt über sein verunglücktes Wortspiel. Die Tatsache, dass seine Ausstrahlung an der Frau wirkungslos abprallte, verunsicherte ihn. Es war ihm zudem peinlich, dass Karim genau mitbekam, wie er bei Delphine auf Granit biss. Doch dann nahm er mit Erleichterung zur Kenntnis, dass die etwas auf ein Stück Papier schrieb und ihm den Zettel reichte. Darauf stand eine vierstellige Zahl. »Ganz herzlichen Dank, meine Teure«, flötete er und tippte die Kombination in das Telefon ein. Doch auf dem Display erschien die Nachricht: *Ungültige Passworteingabe. Noch fünf Versuche.*

Irritiert hob er den Kopf. »Pardon, aber irgendetwas stimmt nicht, meine Liebe.«

»So, was denn?«, flötete sie zurück.

»Dieser Code funktioniert nicht.«

»Das ist ja auch nicht der Code, sondern die Summe, die es euch kostet, wenn ich ihn knacke.«

Lipaire schnappte nach Luft. »Wie bitte? Das ist doch viel zu viel.«

»Zwingt euch ja keiner.«

Die beiden Männer warfen sich einen Blick zu. Guillaume rang mit sich. Er hatte noch nicht genügend Anhaltspunkte, ob sich eine solche Investition jemals lohnen würde. Dennoch sagte ihm ein Gefühl, dass hier mehr zu holen war, möglicherweise sogar viel mehr, als bei seinen Vermietungen. Vielleicht wäre das die glückliche Fügung, die er so lange herbeigesehnt hatte. Die ihm endlich das Leben ermöglichen würde, das er sich wünschte, ein Leben wie früher, bevor alles den Bach runtergegangen war. Ein Leben im eigenen Haus. Am Meer. Vielleicht sogar mit Pool. Als Privatier mit viel Zeit und dem nötigen Kleingeld.

Aber die Unsicherheit und damit das Risiko waren groß. Letzteres würde er allerdings erst minimieren können, wenn er mehr über die Angelegenheit wusste. Und dafür brauchte er das Handy – ein Teufelskreis. Er beschloss, es noch einmal anders zu versuchen: »Hör zu, hättest du dir nicht einen schönen, sorgenfreien Urlaub verdient? Ich könnte dir da was ermöglichen. Ein Haus nur für dich und deinen Liebsten. Eine Woche. Am Meer. Na, klingt das romantisch?«

Jetzt schien sie ins Nachdenken zu kommen. Zufrieden nickte Lipaire Karim zu. Das also war ihre Schwachstelle. Er würde sie nicht mehr vergessen.

»Wo wäre das denn?«, wollte sie wissen.

»Auf der Île des Pins.«

Sie prustete erneut los.

Lipaire verlor langsam die Geduld. »Was ist denn jetzt schon wieder?«

»Aber das ist doch in Port Grimaud«, sagte sie und wischte sich mit einem Taschentuch die Lachtränen aus den Augenwinkeln.

»Was dachtest du denn?«

»Na, in Italien vielleicht, in Spanien, was weiß ich. Hier wohne und arbeite ich doch. Nur ein Zugereister wie du kann glauben, dass wir Einheimischen zu Hause Urlaub machen wollen. Und dann auch noch mit meinem Alten ...«

Damit hatte sie ihn nun wirklich gekränkt. Er war ein Einheimischer wie alle anderen Einheimischen hier, vielleicht noch mehr, noch stolzer, noch leidenschaftlicher. Seine eigentliche

Herkunft spielte doch längst keine Rolle mehr. Irgendwann überwand man diese und wurde zu einem anderen, davon war er überzeugt. Aber Delphine schien das nicht zu begreifen. Wie auch, sie war bestimmt noch nie von hier weggekommen. Hilfesuchend blickte er zu Karim. Der kannte sie ja offensichtlich näher, sollte er mal sein Glück versuchen.

»Weißt du«, begann der Junge zögerlich, »also ... in dem Handy, da ist die Nummer von ... einer Frau. Ich ... muss sie sofort erreichen, sonst werde ich sie nie wiedersehen. Und das wäre schrecklich für mich.«

Eine jämmerliche Vorstellung, dachte Lipaire. Doch zu seiner großen Überraschung wurde Delphines Miene tatsächlich weich. »Wirklich? Das ist ja süß. Kennst du sie schon länger?«

»Nein, eben nicht, das ist ja das Problem.«

»Verstehe. Dann gib mal her.«

Mit einem Siegerlächeln streckte Karim die Hand aus und ließ sich von Lipaire das Handy geben, das er an die Frau weiterreichte. Delphine ging damit zu ihrem kleinen Tischchen und stöpselte es an ihren Laptop an. »Fertig«, vermeldete sie wenige Minuten später, runzelte die Stirn und sah Karim fragend an.

»Ist was?«, fragte der.

»Na ja, ich wundere mich schon ein bisschen ...« Sie hielt das Telefon hoch. Das Display zeigte das Bild einer Frau in den Fünfzigern mit strähnigem Haar und lederner Haut. »Die?«

Schnell griff sich Lipaire das Handy. »Er hat einen sehr speziellen Geschmack. Aber nun ja, wo die Liebe hinfällt ... vielen Dank jedenfalls, *au revoir*, liebe Delphine!«

Vor dem Geschäft setzten sie sich wieder in die bunten Sessel, drehten sie so, dass die schräg stehende Sonne des späten Nachmittags sie nicht blendete, und nahmen sich das Telefon vor. Es war nicht viel darauf zu finden, ein paar Fotos vom Meer, der

Hafen von Saint-Tropez, die Silhouette von Port Grimaud, offenbar von einem Boot aus geschossen, einige Bilder der Frau mit dem herben Äußeren, ein paar private E-Mails, Rechnungen, Werbung. »Hm ...«, brummte Lipaire. Keine einzige SMS. Anscheinend hatte er nicht mal WhatsApp.

»Darf ich mal?« Karim nahm das Handy und zeigte auf ein App-Symbol. »Das ist Threema.«

»Aha.«

»Ein Messenger-Dienst. Verschlüsselt und angeblich super sicher.«

»Kommen wir da rein? Oder müssen wir dafür wieder zu ... ihr?« Er deutete mit dem Kopf in Richtung des Handyladens.

»Nein, ich glaube nicht ... ah, da ist es.«

Die Männer rückten näher zusammen und starrten auf das Display. In diesem Moment begann das Gerät mehrmals hintereinander zu piepsen. Sie zuckten zusammen. Gleichzeitig erschienen diverse Meldungen, alle mit dem Text *Verpasster Anruf.*

»Immer dieselbe Nummer«, kommentierte Karim.

»Ja. Irgendjemand wollte dringend mit ihm reden. Deine hübsche Freundin vielleicht?« Lipaire zwinkerte ihm zu.

»Warte mal! Das ist die gleiche Nummer wie hier in dem Chat.«

Lipaire verglich die Ziffern. Tatsächlich, sie waren identisch. Offensichtlich hatte der Mann mit diesem Handy nur Kontakt zu einer einzigen Person. Wie in einem Agentenfilm. Die letzten Nachrichten lauteten:

Wo sind Sie?

Wir haben noch immer
Interesse!

Was soll das???

Jetzt wurde es interessant. Karim scrollte etwas zurück, um mehr von der Unterhaltung zu sehen. Der erste Eintrag, versendet von diesem Handy, lautete:

    Ich weiß, wo es ist.

Das klang kryptisch, offenbar hatten die Gesprächspartner schon miteinander telefoniert und wussten, worum es ging. Lipaire allerdings wusste es nicht. Gespannt las er weiter.

                  Wo?

Beim nächsten Satz, den wiederum der Tote geschrieben hatte, breitete sich ein Kribbeln in Lipaires Magen aus. Sein Gefühl hatte ihn nicht getrogen. Dort stand:

    Das wird nicht billig.

Innerlich jubilierte er. Und ob hier etwas zu holen war! Aber worum ging es nur? Atemlos las er die nächsten Zeilen:

                Wie viel?

    Das sollten wir persönlich
    besprechen.

               Woher wissen wir, dass die
              Information stimmt?

    GR hat es selbst versteckt.

GR? Lipaire blickte zu Karim, der mit den Schultern zuckte. Zum ersten Mal war konkret von jemandem die Rede, allerdings ohne Namen. War GR ein Pseudonym? Handelte es sich dabei um Initialen? Oder hatten die Buchstaben noch eine andere Bedeutung? Vielleicht würde der weitere Chatverlauf darüber Auskunft geben.

Also doch.

Komme erst morgen. Jacques

Werden da sein. VdG

Schon wieder ein Buchstabenkürzel. VdG. Was sollte das nun wieder bedeuten? Verein der Grundbesitzer? Ging es um ein Haus? Oder versteckte sich wieder ein Name dahinter? Lipaire zermarterte sich den Kopf, weshalb er das Wesentliche ganz vergaß. Erst Petitbons Frage brachte ihn wieder darauf zurück: »Es scheint um Geld zu gehen, oder?«

»Geld? Jaja, natürlich. Viel Geld, so geheimnisvoll, wie die tun.«

»Aber was steckt dahinter? Drogen? Falschgeld? Gold?«

»Hm, ich glaube nicht, dass sich hier der Verein der Großkaninchenzüchter über einen besonders ... großen Rammler unterhält.«

Karim grinste schief. »Du meinst wegen GR?«

»Erraten. Aber es könnte auch Erpressung sein. Dieser Jacques scheint ja was gefunden zu haben, was ein anderer haben will.«

Karim nickte. »Also ist Jacques vermutlich der Name des Toten im Sarkophag.«

»Natürlich, allerdings wird uns der Vorname allein nicht wirklich weiterbringen.«

»Komisch.«

»Der Name?«

»Nein, aber jetzt, wo er einen Namen hat, fühlt es sich noch krasser an, was wir mit ihm angestellt haben.«

»Schau doch mal in den Kontakten, ob du da was findest.«

Karim tippte auf dem Handy. »Nur eine Nummer eingespeichert. Aber kein Name dazu.«

»Das gibt's doch nicht«, wetterte Lipaire. »Wir sind ja hier nicht bei James Bond! Wieso schreibt der denn nicht klar, worum es geht?«

»Damit Leute wie wir genau das nicht mitkriegen. Oder die Polizei. Scheint ja eher inoffiziell zu sein, was die da aushandeln.«

Beide nickten versonnen und starrten auf das Display.

»Ich geb's auf«, schnaubte Karim schließlich. »Wir wissen einfach zu wenig, um da was Vernünftiges draus machen zu können.«

Lipaire schüttelte den Kopf. »Das könnte der Coup unseres Lebens werden. Ich hab's im Urin, wenn's wirklich um was geht.«

»Ach ja? Was schlägst du also vor?«

»Vielleicht sollten wir diese ominöse Nummer einfach mal anrufen …«

Ein seltsamer Anruf

»Na endlich! Barral ruft an!« Der ungewohnte Klingelton hatte Marie Vicomte von einer Sekunde auf die andere aus ihrer Lethargie gerissen. Einer Lethargie, die sich inzwischen über alle Mitglieder ihrer Großfamilie gelegt hatte, die seit gestern hier zusammengepfercht und einander auf Gedeih und Verderb ausgeliefert waren. Sie hatte seit ihrer Ankunft noch nicht einmal eine Spritztour mit ihrem Porsche-Cabrio unternommen, das das ganze Jahr über hier in Port Grimaud bereitstand, so sehr war sie von der Situation gelähmt gewesen. Inzwischen war es später Nachmittag, und dieser Typ hatte die Frechheit, sich erst nach sechsunddreißig Stunden zu melden, um sein Ausbleiben zu erklären.

»Wird auch Zeit«, seufzte Isabelle, während ihre Mutter hektisch das Handy aus der Tasche ihrer weißen Jeans zog.

»Oh, Monsieur Barral haben sogar einen eigenen Klingelton bei dir«, ätzte Yves. Er hatte die letzte Stunde nichts weiter gemacht, als auf dem Sofa zu fläzen und alles und jeden im Haus mit dummen Kommentaren zu nerven.

»Für Monsieur Barral habe ich sogar ein eigenes Handy.«

»Ach ja?«

»Ja. Weil ich vorsichtig bin, Yves. Und vor allem: nicht dumm.«

Ihr Neffe ließ die Provokation unbeantwortet, erhob sich und kam zu ihr in die offene Küche, wo sie an der Theke auf einem Barhocker saß. Auch Henri stand mit neugierigem Blick vom Esstisch auf, klappte seinen Laptop zu und gesellte sich zu ihr und Isabelle. Nur Chevalier saß dösend neben seiner Pflegerin draußen auf der Terrasse.

Marie wartete noch ein weiteres Klingeln ab, dann nahm sie den Anruf an und polterte sofort los: »Sind Sie von allen guten Geistern verlassen, Barral? Was fällt Ihnen ein, uns hier warten zu lassen? Und wenn Sie meinen, Sie könnten durch solche Aktionen den Preis in die Höhe treiben, haben Sie sich geschnitten, kapiert?«

Sie ließ ihren letzten Satz verhallen und wartete gespannt auf eine Replik, doch am anderen Ende blieb es still. Ob sie den Anrufer mit ihrer allzu impulsiven Ansage verschreckt hatte?

»Stell doch mal auf Lautsprecher, Marie!«, zischte Henri. Sie entsprach seiner Bitte. Obwohl sie es hasste, wenn jeder mithören und -sprechen konnte: In diesem Fall ging es ja tatsächlich alle an.

»Wo bleiben Sie, Barral?«, rief Henri prompt über ihre Schulter. »Wenn Sie nicht bald auftauchen, können Sie die Aktion vergessen, und wir verfüttern Sie an die Haie!«

Marie hielt schützend ihre Hand vor das Mikrofon. »Spinnst du? Was soll denn das? Wir wollen, dass er kommt, und nicht, dass er abhaut. Halt einfach den Mund und lass mich reden, klar?«

Ihr Halbbruder hob entschuldigend die Hand.

»Barral?«, wandte sie sich wieder an den Anrufer, diesmal mit weniger Aggression in der Stimme.

Erneut blieb es eine Weile still, dann antwortete eine Männerstimme: »Wer spricht denn da?«

Marie schnappte nach Luft. »Ticken Sie nicht mehr ganz richtig? Sie haben mich doch angerufen!« Der Typ überspannte den Bogen wirklich.

Henri tippte ihr auf die Schulter. »Bring ihn zum Reden, Marie«, flüsterte er.

Marie wusste nicht, was er damit bezweckte, aber immerhin überließ er ihr die Gesprächsführung. »Wollen Sie mir denn wenigstens sagen, ob es bei unserer Abmachung bleibt?«

Wieder keine Antwort.

»Hallo?«, hakte sie nach. »Sind Sie noch da?«

»Ja.«

»Also, was hat sich geändert?«

»Geändert? Na, das ... müssen Sie doch selbst wissen.«

Marie sah stirnrunzelnd in die Runde, erntete aber nur Schulterzucken.

»Frag ihn nach seinen Forderungen«, schlug Henri vor.

»Wie sind Ihre Forderungen?«

Marie glaubte, leises Gemurmel aus dem Telefon zu vernehmen. Ihre Augen verengten sich zu Schlitzen. Arbeitete dieser Barral doch nicht nur auf eigene Rechnung? Hatte er noch andere eingeweiht?

Dann hörte sie ein Räuspern, und die Stimme meldete sich wieder: »Also, die Forderungen sind hoch, wie Sie sich ja sicher denken können. Sehr hoch. Höher als ... vorher.«

»Nennen Sie mir einfach Ihren Preis.«

Jetzt gab es keinen Zweifel mehr: Man hörte ganz deutlich, dass der Anrufer nicht allein war. Marie platzte der Kragen. »Ist etwa noch jemand bei Ihnen? Wir hatten absolutes Stillschweigen Ihrerseits gegenüber Dritten vereinbart, das wissen Sie genau.«

»Nein, wo ... denken Sie hin. Bloß Rudi.«

»Rudi?«

»Mein ... Papagei.«

Marie schüttelte fassungslos den Kopf. Was ging da nur vor?

»Halt die Klappe, blöder Piepmatz!«, schob der Anrufer nach, dann wandte er sich wieder an Marie. »Jedenfalls ist unser Preis ultrahoch.«

»*Unser* Preis?«, wiederholte Marie.

»Meiner. Ultramegahoch. Verstehen Sie?«

Marie holte tief Luft, bevor sie ins Telefon zischte: »Sie wollen uns nicht zum Feind haben, glauben Sie mir. Ich gebe Ihnen den guten Rat: Seien Sie auf der Hut, kapiert?«

»Natürlich, Madame. Hut.«

»Wissen Sie was? Wenn Sie wieder nüchtern sind, nennen Sie mir Ihr definitives Angebot. Das wird das letzte Mal sein, dass wir verhandlungsbereit sind. Aber überspannen Sie den Bogen nicht, klar?«

»Klar. Keine Überspannung.«

»Ich hab genug gehört«, sagte Henri mit einem süffisanten Grinsen und entfernte sich ein Stück.

»Barral?«

»Ja. Sie hören wieder von uns … von mir. Oder Sie rufen mich an. Alles klar?«

Marie hielt das Telefon ein Stückchen von sich weg und sah es verwundert an, als verstehe sie die Sprache nicht, die aus dem Hörer drang. Sie wollte noch etwas erwidern, da merkte sie, dass der Anrufer das Gespräch beendet hatte.

Mit großen Augen blickte sie in die Runde. »Habt ihr eine Ahnung, was mit dem los war? Er klang seltsam.«

Yves schnaubte. »Wenn ihr mich fragt: Das war überhaupt nicht Barral!«

»Glaubst du?«, fragte Henri mit hochgezogenen Brauen. »Aber wer denn dann?«

Der Groschen fällt

»Was glauben die jetzt wohl, wer da mit ihnen geredet hat?«, fragte Guillaume, als Karim das Telefonat beendet und das Handy ausgeschaltet hatte.

»Na ja, wahrscheinlich mal nicht Barral. Ich hab die Sache vergeigt, oder? Hätte ich meine Stimme noch mehr verstellen müssen?«

Lipaire winkte ab. »Ach was, sei nicht so streng mit dir. Du hast dein Bestes gegeben. Und ich habe dir ja auch souffliert.«

»Vielleicht hättest doch du reden sollen. Trotz deines deutschen Akzents.«

»Färbung, Karim. Minimale Färbung. Außer dir, der mich so gut kennt, hört das niemand. Aber egal jetzt. Fest steht, wir haben uns nicht schlecht geschlagen und sind ordentlich weitergekommen«, konstatierte Guillaume, obwohl er wusste, dass das eine ziemlich geschönte Darstellung war.

Sie hatten sich zum Telefonieren auf die Terrasse eines kleinen Häuschens an der *Grand' Rue* zurückgezogen, das Lipaire später noch für die Vermietung herrichten musste. Hier war es ruhiger als mitten in der Stadt, vor Delphines Laden. Abgesehen von den Touristen, die im goldenen Licht des frühen Abends mit ihren Elektrobooten auf dem breiten Kanal vorbeischlichen und ihnen neugierige Blicke zuwarfen, war weit und breit niemand zu sehen.

»Findest du?« Karim schien seine Zweifel zu haben. »Was wissen wir denn schon mehr als vorher?«

»Erstens, dass es sich um eine Gruppe handelt, mit der Jacques ins Geschäft kommen wollte.«

»Hm, stimmt. Damit scheiden schon mal alle Einzelgänger und Einsiedler aus. Gut, es sind also mehrere.«

»Okay. Wie hat die Frau auf dich gewirkt?«, fragte Lipaire.

»Aufgebracht.«

»Fand ich auch.«

»Und sie klang irgendwie ... nach Kohle.«

»Den Eindruck teile ich.«

»Ja. Reich und gebildet. Und ziemlich ... tonangebend außerdem.«

»Stimmt, sie war dominant.«

»Vor so einer, da könnte man direkt Angst kriegen.«

Lipaire nickte. »Ist doch schon mal besser als nichts. Wenn sie reich ist, könnte das für uns ja umso mehr Geld bedeuten.« Ein Grinsen machte sich auf seinem Gesicht breit.

»Aber wer ist es?«, fragte Karim.

»Ich habe da so eine Vermutung.«

»Ach ja?«

»Nicht hundertprozentig, aber überleg doch mal: Wo haben wir ihn denn gefunden?«

Karim zuckte mit den Achseln. »Na, in deinem Haus in der *Rue de l'Île longue*.«

»Das gehört ja nicht mir. Sondern der Familie Vicomte.«

»Du meinst ...« Der Junge bekam große Augen. »Du meinst, das war Madame Vicomte?«

Lipaire hob die Hände. »Dem Klang nach hätte sie es sein können. Und es würde doch passen. Geld haben sie. Sie führt anscheinend das Familienunternehmen. Deswegen verhandelt vielleicht sie in dieser Sache.«

Jetzt schlug sich Karim gegen die Stirn. »Stimmt, weißt du noch, als wir den Toten aus dem Wasser geholt und ins Taxiboot geladen haben? Da hat uns doch der Schriftsteller fast erwischt und noch was gesagt ...«

»Henri?«

»Genau. Wie war das noch? Seine Verwandten verfüttern uns an die Haie, wenn wir nicht aufpassen.«

Jetzt war Guillaume wirklich beeindruckt. »Ja, zum Teufel noch mal, du hast recht. Und jetzt hat er das wieder von hinten ins Telefon gebrüllt. Das könnte doch seine Stimme gewesen sein, oder?«

Der Junge nickte. Doch sofort legten sich Sorgenfalten auf seine Stirn. »Aber wollen wir uns wirklich mit denen anlegen? Ich meine, die sind sogar adelig.«

»Den Adel gibt es nicht mehr, seine Privilegien sind längst abgeschafft. Außerdem haben die Vicomtes keine Ahnung, dass wir dahinterstecken.«

Trotzdem hellte sich die Miene des Jungen nicht auf. »Wenn wir nur annähernd wüssten, was für ein Geschäft sich dahinter verbirgt.«

»Und vor allem, wie hoch der eigentlich vereinbarte Preis war. Dann könnten wir taktisch agieren und die optimale Summe rausholen.«

Karim schüttelte den Kopf. »Ich will dir jetzt ja echt nicht den Spaß verderben, aber wir können kein Geschäft machen, weil wir gar nicht haben, was der Tote der Frau verkaufen wollte. Das wäre aber doch die Grundvoraussetzung.«

»Solange die denken, dass wir es haben, bezahlen die das Geld, und wir melden uns danach nie wieder.« Lipaire wusste, dass das in einer idealen Welt vielleicht klappen könnte. In einer etwas realistischeren hingegen mussten sie womöglich doch erst die Antwort auf die Frage aller Fragen finden: Was hatte oder wusste der Typ, das die Vicomtes derart in Aufregung versetzte?

»Okay«, hörte er Karim sagen. »Was, wenn wir eiskalt fünftausend verlangen? Das wär der Hammer.«

Lipaire sah den Jungen entgeistert an. »Bist du verrückt geworden?«

Petitbon hob abwehrend die Hände. »Stimmt. Mit zweitausend sind wir auf der sicheren Seite.«

Guillaume tippte sich an die Stirn. »Mindestens eine Million ist da drin.«

»Eine Mill... spinnst du? Das ist doch viel zu viel!«

»Also für mich nicht.«

Der Junge schüttelte ungläubig den Kopf. Lipaire erklärte mit sanfter Stimme: »Mit weniger dürfen wir nicht einsteigen, wer weiß, vielleicht will die uns auch noch runterhandeln. Und zumindest zwei schöne Appartements für uns mit Balkon und Blick auf den Kanal müssen rausspringen.«

Karim kratzte sich am Kopf. »Deinen Optimismus möchte ich haben, ehrlich. Wie machst du das nur?«

Guillaume lächelte versonnen und schwenkte das schlichte Wasserglas mit dem eiskalten, zart rosafarbenen *Côtes de Provence*. Dabei summte er: »*Je vois la vie en rose*.«

»Na, im Moment wohl eher *la vie en Rosé*«, korrigierte Karim.

Beide lachten.

»Wir brauchen mehr Infos, Guillaume. So ist das doch alles zu unsicher. Ich mein, bei so einer Summe, da ...«

»Monsieur Petitbon, der ewige Mahner in der Wüste!«

»Was soll denn das jetzt wieder heißen?«

»Nichts, schon in Ordnung. Vielleicht müssen wir ja wirklich mit mehr Bedacht vorgehen. Du darfst aber auch nicht vergessen, dass unser Anruf uns noch eine wichtige Erkenntnis über den Toten eingebracht hat. Vielleicht kommen wir damit weiter.«

»Du meinst, dass er ein Idiot ist?«

»Wie kommst du darauf?«

»Na, das hat die Frau doch eindeutig gesagt.«

»Ja, nein, vielleicht, was weiß ich. Das tut nichts zur Sache.

Aber wir haben jetzt seinen vollständigen Namen: Jacques Barral.«

Petitbon schob den Unterkiefer nach vorn und reckte den rechten Daumen nach oben. »Bombe! Dann brauchen wir jetzt nur noch *Jacques Barral* und *Geschäft deines Lebens* zu googeln, und schon sind wir am Ziel.«

Lipaire erwiderte nichts, sondern trank einen weiteren Schluck Wein. Wie konnte man als junger Mensch nur schon so pessimistisch sein? Er wünschte ihm von Herzen, dass er es mit zunehmendem Alter irgendwann zu mehr Gelassenheit bringen würde. So wie er selbst es gelernt hatte.

Ein Freund, ein guter Freund

Karim musterte Lipaire. Der hatte zwar schon fast die ganze Flasche Rosé vernichtet, wirkte aber überhaupt nicht angezählt. Ob er selbst im Alter auch so relaxed auf alles blicken würde, was ihm begegnete? Eine beneidenswerte Vorstellung, fand er. Lange saßen sie nur da und lauschten den Geräuschen um sie herum, dem Kreischen der Möwen, dem Plätschern des Wassers, dem Surren der Elektroboote auf dem Kanal. Was für ein friedlicher Ort. Mitten in diese meditative Stimmung platzte auf einmal ein schrilles Piepsen, das die beiden zusammenzucken ließ. Karim spürte, wie sein Mund trocken wurde. »Meinst du, das sind sie schon wieder? Welchen Preis soll ich denn jetzt nennen?«

Lipaire schüttelte den Kopf. »Ist doch dein eigenes Handy. Außerdem hast du das vom Toten doch gerade ausgemacht. Jetzt konzentrier dich mal ein bisschen.«

»Ach ja, stimmt.« Dennoch zitterten seine Finger, als er sein Mobiltelefon herausnahm und entsperrte. »Eine Mail.«

»So?« Lipaire schien wenig interessiert.

»Von ... das ist ja komisch.«

Jetzt wandte der Ältere den Kopf und blickte ihn an. »Von wem?«

»Keine Ahnung.«

Karim las die Nachricht: *Hier findet ihr Antworten auf eure Fragen. Ein Freund.* Das war seltsam. Er hatte viele Bekannte, aber kaum echte Freunde außer Guillaume. Ihm fehlte schlicht die Zeit, um etwa mit der alten Clique aus Schulzeiten Fußball zu spielen oder im Azur-Park abzuhängen. Er musste Geld verdienen, damit er seiner Mutter ein besseres Leben bieten konnte. Eines, wie sie es verdient hatte. Welcher Freund schrieb ihm hier also? Und um welche Fragen ging es? Hatte er überhaupt Fragen? Als er sein Handy bereits wieder weglegen wollte, bemerkte er, dass die Mail einen Anhang hatte. Ob er ihn öffnen sollte? Doch er erinnerte sich an zahlreiche Warnungen, auf keinen Fall die Anhänge unbekannter Absender zu öffnen, und zögerte.

»Musst du ausgerechnet jetzt auf deinem Handy rumspielen?«, unterbrach Lipaire seine Gedanken.

»Mach ich ja gar nicht.« Er zeigte ihm die E-Mail.

»Das ist aber komisch.«

»Findest du also auch?«

»Aber klar, du hast doch kaum Freunde.«

»Hab ich wohl! Viele.«

»Wen denn?«

»Na, die Jungs eben. Vergiss es.«

»Ist da sonst nichts weiter dabei?«

»Doch, ein Anhang.«

»Willst du ihn nicht öffnen?«, drängte Lipaire.

»Eigentlich soll man das ja nicht.«

»Eigentlich soll man auch keine Leichen im Meer versenken und sie danach in bewohnte Sarkophage stopfen. Also?«

Karim war nicht überzeugt.

»Von wem ist denn die Mail?«

Der junge Mann zuckte mit den Achseln. »quiestbarral@phare.fr«, las er stockend ab.

Lipaire blickte auf den Bildschirm, dann setzte er sich schlagartig auf. »Das ist eine Botschaft. *Qui est Barral* – wer ist Barral!«, rief er.

»Barral, klar, der Name vom Toten.«

»So sieht's aus. Jetzt mach endlich den Anhang auf!«

Widerwillig tippte Karim auf das Symbol, das einen stilisierten Filmstreifen zeigte. Ein Fenster mit einem Video öffnete sich. Es zeigte ein Boot in der Abenddämmerung, das im Golf, unweit der Hafeneinfahrt von Port Grimaud, vor Anker lag und in den Wellen schaukelte. Der Clip musste von einem anderen Schiff aufgenommen worden sein. Nach etwa dreißig Sekunden endete er.

»Das ist alles?« Lipaire schien mehr erwartet zu haben.

»Ja. Wirkt irgendwie unheimlich: das verlassene Boot, das schwarze Meer ...«

Mit einem Grinsen sagte Lipaire: »Das ist das Mittelmeer.«

»Danke für die Info. Aber was soll das Ganze? Und wie kann das unsere Fragen beantworten?«

»Vielleicht ist damit nicht das Video als solches gemeint«, mutmaßte Lipaire.

Karim verstand nicht. »Sondern?«

»Das Boot.«

»Du meinst, wir sollten mal hinfahren und es uns anschauen?«

»Offenbar will uns das dein neuer Freund mit dieser Mail sagen.«

»Glaubst du, es ist seins? Will er uns da treffen?«

»Keine Ahnung. Vielleicht auch das von Barral. Werden wir dann schon sehen.«

»Heute noch?«

»Das schaffe ich nicht. Wir müssen schließlich dieses Häuschen noch vermietfertig machen. Morgen, gegen Abend?«

Karim zuckte mit den Schultern. »Das ist vielleicht nur eine Falle«, sagte er nachdenklich. »Was, wenn er uns dort hinlocken will?« Er hatte sich schon dazu verleiten lassen, einen unbekannten Mailanhang zu öffnen. Das mit dem verlassenen Boot ging zu weit.

»Wieso Falle? Wer sollte uns beiden denn was Böses wollen?«

»Vielleicht hat sich Jacques das auch gedacht.«
»Welcher Jacques?«
»Na, der Tote.«
»Ach so, der.« Lipaire schien nachdenklich.
»Und wenn es was mit seiner Leiche zu tun hat? Oder mit seiner ... Beseitigung?« Karim spürte, wie ihn die Erkenntnis mit heißen Wellen durchflutete. »Wenn uns jemand gesehen hat?«
»Glaub ich nicht.«
»Vielleicht ist der Mailschreiber der Mörder von Jacques, und jetzt sind wir die nächsten auf seiner Liste.«
»Hör auf, ihn dauernd Jacques zu nennen, als würdest du ihn schon ewig kennen. Und wenn es der Mörder ist: Wir haben ja nur seine Arbeit gemacht, als wir Barral weggeschafft haben. Er kann also zufrieden sein.«
»Er könnte aber auch denken, dass wir was über ihn wissen.«
»Stimmt. Alles sehr seltsam. Vielleicht sollten wir besser doch nicht hinfahren.«
Jetzt war es Karim, der angesichts dieses Vorschlags ins Zweifeln geriet. »Oder wir machen es doch, aber mit zusätzlichen Sicherheitsvorkehrungen. Einem unerschrockenen Beschützer. Und ich weiß auch schon, wo wir den morgen treffen können.«
Lipaire blickte ihn mit sorgenvoller Miene an. »Du denkst doch nicht etwa an ... nein, das kannst du vergessen.«

#4 Paul Quenot

I shot the sheriff, but I did not shoot the deputy. I shot the ...

Paul Quenot stoppte die Musik, die aus dem kleinen Radio drang, das neben ihm auf der Erde lag. »Vielleicht ist das doch noch ein bisschen zu wild für euch. Ihr müsst euch ja erst mal von dem Umzug erholen.« Bei diesen Worten streichelte er sanft über die feingliedrigen Blätter der Stauden. Sie würden schon bald in voller Blüte stehen – sofern ihnen die Umpflanzaktion nicht geschadet hatte, was er insgeheim befürchtete. Aber es hatte sein müssen. Ob er lieber ein paar Chansons spielen sollte? *La Vie en Rose* von Édith Piaf? Oder etwas von Jacques Brel? Zwar mochte Quenot den Sänger nicht besonders, obwohl er wie er aus Belgien stammte. Die Pflanzen wurden von seinen Melodien allerdings zu Höchstleistungen angestachelt.

Nein, Loungejazz war jetzt wohl das Beste. Damit würden seine Schützlinge das Trauma des Standortwechsels schnell verarbeiten. Er suchte einen passenden Sender und bückte sich wieder zu seinen geliebten Schützlingen.

»Ach, Monsieur Quenot, wie herrlich die Rosen dieses Jahr blühen! Als hätten sie endlose Kraft. Wie machen Sie das bloß? Ist das nur Ihr grüner Daumen, oder haben Sie einen Trick?«

Quenot wandte den Kopf und blinzelte seiner Auftraggeberin zu, deren schlohweißes Haar in der Sonne glänzte. Madame Botté war eine reizende ältere Dame. Eigentlich lebte sie in Lyon, doch seit ihr Mann vor einigen Monaten gestorben war, hielt sie sich immer öfter hier in ihrem kleinen Ferienhäuschen in Port Grimaud auf. Quenot wusste das, weil sie ihn jedes Mal, wenn er in ihrem für hiesige Verhältnisse großzügigen Garten arbeitete, zu einem Tässchen Tee und etwas Gebäck auf ihrer Terrasse einlud. »*Merci*. In Ihrem Garten wächst einfach alles gut.«

»Ja, finden Sie? Auf dem kleinen Fleckchen?«

Der Belgier nickte und sah sich um. Das Gärtchen war für Port Grimaud recht groß, die meisten mussten sich mit deutlich weniger Fläche bescheiden. Wenn man hier von Bescheidenheit sprechen konnte. Er selbst hatte nie in solchen Verhältnissen gelebt. Ganz im Gegenteil sogar, aber das war eine andere Geschichte. »Auch wenn sie schön ausschauen: Die Blätter kräuseln sich. Irgendetwas bedrückt sie. Aber ich hab ein Gegenmittel dabei.« Er zeigte auf die acht hoch aufgeschossenen Stauden mit den fünffingrigen Blättern, die er zwischen die Rosenstöcke gepflanzt hatte.

»Ah ja? Was haben Sie mir da gebracht? Sieht ... interessant aus.«

Er räusperte sich. Das hatte er sich so angewöhnt, auch wenn er wusste, dass seine Stimme dadurch nicht weniger piepsig klang. Aber er hatte sich nie damit abfinden können, dass ein baumlanger, muskelbepackter Mann wie er so hell sprach, dass man ihn am Telefon regelmäßig für eine Frau hielt. In seinem früheren Leben als Fremdenlegionär hatte das nicht weiter gestört, da waren meist nicht viele Worte vonnöten gewesen. Und wenn doch einmal einer gemeint hatte, sich über ihn lustig machen zu müssen, hatte er eben seine Fäuste sprechen lassen.

Aber der Alltag als Zivilist wurde durch diese Besonderheit erheblich erschwert. Zumal ihm viele wegen seiner einschüchternden Erscheinung nicht zutrauten, dass er gut mit Blumen und Pflanzen umgehen konnte. Dabei war das seine Leidenschaft. Seine Bestimmung. Der er nun, nach vielen Kurven auf seinem neunundvierzigjährigen Lebensweg, endlich nachgehen konnte.

Inzwischen lebte er sogar davon und genoss es, sich mit dem Duft der Blüten und dem Grün der Blätter zu umgeben.

Quenot kratzte sich an seinem kahlen, kantigen Schädel, dann antwortete er: »Die Pflanzen passen gut zu Ihren Rosen. Es gibt eine geheime Verbindung zwischen denen und dem Hanf.«

»Hanf? Es sind Hanfpflanzen?« Die Dame schien ziemlich überrascht.

»Wie?«, kiekste Quenot. »Hab ich Hanf gesagt?« Er schluckte. Wie konnte ihm nur so ein Fauxpas unterlaufen? Ob er sich mit dem lateinischen Namen herausreden konnte? Aber *Cannabis* sprach wohl eine noch deutlichere Sprache. Da kam ihm eine Idee. »Was quatsche ich da! Es handelt sich um Hennep.« Zum Glück war ihm die holländische Bezeichnung eingefallen. Auch wenn er in Charleroi und damit im wallonischen Teil Belgiens aufgewachsen war, kannte er doch den flämischen Ausdruck für das Zeug.

»Hennep«, wiederholte Madame Botté. »Interessant.«

»Kann sein, dass ich sie irgendwann auch wieder rausnehme. Wenn es den Rosen wieder gut geht.«

Die alte Frau strahlte ihn an. »Hauptsache, der Garten bleibt so wunderschön. Und jetzt mache ich uns Tee. Jasmin, wie immer? Und dazu ein paar Macarons aus der *Pâtisserie* vorn an der Hauptstraße? Ich habe Rose und Lavendel bestellt, passend zu Ihrem Metier.«

»Ich mache das noch fertig, dann komme ich.« Er sah ihr nach, wie sie ins Haus ging, und lächelte. Madame Botté hatte es gefressen. Und er hatte einen wunderbaren Standort für seine Cannabis-Stauden gefunden. Hier, auf der Kanalseite, hatten sie die volle Nachmittagssonne und Licht bis abends. Ideal also für die bevorstehende Blütezeit, die ihm eine reiche Ernte bescheren würde. Der Garten, in dem sie vorher gestanden hatten, war nach Osten ausgerichtet und damit nur für die

Wachstumsphase geeignet. Außerdem hatte eines der Kinder der Familie die Blätter mit Bildern aus dem Internet verglichen. Dass sein Geschäftsmodell wegen einer neunmalklugen Rotzgöre aufflog, hätte ihm gerade noch gefehlt. Dabei hatte er alles so gut zum Laufen gebracht: In den Gärten, die er für die Besitzer pflegte, versteckt zwischen anderen Sträuchern oder auch ganz offen in Containern und Töpfen, baute er die Pflanzen an, um das geerntete Gras und das Haschisch an Abnehmer auf der ganzen Halbinsel von Saint-Tropez zu verkaufen. Eine halb mobile, dezentrale Hanfplantage also, die im maritimen Klima ganz hervorragend gedieh. Und deren Ernte von höchster Qualität war.

Bislang war das erstaunlich gut gegangen. Auf Nachfragen der Garteninhaber war er vorbereitet, hatte immer eine passende Geschichte auf Lager. Und verfügte über genügend Gärten in seinem Portfolio, um im Notfall mit seinen Schätzchen rasch umziehen zu können.

Vor allem die betagteren Kunden machten es ihm leicht. Zugegeben, einmal hatte er dumm aus der Wäsche geschaut, als dieses ältere Ehepaar aus München die komplette Ernte selbst aufgeraucht und ihm die Frau begeistert erzählt hatte, sie und ihr Mann hätten seit ihrer Reise nach Indien im Jahr 1969 kein so gutes Zeug mehr konsumiert. Sie pflanzten nun selbst an, allerdings nur für den Eigenbedarf.

Paul holte sich zwei Gießkannen Wasser und goss die neu gesetzten Pflanzen sorgfältig an. Dann kratzte er sich versonnen an der Brust. Er liebte es, mit nacktem Oberkörper zu arbeiten und den Schweiß, der sich wie Tau über seine Tattoos legte, in der Sonne trocknen zu lassen. Die meisten Abbildungen waren Variationen von Totenköpfen, Überbleibsel aus einem Kapitel in seinem Leben, das inzwischen unvorstellbar weit weg war. Erinnerungen an Einsätze in Mali, im Tschad, dem Libanon und in Guyana, wo er als Offizier der französischen *légion étrangère* eingesetzt worden war. Wo er unzählige Male dem Tod ins Auge geblickt hatte. Aber das war in einer anderen Zeit gewesen. Nach seinem Ausscheiden hatte er – mit neuem Namen und als unbeschriebenes Blatt – für kurze Zeit bei einem Sicherheitsdienst in Marseille angeheuert. Er hatte seine Sache gut gemacht, doch sein Ziel, irgendwann eine eigene Gärtnerei aufzumachen, nie aus den Augen verloren.

»Es dauert noch ein wenig, lieber Monsieur Quenot, aber Sie können gern schon mal auf der Terrasse Platz nehmen«, rief Madame Botté von drinnen.

Rasch zog er ein olivfarbenes Muskelshirt über. Er konnte ihr schließlich nicht halb nackt beim Nachmittagstee gegenübersitzen.

»Und nehmen Sie sich ein Kissen, wegen der Hämorrhoiden«, fügte sie hinzu.

Quenot musste lachen. Wirklich sehr umsichtig, die Alte.

»Ich will sowieso noch nach den gelben Lilien und der sibirischen Iris sehen. Nicht, dass es denen zu warm wird. Sie sind dieses Jahr noch geschwächt von der Blüte«, erwiderte er und ging zu dem Beet direkt am Kanal. Als er die Blätter begutachtete, nahm er im Augenwinkel ein Boot wahr, das lautlos auf Madame Bottés leeren Anlegesteg zuglitt. Quenot blickte auf und hob seine Hand zum Gruß. Ein Wassertaxi auf Abwegen, das konnte nur bedeuten, dass Karim Petitbon am Steuer saß. Wahrscheinlich hatte Madame Botté bei ihm ihre Macaron-Bestellung aufgegeben – gegen ein paar Euro lieferte der Junge fast alles.

Quenot ging ihm ein paar Schritte entgegen, erstarrte jedoch mitten in der Bewegung. War das etwa … ja, kein Zweifel. Karim hatte noch einen Fahrgast dabei. Einen, den Paul nur zu gut kannte. Er blieb stehen und kniff die Augen zusammen. »Was will der Typ hier, Karim?«, fiepte er dem Wassertaxifahrer entgegen und ärgerte sich, dass seine Stimme jedes Mal neue Höhenrekorde brach, wenn ihn etwas aufregte.

Noch bevor Petitbon antworten konnte, rief Guillaume Lipaire: »Karim, sag diesem lächerlichen Blumenflüsterer, dass es auch für mich kein Waldspaziergang ist, ihm näher als zweihundert Meter zu kommen, dass du aber darauf bestanden hast, ihn wegen eines Auftrags aufzusuchen.«

Karim nickte und setzte an: »Ich soll dir sagen, dass ...«

»Mit Wilhelm Liebherr hab ich nichts zu bereden«, unterbrach Quenot den Jungen und machte kehrt.

Wieder meldete sich Lipaire zu Wort: »Hör dir doch mal an, was der Junge zu sagen hat.«

»Du hast mir nichts zu befehlen«, rief er im Gehen.

»Lass uns wieder zurückfahren, Karim, du hast gehört, was das Mäuschen uns zugepiepst hat.«

Der Belgier drehte sich um – und ärgerte sich im selben Moment darüber. Verdammt, Lipaire wusste noch immer, welche Knöpfe man bei ihm drücken musste. »Besser, wenn du ganz schnell verschwindest«, zischte er und versuchte, so tief wie möglich zu klingen.

Doch Lipaire schien noch nicht fertig zu sein. »Offenbar hat der Herr Gärtner kein Interesse an einem großen Coup.«

Quenot schüttelte verächtlich den Kopf. Großer Coup, von wegen. Seit Jahren träumte der Deutsche davon, doch nach wie vor hauste er in seiner winzigen *gardien*-Wohnung.

»Haben wir beide eben mehr von dem Geld. Sag ihm das«, hörte er ihn rufen.

Wieder begann Karim: »Paul, ich soll dir sagen, dass Guillaume und ich ...«

»Sag ihm, ich hab's gehört.« Quenot schüttelte den Kopf über den Jungen. Er lief dem alten Idioten hinterher wie ein Entlein seiner Mutter.

»Karim, komm, wir holen uns jetzt die Million allein ab.«

Quenot zog die Brauen zusammen. Was faselte Lipaire da? Eine Million? Sicher war das nur heiße Luft. Wie immer. Andererseits ... Das Boot drehte bereits wieder ab, da rief er ihm zu: »Karim, dir zuliebe höre ich mir an, was du zu sagen hast. Aber nur, wenn ich nicht selber mit Liebherr reden muss.«

Petitbon reckte den Daumen nach oben, machte am Kai fest und schwang sich hinter Lipaire auf den Anleger.

»Aber bleibt auf dem Steg, mit euren Quadratlatschen verdichtet ihr mir sonst den frisch gelüfteten Rasen.«

Lipaire lachte auf. »Sag ihm bitte, dass unsere Schuhe nicht so viel Schaden anrichten können wie der Tinnitus, den die Pflanzen von seinem Gepiepse bekommen.«

Mit hochrotem Kopf und geballten Fäusten schritt Paul auf den Steg zu.

»Oh, noch mehr Besuch? Wie schön. Freunde von Ihnen, Monsieur Quenot?« Madame Botté stand auf einmal hinter ihm.

»Freunde? Ganz sicher nicht!«

Die alte Dame neigte fragend den Kopf.

»Eher eine Art ... Kollegen.«

»Kollegen? Sie gehen auch dem wunderbaren Beruf des Gärtners nach? Oder sind Sie sogar Floristen?«

»Wo dieser ältere Herr hinlangt, wächst kein Gras mehr«, erklärte der Belgier.

»Wie dem auch sei, darf ich die Herren auf eine Tasse Jasmintee einladen? Dann müsste ich allerdings noch Kuchen nachbestellen. Vielleicht eine schöne *tarte tropézienne*? Garniert mit frischen Himbeeren?«

Quenot sah den beiden an, dass sie versucht waren, das Angebot anzunehmen, doch er kam ihnen zuvor. »Leider haben die beiden wichtige Termine.«

»Na ja, also wenn ich es recht bedenke: Die Einladung einer aufregenden Dame wie Sie schnöde abzulehnen kommt mir falsch vor«, erwiderte Lipaire und kam bereits näher, doch Quenot schob nach: »Schade, leider haben die beiden eine Jasminallergie, stimmt's?« Dabei hob er drohend seine Rechte.

Lipaire und Karim nickten mit eingezogenen Köpfen.

»Ach, wie schade. Dann vielleicht ein andermal. Sind Sie so weit, Monsieur Quenot?«

»Nur einen Moment, ich komme nach.« Er wartete, bis die Alte verschwunden war, dann sagte er: »Du hast zwei Minuten. Und mit dem da arbeite ich nicht zusammen. Da kann kommen, was mag.«

Unter fremden Segeln

Es fühlte sich seltsam an, das Boot in dieser Besetzung durch die Dunkelheit in die Bucht zu steuern. Erst vor drei Tagen war Karim zusammen mit Lipaire dort hinausgefahren, und ihn schauderte noch immer bei dem Gedanken, wie er den Toten mit einem Seil am Schiffswrack befestigt hatte. Während seiner Schichten auf dem Wassertaxi hatte er in den letzten Tagen an nichts anderes mehr denken können. Ein Teil von ihm war froh, dass der Tote nicht mehr auf dem Meeresgrund an den rostigen Resten der *Nathalie* hing, er hätte nie wieder diese Stelle passieren können, ohne daran erinnert zu werden. Aber die Vorstellung, dass die Leiche jetzt in der Kirche im Sarkophag lag, war nicht viel beruhigender.

Karim blickte auf seine Passagiere, die sich so im Boot platziert hatten, dass zwischen ihnen der größtmögliche Abstand herrschte: Quenot, der schließlich doch zugesagt hatte, ihnen zu helfen, nachdem sie mit ein paar Scheinen gewedelt hatten, ganz vorn am Bug, Lipaire am Heck, die Beine angezogen, als wolle er so noch ein paar zusätzliche Zentimeter zwischen sich und den muskelbepackten Belgier bringen. Auch wenn dieses kindische Verhalten ihr Vorhaben erschweren würde, war Karim froh, dass Quenot an Bord war. Seine martialische Aufmachung und vor allem seine Muskelberge gaben ihm ein sicheres Gefühl. Der Ex-Soldat hatte Tarnkleidung an, dazu Militärstiefel, sein Gesicht war schwarz geschminkt, auf dem Kopf trug er eine dunkle Wollmütze, und an den verschiedensten Stellen seiner Kleidung hatte er Messer befestigt. Petitbon wusste nicht, was der ehemalige Legionär von ihrer Mission erwartete, aber er war offensichtlich aufs Schlimmste vorbereitet.

»Also, wenn Rambo unser Boot entert, haben wir ganz gute Chancen«, raunte Lipaire ihm spöttisch zu.

»Aber dafür haben wir ihn doch mitgenommen, oder?«

»Für Rambo?«

»Du weißt genau, was ich meine. Schau uns doch mal an.« Bei diesen Worten ließ Karim seinen Blick über ihre Freizeitkleidung gleiten. »Wir sind leichte Beute, wenn das eine Falle sein sollte.«

Murrend lehnte sich Lipaire zurück.

Petitbon wusste, dass der Deutsche im Grunde genauso empfand wie er, es aber nie zugeben würde. Er fragte sich, worin die Feindschaft der beiden Männer eigentlich begründet lag.

»Schon mal das Sprichwort gehört, *den Bock zum Gärtner machen*? In dem Fall den Gärtner zum Bodyguard«, stichelte Lipaire weiter, doch Karim beschloss, es einfach zu ignorieren.

Niemand sagte mehr etwas, bis sie das Boot aus dem Video erreicht hatten, das etwa eine Seemeile vor der Hafeneinfahrt von Port Grimaud in Richtung Saint-Tropez ankerte. Karim drosselte den Motor und hielt direkt daneben, auf der vom Ufer abgewandten Seite. »Und jetzt?«

»Jetzt soll der Herr Blumenflüsterer mal rüber aufs Boot und schauen, ob alles in Ordnung ist.« Lipaire sprach so laut, dass Quenot es hören musste. Der Belgier nickte und schwang sich auf das Deck des anderen Bootes, das aus der Nähe betrachtet ziemlich heruntergekommen war. Es maß nicht viel mehr als sechs Meter, der hochgeklappte Außenborder hatte die besten Zeiten bereits hinter sich.

»Siehst du ihn noch?«, fragte Karim nach ein paar Minuten und starrte in die Dunkelheit. Sie trauten sich nicht, die Taschenlampe anzuknipsen. An den Ufern um sie herum wäre das weithin sichtbar.

Lipaire schüttelte den Kopf und tat gleichgültig. Da hörten sie ein dumpfes Geräusch, als Quenot wieder an Deck auftauchte.

»Und?«, zischte Karim ihm zu.

Paul Quenot antwortete nicht, machte aber wild fuchtelnd irgendwelche Handzeichen, die sie nicht verstanden. Er zeigte mit zwei Fingern auf seine Augen, dann nach unten, ließ seinen Zeigefinger in der Luft kreisen ... Es wirkte ein bisschen wie Gebärdensprache, Karim vermutete aber eine militärische Bedeutung.

»Mein Gott, der meint, er sei immer noch im Dschungel«, seufzte Lipaire. »Ich glaub, er will uns sagen, wir können rüberkommen. Offenbar ist ja niemand drin.« Sie kletterten zu Quenot hinüber, im Gegenzug sprang der Belgier wieder aufs Taxi. Lautlos gab er ihnen zu verstehen, dass er dort die Stellung halten werde.

»Na, da können wir ja beruhigt sein«, kommentierte Lipaire mit gespielter Erleichterung, und Karim war froh, dass die Streithähne erst mal getrennt waren. Er hielt den Atem an, als sie die kleine Treppe ins Innere des Schiffes hinabstiegen. Der Raum unter Deck war winzig, aber zweckmäßig. Eine Einbaulampe erhellte ihn, vermutlich hatte Quenot sie angeknipst. Neben einem Tisch befand sich in einer Nische ein ungemachtes Bett. Überall lagen Klamotten herum, Geschirr stapelte sich, Papiere waren in der ganzen Kajüte verteilt. Es roch nach abgestandenem Salzwasser und modrigem Stoff.

Karim zog die Schultern hoch. »Das sieht nicht gerade nach viel Geld aus, oder?« Er wusste nicht, was er erwartet hatte, aber das hier war enttäuschend.

»Wart's ab«, gab Lipaire zurück, der seine Ernüchterung ebenfalls nur schwer verbergen konnte.

»Meinst du echt, wir finden was?«

Da hielt sein Freund einen Zettel in die Höhe. »Ich hab schon was.«

Petitbon trat näher und las. »Aha, die Bestätigung für eine Bootsversicherung. Ist in einer solchen Umgebung aber auch keine Überraschung.«

»Lies den Namen!«

Karim kniff die Augen zusammen. »Bernard Cotillard.«

»Was?« Lipaire drehte das Dokument um. »Doch nicht den des Versicherungsfritzen. Den des Besitzers.« Wieder hielt er ihm den Wisch vor die Nase.

Jetzt bekam Karim große Augen. »Jacques Barral«, hauchte er. »Dann ist das sein Boot?«

»So sieht's aus. Jetzt ist es nicht mehr so enttäuschend, oder?« Damit sah er sich weiter in der Unordnung um. Nach einer Weile rief er Karim erneut zu sich. »Schau mal.«

»Noch ein interessanter Name?«

»Nein, was anderes.« Er hielt ein paar Prospekte hoch. Sie zeigten monströse Jachten. Karim bekam große Augen. »Wow, *Frauscher*, *Riva*, *Janneau*. Und das hier, das ist das Topmodell der *Bayliner*-Reihe. Der Typ hat echt Geschmack, was Boote angeht.«

Lipaire blickte sich um. »Nur bei seinem eigenen offenbar nicht.«

»Ihm hat vielleicht einfach die Kohle gefehlt. So mancher träumt von Dingen, die er wahrscheinlich nie erreicht.« Er dachte an sein eigenes Zimmer, das gepflastert war mit Postern von Rennjachten.

»Da bin ich mir bei diesem Barral nicht so sicher. Schau dir mal die Notizen hier an.«

Jetzt sah Petitbon, dass auf den Prospekten handschriftliche Bemerkungen gemacht worden waren. Vor allem hohe sechsstellige Zahlen standen dort: die Preise der Schiffe. »Das hätte der sich nie im Leben leisten können.«

»Noch nicht«, sagte Lipaire und deutete auf eine weitere Notiz. *Reserviert* stand dort, mit drei Ausrufezeichen und mehrfach unterstrichen. »Er ging wohl fest davon aus, dass er bald zum nötigen Kleingeld kommen würde.«

Karim spürte, wie sein Mund trocken wurde. Lipaire hatte recht, er hatte von Anfang an recht gehabt. »Durch Erpressung? Aber womit?«

»Vielleicht mit belastendem Material?«, sagte eine helle Stimme.

Die beiden Männer fuhren herum. Hinter ihnen stand Quenot. Karim atmete schwer. »Mann, ich wär fast draufgegangen vor Schreck. Musst du dich so anschleichen?«

»Du sollst doch draußen aufpassen«, fuhr Lipaire ihn an.

Quenot legte seinen Zeigefinger an die Lippen und begann wieder mit seiner Soldaten-Gebärdensprache.

Lipaire sah eine Weile zu, dann brummte er: »*Mon Dieu*, wie viele Granaten hast du mit deinem Schädel abgewehrt? Sag doch einfach, was du meinst!«

»Ein Polizeiboot nähert sich, *putain de merde*.«

Die zwei erstarrten.

Der Belgier langte nach einem seiner Messer, doch als Lipaire ihm den Vogel zeigte, zog er die Hand wieder zurück. Dann knipste er das Licht aus, und sie lauschten in die Dunkelheit. Ein voluminöses Blubbern drang aus der Ferne zu ihnen. Und wurde immer lauter. Es stammte nicht von dem Boot, auf dem *commissaire* Marcel normalerweise unterwegs war.

Karim vermutete, dass es sich um eines der Schnellboote handelte, die von der *gendarmerie Maritime* für ihre Patrouillenfahrten benutzt wurden. Er hoffte, dass es einfach vorbeifahren würde, doch das Motorengeräusch verharrte direkt neben ihnen. Dann sahen sie durch die Luke, wie der Schein einer Taschenlampe über das Deck irrlichterte. Wahrscheinlich würden die Gendarmen gleich herunterkommen und sie finden, befürchtete Karim. Dann würde er verhört werden, das mit der Leiche würde rauskommen, er würde seinen Job verlieren, ach was, er würde schnurstracks ins Gefängnis wandern, seine Mutter vor Kummer sterben, seine Regatta-Pläne könnte er für immer begraben ...

Quenot bedeutete ihnen mit einer langsamen Handbewegung, sich flach auf den Boden zu legen.

»Hallo, alles in Ordnung?«, durchbrach eine Stimme von draußen die Stille.

Karim zog unwillkürlich den Kopf ein und hielt den Atem an. Dennoch hatte er das Gefühl, man könne sein Herz bis an Deck pochen hören.

»Ja, danke, alles bestens. Wir suchen nur was«, rief Lipaire zurück.

Entsetzt starrten Karim und Quenot ihn im fahlen Licht an, das durch die Luke zu ihnen drang. Hatte er den Verstand verloren? Er konnte doch nicht ...

»Urlauber aus Deutschland, nehme ich an?«, tönte es von oben.

»Ja, richtig geraten«, brummte Guillaume zurück.

»Gut, dann passt ja alles. *Bonne nuit*, und räumt an Deck mal ein bisschen auf«, kam von oben die Antwort, dann hörten sie das Motorengeräusch, das sich langsam entfernte.

Lipaire knipste das Licht wieder an. Ungläubig blickten die anderen beiden ihn an. »Was denn? Jetzt macht euch mal locker, die wollen doch nur Feierabend machen. Und wir suchen noch ein bisschen weiter.«

»Ihr müsst meinen Anordnungen unbedingt Folge leisten. Sonst kann ich für eure Sicherheit nicht garantieren«, erklärte der Belgier in militärischem Tonfall, der jedoch von seiner hohen Stimme konterkariert wurde.

Lipaire knurrte: »Jetzt nimm mal die Hand vom Abzug. Geh einfach oben wieder Sterne gucken. Und komm nur noch runter, wenn wirklich Gefahr droht, klar?«

Eine Weile durchsuchten Karim und Lipaire noch Barrals persönliche Dinge, allerdings ohne nennenswerten Erfolg. »Die nehmen wir am besten mit.« Lipaire steckte die Prospekte mit den Jachten in eine offen herumliegende Mappe. Er wandte sich schon zum Gehen, da hielt ihn Karim zurück: »Warte!« Er deutete auf das Deckblatt, auf dem in schnörkeliger Handschrift etwas geschrieben stand, das seinen Puls beschleunigte: *Trésor d'Or.*

»Goldschatz«, flüsterte er heiser.

Lipaire nickte mit offenem Mund.

Konnte das wirklich bedeuten, dass ... Karim wagte nicht, den Gedanken zu Ende zu führen.

Das übernahm Lipaire für ihn. »Da hast du deine Antwort, woher das viele Geld kommen soll.«

»Ein Schatz? Echt?« Jetzt, wo er das Wort ausgesprochen hatte, fand Karim den Gedanken ein bisschen albern. »Ich mein ... ist das nicht ein bisschen oldschool?«

Die Frage wurde von Guillaume mit einem Achselzucken quittiert. »Wir wären beileibe nicht die Ersten, die auf dem Meeresgrund auf verschollenes Gold stoßen. Was da noch alles liegt: alte Galeeren, nie geöffnete Truhen ...«

»Hm ...« Karim war nicht überzeugt. Das klang nach einem Schwarz-Weiß-Abenteuerfilm, nicht nach dem wahren Leben. Und vielleicht entsprach es auch eher Lipaires Wunschdenken. Seit Jahren hielt er nach einer Möglichkeit Ausschau, ans große Geld zu kommen, das wussten alle. Er hatte seinen finanziellen Abstieg, den Verlust seiner Apotheken, des Fischerhäuschens, seines schmucken Bootes, seines Vermögens nie verwunden.

»Lass uns lieber mal weitersuchen«, schlug Karim vor. Über die Frage, ob es hier wirklich um einen Schatz ging, konnten sie sich auch später noch den Kopf zerbrechen.

Ein paar Minuten stöberten sie konzentriert in den Hinterlassenschaften des Toten, ohne zu sprechen. Bis Lipaire einen

Gegenstand hochhielt. »Na, glaubst du jetzt an die Sache mit dem Schatz?«

Er hatte ein Buch in der Hand. Karim kniff die Augen zusammen und las den Titel: »*Die Schatzinsel. Merde.*«

»Ja, *merde*. Aber ein gutes *merde*. Das Buch hier und *Trésor d'Or* auf der Mappe, das schreit doch nach Schatz. Wird ja kaum der Kosename für seine Katze sein, oder?«

Schließlich gab Karim seinen Widerstand auf. »Ja, ja, ich glaub's dir ja.« Das alles konnte kein Zufall sein. »Wenn man das mit dem Chat auf dem Handy zusammenbringt ...«

»... kann das nur bedeuten, dass er von einem Schatz wusste und dieses Wissen zu Geld machen wollte«, beendete Lipaire seinen Satz. »Mithilfe der Frau am Telefon, die dafür bezahlen soll: Marie Vicomte.«

»Aber warum hat er sich nicht einfach selbst den Schatz geholt?«, fragte Karim.

»Vielleicht konnte er das nicht.«

»Wieso denn das?«

»Wir wissen doch gar nicht, worum es sich dreht.«

»Und?«

»Goldschatz bedeutet vielleicht etwas ganz anderes.«

Karim hob die Augenbrauen. »Gerade hast du doch noch gemeint ...«

»Schon. Aber vielleicht ist es kein Gold im wörtlichen Sinn. Vielleicht ist es etwas, was noch viel mehr wert ist.«

»Mehr wert als Gold? Platin, oder was?«

»Vielleicht ist es ein wertvolles Gemälde, eine Antiquität, ein Schmuckstück ... Das kann man nicht einfach so versilbern.«

Karim verstand nicht. »Aber es geht doch um Gold ...«

»Zu Geld machen, mein ich. Man kann es nicht einfach bei eBay verkaufen, kapierst du?«

Karim nickte, dann senkte sein Freund die Stimme: »Kein

Wort zu ihm, klar?« Dabei zeigte er mit dem Finger nach oben.

»Okay.«

Dann folgte Karim seinem Freund an Deck, wo der ein tiefes Seufzen vernehmen ließ: »Leider haben wir gar nichts Brauchbares gefunden, Paul.« Es war das zweite Mal, dass er Quenot direkt und mit Namen ansprach, was offensichtlich auch der Belgier seltsam fand. »Aber dein Honorar zahlen wir dir natürlich, Ehrensache.«

Quenot, der mit einem riesigen Fernglas am Bug hockte, rappelte sich hoch und schaute sie aus seinem schwarz geschminkten Gesicht an. »Und was ist mit dem Goldschatz?«

Wie vom Donner gerührt standen sie ein paar Sekunden lang still vor ihm. Karim konnte förmlich das Rattern in Lipaires Kopf hören, als der nach einer Antwort suchte. Schließlich hatte er eine gefunden. »Da hast du wohl was falsch verstanden, als du uns belauscht hast. Das war ja auch nur eine Vermutung. Jetzt müssen wir …«

»Ich weiß, was wir müssen«, unterbrach ihn Quenot.

»Was denn?«

»Den Schatz vor den anderen finden.«

Besuch im Morgengrauen

»Heilige Muttergottes!« Guillaume Lipaire, der nur einen Augenblick zuvor aus dem Tiefschlaf hochgeschreckt war, saß aufrecht im Bett. Hatte da nicht eben jemand gegen seine Tür gehämmert?

Es war gerade mal kurz nach fünf Uhr morgens, sagte ihm seine innere Uhr. Er lauschte in die Dunkelheit, doch es war totenstill. Seufzend legte er sich wieder hin. Offensichtlich hatte er nur schlecht geträumt. War dieses Geheimnis, dem er da auf der Spur war, doch nervenaufreibender, als er sich selbst eingestand? Oder lag es am unerwarteten Kontakt mit Paul Quenot nach all der Zeit? Normalerweise ging ihm nichts und niemand im Traum nach. Und jetzt auf einmal diese Schlafstörungen? Waren das die ersten Alterserscheinungen? Etwas beunruhigt rollte er sich auf die Seite. Er musste schnell wieder einschlafen, denn schon um zehn würden Karim und leider auch Quenot kommen, um sich über mögliche weitere Schritte auszu…

Lipaire riss die Augen auf. Wieder dieses Geräusch an der Tür! Also doch kein Traum. Er schluckte. Wer konnte das sein, jetzt, zu nachtschlafender Zeit? Ob er einfach so tun sollte, als sei er gar nicht zu Hause?

»Guillaume, mach endlich auf, ich weiß, dass du da bist!«

Er schlug sich die Hand vors Gesicht. Zugegeben, für einen Moment hatte er sich ernsthaft Sorgen gemacht. Doch diese Fistelstimme war unverkennbar. »Hast du jetzt völlig den Verstand verloren, Quenot?«, blaffte er zurück. Wahrscheinlich kostete der Irre ein wenig zu oft von seiner eigenen Ernte, mutmaßte er, wälzte sich ächzend aus dem Bett und stieg die Leiter hinunter. Der Belgier würde was zu hören bekommen.

Als er die Tür aufriss und für seine Schimpftirade Luft holte, huschte Quenot an ihm vorbei in den Wohnraum, bevor Lipaire auch nur ein einziges Wort sagen konnte.

»Leise, potenzielle Feinde hören immer mit«, piepste der Belgier mit finsterer Miene und in belehrendem Ton. Dann setzte er sich auf einen der Küchenstühle.

Lipaire, noch etwas schlaftrunken, sah dem erneut komplett in Flecktarn gekleideten Ex-Soldaten mit gerunzelter Stirn nach, kratzte sich schulterzuckend am Bauch und schloss die Wohnungstür. »Was um alles in der Welt willst du mitten in der Nacht hier? Wir sind erst um zehn verabredet.«

»Lieber ein bisschen eher. Man weiß ja nie.«

»Mach doch, was du willst.« Lipaire schüttelte mitleidig den Kopf, kletterte zurück in sein Hochbett und schlief bereits nach wenigen Augenblicken ein.

Als Lipaire wieder aufwachte, vernahm er flüsternde Stimmen in seiner Wohnung. Allerdings waren die nicht leise genug, um sie zu überhören.

»Und ihr habt keine Ahnung, wer euch den Hinweis auf das Boot geschickt haben könnte?«

»Keinen blassen Schimmer. Als würde es sich dabei um ein Phantom handeln.«

Lipaire setzte sich auf. Karim war anscheinend zu Quenot gestoßen, während er noch geschlafen hatte. Und nun tuschelten sie unten an seinem Küchentisch, weil sie ihn nicht wecken wollten. Irgendwie rührend, fand er. Allerdings war er nicht begeistert davon, dass der Junge gerade dabei war, den Belgier in alle Einzelheiten ihres kleinen Abenteuers einzuweihen. Er sah auf die Uhr und erschrak: fünf nach zehn, so lange hatte er schon seit Ewigkeiten nicht mehr geschlafen. Schnell zog er sich eine Hose über, schnappte sich ein frisches Poloshirt aus dem Regal, das ihm hier auf der Empore als Ersatz für einen Kleiderschrank diente, und kletterte nach unten. Der Duft frisch gebrühten Kaffees stieg ihm in die Nase.

»Guten Morgen, Guillaume. Wir wollten dich gerade wecken«, begrüßte ihn Petitbon. Er und Quenot saßen am Bistrotisch und hatten große Henkeltassen vor sich. Lipaire hob lediglich eine Hand zum Gruß, ging zur Kaffeemaschine und schenkte sich auch eine ein.

»So, wie du ihn gern magst. Für jede Tasse einen Löffel, und einen extra für die Kanne«, erklärte Karim.

Lipaire nickte. »Ja, hat meine Oma schon so gemacht. Und die hatte ein Kolonialwaren- und Kaffeegeschäft. War also vom Fach.«

»Wässriges Zeug. Typisch deutsch«, sagte Quenot mit Blick in seinen Kaffeebecher.

Erst jetzt fiel Lipaire auf, dass der Belgier noch immer in exakt derselben Haltung auf ein und demselben Stuhl saß wie vorhin, als er sich noch einmal schlafen gelegt hatte. Seitdem waren Stunden vergangen. Geduld hatten diese Soldaten ja, das musste man ihnen lassen.

»Na, was habt ihr denn alles besprochen, während ich noch in Morpheus' Armen lag?«

»Du hattest Besuch?«, fragte Karim mit weit aufgerissenen Augen.

»Ich sehe schon, in Sachen humanistischer Bildung ist von euch nicht viel zu erwarten«, brummte Guillaume und setzte sich auf den letzten verbliebenen Stuhl.

»Das Phantom macht mir Sorgen. Soll ich es ausschalten?«

Lipaire entging nicht das unstete Flackern in den Augen des

Ex-Legionärs, während er die Worte aussprach. Er schüttelte nur den Kopf.

»Der oder die Unbekannte weiß aber mehr, als uns lieb sein kann. Also: Machen wir kurzen Prozess?«

Guillaume nahm einen großen Schluck von Karims wie immer viel zu stark gebrühtem Kaffee, setzte ein zuckersüßes Lächeln auf und erklärte: »Jetzt hört mir mal gut zu, ihr zwei Plaudertäschchen: Eure Sorgen sind vielleicht in gewisser Weise nachvollziehbar, ausgeschaltet wird hier aber gar niemand. Schließlich hat uns der Unbekannte ja geholfen, das dürfen wir nicht vergessen. Und zweitens: Um das *Phantom*, wie ihr es nennt, zu eliminieren, müssten wir es erst mal identifizieren und finden. Und dann ...« Er hob den Zeigefinger seiner rechten Hand und sah Karim auffordernd an.

»... wäre es ja kein Phantom mehr«, nahm der den Faden auf.

»Du bist auf einem guten Weg, Junge.«

»Gibt es weitere Geheimnisträger in der Sache?«, schnarrte Quenot und ging noch ein wenig weiter ins Hohlkreuz. Vermutlich wollte er sich dadurch einen besonders militärischen Anstrich verleihen. Lipaire fand das lachhaft. Außerdem ging es den Belgier nicht im Entferntesten etwas an. Sie würden ihn für seinen gestrigen Auftrag bezahlen, und damit würde sich die Angelegenheit hoffentlich ein für alle Mal erledigt haben.

Noch während er das dachte, hörte er Karim sagen: »Delphine vom Handyladen ist auch dabei.« Konnte der Junge denn wirklich gar nichts für sich behalten? Im Geiste sah er, wie die Million, die sich als Größenordnung bereits fest in seinem Gehirn verankert hatte, in immer mehr Teile zerfiel. Karim wollte er mit ungefähr zweihunderttausend beteiligen, aber den Belgier? Ausgerechnet ihn? Von seinem Anteil würde er jedenfalls nichts bekommen. Würde der Junge ihn eben abfinden müssen. Schließlich war er es ja, der alles so freimütig ausplauderte. Möglicherweise ließ sich der Soldat aber auch mit einem vergleichsweise geringen Anteil abspeisen, wenn man seine Einfältigkeit geschickt ausnutzte und ihm glaubhaft versicherte ...

»Wir müssen den Kreis klein halten«, unterbrach da Quenots Fistelstimme seine Gedanken. »Und was diese Delphine angeht: aufpassen! Nicht, dass sie auf eigene Rechnung arbeitet. Ich kann mich um sie kümmern, wenn ihr wollt.«

»Du meinst ...« Karim schluckte.

Lipaire dagegen war mehr und mehr genervt. »Hier wird sich um keinen gekümmert, klar?« Dann zischte er dem Jungen so leise zu, dass Quenot es nicht hören konnte: »Ein Toter reicht uns dicke.«

»Aber sie darf uns nicht auf die Schliche kommen«, beharrte der Belgier. »Also sollten wir ihr wenigstens eine andere Geschichte verkaufen, an die sie glauben muss.«

»Wir, ich höre immer *wir* ...«, brummte Lipaire.

»Ich bin dabei. Wolltet ihr doch.«

»Wer wollte das?«

Quenot ignorierte Lipaires Einwand. »Ich schlage für ein weiteres taktisches Treffen der Gruppe das *Château de Grimaud* vor.«

Lipaire seufzte. Egal, was er sagte, er drang damit nicht zu Quenot durch. Warum sollten sie sich ausgerechnet in der alten Burgruine treffen? Die lag oberhalb des Dorfes Grimaud auf einem Felsen, ein ganzes Stück von der Küste entfernt, und war ohne Auto nur schwer zu erreichen. »Was soll der Blödsinn? Was spricht dagegen, dass wir auch das nächste Mal wieder hier zusammenkommen?«

Der Belgier blickte mit verschwörerischem Gesicht um sich. »Hier haben die Wände Ohren«, flüsterte er. »Das Château ist strategisch besser. Um einundzwanzighundert?«

»Ich muss heute zwei Schichten schieben«, erklärte Karim.

Guillaume Lipaire nickte. »Eben. Totaler Unsinn, wir treffen uns bei mir, und damit basta. An dieser Entscheidung gibt es nichts zu rütteln. Und es heißt neun Uhr, nicht einundzwanzighundert, aber das nur so am Rande.«

Der Schatz der Sierra Madre

Guillaume Lipaire und Karim Petitbon kamen fast gleichzeitig in Grimaud an. Und das, obwohl sie verschieden lange Wege zurücklegen mussten und mit gänzlich unterschiedlichen Verkehrsmitteln gekommen waren. Als Lipaire das goldfarbene Mercedes-Cabriolet auf dem Parkplatz unterhalb der alten Festung abstellte, kam der Junge gerade mit seinem Elektroroller die Straße heraufgefahren. Sie waren allein, denn auch der Friedhof, der auf der anderen Seite des Parkplatzes direkt vor der alten Windmühle lag, hatte bereits geschlossen. Die Ruine wurde, falls dort nicht gerade abendliche Konzerte oder Lesungen stattfanden, nur tagsüber von Touristen besucht. Lipaires Gedanken waren den ganzen Tag um ihr Vorhaben gekreist, um ihren nächtlichen Besuch auf dem Boot – und um dessen Besitzer, der nun im Sarkophag des Architekten zur Untermiete wohnte.

»Neues Auto?«, fragte Karim grinsend mit Blick auf den offenen Wagen.

»So was muss ab und zu bewegt werden, das gibt sonst Standschäden. Die Besitzer wären mir sicher dankbar.«

»Du meinst, wenn sie davon wüssten?«

Lipaire winkte ab und ging auf den lichten Wald aus knorrigen Korkeichen zu, durch den man hinauf zur Burg gelangte. Er wollte die Sache möglichst schnell hinter sich bringen. »Als ob ich unten nicht genug Häuser zur Verfügung hätte für ein Treffen«, schimpfte er, als er im Dunkeln die steilen Stufen erklomm, die in einen staubigen Waldweg mündeten. Dabei leuchtete er mit der Lampe seines Handys vor sich auf den Boden, um nicht aus Versehen auf eine Schlange zu treten, von denen es hier oben ziemlich viele gab.

Die Nacht war schwül, es war kaum kühler als am Tag. Guillaume schwitzte und sah sich im Geiste im klimatisierten Wohnzimmer eines seiner Klienten sitzen und ein Gläschen eiskalten Wein trinken. »Dieser verfluchte Belgier!« Eigentlich war er mindestens genauso wütend auf sich selbst, weil Quenots Saat des Misstrauens, die er ihm eingepflanzt hatte, aufgegangen war. Plötzlich hatte er sich selbst nicht mehr wohlgefühlt bei dem Gedanken, sensible Gespräche bei sich zu Hause zu führen.

»Paul ist eben vorsichtig. Kann nicht schaden, wenn wir jemanden wie ihn an Bord haben.«

Lipaire hielt an. »Jemanden wie ihn?«

»Du weißt schon. Einen, der es genau nimmt. Nichts gegen deine …« Karim dachte nach.

»Ja?« Lipaire blitzte ihn herausfordernd an.

»Deine Leichtigkeit, mit der du das Leben meisterst. Das mögen die Leute an dir. Aber hier ist vielleicht etwas mehr Vorsicht angebracht. Wer weiß, mit wem wir es zu tun haben.«

»Du weißt nicht, mit wem du es zu tun hast, was Quenot angeht.«

»Dann erklär mir doch endlich, was euer Problem ist.«

Lipaire blieb stehen. Er hatte die ganze Geschichte so tief in sich selbst vergraben, dass er eine Weile brauchte, um sie hervorzuholen. »Wir waren mal Freunde, mein Junge. Enge Freunde. Er, meine Frau Hilde, Pierre und ich.«

»Pierre?«

»Ja. Du hast ihn nie kennengelernt. Und auch daran ist Paul schuld.«

Erwartungsvoll blickte Karim ihn an. Doch Lipaire hatte Mühe, nach so langer Zeit über die Sache zu reden. »Wir hatten sogar ein gemeinsames ... Geschäft. Jedenfalls konnten wir uns aufeinander verlassen. Bis ...«

»Bis?«

»Bis dieser *crétin* alles zerstört hat. Meine Ehe, die Freundschaft mit Pierre, unsere Geschäftsidee.«

»Was hat er denn getan?« Karim blickte ihn überrascht an.

Als Antwort gab Lipaire nur ein Brummen von sich und setzte sich wieder in Bewegung. Alle Leichtigkeit war von ihm gewichen. Dabei war er inzwischen eigentlich ein Meister darin, seine preußische Herkunft mit französischem *Laissez-faire* zu übertünchen. Aber die Erinnerung an den Verrat, den sein früherer Freund begangen hatte, machte ihm das unmöglich. Und wie der Junge gesagt hatte: Diesmal ging es womöglich um etwas. Vielleicht konnte er das Ruder noch einmal herumreißen, zurück auf die Sonnenseite des Lebens wechseln. Auch deswegen fiel es ihm schwer, es leicht zu nehmen.

»Er kann uns trotzdem nützen«, durchbrach Karim seine Gedanken.

»Wer?«

»Na, Quenot. Er war immerhin Legionär.«

Lipaire winkte ab. »Du findest den Treffpunkt hier doch nur deshalb so toll, weil du im Dorf wohnst und nicht wie ich rauffahren musstest. Wo ist er denn überhaupt?«

»Hier.« Wie aus dem Nichts tauchte der Belgier hinter einem kleinen Mauervorsprung auf. Inzwischen hatten sie den Eingang zur verwinkelten Burganlage erreicht.

»*Mon Dieu*«, keuchte Lipaire, nachdem er sich vom ersten Schreck erholt hatte, »kannst du dich nicht wie andere Menschen auch bemerkbar machen, bevor du erscheinst wie ein Schachtelteufel?«

Paul Quenot schien das als Kompliment aufzufassen, denn er lächelte. »Das Terrain ist sondiert, die Luft ist rein.«

Lipaire konnte es sich nicht verkneifen, demonstrativ zu schnuppern, als wolle er den letzten Satz überprüfen. Doch er sagte nichts, schließlich hatte er sich schon vor langer Zeit geschworen, Quenot bis an sein Lebensende mit Nichtachtung zu strafen. Wortlos trottete er den beiden hinterher in den Innenhof der Ruine, wo der Belgier im Eingang eines halb verfallenen, nach oben hin offenen Turms verschwand. Karim folgte ihm, und als Lipaire ebenfalls hineinging, war für ihn kaum mehr Platz in dem engen Raum.

»Perfekt, oder?«, fragte Quenot, dessen komplettes Gesicht mit Tarnfarbe beschmiert war.

Lipaire verdrehte die Augen, doch Karim zuckte nur mit den Schultern. Vielleicht sollte er ebenfalls seine Taktik ändern. Wenn er wollte, dass das hier schnell vorbeiging, wäre es wohl besser, einfach mitzuspielen. »Hast du ihn schon gefragt, wie sein Treffen mit Delphine lief, Karim?«

»Ob ich ... das kannst du doch selbst ...«

»Gut. Sehr gut. Sie weiß von nichts«, beantwortete Quenot die indirekt an ihn gerichtete Frage. »Eine Eliminierung war nicht nötig.«

Lipaire, der ihn eigentlich nicht direkt ansprechen wollte, rutschte ein »Eliminierung?« heraus. Auch Karim war der Schreck über die Wortwahl anzusehen.

Mit ernster Miene antwortete der Belgier: »Ich habe Verhörtechniken angewandt, die nur an den entlegensten Winkeln der Welt von den gefürchtetsten Söldnertruppen verwendet werden.«

Lipaire und Petitbon wechselten einen besorgten Blick.

»Rein psychologisch. Sie hat gar nicht bemerkt, dass sie befragt worden ist. Die kommt uns schon mal nicht in die Quere, dafür kann ich ...«

»Ach, hier seid hier! Arg eng, oder? Na ja, was will man schon erwarten, wenn sich ausgerechnet drei Männer einen verschwiegenen Treffpunkt aussuchen ...«

Die drei blickten wie erstarrt auf Delphine, die ihren voluminösen Körper durch die kleine Maueröffnung quetschte.

»Was glotzt ihr denn so? Kann ich was dafür, dass ihr euch in so einem kleinen Kabuff versammelt? Nächstes Mal suchen wir uns was Großzügigeres, ja?«

Nachdem Lipaire seinen anfänglichen Schock überwunden hatte, blickte er Quenot an. Dessen Hand wanderte zu dem Kampfmesser an seinem Gürtel, doch Karim schüttelte entsetzt den Kopf, woraufhin der Belgier nur mit den Achseln zuckte.

»Ganz tolle Verhörtechniken!«, spottete Lipaire.

Konsterniert wandte der Belgier sich an die Frau. »Aber wie ... woher ... ich meine, dass wir hier ...«

Delphine winkte ab. »Lass gut sein. So wie du mich ausgefragt hast, bin ich sofort hellhörig geworden. Und ich hab da so meine Techniken, wie ich meinem Göttergatten jedes Geheimnis entlocke. Also denk dir nichts, da bist du machtlos. Und jetzt freut euch, es ist höchste Zeit für ein bisschen weibliche Unterstützung in eurem Männerhaufen.«

»Stimmt genau«, tönte eine weitere Stimme von draußen, kurz darauf erschienen die Umrisse einer schlanken jungen Frau in der Öffnung.

Quenot schaltete eine kleine Taschenlampe an. »Jacqueline? Bist du das?«

»*Salut*, Paul. Ja, ich bin's.«

»Hat was mit der letzten Lieferung nicht gestimmt?«

»Nein, alles gut. Aber ich komme ja offenbar wie gerufen, wo es doch gerade um weibliche Unterstützung geht.«

»Na, großartig.« Lipaire stieß verächtlich die Luft aus und fixierte den Belgier. »Wem hast du denn noch *nicht* davon erzählt, dass wir uns hier treffen?«

»Ich hab ihr nichts gesagt, das schwör ich. Hab sie ja nicht mal getroffen.«

Ihre Blicke wanderten zu Delphine. Die hob abwehrend die Arme, wobei die Schweißflecken unter ihren Achseln sichtbar wurden. »Also von mir weiß sie nichts, ich dachte, an mir wäre genug weibliche Unterstützung dran.«

Da räusperte sich Karim. »Könnte sein, dass mir da … was rausgerutscht ist, irgendwie.«

Delphine schob sich ein wenig zur Seite, und die junge Frau trat vollends in den Schein der Lampe. Sie hatte eine breitrandige Brille auf der Nase, ihre langen braunen Haare waren zu einem wilden Knoten gebunden. Lipaire hatte das Mädchen, das er ein wenig jünger als Karim schätzte, schon einmal gesehen, kam aber im Moment nicht drauf, wo.

»Hab extra meine Eisdiele früher zugemacht.«

Natürlich! Sie verkaufte am Durchgang von der *Place des Artisans* zum Marktplatz Eis an die Touristen, und unter der Theke hatte sie zusätzlich Hasch und Gras im Angebot. Auch, wenn sie immer einen sympathischen Eindruck auf Lipaire gemacht hatte: Hier hatte sie nichts verloren. Eigentlich hatte hier überhaupt niemand etwas verloren. Außerdem wurde es allmählich ganz schön eng.

»Karim wollte ein bisschen auf Gangster machen. Er hat mit einem Geheimtreffen angegeben und gemeint, dass es vielleicht um einen Schatz geht und so«, erzählte Jacqueline mit entwaffnendem Lächeln.

Der Junge blickte zu Boden. Lipaire merkte, wie stark er schwitzte, seit das Mädchen aufgetaucht war. Offenbar fühlte er sich schuldig.

Jacqueline jedoch plapperte munter weiter: »Da hab ich mir gedacht: Klingt ja wie im Kino, endlich ein bisschen Abenteuer. Also bin ich hergekommen.«

»Schadet doch nicht«, fand Delphine. »Das Mädel ist patent, das kann uns nützen, stimmt's?«

»Uns?« Lipaire zog die Augenbrauen hoch. Es gab kein *uns*. Er hatte die Sache ins Rollen gebracht, und er würde sie ohne diesen Haufen von Dilettanten zu Ende bringen.

»Ja, *uns*. Bei der Suche nach dem Schatz. Also: Wo ist er denn? Und wie viel bringt er für jeden?«, fragte Delphine in die Runde.

Mit zusammengebissenen Zähnen fixierte Lipaire Karim, der seinem Blick auswich. »Wir wissen noch gar nichts.«

»Und deswegen rufst du uns hierher?«

»Ich hab euch nicht gerufen.«

»Trotzdem, ich hab nicht ewig Zeit. Also, was wissen wir?«, bohrte Delphine weiter.

Guillaume schaute einen nach dem anderen an und überlegte sich, wie er sie wieder loswerden könnte, da erzählten Quenot und Karim noch einmal genau, was bisher geschehen war. Wenigstens verschwiegen sie dabei die Leiche. Als sie fertig waren, war es für eine Weile still, nur das Zirpen der Grillen drang gedämpft von draußen herein.

»Meint ihr, dass dieser Typ, also der Tote, die Vicomtes erpresst hat?«, rekapitulierte Delphine schließlich.

Lipaire raufte sich die Haare. Sie hatten bei ihren »Vorgesprächen« offenbar doch nichts ausgelassen.

Quenot legte einen Zeigefinger an seine Lippen. »Keine Namen, bitte.«

Delphine nickte. »Okay, dann sage ich in Zukunft nur noch Vicomte, wenn ich wirklich nicht anders kann, als Vicomte zu sagen, nicht, dass die Vicomtes das noch mitbekommen. Gut so, Paul Quenot aus Gassin?«

Bei jedem Mal, wenn die Frau einen Namen aussprach, zuckte der Belgier zusammen.

Lipaire kam auf ihre ursprüngliche Frage zurück: »Möglich, das mit der Erpressung. Können wir damit das Treffen hier beenden?«

»Warum bist du denn auf einmal so abweisend, Guillaume? Als du meine Hilfe gebraucht hast, warst du netter.«

»Für deine Hilfe hast du dich fürstlich bezahlen lassen!«

»Trotzdem. Also?«

Da Lipaire das Gefühl hatte, das Ganze schneller beenden zu können, wenn er Bereitschaft zur Zusammenarbeit vortäuschte, antwortete er, achtete aber darauf, nicht mehr als nötig preiszugeben. »Wir haben mit denen telefoniert und dabei vorgegeben, wir wären Barral. Erpressung erscheint mir wie gesagt im Bereich des Möglichen.«

»Scheint? Was denn nun? Ich müsste dann wirklich wieder«, drängelte Delphine.

»Wie ich schon sagte: möglich. Allerdings spricht das, was wir auf Barrals Boot gefunden haben, dagegen. Das klingt eher so, als ob es irgendwo was richtig Wertvolles zu finden gibt, an dem die Familie Interesse hat. Etwas wie …«

»Den Schatz der Sierra Madre«, vollendete Jacqueline seinen Gedanken.

»Der was?«

»Ach, nur so ein alter Filmtitel.«

»Aha. So ähnlich vielleicht, ja.«

»Vielleicht ist es der Schatz der Vicomtes. Ihr wisst schon, so ein Familienschatz«, dachte die junge Frau laut nach.

»Namen!«, zischte Quenot.

»Gibt es den denn«, wollte Delphine wissen, »diesen Familienschatz?«

»Könnte schon sein«, antwortete Jacqueline, »also, ein bisschen was weiß ich über die, weil mein Vater öfter mit ihnen zu tun hat.«

Lipaire fuhr herum. »Dein Vater?«

»Ja. Der Bürgermeister.«

»Ach, du bist ...« Lipaire schlug sich mit der flachen Hand an die Stirn. Jetzt wusste er wieder, warum ihm das Mädchen noch bekannt vorkam. »Moment, bist du etwa hier, um für den Bürgermeister ...«

»Keine Sorge, ich spioniere nicht. Mein Vater und ich, wir haben, na ja, so unsere Differenzen. Aber wie gesagt: Ich krieg einiges mit.«

Wenn das wirklich stimmte, konnte ihnen diese Jacqueline vielleicht doch noch von Nutzen sein. »Was denn, zum Beispiel?«

»Zum Beispiel, dass die Vicomtes schon lange hier in der Gegend sind. Das geht viele Generationen zurück. Sie haben ihren Lebensmittelpunkt dann aber in eine andere Region verlagert, ich glaube Richtung Avignon, und dort ein Anwesen mit Weinbergen übernommen. Sie hatten aber immer noch ziemlichen Einfluss hier bei uns. Der ist dann mit dem größten Teil ihres Vermögens flöten gegangen.«

»Wie, die sind gar nicht reich?« Delphine klang enttäuscht.

»Zumindest nicht so reich, wie sie mal waren. Sie haben noch das schöne Haus in Port Grimaud und ein paar steinige Felder hier oben an den Hängen. Wie gesagt, ihre Vorfahren stammen von hier. Sie sind, glaub ich, sogar mit den Grimaldis verwandt.«

»Den Schauspielern?«, fragte Quenot.

»Schauspieler? Nein.«

Delphine bekam große Augen. »Mit denen aus Monaco?«

Jacqueline nickte.

»Meinst du, die kennen Fürst Albert persönlich? Und Prinzessin Stéphanie? Vielleicht haben sie sogar mit Grace Kelly schon mal zu Abend gegessen!«

»Also doch Schauspieler«, piepste Quenot. »Monaconische sogar.«

»Es heißt monegassisch«, korrigierte Lipaire. »Leute! Wir sind doch nicht hier, um uns irgendwelchen Adelsklatsch anzuhören.« Ihm war heiß, und er wollte endlich nach Hause.

»Es geht ja nicht um Adelsklatsch«, verteidigte sich Jacqueline. »Das hat was mit der Geschichte zu tun. Diese Burg zum Beispiel wurde der Legende nach auch von einem Grimaldi gegründet. Gibelin de Grimaldi. Irgendwann im elften Jahrhundert.«

»Was du alles weißt«, hauchte Karim, der förmlich an ihren Lippen hing.

»Hat sich nie jemand gefragt, warum die Konzertreihe, die hier oben immer stattfindet, *Festival des Grimaldines* heißt? Na ja, nach der Französischen Revolution fiel das Château in Staatsbesitz und wurde als Steinbruch genutzt. Deshalb stehen wir heute in einer Ruine.«

»Und was hat das mit unserer Sache zu tun?«, beharrte Lipaire.

»Was weiß denn ich?«, gab Jacqueline zurück.

»Verdammt viel weißt du«, flüsterte Karim beeindruckt.

»Könntest du auch wissen. Hättest du mal besser aufgepasst im Unterricht. Du hattest doch auch Madame Durand, oder?«

»Schon, aber bei der hab ich die Stunden oft vor der Tür verbracht, weil sie mich rausgeschmissen hat, wegen ...«

»Will jemand ein paar Fotoalben und etwas Torte holen, dann wird's doch gleich noch gemütlicher«, stöhnte Lipaire.

»Jetzt reg dich nicht auf, kommen wir lieber zurück zum Thema«, schaltete sich Delphine ein. »Also: Wie geht es weiter? Und wie gehen wir mit den Informationen um?«

»So wie ich das sehe«, resümierte Jacqueline, »hat dieser Barral etwas, was eigentlich den Vicomtes gehört, das er ihnen aber zurückverkaufen wollte. Und deswegen haben die ihn ... ihr wisst schon: Nur tote Zeugen schweigen.«

»Den Film kenn ich«, freute sich Quenot. »Das ist doch der, wo ...«

»Bitte!«, zischte Lipaire.

»Seh ich genauso«, schloss sich Petitbon an. »Also das, was Jacqueline über die Vicomtes gesagt hat.«

»Warum überrascht mich das jetzt nicht?«, brummte Lipaire. »Ich habe dazu aber eine kritische Nachfrage: Warum sollten sie ihn denn umbringen? Jetzt kriegen sie das, was sie von ihm wollten, nämlich nicht mehr. Außerdem hätten sie in dem Fall wohl kaum noch mit uns am Telefon verhandelt. Sie mussten annehmen, dass es Barral war, der sie anrief.«

Die anderen nickten betreten, dann aber wandte Jacqueline ein: »Und wenn sie sich dabei nur verstellt haben? Um keinen Verdacht aufkommen zu lassen?« Wieder erntete sie breite Zustimmung.

»Vielleicht war es ein Unfall«, mutmaßte Quenot.

Lipaire war der Verzweiflung nahe. Nicht nur, dass er diesem absurden Treffen überhaupt beiwohnen musste, jetzt durfte er sich auch noch dafür verteidigen, dass er als Einziger die Zusammenhänge durchschaute.

Eine Weile war es still, dann sagte Delphine: »Wir müssen uns den Toten wohl noch mal ansehen. Vielleicht finden wir einen Hinweis, wie er draufgegangen ist. Und so oder so sollten wir auf der Hut sein. Diese Vicomtes sind bestimmt nicht zimperlich. Ich mein, sonst hätten sie es sicher früher nicht zu so viel Einfluss gebracht.«

»Ja, da stimme ich dir zu.« Jacqueline nickte heftig. »Eiskalte Engel.« Weil sie in fragende Gesichter blickte, ergänzte sie: »Der Filmtitel. Ach, ist egal.«

Lipaire fühlte sich mehr und mehr wie ein Statist in seinem eigenen Film.

»Ich hab mir schon immer gedacht, dass die nicht ganz koscher sind«, fügte Delphine an. »Einer von denen wollte mal ein Handy repariert haben, aber sein Kennwort hat er partout nicht rausgegeben. Und ich konnt's nicht mal knacken. Das ist doch hochgradig verdächtig.«

»Ja, kriminell geradezu«, kommentierte Guillaume kraftlos.

Dann gab auch Quenot eine Begebenheit zum Besten. »Und bei mir wollte einer von den Jüngeren mal Gras kaufen, aber der hat sich so komisch benommen, da hab ich gesagt, ich hätte keins.«

Lipaire wäre am liebsten davongerannt, doch er musste sich wohl mit der Situation arrangieren. Fürs Erste, jedenfalls. »Warum ihr mit eurem scharfen Verstand nicht bei der Polizei gelandet seid, ist mir ein Rätsel. Verzeiht, wenn ich sage, es könnte auch alles ganz anders sein. Eigentlich spielt das sowieso keine Rolle: Die Vicomtes suchen auf jeden Fall auch nach dem, was Barral hatte, das wurde in dem Telefonat deutlich. Also müssen wir ihnen zuvorkommen und es ihnen selber verkaufen oder es für uns behalten, je nachdem, was und wie wertvoll es ist.«

»Und enden wie dieser Barral?«, unkte Jacqueline.

Lipaire hatte die ständigen Einwände satt und sagte etwas, das er noch vor ein paar Minuten für völlig unmöglich gehalten hätte, in diesem Moment aber tatsächlich so meinte: »Wir sind ja zu fünft, nicht allein wie er.«

»Und wir haben einen Spezialisten, der uns beschützt«, ergänzte Karim und blickte zu Quenot.

»Der schweigen kann wie ein Grab«, setzte Lipaire mit süffisantem Lächeln hinzu.

»Wie gehen wir also vor?« Wieder war es Delphine, die darauf drängte, endlich zu einem Ergebnis zu kommen.

Ihre Eile kam Lipaire entgegen. »Wir sollten immer ein Auge auf die Vicomtes haben«, erklärte er. »Dabei kann jeder mithelfen. Wir müssen erfahren, was die planen. Also, wer Zeit hat, schaut ihnen ein bisschen auf die Finger, klar?«

»Außerdem müssen wir zu diesem Barral«, fügte Delphine an. »Wo habt ihr ihn denn hingeschafft?«

Quenot schien verwirrt. »Ich dachte, der ist tot.«

»Sie meint die Leiche«, erklärte Petitbon. »Die liegt in der Kirche im Sarkophag.«

Die anderen nickten beeindruckt.

»Habt ihr sein Handy?«, wollte Delphine wissen.

Seufzend antwortete Lipaire: »Das hattest du doch selber schon in der Hand. Konzentration, bitte!«

»Ach, klar …«

Schließlich stimmten alle zu, der Leiche noch einmal einen Besuch abzustatten. Sie wollten die Versammlung bereits auflösen, da hielt Lipaire Delphine zurück. »Ach ja, ich hätte gerne die Kosten für die Reparatur erstattet, Delphine.«

Sie zuckte nur mit den Achseln. »Zieh's mir einfach von den Goldmünzen ab.« Damit zwängte sie sich durch die Öffnung nach draußen. Guillaume folgte ihr. Obwohl es eine warme Nacht war, kam ihm die Luft frisch und kühl vor. Die Sterne hoben sich hier oben, fern von den Lichtern der Stadt, besonders klar von der Schwärze des Nachthimmels ab. Nur leise dröhnte ab und zu ein Motorrad aus der Ebene herauf, um schließlich wieder vom Zirpen der Zikaden übertönt zu werden. Eine beeindruckende Atmosphäre, jedenfalls ohne die vielen Leute um ihn herum. Erst jetzt realisierte Guillaume, dass sein Hemd komplett durchgeschwitzt war.

»Da bist du ja endlich wieder, *Maman*!« Vorwurfsvoll blickten Léa und Inès ihre Mutter an, die nur den Kopf schüttelte: »Könnt ihr nicht ein Mal machen, was ich euch sage? Ihr solltet doch im Auto warten.«

»Der Akku von Léas Handy ist leer, und uns war langweilig. Können wir jetzt endlich gehen? Wir wollen ins Bett.«

Lipaire kniff die Augen zusammen, doch Delphine zuckte nur mit den Schultern. »Meine Güte, wo soll eine berufstätige Frau denn den ganzen Tag hin mit den Kindern?«

»Seid ihr fertig mit eurem blöden Schatz?«

»Was genau hast du ihnen denn erzählt?«, fragte Guillaume erschrocken.

»Nichts, wo denkst du hin?«

»Woher wissen sie dann davon?«

»Man hört alles wie durch 'nen Lautsprecher, wenn man da oben an der Luke steht«, plapperte Inès munter weiter und zeigte auf eine Scharte oben im Gemäuer.

Nun wandten sich alle Quenot zu. Doch der trat die Flucht nach vorn an: »Deswegen muss man so auf der Hut sein. Lauscher lauern überall.«

Mysteriöse Begegnungen

»Was ist denn jetzt, Marie? Kommt er, oder kommt er nicht?« Isabelle Vicomte saß neben ihrer Mutter am großen Tisch im Schatten der Schirmpinie, während Bernadette gerade das Frühstücksgeschirr abdeckte. Henri tippte ihnen gegenüber auf seinem goldfarbenen Laptop herum, etwas abseits blätterte Yves auf einem Liegestuhl unter der Palme im Katalog von *My private Island*, einer Firma, die Inseln an Superreiche verkaufte und bei der er sich kürzlich um einen Job beworben hatte.

»Wen meinst du?«, fragte sie ihre Tochter.

»Papa natürlich, wen sonst?«

»Ich dachte, diesen Barral. Na, egal. Ich weiß nicht, wann dein Vater kommt, Schätzchen.« Das stimmte, obwohl es sich um ihren Ehemann handelte. Nur nach außen hin waren sie und Lucas noch ein Vorzeigepaar. Immerhin war er ein leidlich guter Vater, das musste man ihm lassen. Auch wenn sie vermutete, dass das Geld, mit dem er Clément und Isabelle so großzügig unterstützte, zu deren gutem Verhältnis beitrug. Dabei gehörte es streng genommen gar nicht ihm. Er hatte, arm wie eine Kirchenmaus, bloß in die Familie eingeheiratet – und damit ins Unternehmen, wo er einen Posten bekleidete, auf dem er nichts zu sagen hatte und damit auch nicht viel falsch machen konnte. Selbst für eine Scheidung fehlte ihm der Biss – und ihr im Moment die Zeit.

»Egal? Du findest es mittlerweile egal, wann Barral kommt? Das ist ja interessant, liebste Tante«, tönte es misslaunig vom Liegestuhl. Yves war inzwischen permanent auf hundertachtzig.

»Nein, Yves, mir ist es ganz und gar nicht egal. Im Gegenteil. Ich warte darauf, dass er sich meldet und seine Forderungen präzisiert. Nach seinem letzten Anruf habe ich nichts mehr von ihm gehört, und sein Handy ist offensichtlich aus. Genügt dir das, liebster Neffe?«

»Ich will, dass die Sache endlich in trockenen Tüchern ist.«

Henri hörte auf, in seine Tastatur zu hämmern, und hob den Blick. »Also, wenn ich mich da einmischen darf: Ich habe zu unserem Barral ein wenig recherchiert.« Er machte ein Gesicht, als erwarte er, dass man ihn nach dem Ergebnis dieser Recherche fragte.

Doch auf solche Spielchen hatte Marie im Moment keine Lust. »Soso«, murmelte sie nur und widmete sich wieder der Lektüre der neuesten Ausgabe von *Le Figaro*, ihrer Meinung nach das einzig vernünftige journalistische Erzeugnis des Landes.

Da niemand nachfragte, räusperte sich Henri und begann von sich aus zu berichten: »So wie es aussieht, ist auf Barral zumindest in Frankreich kein Auto zugelassen. Dafür verfügt er aber über ein Boot eher geringer Länge, die *Mystère*. Registriert in Toulon. Ein wenig abgeritten, aber immerhin ein Modell mit kleiner Kabine. Vielleicht haben wir ja Glück, und er hat damit irgendwo in der Nähe festgemacht.«

»Moment mal, wieso hast ausgerechnet *du* dazu recherchiert?«, wollte Isabelle wissen.

Henri zuckte gönnerhaft mit den Schultern. »Nun, ich muss ja für meine Bücher auch ständig Nachforschungen betreiben. Natürlich hat man da so seine Methoden.«

»Hast du die nationale Schifffahrtsbehörde angezapft, oder wie?«, schaltete sich Yves ein, der inzwischen seinen Katalog weggelegt und sich aufgesetzt hatte.

»Nicht ganz.« Henri hatte in seinen berüchtigten Experten-Tonfall gewechselt. »Barral besitzt einen Instagram-Account.

Und unter all den Fotos findet sich auch eines von seinem Boot, samt Name und Kennung.«

»Schön und gut, aber wir wissen doch gar nicht, ob er von Toulon aus überhaupt schon hierher aufgebrochen ist. Oder sich noch ganz woanders aufhält. Bringt uns also nicht wirklich weiter«, wandte Marie ein. Sie hatte über die Jahre gelernt, Henris Ideen mit einer ordentlichen Portion Skepsis zu begegnen.

Ihrer Tochter schien es ähnlich zu gehen. »Und selbst wenn er irgendwo hier in der Gegend wäre, wie sollten wir unter all den Booten ausgerechnet seines finden?« Sie zeigte auf das Gewirr aus Jachten auf den Kanälen um sie herum.

Marie tätschelte ihrer Tochter den Arm. »Eben. Eine Stecknadel im Heuhaufen.«

»Moment, Leute.« Yves war unterdessen aufgestanden, kam nun ebenfalls an den Tisch und zog sich einen Stuhl heran, auf den er sich rittlings setzte. »Was spricht gegen einen Anruf bei der *capitainerie*? Die sind doch für so was zuständig.«

Henri hob die Hand. »Vorsicht! Wir sollten unbedingt vermeiden, dass irgendeine Behörde uns mit Barral in Verbindung bringen kann.«

»Na gut, von mir aus. Dann lass uns das Beiboot nehmen und die Kanäle, den Hafen und die Bucht absuchen«, lautete Yves' nächster Vorschlag. »Besser, als hier rumzuhängen und uns den Hintern breit zu sitzen!«

Wieder schien Henri nicht begeistert. »Dein Aktionismus in allen Ehren, aber das Absuchen aller Kanäle mit dem Dingi würde ewig dauern. Ich habe eine andere Idee.«

Marie sah, wie sehr er es genoss, dass alle Anwesenden ihn jetzt erwartungsvoll anblickten. Der *gefeierte Krimiautor*, wie er sich gern selbst nannte, liebte es, im Zentrum der Aufmerksamkeit zu stehen.

»Nun«, setzte er schließlich nach einer langen Pause an, »auf der Homepage der *capitainerie* wird die Anzahl der verfügbaren Liegeplätze für externe Besucher seit sechs Tagen mit null angegeben.« Er stand auf und ging mit erhobenem Zeigefinger um den Tisch herum, als wäre er Hercule Poirot. »Ergo hat auch Barral keinen solchen Platz in der Marina oder vorn in den Kanälen an der Kirche bekommen und musste deshalb draußen im Golf ankern. Wollen wir nun also seinen Aufenthaltsort herausfinden …« Wieder hielt er kurz inne, setzte sich und lehnte sich in seinem Stuhl weit zurück, bevor er selbstgefällig schloss: »… sollten wir also nachsehen, ob die *Mystère* dort zu finden ist. Im besten Fall mit Monsieur Barral an Bord.«

»Respekt. Dein Handwerk hast du anscheinend wirklich drauf.« Die Bewunderung, die in Isabelles Stimme mitschwang, ärgerte ihre Mutter. Für sie waren das nichts als Taschenspielertricks.

Henri lächelte breit. »Ja, Isabelle, viele unterschätzen diese Gabe. Eine Studie hat ergeben, dass Krimiautoren im Vergleich zur Normalbevölkerung einen signifikant erhöhten IQ aufweisen.«

»Echt jetzt?«, hakte Yves skeptisch ein.

Augenzwinkernd deutete Henri auf seinen Neffen. »Seht ihr?«

Eine halbe Stunde später saßen Marie, Yves und Henri im Schlauchboot mit dem schmalbrüstigen Außenborder, das sie normalerweise für kurze Tenderfahrten zwischen der vor der Küste liegenden Jacht und dem Hafen nutzten. Isabelle hatte es vorgezogen, an Land zu bleiben und sich ausgiebig der Pflege ihres Instagram-Accounts zu widmen. Mehr als drei Passagiere wären auch zu viel für das ohnehin schon tief im Wasser liegende Gefährt gewesen, das Yves in Richtung Hafeneinfahrt steuerte. Marie klammerte sich verkrampft am Sitzbrett fest, was nicht zuletzt daran lag, dass ihr Neffe einfach kein guter Fahrer war. Das hatte er wieder einmal bewiesen, als er direkt vor ihrem Haus ein Stand-up-Paddle gerammt hatte, auf dem zwei Mädchen herumgedümpelt waren. Beim Zusammenstoß hatte eine der beiden ihr Handy vor Schreck ins Wasser fallen lassen. Unter großem Gezeter war sie schließlich auf eine Entschädigung von fünfzig Euro eingegangen, die Marie ihr angeboten hatte. Anscheinend betrieb die Mutter der beiden einen Handyladen im Ort, wie die kleine Schwester ihnen erzählt hatte, für Nachschub sollte also gesorgt sein.

Es folgte ein Beinahe-Crash mit dem Wassertaxi, das immer wieder ihren Weg gekreuzt hatte. Offenbar hatte es dieselbe Route, was Marie ein bisschen nervös machte, da sie keinen Wert auf neugierige Blicke bei ihrem Vorhaben legte. Sie entspannte sich erst etwas, als sie im offenen Wasser der weitläufigen Bucht anlangten, wo Yves das kleine Schlauchboot halbwegs ruhig von Jacht zu Jacht steuerte. Tatsächlich hatten sie nach ein paar Minuten auch Barrals reichlich in die Jahre gekommenen Kahn gefunden, der an seiner Ankerkette auf den sanften Wellen schaukelte.

»Wow, Henri, gar nicht mal schlecht«, gab Yves zu, und auch Marie war überrascht, dass ihr Halbbruder sie so schnell ans Ziel geführt hatte, sagte aber nichts.

Sie riefen mehrmals erfolglos Barrals Namen, dann schwangen sich die Männer vom Dingi aus auf sein Boot. Marie wollte auf dem offenen Meer keine derartigen Manöver unternehmen und ließ in diesem Fall den Herren gern den Vortritt. Sie blinzelte in den tiefblauen Himmel und hätte beinahe den Moment genossen, als eine dieser schrecklichen Spielzeug-Drohnen ihre Aufmerksamkeit auf sich zog. Sie hasste diese Dinger wie die Pest: Nicht nur, dass sie einen infernalischen Lärm machten. Wahrscheinlich saß auf einer der Jachten auch noch irgendein verzogener Fratz, der nichts Besseres zu tun hatte, als die Leute hier auf dem Meer auszuspionieren. Sie würde das verbieten lassen, sobald sie etwas zu sagen hatte.

Bevor sie sich weiter mit dem Gedanken beschäftigen konnte, tauchten Henri und Yves wieder an Deck der *Mystère* auf. Ihr Halbbruder wedelte mit einem Zettel.

»Habt ihr etwas, was uns weiterbringt?«, fragte sie mit einer Mischung aus Skepsis und Hoffnung.

»Könnte sein.« Die beiden kamen zurück aufs Schlauchboot und gaben ihr das Stückchen Papier, auf das eilig eine Notiz geschmiert worden war.

»Telefonat mit V – Summe zu gering? Bedeutend mehr wert. Aber wie viel?«, las sie halblaut ab. »Wo habt ihr das gefunden?«

»Mitten auf dem Tisch in der Kabine, hast du gesagt, oder Henri?«

Er nickte.

»Das hieße ja, Barral hat sein letztes Telefonat mit mir von hier aus geführt«, dachte Marie laut nach.

»Exakt«, pflichtete ihr ihr Halbbruder bei.

»Und wisst ihr, was das noch heißt?«, fragte Yves in die Runde. Als keiner reagierte, gab er selbst die Antwort: »Dass das Schwein noch deutlich mehr aus uns rauspressen will.« Beifall heischend sah er einen nach dem anderen an.

Henri brummte: »Du bist einfach ein superschlaues Kerlchen. Jedenfalls keine Spur von ihm. Sieht danach aus, als müssten wir warten, bis er sich wieder meldet.«

»Wie kommt dieser Barral überhaupt hierher zurück?«

Henri zog die Schultern hoch. »Vielleicht hat er auch ein Beiboot.«

Yves schüttelte vehement den Kopf. »Ein Dingi? Auf dieser abgeranzten Nussschale? Unwahrscheinlich.«

»Er wird kaum geschwommen sein.«

Inzwischen hatten sie wieder etwas Fahrt aufgenommen und hielten auf die Hafeneinfahrt von Port Grimaud zu, als auf einmal direkt vor ihnen etwas platschend ins Wasser fiel.

»Was war das denn?«, fragte Henri erschrocken.

Marie lächelte. »Diese Drohne hat mich eben schon genervt, als ihr auf dem Boot wart. Geschieht denen recht, dass sie jetzt auf Grund geht. Aber was mich viel mehr interessiert: Wo um alles in der Welt ist Barral abgeblieben?«

Wenn die Toten sprechen

»Da drinnen ist er?«

Guillaume Lipaire nickte. Delphine schien immer noch nicht glauben zu wollen, dass er und Karim diesen Ort gewählt hatten, um die Leiche kurzfristig unterzubringen. Was Lipaire wiederum zeigte, dass es die richtige Wahl gewesen war. Sie hatten sich für heute Abend vor der Kirche verabredet, um nach Hinweisen auf Barrals Todesursache zu suchen und zu besprechen, was ihre Beschattungsaktion der Familie Vicomte ergeben hatte. Lipaire war neugierig, ob dabei bereits etwas herausgekommen war.

»Ja, dort haben wir ihn zur letzten Ruhe gebettet«, sagte er in pastoralem Tonfall.

»War gar nicht so leicht«, erklärte Petitbon und klang ein bisschen stolz.

Nur Quenot sagte nichts. Er lehnte mit dem Rücken an der geschlossenen Tür des kleinen Supermarktes und starrte durch die Dunkelheit auf die Kirchentür gegenüber. In seinen Augen lag wieder dieses seltsame Flackern, das Lipaire noch nie hatte deuten können. Aber es war ihm auch egal, und so wandte er sich wieder an Delphine: »Gibt's was Neues von unseren elitären Freunden?«

»Die sind heut mit dem Dingi rausgefahren, wie mir meine Mädels berichtet haben.«

»Kleiner Badeausflug?«

Sie schüttelte den Kopf. »Glaube ich nicht.«

»Ich bin ihnen auch ein Stück hinterher, aber aufs offene Wasser konnte ich ihnen ja nicht folgen«, gab Karim kleinlaut zu.

»Ich weiß, was sie gemacht haben«, ertönte auf einmal die helle Stimme des muskelbepackten Belgiers. Er klang stolz. »Sie waren am Boot von Barral.«

»Woher weißt du das?«, fragte Karim.

»Ich habe gewissermaßen den Überblick.«

Lipaire legte die Stirn in Falten, doch keiner fragte nach, was diese nebulöse Bemerkung bedeuten sollte. Als Guillaume sich das Kinn rieb, bemerkte er, dass er sich schon lange nicht mehr rasiert hatte. »Sie können eigentlich nichts Wichtiges gefunden haben. Wir haben ja alles, was von Belang war, mitgenommen. Sind sie denn danach noch irgendwohin?«

Quenot senkte den Kopf. »Das weiß ich leider nicht.«

»Hast du nicht gerade gesagt, du hättest so einen tollen Überblick?«

»Ich hatte die Lufthoheit, sozusagen. Bis zu diesem ... Zwischenfall im Luftraum. Da war eine weitere Beschattung nicht mehr möglich.«

»Im Luftraum?« Lipaire schaute die anderen an. »Komisch, davon haben wir gar nichts mitbekommen.«

Der Belgier seufzte. »Totalverlust eines unbemannten Flugobjekts.«

»Ist dir deine Drohne abgeschmiert?«, wollte Delphine wissen, doch Quenot wechselte, ohne weiter darauf einzugehen, das Thema: »Wie machen wir das jetzt genau? Ich meine, einer sollte doch Schmiere stehen, oder? Also, das könnte ich übernehmen, wenn ihr wollt. Ich meine nur. Kein Problem. Ist ein Klacks für mich.«

Lipaire hatte ihn selten so gesprächig erlebt, und genau das machte ihn stutzig. Es schien, als wolle der Ex-Soldat keinesfalls mit in die Kirche kommen. »Das kann doch Delphine machen«, sagte er deshalb.

»Nein«, bellte der Belgier zurück.

»Nein?«

»Ich meine: Es wäre doch wirklich besser, wenn jemand hier draußen ist, der weiß, auf was man achten muss.«

Die anderen blickten sich mit hochgezogenen Brauen an.

»Na ja, und drinnen jemand, der, also die ... vielleicht besser mit Leichen klarkommt, die schon eine Weile liegen«, fuhr Quenot fort.

Das war es also! »Auf einmal so zimperlich? Der Einzelkämpfer, der Muskelberg, der Eisklotz? Der selbst Freunde über die Klinge springen lässt, wenn es ihm nützt?«

»Lass ihn doch, Guillaume«, unterbrach ihn Petitbon. »Wenn er nicht will ...«

»Will, will! Wir brauchen ihn. Du weißt, dass es da drin schwere Sachen zu heben gibt.«

»Schwere ... Sachen?« Quenots Stimme klang noch schriller als sonst.

»Genau. Also, Delphine, du bleibst hier, und er ...«

»Nein«, widersprach sie.

»Könnte hier mal irgendjemand machen, was ihm gesagt wird? Hatten wir uns nicht geeinigt, dass alle auf mein Kommando hören?«

Sie sahen sich an, dann schüttelte einer nach dem anderen den Kopf.

Lipaire atmete tief durch. Warum musste das alles so mühsam sein? War denn nicht völlig klar, dass er der Chef war und die Fäden in der Hand hielt? »Dann eben ab jetzt: Alle hören auf mein Kommando.«

Doch Delphine wollte nicht klein beigeben. »Ich lass mich nicht einfach hier parken. Ich will mit rein. Es kommt doch sowieso niemand um diese Zeit.«

»Ja, normalerweise«, stimmte Lipaire ihr zu. »Aber was, wenn einer von den Vicomtes sich hier rumtreibt? Dann wird es mit dem Grobmotoriker doch gleich wieder gewalttätig. Aber eine so zarte Frau wie dich werden sie gar nicht als Gefahr wahrnehmen.«

Das Argument überzeugte zumindest Karim und Quenot, und sie ließen Delphine trotz ihres heftigen Protestes draußen stehen.

In der Kirche zündeten sie zur Beleuchtung ein paar Opferkerzen an, wobei Karim darauf bestand, diese auch korrekt zu bezahlen, weil alles andere bestimmt Unglück bringe. Dann vollzogen sie im schummrigen Lichtschein die inzwischen routinierten Schritte, um den Steinsarg zu öffnen, ließen den schweren Deckel aber diesmal von Quenot allein anheben.

»Sieht schon ein bisschen mitgenommen aus«, fand Lipaire mit Blick auf Barral.

Petitbon nickte.

»Wobei, für die Hitze geht es eigentlich noch. Unser starker Mann hier macht jedenfalls keinen sehr viel besseren Eindruck.« Dabei zeigte Lipaire auf Quenot, der blass und schwitzend neben ihnen stand. Mit vereinten Kräften hievten sie den Leichnam schließlich heraus. Der Belgier schnaufte dabei, als trügen sie einen Elefanten.

»Geh doch mal zu Delphine, die will bestimmt abgelöst werden«, schlug Petitbon vor. Dankbar wankte der Ex-Soldat hinaus, woraufhin nur wenig später die Frau hereinstürmte.

»Du brauchst uns nicht mehr zu helfen, liebste Delphine, wir machen das schon. Um so etwas musst du dich nicht kümmern.« Lipaire klang nun wieder so wie immer, wenn es darum ging, Kavalier zu spielen.

Doch Delphine schüttelte den Kopf: »Lasst mal die Mama ran.« Sie hockte sich neben den leblosen Körper, den die Männer auf eine der Kirchenbänke gesetzt hatten. »Ich hab damals meine Mutter gepflegt, bis zum Tod. Und Oma haben wir drei

Tage zu Hause aufgebahrt«, sagte sie, während sie begann, die Taschen des Mannes abzuklopfen. »Ich komm schon klar mit so was.«

Das schien zu stimmen, denn sie hatte offenbar keine Scheu, die Leiche genau zu untersuchen, sie mal hierhin, mal dorthin zu drehen und die Körperteile, die ihr dabei gerade im Weg waren, so weit zu verbiegen, bis es lautstark knackte. »Ich bin jetzt keine Ärztin oder so, aber ich finde nichts, woran der gestorben sein könnte. An dem sieht alles noch ziemlich heil aus, wenn ihr mich fragt. Also abgesehen von seinem Allgemeinzustand.« Sie zuckte mit den Achseln und machte weiter.

Lipaire wollte sie schon bitten, doch etwas sorgfältiger mit dem Toten umzugehen, da öffnete sich lautstark eine Tür, und Schritte hallten von den steinernen Wänden wider.

»Abbé!«, rief Guillaume erstaunt aus, als eine Gestalt in den Schein der Kerzen trat und er den Pfarrer erkannte.

»Wer sonst?«

»Was machen Sie denn hier?«

»Die Frage sollte wohl eher ich stellen. Wieso seid ihr schon wieder da? Das war nicht abgesprochen. Und wie seid ihr überhaupt hereingekommen?«

Lipaire hätte ihm das natürlich erklären können, hätte den ausgezeichneten Schlüsseldienst erwähnen können, über den das Städtchen verfügte, der von allem Kopien anfertigte, was man ihm auf den Tresen legte – was gerade für sein Geschäftsfeld unerlässlich war. Doch er vermutete, dass das ihre Lage nicht verbessern würde. »Beten«, antwortete er stattdessen.

»Pardon?«

»Wir sind zum Beten gekommen.«

»Um diese Zeit?«

»Ja. Unser ... Freund hier hat das Bedürfnis danach verspürt.« Er zeigte auf Barral, der zusammengesunken in der Bank hing und notdürftig von Delphine gestützt wurde. »Es geht ihm momentan nicht so gut.«

»Das merkt man.«

»Sehen Sie?«

Der Geistliche schien nachzudenken. »Das kostet extra«, sagte er schließlich.

»Aber das ist doch selbstverständlich, *Abbé*.« Lipaire versprühte so viel Charme wie sonst nur bei Vertreterinnen des weiblichen Geschlechts. »Wir haben auch schon in mehrere Opferkerzen investiert, um ein gutes Wort für seine Genesung bei Ihrem Chef einzulegen.«

»Na gut, dann … soll ich helfen?«

»Helfen?«

»Braucht Ihr Freund geistlichen Beistand?«

Beinahe hätte Lipaire laut gelacht. »Ich glaube, das ist ein bisschen zu spät.«

»Es ist nie zu spät umzukehren.«

»Danke für Ihre Bemühungen. Und jetzt eine gesegnete Nacht.«

»Wie? Ach so, jaja, dann … geh ich mal wieder.« Der Geistliche entfernte sich so schnell, wie er gekommen war.

»Ich hab was«, meldete sich Delphine auf einmal und hielt ihnen stolz einen Schlüsselbund und einen Geldbeutel hin. »Habt ihr anscheinend beides übersehen. Männer!«

Lipaire warf Karim einen schnellen Blick zu, nahm die Sachen an sich und reichte sie dann an den Jungen weiter.

»Wahrscheinlich der Schlüssel zu seinem Boot. Und im Geldbeutel ist nichts, außer ein paar Scheinen«, kommentierte Petitbon.

Delphine streckte die Hand aus. »Die nehm ich.«

»Das geht nicht«, protestierte Karim.

»Wieso denn nicht? Er braucht es sicher nicht mehr.«

»Ja, aber das ist ... Blutgeld oder wie das heißt.«
»Jetzt gib schon her. Für die Kinder.«

Der Junge versicherte sich mit einem Blick zu Lipaire, dass der nichts dagegen hatte, und reichte ihr die Geldbörse. Danach verstauten sie die Leiche wieder im Sarkophag. Bevor die beiden Männer den Deckel zurück in seine Position schieben konnten, langte Delphine in ihre Hosentasche und zog ein kleines Fläschchen hervor. Sie hielt es über das steinerne Grab und drückte mehrmals darauf, dann breitete sich der zarte Duft von Lavendel in der Kirche aus. »Er riecht ein bisschen streng«, kommentierte Delphine, dann verschlossen die Männer das Grab.

Als sie nach draußen kamen, machte Quenot ihnen pantomimische Zeichen, die sie einfach ignorierten. »Alles ruhig hier draußen«, flüsterte er. »Niemand in Sicht gewesen, keine Notwendigkeit zum Eingreifen.«

Lipaire salutierte. »Rührt euch. Und schöne Grüße vom Pfarrer, der uns in der Kirche besucht hat.«

Verwirrt blickte der Belgier sie an. »Ich ... verstehe nicht ganz.«

Petitbon winkte ab. »Vergiss es.«

»Moment mal, da ist doch nicht nur Geld drin.« Delphine hatte ein paar Scheine aus der Brieftasche geholt. »Dazwischen steckt ein Zettel!« Sie faltete ihn auf, und alle beugten die Köpfe über die Bleistiftzeichnung, die darauf zu sehen war. »Was soll denn das sein?«

»Eine Art Schild vielleicht?«, versuchte sich Lipaire an einer Interpretation.

»Hm, kommt mir irgendwie bekannt vor«, murmelte Karim.

»Könnte auch ein Wappen sein«, sagte Quenot.

Da schlug sich der Junge an die Stirn: »Jetzt weiß ich es. Kommt mit.« Petitbon rannte so schnell los, dass sie Mühe hatten, ihm zu folgen. Er eilte über die *Place du Marché* auf die Rialtobrücke zu, und Lipaire fürchtete schon, ihn dahinter zu verlieren. Doch dann blieb Karim mitten auf der Brücke so abrupt stehen, wie er losgespurtet war. Als sie ihn erreicht hatten, blickten sie ihn erwartungsvoll an.

»Wir stehen drauf.«

Lipaire verstand nicht. »Wo?«

»Ich fahr jeden Tag mit dem Taxi drunter durch.«

»Wo durch?«

Karim beugte sich weit über die Brüstung und zeigte auf ein großes Relief, das die Brücke an der Außenseite zierte.

»Ich werd verrückt«, entfuhr es Guillaume, der das Wappen, das dort prangte, auch schon unzählige Male gesehen, ihm aber nie besondere Beachtung geschenkt hatte.

»Das ist es«, kommentierte Quenot.

»Gut, dass wir einen Experten für Heraldik unter uns haben«, ätzte Lipaire in seine Richtung. Dennoch wusste er, dass der Belgier richtiglag: Es war das Wappen, das Barral auf dem Zettel in seinem Geldbeutel mit sich herumgetragen hatte: ein unten spitz zulaufendes Rechteck mit zwei Sternen und dazwischen einer Form, die aussah wie ein umgedrehter Kelch. Oder war es ein stilisierter Fisch? Doch etwas anderes zog seine Aufmerksamkeit noch stärker auf sich: Am unteren Ende des Wappens war eine Art Pfeil, vielleicht auch ein Anker, in den Stein geschlagen. Der fand sich auch auf der Zeichnung. Allerdings nicht das, worauf dieser Pfeil zeigte – eine Banderole mit einem Namen darauf: Roudeau.

»Der Architekt? Was soll das bedeuten?«, fragte Delphine.

Lipaire hatte keine Antwort darauf. Der Architekt hatte sich im Ort auf vielerlei Arten verewigt. Warum sein Wappen jedoch handgezeichnet im Geldbeutel des Toten auftauchte, war ihm ein Rätsel. Ein Rätsel, das zu lösen sich lohnen würde, davon war er immer mehr überzeugt.

Neben ihm leuchtete das Display von Delphines Handy auf.

»Ich schau mir schnell mal die Chats an, die auf dem Telefon des Toten waren.«

»Das haben wir doch gar nicht dabei«, sagte Karim.

»Kein Problem, ich mach immer Sicherungskopien in der Cloud.«

Beeindruckt vom Weitblick der Frau beobachteten die Männer, wie sie auf ihrem Handy herumtippte. »Dachte ich's mir doch«, sagte sie schließlich. »Da ist immer von einem GR die Rede. GR wie …«

»Gilbert Roudeau«, vollendete Karim ihren Satz.

Fragend blickte Quenot in die Runde. »Aber der ist doch schon lange tot. Sogar noch viel toter als Barral. Was kann er denn damit zu tun haben?«

Lipaire zuckte mit den Achseln. »Auch wer schon lange tot ist, kann uns vielleicht weiterhelfen.«

»Wie denn?«

»Wir müssen einfach mehr über ihn in Erfahrung bringen. Wie sagt der *Abbé* immer: Wenn man nur genug über sie weiß, fangen die Toten an, zu einem zu sprechen.«

Helfende Hände

»Hochverehrteste Comtesse Marie, überaus geschätzte weitere Mitglieder der Familie Vicomte, es erfüllt uns mit tiefer Dankbarkeit und ist uns zugleich eine Ehre, uns heute an Ihrem Tisch einfinden zu dürfen.« Louis Valmer beendete seine in salbungsvollem Ton vorgetragene Begrüßung und wartete auf ein Zeichen, Platz nehmen zu dürfen. Seine Frau Antoinette nickte verlegen und deutete einen Knicks an.

Marie brachte dem Paar, das da so unterwürfig vor ihnen stand, keinerlei Respekt entgegen. Wie sollte sie auch, diesen Leuten fehlte es ganz offenbar an jeglicher Selbstachtung. Ständig katzbuckelten sie vor ihnen, erniedrigten sich geradezu. Seit Jahren standen sie und noch ein paar andere in Diensten ihrer Familie: eingefleischte Monarchisten, die den alten Zeiten hinterhertrauerten. Dabei waren sie selbst gar nicht adelig. Die *Monarchistische Bewegung*, wie sie sich selbst nannten, brachte allem, was auch nur annähernd mit Adel oder Royalismus zu tun hatte, glühende Verehrung entgegen. Angeblich hatten sie über ganz Frankreich verteilt eine nennenswerte Anzahl von Mitgliedern, die nur auf den Moment warteten, in dem sie für ihre Sache aktiv werden konnten.

Dennoch hatte Marie keine vernünftige Alternative dazu gesehen, sie zu kontaktieren. Die beiden waren der Kopf der Gruppe, derer sich ihre Familie schon seit geraumer Zeit bediente. Sie hatte sie sozusagen von ihrem Vater »geerbt«. Der sie mit der gleichen Verachtung behandelt hatte wie nun sie. Aber verzichten wollten sie dennoch nicht auf ihre Hilfe, dazu waren sie einfach zu nützlich. Und so hatte Marie sie eingeladen, eigentlich eher zu sich zitiert, um eine kleine Gefälligkeit einzufordern. Denn während sie zusammen mit Henri und Yves auf dem Boot gewesen war, hatte Isabelle auf Instagram eine interessante Entdeckung gemacht: Der verschollene Barral hatte eine Lebensgefährtin. Isabelle hatte sogar herausgefunden, wo sie wohnte. Wenn sich ihre Tochter mit etwas auskannte, dann war das Social Media, dachte Marie nicht ganz ohne Stolz. Da konnte Henri noch so demonstrativ den genialen Ermittler geben – weit kam er damit nicht.

Die neue Erkenntnis hatte sie auf die Idee gebracht, sich bei besagter Freundin nach dem Aufenthaltsort Barrals zu erkundigen. Und da niemand aus der Familie gewillt war, derartige Nachforschungen anzustellen, noch dazu in Toulon, hatten sie auf das Ehepaar Valmer und ihre diskreten und unentgeltlichen Dienste zurückgegriffen.

»Ach, ich bitte Sie«, winkte Marie mit gespielter Bescheidenheit ab, »wir sind doch auch nur eine ganz normale Familie.«

Die Valmers lachten, als habe sie den Witz des Jahrhunderts gemacht.

»Möchten Sie uns bitte kurz berichten, was Sie in Erfahrung gebracht haben?«, bat Henri und bedeutete ihnen, sich zu setzen. Marie entging nicht, dass er der Einzige war, der das Wort »bitte« verwendete, wenn es um diese Leute ging. Am Ende würde er ihnen noch einen Kaffee anbieten und sie zum Mittagessen einladen.

Sie hatten alle an der großen Tafel Platz genommen, sogar Chevalier Vicomte war mit dem Rollstuhl an die Stirnseite geschoben worden und blickte aus erstaunlich wachen Augen in die Runde.

»Natürlich, um zu berichten, sind wir ja hier«, versetzte Louis Valmer dienstbeflissen. »Antoinette, reichst du mir bitte die

Notizen unserer *enquête*? Und die Fotos von Barral, die uns seine Lebensgefährtin, nun ja, überlassen hat?«

»Sofort, Louis.« Sie legte alles auf den Tisch, und alle beugten sich über die Abbildungen, die den Mann zeigten, auf den sie nun schon so lange warteten.

Ob die Valmers Decknamen benutzten?, schoss es Marie plötzlich durch den Kopf. Wahrscheinlich, ansonsten wären ihre Vornamen in dieser Konstellation ziemlich ungewöhnlich. Doch sie fragte nicht nach, denn sie wollte ihnen nicht das Gefühl geben, dass sie sich über sie Gedanken machte.

»Sind das eigentlich Pseudonyme, die Sie verwenden?«, fragte Yves im selben Moment an das Ehepaar gewandt.

Die Valmers brachten nichts als ein schüchternes Lächeln heraus, warfen sich kurz einen Blick zu, dann setzte der Mann an, ohne weiter auf die Frage einzugehen: »Wir konnten die von Ihnen gesuchte Mathilde Fournier dank Ihrer exakten Vorrecherche ausfindig machen. Sie arbeitet als Goldschmiedin in einem kleinen Ladengeschäft für traditionelle Colliers in der Innenstadt von Toulon namens ...« Er fasste nach der schmalen Lesebrille, die an einer Kette vor seiner Brust baumelte, und las den Namen »Orfèvrerie Ducroix« von seinem Notizzettel ab.

Dann übernahm nahtlos seine Frau: »Madame Fournier, eine eher einfache Person, wie ich mir erlaube hinzuzufügen, betreibt in ihrer Freizeit einen kleinen Internetshop, wo sie selbst gefertigten Modeschmuck, vielleicht sollte man es besser Tand nennen, vertreibt. Wenn Sie mich fragen, diese Person ...«

»Unsere Einschätzung über die Dame tut nichts zur Sache, Antoinette«, fiel Louis Valmer seiner Frau ins Wort. »Unser Auftrag war die Recherche, nicht die Analyse.«

»Stimmt, Louis, ich vergaß«, entschuldigte sich die Frau. »Wir suchten sie also an ihrer erwerbsmäßigen Arbeitsstelle auf und fragten nach dem Verbleib ihres Lebensgefährten, Monsieur Barral, doch zunächst wollte sie uns partout keine Auskunft geben.« Sie sah ihren Mann an, und erst als der nickte, sprach sie ein wenig leiser weiter. »Der Zufall wollte es, dass zwei unserer russischen Freunde gerade zu Besuch sind. Wir hatten sie bei unserem Besuch in Toulon als Unterstützung dabei. Die beiden, Vladimir und Sascha, haben ihre ganz besonderen Methoden, Menschen zum Reden zu bringen.«

»Echt?«, hakte Yves ein. »Was machen die denn so?«

»Ich denke, es ist besser, wenn wir nicht in die Details eingeweiht sind«, kam Marie einer Antwort zuvor.

»Sicher wollen Ihre osteuropäischen Freunde auch, dass ihre Privatsphäre und ihr Berufsgeheimnis gewahrt werden«, fügte Henri grinsend hinzu.

»Sicher«, meldete sich Louis wieder zu Wort. »Es geht ja ums Ergebnis, nicht um den Prozess. Nun, nach dem beherzten Eingreifen von Vladimir und Sascha hat die Dame uns bereitwillig Auskunft erteilt. Es scheint, als wisse diese Mathilde Fournier tatsächlich selbst nicht, wo sich Barral im Moment aufhalten könnte. Er sei mit dem Boot weggefahren, das ist ihre letzte Information. Dieser Umstand wird auch dadurch belegt, dass sie bereits die Polizei konsultiert und eine Vermisstenanzeige aufgegeben hat. In Saint-Tropez, nicht in Toulon, wohlgemerkt.«

»Interessant«, murmelte Henri, und auch Chevalier nickte bedächtig.

Tatsächlich war das eine Information, die nicht ganz irrelevant war, fand Marie.

»Im weiteren Verlauf des Gesprächs kamen dann keine bahnbrechenden Neuigkeiten mehr zutage«, vermeldete nun wieder Madame Valmer. »Man hatte unterm Strich durchaus das Gefühl, als sorge sich Madame Fournier ernsthaft um ihren Freund, da sie schon länger nichts von ihm gehört hat.«

»Das könnte natürlich bedeuten, dass ...«, begann Chevalier Vicomte, doch seine Tochter legte ihm schnell die Hand auf den Arm.

»Unsere Schlüsse ziehen wir später, Papa.« Marie stand auf und gab dadurch den beiden Besuchern unmissverständlich zu verstehen, dass ihre Zeit zum Aufbruch gekommen war.

Das Ehepaar erhob sich nahezu synchron, und nachdem beide noch ein gefühltes Dutzend Mal unterwürfig gefragt hatten, ob sie noch irgendetwas für die Vicomtes tun könnten, wurden sie ohne weitere Umschweife hinauskomplimentiert. Yves' dem Ton nach zu schließen ernst gemeinte Bitte, doch noch ein paar *Croissants* und eine *tarte tropézienne* zu besorgen, wurde von seiner Tante kurzerhand als Scherz abgetan.

»Besser, wenn wir unter uns sind für die Analyse der neuen Lage«, sagte Marie erleichtert, als sie schließlich alle wieder um den Tisch saßen. Sie fühlte sich immer unbehaglich in Gegenwart dieser Leute.

»Wäre doch praktisch gewesen, mit der Bäckerei. Ich hätte allmählich Hunger«, insistierte Yves.

»Musst du eigentlich ständig ans Essen denken? Geh zum Kühlschrank, oder besorg dir etwas auf dem Markt«, zischte Marie genervt, bevor sie sich wieder an ihren Vater wandte. »Du wolltest etwas sagen, Papa?«

»Ja, allerdings. Etwas Wichtiges. Aber inzwischen habe ich es leider vergessen, mein Engel«, sagte Chevalier leise und deutete ein Achselzucken an.

»Es fällt dir bestimmt wieder ein. Wie sehen die anderen das Ganze?«

»Interessant, dass Barrals Freundin schon die Polizei eingeschaltet hat«, fand Yves.

Isabelle nickte. »Stimmt. Wenn es gut läuft, finden die ihn für uns. Onkel Henri, kannst du dich nicht mal erkundigen, wer dafür bei den *flics* zuständig ist? Du als Krimischreiber hast doch sicher Connections.«

Marie war zufrieden. Die gemeinsame Sache schweißte die Familie wenigstens ein bisschen zusammen. Derart konstruktive und konfliktarme Gespräche hatten sie schon lange nicht mehr geführt.

»Liebe Isabelle, ich bevorzuge die Bezeichnung *Schriftsteller*, wenn es sein muss auch *Autor*. Als *Schreiber* würde ich allenfalls noch einen Verkehrsüberwacher bezeichnen. Na ja, die literarische Welt ist vielleicht auch nicht so dein Metier.«

Marie revidierte ihr Urteil über die Familie gleich wieder. »Hast du nun Beziehungen oder nicht, Henri?«, versuchte sie, das Gespräch auf eine sachliche Ebene zurückzubringen.

»Sicher, ich kenne Leute bei den *flics* in Saint-Tropez, die mir Auskunft geben könnten.« Er lächelte überlegen.

Ihr Halbbruder wollte sich wieder einmal bitten lassen.

»Dann ruf sie doch gleich an, Junge«, tat ihm sein Vater den Gefallen, bevor er in einen derart heftigen Hustenanfall ausbrach, dass die Pflegerin aufgeregt und mit wedelnden Händen von der Terrasse hereingelaufen kam.

Henri zog sein Handy aus der Hosentasche, wählte eine Nummer, dann hielt er es sich ans Ohr und erkundigte sich nach einer knappen Begrüßung, wer sich in Saint-Tropez um Vermisstensachen kümmere. Man hörte, dass jemand antwortete, dann brach er in schallendes Gelächter aus. Als er aufgelegt hatte, sahen ihn lauter fragende Gesichter an.

»Wir werden ihn leider selbst suchen müssen«, sagte Henri, als er sich wieder gefangen hatte.

»Warum? Sag schon, was ist denn?«, drängte Marie.

»Ausgerechnet *commissaire* Marcel nimmt sich bei denen der Vermisstenanzeigen an.«

»Und was heißt das?«

»Der Typ ist zwar ständig auf der Suche, aber leider nur nach irgendwelchen Weibern, denen er mit seiner Knarre und ein paar erfundenen Gangstergeschichten imponieren kann. Von dem ist nichts zu erwarten. Aber immerhin auch nichts zu befürchten.«

Bureau de Tabac

Guillaume Lipaire verspeiste im Stehen das letzte Stück seines Mittagessens vom Markt, einer *pissaladière*, des legendären Zwiebelkuchens aus Nizza mit Sardellen und Oliven, dem er eigentlich nicht viel abgewinnen konnte. Aber die Leute hier liebten ihn nun einmal, und wenn man wirklich dazugehören wollte, tat man einfach so, als schmecke es. Dabei musste er an die Worte seiner Großmutter denken. Die hatte ihn immer mit schrecklich versalzenen Speisen gefüttert, und wenn er sich weigerte, sie zu essen, pflegte sie zu sagen: »Der Hunger treibt's rein, der Ekel schiebt's runter, und der Geiz behält's drin.«

Als er fertig war, wischte er sich die öligen Hände an seinem Stofftaschentuch ab, brachte nach mehreren Anläufen eine Zigarre zum Brennen und blies den Rauch in die Luft dieses überaus angenehmen Junitages.

»Na, dann sind wir zwei Hübschen heute wohl das deutschfranzösische Dream-Team, was, Guillaume?«

Aus zusammengekniffenen Augen betrachtete er Delphine, die in Spaghettitop und viel zu engen Leggings vor ihm stand. Sie hatte weder das geringste Gefühl für Stil, noch vermochte sie, etwas aus sich zu machen. Dafür beherrschte sie die Sache mit den Handys aus dem Effeff.

Eigentlich war es ihm nach wie vor ein Dorn im Auge, dass die Gruppe auf eine derartige Größe angewachsen war. Er und Karim – das war alles, was er gebraucht hätte. Aber nun hatte das Schicksal sie auf verschlungenen Wegen mit Quenot, Delphine und Jacqueline zusammengeführt.

Vielleicht sollte es so sein. Denn auch wenn es ihm schwerfiel, das zuzugeben, hatte es sich ja bereits mehrfach als nützlich erwiesen, dass die Dicke und der Muskelprotz mit von der Partie waren. Was den Belgier betraf, hatte er aus persönlichen Gründen natürlich die größeren Vorbehalte. Es blieb die Hoffnung, dass sich ihre Zwangsgemeinschaft bald wieder auflösen würde. Zum einen würde die Belohnung am Ende größer ausfallen, je weniger sie waren. Zum anderen hatte er sich in seinem neuen Leben inzwischen gut eingerichtet. Bedarf an einer Ersatzfamilie hatte er keinen. Er war zwar durchaus ein geselliger Mensch und fand schnell Anschluss. Das war nicht das Problem. Aber es gab Dinge, die regelte man besser allein. Dass er Delphine so schnell wieder würde loswerden können, bezweifelte er allerdings.

»Na, überlegst du, wie du mich am besten wieder loswirst?«

Sie war nicht nur stur, sondern auch schlau, musste Lipaire zugeben. »Aber ich bitte dich, meine Liebe. Ohne dich und deine legendären Fertigkeiten wäre ich aufgeschmissen.«

Das war zwar übertrieben, aber einen wahren Kern hatte die Aussage doch. Er würde sicher schneller vorankommen, wenn sie ihm half. Karim hatte Taxidienst, und von Quenot vermutete er, dass er in seinem Leben noch kein Buch zu Ende gelesen hatte. Doch genau darum ging es heute: Bücher. Er blickte auf das Schild des Ladens am Fuße der Rialtobrücke, vor dem er auf seine Begleiterin gewartet hatte. Auch wenn er *Tabac du Soleil* hieß und ein Schriftzug am Eingang die Touristen mit den Worten *Here Cold Drinks* anzulocken versuchte – er war auch der einzige Buchladen im Ort. Zumindest das, was einem Buchladen am nächsten kam.

Lipaire nahm noch ein paar letzte, hastige Züge von seiner Zigarre, dann schnippte er sie ins Wasser des Kanals. »Gehen wir.«

In dem Geschäft, das viel größer war, als es von außen wirkte, wurde man beinahe erschlagen von der Auswahl an billigem, buntem Krimskrams. Von lavendelverzierten Handyhüllen über Selfiesticks bis zu Sonnencreme gab es alles, was für Urlauber hier lebensnotwendig zu sein schien. Nur Bücher sah er nicht.

»*Merde*, gab es hier früher nicht auch mal was zu lesen?«, brummte er.

Delphine zeigte auf die Tageszeitungen in verschiedenen Sprachen, die neben dem Holzaufsteller mit Porzellanfiguren von Louis de Funès in seiner *flic*-Uniform aufgereiht waren.

»Du weißt, was ich meine. Bücher. Das sind so Dinger zwischen zwei Pappkartondeckeln ...«

»Wie lange trägst du den Witz schon mit dir rum?«, konterte sie. Dann bedeutete sie ihm, ihr zu folgen, und ging durch Regalreihen voller Tischdecken mit Motiven der Provence in den hintersten Teil des Geschäfts. »Siehst du?«

Er nickte. Hier befand sich die überschaubare Leseecke. In einem Metallgestell standen jede Menge Schmöker für den Strand, darunter sogar Titel deutscher Krimiautoren, von denen Guillaume jedoch noch nie gehört hatte. Und tatsächlich: Ein paar Plätze waren auch von Büchern über die Region und die Stadt belegt. Dort würden sie bestimmt auch Fachliteratur über Gilbert Roudeau, den Architekten, finden. Lipaire spürte, wie das Jagdfieber von ihm Besitz ergriff, und nahm das erste Buch zur Hand.

Eine Viertelstunde später machte die Aufregung jedoch Ernüchterung Platz. Sie hatten alles durchgeblättert, was es in dem Geschäft über die Stadt und ihre Architektur zu finden gab, jedes Buch in der Hand gehabt, Titel wie *Port Grimaud – Perle an der Côte d'Azur* oder *Eine Stadt in Azurblau* durchforstet. Sogar einen Kalender mit der Aufschrift *Lavendelzauber* hatte er in seiner Verzweiflung durchgesehen. Doch alles, was sie über den Architekten fanden, waren oberflächliche Fakten, gepaart mit klischeehaften

Sätzen wie *Roudeau, eine Legende der mediterranen Architektur*. Wahrscheinlich würden sie in den kostenlosen Makler-Prospekten, die an jeder Ecke angeboten wurden, bedeutend mehr nützliche Informationen finden.

»Hast du irgendwas Brauchbares?«, fragte er Delphine.

Doch die blickte genauso verzweifelt drein wie er. »Vielleicht fragen wir mal«, schlug sie vor.

Skeptisch blickte er in Richtung Verkäufer, der in einem fleckigen Polohemd hinter der Kasse stand und sich von einem Ventilator anwehen ließ. Er kannte den Mann, weil er bei ihm mangels Alternative seine Zigarillos kaufte, war aber auch im Lauf der Jahre nicht recht warm mit ihm geworden. Vielleicht auch deshalb, weil er sich der Gepflogenheit des Anschreibens hartnäckig verweigerte und stattdessen auf sofortiger und vollständiger Bezahlung seiner Waren bestand.

»Ach, sieh an, der Deutsche«, begrüßte ihn der Ladenbesitzer und schob dann wortlos eine dunkelblaue Schachtel mit der Aufschrift *Hédon* über den Tresen. Lipaires Lieblingssorte.

»*Salut*, Georges. Keine Rillos heute, ich bin noch versorgt. Aber wir suchen ein Buch, wo was Vernünftiges über den Architekten Roudeau drinsteht. Vielleicht eine Biografie?«

Der Mann blickte zwischen den beiden hin und her, dann brach er in lautstarkes Gelächter aus. »Ihr sucht ... eine ... Biografie?«, presste er hervor. »Ja, ja, sicher, schaut doch mal neben der Jura-Abteilung direkt hinter dem Philosophie-Regal.«

Es kostete Lipaire Mühe, sich eine böse Replik zu verkneifen. Gerade als er sich abwenden wollte, ertönte hinter ihm eine näselnde Stimme: »Kann ich Ihnen vielleicht helfen?«

Lipaire erstarrte. Er kannte die Stimme. Langsam drehte er sich um. »*Commissaire* Marcel, was für eine Überraschung.«

Auch Delphines Augen weiteten sich. Ganz offensichtlich wusste auch sie, wen sie da vor sich hatten.

»Ach, kennen wir uns?«, fragte der Polizist, der sein Haar wie immer nach hinten gegelt und sein Hemd einen Knopf zu weit offen hatte.

»Wer kennt Sie nicht?«, entgegnete Delphine, um dann sofort auf ihr Thema überzuleiten. »Wissen Sie denn mehr über die Lokalgeschichte?«

»Lokalgeschichte? Durchaus, durchaus«, näselte der Polizist. »Ich kann ein vortreffliches Buch über die regionale Küche empfehlen. Inklusive Rezepten. Jedes mit einer begleitenden Weinempfehlung. Darin habe ich einen vorzüglichen Dessertwein entdeckt, den ich sehr …«

»Nein, so was suchen wir nicht«, unterbrach sie ihn. »Wir sind eher interessiert an etwas über … Roudeau.«

»Den Architekten?« Er kniff seine sowieso schon kleinen Augen noch mehr zusammen. »Ich habe Roudeau selbst einmal kennengelernt, wussten Sie das?«, sagte er mit stolzgeschwellter Brust.

»Das gibt's ja nicht.« Delphines gespielte Bewunderung war derart übertrieben, dass Lipaire sicher war, der Kommissar würde es durchschauen.

»Nun, meine Liebe, ich würde nicht so weit gehen zu behaupten, wir seien Freunde gewesen, aber wir schätzten uns gegenseitig sehr. Als ich Anfang 2000 hierherkam …«

… war Roudeau schon ein Jahr tot, vollendete Lipaire *commissaire* Marcels Satz in Gedanken. Die Lebensdaten des Architekten hatte er in der letzten halben Stunde so oft gelesen, dass er sie parat hatte. Deswegen hörte er den selbstgefälligen Ausführungen des Polizisten gar nicht mehr zu. Erst als dieser die zahlreichen Geliebten erwähnte, die der Stadtplaner und Lebemann offenbar gehabt hatte, wurde er wieder aufmerksam. Das war ein Thema, das ihn interessierte. »Aber er war doch verheiratet, oder?«, fragte er nach.

»Sicher, sicher, das war er. Aber er betrachtete sich als Geschenk an die gesamte Damenwelt, da wollte er sich eben nicht beschränken.«

Genau wie du, dachte Lipaire. »Sehr interessant, vielen Dank, *Monsieur le Commissaire*«, versuchte er, dessen Vortrag zu beenden. Der nötigte ihnen aber noch ein Buch auf, das die besten Restaurants in Port Grimaud zum Thema hatte und von seinem Schwager verfasst worden war. Als ob Lipaire die nicht selbst kannte. Dennoch wollte er dem Polizisten diese Empfehlung lieber nicht ausschlagen, und so zählte er dem grinsenden Verkäufer das Geld in die Hand.

Als sie den Laden verlassen hatten, setzten sie sich jeder auf einen der Poller, die die Autos an der Fahrt über den Marktplatz hinderten. »Das war wohl nichts«, seufzte Guillaume. »Willst du das Buch?«

Delphine winkte ab. »Sehe ich so aus, als könnte ich mir ständig Essen im Restaurant leisten?«

Er beantwortete ihre Frage nicht. Stattdessen dachte er laut nach. »Hier in Port Grimaud werden wir nichts finden. Aber es muss doch was über Roudeau geben. Der war ja nicht irgendwer, sondern eine Legende unter den Architekten. Und immerhin mit *commissaire* Marcel befreundet, wie wir jetzt wissen.«

Sie lachten.

»Wir bräuchten etwas, wo es richtige Fachliteratur über Architektur gibt. Vielleicht in einer Universität? Nur, wie Studenten sehen wir beide ja nun wirklich nicht aus.«

Delphine grinste, dann schnalzte sie mit der Zunge. »Ich hätte da so eine Idee ...«

#5 Jacqueline Venturino

»Ach, auf einmal kann man mich doch wieder brauchen?«

Jacqueline Venturino schob sich die Brille ins Haar. Sie konnte sich nur mit einem Ohr der Unterhaltung mit Karim Petitbon widmen, der an der offenen Seitentür der schmalen Eisdiele stand, weil sie im Moment gleich zwei kleine Kundinnen hatte. Und die gingen vor. Die beiden Mädchen hatten jeweils drei Kugeln bestellt, die Jacqueline auf der Waffel zu einer Rose anordnen und obendrein mit Gebäck versehen musste. Und das würde sie ganz in Ruhe tun, Karim hin oder her.

»Welches Macaron möchtet ihr denn?«

»Vanille für mich und Pistazie für meine Schwester, s'il vous plaît«, vermeldete die Größere der beiden. Man hörte ihr an, dass sie sich die Vokabeln aus ihrem Schulfranzösisch vorher sorgfältig zurechtgelegt hatte. Jacqueline zwinkerte ihr zu und drapierte noch eine kleine Extraportion Sahne auf der Waffel.

Nachdem die beiden Kinder freudig abgezogen waren, reinigte sie im Spülbecken erst den Spatel, mit dem sie das Eis drapierte, dann füllte sie in das große Glas ein paar Plastiklöffel nach. Erst danach wandte sie sich ihrem Besucher zu, es war sowieso Zeit für eine kleine Mittagspause. Mit gespielter Kühle in der Stimme erklärte sie: »Mal ehrlich, Karim: Erst bestellst du mich zum *Château*, und dann informiert mich keiner über eure Aktion in der Kirche. Wenn ihr mich nicht dabeihaben wollt, sagt es einfach. Ist kein Problem, ich habe genügend andere Sachen zu tun.«

Das war schlicht gelogen. Jacqueline fand das, was sie oben in der Ruine gehört hatte, mehr als spannend. Nie im Leben würde sie klein beigeben und sich noch einmal rausdrängen lassen, bloß weil die anderen sie nicht beteiligen wollten. »Man gibt einer Frau nicht das Gefühl, überflüssig zu sein. Klar?«

Petitbon riss die Augen auf. »Überflüssig? Jacky! Wenn eine an der ganzen Côte d'Azur, ach was, in ganz Frankreich nicht überflüssig ist, dann bist du es.«

Jacqueline stutzte. Sollte das ein Kompliment sein? Wenn ja, könnte sie durchaus in Erwägung ziehen, sich ein wenig geschmeichelt zu fühlen. Nicht dass sie Interesse an Karim hatte, das nicht. Überhaupt nicht. Auch wenn er ein netter Kerl war, sympathisch und in seiner manchmal etwas tapsigen Art ganz süß. Papa würde das allerdings ganz und gar nicht passen: die Tochter des Bürgermeisters und der Wassertaxifahrer. Noch dazu, wo Karim ein *beur* war. Pierre Venturino betonte zwar immer wieder, prinzipiell nichts gegen Leute nordafrikanischer Herkunft zu haben, dennoch machte er lieber einen Bogen um sie. Ein weiterer Punkt, der für Karim sprach. Außerdem konnte er segeln wie ein junger Gott, und ziemlich trainiert war er obendrein. Das war ihr schon öfter aufgefallen, wenn sie ihn in Shorts oder in Badehose am Strand gesehen hatte. Sein Lächeln hatte auch etwas, und als sie da im Turm der Ruine gestanden hatten ...

»Also, jetzt nicht für mich speziell, aber eben für die Sache. Da bist du jedenfalls nicht überflüssig.«

Seine Fähigkeit zu flirten war allerdings noch ausbaufähig. Jacqueline zog die Brauen hoch und sah ihn abwartend an.

»Also, für mich auch, irgendwie, weil ...« Er stockte, wusste ganz offensichtlich nicht mehr, wie er seinen Satz zu Ende bringen sollte.

Doch Jacqueline hatte nicht vor, ihm aus dieser Situation herauszuhelfen. Sollte er ruhig noch ein wenig rumstöpseln. »Weil?«, fragte sie nach einer Weile herausfordernd.

»Weil ... du so tolle Eisrosen machen kannst.«

Sie stand ja nun wirklich nicht auf abgedroschene Macho-Anmachsprüche, aber was war das denn bitte? »Was willst du von mir, Karim?« Sie sah, wie Petitbon auf einmal rot wurde.

»Ich ... also ... du meinst, was ich ...«

»Du hast doch vorhin gesagt, ich soll für euch was recherchieren«, half sie ihm auf die Sprünge.

Er lachte verlegen. »Ach, das meinst du! Ja, klar, also, das will ich von dir. Dass du dich mal in der Bücherei von deiner Uni, dass du dich da über den Architekten, der das alles hier gebaut hat, erkundigst. War Delphines Idee. Kannst du uns die Infos bis heute Abend besorgen?«

»Ach, und dich haben sie vorgeschickt, um es mir zu sagen?«

Wieder rang Karim nach Worten.

»Klar, kann ich machen. Warte mal kurz.« Jacqueline deutete auf den nächsten Kunden, der eben auf die Eisdiele zukam, die sich im Inneren des Torbogens befand, der auf die Rialtobrücke führte. Alle Besucher und auch die *résidents*, die ins Zentrum wollten, mussten hier vorbeilaufen, eine absolute Premium-Lage, die ihrem Chef hohe Umsätze, ihr allerdings auch einen Haufen Arbeit in ihrem Aushilfsjob bescherte. Jetzt hatte der junge Mann die Eisdiele erreicht. Er war vielleicht Mitte zwanzig, trug Flip-Flops, Tanktop und eine ziemlich schräge Batikhose. Schrabbeliger VW-Bus auf irgendeinem Stellplatz, mutmaßte Jacqueline. Er sah kurz in die Auslage, dann hob er den Kopf und sagte: »Salut! Sag mal, wie ist denn die Qualität von deinem Zeug so?« Dabei kratzte er sich am Kopf.

Jacqueline lächelte ihn wissend an und zog die Schublade mit ihrem Spezialangebot auf. Dann lehnte sie sich, so weit es ging, über den Tresen und flüsterte. »Bis jetzt hat sich keiner beschwert. *Greenleaf?*«

»Ist das das Beste?« Ihr Gegenüber runzelte die Stirn.

»Weit und breit. Wie viel?« Sie sah die Päckchen in der Schublade durch. Ihrem Lieferanten Paul Quenot hatte sie beigebracht, seine Lieferungen vorher exakt abzuwiegen und in kleine Tütchen zu füllen, die den gängigsten und von ihren Kunden am meisten gewünschten Mengen entsprachen. Und das Zeug war wirklich gut, sie rauchte es selbst ab und zu.

»Also, ich nehm doch lieber Pistazie und Mango und dazu noch …«

Jacqueline biss sich auf die Lippe. Was war denn jetzt los? Hatte er nicht eben nach »ihrem Zeug« gefragt? Und jetzt wollte er auf einmal nur Eis? Obwohl er aussah, als rauche er im Monat eine halbe Plantage allein weg?

»Okay, verstehe.« Sie schob die Schublade mit den Tütchen wieder zu und griff zum Portionierer. »Beste Qualität, unser Eis. Wenn ich dir was empfehlen kann: Nimm entweder provenzalische Rose oder Lavendel. Das sind auch meine Favoriten.«

»Okay. Beide.«

Der VW-Bus-Fahrer reichte ihr einen Fünfer über den Tresen. Jacqueline gab ihm die Eiswaffel, wünschte ihm einen chilligen Urlaub und wollte sich eben wieder Karim zuwenden, der ein wenig abseits auf dem Handy herumtippte, da ließ sie auf einmal eine donnernde Stimme hinter sich zusammenfahren.

»Ich habe dich beobachtet, junge Dame!«

Sie wurde kreidebleich. *Merde*, was wollte der denn hier? Und vor allem: Wie lange hatte er schon hinter ihr gestanden? Jetzt würde alles auffliegen! Sie holte tief Luft, schloss die Augen, drehte sich um und sagte mit gefrorenem Lächeln: »Papa, das ist ja mal eine Überraschung! Wie kommst du denn überhaupt hinter den Tresen?« Mit einer Hand kontrollierte sie, ob sie die Schublade auch wirklich ganz zugeschoben hatte.

»Ich bitte dich, der Bürgermeister kommt überall rein«, sagte Pierre Venturino mit breitem Lächeln und küsste seine Tochter auf beide Wangen. »Ich wollte dich eigentlich zum Mittagessen abholen, mein Engel. *Maman* hat Hühnchen gemacht. Kannst du denn gleich weg hier? Wenn sie schon mal kocht, ich meine ...«

»*Désolée*, Papa. Ich hab hier noch Schicht, und danach muss ich schleunigst an die Uni.«

Enttäuscht stieß ihr Vater die Luft aus. »Ich bin sowieso nicht begeistert, dass du hier stehst und Eis verkaufst. Du als Tochter des ...«

»Des Grafen von Monte Christo?«, wandte sie augenzwinkernd ein.

»Du weißt genau, was ich sagen will. Und deine Mutter sieht das nicht anders.«

Jacqueline zog die Brauen hoch. Ja, auch *maman* war gegen ihren Nebenjob im Eiscafé. Aber immerhin unterstützte sie ihr Schauspielstudium an der Uni in Cannes. Vor allem, weil sie selbst in ihrer aktiven Zeit schon einige größere Rollen in französischen Filmen gespielt und einmal sogar einen kleinen Auftritt in Hollywood gehabt hatte. Aber diese Zeit war lange vorbei, irgendwie hatte sie den Anschluss verpasst. Und nun sollte das Schauspielgen eben in ihrer Tochter weiterleben. »Papa, darüber brauchen wir nicht zu diskutieren. Ich mach das gern, und damit basta. Sei doch froh: Ich kann mir hier mein eigenes Geld verdienen und lieg nicht meinem Alten auf der Tasche wie die meisten anderen von der Uni.«

»Deinem Alten«, wiederholte Pierre Venturino empört. »Wie das klingt!«

Sie wollte eben etwas Versöhnliches erwidern, da lief einer ihrer Stammkunden vorbei, der wie immer etwas zu fein gekleidete Bootsmakler Jean, der vorn am Kai neben dem *Café Fringale* seine Agentur betrieb. Er hob lächelnd die Hand zum Gruß und rief: »Jacky, das Zeug neulich war der Hammer! Eins-a-Qualität. Hast du noch was davon?«

Jacqueline schüttelte den Kopf: »Danke, Jean, aber ist grad aus. Morgen.«

Der Mann nickte und ging weiter. Auch Karim war verschwunden. Wahrscheinlich musste er zurück zu seinem Taxi.

»Respekt, mein Engel. Vielleicht muss ich mein Urteil ja doch revidieren«, sagte ihr Vater sanft und legte seiner Tochter eine Hand auf die Schulter. »Du scheinst deine Sache hier gut zu machen. Die Kunden sind begeistert von deiner Arbeit, und das, obwohl du die Ware ja nicht einmal selbst herstellst.«

Jacqueline grinste. Ausgerechnet für das verkaufte Gras bekam sie ein Lob ihres Vaters. Doch dann fügte er an: »Selbst etwas völlig Stupides wie den Verkauf von Halbgefrorenem muss man eben ernst nehmen.«

Sie nickte nur.

»Dann lasse ich dich jetzt wieder arbeiten und werde das Poulet eben nur mit deiner *maman* essen.« Ihr Vater küsste sie auf die Stirn. Bevor er die Eisdiele verließ, sagte er noch: »Hoffentlich ist es nicht wieder so schrecklich verkocht wie sonst.«

Im Schatten der Brücke

»Karim, wir müssen reden.«

Lipaire hatte bereits auf den Jungen gewartet, als der sein Schiff am Kai neben dem *Fringale* festmachte, sein Pausenschild daran befestigte und an Land sprang. Für das nun folgende Gespräch hatte sich der Deutsche extra seinen alten Panamahut und eine Sonnenbrille aufgesetzt, um mehr Autorität auszustrahlen. Er fühlte sich ein bisschen wie der Pate aus dem Film.

»*Salut*, Guillaume. Eigentlich wollte ich noch mal kurz zu Jacqueline, ich hatte vorher keine Gelegenheit, mich zu verabschieden ...«

»Ach was, wir sehen sie ja heute Abend. Und darüber wollte ich sowieso mit dir reden. Unter anderem.«

Karim zuckte mit den Schultern. »Okay, sollen wir dann schnell einen Kaffee zusammen trinken?«

Lipaire schüttelte langsam den Kopf und bedeutete Karim, ihm zu folgen. Sie überqueren die Brücke in Richtung der *Rue de L'Octogone* und bogen dahinter rechts auf die kurze Treppe ab, die zum Kanal hinabführte. Hier gab es unter dem Brückenbogen, direkt am Kai, eine schattige Bank, die kaum jemand kannte, die Lipaire jedoch schon das eine oder andere Mal genutzt hatte, um eine Zigarre zu rauchen und über sein Leben nachzudenken, Geschäftspartner zu treffen – oder sich ungestört mit neuen Liebschaften unterhalten zu können.

Karim kratzte sich am Kopf, lächelte sein Gegenüber unsicher an und nahm schließlich auf der hölzernen Bank Platz. Lipaire setzte sich ebenfalls, ohne jedoch Hut und Sonnenbrille abzunehmen. Der Junge sah ihn mit hochgezogenen Brauen an.

»Wie gesagt, es gibt eine Sache, die besprochen werden muss, Karim.«

»Was wird das eigentlich hier? Spielst du jetzt den Paten, oder wie?«, fragte Karim mit unsicherem Lachen.

»Nein, nach Spielen ist mir nicht zumute. Ganz im Gegenteil sogar.«

»Sagst du mir jetzt endlich, was los ist?«

Guillaume zog eine Metallhülse aus seiner Hosentasche, holte die darin befindliche Zigarre heraus und zündete sie sich mit dem Feuerzeug in aller Ruhe an. Der Junge sollte ruhig noch ein wenig zappeln. »Ich dachte, ich hätte dir wenigstens die wichtigsten Prinzipien für ein erfolgreiches und sorgenfreies Leben beigebracht«, begann er schließlich bedeutungsschwer und ließ den Rauch aufsteigen. Er versuchte, ein paar Kringel in die Luft zu blasen, doch das misslang ihm, also fuhr er schnell fort: »Dazu gehört, neben Pünktlichkeit, Disziplin, nicht zuletzt, sondern sogar allen voran ...«

»... nicht schlampig in den Details zu werden«, vollendete Karim gelangweilt den Satz.

»Das ... auch, aber ich meine die Diskretion. Gerade in dem Gewerbe, in dem wir uns hin und wieder bewegen, ist sie sogar unerlässlich. Verstehst du das?«

Karim nickte. »Ist ja auch mein Gewerbe.«

»Gut. Ohne Diskretion können wir nie sicher sein, dass wir nicht auffliegen, bei unseren Extratouren. Wenn wir nicht sicher sein können, können wir nicht mehr ruhig schlafen, das wiederum macht uns fahrig und nervös. Und was passiert dann?«

Karim schien angestrengt nachzudenken. »Dann bauen wir Unfälle mit dem Boot?«

Lipaire atmete tief durch. »Wir begehen Fehler. *D'accord?*«

»*Oui*«, gab Karim kleinlaut zurück.

Lipaire sah, wie ihm allmählich dämmerte, worum es im weiteren Gespräch gehen würde. »Schön. Findest du also, du hast dich durch Diskretion und Verschwiegenheit ausgezeichnet, in letzter Zeit?«

»Na ja, ich hab doch ziemlich ...«

»Ja?« Guillaume merkte, dass der Junge sich herausreden wollte. Aber das hier war ernst.

»Nein, finde ich nicht.«

»Und deswegen wird von der Million nur ein Bruchteil für uns übrig bleiben. Weil wir immer mehr werden.«

»Das mit der Million weißt du doch gar nicht.«

»Umso schlimmer, falls es sogar noch weniger ist.«

»Stimmt auch, irgendwie«, gab Karim zu.

»Siehst du.«

»Klar. Tut mir auch leid. Aber du hast doch selber gemerkt, dass sich Paul nicht hat abweisen lassen. Und Delphine hat eben ihre eigenen Schlüsse gezogen. Das ist ja nicht meine Schuld, oder?«

»Aha. Und was ist mit der Kleinen?«

»Jacqueline?« Karim lief rot an.

»*Exactement.*«

»Es war einfach ... ich wollte ja gar nicht ...«

»Du wolltest sie beeindrucken und hast deshalb vor ihr angegeben.«

Der Junge senkte den Kopf.

»Wenn du ein Mädchen beeindrucken willst, dann sei charmant, gib ihr das Gefühl, etwas Besonderes zu sein, etwas, was die Welt noch nicht gesehen hat. Hast du nie aufgepasst, wenn ich mit einer Frau rede?«

»Doch, schon. Aber, ehrlich gesagt, das wirkt schon manchmal ein bisschen übertrieben, und ich glaube auch nicht, dass moderne Frauen da so drauf...«

Lipaire winkte ab. »Jedenfalls sollst du nicht angeben, hörst du? Das hat noch nie jemanden weitergebracht, sondern macht nur Schereien.«

»Immerhin hat Jacky verdammt viel über die Vicomtes gewusst, über die Geschichte der Gegend und über unser Städtchen hier.«

Natürlich hatte sie das. Und auch Delphines Fähigkeiten konnten ihnen nützlich sein, vielleicht sogar Paul Quenots schiere Muskelkraft. Aber hier ging es ums Prinzip. Und möglicherweise um ein paar Hunderttausend Euro.

»Ja, das war blöd«, begann der Junge nach einer längeren Pause. »Wollen wir dann einfach wieder zu zweit weitermachen?«

»Wie stellst du dir das vor? Die anderen wissen doch über alles Bescheid und werden sich kaum mit ein paar netten Abschiedsworten abspeisen lassen. Nein, jetzt müssen wir es so durchziehen, wie es nun mal ist. Aber wir brauchen nicht noch mehr Mitwisser. Ist das klar?«

»Klar.«

»Und du hast was gelernt?«

»Logisch, hab ich, Guillaume.«

»Was?«

»Na ... ich meine«, Karims Miene hellte sich auf, »dass Jacky weiter dabei sein kann?«

Lipaire stieß entnervt den Rauch seiner Zigarre aus.

»Ab jetzt erfährt niemand mehr was von mir. Versprochen.«

Guillaume klopfte ihm auf die Schulter und stand auf. »Bist ein guter Junge. Aber du musst eben auch noch viel lernen. Sei froh, dass du einen weisen Freund wie mich an deiner Seite hast.«

Bootspartie

Etwa fünf Stunden, nachdem sie losgefahren war, befand sich Jacqueline Venturino wieder auf dem Rückweg von der Universitätsbibliothek in Cannes. Natürlich hatte sie letztlich in Karims Bitte eingewilligt – aber nicht, weil sie ihm oder den anderen einen Gefallen tun wollte. Nein, sie arbeitete auf eigene Rechnung.

»Putain!«, schimpfte sie, als sie in Sainte-Maxime auf die Uferpromenade abbiegen wollte. Einer dieser idiotischen deutschen Wohnmobilfahrer wollte sie partout nicht einfädeln lassen. Dabei würde sie mit ihrem Motorroller sowieso gleich an der täglichen Feierabend-Blechlawine zwischen hier und Saint-Tropez vorbeiziehen. Wer einigermaßen Hirn hatte, war auf zwei Rädern unterwegs – oder gleich auf dem Wasser. Jacqueline war stolz auf ihren fahrbaren Untersatz. Sie hatte ihn sich von ihren Einkünften gekauft. Den Einkünften aus ihrem Drogenverkauf. Ihr offizieller Job in der Eisdiele hatte ihr immerhin den Erwerb eines Helms und eines praktischen Topcases ermöglicht, in dem sie ihre Studienunterlagen, ihre Grasvorräte und allerlei Krimskrams verstaute. Und heute eben die Ergebnisse ihrer Recherche in dieser besonderen Sache. Dabei war sie auf einige überraschende Details gestoßen, die die anderen bestimmt sehr interessant finden würden.

Als sie sich zwischen einen Lkw und ein monströses SUV mit aufgeklebten Totenköpfen und der Aufschrift »*Roberto Geissini*« gequetscht hatte, scherte sie sofort nach links auf die Gegenfahrbahn der Küstenstraße aus und setzte zum Überholmanöver an, natürlich nicht, ohne den gestreckten Mittelfinger für den Wohnmobilfahrer zu vergessen. Sie hatte es eilig, um halb acht traf sich die Gruppe auf Karims Boot – und alle warteten sicher sehnsüchtig auf ihre Ergebnisse.

»Ich hab zusammen mit den Kindern Sandwiches vorbereitet. Wer mag was? Ich hätte im Angebot: Schinken-Käse, Artischocke-Thunfisch-Ei, Ziegenkäse-Feige und gegrilltes Gemüse. Und jeder kann sich eine Packung Saft nehmen, die Kinder bringen den immer aus der Schule mit. Gibt es da umsonst, mehr oder weniger …« Delphine stellte ihren Plastikkorb auf eine der Sitzbänke des Wassertaxis und griff sich selbst das größte der belegten Brote.

»Sehr schön, danke, Delphine! Essen und Trinken hält Leib und Seele zusammen«, tönte Guillaume Lipaire überschwänglich und zog sich ebenfalls eines der Sandwiches heraus. Jacqueline hingegen winkte ab. Sie brannte darauf, den anderen mitzuteilen, was sie alles in Erfahrung gebracht hatte. Die aßen schweigend, während Karim das Boot ein Stück in den Golf hinauslenkte, wo sie sich in Ruhe besprechen wollten. Wie eine Galionsfigur stand Paul Quenot in Tarnklamotten vorn am Bug und hielt mit einem Fernglas Ausschau. Wonach, das wusste Jacqueline nicht. Zwar hatte sich Lipaire geziert, den Belgier mitzunehmen, aber sie hatte sich für ihn starkgemacht, worauf sofort auch Karim für ihn Partei ergriffen hatte. *Keiner wird zurückgelassen*, das war schon als Kind Jacquelines Devise gewesen, und sie war während ihrer nunmehr zweiundzwanzig Lebensjahre immer gut damit gefahren.

»Luft ist rein. Motor kann gedrosselt werden«, schnarrte der Belgier, und Karim verlangsamte die Fahrt. Dann setzten sie sich im Halbkreis auf die Bänke um Jacqueline mit ihrem Tablet, den handschriftlichen Unterlagen, einigen Büchern und den Kopien.

»Magst du immer noch nichts essen, Jacky?«, fragte Delphine in besorgtem Ton.

Sie ist schon jetzt so etwas wie die Mutter der Kompanie, dachte Jacqueline und lächelte. »Danke. Später vielleicht. Also, fangen wir mal an. Ich hab den halben Nachmittag lang exzerpiert«, begann sie.

Karim warf ihr einen erschrockenen Blick zu. »Oh nein, hast du was Schlechtes gegessen?«

Lipaire stieß dem Jungen lachend den Ellenbogen in die Seite, worauf der rot anlief und stotterte: »Kleiner ... Scherz.«

»Dann lass mal deine Ergebnisse hören, *Madame la Professeure*!«, bat der Deutsche schließlich, und Jacqueline begann zu erzählen. »Also, was ja allgemein bekannt sein dürfte, ist, dass Gilbert Roudeau nicht von hier, sondern aus Lothringen stammt. Er wurde 1912 in Metz geboren und hat in den Vierzigerjahren sein Architekturdiplom an der Uni in Marseille abgelegt. Übrigens war er mit dem Vichy-Regime ziemlich über Kreuz, auch wenn er anscheinend nicht aktiv in der Résistance gekämpft hat. Nach dem Krieg hat er sich für Großprojekte interessiert. Bei einigen nennenswerten Hochhausprojekten in Paris, Lyon und ... Moment ... genau, Marseille. Bis Mitte der Fünfzigerjahre war er öfters mit von der Partie, wenn auch nicht in der vordersten Reihe. Dann endlich, Ende der Fünfziger, bekam er seinen ersten eigenen Prestigebau: ein zylinderförmiges Hochhaus in seiner Geburtsstadt. So ein Hotelturm für eine der großen Ketten. Der fand zu seiner Zeit ziemliche Beachtung. Er hing damals einem modernen Urbanismus an: schlichte Formen, Betonbauten im vertikalen Raum, alles ganz schnörkellos.«

»Quadratisch, praktisch, gut, also?«, warf Lipaire ein. »Kann man sich gar nicht vorstellen, wenn man sich sein späteres Werk so ansieht.« Kopfschüttelnd wies er hinter sich auf die liebliche Silhouette von Port Grimaud.

Die anderen nickten und sahen fragend zu Jacqueline.

»Ja, Moment, das, wovon ich gerade gesprochen hab, waren ja nur seine architektonischen Kinderschuhe.« Sie war ein klein wenig stolz auf diese Formulierung. »Das alles endete für ihn leider nicht besonders glorreich: Er musste nämlich Anfang der Sechzigerjahre ins Gefängnis.«

»Ach, sieh mal einer an!«, versetzte Delphine und schluckte den letzten Bissen ihres Sandwiches hinunter. »Hatte der Herr Architekt Dreck am Stecken?«

Jacqueline schüttelte den Kopf. »So kann man das nicht sagen.«

»Was hat er denn verbrochen? Drogen verscherbelt?« Lipaire warf Quenot einen finsteren Blick zu.

»Nicht im Geringsten. Nach heutigem Stand war er nämlich völlig unschuldig in Haft. Es handelte sich bei der Streitigkeit um eine berufliche Frage. Bei einem der Folgeprojekte des Turms in Metz wurde er als Planer für den Einsturz eines Gebäudeteils verantwortlich gemacht, bei dem mehrere Arbeiter zu Tode kamen. Er hat aber aus dem Gefängnis heraus das Urteil bis in die letzte Instanz angefochten und wurde freigesprochen. Die verlorene Zeit in Haft konnte ihm natürlich niemand mehr zurückgeben.«

»Na ja, das sollte für unsere Sache eigentlich nicht von Bedeutung sein«, fand Lipaire, doch Jacqueline hob ihren rechten Zeigefinger und sagte: »Moment, nicht so voreilig.«

»Das stimmt«, mischte sich Paul Quenot ein. »Gefangenschaft macht immer was mit Leuten. Wenn ich da an meine Zeit in Guyana denke – ich kam als ein anderer Mann wieder aus den Kerkern der Hölle zurück.«

»Du warst in Guyana in Gefangenschaft? Warum das denn?«, fragte Jacqueline.

»Ein paar Tage Arrest, weil er Orchideen auf seiner Stube gezüchtet hat«, beantwortete Lipaire die Frage für ihn.

Nachdem sich das Gelächter gelegt hatte, kehrte Jacqueline wieder zu ihren Rechercheergebnissen zurück. »Also, ich wollte euch ja noch erklären, dass Roudeaus Gefängnisaufenthalt aus zwei Gründen für uns interessant ist. Erstens: Ratet mal, wer damals Bauherr des Großprojektes war?«

Die anderen zuckten mit den Achseln.

»Ich sag's euch einfach: Maxime Vicomte. Der Vater vom jetzigen Familienoberhaupt Chevalier Vicomte.«

Karim pfiff durch die Zähne, und Lipaire raunte: »Hochinteressant.«

»Aber das ist noch nicht alles. Schaut euch mal das hier an!«

Mit diesen Worten stellte sie ihr Tablet in die Mitte, sodass alle auf den Bildschirm sehen konnten, und ließ den Film laufen, auf den sie in den Tiefen des Internets gestoßen war: ein ARTE-TV-Interview von 1998 mit Gilbert Roudeau, *Architecte et Marin*, also Architekt und Seemann, wie es in der Untertitelung hieß, auf einem Boot in den Kanälen von Port Grimaud. Auch wenn Jacqueline den Inhalt bereits kannte, blickte sie ebenso gebannt wie die anderen auf den kleinen Computer.

Zunächst ging es im Gespräch um Roudeaus Vision eines Dorfes im Wasser, in dem jeder leben konnte wie ein Segler oder Fischer, mit eigenem Bootssteg vor dem Häuschen. Kein Haus sollte dem anderen gleichen, alle im Stil eines südfranzösischen Dorfes erbaut, aber angelegt wie Venedig oder die Insel Murano. Dann sprach er von der *architecture douce*, einer lieblichen, weichen Architektur, angelehnt an die Dörfer der Umgebung, nicht in die Vertikale gebaut, sondern mit klar horizontaler Ausrichtung, als Abkehr von der modernistischen Betonarchitektur. Schließlich wollte der Journalist wissen, wie es zur Gründung von Port Grimaud kam, und Jacqueline war gespannt, wie die anderen reagieren würden. Das war die Stelle, um die es ihr vor allem ging.

Roudeau, gekleidet in ein weit aufgeknöpftes Fischerhemd, so wie Pablo Picasso auf vielen der Fotos, die man von ihm kannte, antwortete mit seiner Respekt einflößenden, tiefen Stimme: »Ich verdanke die Inspiration dem wohl dunkelsten Moment in meinem Leben. *Ich saß im Gefängnis – wegen einer schlimmen Sache, die ich aber nicht zu verantworten hatte. Noch nie in meinem Leben hatte ich solche Enge in mir gefühlt wie in dieser Gefangenschaft, solch einen Drang nach der Weite des Meeres, der Freiheit des Südens. Und so griff ich zum letzten Bleistiftstummel und malte meine erste maison de pêcheur an die Wand, inklusive Grundriss, Terrasse und Anlegeplatz. Ein Fischerhaus, wie es hier später so viele geben sollte. Mein Zellengenosse fragte mich, was das sei, und ich erklärte ihm: Wenn ich wieder in Freiheit wäre, dann wäre das meine Bestimmung, für die ich arbeiten, mehr noch, für die ich leben würde, bis zum letzten Atemzug. Und was tat er? Statt mich zu verlachen, bekräftigte er mich darin, ja, er gab mir etwas, das den Stein erst richtig ins Rollen brachte. Ich werde es ihm nie vergessen. Leider starb er bald nach unserer gemeinsamen Zeit. Er hat sich in einem anderen Gefängnis das Leben genommen. Ich konnte mich viel später dadurch ein wenig revanchieren, dass ich seinen Traum einer Sozialsiedlung verwirklicht habe, die ich auf einer Anhöhe mit Blick auf Port Grimaud in Gassin gebaut habe. Von dort oben hat er mein Lebenswerk immer vor Augen.*«

Nun fragte der Interviewer nach, was denn die Sache gewesen sei, die ihm der Fremde gegeben habe. Jacqueline ließ Roudeaus Gesicht keinen Moment aus den Augen, als er antwortete: »*Wie meinen Sie das? Es ... ist ... keine Sache. Es handelte sich um Ideelles: Mut, Unterstützung, Inspiration. Und einige ziemlich gute Tipps.*«

Jacqueline stoppte die Wiedergabe.

»Habt ihr das bemerkt? Wie er hier stockt und fast ins Stottern gerät? Der weltläufige, souveräne Architekt? Auf einmal ist er richtig unsicher. Und dieses Flackern in seinen Augen: als habe er sich ertappt gefühlt.«

Die anderen sahen sie erstaunt an.

»Na ja«, erklärte sie, »wir haben ein Seminar, da analysieren wir die Mimik von Politikern, Showstars und so, um sie selber in Rollen besser und authentischer darstellen zu können, versteht ihr? Ich finde das interessant. So haben wir gelernt zu spielen, dass wir etwas zu verbergen haben. Roudeau wurde hier bei etwas ertappt, das sag ich euch.«

Lipaire, Quenot und Delphine warfen sich skeptische Blicke zu, während Karim sie versonnen ansah.

Jacqueline war enttäuscht von ihrer Reaktion. Sahen sie denn nicht, was sie sah? Es war doch offensichtlich. »Na, egal, machen wir weiter. Was ich sonst noch habe, würde jetzt höchstens noch in die Ecke Klatsch und Tratsch passen, das ist vielleicht gar nicht mehr so wichtig. Und auch ein bisschen abgeschmackt«, sagte sie und steckte ihr Tablet zurück in die Tasche.

»Wer weiß, lass doch mal hören, Jacky«, bat Karim jedoch. »Du erzählst so toll.« Als ihn alle verwundert ansahen, räusperte er sich und fügte nüchtern hinzu: »Man merkt, dass du dich gut in die Materie eingearbeitet hast.«

Sie zuckte mit den Achseln. »Ach, keine Ahnung. Er war wohl ziemlich interessiert an Frauen. Vielen Frauen, wenn ihr versteht, was ich meine.«

»Dasselbe hat uns schon *commissaire* Marcel erzählt, stimmt's, Guillaume?«, gab Delphine zu bedenken.

»Ja, anscheinend war er ein Playboy der ganz alten Schule. Wie man ihn sich hier in der Gegend so vorstellt«, sagte Lipaire mit einem begeisterten Lächeln auf den Lippen.

»Ich würde eher sagen, was das angeht, war er ein Scheusal«, widersprach Jacqueline. »Er hatte anscheinend mehrere Affären gleichzeitig im Ort, obwohl er verheiratet war. Wenn ihr mich fragt, waren Frauen für den die reinsten Lustobjekte.«

»Meint ihr, es wäre interessant, sich mal mit einer von Roudeaus Geliebten zu unterhalten?«, fragte Karim in die Runde.

Jacqueline war skeptisch. »Schon, aber die wird man wohl kaum googeln können, oder?«

»Das vielleicht nicht. Aber zufälligerweise kenne ich eine von denen. Und ihr übrigens auch.«

Stille Post

Die Mitglieder der Familie Vicomte saßen in verschiedenen Ecken des weitläufigen Wohnzimmers, und Marie hing ihren Gedanken nach, als Henri plötzlich hereinstürzte und keuchend vor dem Tisch stehen blieb.

»Was ist denn mit dem los?«, fragte Yves, als sei sein Onkel gar nicht da.

Marie spürte, wie ihr kalt wurde. Was immer es auch war, Henris Verhalten verhieß nichts Gutes.

Der atmete tief durch, hob dann seine Hand, in der er ein Blatt Papier hielt, und sagte leise: »Das muss unter der Tür durchgeschoben worden sein.«

»Was ist es denn?«, fragte Isabelle.

»Eine deiner unbezahlten Rechnungen?«, ätzte Yves.

Henri legte das Blatt auf den großen Esstisch vor Chevalier Vicomte.

Yves, Isabelle und Marie versammelten sich um den Patriarchen und beugten sich über das Schriftstück. Es handelte sich um ein Foto, eigentlich den Ausdruck eines Fotos, das sah man an den verwaschenen Farben. Das Bild zeigte einen Mann am Boden, die Augen geschlossen. Er lag seltsam verrenkt da, was den Eindruck erweckte, als sei er …

»Tot?«, fragte Marie. Die Tatsache, dass sie hier vermutlich eine Leiche anstarrte, ließ sie erschaudern. Henri nickte.

»Wer hat das denn gebracht?«, wollte Isabelle wissen.

»Wer?« Henri blickte sie verständnislos an. »Wer immer das war, ist in der Dunkelheit längst über alle Berge.«

»Klar! Weil du nicht gleich nachgeschaut hast«, maulte Yves.

»Immerhin hab ich das überhaupt erst entdeckt.«

»*Calmez-vous!* Hört auf zu streiten!« Chevaliers raue Stimme brachte die beiden zum Schweigen. Entgeistert schauten sie ihn an. »Das Papier«, flüsterte er. »Zeigt mir das Papier!«

»Natürlich.« Henri schob ihm das Foto noch näher hin. Da deutete Chevaliers knochiger Finger auf eine Stelle am Rand des Bildes. Henri riss die Augen auf. »Es stimmt! Seht ihr denn nicht? Der Fußboden!«

»*Mon Dieu*, das ist hier bei uns«, entfuhr es Marie. Das Mosaik, das von dem Mann nur halb verdeckt wurde, ließ keinen anderen Schluss zu.

»Barral?«

Marie nickte. »Ja, das könnte er sein. Nach den Fotos zu schließen, die wir vom Ehepaar Valmer bekommen haben. Seine Freundin hat sie ihnen mitgegeben.«

»Ich erinnere mich auch an seine Posts bei Insta. Da ist er zwar nicht oft drauf, aber … es gibt keinen Zweifel.« Isabelle hielt sich die Hand vor den Mund und ließ sich auf einen Stuhl fallen.

»Wir haben auch noch ein Briefchen bekommen«, sagte Henri, drehte das Blatt um und las vor. »*Ich weiß über die ganze Sache Bescheid. Dachtet ihr, dass ihr damit durchkommt? Falsch. Dafür werdet ihr bezahlen. Macht euch auf etwas gefasst – und haltet euch zur Verfügung, konkrete Forderungen folgen.*«

Marie griff sich das Papier und las den Text, der auf die Rückseite des Fotos gedruckt war, wieder und wieder. Kraftlos ließ sie das Blatt irgendwann sinken und setzte sich neben ihre Tochter.

»Wer weiß, vielleicht will der Typ uns alle killen, wie diesen Barral«, kreischte die hysterisch.

»Schwachsinn«, herrschte Yves sie an. »Er hat doch Forderungen, die er stellen will, das hast du doch gehört!«

Henri stimmte ihm zu. »Sieht so aus. Seine Forderungen kennen wir nicht, aber das mit dem Boden bedeutet …«

»Das bedeutet, Barral war irgendwann vor uns schon hier, und dann hat ihn jemand kaltgestellt. Ich meine: Er ist definitiv tot, oder, Onkel?«, fragte Yves.

Henri zog die Schultern hoch.

»Du musst es doch wissen.«

»Ich? Was soll das heißen?« Seine Miene verhärtete sich.

»Na, mit Leichen kennst du dich ja angeblich aus.«

»Ach so, ja. Es scheint so. Aber was für eine Botschaft an uns soll denn das sein? Warum hat man uns das Bild untergeschoben? Und was weiß er angeblich alles über uns?«

»Na, er denkt, wir haben ihn umgebracht, oder?«

Plötzlich meldete sich Chevalier wieder zu Wort: »Jetzt wird mir alles klar.«

Gebannt blickten sie ihn an. Nach einer Pause, die Marie ewig vorkam, erklärte er: »Deswegen ist er nicht gekommen. Weil er tot war.«

»Wirklich hilfreich, danke, *papi*«, erklärte Yves in süßlichem Tonfall, doch ein strenger Blick von Marie brachte ihn zum Schweigen.

»Yves liegt richtig, denke ich. Irgendjemand muss den toten Barral hier im Haus gesehen haben«, dachte Henri laut. »Nicht nur das: gefunden und fotografiert.«

»Und weggeschafft. Oder wo ist er jetzt?« Isabelle schien der Verzweiflung nahe. »Ich meine, wenn er nicht mehr hier ist. Aber hier war. Mein Kopf dreht sich.« Ihre Mutter nahm sie in den Arm.

»Die Leiche befindet sich vermutlich bei dem, der uns das Foto samt Erpresserschreiben gebracht hat«, sinnierte Henri weiter.

»Und was will er uns damit sagen?« Yves' Stimme klang schrill, auch er schien langsam die Nerven zu verlieren.

Henri blickte einen nach dem anderen an. »Sagen? *Haben* will er etwas, das ist doch klar. Und ich vermute, es handelt sich bei den Forderungen, die er ankündigt, um das, was alle von uns wollen.« Er machte eine Pause, dann beendete er seinen Satz: »Geld. Genau genommen nichts Neues, dasselbe hat Barral ja auch vorgehabt.«

»Moment, Barral wollte uns etwas verkaufen«, präzisierte Marie. »Das ist was anderes.«

»Nun, wenn du auf diesem feinen Unterschied bestehst. Das ändert aber nichts an der aktuellen Lage.«

»Meint ihr, der Erpresser hat Barral auf dem Gewissen?«

»Du denkst, er hat ihn hier bei uns im Haus getötet, dann das Foto gemacht, um uns alles in die Schuhe zu schieben? Nicht unmöglich, aber das wäre schon ein ausgebuffter Coup«, erklärte Henri nachdenklich.

»Moment mal, Superbrain«, ging Yves dazwischen. »Und wenn wir seinen Forderungen einfach nicht nachgeben? Was kann er uns denn schon? Wir haben mit Barrals Tod ja nichts zu tun.«

Henri lächelte milde. »Und du meinst wirklich, dass die Polizei das auch so sieht? Ein Toter, in unserem Haus, per Foto dokumentiert ... Dazu Mails und SMS, die belegen, dass wir mit ihm in Kontakt standen, dass es um große Summen Geld ging. Willst du es darauf ankommen lassen?«

Yves schwieg.

»Zunächst können wir ohnehin nur abwarten. Diese Warnung soll uns bis zu seiner nächsten Kontaktaufnahme erst einmal in Unruhe versetzen, vermute ich.«

»Damit hatte der Unbekannte ja zumindest schon Erfolg«, sagte Marie bitter.

»Das kann ja wohl nicht wahr sein«, wimmerte Isabelle. »Wir sind doch alle unschuldig.«

»Ist das so?« Henri ließ die Frage im Raum stehen.

Marie musterte ihn mit zusammengekniffenen Augen. »Was willst du damit sagen?«

»Gar nichts. Übrigens: Wo ist eigentlich Clément? Schon komisch, dass er sich diesmal gar so lange absentiert. Ausgerechnet …«

Marie rang nach Luft. »Wenn du glaubst, du könntest meinem Sohn irgendetwas anhängen, musst du früher aufstehen!«

Plötzlich sprang Isabelle auf. »Das Streichholzheftchen. Das war also doch von Barral. Und jetzt sind meine Fingerabdrücke drauf.«

»Kein Problem, Cousinchen, ich besuch dich auch in deiner Zelle und bring dir eine Feile mit«, versetzte Yves sarkastisch.

»*Connard!*« Der jungen Frau schossen die Tränen in die Augen, und sie flüchtete sich wieder in die Arme ihrer Mutter.

Yves versuchte sich an einer neuen Theorie. »Und wenn dieser Barral seinen Tod nur fingiert hat? Um noch mehr rauszuholen, ohne dass er was hergeben muss? Die Valmers sollen seine Freundin noch mal richtig in die Mangel nehmen, vielleicht hängt die auch mit drin …«, brummte er und ballte die Fäuste.

Marie winkte ab. »Das würde sich für sie doch kaum lohnen. Die Summe, die Barral gefordert hat, ist sowieso schon horrend hoch. Und er wusste, wie dringlich es für uns ist. Damit hatte er Druckmittel genug.«

»Allerdings«, stimmte Henri ihr zu. »Mein Vorschlag: Lasst seine Freundin erst mal in Ruhe, und wir kümmern uns um diese Angelegenheit hier.« Er zeigte auf den Brief mit dem Foto des toten Barral. »Das hat jetzt Vorrang, alles Weitere muss warten.«

Sie dachten noch über den Vorschlag nach, als auf einmal wieder die Stimme Chevaliers erklang. »Macht es so.« Ratlos blickten sie sich an. War das nun eine ernst zu nehmende Anweisung eines Mannes, der aus dem bisher Gesagten ein Resümee zog?

Oder eine zusammenhangslos hinausposaunte Nichtigkeit? Marie wusste es nicht, und sie sah den anderen an, dass es ihnen genauso ging. Doch so oder so erschien ihr die Vorgehensweise sinnvoll. Solange nicht klar war, mit wem sie es zu tun hatten, wäre es das Beste, erst einmal diese Frage zu klären. »Also, von wem könnte das Schreiben mit dem Foto sein?«, begann sie deshalb.

»Genau, wie sollen wir den Typen finden?«, fragte Yves.

»Vielleicht müssen wir das gar nicht«, antwortete Henri. Die fragenden Blicke seiner Familienmitglieder beantwortete er umgehend. »Wir können auch nach der Leiche suchen. Wenn wir die haben, haben wir auch den Erpresser.«

#6 Lizzy Schindler

Als die warmen Strahlen der Morgensonne ihre Augen kitzelten, drehte sie sich noch einmal um und langte prüfend zur anderen Seite des Bettes. Ihre Hand berührte sanft seinen nackten Oberkörper, der sich ruhig hob und senkte. Durch das offene Fenster hörte sie die Wellen gegen den Kai schlagen, und die Vögel in den Platanen zwitscherten ihre Lieder in den Sommermorgen. Ein Konzert, das untermalt wurde vom metallischen Rattern der Gitter, die vor den Geschäften hochgeschoben wurden. Gleich würde das Piepsen des kleinen Müllwagens einsetzen, der jeden Morgen rückwärts über die Brücke zur Kirche rangierte, um die Hinterlassenschaften des vorangegangenen Tages zu beseitigen, bevor die Touristen kamen.

Wohlig rekelte sie sich, schlug behutsam ihre Decke zurück und stand auf. Er sollte ruhig noch ein wenig schlafen. Sie sah ihm gern dabei zu. Dann zog sie sich das Hemd über, das er gestern Abend, in der Hitze des Augenblicks, achtlos auf den geflochtenen Stuhl geworfen hatte. Sog seinen Geruch ein. Aus seinem silbernen Etui holte sie sich eine Zigarette, steckte sie in die elfenbeinfarbene Zigarettenspitze, zündete sie an und blies genüsslich den Rauch aus.

Als sie wenige Minuten später den Zigarettenstummel hinaus auf das kleine Vordach geschnippt hatte, setzte sie sorgfältig ihre Hörgeräte ein und machte sich auf den Weg ins Bad. Zuerst ging sie zum Waschbecken und holte ihre dritten Zähne aus dem Glas, wo sie seit gestern Abend in der Reinigungslösung lagen. Mit ihnen war sie einfach ein anderer Mensch, auch wenn sie die erste Zigarette immer ohne genoss. Manche rauchten am liebsten ohne Filter, sie ohne Zahnprothese. Dann duschte sie ausgiebig. Als sie aus der winzigen Nasszelle in den Wohnraum zurückkam, lag er noch immer im Bett. Nun war auch ein deutliches Schnarchen zu vernehmen. Gut so. Zeit genug also für Lizzy Schindler, in aller Ruhe in ihre Stützstrümpfe zu schlüpfen. Seit sie sich im Sanitätshaus diese praktischen Anziehhilfen besorgt hatte, ging das auch wieder völlig problemlos. Ihre Gelenke waren einfach nicht mehr so elastisch wie vor sechzig Jahren. Das meiste andere klappte aber noch so wie mit fünfundzwanzig, dachte sie und blickte lächelnd zu dem Schlafenden. Sein Toupet war in der Nacht verrutscht.

Hastig zog sie ihre Playboy-Jogginghose an, schlüpfte in das rosa Trägertop mit der strassbesetzten Aufschrift SEXY und streifte sich die Armreifen aus Plastik über, die sie erst letzte Woche beim Strandhändler gegen ein Sandwich eingetauscht hatte.

»Moff!« Louis meldete sich aus seinem Körbchen neben dem Bett. Der Pudel streckte sich, kam auf Lizzy zu und drückte sich gegen ihr Bein. »Lass, Louis, meine Krampfadern, du weißt doch!«, flüsterte sie und strich dem Hund über sein ehemals schwarzes, mittlerweile aber recht ergrautes Fell. »Magst erst pissen oder gleich Frühstück?«

Da der Hund sich demonstrativ über die Schnauze leckte, langte sie in ihre Hosentasche und zog einen der getrockneten Pansensticks heraus, die sie immer für ihren Liebling parat hatte, und warf dem Tier den Snack hin. »So, feini, feini.«

Dann füllte sie den Wasserkocher und drückte auf den Knopf. Die erste Tasse Kaffee würde ein perfekter Start in diesen Tag sein. Sie suchte in der Spüle zwei Tassen zusammen, wusch sie halbherzig aus und löffelte in beide etwas Instantkaffee. Den guten aus ihrer Heimat Wien. Was anderes kam ihr nicht auf den Tisch, so viel Luxus musste sein. Früher, ja, früher hatte sie nur feinsten Bohnenkaffee getrunken. Aber da besaß sie auch zwei große Fischerhäuser an einem der gefragtesten Kanäle des ganzen Ortes. Einer ihrer Liebhaber, ein Schweizer Großindustrieller, hatte sie ihr geschenkt, aus Dankbarkeit und als Altersvorsorge. Ein großzügiges Präsent, aber er hatte es sich leisten können, und sie hatte es verdient, wie sie fand. Denn Nächte wie die mit ihr hatte er bis dahin noch nicht erlebt.

Im Gegenzug hatte er sie auch stets besuchen dürfen, wenn er sich irgendwie von seiner Familie freimachen konnte. Sie waren oft shoppen gewesen, drüben in Saint-Trop', wie die es nannten, die dort regelmäßig verkehrten. Die *American Express* ihres Begleiters schien kein Limit zu kennen. Lizzy lächelte. Eine herrliche Zeit war das gewesen. Bis zu seinem tödlichen Unfall mit dem Hubschrauber, der ihre Liaison abrupt beendete. Auf dem Weg vom Flughafen Nizza zu ihr war der Hauptrotor ausgefallen. Tragisch.

Nun, fünfzig Jahre später, war von all ihren Besitztümern nur mehr ihr winziges Appartement übrig geblieben. Vierundzwanzig Quadratmeter ohne Balkon, dafür mit Nasszelle und Küchennische. Ein Tisch, ein Bett, zwei Stühle, direkt über dem Marktplatz, den Kneipen, dem bunten Treiben. Sicher, streng genommen gehörte ihr auch das nicht mehr. Sie hatte sich eines hier im Ort recht verbreiteten Modells bedient: Die Wohnung war bereits an ein Münchner Ehepaar überschrieben, von dem sie dafür eine kleine monatliche Rentenzahlung bekam und das seither wahrscheinlich sehnsüchtig auf die Nachricht ihres Ablebens wartete. Lizzy durfte das Appartement nämlich bis zu ihrem Lebensende unentgeltlich nutzen. In eine Rentenversicherung hatte sie nie eingezahlt, sich stattdessen immer auf eigene Faust durchgeschlagen. Erst das eine Haus verkauft und eine Weile gut davon gelebt, dann dasselbe mit dem zweiten gemacht. Schließlich in eine Dreizimmerwohnung am Strand gezogen. Ihr Wohnraum hatte sich ständig verkleinert. Wobei das kein Wunder war: Zwar konnte sie sich nicht über mangelnde Liebhaber beschweren – bis heute. Nur dass die immer geiziger wurden.

Ein heftiger Schnarcher lenkte ihre Aufmerksamkeit zurück auf Bruno. Er, der aus Luxemburg stammte und nun in dieser schrecklichen Seniorenresidenz im nahe gelegenen Cogolin lebte, war auch so einer: unersättlich, wenn es ums Körperliche ging, aber zugeknöpft bis obenhin, was die Finanzen betraf. Da war es doch klar, dass sie sich nicht nur für ihn aufheben konnte, wie er es gern gesehen hätte. Er wolle sie nicht mehr mit anderen teilen, sagte er immer. Es sei Zeit für eine feste Beziehung – womit er eine monogame meinte. Bei jeder Gelegenheit lobte er ihre Schönheit, ihre Anmut. Aber von Komplimenten wurden weder sie noch Louis satt.

Da genoss sie lieber weiter ihre Freiheit und die Abenteuer mit den anderen Männern. Versonnen sah sie zur Pinnwand neben der Küche. Dort hingen Bilder aus besseren Zeiten: Sie und ein paar andere Girls mit Gunter Sachs am Hafen von Saint-Tropez. Sie und der legendäre griechische Reeder auf der hölzernen Jacht, draußen im Golf. Sie und der Chef dieses riesigen Weinguts aus Avignon im legendären *Club 55*, am Strand von Pampelonne. Sie und Roudeau, der Architekt, dem die Welt diesen wunderschönen Ort verdankte. Er hatte sie immer als seine Muse bezeichnet. Sie und all die anderen Mädchen, schränkte sie in Gedanken ein.

Wieder ein Schnarchen vom Bett. Für eine Weile setzte der Atem ihres Bekannten aus, und in dem Moment, als Lizzy schon kontrollieren wollte, ob er noch lebte, machte er einen tiefen Schnaufer. Gott sei Dank, schließlich wäre er nicht der erste Mann gewesen, den man hier hatte abholen müssen. Und er hatte sein Testament noch nicht zu ihren Gunsten abgeändert.

»So, Bruno. Es wird Zeit«, rief sie. »Ein schneller Kaffee noch, dann müsstest du gehen.«

Eine halbe Stunde später stand Lizzy Schindler mit riesiger Svarowski-Sonnenbrille, regenbogenfarbener Schildmütze und ihrer inzwischen etwas knittrigen Chanel-Tüte am Bootsanleger, blinzelte in den strahlend blauen Himmel und wartete auf Karim, den Taxifahrer. Louis hatte direkt vor der *Crêperie* seine morgendliche Tretmine abgesetzt und von Petra, der netten Holländerin aus der Immobilienagentur, einen ganzen Beutel Leckerli zugesteckt bekommen, da glitt auch schon elegant und kaum hörbar das Elektroboot heran, das sie zum Anleger nach Saint-Trop' bringen würde.

Außer dem jungen Fahrer waren noch zwei andere Passagiere an Bord. Lizzy kannte beide vom Sehen. Der eine war Belgier, eine Art muskelbepacktes Riesenbaby im Tarnstrampler, der sich im Ort als Gärtner betätigte. Am anderen Ende saß Guillaume Lipaire, der deutsche *gardien*, der sich so abmühte, für einen Franzosen gehalten zu werden, wobei er vor allem auf seinen Charme setzte, den er offenbar für unwiderstehlich hielt. Er kam auf sie zu, begrüßte sie mit »gnädige Madame Lizzy« und gab ihr einen Handkuss, dann half er ihr an Bord. Sie musste zugeben, dass er diese Charme-Sache ganz gut beherrschte. Zudem war er wirklich attraktiv, silbergraues Haar, das Poloshirt über der behaarten Brust immer bis zum untersten Knopf offen, braun gebrannt wie die alten Playboys aus den Siebzigern. Genau ihre Kragenweite also, auch wenn er bestimmt zwanzig Jahre weniger auf dem Buckel hatte als sie und ständig nach diesen jungen Dingern Anfang sechzig Ausschau hielt, die noch all die Flausen im Kopf hatten.

Sie schenkte ihm ein strahlendes Lächeln und ließ sich auf einer der Holzbänke nieder. Louis hüpfte ebenfalls auf die Sitzfläche und kuschelte sich an sie.

»Madame Lizzy, wir shutteln Sie heute direkt nach Saint-Tropez hinüber, wenn Sie nichts dagegen haben«, sagte Karim, fuhr sich durch seine schwarzen Locken und zwinkerte ihr unter der

Sonnenbrille zu. »Dann brauchen Sie sich nicht mit dem Linienboot abzumühen.«

Lizzy nickte. »Welche Frau hätte schon etwas einzuwenden gegen eine kleine Schiffspartie mit drei so kräftigen Herren!« Ob sie heute etwas Besonderes ausstrahlte, dass alle sie so umgarnten? »Aber sagen Sie: Was bin ich Ihnen denn schuldig dafür, Karim?« Natürlich fragte sie das nur pro forma, das wusste nicht nur sie. Aber es galt einfach, den Schein zu wahren. Manchmal erfand sie auch Geschichten, warum sie kein Kleingeld dabeihatte: Einmal wollte sie alles einem Bettler gegeben haben, dann hatte sie das Portemonnaie vergessen, ein andermal hatte ihr Louis ein Loch in den Mantel gerissen, aus dem dann sämtliche Münzen gefallen waren.

»Aber nicht doch«, mischte sich Lipaire nun ein, »das ist natürlich gratis für Sie! Wir würden uns nämlich gern mit Ihnen unterhalten. Über die gute alte Zeit.«

»Die gute alte Zeit?«, wiederholte Lizzy. Nun verstand sie gar nichts mehr. Das Boot hatte den großen Kanal verlassen und hielt bereits auf das Hafenbecken zu.

»Ja. Wissen Sie, wir machen eine ... Reportage. Genau. Und zwar über Gilbert Roudeau, den Architekten«, sagte der Belgier mit wichtigem Gesicht.

Jetzt musste Lizzy lauthals lachen. Eine Reportage? Ausgerechnet diese drei Pappnasen wollten journalistische Ambitionen haben? »Aha, für wen denn? Das Gemeindeblättchen? Oder eher für die Schülerzeitung vom *collège*?«

Lipaire lächelte sie süßlich an. »Nun, das Veröffentlichungsorgan steht noch nicht ganz fest. Aber es geht um ... sein Privatleben. Und da wir gehört haben, dass Sie da ja praktisch aus erster Hand Einblick hatten ...«

»Soso. Haben Sie gehört. Was wären Ihnen diese Informationen denn wert?«, fragte sie.

Die drei Männer sahen sich verwundert an.

»Na, für eine bloße Überfahrt nach Saint-Tropez öffne ich Ihnen nicht mein geheimes Geschichtenbuch. Da muss schon mehr drin sein.« Auch wenn Lizzy wusste, dass bei den dreien nicht viel zu holen war: Irgendetwas würden sie bestimmt lockermachen für ein paar Insiderinformationen.

»Wären ... fünfzig Euro fürs Erste okay?«, fragte Lipaire und zog eine goldene Klammer mit Geldscheinen heraus.

»Na ja, für fünfzig gibt es das, was die Spatzen sowieso von den Dächern pfeifen. Für einen Hunderter obendrein ein paar exklusive, vielleicht sogar ein, zwei schlüpfrige Details. Aber für hundertfünfzig bekommt ihr die schonungslose Wahrheit. In allen Facetten.«

Die drei sahen sich eine Weile stumm an. Ein wenig zerknirscht griff dann erst Quenot zu seinem Portemonnaie, und schließlich holte auch noch Karim ein paar zerknitterte Scheine aus seiner Hosentasche.

Als sie das Geld in ihrer Chanel-Tüte verstaut hatte, setzte Lizzy Schindler sich aufrecht hin und sagte: »Eine Freude, mit euch Geschäfte zu machen. Also, was wollt ihr wissen, Jungs?«

Lipaire beugte sich ein Stück zu ihr vor. »Wie war das denn so, als Geliebte des großen Architekten?«

Sie steckte eine Zigarette in ihre Spitze und zündete sie an. »Also, ich war ja nicht die Einzige, das muss ich vorausschicken. Obwohl er mich oft als seine Muse bezeichnet hat. Nun, wie war es: leidenschaftlich, wild, wollüstig, hemmungslos. Wissen Sie, manchmal, da haben wir es derart oft hintereinander ...«

»Was wir meinten, war nicht, wie *es* war, sondern, wie *er* war, verstehen Sie?«, unterbrach sie Lipaire.

Lizzy überlegte kurz, bevor sie sagte: »Ah, das interessiert Sie also. Gut bestückt, würde ich sagen. Spielerisch, aber von einem Stehvermögen, das ich in all den Jahren ...«

»Spielerisch?«, wurde sie diesmal von Karim unterbrochen. Der Junge sah sie dabei nicht an.

»Ja. Und das nicht nur im Bett, auch als Mensch. Er hat zum Beispiel überall Rätsel versteckt, aus denen man erraten musste, was für eine Laune er an dem Tag hatte. Stellen Sie sich vor, wenn zum Beispiel Holz im Kamin brannte, sollte das bedeuten, dass er besonders feurig war.«

Lipaire zog die Brauen hoch. »Ich verstehe, Madame. Aber Sie sagten, er sei auch sonst ein verspielter Mensch gewesen?«

»Natürlich war er das«, bekräftigte sie nickend. »Sehen Sie, Sie kennen doch sicher alle die Skulptur der Venusmuschel, wenn man von der *Place du Marché* aus die erste Brücke Richtung *Rue de l'Octogone* überquert?«

»Klar, gleich am ersten Haus, links oben«, bestätigte Karim. Die anderen beiden Männer nickten.

»Eben«, fuhr Lizzy Schindler nun in konspirativem Ton fort. »Was Sie aber wahrscheinlich nicht wissen, ist, dass diese früher durch einen Mechanismus geöffnet und geschlossen werden konnte, und zwar vom Zimmer über der Brücke aus. Das nämlich Roudeaus geheimes Liebesnest war.«

Die drei sahen sich mit großen Augen an.

»War die Muschel geöffnet, war man immer willkommen und durfte auch einfach einsteigen, wenn schon jemand mit ihm …«

»Wir verstehen«, unterband Lipaire ihre Erzählung erneut. Lizzy fand das nicht nur unhöflich, sie verstand es auch nicht. Wollten die Männer nun die Geschichten hören oder nicht?

»Sicher. Wenn sie geschlossen war, wollte er keinen Damenbesuch, seine Frau war in der Nähe, oder es waren einfach schon zu viele oben. Na ja, und das hat sich in allen Bereichen fortgesetzt. Wenn er sich in irgendeinem Boot treffen wollte, hat er einem ein Papierschiffchen geschickt, und man musste erraten, um welche Jacht es sich drehte. War bisweilen gar nicht einfach. Einmal, da hatte ich es nicht richtig getroffen und bin mitten in eine Orgie von lauter Ölscheichs geplatzt. Die haben vielleicht geschaut, als ich plötzlich auf deren Schiff stand, kann ich euch sagen. Aber ist letztlich auch eine Erfahrung gewesen. Vier ganz besondere Tage, die ich mit denen verbringen durfte.« Sie geriet in eine unerwartet nostalgische Stimmung bei diesen schönen Erinnerungen.

»Gut«, sagte Lipaire laut, wandte sich dann den beiden anderen zu und flüsterte: »Wenn Roudeau also so ein Rätselfreak war, können wir dann nicht diese Nachricht auf dem Handy, dass GR es selber versteckt hat, auch irgendwie in dem Zusammenhang sehen?«

Lizzy grinste in sich hinein. Sicher war Guillaume Lipaire der Ansicht, dass sie nichts davon mitbekam, aber ihre neuen Hörgeräte waren die reinsten Richtmikrofone.

»Vielleicht hat Roudeau die Schatzsuche als großes Rätsel konzipiert und irgendwie Hinweise darauf gestreut. Und Barral ist ihm draufgekommen.«

Quenot und Karim nickten eifrig. »Wir müssen Jacqueline noch einmal fragen, ob sie das mit den Rätseln auch irgendwo gelesen hat. So könnten wir weiterkommen«, schlug der Junge vor. Als die anderen ihm zustimmten, sagte er freudig: »Also, auf zur Eisdiele!«

Lipaire wandte sich wieder um, setzte ein in Lizzys Augen etwas zu breites Lächeln auf und säuselte: »Als Erstes müssen wir aber Madame Schindler noch sicher nach Saint-Tropez bringen, nicht wahr?«

Sie schüttelte den Kopf.

»Nicht? Wo wollen Sie denn dann hin, Madame?«

»Louis und ich kommen mit.«

»Mit? Aber wohin denn?«

»Zu dieser Jacqueline. Mit euch. Ach ja, die hundertfünfzig Euro behalte ich erst mal, die könnt ihr mir dann ja vom Erlös des Schatzes abziehen. Also, Karim, sofort wenden und zurück nach Port Grimaud, wir haben etwas Besseres vor, als unsere kostbare Zeit am Strand von Pampelonne zu verplempern. Na los, drück drauf, Kleiner!«

Botschaften

Karim gab so ruckartig Gas, dass seine Passagiere sich an ihren Sitzen festhalten mussten.

»Du hast es ja auf einmal sehr eilig«, stellte Lipaire fest.

»Je schneller wir die Infos bekommen, desto besser, oder?«

Das stimmte natürlich, aber Lipaire vermutete, dass seine Eile auch mit der Person zusammenhing, von der sie diese Auskünfte erhalten wollten.

Als sie angelegt hatten, versah Karim das Boot mit einem Zettel, auf den er den Hinweis *Gleich zurück* geschrieben hatte, dann überquerten sie im Gänsemarsch den Marktplatz, der um diese Zeit dicht bevölkert war. In der hinteren Ecke waren lautstark streitend die Boulespieler von der Vormittagsschicht zugange, was ihnen bereits eine erstaunliche Menge an Zuschauern beschert hatte. Vorneweg marschierte Quenot, gefolgt von Karim und Lipaire, und dahinter, in gemessenem Abstand, kam etwas steifbeinig Lizzy Schindler, die einen ziemlich widerspenstigen Louis an der Leine hinter sich herzog. Kurz darauf hatten sie die Eisdiele im Durchgang zum Marktplatz erreicht, an der um diese Zeit des Tages erwartungsgemäß ebenfalls die Hölle los war. Doch lange Schlangen stellten für Lipaire kein ernst zu nehmendes Problem dar: Schon als Kind hatte er auf dem Rummel eine Technik entwickelt, Wartende immer mehr an den Rand zu drängen, was auch hier in Frankreich ganz gut funktionierte, heute jedoch zu einigen empörten Reaktionen führte, die er geflissentlich ignorierte. Nachdem der Mann vor ihnen, der sich beim besten Willen nicht hatte überholen lassen, endlich die zwei riesigen Eisbecher für seine beiden Kinder bezahlt hatte, waren sie auch schon an der Reihe.

»Respekt, Lipaire, das nenn ich mal aktives Anstehen«, zischte ihm Lizzy beeindruckt zu.

Lipaire wandte sich an die Eisverkäuferin. »Jacqueline, darf ich dir Madame Schindler vorstellen?«, fragte er förmlich.

Die junge Frau lächelte sie aus ihrem sommersprossigen Gesicht an. »*Bonjour, Madame.* Ich bin Jacqueline Venturino.«

Lizzy hob die Hand zum Gruß, hielt aber mitten in der Bewegung inne. »Venturino?«

Diese Reaktion war Jacqueline offenbar gewohnt, denn sie antwortete gelangweilt: »Mein Vater ist der Bürgermeister, ja.«

»Ja, ich habe als *résidente* der ersten Stunde natürlich mitbekommen, dass der kleine Pierre Karriere gemacht hat.«

»Der kleine Pierre?«, wiederholte Jacqueline irritiert.

»Ach so, *pardon*, ich kannte Ihren Großvater gut.«

»*Papi?*«

Lizzy Schindler nickte. »Er nannte mich immer Sissi. Wegen meiner österreichischen Herkunft, wissen Sie?«, erklärte sie versonnen. Die Männer konnten sich nur zu gut vorstellen, wie diese Bekanntschaft ausgesehen hatte, und blickten peinlich berührt zu Boden.

»Hallo, könnten Sie sich mal entscheiden? Es gibt noch mehr Leute hier, die Eis wollen«, unterbrach eine Stimme mit unverkennbar bairischem Akzent von hinten das Kennenlernen.

Lipaire drehte sich um, zeigte auf Lizzy Schindler und flüsterte auf Deutsch: »Bitte gedulden Sie sich ein wenig, Madame Bardot ist gleich so weit.«

»Ach, das ist …« Mit großen Augen wandte sich der Tourist seiner Frau zu und flüsterte ihr etwas ins Ohr, worauf diese hektisch ihr Handy aus der Tasche zog, um unverhohlen Fotos von Lizzy Schindler zu schießen.

»Was kann ich für euch tun?«, wollte Jacqueline wissen. »Genauer gesagt: schon wieder?«

Lipaire machte einen weiteren Schritt auf die Eisverkäuferin zu und sagte leise: »Wir haben neue Informationen über Du-weißt-schon-wen.«

Sie lachte. »Ah. Der, dessen Name nicht genannt werden soll?«
Der Deutsche nickte.

»Also jetzt reicht es dann aber wirklich«, meldete sich wieder jemand in der Schlange hinter ihnen, diesmal eine Frauenstimme.

Jacqueline winkte dem Belgier. »Paul, kannst du schnell mal übernehmen?«

»Ich?« Quenot schien überrascht.

»Ja, du kommst doch so oft vorbei und kennst dich am besten aus.«

»Ist das so?«, platzte Karim überrascht heraus.

»Ja, wir sind ...«, Jacqueline zwinkerte dem Belgier mit einem Auge zu, »... alte Freunde, stimmt's?«

»Ihr seid ...«

»Mensch, Karim, könnten wir die Freundschaftsverhältnisse nicht später klären?«, drängte Lipaire. »Wir haben im Moment Wichtigeres zu tun. Und wenn Jacqueline meint, dass die Schlägervisage ihrem Geschäft nicht schadet, wird das schon so sein.«

Karim verkniff sich einen weiteren Kommentar, dann kam die junge Frau aus der Eisdiele, die Tasche mit ihren Unterlagen über der Schulter. Sie stellten sich ein wenig abseits.

»Ah, du hast alles dabei, gut.« Lipaire nickte zufrieden. »Madame Schindler, wollen Sie erzählen, was Sie uns eben gesagt haben? Vielleicht ... nicht in allen Details, Sie wissen schon.«

»Nennt mich bitte Lizzy«, sagte sie und sah dabei in die Runde. Dann steckte sie eine Zigarette auf ihre Spitze, zündete sie an, blies genüsslich den Rauch aus und brachte die junge Frau auf den neuesten Stand. Die zog währenddessen ihre Unterlagen aus der Tasche und blätterte darin herum. Als die alte Dame geendet hatte, nickte Jacqueline. »Auf die vielen Geliebten bin ich auch gestoßen, das hatte ich euch auf dem Boot schon gesagt. Und das mit den Rätseln ... kommt mir auch bekannt vor. Aber ich dachte nicht, dass uns das irgendwie weiterbringt. *Excusez-moi*, Madame Lizzy, aber dass er seine ... Geliebten mit irgendwelchen Spielchen gelockt hat, finde ich ein bisschen abgeschmackt. Eigentlich war ich immer ein Fan von Roudeau, aber dadurch hat er doch ein bisschen verloren bei mir.«

»Bei mir auch«, stimmte Karim ihr zu.

Lipaire war nicht überrascht. »Natürlich.«

»Jacky«, zischte es da von der Eisdiele her.

»Ja?« Jacqueline stand auf und ging zu Quenot.

»Da ist ... also, da will einer die Sorte *Greenleaf*. Aber ich find die nicht. Was soll das sein? *Citron*? *Aspérule*? Oder grüner Tee?«

Die junge Frau grinste. »Das ist doch unsere Spezialmischung«, flüsterte sie.

Quenot schlug sich gegen die Stirn. »Ah, klar! Und wo ... ich meine, wie viel ...?«

»*Excusez-moi*, aber da muss ich mal schnell helfen.« Die Eisverkäuferin zwängte sich wieder hinter den Tresen, fingerte aus einer Schublade unter den Kühlaggregaten ein kleines Tütchen, ließ es heimlich in eine Eiswaffel gleiten, die sie oben mit einer Kugel Minzeis verschloss, und gab sie dem Kunden. Nachdem er bezahlt hatte, ließ sie Quenot wieder allein und gesellte sich zu den anderen. »Wo waren wir?«

»Bei den Rätseln«, antwortete Lipaire.

»Hier, deine Unterlagen.« Karim gab ihr die Bücher zurück. »Mit den Seiten, die du vorher aufgeschlagen hattest.«

Lipaire schüttelte den Kopf, beugte sich zu Karim und zischte: »Hast du nicht zugehört?«

»Wobei?«

»Neulich, bei meiner Lektion für dich.«

»Was hast du denn für Rätsel gefunden, Kindchen?«, fragte Lizzy.

»Also, es gab wohl immer mal wieder Leute, die versucht haben, Botschaften aus den Bauten von Roudeau herauszulesen. Ich meine nicht nur so allgemeine Aussagen und Intentionen der Architekten wie *Die Natur muss als Lebensraum erhalten bleiben, wir müssen uns einander als Gemeinschaft wieder mehr bewusst werden* oder so.«

»Das wollen uns Architekten mit ihren Häusern sagen?« Lizzy schüttelte ungläubig den Kopf. »Früher ging es darum zu zeigen, wer am meisten zu bieten hat.« Versonnen blies sie den Rauch in die milde Vormittagsluft.

»Kann schon sein, dass an anderen Orten der Côte d'Azur oder drüben am Villenhügel von Saint-Tropez solche Botschaften wichtiger waren. Jedenfalls haben ein paar Menschen den Verdacht geäußert, dass Roudeau künstlerisch noch viel mehr im Sinn hatte, als adrett aussehende Fischerhäuschen zu bauen. Sie meinten eben, die Bilder und Muster, die er hier in Port Grimaud benutzt hat, könnten eine versteckte Aussage beinhalten.«

Alle hörten ihr gespannt zu.

»Nehmen wir mal die Farben als Beispiel. Ihr wisst ja, dass die Häuserreihen hier bunt sind. Keine zwei gleichen stehen nebeneinander.« Sie zeigte auf die Gebäude ringsherum. »Da haben manche eben ein Muster rausgelesen. Oder aus dem Höhenprofil der Dächer. Keines von denen ist gleich hoch.«

Lipaire runzelte die Stirn. Natürlich gab es Höhenunterschiede, aber dass so peinlich genau darauf geachtet worden war, dass tatsächlich ein System hinter dieser Unordnung steckte, erstaunte ihn. Dieser Architekt war voller Überraschungen und Geheimnisse.

»Einige haben versucht, diese Unterschiede in Zahlen auszudrücken«, fuhr Jacqueline fort, »um so möglicherweise einen Code zu erhalten. Aber etwas Sinnvolles ist da nicht rausgekommen.«

»Wäre ja auch zu schön gewesen«, murmelte Lipaire. »Sonst noch irgendwelche Besonderheiten?«

»Eins noch. Port Grimaud ist ein Ort ohne Symmetrie.«

»Was?« Karim schaute sich nach allen Seiten um. »Sieht gar nicht so schief aus, auf den ersten Blick.«

»Asymmetrisch. Nicht schief«, verbesserte Jacqueline. »Das ist ein Unterschied.«

»Ja, sicher. Darf man nicht verwechseln.« Karim lief rot an.

Lipaire grinste in sich hinein.

»Was ich meine, ist: Roudeau hat peinlich genau darauf geachtet, dass die Fassaden nicht symmetrisch sind, also die Fenster untereinander oder die Anordnung der Türen. Solche Sachen. Nirgends sollte man eine Symmetrieachse ziehen können.«

»Warum?« Es interessierte Lipaire tatsächlich, weshalb man so viel Energie darauf verschwenden sollte, etwas gerade nicht geordnet erscheinen zu lassen.

»Also, wenn ihr mich fragt: Einerseits wollte er mit Port Grimaud einen Ort schaffen, der wirkt, als sei er wie ein echtes provenzalisches Dorf über Jahrhunderte gewachsen. Den Eindruck hätte man natürlich nicht, wenn alles wirken würde, als sei es auf dem Reißbrett geplant worden. Aber vielleicht hat er auch gespürt oder gewusst, wie Menschen echte Schönheit empfinden. Gesichter zum Beispiel, die symmetrisch sind, wirken auf die Menschen eher abstoßend. Asymmetrische dagegen werden oft als schöner empfunden.«

»Das stimmt«, murmelte Karim versonnen. Als er bemerkte, dass es alle gehört hatten, räusperte er sich. »Das hab ich auch schon mal ... gelesen.«

»Wie auch immer: Keine Ahnung, ob uns das was hilft«, schloss die junge Frau, »aber es gibt hier keine symmetrischen Gebäude.«

»Bis auf eines.«

Alle blickten zu Lizzy Schindler, die sich auf eine Bank gesetzt hatte und ihren Pudel streichelte. Lipaire hatte gedacht, sie habe gar nicht mehr zugehört.

»Es gibt eines?«, fragte er. »Sicher?«

»Ja, natürlich.«

Sie schauten sich um, entdeckten aber nichts.

»Welches denn?«, fragte Jacqueline.

»Ich kann es euch zeigen.«

»Bitte.« Lipaire machte eine einladende Handbewegung, und Lizzy erhob sich.

»I'll be back«, rief Jacqueline dem Belgier zu, und sie folgten der alten Frau und ihrem Hund durch einige Gassen und über mehrere Brücken. Das dauerte seine Zeit, denn sie lief nur mit langsamen Trippelschritten und blieb immer wieder stehen, wenn Louis irgendwo eine Spur erschnüffelte oder sein Revier mittels Beinheben markierte. Irgendwann verlor Lipaire die Geduld.

»Ich will Sie keinesfalls drängen, und ein Spaziergang mit Ihnen ist wirklich ein großes Vergnügen, aber könnten wir die Sache nicht etwas beschleunigen? Ich habe heute noch ...«

»Wir sind ja schon da«, sagte sie. »Von hier aus kann man es sehen.«

»Ja? Wo denn?«

Sie streckte einen Finger aus und zeigte auf ein Haus an der Spitze einer Landzunge, die ins Wasser ragte.

»Das?«, entfuhr es Guillaume. Karim und er warfen sich einen Blick zu.

»Ja, das«, bestätigte die alte Dame.

»Sicher?«

Jacqueline nickte. »Jetzt seh ich es auch. Das Haus ist tatsächlich symmetrisch.«

Karim stieß seinen Freund in die Seite und deutete auf eine Frau, die etwas abseits stand und das Haus ebenfalls betrachtete. »Das ist doch ...«

»Delphine«, vollendete die Eisverkäuferin seinen Satz. »Was macht die denn hier?«

»Sie hat ein Auge auf das Haus.«

»Sie ... aber woher wusste sie denn davon?«

»Wir kennen es. Und wir kennen die Besitzer«, brummte Lipaire.

»Jetzt spannt uns nicht auf die Folter. Wem gehört es?«, drängte Jacqueline.

»Na, jetzt den Vicomtes, aber früher war es das Haus von Gilbert Roudeau!«

Der Feldherr

»Also, gehen wir den Plan, wie wir uns Zugang verschaffen, noch einmal durch.«

Lipaire sog scharf die Luft ein. Er hatte keine Lust, Quenots Ausführungen erneut lauschen zu müssen. Schlimm genug, dass sie wegen der militärischen Pedanterie, mit der der Belgier ihnen den Plan – Guillaumes Plan, um genau zu sein – immer wieder vorbetete, seit über zwei Stunden hier festsaßen. Inzwischen hatte sich die Luft in der engen *gardien*-Wohnung unerträglich aufgeheizt. Kein Wunder, es gab ja nur das winzige Fenster neben der Tür zum Lüften. Für Treffen dieser Größe war das Miniappartement einfach nicht ausgelegt. In der Kürze der Zeit hatte er aber nichts Besseres auftreiben können. Und damit gerechnet, dass die Nachmittagshitze sie alle zur Eile antreiben würde. Doch da hatte er die Rechnung ohne den Ex-Soldaten gemacht. Der stand vor dem mit Post-its übersäten Küchentisch und gefiel sich sichtlich in seiner Feldherrnrolle.

Guillaume musterte die Gesichter der anderen: Sie wirkten ebenso gelangweilt. Nur Karim schien es nichts auszumachen, sich in der klaustrophobischen Enge ganz nah an Jacqueline quetschen zu können. Die hingegen sah nicht ganz so glücklich aus und schielte immer wieder verstohlen auf die Uhrzeitanzeige ihres Handys. Warum fuhr sie Quenot nicht einfach in die Parade? Hatte sie Angst, ihre Cannabisquelle könne versiegen?

Delphine und Lizzy schienen ebenfalls wie auf Kohlen zu sitzen. Da der Küchentisch als Kommandozentrale herhalten musste, hatten sie auf seinem Hochbett Platz genommen, von wo aus sie nun mit baumelnden Beinen nach unten schauten. Was Lipaire obendrein störte, war, dass Pudel Louis wegen der Hitze wild hechelnd die Bettdecke vollsabberte.

Der Belgier schien das alles gar nicht wahrzunehmen. Wie ein General vor der entscheidenden Schlacht hielt er die abgebrochene Antenne von Lipaires Küchenradio als Zeigestab in der Hand und wies auf die Notizen auf dem Tisch. Guillaumes Notizen. Der hirnlose Muskelberg spielte sich auf, als habe er gerade die Idee zur Landung in der Normandie gehabt.

»Die Pflegerin schiebt den alten Vicomte Punkt neunzehnhundert auf das Segelboot«, erklärte Quenot im militärischsten Tonfall, zu dem seine hohe Stimme fähig war. Dabei zeigte er auf einen Klebezettel mit der Aufschrift *heute Abend, 19h, Chevalier, Boot.*

Lipaire seufzte demonstrativ. Er hatte wirklich *neunzehnhundert* gesagt.

»Genau zehn Minuten später tritt Karim in Aktion und löst das Tau der Jacht von der Anlegestelle«, fuhr Quenot ungerührt fort und zeigte mit der Antenne auf ein weiteres Post-it. »Zur gleichen Zeit starte ich mit dem kleinen Schlauchboot von Guillaumes Kunden, die im Moment nicht vor Ort sind. Die von mir erzeugte Ablenkung nutzen die anderen, um das Haus zu entern.«

»Warum mach das eigentlich nicht ich?«, warf Karim ein. »Ich meine, wenn es sonst drum geht, mit einem Boot zu fahren, übernehme ich das doch auch immer.«

»Wir sind das doch jetzt schon öfter als nötig durchgegangen«, antwortete Lipaire, der diese Tortur endlich beenden wollte. »Du kennst dich am besten mit Seemannsknoten aus, also machst du das Boot los.« Er verschwieg, dass er lieber Karim mit ins Haus der Vicomtes nahm als den Ex-Soldaten mit seinen vielen Messern und sonstigen Waffen, bei denen man sich nie sicher sein konnte, ob er sie nicht doch irgendwann benutzen würde. »Außerdem kennst du das Haus.«

»Ich auch«, meldete sich plötzlich Lizzy Schindler.

»Pardon?«

»Ich war doch auch schon in dem Haus zu Gast.«

Ein paar Sekunden war es still, alle schauten die Frau überrascht an, die unablässig ihren Hund streichelte. Sie drückte den Pudel Delphine in die Hand und machte sich an den Abstieg vom Hochbett, wofür sie stolz jede Hilfe ablehnte. Delphine folgte ihr mit dem Vierbeiner.

Lipaire wartete geduldig, bis die beiden Frauen unten waren. »Sie waren zu Gast bei den Vicomtes, Madame?«

»Das habe ich nicht gesagt. Aber das Haus hat ja vor gut zwanzig Jahren noch Gilbert Roudeau gehört, wie wir alle wissen. Und bei dem war ich hin und wieder eingeladen.«

Lipaire warf erst Karim einen Blick zu, dann Jacqueline und Delphine. Vermutlich würde eine Nachfrage nur wieder eine von Lizzy Schindlers anzüglichen Geschichten zur Folge haben, also verzichteten sie darauf.

»Je mehr Ortskundige, desto besser«, warf Quenot ein. »Und Delphine ist wichtig, falls wir auf einen Laptop oder so was stoßen, den wir knacken müssen.«

»Und ich?«, fragte Jacqueline und wischte sich eine widerspenstige Strähne aus der Stirn. »Alle haben eine Aufgabe, aber ich …«

»Du bist die Allerwichtigste«, polterte Karim dazwischen, was eine peinliche Stille nach sich zog, die erst von Quenot unterbrochen wurde, der mit dem Zeigestab auf den Tisch klopfte. »Gut. Guillaume, du hast das mit der Pflegerin fest vereinbart, ja? Was, wenn Chevalier gar nicht auf das Boot will?«

Lipaire presste die Worte durch seine Zähne. »Auch wenn ich dir keinerlei Erklärungen schulde: Ich stehe schon länger in geschäftlichen Beziehungen zu Mademoiselle Bernadette. Und sie hat mir versichert, dass Chevalier, wenn er abends seine Medikamente bekommen hat, erst einmal ein bisschen weggetreten ist. Dieses Zeitfenster nutzt sie.« Lipaire wollte Quenot nun nicht mehr die Bühne überlassen. »Dann beginnt der wichtigste Teil der Aktion: Während die Vicomtes der *Comtesse* dabei zusehen, wie sie im Hafenbecken dümpelt, entern wir ihr Haus und suchen nach Hinweisen auf den Schatz. Damit rechnen sie nicht, und das nutzen wir aus!« Er reckte die Faust in die Höhe, und Karim entfuhr ein: »Ha!«

»Genau, Karim, ha! Dann sind nämlich wir am Drücker, die …«

»Moment, wer sind wir eigentlich?«, unterbrach ihn Delphine.

Lipaire war irritiert. »Ich verstehe nicht ganz. Wir sind Karim, dann natürlich meine Wenigkeit …«

»Das ist mir schon klar. Aber wir haben gar keinen Namen.« Sie blickte in fragende Gesichter. »Himmel, einen Namen für unsere Gruppe eben.«

Jacquelines Miene hellte sich auf. »Genau. In jedem vernünftigen Film hätten wir einen. Nennen wir uns doch: *Die glorreichen Sechs.*«

»Wir brauchen keinen …«

»Oder *Die Unbestechlichen*«, schlug Karim vor.

Lipaire war der Verzweiflung nahe. »*Die Unverbesserlichen* würde wohl besser passen«, presste er resigniert hervor.

»Ja, genau!« Jacqueline schien begeistert, ihre blauen Augen leuchteten. »*Die Unverbesserlichen schlagen zu!* Mann, das wär ein Titel fürs Kino …«

Fassungslos wurde Lipaire Zeuge, wie einer nach dem anderen die Worte erst murmelnd, dann immer enthusiastischer wiederholte. Irgendwann gab er seinen inneren Widerstand auf. Wenn es half, diesen Haufen unverbesserlicher Dilettanten auf ihr Ziel einzuschwören, sollte es ihm recht sein. »Also gut. Wir, *Die Unverbesserlichen*, entern das Haus des Architekten.« Auch wenn ihm der Satz ein bisschen peinlich war, verfehlte er seine Wirkung nicht. Er sah die Begeisterung in den Gesichtern seiner Mitstreiter. Jetzt fand Lipaire sogar Gefallen an seiner Rolle als Zeremonienmeister. Immerhin hatte er dadurch Quenot mit seinem langatmigen Strategiegeschwafel zum Schweigen gebracht. »*Bon*, wie gesagt, Paul hupt, wenn er bei der Jacht angekommen ist. Das ist unser Zeichen fürs Reingehen. Dann brauchen wir nur noch eins, wenn wir wieder rausmüssen, nicht, dass wir überrascht werden, wenn die Vicomtes plötzlich zurückkommen.«

Nun sah der Belgier offenbar seine Chance gekommen, wieder das Wort zu ergreifen. »Da hab ich mir schon was überlegt.« Er grinste. »Eine Überraschung.«

»Das ist kein Kindergeburtstag«, schnaubte Lipaire. »Wir müssen das Signal schon verstehen, sonst laufen wir denen in die Arme.«

»Ihr werdet es verstehen, das verspreche ich euch.«

Lipaire sagte nichts mehr. Auch wenn er einen persönlichen Groll gegen Quenot hegte, musste er zugeben, dass der – für seine Verhältnisse – bisher recht gewissenhaft gehandelt hatte. »Na dann: *Die Unverbesserlichen* machen sich ans Werk!«

Leinen los

»*Donc*, meine Kontakte bei der Polizei melden keine neuen Erkenntnisse zum Verbleib von Barral«, erklärte Henri Vicomte mit wichtigem Gesicht, als er mit seinem Laptop die Treppe herunterkam. Die Familie nahm nur mit einem müden Kopfnicken Notiz davon.

Marie erhob sich vom Fauteuil und ging am großen Sofa vorbei, auf dem ihre Tochter fläzte, wie immer mit ihrem Mobiltelefon in der Hand und ihren Airpods in den Ohren. Nur Yves hatte sich für eine Weile verabschiedet. Zunächst hatte er sie allen Ernstes gefragt, ob er sich ihren Porsche ausleihen dürfe, um eine kleine Spritztour zu machen. Doch den gab sie nicht mal ihrem Mann oder den Kindern, geschweige denn ihm. Man solle ihn kontaktieren, wenn es Neues gebe, er fahre dann eben so lange mit dem Beiboot nach Saint-Tropez, hatte er ihr mitgeteilt. Ein wenig beneidete Marie ihn um diesen Tapetenwechsel. Alles, die Stimmung in der Familie, das Haus, ja, die ganze Stadt, war geprägt von dieser furchtbaren Lethargie des tagelangen Wartens auf eine erneute Kontaktaufnahme. Jetzt musste endlich etwas geschehen, sonst würden sie ihre Zelte hier wieder abbrechen. Sie seufzte resigniert, nahm sich eines der Fläschchen *Orangina* aus dem Kühlschrank und trank es in einem Zug aus. Man musste den Tatsachen ins Auge blicken: Vielleicht war Barral ertrunken oder hatte einen Unfall gehabt, auf jeden Fall war er unauffindbar. Und mit ihm auch das Wissen um das Rätsel, nach dessen Lösung sie und ihre Familie schon so lange suchten.

»Wo ist denn mein Vater?«, fragte sie Bernadette, die, wie kurz zuvor ihr Bruder, aus dem ersten Stock kam und fahrig die oberen Knöpfe ihrer Bluse schloss.

»Er wollte noch ein wenig nach draußen, Madame«, erwiderte sie. »Ist das ein Problem?«

Marie schüttelte den Kopf. »Eigentlich nicht. Aber es dämmert schon, und die Mücken setzen ihm immer ziemlich zu.«

»Nicht, dass man wieder vergisst, ihn abends reinzuräumen«, feixte Henri.

»Hör auf, so zu reden!«, zischte Marie.

»Das war mein Fehler«, gab die Pflegerin zu. »Entschuldigen Sie noch einmal. Aber er wollte partout bis spät noch draußen sitzen. Dass er dann selbstständig auf die Jacht gefahren ist, hätte ich nicht für möglich gehalten, aber offenbar ist die Gangway für seinen Elektrorollstuhl kein Hindernis.«

»Wenn sich mein Vater etwas in den Kopf setzt, ist er davon nicht abzubringen. Aber vielleicht sollten wir die breite Gangway durch ein Brett ersetzen, über das er nicht mehr fahren kann, nicht dass er uns eines Tages ins Wasser fällt.«

Die Pflegerin verabschiedete sich, um sich mit einer Freundin auf einen *Apéro* zu treffen. Marie hatte keinen Grund gesehen, ihr den Wunsch abzuschlagen. Sie hatte sich sogar bereit erklärt, ihren Vater in etwa drei Stunden, gegen zehn, selbst zu Bett zu bringen.

Gerade, als sie sich mit einem Buch zurückziehen wollte, hörte sie durch die offene Terrassentür ein Gewirr von Stimmen, die aufgeregt durcheinanderredeten. Eine ungewöhnliche Geräuschkulisse für das ruhige, beschauliche Port Grimaud, noch dazu um diese Tageszeit. Neugierig trat Marie in den Garten und ging Richtung Wasser. Auf dem Kanal, der sich vor ihrem Haus zu dem großen Hafenbecken weitete, schien tatsächlich einiges los zu sein. Offenbar trieb dort herrenlos eine Jacht.

»*Mon Dieu!*«, schrie Marie so laut, dass sich ihre Stimme überschlug. Bei dem herrenlos herumdümpelnden Holzboot handelte es sich um die *Comtesse*, ihre eigene Jacht. Sie musste sich gelöst haben und war durch die Strömung abgetrieben worden. Und zwar mit ... »Papa!« Sie konnte ihn nirgends im Garten sehen. Immer wieder rief sie: »Papa, Papa, Papa!« Es war ihr völlig egal, dass sie von den Schaulustigen sensationslüstern angeglotzt wurde. Ihr Rufen blieb unbeantwortet. Die Jacht entfernte sich immer weiter von ihrem Grundstück und damit vom rettenden Land. Und Yves war mit dem Beiboot längst weg.

Auf den ersten Blick konnte sie ihren Vater auf der Jacht nicht entdecken. Sie drehte sich um und lief zurück nach drinnen, um Henri und Isabelle zu holen. Irgendjemand musste ins Wasser, die *Comtesse* sichern und den alten Herrn retten – und zwar schleunigst. Nicht auszudenken, wenn er durch das Schaukeln mit seinem Rollstuhl ins Wasser kippen würde.

»Was ist denn los?«, wollte Henri wissen, als Marie ins Wohnzimmer stürmte.

»Was los ist? Papa ist los!«

Zusammen rannten sie wieder zum Steg und sahen hilflos dem Drama zu, das sich dort draußen auf dem Wasser abspielte. Henri schüttelte ungläubig den Kopf.

»Und *papi* ist da drauf? Wie schrecklich!« Isabelle klang, als würde sie gleich anfangen zu weinen.

»Wer hat denn das Boot vertäut?«, wollte Henri wissen.

»Yves natürlich, wer sonst«, raunte Marie ihrem Halbbruder zu. »Egal, Schuldzuweisungen bringen uns jetzt auch nicht weiter. Los, wir müssen etwas unternehmen!«

Henri zog die Schultern hoch. »Mist, das Dingi ist nicht da. Und wir können ja schlecht rüberschwimmen.«

Mit zusammengekniffenen Augen sah Marie ihn an. »Wieso denn nicht?«

»Wenn *papi* mit dem Rollstuhl über Bord geht, ertrinkt er

doch!«, rief Isabelle mit schriller Stimme. »Ich spring rein und schwimm zu ihm.«

Marie schüttelte den Kopf und legte ihr eine Hand auf die Schulter. »Du allein kannst doch auf dem Boot gar nichts ausrichten, Kind.« Erzürnt sah sie ihren Halbbruder an. »Henri, das ist jetzt verdammt noch mal dein Job.«

»Ach ja? Weil ich der einzige Mann bin?«

»Zum Beispiel, ja.«

Henri lachte bitter auf. »Bist du verrückt? Erstens bin ich nicht mehr ganz nüchtern, zweitens kein Rettungsschwimmer und zugegeben nicht gerade der Fitteste. Wenn wir jetzt alle wie die Lemminge ins Wasser springen, ist Papa auch nicht geholfen. Nein, wir brauchen ein Boot.«

Noch bevor er den Satz zu Ende gesprochen hatte, hörten sie das Knattern eines Außenborders.

»Na also, da haben wir ja schon eins.« Henri deutete auf das Schlauchboot, das sich im Schneckentempo in ihr Blickfeld schob. Offensichtlich war es völlig untermotorisiert. Aber sie hatten keine Wahl.

»Wir müssen den Fahrer auf uns aufmerksam machen«, forderte Isabelle sie auf. Mit ihrer Mutter winkte und rief sie aus Leibeskräften, doch der Muskelprotz mit Tarnweste, der das Boot lenkte, schien sie nicht zu bemerken. Wahrscheinlich, weil der Motor zu laut war. Zudem standen auf den meisten Terrassen und Stegen inzwischen Schaulustige, die aufgeregt gestikulierten und lautstark durcheinanderredeten.

»Kannst du dich mal beteiligen, Henri?«, forderte Marie ihren Halbbruder auf.

»Soll ich jetzt auch noch das Winkemännchen geben?«

Die beiden Frauen funkelten ihn böse an.

»Na schön«, sagte er schulterzuckend, dann brüllte er: »He, Schlauchboot-Mann! Hierher!«

Tatsächlich wandte der Typ im Boot nun den Kopf, zog an der Pinne des Außenborders und drehte in ihre Richtung. »Meinen Sie mich?« Er besaß eine derartig helle Fistelstimme, dass Marie trotz der dramatischen Lage ein kurzer Lacher entfuhr.

»Schnell! Sie müssen uns helfen!«, rief Henri ihm zu.

Der Mann drehte den Motor hoch und steuerte auf sie zu.

»Nein, nicht hier, dort!«, schrie Marie und versuchte, ihm klarzumachen, dass sie ihn bei der Jacht brauchten. Doch er hielt stoisch Kurs und stoppte schließlich an ihrem Steg. »Worum geht es denn?«, wollte er wissen.

Marie schilderte ihm hektisch ihre Notlage. Der Fremde nickte verständnisvoll, dann erklärte er in zackig-militärischem Ton: »Werde mich um die Sache kümmern. Habe schon in der Straße von Hormus Ertrinkende aus einer sinkenden Fregatte gezogen. Verlassen Sie sich auf mich.« Dann gab er wieder Gas. »Ich nehme die Jacht mit dem Bootshaken in Schlepp«, piepste er über die Schulter. »Dann berge ich den Mann an Bord.«

Sie verfolgten ungeduldig, wie er zur *Comtesse* zuckelte und kurz davor mehrmals so laut hupte, dass die Schaulustigen wie auch die Vicomtes zusammenzuckten. Vielleicht irgendein Rettungssignal, mutmaßte Marie. Sie wischte sich die schweißnassen Hände an ihrem Rock ab und bemerkte, dass sie zitterte. Würde das alles gut gehen?

Guillaume Lipaire kauerte zusammen mit Jacqueline, Lizzy und ihrem Hund hinter ein paar Oleanderbüschen am Rande der kleinen Grünanlage, von der aus sie die Eingangstür zur Villa der Vicomtes gut im Blick hatten. Streng genommen handelte es sich um einen sandigen Platz, auf dem ein paar Bäumchen standen und auf dem die Hunde aus den umliegenden Häusern ihre Notdurft verrichten konnten. Louis schien das Versteck deshalb besonders gut zu gefallen, er hatte bereits sämtliche Ecken markiert.

»Wo bleibt sie denn?«, fragte Jacqueline und schaute zum dritten Mal innerhalb einer Minute auf ihre Armbanduhr. Sie meinte Delphine, die sie zum Kanalufer geschickt hatten, um die Lage zu sondieren und ihnen Bescheid zu geben, wenn es losgehen konnte. Lipaire linste aus dem Versteck – und sah im selben Moment die kleine Frau, die mit hochgezogenen Schultern und geducktem Kopf auf sie zurannte. »Sie sind jetzt alle draußen«, japste sie, als sie angekommen war.

Ein Blick auf seine Uhr verriet ihm, dass sie nur unwesentlich hinter dem Zeitplan lagen. Alles lief wie am Schnürchen. Nun mussten sie nur noch auf das Zeichen warten. Und das kam bereits nach ein paar Minuten in Form eines lauten Hupens. Sofort schlenderten sie betont unauffällig zur Haustür, blickten sich ein paar Mal um, dann steckte Guillaume den Schlüssel ins Schloss.

In dem Moment, als er die Tür aufdrückte, gesellte sich Karim wieder zu ihnen. Er war klatschnass. »Ich musste ins Wasser, sonst hätt ich die *Comtesse* nicht losgekriegt, ohne entdeckt zu werden«, beantwortete er den fragenden Blick seines Freundes.

»Gut, aber trockne dich drinnen ab. Wir wollen keine Spuren hinterlassen. Und passt ja alle auf, dass man euch vom Steg aus nicht sieht.« Dann öffnete Lipaire die Tür, und sie schlüpften hinein.

Im großen Salon eilte er sofort zum Fenster, schob die Vorhänge vorsichtig ein paar Millimeter zur Seite und spähte hinaus. Die Vicomtes standen aufgereiht wie die Hühner auf der Stange draußen und schauten gebannt aufs Wasser, auf dem ihr Segelschiff trieb. Daneben schipperte Quenot mit seinem Schlauchboot. Allerdings war der Alte noch immer nicht auf der Jacht zu sehen. Ob ihn die Pflegerin in die Kajüte gesperrt hatte? Letztlich egal, Hauptsache, die Ablenkung funktionierte. Und das tat sie offenbar. Denn nicht nur die Vicomtes hatten von der Sache Wind bekommen, auch aus den anderen Häusern tauchten immer mehr Menschen auf, als sie bemerkten, dass die Jacht führerlos auf dem Kanal trieb.

»Wo sollen wir eigentlich anfangen?«, wollte Delphine wissen.

Die Frage erwischte Guillaume auf dem falschen Fuß. Zwar hatte er bis hierhin alles geplant, wie sie nun aber weiter verfahren sollten, darüber hatte er sich noch keine Gedanken gemacht. Er war sich sicher gewesen, dass ihnen vor Ort schon etwas auf- oder einfallen würde.

»Ich hab vielleicht eine Idee«, meldete sich Jacqueline zu Wort.

Lipaire atmete erleichtert auf.

»Also, ich mach ja öfter Escape-Rooms.« Erwartungsvoll schaute sie die anderen an, doch die starrten nur fragend zurück. »Das sind Räume, aus denen man in einer bestimmten Zeit wieder rausmuss.«

»Du meinst ein Stundenhotel?«, fragte Delphine.

»Äh ... nein!«

Mit einer auffordernden Handbewegung animierte Lipaire sie, weiter laut zu denken.

»Also, ich würde sagen, wir suchen vor allem nach Zwischenböden oder Hohlräumen, schauen auf die Unterseiten der Tischplatten, in Lampenschirme und so weiter. So würde man im Escape-Room auch vorgehen.«

Als sich keiner rührte, verkündete Lipaire: »Ihr habt sie gehört, an die Arbeit!«

Alle schwärmten aus und begannen geschäftig, nach etwas zu suchen, von dem sie weder wussten, ob es da war, noch, was es überhaupt sein sollte. Lipaire selbst kam gar nicht dazu, mitzumachen, denn er musste ständig hinter den anderen herräumen, um ihre Spuren zu beseitigen. Allein dass Karim überall im Haus nasse Fußabdrücke hinterließ, hielt ihn auf Trab. Und dann musste er seinen Komplizen auch immer wieder klarmachen, dass das, was sie ihm zeigten – das Preisschild einer gläsernen Karaffe etwa oder die auf einer Seite mit Tabakwerbung aufgeschlagene Illustrierte –, nicht das sein konnte, was sie finden wollten.

Auf dem Bootssteg sahen die Vicomtes atemlos dabei zu, wie der Camouflage-Typ versuchte, seinen lächerlichen Plastik-Bootshaken an der *Comtesse* festzumachen. Immer, wenn er abrutschte, wurde das vom Raunen der umstehenden Gaffer auf ihren Terrassen begleitet. Wie Marie diese neureichen *crétins* hasste!

»Der stellt sich total bescheuert an«, kommentierte Isabelle aufgeregt. »Ob wir jemand anders fragen sollen?«

Henri lachte bitter auf. »Siehst du irgendjemanden, der infrage käme, Schätzchen?«

»Henri hat leider recht«, musste Marie zugeben und strich ihrer Tochter sanft übers Haar. »Bestimmt wird alles gut.« Dass sie selbst erhebliche Zweifel daran hatte, behielt sie für sich.

Nun probierte der wenig begabte Retter, die beiden Boote mit einer Leine zu verbinden, doch immer, wenn sich ein wenig Spannung aufbaute, ging der Knoten auf. Einmal riss eine Öse am Schlauchboot aus, ein andermal löste sich ein Karabiner.

»Was für ein grässlicher Dilettant!«, zischte Marie genervt. »Das Einzige, was der jemals gerettet hat, ist wahrscheinlich eine Plastikente. Aus den Fluten seiner Badewanne.«

»Respekt, Schwesterherz«, erklärte Henri grinsend. »Ein richtig poetisches Bild.«

»Spar dir deine Komplimente für bessere Zeiten«, brummte sie zurück. »Ruf ihm lieber zu, dass er endlich an Bord gehen und nach Papa sehen soll.«

Doch die Distanz war zu groß, Henris Stimme drang längst nicht mehr zu dem Mann auf dem Boot durch. Sie waren zur Untätigkeit verdammt.

Auf dem Schlauchboot wusste Paul Quenot genau, was er zu tun hatte. Alles lief nach Plan. Jetzt musste er zum nächsten Schritt übergehen. Mehrmals hatte er den Haken angesetzt, an der Jacht geruckt, dann die Leine zum Einsatz gebracht und dafür gesorgt, dass sie sich jedes Mal wieder löste. Jetzt näherte er sich mit dem Schlauchboot erneut dem hölzernen Rumpf der *Comtesse* und versuchte, an Bord zu klettern, wobei er sich immer wieder absichtlich zurückgleiten ließ. Erst nach zahlreichen missglückten Versuchen setzte er zu einem gezielten Sprung Richtung Reling an, hielt sich mit beiden Händen daran fest, machte einen beherzten Klimmzug und schwang sich an Bord.

Aber wo um alles in der Welt war der Alte? Der Belgier sah sich um. An Deck keine Spur von ihm.

Eigentlich hätte der Mann hier oben sitzen sollen. Quenots Puls beschleunigte sich. Was, wenn sich der Rollstuhl durch das Rucken, das durch die missglückten Schleppmanöver verursacht worden war, bewegt hatte und der Senior ins Wasser gerutscht war? Hektisch stieg er die Treppe hinab, die unter Deck führte, doch auch dort war kein Mensch zu sehen.

»Merde!«, zischte er und ballte seine rechte Hand zur Faust. Er bemerkte, wie sein Blutdruck in die Höhe schoss. »Nicht schon wieder!« Er kletterte zurück nach oben und schüttelte den Kopf. Das konnte doch alles nicht wahr sein! Hatte er erneut einen Menschen auf dem Gewissen, obwohl er ihm gar nichts hatte tun wollen? Wahrscheinlich war er verflucht, weil er in seiner Zeit bei der Legion zu viele Männer ins Jenseits befördert hatte. Dabei wollte er doch einfach nur noch Gärtner sein und ein friedliches Leben führen.

»Kann man helfen?«, hörte er eine Stimme rufen. Zwei junge Männer in einem schnittigen Elektroboot schauten zu ihm herauf.

Er musste sich zusammenreißen, vielleicht war der Alte ja

noch zu retten. »Könnt ihr tauchen und den Grund absuchen? Vielleicht ist einer über Bord gegangen.«

»Vielleicht? Wieso vielleicht?«

»Keine Zeit für Erklärungen.«

Die beiden nickten. »Hier? Rings um die Jacht?«

»Genau. Beeilt euch, es ist ein alter Mann im Rollstuhl!« Quenots Stimme klang nun selbst in seinen eigenen Ohren schrill. Die beiden Jungs hatten bereits ihre Shirts ausgezogen und sprangen ins Wasser. Und er würde die Sache von hier oben überwachen, schließlich war Wasser nicht unbedingt sein Element. Schon als Kind hatte er so ungern den Kopf untergetaucht, dass man ihn als *Quietscheente* verspottet hatte.

»*Rien du tout*«, konstatierte einer der Jungs nach ein paar Minuten. Er und sein Kumpel waren immer wieder abgetaucht, um kurz darauf kopfschüttelnd wieder an der Wasseroberfläche zu erscheinen. Auch Quenot konnte von hier oben nichts auf dem Grund des Kanals erkennen. Ob der elektrische Rollstuhl unter Wasser noch ein Stück weitergefahren war? Der Belgier presste die Lippen aufeinander und sah auf seine Survival-Uhr. Wenn der alte Herr tatsächlich in den Kanal gerollt war, war ihm nicht mehr zu helfen: Seit er an der Jacht angekommen war und wie verabredet gehupt hatte, waren schon über zwanzig Minuten vergangen.

»Unvorhersehbarer Kollateralschaden, das mit dem Alten«, zischte Paul sich selbst zu, dann bat er die beiden Helfer, vom Wasser aus seine Schleppleine am hinteren Messinghaken der *Comtesse* zu befestigen.

»Wir können die Jacht in Schlepp nehmen. Unser Motor hat viel mehr Leistung als dein Mini-Außenborder.«

Paul winkte ab. »Danke, aber es kommt nicht auf die Größe an. Auch nicht bei Booten. Ich habe im Tschad mehrere Wochen einen militärischen Hochseeschlepper gefahren. Der war auch untermotorisiert.«

»Im Tschad?«, hakte der Größere der beiden stirnrunzelnd nach, während er sich noch immer im Wasser befand.

»Genau. Nigerianisches Grenzgebiet. Richtung Mali. Im Herbst 2013 muss das gewesen sein.«

Der Große sah seinen Kumpel verwundert an. »Ich dachte immer, dass die drei Länder gar keinen Zugang zum Meer haben. Die liegen doch im Inneren Afrikas.«

Quenots Augen flackerten. Er leckte sich nervös die Lippen, dann sagte er schnell: »Ja, denken viele.«

Bevor der andere nachhaken konnte, fuhr Quenot fort: »Also, ich gehe zurück auf mein Zodiac. Und ihr könnt auf euer Boot und euch abtrocknen, nicht dass ihr euch noch erkältet. Gute gemeinsame Aktion, Männer. Danke, im Namen des Gefallenen.«

Im Wohnzimmer der Vicomtes wurde Guillaume Lipaire langsam unruhig. Sie hatten nicht ewig Zeit. Noch einmal würden sie nicht hier reinkommen, solange die Vicomtes in Port Grimaud waren. Jedenfalls nicht so leicht.

»Ach, schau mal an«, hörte er Lizzy rufen, die vor der Küchenzeile stand.

Sofort lief Lipaire zu ihr. »Was gefunden?«

»Gefunden ist zu viel gesagt. Aber die Arbeitsplatte hier …«

»Ja?«

»Die war damals viel breiter.«

»Damals?«

»Ja, ich weiß das so genau, weil …«

»Kann ich mir schon denken. Aber bitte, konzentrieren Sie sich auf unsere Mission, Madame Lizzy.«

Sie nickte, und Guillaume ging zurück in den Wohnbereich, wo Delphine sich gerade mit dem Schraubenzieher eines Multifunktionswerkzeugs an einer teuer aussehenden Stehleuchte zu schaffen machte. »Niemand darf merken, dass wir hier waren, das ist doch allen klar, oder?«, fragte er in die Runde, blickte dabei aber bewusst Delphine an.

»Oh«, antwortete die, »dann schraub ich die Kabel einfach wieder ... also, das ist gleich erledigt.«

Verzweifelt raufte er sich die Haare. So würde das nichts werden, sie würden nichts finden, zu viele Spuren hinterlassen, auffliegen, zur Zielscheibe der Vicomtes werden ... Fahrig eilte er zum Fenster. Durch den Spalt zwischen den Vorhängen sah er, dass die Segeljacht noch immer auf dem Kanal dümpelte, allerdings nun nicht mehr allein. Quenots Boot schwamm direkt daneben. Wenigstens lief alles nach Plan. Allerdings entdeckte er neben dem Schlauchboot zwei junge Männer im Wasser, die ab und zu untertauchten. Was, um Himmels willen, hatte der verrückte Belgier da nur wieder angerichtet? Eigentlich war das doch ganz anders besprochen gewesen. Klar, die Ablenkung war ihm gelungen, aber den Teil mit dem *nicht mehr Aufsehen als nötig* hatte er ganz offensichtlich ignoriert. Immerhin verschaffte ihnen das noch ein bisschen mehr Zeit, es sah nicht so aus, als würde sich das Chaos auf dem Wasser bald auflösen.

»Die sehen krass aus. Wie teuer sind die denn?«

Lipaire drehte sich um und sah, wie Karim ehrfürchtig den gläsernen Weinschrein betrachtete. Auch die anderen horchten auf, was Lipaire ärgerte. Nun war wirklich nicht der Zeitpunkt, eine solche Frage zu erörtern. »Keine Ahnung. Sechsstellig. Es gab mal eine Auktion, bei der eine von ihnen versteigert wurde.«

Karim pfiff durch die Zähne. »Nehmen wir doch einfach die Flaschen mit, dann müssen wir nicht mehr umständlich irgendeinen Schatz suchen.«

»*Putain*, Karim«, platzte Lipaire der Kragen. »Das Ding ist aus Panzerglas und einbruchsicher. Und außerdem sind wir keine gottverdammten Diebe. Jedenfalls nicht so direkt.«

»Ausdrucksweise!«, gab der Junge grinsend zurück.

»Jaja, schon gut. Ich weiß eben nicht mehr, wo mir der Kopf steht.«

»Hast du schon mal davon getrunken?«, mischte sich Jacqueline ein.

»Spinnt ihr?« Guillaumes Stimme klang schrill. Er hatte zwar schon den einen oder anderen bewundernden Blick drauf geworfen, sich aber nie daran vergriffen. Es gab schließlich Grenzen. »Was glaubt ihr, was da los wäre? Wahrscheinlich ist der eh längst ungenießbar.«

»Nein, noch immer vollmundig und sanft«, krächzte plötzlich eine dünne Stimme.

Lipaire wollte schon antworten, da wurde ihm bewusst, dass die Stimme zu keinem von ihnen gehörte. Ein Schauer lief ihm über den Rücken.

»Rund und harmonisch, von samtenem Rot«, tönte es wieder.

Jetzt realisierten es auch die anderen. Mit schreckgeweiteten Augen standen sie da.

»Was ... wer war das?«, hauchte Jacqueline.

»Es kam von dahinten.« Karim zeigte auf den Weintresor.

Lipaire näherte sich langsam, stellte sich auf Zehenspitzen, lugte über die Glasvitrine – und zuckte zurück, als habe er einen elektrischen Schlag bekommen. Kreidebleich drehte er sich zu den anderen um.

»Könntest du den Herzinfarkt vielleicht auf später verschieben?«, fragte Delphine.

»Der Alte ist hier drin.«

»Wer?«

»Chevalier Vicomte.« Lipaire flüsterte den Namen nur, auch wenn er gleichzeitig dachte, dass das ziemlich sinnlos war. Er musste schon die ganze Zeit da gewesen sein, alles gehört haben, was sie gesagt hatten.

»Aber ... der Opa sollte doch auf der Jacht sein«, zischte Delphine.

Da meldete sich Chevalier wieder. »Was soll ich denn auf dem Boot, Marie?«

»Marie?«, wiederholte Delphine und blickte die anderen fragend an.

Lipaire verstand sofort und gab ihr ein Zeichen, weiterzusprechen. Offenbar verwechselte der Alte sie mit seiner Tochter. Das könnte ihr Ausweg sein.

Delphine verstand und erwiderte mit gespreizter Stimme: »Ich ... ja, oh mein Vater, weil ich eben gedacht habe, du wärest gern noch ein Weilchen auf dem Boote.«

»Boote?«, formte Lipaire lautlos mit den Lippen und warf ihr einen erstaunten Blick zu. Sie schaute sich nur demonstrativ um, was wohl so viel bedeuten sollte wie: *Hier spricht man eben so.*

»Ich bin aber lieber bei euch«, krächzte der Alte. Immerhin hatte er ihre Schmierenkomödie nicht durchschaut. »Ist denn das Boot noch immer beschädigt, Yves?«

Wieder tauschten sie gehetzte Blicke, bis Karim antwortete: »Nein, war ja nur das Ruder verklemmt. Der nette, hilfsbereite Wassertaxifahrer hat es schnell und hervorragend repariert.«

»Nur das Ruder, verstehe.«

»Vielleicht wär's besser, wenn du jetzt ein bisschen schläfst«, ging auf einmal Lizzy Schindler dazwischen. Eine Zeit lang sagte der Alte nichts, bis er plötzlich eine Antwort hauchte, die Lipaire in diesem Zusammenhang überhaupt nicht verstand: *»Tarte au miel?«*

»Ich glaub, er hat Hunger«, sagte Delphine.

»Nein, das glaube ich nicht«, erwiderte Lizzy grinsend.

»Warum?«

»Wartet ab«, blieb die alte Dame nebulös.

»*Ma douce tarte au miel*, habe ich etwa eine Verabredung vergessen?«

Delphine schaute Lizzy Schindler mit zusammengezogenen Brauen an: »Kennt ihr euch?«

»Ach was, der Alte ist im Delirium«, flüsterte Jacqueline. »Wahrscheinlich Unterzucker. Das kenn ich von Paul. Wenn der zu wenig gegessen hat, wird er zum Tier.«

»Unterzucker? Zum Tier? Kennst du?«, wiederholte Karim mit heiserer Stimme.

Da rief Lipaire sie zur Ordnung: »Könntet ihr euch bitte mal konzentrieren, *mon Dieu*? Habt ihr vergessen, weswegen wir hier sind? Wir versuchen, Roudeaus Rätsel zu lösen, damit wir ...«

»Roudeau«, zischte da Chevalier Vicomte. »Roudeau, wenn ich dich in die Finger bekomme! Ich kenne dich. Bin im Bilde. Alles kannst du nicht vor mir verstecken.«

Aufgeregt blickte Lipaire zu den anderen. »Was hast du denn gefunden, du alter Fuchs?«

Ein kehliges Lachen ertönte von hinter der Vitrine. Ob der Alte sie durchschaut hatte?

»Das Bild. Ja, ich weiß es längst. Ich habe es gesehen. Habe ... hindurchgesehen.«

»Kommt das nur mir so vor, oder hat der mächtig einen an der Klatsche?«, flüsterte Delphine.

Doch Lipaire hob mahnend einen Zeigefinger. Sicher, es war offensichtlich, dass der Patriarch der Vicomtes ziemlich wirr im Kopf war. Aber auch wenn das, was er sagte, nicht für sie bestimmt war, so konnten die Bilder, die dem alten Vicomte durch den Kopf schossen, doch einen realen Hintergrund haben. *Bilder!* Guillaume blickte sich um. Es gab nur ein einziges Bild im Raum. Ziemlich seltsam, wenigstens ein paar Familienfotos hätte er doch erwartet. Aber es hing nur ein großes Ölgemälde an der Wand gegenüber der Vitrine. Lipaire schaute hektisch auf seine Armbanduhr: Sie wollten eigentlich längst wieder draußen sein. Ihnen blieb nur noch diese eine Chance. Ehrfürchtig ging er auf das Gemälde zu. Es zeigte eine Stadtansicht von einem der breiten Kanäle aus, mit Blick ins Hinterland und einer winzigen, dicht bewachsenen Insel im Vordergrund, der Île Verte.

Die Blicke der anderen folgten Lipaire gespannt, als er das Bild vorsichtig abhängte. Es war schwerer als gedacht, und er geriet leicht ins Straucheln, setzte es aber sicher ab. In die Wand dahinter war als Relief ein Spruch eingelassen.

»*Auf diesen Felsen werde ich meine Gemeinde bauen, und die Pforten der Hölle werden sie nicht überwältigen.*« G. R.

Marie Vicomtes Augen waren feucht, als sie vom Bootssteg aus zu dem kleinen Schlauchboot blickte, das in Kriechfahrt auf sie zukam, die *Comtesse* im Schlepp.

Isabelle kullerten Tränen über die Wangen. »Er kommt zurück. Sie scheinen Opa nicht gefunden zu haben!« Sie hatten gesehen, dass zwei weitere Männer in den Kanal getaucht waren, doch was genau vor sich gegangen war, hatten sie nicht erkennen können.

»Ob wir einen Hubschrauber anfordern sollten?«, dachte Marie laut. »Und die Polizei, die Küstenrettung, was weiß ich ... nicht auszudenken, wenn er wirklich über Bord gegangen ist ...«

Henri atmete resigniert aus. »Nach der langen Zeit hätte Papa doch keine Chance mehr.«

Marie schluckte. Was er da sagte, klang so schrecklich endgültig. Aber vielleicht war er ja in der Kajüte.

»Mann über Bord. Suche verlief ohne Ergebnis«, erklärte der tätowierte Muskelberg, als er mit seinem Schlauchboot endlich am Steg ankam.

Also doch. Marie konnte es nicht fassen. Nein, das durfte einfach nicht sein. Mechanisch legte sie ihren Arm um Isabelle, die von einem heftigen Weinkrampf geschüttelt wurde.

»Trotzdem danke. Sie haben Ihr Bestes gegeben«, hörte sie ihren Halbbruder sagen.

»War lange Jahre in der militärischen Seenotrettung tätig«, schnarrte der Mann auf dem Schlauchboot stolz. Jetzt erst fiel Marie sein Akzent auf. Belgier, vermutete sie.

»Ja, das sieht man«, murmelte Henri vielsagend. Der erfolglose Retter machte die Leine von der Jacht los und warf sie in sein Boot. Henri vertäute das Holzschiff wieder am Steg. »Ich werde nun eine Leuchtpatrone für den Verblichenen abschießen. Als letzten Salut. Achtung!« Der Mann zog eine Signalpistole aus seiner Weste. Mit einem Zischen stieg die Munition in den Himmel, öffnete sich hoch über den Dächern Port Grimauds zu einer roten Kugel und tauchte alles in unwirkliches Licht.

Im Salon starrten Lipaire und die anderen noch immer gebannt auf die Worte, die hinter dem Bild erschienen waren, als es draußen derart laut krachte, dass sie alle zusammenzuckten. Guillaume spürte, wie sein Herz schneller schlug. Jemand hatte geschossen.

Wenige Sekunden später drang flackerndes rötliches Licht durch die Fenster herein und verwandelte ihre Gesichter in gespenstische Masken. »Das Zeichen!«, zischte Lipaire.

Die Erstarrung fiel schlagartig von ihnen ab, sie rannten wild durcheinander, versuchten, alles, so gut es ging, wieder in den Zustand zu versetzen, den sie vorgefunden hatten. Guillaume zog sein Handy heraus und fotografierte den Spruch und das Bild, dann hängte er das Gemälde wieder auf. Den alten Herrn ließen sie einfach in seinem Rollstuhl sitzen.

»Wir müssen raus, beeilt euch!« Keuchend rannte Lipaire zur Haustür und riss sie auf. Mit hektischen Handbewegungen bedeutete er den anderen, sich zu beeilen. Einer nach dem anderen lief hektisch an ihm vorbei, erst Karim, der an der Tür jedoch Jacqueline den Vortritt ließ, dann Lizzy Schindler mit Hund, die in der Eile gar nicht mehr so gebrechlich wirkte. Guillaume wollte ihnen schon folgen, da bemerkte er, dass noch jemand fehlte. »*Putain*, Delphine, was machst du denn da?«, zischte er, als er sie reglos vor einem kleinen Sekretär stehen sah.

»Ich ... da ist etwas, das du dir ansehen solltest.«

»Wir haben keine Zeit mehr, wir müssen ...«

»Komm her!«, zischte sie mit einer solchen Schärfe, dass er ihr ohne weitere Worte Folge leistete.

Sie zeigte auf ein Blatt, das auf der Arbeitsfläche des Tischchens lag. Lipaire erschrak. »*Merde*«, presste er hervor.

»Was jetzt?«

»Steck's ein – und dann nichts wie raus.«

Marie Vicomte schüttelte niedergeschlagen den Kopf und sah auf die Planken ihres Bootsstegs. »Lasst uns reingehen, ich ertrage es hier draußen nicht mehr. Und wir müssen den Rettungsdienst alarmieren.«

»Was passiert denn jetzt mit der Firma?«, fragte Henri, als sie über die Terrasse das Haus betraten.

Marie blitzte ihn zornig an. »Kannst du nicht mal warten, bis sie ihn geborgen haben?«

Ihr Bruder hob abwehrend die Hände.

»Die Leuchtkugel hätte *papi* gefallen. Wie traurig, dass er sie nicht mehr sehen konnte«, schluchzte Isabelle.

»Ja, das war schön«, krächzte da eine dünne Stimme. Eine Stimme, die Marie bekannt vorkam. »Papa?«, fragte sie, auch wenn sie wusste, dass sie sich das nur einbildete. Sie schluchzte auf.

»Wer flennt denn da?«, tönte die Stimme.

»*Papi?*« Isabelle schaute ihre Mutter ungläubig an.

»Irgendwie klingt ihr ganz anders als gerade noch. Tut mir leid, ich muss heute noch weg. Meine *tarte au miel* wartet ja auf mich. Sie wird sich nur noch ein wenig frisch machen.« Die drei sahen sich ratlos an, dann bewegte sich Marie in die Richtung, aus der die Worte gekommen waren, und warf einen Blick hinter den gläsernen Weinschrank, wo ihr Vater mit leuchtenden Augen und rosigen Backen quicklebendig in seinem Rollstuhl saß.

Undichte Stellen

Inzwischen war eine gute Stunde vergangen, seit Marie ihren Vater unversehrt vorgefunden hatte. Sie konnte ihre Freude kaum in Worte fassen, dass alles noch einmal gut gegangen war.

»Woher kommt das Wasser? Wir haben doch keine undichte Stelle, oder?« Yves, der inzwischen von seiner Spritztour zurückgekehrt war, stand vor der Toilettentür im Erdgeschoss und zeigte auf die Fliesen.

Henri stellte sich neben ihn. »Seltsam.«

Sie blickten einander an, dann wandten sie ihre Köpfe in Richtung Chevalier. »Meinst du, dass Opa …«, begann Yves, kam aber nicht dazu, den Satz zu vollenden.

»Hör auf!«, fuhr Marie ihn an. »Du weißt genau, dass Papa nicht … hör einfach auf.«

»Das Bild …«, krächzte da Chevalier Vicomte in seinem Rollstuhl. »Das Bild hängt schief.«

Da verzog Yves seine Lippen zu einem Grinsen. »Sicher, Opa, das Bild«, sagte er, um dann flüsternd hinzuzufügen: »Und da kommt dir nie der Gedanke, liebe Tante, dass unser alter Herr ein bisschen … du weißt schon …«

Schnaubend wandte Marie sich ab. Sie hasste es, wenn die jüngere Generation ihrem Vater nicht den Respekt entgegenbrachte, den er verdiente. Auch wenn er sich manchmal seltsam verhielt: Ihm hatten sie alles zu verdanken. Sie ging zu ihm und streichelte ihm über die Schulter.

»Das Bild«, brummte er abwesend vor sich hin. »Schief. Ja, das ist es. Schief.«

»Sagt mal, hat vielleicht jemand von euch die Tür offen gelassen?«, wechselte Yves das Thema.

Isabelle, die am Tisch saß, schüttelte den Kopf. »Überlass das Kommissarspielen doch Onkel Henri.«

»Aber es könnte doch sein, dass dieser Erpresser hereingekommen ist, während ihr …«

»Wahrscheinlich hast du sie offen gelassen, als du aus Saint-Tropez zurückgekommen bist, und nun willst du mal wieder von dir ablenken.«

»Nicht so voreilig. Ich glaube, dein Cousin hat da einen Punkt«, mischte sich Henri ein. Mit schnellen Schritten ging er zum Sekretär und drehte sich zu ihnen um. »Verdammt, das Erpresserschreiben mit dem Foto ist weg! Dabei hat es vorhin noch hier gelegen. Dieser Umstand zusammen mit dem unerklärlichen Wasserfleck und der Haustür lässt nur einen Schluss zu: Irgendjemand muss hier drin gewesen sein, während wir alle draußen gestanden haben.«

Triumphierend klatschte Yves in die Hände. »Hab ich's nicht gesagt? Ich sollte auch Krimis schreiben. Womöglich *richtig* erfolgreiche.«

Henri klopfte ihm auf die Schulter. »Vielleicht lieber Sachbücher. Übers Schiffeversenken.«

»*Papi* war doch hier drin, er hätte es bemerkt. Nicht wahr, Opa?«, sagte Isabelle.

Chevalier lächelte sie an und nickte. »Schief. Ganz schief.«

»Ja, du hast recht.« Yves nickte ernst. »Er ist wie ein Radargerät, das ständig auf Empfang ist.«

»Aber wer klaut denn einen Erpresserbrief?«, dachte Marie laut nach. »Wohl kaum der Erpresser selbst, oder?«

»Das … kann durchaus vorkommen«, versuchte sich Henri an einer Erklärung. »Wenn er kalte Füße bekommt.«

Marie sah ihn skeptisch an.

»Oder, das ist vielleicht noch wahrscheinlicher, wenn er mehr Geld will.«

»Es stand doch gar keine Summe drauf, du großer Krimineraler«, ätzte Yves.

Henri wirkte verunsichert.

»Was ist denn los?«, wunderte sich Marie. »Überfordert dich die ganze Situation auf einmal? Weil deine Theorien alle ins Nichts führen? Wir können es uns nicht leisten, dass einer von uns die Nerven verliert.«

»Keine Angst, ich werde der Letzte sein, dem das passiert.«

»Ich kann Onkel Henri gut verstehen«, sprang Isabelle ihm bei. »Jedenfalls werde ich kein Auge mehr zutun, wenn wirklich jemand hier eingebrochen ist. Was kommt als Nächstes? Wir liegen friedlich in unseren Betten, während hier Fremde rumspazieren, die weiß Gott was vorhaben.« Sie schüttelte sich.

»Aber ihr wart doch gar nicht im Haus, du Heulsuse«, blaffte Yves seine Cousine an. »Ihr wart alle draußen, weil ihr dachtet ...«

»Moment!« Henri hatte das Wort so laut gerufen, dass alle augenblicklich zu ihm schauten. »Wir waren draußen, das stimmt. Aber warum? Weil die *Comtesse* im Hafen trieb. Aber vor allem, weil wir dachten, Chevalier sei auf dem Boot. Versteht ihr?«

Yves lachte. »Gut, dass wir Hercule Poirot unter uns haben. Darauf wären wir ja selber nie gekommen.«

»Halt die Klappe, du Grünschnabel. Was ich meine, ist: Wer hat ihn denn nach draußen gebracht?«

Wenig später saß die Pflegerin am großen Esstisch im Salon und spielte fahrig mit einem Taschentuch in ihrer Hand, während die Vicomtes um sie herumstanden und sie anstarrten.

»Also, Bernadette, haben Sie uns etwas zu sagen?«, eröffnete Marie das Gespräch, das nicht zufällig wie ein Verhör wirkte.

»Ich ... nein, ich weiß nicht ...«

»Hatten Sie meiner Schwester vorhin etwa nicht gesagt, unser Vater sei draußen auf der Jacht?«, schoss Henri sofort die nächste Frage ab.

»Nein, das ... ich sagte, er sei draußen, ich meinte im Garten, aber was ist denn passiert, ich ...«, stammelte Bernadette.

Marie sog die Luft ein. »Die Jacht hat sich gelöst, ist abgetrieben und ...«

Bernadette fiel ihr aufgeregt ins Wort. »Ist Monsieur Chevalier denn etwas zugestoßen?«

»Unser Vater war gar nicht auf dem Boot. Er befand sich hier im Haus.«

»Im Haus?« Bernadette klang nun noch überraschter als zuvor.

»Exakt. Während Sie uns glauben machen wollten, er befände sich auf der Jacht«, konstatierte Marie.

»Ich habe ihm lediglich im Garten seine Medikamente gegeben, und dann ging ich nach oben, um ... mich frisch zu machen. Monsieur Henri hat mich dabei gesehen, nicht wahr?«

Maries Halbbruder zuckte demonstrativ mit den Achseln.

»Wir alle wissen doch, dass *papi* nach der Einnahme seiner Pillen nicht er selbst ist«, wandte Isabelle ein. »Ich denke, es war so: Während du, Marie, dachtest, er sei auf der Jacht, und Sie, Bernadette, davon ausgegangen sind, dass er sich im Garten befindet, hat er sich einfach unbemerkt von uns allen wieder ins Haus manövriert.«

Die Pflegerin sah nickend von einem zum anderen. »Niemals würde ich irgendetwas tun, was Monsieur Chevalier gefährden könnte«, sagte sie leise.

Das besänftigte Marie kaum. »Das ist natürlich schön, sollte aber auch selbstverständlich sein. Diesmal ist zum Glück alles gut gegangen. Aber wie sieht es beim nächsten Mal aus?«

Bernadette schwieg.

»Ich beantworte die Frage für Sie: Es wird kein nächstes Mal geben.«

»Das ... ich verstehe nicht.«

»Sie können gehen. Packen Sie noch heute Abend Ihre Sachen und verlassen unser Haus.«

»Aber ...«

»Wir werden sicher rasch Ersatz für Sie finden.«

Fassungslos blickte die Pflegerin einen nach dem anderen an. »Monsieur Henri, können Sie nicht ...«

Henri zog die Schultern hoch. »Sie haben meine Schwester gehört.«

Wie ferngesteuert erhob sich die Frau, deutete einen Knicks an und lief die Treppe nach oben. Die Vicomtes warteten, bis sie die Tür hinter sich schloss, dann sagte Henri: »Sie trifft ja eigentlich keine Schuld.«

Marie schüttelte nur den Kopf. Wer sich um ihren Vater kümmerte, musste über jeden Zweifel erhaben sein.

Auch Henri schien das endlich verstanden zu haben, denn er wechselte ohne weiteren Kommentar das Thema. »Wer auch immer sich da vorhin ins Haus geschlichen hat, wartete nur auf eine Gelegenheit, genau das zu tun. Und die haben wir ihm mit unserer Aktion geliefert.«

»Aber wie kann es denn sein, dass sie *papi* gar nicht bemerkt haben?«, wollte Isabelle wissen.

»Das haben wir doch schließlich auch nicht.«

Isabelle nickte. »Okay, das stimmt. Aber wie konnten sie wissen, wann wir zurück ins Haus kommen würden?«

»Konnten sie nicht«, sagte Marie. »Das war unser Pech. Wenn wir schneller gewesen wären, hätten wir sie vielleicht noch erwischt.«

»Außer ...« Isabelle beendete ihren Satz nicht.

»Was?«

»Na ja, warum hat es denn so lange gedauert?«

Marie zuckte mit den Achseln. Sie verstand nicht, worauf ihre Tochter hinauswollte. »Weil dieser Idiot mit dem Schlauchboot die *Comtesse* nicht sichern konnte. Meinst du …?«

»Warum denn nicht?«

Marie dachte darüber nach. »Dann war sein seltsamer Salutschuss vielleicht …«

»… ein Zeichen für seine Komplizen«, vollendete Isabelle den Satz ihrer Mutter. Ihre Augen leuchteten.

»Ach kommt, das glaubt ihr doch selbst nicht.« Henri hatte ein spöttisches Lächeln auf den Lippen. »So viele Zufälle kann man nicht planen. Woher sollten die wissen, dass nicht einer aufs Klo muss oder sein Handy holt? In einem vernünftig konzipierten Krimi könnte man das so nicht erzählen, das wäre viel zu unglaubwürdig.«

»Ich finde es plausibel«, widersprach Marie. »Also: Wonach haben unsere ungebetenen Gäste gesucht?«

»Na ja, das wissen wir doch: nach dem Foto von Barral und dem Erpresserschreiben, das sie mitgenommen haben«, antwortete Yves ungeduldig.

»Das Bild hängt schief«, krächzte ihr Vater dazwischen.

»Mensch, Opa, willst du nicht mal frische Luft schnappen?«, schlug Yves vor. »Oder 'ne kleine Runde mit dem Boot?«

»Du bist unmöglich«, schimpfte Isabelle.

»Er hat recht«, sagte Marie abwesend.

»Pardon?«

»Papa hat recht. Das Bild hängt tatsächlich schief.« Sie zeigte auf das Gemälde an der Wand.

»Können wir uns später um die Inneneinrichtung kümmern?«, seufzte Yves.

»Nein. Ich meine, es hing vorher nicht schief, oder? Das hätten wir doch bemerkt.«

Sie gingen alle auf das Bild zu und blieben davor stehen. Isabelle legte den Kopf schräg. »Meinst du, irgendjemand hat es abgenommen, während wir draußen waren? Aber warum?«

»Das erfahren wir nur, wenn wir es auch tun. Henri, Yves?«

Die Männer nickten und fassten den Rahmen an beiden Seiten, um das Gemälde von der Wand zu nehmen. Als sie es auf dem Boden abstellten, sog Marie scharf die Luft ein. »Natürlich, die Inschrift.« Sie las den Spruch halblaut ab.

»*Auf diesen Felsen werde ich meine Gemeinde bauen, und die Pforten der Hölle werden sie nicht überwältigen.*« G. R.

Marie nickte. »Ein Spruch von Roudeau.«

»Quatsch, aus der Bibel«, grätschte Henri dazwischen. »Matthäusevangelium, Kapitel sechzehn. Da geht's um Petrus, also Pierre. Pierre, der Fels, versteht ihr?«

Marie zog die Brauen hoch. Wenn ihr Halbbruder schon mal etwas wusste, musste er es immer zur Schau tragen.

»Deswegen hat jemand dieses ganze Theater veranstaltet?«, fragte Isabelle ungläubig.

»Scheint zumindest so, oder?«, sagte Yves und wippte nervös mit dem Fuß.

Henri machte eine wegwerfende Handbewegung. »Ach, das ist doch alles Mumpitz. Roudeau war ein Spinner. Das sieht man schon daran, dass er sich selbst einen Bibelvers zuschreibt. Er hat sich anscheinend für Gott gehalten. Und bisher hat uns der Spruch doch auch nicht interessiert. Das ist eine Sackgasse, glaubt mir.«

»So blind kannst du nicht sein.« Marie war sich sicher, dass sie auf der richtigen Spur waren. Nur wusste sie nicht, wo sie sie hinführen würde. »Barral hat in seiner Mail ebenfalls von Roudeau gesprochen. Da muss es einen Zusammenhang geben. *Mon Dieu*, wer von uns ist denn der Schreiberling, hm?«

»Ich bevorzuge die Bezeichnung Schriftsteller.«

»Ich habe es euch schon immer gesagt«, meldete sich Chevalier Vicomte wieder zu Wort.

Ob er tatsächlich etwas wusste? Immerhin war ihm als Einzigem das schief hängende Bild aufgefallen. Marie kniete sich neben den Rollstuhl. »Es tut mir leid, dass wir deinen Worten nicht mehr Beachtung geschenkt haben, Papa. Aber jetzt gehört unsere Aufmerksamkeit ganz dir. Was hast du uns immer gesagt?«

Ihr Vater schaute sie lange an, und Marie konnte förmlich sehen, wie sich sein Blick langsam eintrübte. »Ich weiß es nicht mehr«, sagte er schließlich mit zitternder Stimme und ließ den Kopf sinken.

»Schon gut, Papa.« Sie streichelte seine Hand, dann stand sie auf. »Wenn es Komplizen von Barral sind, die jetzt, nach seinem Tod, auf eigene Rechnung handeln, dann haben wir ein echtes Problem.« Ihre Stimme klang nun wieder fest und entschlossen. »Erst wollten sie mit dem Tod von Barral Kasse machen, aber jetzt scheinen sie eine bessere Idee zu haben. Sie wollen mehr. Deshalb haben sie das Foto von der Leiche wieder mitgenommen.«

»Du meinst, sie versuchen, vor uns an die ... Sache ranzukommen?« Isabelle schien vor ihrem eigenen Gedanken zu erschrecken.

»Danach sieht es aus. Und auch wenn ich es hasse, das zuzugeben: Momentan sind sie uns einen Schritt voraus.«

»Der Typ vom Schlauchboot muss da mit drinhängen«, mutmaßte Yves. »Den kaufen wir uns einfach, dann hat unser unfreiwilliges Ferienlager hier ein Ende.«

Henri hob beschwichtigend die Hände: »Jetzt lasst uns mal nichts überstürzen. Eure Fantasie geht gerade mit euch durch. Wir alle kennen den Spruch schon so lange, haben ihm aber nie eine Bedeutung beigemessen.«

»Eben, eben«, murmelte Chevalier Vicomte.

»Weil wir nicht wussten, dass er eine hat«, konterte Marie. »Also, was hat es damit auf sich?«

Yves seufzte. »Sollen wir jetzt wirklich rumrätseln, was dieser irre Architekt damit gemeint haben könnte?«

»Ja, in diesem Fall sollten wir das. Denn der, der uns zu unserem Ziel hätte bringen können, ist ja leider tot«, sagte Marie. »Also, strengt mal eure grauen Zellen an.« Sie zeigte auf die Wand mit der Inschrift.

»Komm schon, Onkelchen.« Yves klopfte Henri auf die Schulter. »Das mit der Kombinationsgabe ist nun wirklich dein Spezialgebiet. Zumindest tust du immer so.«

»Na gut, ich kann ja mal drüber nachdenken. Auch wenn ich nicht glaube, dass es etwas bringt.«

»Und was die Typen angeht, die hier drin waren: Wir kriegen schon noch raus, wer das ist. Dann knöpfen wir sie uns vor.« Bei diesen Worten ließ Yves geräuschvoll seine Faust in die andere Hand sausen.

Henri schüttelte den Kopf. »Ich habe da eine bessere Idee.«

»Wir hören?« Marie zog die Brauen hoch.

»Wir wissen zwar, wie sie uns abgelenkt haben, um freie Bahn zu haben. Wie sie aber reingekommen sind, wissen wir noch nicht, oder?«

Marie sah ihn abwartend an.

»Es deutet nichts auf einen Einbruch hin. Da fragt man sich doch: Wer hat noch Zugang zu unserem Haus?« Henri blickte einen nach dem anderen an. Er wollte gerade weiterreden, da hörten sie, wie von außen ein Schlüssel ins Schloss gesteckt wurde.

Der verlorene Sohn

»*Bonsoir, maman* ... und alle anderen.« Der junge Mann blieb im Türrahmen stehen, offenbar überrascht von der versammelten Verwandtschaft, die ihm gegenüberstand und ihn mit großen Augen anstarrte.

»Clément, mein Junge, da bist du ja endlich«, rief Chevalier erfreut und breitete die Arme aus.

»*Bonsoir, papi!*«, sagte der und hob zur Begrüßung zwar die Hand, blieb aber stehen. Da noch immer keiner etwas sagte, fuhr er fort: »Stimmt irgendwas nicht?«

Marie war überrascht. Ihr Ältester war zwei Tage vor ihrer Abreise nach Port Grimaud verschwunden. Das allein war nicht allzu bemerkenswert. Er war ein Freigeist und pfiff auf Familienkonventionen, was sich schon angedeutet hatte, als er vor zehn Jahren im zarten Alter von siebzehn nach Paris abgehauen war. Sie hatte erst Monate später erfahren, wo er sich rumtrieb – und mit wem. Auch, dass er nach der Journalistenschule bei einem linken Satiremagazin angeheuert hatte, hatte sie erst mitbekommen, als Bekannte ihr mit unverhohlener Häme einen seiner Texte gezeigt hatten, der sich über das »überkommene Establishment« lustig machte. Also über sie. Selbst den Lebensgefährten ihres Sohnes, der als Zeichner bei derselben Zeitschrift arbeitete, kannte sie nur sehr oberflächlich – tat allerdings auch alles, damit das so blieb. Zwar gab sie sich in Gesprächen über Clément immer, als sei ihr Verhältnis so innig und vertraut, wie sie sich das gewünscht hätte. Doch in Wirklichkeit wusste sie über das Leben der meisten ihrer Angestellten mehr als über ihr eigen Fleisch und Blut. Vielleicht freute sie sich auch deswegen so, dass er nun da war. »Was machst du denn hier?«

»Du wolltest doch, dass ich komme, *maman*.«

Das stimmte zwar, allerdings hatte sie ihn lange vor ihrer Abreise darum gebeten. Und er hatte, wie gewohnt, mit der Bemerkung geantwortet, dass ihn »Familiengeschäfte« nichts angingen. Dass sie eine solche Aussage an ihrer empfindlichsten Stelle traf, war ihm natürlich bewusst. »Sicher, *mon cher*, aber ich dachte ...«

»Wollt ihr denn nicht endlich euer Lied anstimmen?«

»Unser Lied?«, fragte Isabelle sichtlich irritiert.

»Na, so wie ihr alle dasteht, scheint ihr ja zu meinem Empfang was vorbereitet zu haben.«

»Wir wussten doch gar nicht, dass du kommen würdest. Warum bist du denn nicht gemeinsam mit uns angereist?«, wollte seine Schwester wissen.

Für einen Moment kniff Clément die Augen zusammen, dann grinste er wieder, als könne er kein Wässerchen trüben. Doch Marie war die kurze Irritation nicht entgangen. »Ich hatte noch etwas zu erledigen«, erklärte er schließlich. »Können wir uns eigentlich mal setzen?«

»Warst du beim Friseur und hast dir endlich 'ne richtige Weiberfrisur machen lassen?«, stichelte Yves in Anspielung auf den neuen Look seines Cousins.

Auch wenn Marie sich mit seiner sexuellen Orientierung zwar arrangiert, nie aber wirklich abgefunden hatte, fand sie sein Äußeres auch heute über jede Kritik erhaben: Die langen blonden Haare waren zu einem Dutt gebunden, wie das bei den jungen Kreativen in der Hauptstadt eben gerade angesagt war. Das Oberlippenbärtchen war frisch getrimmt, seine weiten Klamotten trug er wie immer mit einer demonstrativen Nachlässigkeit, die ehemals weißen Sneakers sahen aus, als hätten sie bereits mehrere Wüstendurchquerungen überstanden. Er roch wie immer ganz dezent nach einem Parfüm mit frischer Zitrusnote. Von dem lässigen Charme, den Clément mit dieser Erscheinung versprühte, konnte Yves mit seinen krampfhaften Versuchen, wie ein Immobilienmogul auszusehen, nur träumen.

»Immerhin bekomme ich keine Geheimratsecken, liebster Cousin«, konterte Clément und nahm Yves damit sichtlich den Wind aus den Segeln. »Und nein, ich hatte andere Termine.«

»Ja, in deinem Alter war ich auch noch hinter jedem Rockzipfel her«, krächzte Chevalier Vicomte, worauf betretenes Schweigen folgte.

Erst eine Frage Henris durchbrach die Stille: »Dein Termin fand nicht zufälligerweise in Toulon statt?«

»Woher weißt du das?«, antwortete der junge Mann wie aus der Pistole geschossen, besann sich dann aber und fügte hinzu: »Ich meine: Was geht dich das überhaupt an?«

»Nun, es würde ziemlich gut ins Bild passen«, raunte Henri.

Die anderen blickten sich an. Auch Marie wurde nachdenklich.

Clément schien ihre Irritation zu spüren. »Was soll denn die Fragerei nach Toulon? Nur weil es da einen der im Moment angesagtesten *club gay* des Landes gibt, oder was?«

Maries Blick flog zu ihrem Vater, doch der schien die Bemerkung nicht mitbekommen zu haben. Es gab Dinge, die sie, zu seinem Besten, vor ihm verbarg. Sollte er nur weiter glauben, sein Lieblingsenkel sei ein unverbesserlicher Schürzenjäger.

»Nein, für deine Hobbys interessieren wir uns nun wirklich nicht. Wir haben andere Gründe, danach zu fragen«, erklärte Yves in ähnlich inquisitorischem Tonfall wie zuvor sein Onkel.

Marie wollte ihren Jungen nicht wie einen Angeklagten stehen lassen. Schon gar nicht mit Henri und Yves als Staatsanwälten.

Also sagte sie: »Jetzt komm doch erst mal richtig rein und stell deine Tasche ab. Hast du Hunger?«

Clément schüttelte den Kopf. »Einen Kaffee könnte ich vertragen. Und danach ein kühles Blondes.«

»Ja, die kühlen Blonden haben mich auch immer am meisten fasziniert«, meldete sich Chevalier wieder aus dem Hintergrund.

Marie reagierte genauso wenig darauf wie der Rest ihrer Familie. Sie machte ihm einen Espresso mit der Kapselmaschine und brachte ihm eine Flasche *Blonde de Saint-Tropez* aus dem Kühlschrank. »Setzen wir uns doch«, schlug sie vor. Dann siegte ihre eigene Neugier: »Was hast du nun in Toulon gemacht, was dich so lange aufgehalten hat, *mon cher*?«

Ihr Sohn blickte einen nach dem anderen an. »Ich ... darüber kann ich nicht reden. Noch nicht.«

Alle Augen blieben auf ihn gerichtet, während er einen Schluck Bier nahm.

»Ich bin als Journalist an einer Sache dran. Ich kann nicht sagen, was es ist. Und meine Quellen gebe ich schon gar nicht preis.«

»Die Quellen deiner Befriedigung?«, ätzte Yves.

»Immerhin hol ich mir nicht eine Abfuhr nach der anderen, liebster Cousin.«

»Könnt ihr endlich mit euren kindischen Streitereien aufhören?«, schnitt Isabelle ihnen das Wort ab. »In welcher Zeit lebst du eigentlich, Yves, hm? Hast du solche Angst vor Schwulen, weil du befürchtest, dass du auf den Geschmack kommen könntest?«

»Sorry, Schwesterherz. Wir nehmen auch nicht alles ...«, erklärte Clément mit einem Augenzwinkern. Dann trank er seinen *petit noir* in einem Zug aus.

Isabelle stand auf und hauchte ihrem Bruder demonstrativ zwei Küsschen auf die Wangen. »Schön, dass du dich mal wieder blicken lässt.«

»Ich wollte einfach meine attraktive Schwester in Wirklichkeit sehen, nicht immer nur auf Insta.«

Marie war sich nicht ganz sicher, ob in der Bemerkung ein Vorwurf lag oder er sich tatsächlich freute.

»Kommt July eigentlich auch noch ... oder wie heißt dein Typ noch mal?«

»Du weißt genau, dass er Julien heißt, Yves. Aber keine Angst, er hat wohl geahnt, dass du auch da bist.«

»Lass uns doch die Frage von vorhin noch klären«, insistierte Henri.

»Welche Frage?« Clément schien echt nicht zu wissen, worauf sein Onkel hinauswollte.

»Die Frage, wo du dich die ganze Zeit aufgehalten hast.«

»Hab ich das nicht längst gesagt? In Toulon, bei Recherchen ...«

Henri gab sich damit nicht zufrieden. »Komm schon, es ist doch nun wirklich ein großer Zufall, dass du just zwei Tage vor unserer Anreise verschwunden bist und ausgerechnet jetzt auftauchst, kurz nachdem bei uns eingebrochen wurde. Solche Zufälle, ich kann das nur immer wieder betonen, gibt es nur in schlechten Kriminalromanen.«

Clément bekam große Augen. »Bei uns wurde *was*?«

»Vergiss das Streichholzheftchen aus Toulon nicht«, mischte sich Yves ein.

»Danke, aber darauf wäre ich schon noch gekommen.«

»Also ehrlich, was soll das alles bedeuten?« Clément blickte ratlos einen nach dem anderen an. »*Maman*, Isabelle, *papi*, könnte mich mal einer von den normalen Menschen darüber aufklären, was hier vor sich geht?«

Marie übernahm die Aufgabe, Clément auf den neuesten Stand zu bringen. Nicht zuletzt, um damit Henri und Yves in die Parade zu fahren, die sich in ihrer Rolle als Ankläger allzu wohl fühlten. Als sie geendet hatte, blieb es eine Weile still. Sie konnte ihrem Sohn ansehen, dass er die Neuigkeiten erst einmal sortieren musste.

Schließlich sagte er: »Krasse Geschichte. Aber habt ihr euch schon mal überlegt, dass es bei uns wie in jedem Haus in Port Grimaud jemanden gibt, der hier ein und aus gehen kann, wie es ihm passt? Weil er den Schlüssel anvertraut bekommen hat?«

»Wen meinst du denn?«, fragte Isabelle.

»Na, unseren *gardien*.«

»Lenk nicht von dir ab, Kleiner, indem du andere beschuldigst«, brummte Henri.

»Ich muss von nichts ablenken, oder stehe ich hier vor irgendeinem Tribunal?«

Yves nickte seinem Onkel zu: »Ist schon wahr, was Henri sagt. Du bist doch andauernd hier im Haus. Meinst du, ich weiß nicht, dass du es ständig als Liebesnest benutzt? Möchte nicht wissen, wo ihr's überall schon getrieben habt, du und dieser ...«

»Genug!« Clément zischte das Wort mit einer Schärfe, die Marie gar nicht an ihm kannte. Sein Cousin offenbar auch nicht, denn er verstummte sofort. Sie würde das Thema fürs Erste auf sich beruhen lassen, aber bei der nächsten Gelegenheit hatte sie mit ihrem Sohn ein Hühnchen zu rupfen. Er wusste, dass Julien nicht willkommen war. Weder hier noch in einem ihrer anderen Anwesen. Doch das war nichts, was sie im Familienplenum diskutieren würde. »Jetzt beruhigen wir uns erst einmal alle. Es war ein aufregender Tag, da ist es nur allzu verständlich, wenn die Nerven blank liegen. Wir sollten das nicht an uns auslassen, verstanden? Lasst uns lieber unsere Gegner ins Visier nehmen, wer weiß, was die als Nächstes vorhaben.«

Ein Jahrmarkt in Azur

Karim Petitbon stellte seinen Roller auf dem staubigen Parkplatz direkt vor dem Eingang zum Azur-Park ab. Sie hatten sich gestern im Haus der Vicomtes für heute Abend hier verabredet. Karim war nach der Aktion auf direktem Weg nach Hause gefahren, wo seine Mutter ihn schon ungeduldig erwartet und ihm einen Tee gemacht hatte, weil er noch immer durchnässt war. Er hatte ihr eine irrwitzige Geschichte erzählt, warum er ins Wasser hatte springen müssen, die sie ihm jedoch allem Anschein nach geglaubt hatte. Geschlafen aber hatte er dennoch kaum. Zu viel war ihm durch den Kopf gegangen. Er war froh, dass er dann schon morgens auf dem Taxi zu tun gehabt hatte, das lenkte ab. Nach Schichtende war er gleich hierhergefahren, auch wenn er dadurch früher dran war als geplant.

Er zog sein Polohemd mit dem Logo der *coches d'eau* aus, stopfte es in seinen Rucksack und schlüpfte in ein ziviles T-Shirt. Es war gerade kurz nach sieben, er hatte also noch eine halbe Stunde Zeit zu entspannen, bevor die anderen kamen.

Der Mini-Freizeitpark, eigentlich eher ein fest installierter Jahrmarkt, der bei der ansässigen Jugend sogar noch beliebter war als bei Touristen, war eine Institution in der Gegend. Er lag zwischen Port Grimaud, Gassin und Saint-Tropez im Gewirr mehrerer Straßenkreuzungen und Kreisverkehre, die tagsüber oft heillos verstopft waren. Jetzt, in der Dämmerung, tauchten die blinkenden Neonleuchten der Buden und Fahrgeschäfte alles in buntes Licht. Schon von der Küstenstraße in Sainte-Maxime aus konnte man abends das blau beleuchtete Riesenrad sehen, das hinter den Häuschen von Port Grimaud hervorragte.

Für Karim war das Areal eine seiner ersten Kindheitserinnerungen: Solange er denken konnte, lockte der Park mit seinen Vergnügungen, die allerdings inzwischen etwas in die Jahre gekommen waren. Auch wenn nicht alle Einheimischen die schrille Atmosphäre hier mochten, die nicht so recht zum noblen Flair der Côte d'Azur passen wollte – Karim liebte sie. Vielleicht hatte das auch damit zu tun, dass in den Erinnerungen an seine früheren Besuche immer auch sein Vater dabei war, der mit ihm Autoscooter fuhr oder an der Schießbude einen Teddybären für ihn ergatterte.

Schon als Schüler hatte Karim sich dann bei verschiedenen Buden ein wenig Taschengeld verdient, und auch jetzt besserte er noch hin und wieder als Aushilfe sein Gehalt auf. Er passierte das Drehkreuz und warf einen Blick auf die riesigen Dinosaurier-Skulpturen, die als Hauptattraktion des Minigolfplatzes hübsch illuminiert im angrenzenden Wald standen.

»*Salut*, Manon«, grüßte er die Frau an der Tombola neben dem Eingang, die vor einem Wagen voller Plüschtiere, Plastikspielzeug und billigem Ramsch stand. Wie sie mit ihren Losen Geld verdiente, war Karim schleierhaft: Aus seiner Sicht gab es keinen Gewinn, der auch nur im Ansatz dem Gegenwert eines einzigen Loses entsprochen hätte. Warum sollte man dann eines kaufen? Manon winkte lächelnd zurück.

Heute war nur wenig los. Karim lief an den lärmenden Karussells vorbei und steuerte den Jachtsimulator an. Er würde noch ein paar virtuelle Hafenrunden in irgendeiner mondänen Marina drehen. Als sie am Vortag überstürzt das Haus der Vicomtes verlassen hatten, war ihm auf die Schnelle der Vergnügungspark als Treffpunkt eingefallen. Doch Guillaumes Reaktion darauf war seltsam gewesen: reserviert, fast gereizt. Ihn schien die ganze Sache wohl doch mehr mitzunehmen, als Karim gedacht hatte. Während er vorwiegend wegen des Nervenkitzels – und ein bisschen wegen Jacky – dabei war, schien der Deutsche sich Hoffnungen zu machen, dass er mit einem großen Coup in ein neues Leben starten könnte. Karim zuckte mit den Schultern: Was auch immer es genau war, was Guillaume bewegte, in einer knappen Stunde würde er es wissen.

Er passierte die Schiffschaukeln, die neue *Fortnite*-Schießbude mit den martialischen Maschinengewehren und den Autoscooter, aus dessen Lautsprechern wie immer französischer Rap dröhnte. Von überallher riefen ihm die Angestellten einen Gruß zu oder winkten ihm freundlich. Er kannte sie alle. Sie waren eine eingeschworene Gemeinschaft und er schon seit vielen Jahren ein fester Teil davon. Kurz darauf betrat er den überdachten, aber zu allen Seiten offenen Bereich mit den Fahrsimulatoren und den großen Computerspielen. Sofort umgab ihn ein Gewirr aus Lichtern und synthetischen Klängen. Hier konnte man alles spielen, was blinkte und Lärm machte. Außerdem gab es einen Helikopter- und einen Formel-1-Simulator von überraschend guter Qualität. Doch weder Luft noch Straße waren sein Element, seine Welt war das Wasser.

»*Salut*, Karim. Hast du heute Schicht?«, fragte Rachid. Er war einer der Festangestellten hier, hatte wie er selbst nordafrikanische Wurzeln und war schwer in Ordnung, auch wenn er Karim gerne seine Arbeit machen ließ.

»*Salut*. Nein, ich bin einfach zum Spaß da.«

»Ist dir langweilig, Alter? Ich hätte schon noch was zu tun für dich«, sagte Rachid grinsend und zündete sich eine Selbstgedrehte an. »Der Formel-1-Sitz wackelt, den müsste man ausbauen und die Halteschiene neu annieten.«

»Da musst du wohl ausnahmsweise selbst ran. Ich würd stattdessen mal ein paar Hafeneinfahrten üben.«

Rachid nickte. »Klar, ist ja fast nix los. Die Schiene kann warten.«

Karim machte es sich im Cockpit bequem. Die Simulation war verblüffend echt. Er setzte die große VR-Brille auf, stöpselte sich gegen den Lärm seine kleinen Kopfhörer in die Ohren und startete das Spiel. Zuerst suchte er sich ein richtig langes Boot aus, einen beeindruckenden Zweimaster, und wählte die höchste Windwarnstufe, um die Sache ein wenig interessanter zu gestalten. Umso besser konnte er sich ablenken. Und tatsächlich tauchte er schon kurz darauf in die faszinierende Welt von Marinas, Lotsen und Kapitänen ein, befolgte akribisch die Anweisungen der fiktiven Hafenbehörden rund um den Erdball und legte ein ums andere Mal perfekt an. Als er in Fort Lauderdale eine Zwanzig-Meter-Jacht seitlich an ein knappes Kai steuerte, legte sich eine Hand auf seine Schulter und drückte zu. Zu Tode erschrocken riss Karim sich die Brille vom Kopf und blickte in das breite Grinsen von Paul Quenot.

»Na, Kleiner, noch immer nicht das Geld für einen eigenen *voilier* zusammen?«

»Das mit dem großen Geld geht manchmal schneller, als man denkt, Paul«, brummte er beleidigt, weil ihn ausgerechnet Monsieur Mäusestimme *Kleiner* genannt hatte.

Der Belgier legte misstrauisch die Stirn in Falten. »Ach ja? Was soll das heißen?«

»Nichts, Paul. Was gibt's?«

»Ich will dich holen. Du hast ja anscheinend unser Treffen vergessen wegen diesem Kinderspielzeug da.« Dabei deutete er auf die Spielautomaten.

Karim zog sein Handy aus der Tasche. *Putain!* Er hatte tatsächlich unnötig Zeit verdaddelt.

»Kommst du endlich? Es gibt viel zu tun. Wir sind fast am Ziel«, drängte Quenot. Karim nickte, schälte sich aus dem Simulator und überquerte mit dem Belgier das Gelände. Kurz darauf standen sie vor der mächtigen Rampe namens *Riverslide*, einem Zwitter aus Rutsche und Wildwasserbahn – und der einzigen Attraktion, für die man keinen französischen Namen gefunden hatte.

Guillaume wartete dort bereits und rauchte, neben ihm Delphine, während Lizzy Schindler auf einem ramponierten Gartenstuhl saß, den Pudel auf dem Schoß. Ein wenig abseits lehnte Jacqueline an einer Absperrung und schaute in ihr Handy. Sie hatte die Haare wie immer zu einem wirren Knoten hochgesteckt, die große Brille ein wenig zu tief auf der Nase. Statt ihres sonst obligatorischen Sommerkleids hatte sie eine graue Jogginghose an, dazu ausgelatschte Sneakers und eine viel zu große Sweatjacke, die ihr auf einer Seite über die Schultern nach unten gerutscht war. Karim kannte jede Menge Frauen, bei denen dieses Outfit schlampig und abtörnend gewirkt hätte. Bei Jacqueline aber sah es aus, als sei sie gerade einer Modelkartei entstiegen. In diesem Moment blickte sie von ihrem Handy auf und ihm direkt in die Augen. Er fühlte sich ertappt und war froh, dass man sein Erröten im schummrigen Licht nicht sehen konnte.

»Echt coole Location für ein Treffen«, sagte sie, hob die Hand und klatschte mit ihm ab.

»Ja, findest du? War meine Idee«, gab Karim sich betont lässig. »Du magst den Park?«

»Mögen? Ich liebe ihn! Bin erst neulich die *Riverslide* gefahren. Wir hatten einen Riesenspaß, wie als Kinder. Am Schluss waren wir bis auf die Haut durchnässt.«

»Wir?«, fragte er misstrauisch nach.

»Ja, ich war mit … ach egal, kennst du wahrscheinlich eh nicht.«

Karims Stirn bewölkte sich. Ob sie einen Freund hatte, von dem er nichts wusste?

»Super Aktion gestern, oder?«, wechselte die junge Frau das Thema.

»Ja, das war ein guter Plan«, stimmte Quenot zu und klatschte ebenfalls mit ihr ab.

»Wir sind eine richtige Elitetruppe, was, Monsieur Paul?«, rief Lizzy Schindler von ihrem Stuhl aus. »*Die Unverbesserlichen* haben zugeschlagen!« Nur Lipaire und Delphine schienen sich der allgemeinen Feierstimmung nicht anschließen zu wollen.

Da machte der Deutsche einen Schritt nach vorn. »Könnten wir dann mal?«, drängte er. Dabei würdigte er Karim keines Blickes. Was hatte er bloß? Etwas beunruhigt hob der Junge ein Element des Bauzauns aus der Halterung, zog es ein Stück auf und ließ die anderen hineinschlüpfen. Als Jacqueline an ihm vorbeikam, nahm er den Duft ihres Parfüms wahr. Berauschend und gleichzeitig irgendwie … leicht und frech. Genau wie sie.

Inzwischen war die Sonne hinter den Hügeln verschwunden und die Temperatur ein wenig erträglicher. Er schloss den Zaun und gesellte sich zu den anderen, die bereits auf ein paar ausrangierten Minibooten aus Plastik Platz genommen hatten, die einst die Wasserrutsche hinuntergedüst waren. Die Bahn ruhte auf einem mächtigen Metallgerüst, das von unten ganz schön rostig aussah. Es roch nach Diesel und Abgasen, an mehreren Stellen tropfte es durch die Plastikteile und Rohre nach unten, und das Wasser bildete Pfützen im staubigen Boden. Immer wenn oben Leute rutschten oder mit den Booten durch die Röhren bretterten, hatte man das Gefühl, als stürze der Himmel ein.

Karim konnte an den Gesichtern der Übrigen ablesen, dass sie das nicht für den geeignetsten Treffpunkt hielten. Doch nirgends sonst konnte man sich so ungestört unterhalten wie hier. Außerdem fand Jacqueline es cool. Und das war das Wichtigste.

»Also«, hob Lipaire schließlich mit lauter Stimme an, um das Donnern zu übertönen. »Es gibt da etwas, was wir euch mitteilen müssen.«

Delphine nickte eifrig.

»Ja, das hätte nicht passieren dürfen«, meldete sich Quenot mit zerknirschtem Gesicht zu Wort. »Ich wollte das nicht. Auch damals nicht, in Guyana. Da waren es gleich drei auf einmal. Es haftet an mir wie Pech, eine Art Fluch, der mich ...«

Lipaire sah ihn verständnislos an. »Ich weiß nicht, worauf du hinauswillst. Unser Plan hat alles in allem ganz gut funktioniert. Auch wenn du dir das mit der Leuchtpistole hättest sparen können.«

»Die Leuchtpistole? Das ist das Einzige, was dich stört?« Der Belgier blickte den Deutschen fassungslos an. »Du bist ein eiskalter Hund. Wegen uns ist er ins Wasser gegangen.«

»Er hat sich ein bisschen nass gemacht, na und?«, erwiderte Lipaire und blickte zu Karim, der mit den Achseln zuckte. Der kleine Tauchgang hatte ihm nun wirklich nichts ausgemacht.

»Wir haben den alten Mann auf dem Gewissen«, kiekste Quenot. »Ich kann an nichts anderes mehr denken. Und du? Verschwendest nicht einmal einen einzigen Gedanken daran.«

Lipaire zog die Brauen zusammen. »Wen, bitte, haben wir auf dem Gewissen?«

»Na, den alten Vicomte. Der ist doch gestern von der Jacht gekippt, als ich mit dem Boot daran angezogen habe, oder etwa nicht?«

Guillaume lachte kehlig auf. »Chevalier Vicomte? Der erfreut sich des Lebens wie eh und je.«

»Er war gar nicht auf der *Comtesse*. Haben wir allerdings auch erst später rausgefunden«, erklärte Delphine.

»Verdammt, warum sagt mir das denn keiner? Ihr lasst mich

ernsthaft einen ganzen Tag in dem Glauben, dass ich den alten Herrn um die Ecke gebracht habe?«

»Wenn du ein Handy hättest, hätte ich dir ja eine SMS geschrieben, aber so ... Komm doch mal im Laden vorbei, ich mach dir einen Sonderpreis.«

»Sieh's doch mal positiv, Paul«, versuchte Jacqueline den Belgier ein wenig aufzurichten. »Niemand ist ums Leben gekommen, du bist also auch nicht am Tod von irgendwem schuld.«

Quenot seufzte und senkte den Blick, während Karim ungeduldig zu Lipaire schaute. Er war gespannt, was die anderen zum Spruch an der Wand sagen würden und wie sie nun weitermachen wollten. Denn wenn er ehrlich war, hatte er selbst noch nicht einmal die Spur einer Idee, sosehr er über die Sache auch gegrübelt hatte.

»So, nachdem wir das geklärt hätten, geht es um etwas Wichtigeres. Delphine, zeig den anderen bitte, was du im Haus gefunden hast.«

Sie langte in die Gesäßtasche ihrer Jeans, faltete ein Blatt Papier auf und hielt es Quenot hin.

»*Merde*, das ist doch ...« Der Belgier verstummte.

Karim nahm ihm den Ausdruck aus der Hand. Für einen Moment wurde ihm regelrecht schwarz vor Augen. Er atmete flach. Mechanisch zeigte er Lizzy Schindler das Bild. Als auch Jacqueline es gesehen hatte, schnarrte Lipaire, der sich heute anhörte wie der strenge Hausmeister von Karims ehemaligem *collège*: »Es handelt sich hier um ein Foto des toten Barral, aufgenommen im Haus der Vicomtes. Samt Erpresserschreiben, das Delphine bei ihnen gefunden hat. Wir haben es vorsichtshalber mitgenommen.«

Alle sahen den Deutschen gebannt an, dann sagte Quenot: »Das heißt, dass sie ihn umgebracht haben?«

Guillaume schüttelte den Kopf. »Zur Klärung dieser Frage

bringt uns das Foto gar nichts. Denk doch bitte nach, bevor du redest.«

»*Oui, mon commandant!*« Der Belgier schlug theatralisch die Hacken zusammen, doch Lipaire ließ sich davon nicht beirren: »Ich gehe davon aus, dass jemand die Vicomtes erpressen will. Mit dem Wissen um Barrals Tod.«

Jacqueline bekam große Augen. »Also ist noch eine dritte Partei im Spiel?«

Karim strahlte sie an. Woher hatte sie nur diese wahnsinnige Auffassungsgabe?

»Könnte sein. Aber da wir den Toten ja entdeckt haben, halten Delphine und ich die These für viel wahrscheinlicher …«, er machte eine Pause, bevor er mit zu Schlitzen verengten Augen fortfuhr, »dass es in unseren Reihen eine undichte Stelle gibt.«

Während die anderen nach Luft schnappten, ergoss sich wie zur Bestätigung ein Schwall Wasser aus der Rutsche über alle Anwesenden.

DAS MISSTRAUENSVOTUM

Guillaume Lipaire sah misstrauisch in die Runde. Sie saßen alle um einen Tisch im großen Grillrestaurant des Azur-Park, einer seitlich offenen, überdachten Halle, in der eine Menge Gäste Platz fanden. Dennoch hatte man sich, anders als man es zum Beispiel aus Deutschland kannte, gegen ein schnödes Selbstbedienungsrestaurant mit Chicken-Nuggets und Fischstäbchen entschieden, sondern für einen veritablen Restaurantbetrieb samt Kellnern. Und die Schweinerippchen, die sich hier über Stunden am Grill drehten, waren tatsächlich von solider Qualität. Dennoch verspürte er nicht den geringsten Hunger. Nicht einmal seine Zigarre schmeckte ihm, und er nippte lustlos an seiner Bierdose. Eigentlich war er ja eher Weintrinker, jedenfalls, seit er in Frankreich lebte, aber dem Weinkeller der *Rôtisserie du Parc* traute er dann doch nicht.

Nun war auch noch sein Hemd nass, nur wegen Karims bescheuerter Idee, sich ausgerechnet unter einer tropfenden Wasserrutsche zu treffen. Nach der unfreiwilligen Dusche hatten sie hierhergewechselt und für alle *frites*, Rippchen und Salat bestellt. Während Delphine, Karim und Jacqueline ordentlich zulangten, hielt sich Lizzy strikt an das Grünzeug. Quenot nagte missmutig an ein paar Spareribs, wobei ihm Louis jeden Bissen in den Mund zu zählen schien. Wahrscheinlich spekulierte der Hund auf den Knochenteller. Lipaires Portion blieb gänzlich unangetastet. Eine Sache hatte ihm ganz gewaltig auf den Magen geschlagen: Jemand aus ihrer Gruppe spielte falsch, arbeitete auf eigene Rechnung. Gerade war er dabei gewesen, seinen Widerwillen gegen ihre Zusammenarbeit abzulegen, da bekam sein Misstrauen neue Nahrung. Das hatte man eben davon, wenn man sich mit derart unverbesserlichen Gaunern einließ.

Die anderen schienen ähnlich zu denken, denn die Unbeschwertheit, die noch gestern unter ihnen geherrscht hatte, war einem gegenseitigen Belauern gewichen. Zugetraut hätte Lipaire es auf den ersten Blick keinem – außer vielleicht Quenot. Und dann, nach genauerem Hinsehen, doch wieder jedem. Dieser Menschenschlag nahm es mit der Ehrlichkeit eben nicht so genau. »Also, Leute«, begann er schließlich, »bevor wir weitermachen, müssen wir wissen, wer das Ding mit der Erpressung dreht. Möchte es vielleicht irgendwer gleich zugeben?«

Alle senkten den Blick, wie Kinder in der Schule, die sich vor einer drohenden Abfrage schützen wollen. »Es passiert ihm oder ihr auch nichts, das garantiere ich.« Er blickte in die Runde. »Vorausgesetzt, derjenige gibt es jetzt freiheraus zu.«

»Wer sagt uns eigentlich, dass nicht du es bist?« Quenot klang angriffslustig, anscheinend war sein Nervenkostüm durch die Vorfälle angeschlagen.

»Ich?« Lipaire lachte ein wenig zu forsch auf. »Würde ich dann so vehement darauf bestehen, dass wir es aufklären müssen?«

»Kann auch ein Ablenkungsmanöver sein«, konterte der Belgier und sah die anderen Beifall heischend an. »Bei der Legion lernt man viel über Psycho-Kriegsführung. Mir macht man so leicht nichts vor.«

Lipaire schnaubte. »Ach ja? Gehörten Erpressungen denn da auch zum Unterrichtsstoff?«

»Nein, natürlich nicht«, empörte sich Quenot. »Ich bin außerdem Legastheniker. Ich kann gar keinen Erpresserbrief schreiben.«

»Kann ja jeder behaupten.«

»Dafür gibt es Rechtschreibprogramme. Wenn ich die nicht hätte, oh Mann ...«, wandte Karim ein. »Also, nicht dass ich dir was anhängen will, Paul.«

Der Belgier kiekste zurück: »Du und Lipaire, ihr seid doch die Einzigen, die das Foto machen konnten. Schließlich waren wir anderen nie zusammen mit Barral im Vicomte-Haus.«

»Ach, und wer sagt das?« Nun wurde auch Karims Ton schärfer. »Was, wenn du schon vor uns drin warst?«

»Oder mit deiner Drohne durchs Fenster reingeflogen bist«, merkte Delphine an. »Nur so als Idee, ohne dich direkt verdächtigen zu wollen, natürlich.«

»Lächerlich! Du mit deiner Fähigkeit, dich in alle möglichen Handys und Computer reinzuhacken, solltest mal ganz leise sein.«

Delphine zeigte ihm den Vogel.

»Also, dann bin ich zumindest raus.« Jacqueline hob beide Hände. »Ich bin weder ein Computernerd, noch hab ich 'ne Drohne.«

»Dich verdächtigt ja auch niemand«, beeilte sich Karim zu sagen.

»Sagt wer?«, mischte sich nun auch noch Lizzy Schindler ein. »Nicht persönlich nehmen, Liebes, ja? Aber immerhin bist du die Tochter des Bürgermeisters.«

»Was soll das denn heißen?«, fragte Jacqueline zurück.

»Madame Lizzy, so leid es mir tut, aber auch Sie gehören zum Kreis der Verdächtigen«, merkte Lipaire in sachlichem Ton an. »Also, rein theoretisch jedenfalls und ohne irgendeine Vorverurteilung machen zu wollen.«

»Ich?« Die alte Dame schien aus allen Wolken zu fallen.

Lipaire nickte. »Wir wissen nicht genau, wie lange Barral schon dalag, als Karim und ich ihn gefunden haben. Jeder hätte sich Zugang verschaffen und das Foto machen können. Theoretisch gesprochen, wie gesagt.« Obwohl er diesen Punkt vor den anderen so offensiv vertrat, formte sich in seinen Gedanken ein Verdacht, den er nicht wahrhaben wollte.

»Ich hab ja noch nicht mal ein Handy, mit dem man solche Fotos schießen könnte.«

»Aber vielleicht Ihr ... Bekannter?«

»Welcher denn?« Lizzy Schindler schüttelte den Kopf. »Dass ich mir das in meinem Alter und meiner Position sagen lassen muss ...«

Lipaire wollte eben fragen, welche Position sie meinte, da kam Delphine ihm zuvor: »Mensch, Leute, so kommen wir nicht weiter. Wir sollten uns vielleicht auch mal drüber unterhalten, was unsere Aktion bei den Vicomtes gebracht hat.«

Quenot kniff die Augen zusammen. »Ach, möchte da etwa jemand vom Thema ablenken?«

»Da bin ich ganz bei Delphine. Jetzt gebt es einfach zu, dann können wir weitermachen«, beharrte Lipaire.

Der Belgier wollte das nicht hinnehmen. »Klingt immer noch, als könntest du es gar nicht sein. Nur weil du hier immer den Gruppenleiter spielst ...«

»Ich hab die ganze Sache doch ins Rollen gebracht, warum hätte ausgerechnet ich jetzt ...«

»Karim und du, ihr seid von euch aus auf mich zugekommen, also war ich's auch nicht!« Damit verschränkte Quenot die Arme vor der Brust wie ein trotziges Kind.

»Ich erst recht nicht, ich hab den Erpresserbrief ja gefunden«, vermeldete Delphine.

Lizzy zischte erbost: »Ich vielleicht?«

»Also, für Jacky leg ich die Hand ins Feuer.« Karim lächelte das Mädchen an, das nur mit den Augen rollte.

Lipaire kam sich immer mehr vor wie ein Kindergärtner. Er beschloss, mit einem Vorschlag zur Güte das Thema erst einmal abzuschließen, auch um selbst noch ein wenig darüber nachdenken zu können: »Also, wir machen es so: Wer die bescheuerte Idee mit der Erpressung hatte, kommt später allein zu mir, wenn wir hier durch sind, okay? Dann muss er es nicht vor der ganzen Gruppe zugeben.«

»Ja, Papa, so machen wir's«, antwortete Jacqueline augenzwinkernd.

»Schön. Also, wir sollten uns überlegen, was uns die Inschrift hinter dem Bild sagen könnte. Das muss doch ein Hinweis sein, oder? Eines von Roudeaus Rätseln.«

Alle nickten, dann blickten sie zu Jacqueline.

Die seufzte. »Okay, also, wie ging der Satz noch mal genau?«

Lipaire konnte den Vers inzwischen auswendig, so oft hatte er ihn in Gedanken durchgekaut. »*Auf diesen Felsen werde ich meine Gemeinde bauen. Und die Pforten der Hölle werden sie nicht überwältigen.*«

»Vielleicht sollten wir ihn mal aufschreiben, damit ihn alle vor Augen haben«, fand Delphine und zog einen Kugelschreiber aus ihrer Handtasche, den sie Quenot hinhielt.

»Ich? Wieso ich?«

»Weil eben«, herrschte Delphine ihn an und legte ihm eine Serviette hin.

Quenot zuckte mit den Achseln und begann, in krakeliger Kinderschrift angestrengt zu schreiben, wobei er die Zunge zwischen die Lippen schob. Bereits beim vierten Wort hatte Lipaire das Gefühl, mehr Fehler als Buchstaben auf der Serviette zu sehen.

»Gut, dass du Gärtner und kein Schriftsteller geworden bist«, sagte Karim grinsend.

Delphine schien zufrieden. »Das mit der Legasthenie stimmt anscheinend.«

»Ablenkungsmanöver«, brummte Lipaire.

Jacqueline nahm Quenot Stift und Serviette ab und schrieb das Bibelzitat auf die Rückseite.

»Felsen, wo gibt es hier Felsen ...« Guillaume horchte seinen eigenen Worten nach und bemerkte, wie idiotisch sie waren. Hier gab es überall Felsen. Die Zitadelle von Saint-Tropez war auf einem Felsen erbaut, das Château de Grimaud, Gassin und auch das Örtchen Plan de la Tour.

»Ob er die vorn im Wasser meint?«, dachte Karim laut. »Wenn man nach Saint-Trop' fährt, gleich bei der Fabrik, ist alles voll davon.«

Lipaire nickte. Er hatte vor Jahren einmal mit dem Schlauchboot eine ziemlich unangenehme Begegnung mit diesen schroffen Klippen unter der Wasseroberfläche gemacht und hielt sich seither akribisch an die gelben Tonnenmarkierungen, wenn er auf dem Meer unterwegs war.

Jacqueline legte die Stirn in Falten. »Aber dass er seine Gemeinde auf Felsen bauen wollte, die unter Wasser liegen, macht das Sinn?«

»Nein, sicher nicht«, gab Karim gleich klein bei.

Wenn der Junge so weitermachte, lieferte er sich der Damenwelt völlig schutz- und wehrlos aus, dachte Lipaire. Dabei hatte er ihm doch schon erklärt, wie er es anstellen musste.

»Hier unten war ja früher alles Sumpfland. Da ist es nicht besonders wahrscheinlich, dass Roudeau das Gebiet gemeint hat, auf dem unser kleines Lagunenstädtchen entstanden ist«, merkte Jacqueline an.

Lizzy Schindler nickte und schob Louis ziemlich unsanft von ihrem Schoß, bevor sie sich nach vorn lehnte. »Und wenn er etwas hat verstecken wollen, dann sicher nicht da. Hier blieb doch kein Stein auf dem anderen. Ich war ja praktisch von Anfang an dabei. Bagger haben wirklich jedes Fleckchen umgegraben.«

»Das ist so nicht ganz richtig.« Alle blickten zu Delphine. »Na ja, ich mein ja nur, es gibt da schon einen Ort, der noch ganz ursprünglich ist. Ihr wisst doch, die seltsame kleine Insel im hinteren Kanal, mit dem Gras und den paar Büschen drauf.«

»Klar, das letzte Stück original belassener Boden, die *Île Verte*. Die war doch auch auf dem Gemälde im Haus der Vicomtes zu sehen! Ich komme täglich daran vorbei«, rief Karim.

Auch Guillaume Lipaire kannte die Stelle, hatte aber nie wirklich verstanden, was es damit auf sich hatte, denn besonders hübsch sah das Ganze tatsächlich nicht aus.

»Ist da nicht auch ein Felsen drauf?«, fragte Jacqueline.

Karim Petitbon nickte. »Ein kleiner, ja. Mehr ein großer Stein. Eine Art Findling, oder wie man das nennt.«

»Das könnte es durchaus sein«, dachte Lipaire laut. »Würde auch erklären, warum der Architekt, der hier alles so schön und harmonisch gestalten wollte, ausgerechnet dieses unansehnliche Stückchen Brachland hat bewahren lassen. *Auf diesen Felsen will ich meine Gemeinde bauen.* Es war ein besonderer, emotionaler Ort für ihn. Weil es der letzte Rest des ursprünglichen Bodens war, auf dem alles entstand. Und wenn man einen Schatz verstecken will, wo tut man das?«

»In einer Kiste?«, vermutete Quenot.

Lipaire zog nur mitleidig die Augenbrauen hoch.

»An einem besonderen, emotionalen Ort«, versuchte sich Delphine an einer Antwort.

»*Exactement, ma chère Delphine!*«, sagte Lipaire grinsend. »Ob wir uns die Insel im Schutz der Dunkelheit vielleicht nachher mal ansehen wollen?« Er blickte in den letzten Rest Dämmerung, der am Himmel zu erkennen war.

Nach und nach hellten sich auch die anderen Gesichter auf. Nur Karim winkte ab. »Auf mich könnt ihr dabei leider nicht zählen, ich hab noch eine späte Fuhre. Unaufschiebbar, ich hab fest zugesagt. Ist ein ziemlich schwieriger Kunde, tut mir leid.«

Mit einem Schlag meldete sich bei Lipaire wieder dieses ungute Gefühl im Bauch. Warum war Karim auf einmal nicht mehr mit vollem Eifer bei der Sache, kümmerte sich lieber um seine Privatinteressen? Noch dazu, wo Jacqueline auch mit von der Partie sein würde? Irgendetwas gefiel ihm daran ganz und gar nicht. Automatisch wanderten seine Gedanken wieder zu dem Erpresserbrief. Natürlich hätte theoretisch jeder dafür verantwortlich sein können, wie er es vorhin gesagt hatte. Aber wenn er ehrlich war: Sonderlich wahrscheinlich war es nicht gerade, dass etwa Lizzy Schindler nachts in das Haus geklettert war. Oder Quenot, den sie selbst ja erst in die Sache hineingezogen hatten. Oder … es war zum Verrücktwerden: Ob er es wollte oder nicht, die plausibelste Erklärung war, dass Karim oder er selbst das Foto geschossen hatten. Letzteres konnte er zu hundert Prozent ausschließen. Und war der Junge nicht auch erstaunlich gefasst gewesen, als er den Toten entdeckt hatte? Vielleicht war er von dem Fund ja gar nicht überrascht worden. Vielleicht … Er wollte nicht weiterdenken.

Die Aussicht, möglicherweise schon heute Nacht ans Ziel zu gelangen, half ihm ein wenig, diese düsteren Gedanken fürs Erste zu verdrängen. »Wir treffen uns um zwei Uhr beim Bootseinstieg gegenüber vom leer stehenden Strandhotel. Das ist spät, aber wir brauchen den Schutz der Nacht. Ich organisiere uns ein Transportmittel, da unser Fahrer ja leider Besseres zu tun hat. À plus!«

SCHWANENSEE

»Das ist nicht dein Ernst!«

Guillaume Lipaire war nicht ganz klar, worauf Quenot hinauswollte. Der Deutsche hatte der ganzen Gruppe ein paar Stunden zuvor im Azur-Park versprochen, für Wasserfahrzeuge zu sorgen, und genau das hatte er getan. Nun standen sie hier am Ufer des Kanals, wo friedlich ein Stand-up-Paddle und ein kleines Kajak dümpelten, in dem bereits die wie immer freudig lächelnde Jacqueline Platz genommen hatte. Daneben lag das »Boot« mit Madame Lizzy nebst Louis und Delphine darin.

Es war fast zwei Uhr nachts, doch keiner von ihnen schien müde oder erschöpft zu sein. Im Falle des Belgiers wäre ihm das aber fast lieber gewesen, dann hätte er sich vielleicht nicht so vehement über ihre Transportmittel beschwert. »Gut, wenn du unbedingt mit auf den Kahn willst, wir finden da auch zu viert Platz, vorausgesetzt, du nimmst den Hund auf den Schoß«, lenkte Lipaire ein, um die Sache zu beschleunigen.

»Welchen Kahn? Ich sehe keinen Kahn.«

Lipaire streckte den Arm aus und zeigte auf das Tretboot in Schwanenform. »An das 600-PS-Speedboot von den Dänen in der *Grand' Rue* wollte ich nicht ran, das wäre doch zu auffällig gewesen. Und für die kurze Strecke …«

»Ich hätte mich nie darauf einlassen sollen. Du weißt, dass ich mit Wasser meine Probleme habe«, schimpfte Quenot, zog seine Stiefel aus und krempelte die Cargohose auf, wobei das martialisch aussehende Kampfmesser hervorblitzte, das er mit zwei Gummiringen am Unterschenkel festgeschnallt hatte.

»Dann hast du dich ja genau am richtigen Ort niedergelassen«, erwiderte Guillaume grinsend.

»Hast du an die Werkzeuge gedacht, Paul?«, wollte Delphine wissen.

»Klar.« Er deutete auf einen Handkarren, aus dem ein Spaten, eine Schaufel und mehrere Hacken herausschauten.

Sie luden alles in den Schwan, und Quenot stieg mit den Worten »Bevor ich mich da reinsetze, geh ich lieber mit dem Brett unter« auf das Stand-up-Paddle.

Lipaire hingegen kletterte zu den Frauen ins Tretboot, das angesichts dieser Besetzung so tief im Wasser lag, dass nur noch ein paar Zentimeter über der Oberfläche herausschauten. Er klemmte sich neben Delphine in den vorderen Sitz, aber erst als er die Pedale sah, wurde ihm klar, dass er nun für Vortrieb sorgen musste. *Putain!* Irgendwie musste er das bei seiner strategischen Planung übersehen haben. Da er jedoch schlecht Madame Lizzy darum bitten konnte, begann er nun zähneknirschend, in die Pedale zu treten. Geradezu majestätisch glitt der Schwan vom Steg in Richtung Kanal, wo Quenot auf dem Paddle und Jacqueline im Kajak bereits auf sie warteten.

»Wisst ihr, dass sich in Wien einmal ein Schwan in ein solches Tretboot verliebt hat, weil er dachte, es wäre ein paarungsbereites Weibchen?«, fragte Lizzy aus dem Heck. Lipaire kannte dieselbe Geschichte zwar aus Münster, aber da er bereits ziemlich außer Puste war, nickte er nur. »Man hat sie sogar mehrere Jahre zusammen im Zoo überwintern lassen. Nur mit Nachwuchs wollte es tragischerweise nie klappen.«

Nach ein paar Abzweigungen – Lipaire hatte darauf bestanden, nicht den direkten Weg zu nehmen, um nicht an seinem ehemaligen Häuschen vorbeizukommen – hatte der bizarre Konvoi sein Ziel erreicht: die *Île Verte*, jenes kleine Stück Land, das als Einziges beim Bau des Lagunenstädtchens vor über fünfzig

Jahren unberührt geblieben war. Als sie am Rand der kleinen Insel festmachten, der mit Planken und metallenen Spundwänden gesichert war, nahm Guillaume im Augenwinkel einen Schwan wahr, der mit weit nach oben gerecktem Hals am Tretboot vorbeischwamm. Nur ganz selten verirrten sich die weißen Vögel in die Lagune. Womöglich hatten sie heute Nacht den Grundstein für eine weitere große Liebe gelegt.

Sie kletterten heraus und betraten das mit Schilf, Gras, ein paar mickrigen Pinien und Büschen bestandene Stückchen Land und luden ihre Werkzeuge aus.

»Mann, bei dem harten Boden hätte ich besser meine Motorhacke mitgebracht«, merkte der Belgier an, nachdem er mit nackten Füßen die ausgelaugte Erde betreten hatte.

»Warum nicht gleich ein paar Stangen Dynamit?«, brummte Lipaire, packte sich eine Spitzhacke und begann, den Boden zu bearbeiten.

»*Putain*, auf die Idee hättest du mich ja auch früher bringen können!«, gab Quenot zurück. »Wir haben in Dschibuti mal eine strategisch wichtige Brücke gesprengt. Hat Krater gemacht, dass man danach Karpfenteiche darin anlegen konnte.«

Seufzend hielt Guillaume ihm den Spaten hin. »Halt keine Volksreden, fang lieber an zu graben.«

»Soll ich mir inzwischen mal den Felsen genauer ansehen? Vielleicht ist da ja was versteckt«, schlug Jacqueline vor.

Lipaire, der nach wenigen Schlägen mit der Hacke bemerkte, dass er den anstrengendsten Part innehatte, winkte ab. Er durfte sich nicht zu sehr verausgaben, irgendjemand musste ja einen kühlen Kopf und damit den Überblick behalten. »Vielleicht mach ich das lieber, ich habe mir extra meine Stirnlampe mitgebracht, mit der kann ich den Stein gut ableuchten.«

»Du kannst mir die Lampe auch einfach geben.«

»Ach, die ist jetzt schon auf meinen Kopfumfang eingestellt. Hier, nimm die Hacke, und ich kümmere mich um den Stein.«

»Louiiiis, hörst du auf zu graben! Du machst dich doch ganz staubig«, rief von einer anderen Ecke aus Lizzy Schindler. Der Hund hatte, nachdem er alles akribisch mit seinen Markierungen versehen hatte, wie ein Wilder zu buddeln begonnen.

Mit einem Schulterzucken schnappte sich Jacqueline den Pickel, während Lipaire sich nunmehr dem Stein widmete. Es handelte sich um einen vielleicht drei Meter breiten Felsbrocken, gut einen Meter hoch. Außer einigen eingeritzten Initialen und Herzchen war er völlig naturbelassen. Zumindest konnte man im Schein der Stirnlampe nichts weiter erkennen. Wenn Roudeau seinen Schatz unter diesem Findling begraben hatte, würden Quenots windige Gartenwerkzeuge niemals ausreichen, ihn zu bergen. Man bräuchte dann mindestens einen Bagger, Kran oder tatsächlich ein paar Stangen vom Dynamit des Belgiers.

Der vermeldete gerade, dass er eine seltene Blumenart gefunden habe, die hier angepflanzt worden sei, doch von der Mehrheit der Anwesenden wurde beschlossen, dies nicht als Hinweis zu werten.

Wohl oder übel würde nun also auch Lipaire wieder mit dem Graben beginnen müssen.

»Ich hab was!«, rief Delphine, als er eben nach der Schaufel greifen wollte. Sie richtete sich auf und hielt einen ehemals weißen, völlig zerschlissenen Tennisschuh in den Lichtkegel von Guillaumes Lampe. Auf der Seite war schemenhaft ein eingesticktes Krokodil zu erkennen. »Ein Lacoste-Schuh, meint ihr, das bedeutet irgendwas?«

Jacqueline schwang sich die Hacke lässig über die Schulter und kam näher. »Was denn zum Beispiel?«

»Na ja, bei einem Tennismatch wird ihn hier drauf wohl kaum jemand verloren haben, oder?«, gab Delphine zurück. »Vielleicht soll uns die Richtung, in die das Krokodil guckt, irgendwas sagen«, mutmaßte sie weiter.

Auch wenn Lipaire das nicht gerade für wahrscheinlich hielt, fragte er: »Welche Richtung ist es denn?«

Delphine lächelte verlegen. »Keine Ahnung, jetzt ist er ja schon ausgegraben.«

Paul hantierte derweil noch immer wie ein Besessener mit seinem Spaten. Er schien die Welt um sich herum gar nicht mehr wahrzunehmen.

»Und wenn das Krokodil an sich uns irgendetwas sagen soll?«, meldete sich Lizzy Schindler zu Wort.

»Könnte auch sein. Nur was?« Delphine schien ratlos.

Da keinem der anwesenden Schatzgräber eine plausible Erklärung einfiel, widmeten sich alle wieder ihren schweißtreibenden Tätigkeiten, die bei der Seniorin aus Österreich darin bestanden, ihren Pudel davon abzuhalten, sich von oben bis unten einzustauben. »Louiiiiiis, jetzt lass das doch endlich, sonst müssen wir zum Hundefriseur, um dich …«

»Pscht!« Lipaire hob die Hand, und die alte Dame verstummte.

Auch die anderen lauschten in die Dunkelheit.

»Der Hund?«, flüsterte Jacqueline.

Lipaire nickte. Das scharrende Geräusch, das Louis beim Buddeln verursachte, war einem Kratzen gewichen. Der Pudel war auf etwas gestoßen, und dieses Etwas klang groß und hohl. Wie eine Schatztruhe oder eine Geldkassette! Sie verjagten den Hund, und tatsächlich: Da war etwas! Mit vereinten Kräften befreiten sie den Fund von der Erde drum herum, bevor ihn Delphine feierlich aus dem Loch hob. Es handelte sich um eine blecherne Truhe, einen knappen halben Meter lang, mit einem Bronzerelief auf dem Deckel. Lipaire leuchtete darauf und sah ein Abbild von Port Grimaud in der Draufsicht. Er erschauderte. Hatten sie endlich gefunden, wonach sie suchten?

»Los, mach schon auf, Delphine!«, rief Jacqueline aufgeregt.

»Moment.« Quenot riss die Truhe an sich. »Wir müssen uns erst schwören, dass wir alles, was drin ist, brüderlich teilen.«

»Und schwesterlich«, fügte Delphine an.

»Und schwesterlich. Genau. Also, lasst uns schwören!«

»Wir sind hier doch nicht im Kindergarten. Dass wir danach teilen, ist völlig klar«, brummte Lipaire. »Jetzt lasst uns endlich nachsehen, was uns der Architekt hinterlassen hat!«

»Aber wir teilen. Geschwisterlich«, beharrte Quenot.

Delphine nickte, schnappte sich die Truhe wieder und hob den Deckel an. Die Scharniere knarzten schrill, dann stand das Behältnis offen. Gebannt starrten sie hinein, nicht fähig, auch nur einen Atemzug zu machen.

Die Enttäuschung, die sich jedoch schon wenige Augenblicke danach breitmachte, hätte größer kaum sein können. Es war fast ausschließlich wertloser Tand, den sie vorfanden: ein halbes Päckchen *Gauloises* mit einer Steuerbanderole von 1966, dem Gründungsjahr Port Grimauds, einige Mosaiksteinchen, wie man sie an mehreren Stellen der Stadt im Boden fand, ein paar kleine, sicher längst vertrocknete Farbdöschen, ein Zirkel, ein Aluminiumlineal und ein Tütchen *Navettes*, traditionelle Kekse aus der Provence, die schon frisch bisweilen so hart und trocken waren, dass man Angst haben musste, sich die Zähne daran auszubeißen. Dazu ein paar Bleistifte, ein bröckeliger Radiergummi, etwas Segeltuch und ein getöpferter, blau-grüner Fisch, Markenzeichen und Wappentier ihres maritimen Städtchens. Die Schale einer Muschel vervollständigte das traurige Bild.

»Also, dann teilen wir mal«, sagte Jacqueline augenzwinkernd. »Ich nehm die *Gauloises* für *maman* mit nach Hause, Delphine bekommt die Kekse für die Kinder, und Paul, du kannst das Lineal sicher für irgendeine Gartenplanung brauchen.«

»Das ist bestimmt wieder eines dieser gottverdammten Rätsel von Roudeau, oder?«, mutmaßte Delphine.

Lipaire nickte. Sie waren durch die Inschrift an der Wand der Architektenvilla zwar nicht auf den erhofften Schatz, aber immerhin auf einen weiteren Hinweis gestoßen. Wie bei einer großen Schnitzeljagd. »Jacqueline, wirst du schlau aus den Sachen? Kannst du daraus einen neuen Hinweis entschlüsseln?«

Die junge Frau sog die Luft ein. »Könnten wir das erst mal alles zusammenpacken und mitnehmen? Ein wenig Bedenkzeit und mehr Licht wären nicht schlecht. Und verlasst euch bitte nicht zu sehr auf mich, ich bin schließlich keine Dechiffriermaschine.«

»Aber ein ziemlich cleveres Mädchen, das muss man dir lassen«, lobte Lizzy Schindler. »Genauso g'scheit wie mein Louis, schließlich hat er als Einziger an der richtigen Stelle gegraben. Hab's doch immer gewusst! Kriegst daheim was Feines, gell, mein kleiner Prinz.« Dabei streichelte sie dem Pudel über den struppigen, eingestaubten Kopf.

»Alles klar, ihr habt Jacqueline gehört: Wir packen die Kiste wieder ein, räumen unser Werkzeug zusammen und schauen zu, dass wir Land gewinnen«, ordnete Lipaire an.

»Moment«, wandte Quenot ein, »ich bin für einen geordneten Rückzug. Wir haben die Natur durcheinandergebracht, also müssen wir sie wieder in den Ursprungszustand versetzen.«

»Ach ja? Ich führe meinen Lacoste-Schuh also wieder seiner natürlichen Bestimmung zu?«, merkte Delphine spitz an.

»Ich sehe das wie Paul«, pflichtete Jacqueline dem Belgier bei. »Sieht ja fast aus, als hätten wir hier ein Grab ausgehoben.«

Lipaire horchte auf. »Jacqueline, du bist sogar ein richtig schlaues Mädchen. Sagt mal: Was wäre denn, wenn wir es tatsächlich als letzte Ruhestätte nutzen?« Erwartungsvoll blickte er die anderen an. Doch die schienen nicht zu verstehen. »Na, wir haben mit Barral immer noch einen Toten rumliegen, der auf seinen endgültigen Bestimmungsort wartet!«

»Drück dich halt nicht immer so geschwollen aus«, meckerte Delphine.

»Zumindest kann er hier in Frieden ruhen, an diesem besonderen Fleckchen Erde wird auch in den nächsten Jahren nicht allzu viel verändert werden.« Je mehr er darüber nachdachte, desto genialer fand Guillaume diese Lösung. Schon eine Weile hatte er überlegt, wie sie diesbezüglich weiter vorgehen sollten, denn die Sache mit dem Sarkophag in der Kirche hatte eine Schwachstelle: Roudeaus Geburtstag stand bevor, bei dem jedes Jahr in einer feierlichen Zeremonie der Sarkophag geöffnet wurde, um frische Blumen, Sand und etwas Salzwasser als Grabbeigaben zu erneuern. Dabei würde Barrals Anwesenheit natürlich für allerlei Unbill und ganz und gar unnötige Verwicklungen sorgen. »Also los, wir sollten keine Zeit mehr verlieren. Das würde allerdings heißen, dass wir ihn mangels anderer Beförderungsmöglichkeiten mit dem Tretboot hierherbringen müssten.«

»Eh schön, die Fahrt ins Jenseits in einem Schwan anzutreten«, fand Lizzy Schindler. »So hätte es sich König Ludwig seinerzeit bestimmt auch gewünscht.«

»Über den Styx zum Hades auf einem Schwane gleitend ... Warum nicht?«, sagte Lipaire mehr zu sich selbst als zu den anderen. »Auch wenn es nur ein Plastikschwan ist: Es gibt Schlimmeres!«

So traten sie wenig später mit ihren drei speziellen Wasserfahrzeugen die kurze Fahrt zur Kirche *François d'Assise* an. Die Stadt lag friedlich und ruhig da. Doch plötzlich durchbrach das Knattern eines Außenborders die Stille. Es kam näher.

»Los, schnell, alle hier in die Lücke, und dann kein Wort mehr.« Lipaire lenkte den Schwan in einer scharfen Rechtskurve zwischen zwei Segeljachten von gut und gern fünfzehn Metern

Länge. Sie hielten sich an den Fendern und Leinen fest und duckten sich in den Schatten der Schiffe, doch der Schwan war und blieb nun mal ein Schwan. Sie würden mit Sicherheit ein seltsames Bild abgeben, wenn man sie entdeckte.

Dann glitt ein langes Schlauchboot an ihnen vorbei. Gebannt folgten sie ihm mit ihren Blicken. Am Steuer konnte Guillaume eine Gestalt erkennen, die komplett in Schwarz gekleidet war. Ihr Kopf wurde von einer ausladenden Kapuze verdeckt.

»Wenn ihr mich fragt, hat der Typ selber keine Lust, von irgendjemandem gesehen zu werden«, flüsterte Delphine.

»Soll ich ihn mir kaufen?«, fragte Quenot.

»Klar, willst du ihm mit deinem Brett hinterherpaddeln und dann die nicht vorhandenen Lichter auspusten?«, zischte Lipaire. »Oder sollen wir dir den Schwan leihen?«

»War nur ein Angebot. Muss ja keiner annehmen.«

Die weitere Fahrt zur Kirche verlief störungsfrei. Am Kai verabschiedeten sich Lizzy und Jacqueline – der Umgang mit Toten, noch dazu im Zustand, in dem sich Barral nach so vielen Tagen wahrscheinlich befand, sei nichts für ihre empfindsamen Gemüter. Lipaire war das nur recht: Die Verbliebenen würden reichen, ihre Fracht zur Île Verte zu bringen. Auf Quenots Muskelkraft wollte er allerdings nicht verzichten, auch wenn er ihm ansah, dass er lieber den beiden Frauen gefolgt wäre.

In der Kirche sprach keiner ein Wort. Sie sahen dem Belgier dabei zu, wie er den Deckel des Sarkophags aufhebelte, die schwere Platte beiseiteschob – und regungslos davor verharrte. Dass ausgerechnet der Ex-Soldat solche Probleme mit Toten hatte, machte ihre Arbeit nicht gerade leichter. Lipaire trat neben ihn und wollte gerade etwas sagen, da erstarrte auch er. Schließlich gesellte sich Delphine zu ihnen, und alle drei blickten fassungslos in den Steinsarg. Er war leer.

Unerwarteter Besuch

»Ist das nicht schön? Wir sind eine so wunderbare Familie. Ein Herz und eine Seele.« Die Worte von Chevalier Vicomte durchbrachen die Stille, die seit geraumer Zeit am Frühstückstisch herrschte.

Seine Stimme war fest, die Augen klar, wie Marie zufrieden feststellte. Sie freute sich für ihren Vater, aber ganz offensichtlich war sie die Einzige. Die anderen saßen mit griesgrämigen Gesichtern über ihre Kaffeetassen gebeugt und schlangen Croissants oder Baguettes in sich hinein, als könnten sie es kaum erwarten, dass diese Farce ein schnelles Ende fand. Doch Chevalier bemerkte das entweder nicht, oder er blendete es erfolgreich aus. Seit sein Lieblingsenkel Clément gestern Abend gekommen war, befand sich der alte Herr ohnehin im familiären Glückstaumel. Und Marie hatte nicht vor, diesen Zustand zu zerstören, zumal auch sie sich über die Anwesenheit ihrer beiden Kinder freute. Selbst unter diesen Umständen.

Ein lautes Schlürfen riss sie aus ihren Gedanken. Ihr Vater schob sich gerade einen Löffel des Breis in den Mund, auf den er zum Frühstück bestand: ein komplettes Croissant, in kleine Stücke zerrissen und aufgelöst in einem großen *bol* mit *café au lait*. »Mmmmh«, brummte er zufrieden, während ihm kleine Bröckchen aus dem Mund wieder zurück in die Schüssel fielen, woraufhin Yves theatralisch die Zunge herausstreckte und tat, als müsse er sich übergeben. »Das schmeckt und ist gesund«, jubilierte Chevalier, wobei kleine Spritzer der grauweißen Masse in alle Richtungen flogen. »Da wird man hundert Jahre alt.«

Henri verschluckte sich an seinem Kaffee und raunte ein »Wollen wir mal nicht den Teufel an die Wand malen«.

Marie störte das heute nicht weiter, sie war selig, dass ihr Vater so munter am Tisch saß, wo sie doch vorgestern schon befürchtet hatte, sie hätten ihn für immer verloren. Kaum hatte er den letzten Rest hinuntergeschluckt, sprangen die anderen auf, erleichtert, dass das vom Familienoberhaupt verordnete Zwangsfrühstück endlich zu Ende war.

Isabelle schnappte sich sofort ihr Mobiltelefon und versank in den unendlichen Weiten der sozialen Medien, Clément schrieb mit versonnenem Lächeln eine SMS, und Yves vertiefte sich in den Katalog mit den Privatinseln. Nur Henri schien nicht recht zufrieden. »Kommt jemand mit nach draußen, frische Luft schnappen? Einen kleinen Vitamin-D-Booster? Täte Papa sicher auch gut.«

»Seit wann bist du so besorgt um unsere Gesundheit?«, fragte Marie.

»Dieses Familiending beflügelt mich eben. Wie sieht es aus, machen wir einen kleinen Törn mit der Jacht, Isabelle?«

Das Mädchen sah kurz auf, vertiefte sich dann aber wieder in ihr Smartphone, ohne ihrem Onkel zu antworten.

»Na, dann eben nicht.«

Clément legte sein Handy weg, stand auf und klopfte seinem Onkel auf die Schulter. »Weißt du, was, Henri? Das mit der frischen Luft ist gar keine schlechte Idee. Man kann nie genug für seine Gesundheit tun. Hast du eine Zigarette für mich?«

Der Schriftsteller grinste und reichte ihm seine Packung Marlboro.

Sein Neffe zog die Stirn kraus. »Keine *Gauloises*? Oder wenigstens *Gitanes*?«

»Schon mal gelesen, was da alles Schädliches drin ist?«, erwiderte Henri lachend, während Clément auf die Terrasse trat.

Marie verkniff sich einen Kommentar. Seufzend setzte sie sich zu ihrem Vater und wischte ihm den Mund ab, da kam Clément bereits wieder herein. Sein Gesicht war starr und blass.

»Was ist los, sind dir Henris Zigaretten zu stark?«, fragte Yves.

»Da ... liegt einer«, presste Clément hervor.

Yves grinste. »Seit wann stört es dich denn, wenn ein Typ vor dir liegt?«

»Er sieht aus wie ... tot.«

Alle sprangen auf und liefen zur Terrassentür.

»Was ist los? Gehen wir endlich zum Strand?«, fragte Chevalier vom Tisch aus, doch niemand beachtete ihn. Stattdessen starrten sie gebannt auf den Anlegesteg, auf dem tatsächlich ein Mensch zu liegen schien.

»Oh, mein Gott«, entfuhr es Marie. Sie spürte, wie ihre Knie nachgaben.

Clément war sofort bei ihr und legte den Arm um sie. »Geht's, *maman*?«

»Ich glaube schon ...« Sie wand sich aus der Umarmung ihres Sohnes, öffnete die Tür und ging nach draußen. Nach ein paar Schritten blieb sie mit weit aufgerissenen Augen stehen.

Die anderen sahen ihr von drinnen hinterher. »Was ist denn?«, rief Isabelle. »Siehst du irgendwas?«

Marie drehte sich um. »Das ist Barral.«

»Barral? Bist du sicher?«

»Überzeugt euch doch selbst.«

Vorsichtig, als sei der Boden an diesem Morgen besonders rutschig, kamen sie einer nach dem anderen aus dem Haus und gingen zum Steg.

Nach einer endlos scheinenden Zeit presste Henri hervor: »*Merde.*«

»Mein Gott, ich habe noch nie eine echte Leiche gesehen.« Isabelle schien den Tränen nahe, wandte aber den Blick dennoch nicht ab.

»Und was machen wir jetzt?«, fragte Yves.

»Wir rufen die Polizei, was sonst?«, antwortete Clément.

»Bist du irre? Hast du vergessen, was deine Mutter dir gestern erzählt hat?«, fuhr Yves ihn an.

Henri nickte. »Wir wollten uns hier im Geheimen mit ihm treffen, wenn das rauskommt, was meinst du, wo sie als Erstes anfangen nachzuforschen? Wie sieht denn das aus, wenn bei uns die *police judiciaire* rumschnüffelt?«

Marie holte tief Luft. »Das muss eine weitere Warnung des Erpressers sein. Vielleicht bekommen wir bald auch noch den nächsten Brief. Die Leiche muss jedenfalls schnellstens hier weg. Bevor ihn jemand sieht.« Ihr Blick ging zum Grundstück nebenan. Zwar lag der Mann so, dass er von dort eigentlich nicht entdeckt werden konnte, aber sie wusste um die Neugier ihres holländischen Nachbarn.

»Bringen wir ihn erst mal ins Haus«, schlug Clément vor. »Dann überlegen wir weiter. Vielleicht finden wir bei ihm ja sogar neue Forderungen des Erpressers. In der Tasche oder …«

»Auf keinen Fall«, kreischte Isabelle, und Yves stimmte ihr zu: »Das ist noch ekliger, als wenn Opa frühstückt. Ich krieg hier drin sonst nie mehr einen Bissen runter!«

»Henri, was meinst du?« Marie wandte sich an ihren Halbbruder. Auch wenn sein Umgang mit Mord und Totschlag lediglich literarischer Natur war, so verfügte er doch über das größte theoretische Wissen, was solche Situationen anging.

»Lass mich nachdenken.« Dann untersuchte Henri, wie Yves es vorgeschlagen hatte, die Taschen des Toten. »Nichts«, konstatierte er. »Wir müssen ihn irgendwie abdecken … der Teppich unter dem Esstisch.«

Marie riss die Augen auf. »Der Perser?«

»Hast du eine bessere Idee?«

Fünf Minuten später hatten Yves, Clément und Henri Barrals sterbliche Überreste in den Teppich eingerollt. »Gut gemacht, Clément«, sagte Yves keuchend. »Du weißt eben, wie man Männer einwickelt.«

»Du bist wirklich ekelhaft.«

»Das Kompliment kann ich nur zurückgeben, lieber Cousin.«

»Wir sind noch nicht fertig«, ermahnte sie Henri und zeigte auf die Teppichrolle, an deren Ende Barrals Füße von den Knöcheln abwärts herausschauten. »Holt mal jemand was zum Zudecken?«

Clément stand auf und kam kurz darauf mit einer karierten Decke zurück.

»Das ist die von *papi*«, entfuhr es Isabelle entsetzt.

»Ist doch eh so warm. Und ich glaube, er hier braucht sie dringender«, kommentierte ihr Bruder. »Ich hab unserem alten Herrn gesagt, dass wir spontanen Besuch bekommen haben, dem etwas kalt ist.«

Nachdem sie auch den Rest des Toten eingewickelt hatten, trugen sie ihre schwere Fracht zum Haus.

»Na, dekorieren Sie um?«

Die Männer blieben wie erstarrt stehen, als sie die Stimme ihres Nachbarn vernahmen. Jarno van Dijk besaß wirklich das Talent, immer im falschen Moment zur Stelle zu sein. Er hatte die Zweige der Hecke ein wenig zur Seite gebogen und starrte aus seinem teigigen Gesicht zu ihnen herüber.

Henri fing sich als Erster. »Ja, muss manchmal sein.«

»Wäre bei mir vielleicht auch mal wieder nötig. Auch wenn ich nicht über so schwere Teppiche verfüge.«

»Qualität hat nun mal ein ganz schönes Gewicht. Also los, ihr zwei«, trieb Henri seine Neffen an. Die lächelten gequält und gingen weiter.

»Wenn ich helfen kann ... Sie brauchen nur was zu sagen.«

»Ja, können Sie«, mischte sich Marie ein.

»Gern. Wie denn?«

»Indem Sie uns jetzt einfach in Ruhe machen lassen.«

Beleidigt verschwand das Gesicht des Holländers wieder hinter der Hecke.

»Wohin jetzt mit ihm?«, fragte Yves, als sie auf der Terrasse standen.

Marie schaute sich um. Auch sie wollte den Toten keinesfalls im Haus haben. »Dorthin.« Sie deutete auf einen kleinen Spalt zwischen Hecke und Haus.

Als sie ihn abgelegt hatten, standen sie mit gesenkten Köpfen und verschränkten Händen vor dem Bündel und blickten darauf wie bei einer Beerdigung. »Und jetzt?«, fragte Yves schließlich.

»Also, ich hätte da jemanden, der sich der Sache annehmen könnte.« Henri blickte in die Runde. Er schien darauf zu warten, dass er den Auftrag zur Kontaktaufnahme erteilt bekam.

»Ich kenne notfalls auch jemanden«, sagte Clément.

»Du?« Isabelle schien erstaunt.

»Ja, ich. Ich bin viel ... unterwegs. Aber wenn Onkel Henri gute Verbindungen hat, nutzen wir vielleicht besser die.«

»Nein, ist schon in Ordnung, ich muss mich nicht immer um alles kümmern.«

Da mischte sich Marie ein. »Ich werde das übernehmen.«

Wieder trat eine gespannte Stille ein.

»Das Pärchen, das neulich da war ...«

»Diese Speichellecker?«

»Ja, Yves, genau die. Aber ich meine eher die Gruppe, der sie angehören. Da gibt es einen Bestatter. Der kann ihn unbemerkt zu jemandem in den Sarg legen, dann sind wir diese Sorge für immer los.«

Henri pfiff durch die Zähne. »Schwesterchen, vielleicht solltest du mich in Zukunft beim Entwickeln meiner Plots beraten.«

»Spar dir deinen Sarkasmus. Das ist keines deiner Geschichtchen, das ist die Realität. Ich werde alles Nötige veranlassen. Und nun lasst uns wieder reingehen. Wir haben Wichtiges zu besprechen.«

»Was ist denn jetzt noch?«

Isabelle klang, als brauche sie eine Pause, aber darauf konnte Marie keine Rücksicht nehmen. »Wir haben einen Toten, aber noch immer keine konkreten Forderungen von dem, der ihn hier abgelegt hat. Was hat das alles zu bedeuten?«

»Stimmt«, pflichtete Isabelle ihr bei. »Was will er uns damit sagen?«

»Auf jeden Fall will er uns warnen, das ist schon mal klar«, konstatierte Marie. »Ein Toter vor der Tür, das ist ein eindeutiges Zeichen, dass jemand es verdammt ernst meint.«

Nachdenklich nickend folgten sie ihr ins Haus.

»Wer erpresst uns?«

»Na, unsere nächtlichen Besucher, würde ich meinen, oder?«, mutmaßte Yves.

»Es muss auf jeden Fall jemand gewesen sein, der wusste …« Marie blieb so abrupt stehen, dass ihre Kinder gegen ihren Rücken prallten. Erst dann sahen sie, weshalb ihre Mutter so unvermittelt stehen geblieben war: Neben Chevalier Vicomte saß ein Mann am Tisch.

Der geheimnisvolle Fantômas

Guillaume Lipaire seufzte, als er an diesem Morgen Delphines Handyladen betrat. Wo war nur dieser verdammte Barral abgeblieben? Er konnte sich das nicht erklären. Erst war er so anhänglich, dass man ihn nicht losbekam, und nun verschwand er auf einmal spurlos.

Mit einem Kopfnicken grüßte er in die Runde, die sich in dem engen Geschäft zusammengedrängt hatte. Delphine stand hinter ihrem Tresen, allerdings anders als normalerweise mit dem Rücken zum Eingang, Quenot saß mit Lizzy Schindler an dem winzigen Tischchen, an dem Delphines Töchter bei ihrem letzten Besuch ihre Hausaufgaben gemacht hatten, und Jacqueline Venturino hatte es sich auf dem Boden bequem gemacht, den Rücken an die Wand gelehnt. Dass alle schon da waren, wunderte ihn ein wenig, normalerweise war er es ja, der sie zur Pünktlichkeit anhalten musste.

»Wir sollten allmählich anfangen mit unserer Besprechung«, mahnte die Ladenbesitzerin. »Erstens muss ich bald aufsperren, es ist ja gleich zehn, zweitens haben die Mädchen heute keine Schule. Sie sind zwar gerade in der Stadt unterwegs, aber wenn die jetzt auch noch reinschneien, wird's richtig kuschelig. Und laut.«

»Gut«, sagte Guillaume, der sich in Ermangelung einer weiteren freien Sitzgelegenheit gegen den Tresen lehnte, »ich habe lange wach gelegen und bin zur Überzeugung gekommen, dass Barral erst gestern Abend aus der Kirche weggeschafft worden sein kann. Und es würde mich doch sehr wundern, wenn das

Schlauchboot mit dem schwarz gekleideten *Fantômas* nichts damit zu tun hätte.«

»Ja, stimmt, der sah echt aus wie in dem Film«, pflichtete ihm Jacqueline bei. »Bloß wer könnte das gewesen sein?«

Paul Quenot räusperte sich. »Einer muss es ja aussprechen: Petitbon. Er war gestern nicht dabei, weil er eine heikle Fahrt hatte. Der Fall ist eindeutig. Wir sollten ihn ...«

»Karim? Das glaubst du doch selbst nicht«, warf Jacqueline ein. »Er ist gar nicht der Typ dafür.«

Lipaire nickte. Karim war ein feiner Kerl, auf den man sich, da hätte er vor ein paar Tagen noch jeden Eid geschworen, unter allen Umständen verlassen konnte. Jedenfalls unter all jenen Umständen, in denen sie bisher miteinander zu tun gehabt hatten. Er kannte ihn seit Jahren, in denen er ihm ein väterlicher Freund geworden war, ihm viele seiner Lebensweisheiten offenbart hatte. Dieser Karim Petitbon sollte nun auf einmal ihn und all die anderen, einschließlich Jacky, die er anschmachtete wie ein Teenager, eiskalt hintergangen haben? Sollte der Junge eine Erpressung der überaus einflussreichen Familie Vicomte geplant und durchgezogen und obendrein in einer nächtlichen Aktion eine Leiche verschleppt haben? Er wollte das einfach nicht glauben. Und doch, wenn man eins und eins zusammenzählte ...

»Wenn man eins und eins zusammenzählt«, nahm Delphine seinen Gedanken auf, »kann man aber fast zu keinem anderen Schluss kommen, als dass Karim den Scheiß gebaut hat. Schließlich wusste er als Einziger, wo die Leiche lag. Wenn er das mit der Erpressung war, dann hat er vielleicht schon das Geld bekommen. Und hat den Vicomtes deshalb gestern den toten Barral geliefert, damit sie ihn entsorgen können und ihnen in der Beziehung niemand mehr was anhängen kann.«

»Oder er hat ihn erst noch irgendwo anders versteckt und wartet drauf, dass sie bezahlen«, ergänzte Paul.

Lipaire hörte ihnen zu. Er musste eingestehen, dass ihre Überlegungen plausibel klangen – und hatte trotzdem keine Lust, das alles zu glauben. Es machte ihn traurig. Traurig, mal wieder als Vorbild für einen jungen Menschen versagt zu haben. Hatte er das zu verantworten? War auch ihm letzten Endes Geld wichtiger als Werte wie Freundschaft und Vertrauen?

Quenot fuhr fort: »Er träumt von einer Jacht – und auf einmal war die Gelegenheit da, ans große Geld zu kommen. Da hat er zugeschlagen.«

Er hat außerdem das Handy von Barral heimlich an sich genommen und hat den ersten Tipp zu dessen Boot auf sein Telefon bekommen, setzte Lipaire in Gedanken dazu. Ob er mit diesem ominösen Phantom hinter seinem Rücken gemeinsame Sache machte? Ihnen womöglich einen weiteren Hinweis verschwiegen hatte?

Die Ladenklingel ertönte, und der Junge erschien fröhlich pfeifend in der Tür. Zumindest das mit dem Jachtkauf konnte man also für den Moment ausschließen.

»*Bonjour*, da seid ihr ja. Habt ihr vergessen, mir Bescheid zu geben? Na, egal, jetzt bin ich ja da. Tag, Jacky, alles klar bei dir?«

Jacqueline Venturino lächelte gequält, niemand von den anderen antwortete ihm.

»Hey, was ist euch denn für 'ne Laus über die Leber gelaufen?« Petitbon hatte noch immer ein Lächeln im Gesicht.

»Die Laus auf der Leber wäre nicht das Problem, eher die im Pelz«, versuchte sich Quenot an einem für seine Verhältnisse erstaunlich ausgefeilten Wortspiel.

»Woher wusstest du überhaupt, dass wir hier sind?«, fragte Lipaire ihn in bemüht sachlichem Ton.

»Ich hab's mir eben zusammengereimt.«

»Aha. Weil wir hier den meisten Platz haben, oder wie?«

Karim sah ihn irritiert an. »Gibt's irgendein Problem, oder was?«

Guillaume setzte in kühlem Ton sein kleines Verhör fort: »Wie war deine Fahrt gestern Abend?«

»Hat alles gut geklappt. Ich hab ja gesagt, heikle Sache, aber niemand hat mich und meinen Fahrgast bemerkt. Aber ich kann echt nicht mehr darüber sagen, ihr versteht. Und ihr so?«

Lipaire zog die Brauen hoch. Er wusste, dass die anderen dasselbe dachten wie er: Karim machte sich immer verdächtiger.

»Und wir so?«, nahm Quenot seine Frage auf. Man merkte, wie angespannt er war.

»Ja, warum habt ihr mir denn nix vom heutigen Treffen gesagt?«

»Hast uns ja auch so gefunden«, gab Jacqueline kurz angebunden zurück.

»Wie lief's gestern auf der *Île Verte*? Mann, jetzt lasst euch doch nicht alles aus der Nase ziehen! Wie geht's weiter, was habt ihr gefunden?«

»Vielleicht solltest du besser fragen, was wir *nicht* gefunden haben, Kleiner!«, blaffte Delphine ihn an. »Aber das weißt du ja eh, weil du die Leiche kurz vorher aus dem Sarkophag geholt hast, um die Vicomtes zu erpressen. Für wie blöd hältst du uns eigentlich?«

Nun war es also ausgesprochen. Lipaire merkte, wie ihm die Tränen in die Augen stiegen. Er versuchte jedoch krampfhaft, seine Emotionen im Zaum zu halten. Hatte er es wirklich nicht geschafft, dem Jungen ein paar mehr Werte zu vermitteln? Sicher, was er machte, war nicht immer ganz legal, schadete aber auch niemandem. Eine Erpressung allerdings …

Karim blickte einen nach dem anderen an. Guillaume sah, dass auch die Augen des Jungen feucht wurden. »Seid ihr völlig bescheuert?«, zischte er schließlich. »Nur weil ich gestern zum ersten Mal keine Zeit hatte, bin ich jetzt der Schwerverbrecher? Und was soll das Gelaber vom Sarkophag und der Leiche?«

»Sollen wir dir jetzt deinen eigenen Coup vorbeten, oder wie? Wenn du uns das Ding hier vermasselst, dann zieh dich warm an!« Quenot schlug die Beine übereinander, wobei seine Hose nach oben rutschte und den Blick auf sein Kampfmesser freigab. Guillaume wusste nicht, ob das Absicht gewesen war, aber er war froh, dass der Belgier an seiner Stelle den Part des Anklägers übernahm.

Der Junge hingegen rang sichtlich um Fassung. »Ihr lasst ihm das einfach so durchgehen? Jacky? Madame Lizzy?«

Die Frauen schwiegen.

Mit bebender Stimme wandte er sich an Guillaume. »Kannst du vielleicht auch mal was dazu sagen?«

Lipaire hatte befürchtet, dass es dazu kommen würde. »So leid es mir tut, aber du hast die anderen ja gehört«, murmelte er.

Karim schnaubte. »Eben. Aber du? Traust du mir das auch zu?«

Lipaire zuckte nur mit den Schultern und vermied den direkten Blickkontakt.

»Okay, dann kann ich ja gehen. Habt ihr euch ausgerechnet, dass es billiger kommt, mich einfach rauszukicken, oder wie?« Damit machte er auf dem Absatz kehrt, rannte aus dem Laden und stieß beinahe mit Delphines Töchtern zusammen.

»*Mes puces*, wollt ihr euch einfach ein bisschen Geld aus der Schublade nehmen und euch noch ein schönes Eis holen? Wir sind gerade mitten in einer Besprechung«, sagte die lächelnd zu den Kindern.

»Na gut, aber dann muss schon eine *Crêpe* oder eine *Galette* bei Sandrine drin sein, okay? Und dazu für jede von uns ein *Diabolo Menthe*«, protestierte die Ältere der beiden, worauf ihre Mutter seufzend nickte.

Als die Mädchen wieder draußen waren, bemerkte Lizzy Schindler: »Hat ihn ganz schön getroffen, das Ganze, wie?«

Quenot winkte ab. »Ach was. Man kann einfach niemandem trauen. Das war das Erste, was ich bei der Legion gelernt habe.«

»Er hat sogar richtig feuchte Augen bekommen«, murmelte Jacqueline.

Lipaire wusste selbst nicht mehr, was er glauben sollte und was nicht. Noch dazu, weil sie gerade etwas ganz anderes zu tun hatten: Sie mussten den Inhalt der vermaledeiten Kiste entschlüsseln – und außerdem überlegen, welche Konsequenzen das Verschwinden der Leiche für sie haben würde.

»Sagt mal, eigentlich ist es doch gar nicht so schlecht, wenn der Tote weg ist, oder? Haben wir schon nix mehr zu schaffen mit ihm«, schien Delphine schon wieder seine Gedanken zu erraten.

»Stimmt«, kommentierte er. »Damit haben wir ein Problem weniger.«

»Höchste Zeit also, uns der Kassette zu widmen, die mein treuer Louis gestern durch Einsatz seines untrüglichen Instinkts und seiner einmaligen Spürnase aufgefunden hat«, fand Lizzy Schindler.

Alle nickten, und Delphine bückte sich ächzend, zog eine Schublade an ihrem Ladentisch auf, holte die Metallkiste heraus und stellte sie vor sich auf die Theke. Der Deckel war noch etwas staubig, aber Delphine musste ihn bereits vom gröbsten Schmutz befreit haben. Die Schatulle an sich war aus dickem Blech, der Deckel mit der Draufsicht auf die Lagunenstadt jedoch schien tatsächlich aus Bronze gegossen. Er war ziemlich schwer, wie Lipaire schon gestern aufgefallen war. Ein schönes Erinnerungsstück, für das er im Geiste bereits ein Plätzchen in jenem Haus reserviert hatte, das er sich hoffentlich bald würde kaufen können. Doch dafür galt es erst, Roudeaus Rätsel zu lösen.

»Ich geh mal pissen«, vermeldete Quenot, was ihm verwunderte Blicke der Frauen und ein Kopfschütteln von Lipaire einbrachte. Was für ein ungehobelter Klotz er doch war.

Inzwischen machte sich Delphine daran, den Inhalt der Truhe vor sich auszubreiten – die Mosaiksteinchen, die Kekse, die kleinen Farbdöschen, die *Gauloises*, Zirkel, Lineal, die Muschel, die Stifte nebst Radiergummi sowie das Segeltuch und den rundlichen Fisch aus Ton.

Lipaire konnte sich keinen rechten Reim auf dieses Sammelsurium machen. Eigentlich sah das Ganze nach einer Art Zeitkapsel aus, wie man sie oft in den Grundstein großer Gebäude packte: Zeugen des Entstehungsjahrs. Doch hier musste mehr dahinterstecken. Roudeau wollte dem Finder damit etwas sagen, Hinweise auf den Schatz geben, den es zu heben galt.

Schon öfter hatte er sich den Kopf darüber zerbrochen, was das wohl für ein Schatz sein mochte, dass auch die Vicomtes so vehement hinter ihm her waren: Handelte es sich um wertvollen Familienschmuck, der dem Architekten irgendwie in die Hände gefallen war? Oder um eine Kiste voller antiker Goldmünzen, die Roudeau beim Bau der Lagunenstadt gefunden hatte? Noch tappten sie im Dunkeln.

»Also, die Muschel sieht aus wie die am Haus, ihr wisst schon, vor der Brücke«, sagte Lizzy mit Blick auf den Inhalt der Schatulle.

»Na ja, und den Fisch gibt es beinahe überall«, fügte Jacqueline an. »Auf den Hausnummern, den Brunnen, den Flaggen und so.«

»Wenn mich nicht alles täuscht, sind das Farbmuster der Häuser oder der Fensterläden«, fuhr Lipaire fort. »Vielleicht deuten sie ja in der Kombination auf einen bestimmten Straßenzug, was meint ihr?«

Die anderen nickten.

»Also müssen wir das Ganze wohl verstehen wie eine … Rätselkiste?«

»Klar, fast wie eines von den Escape-Spielen, die haben auch immer irgendwelche Gimmicks in der Box. Da war Roudeau seiner Zeit aber wirklich mehr als fünfzig Jahre voraus!«, erklärte Jacqueline.

»Und alle Sachen haben irgendwie mit der Stadt zu tun. Wie ein Puzzle, das wir zusammensetzen müssen«, bemerkte der Deutsche.

Jacqueline wurde auf einmal ganz hibbelig. »Genau! Und unser Spielfeld ist Port Grimaud. Wie Rom in dem Dan-Brown-Film.«

Guillaume runzelte die Stirn. Für wen hatte Roudeau dieses Rätsel ursprünglich konzipiert? Sicher nicht für ihn und die anderen *Unverbesserlichen*. Aber für wen dann? Für seine Nachkommen? Oder tatsächlich für die Vicomtes? Denen Barral zuvorgekommen war, der dann die Lösung zu Geld machen wollte, bevor er ...

»Aber was, bitte, sagen euch die *Navette*-Kekse?«, wollte Delphine wissen.

Sie schüttete alle fünf Stück aus der porösen Tüte, roch daran und legte sie wieder hin. »Ziemlich ranzig schon, das Ganze«, fand sie.

Quenot kam aus der winzigen Toilette und wischte sich die Hände an der Hose ab. Lipaire dachte noch über das Gebäck nach und wollte eben darauf hinweisen, dass es in mehreren Läden des Örtchens angeboten wurde, als der Belgier sich drei Kekse auf einmal griff und in den Mund schob.

»Mann, hab ich einen Kohldampf. Ich muss echt aufpassen, dass ich nicht in den Unterzucker komm, da verlier ich manchmal die Kontrolle.« Es krachte hörbar, als er die steinharten Stückchen zerbiss. »Ah, Orangenaroma. Sind aber übel trocken. Delphine, hast du bitte mal ein Glas Wasser?«

Lipaire schloss die Augen und zählte bis fünf. Danach war sein Ärger fast so etwas wie Mitleid gewichen. »Die Dinger sind wahrscheinlich älter als du. Deine Verdauung möchte ich haben. Aber lass wenigstens die letzten zwei übrig, sie könnten uns ja zum Schatz führen. Also, wir teilen uns auf, jeder nimmt sich eine Spur vor. Wer kümmert sich um was? Und Paul, du hast ab jetzt Keksverbot, dass das klar ist.«

Aus den Augen, aus dem Sinn

»Lucas?« Marie Vicomte war perplex, derart unerwartet auf ihren Ehemann zu treffen. Sie hatte ihn in Uganda gewähnt, beim Aufbau seiner verdammten Schule, die ihm so viel wichtiger war als die Familie. Doch nun tauchte er plötzlich hier auf – ebenso überraschend wie gestern ihr Sohn. Die Männer in ihrer Familie schienen den dramatischen Auftritt zu lieben. »Was machst du denn hier? Ich dachte, du seist in Afrika.«

»War ich auch«, sagte er. »Aber ich war beunruhigt, weil sich keiner von euch bei mir gemeldet hat. Also, noch weniger als sonst.«

Er klang müde und sah auch so aus, fand Marie. Sein immer grauer werdendes Haar stand ihm wirr vom Kopf ab, seine Augenringe waren dunkler als sonst, die Schultern über seinem schmächtigen Körper hingen kraftlos herunter. Er wirkte deutlich älter als die einundfünfzig Jahre, die er auf dem gebeugten Buckel hatte.

»Ich hab dir doch gesagt, ich habe zu tun.«

»Ich will auch nicht immer abseitsstehen, wenn die Familie zusammenkommt.«

Für Isabelle und Clément war das das Stichwort. Sie liefen an ihrer Mutter vorbei und umarmten ihren Vater überschwänglich. Marie hingegen blieb, wo sie war.

»*Salut*, Lucas.« Henri tippte sich zur Begrüßung mit zwei Fingern an die Stirn. »Das ist ja ein Zufall, dass du gerade jetzt auftauchst.«

»Wie meinst du das: gerade jetzt?«

»Ach, denk dir nichts, Papa, das hat er gestern auch zu mir gesagt«, beruhigte Clément seinen Vater.

»Ich dachte, ihr könntet einen Mann mehr gebrauchen.«

Yves schüttelte den Kopf. »Wir haben eher einen zu viel.«

»Was willst du damit sagen?«

»Warum bist du denn so nass?« Henri zeigte auf die dunklen Flecken auf der Leinenhose seines Schwagers.

»Ich ... hatte eine Autopanne. Musste den Reifen wechseln. Und da hat es ziemlich geregnet.«

»Geregnet?«, fragte Marie. Sie kniff die Augen zusammen.

Henri blickte demonstrativ zum Fenster. »Seit Tagen gab es kein Wölkchen am Himmel.«

Lucas blickte sie ratlos an. »Was soll denn das? Glaubt ihr mir etwa nicht?«

»Hm«, machte Henri, »wir hatten nur gerade Besuch. Vom Wasser aus.«

»Vom ... würde mir mal jemand erklären, worum es hier geht?«

Marie berichtete ihm knapp, was geschehen war.

Ihr Mann wurde blass. »*Mon Dieu*, wir müssen sofort die Polizei rufen.«

»Den Vorschlag haben wir heute schon mal gehört. Von unserem anderen Neuankömmling«, brummte Henri und sah demonstrativ zu seinem Neffen. »Habt ihr euch abgesprochen?«

»Wer?«

»Du und dein Sohn.«

»Was hat denn Clément damit zu tun? Und wer ist überhaupt der Tote?«

»Barral«, antwortete Isabelle.

»Das ist doch ...«

»Genau.«

»*Merde.*« Lucas dachte nach. »Ich wüsste vielleicht jemanden, der sich darum kümmern kann.«

»Stell dich hinten an«, gab Henri zurück.

»Meint ihr, er ist umgebracht worden?«

»Barral?« Marie zuckte mit den Schultern. »Ja, wahrscheinlich ist er das.«

Das Ganze wuchs ihr langsam über den Kopf. Offensichtlich hatten sie es mit eiskalten Verbrechern zu tun. Profis, die auch vor einem Mord nicht zurückschreckten. Die kaltblütig nachts Leichen durch die Gegend schipperten, um ihrem Standpunkt Nachdruck zu verleihen. Waren sie solchen Leuten wirklich gewachsen? Sie musterte ihre Familienmitglieder. Henri war, auch wenn sie ihn noch so sehr verachtete, der Einzige, dem sie zutraute, diesen Banditen die Stirn zu bieten. Von ihrem Mann hatte sie nicht allzu viel zu erwarten. Wie im täglichen Leben eben auch. Und ihre Kinder? Waren sie in Gefahr? Sie mussten auf jeden Fall auf der Hut sein, schon um Isabelles und Cléments willen. »Es ist besser, wenn wir uns die nächsten Tage bedeckt halten und warten, welche Forderungen kommen«, beschloss sie. »Man darf diese Leute nicht unterschätzen, das haben sie uns heute mit aller Deutlichkeit klargemacht.«

»Stimmt, Schwesterherz.«

Sie hasste es, wenn Henri sie so nannte, ließ ihn aber gewähren. Ihr Zusammenhalt war im Moment ihr höchster Trumpf.

»Wahrscheinlich ist es wirklich am besten, wir warten ab, was die Erpresser, also die Typen, die uns vorgestern Abend den Besuch abgestattet haben, konkret von uns wollen, und gehen dann zum Schein auf ihre Forderungen ein«, fuhr er fort. »Wir sollten sie aber keine Sekunde mehr aus den Augen lassen. Sie sind offenbar ebenfalls hinter dem her, wonach wir suchen. Und wenn sie haben, was wir wollen, schlagen wir zu.«

Marie Vicomte blinzelte in die untergehende Sonne und sah ihrem Mann, ihrem Neffen Yves und ihrem Halbbruder hinterher. Zusammen mit Louis Valmer trugen sie die ungewöhnlich schwere Teppichrolle aus der Haustür zu dem kleinen, weißen Transporter mit der fingierten Aufschrift einer Wäscherei in Sainte-Maxime, die es in Wirklichkeit gar nicht gab. Darin wartete Madame Valmer bereits mit laufendem Motor. Marie war erleichtert, den Toten wieder loszuwerden. Diese Valmers machten ihre Sache echt gut. Dass Marie sie während ihres derzeitigen Aufenthalts in Port Grimaud bereits zum zweiten Mal brauchte, beunruhigte sie allerdings ein wenig. Denn auch wenn das Ehepaar und die restliche Truppe von Royalisten glühende Verehrer des alten französischen Adels und damit selbstredend auch der Vicomtes waren, erfuhren sie mit jeder Aktion mehr über die Familie, ihre Struktur und ihre Machenschaften. Vielleicht würden sie dieses Wissen irgendwann zu nutzen versuchen, und sei es nur, um als besonders privilegierte Günstlinge behandelt zu werden. Wenn der Einfluss der Vicomtes wie erhofft bald wieder wachsen würde, würden auch jene Anhänger, die sie sich gerade mehr und mehr zu ihren Vertrauten machten, mit aufgehaltener Hand dastehen. So waren die Menschen nun mal, und die Valmers machten da garantiert keine Ausnahme.

»Kann ich Ihnen ein wenig zur Hand gehen?«

Marie erschrak. Sie hatte den Mann gar nicht kommen sehen, der wie aus dem Nichts aufgetaucht war und nun mit ausgestreckten Armen zu den Teppichträgern hastete.

»Danke, *commissaire* Marcel, bemühen Sie sich nicht«, presste Henri mit rotem Kopf hervor.

Commissaire Marcel? Marie erstarrte. Ob er etwas ahnte, einen Tipp bekommen hatte?

»Aber nein, das ist doch kein Problem, ich helfe gern«, erwiderte er noch immer lächelnd. »Sieht recht schwer aus, was Sie da zu tragen haben.«

Die Männer zuckten nur mit den Schultern.

»Eine Leiche wird ja wohl nicht darin versteckt sein, hoffe ich? Das wäre dann mein Spezialgebiet.«

Marie schluckte, doch dann merkte sie erleichtert, dass die anderen genau richtig reagierten: Sie lachten gekünstelt, und der Polizist stimmte in das Gelächter ein.

»Ein schwerer alter Perser. Familienerbstück, muss jetzt aber zur Reinigung, Sie verstehen«, sagte Henri, während sie weitertrugen.

»Riecht ein wenig streng«, befand *commissaire* Marcel.

»Ja, leider«, erklärte Lucas schnell. »Dummerweise ist meinem Schwiegervater ein Malheur darauf passiert.«

»So ist das mit zu viel Alkohol, in dem Alter«, fügte Henri hinzu.

Marcel warf ihm einen verständnisvollen Blick zu. »Lassen Sie mich doch bitte helfen. Schließlich müssen wir von der Polizei zusehen, dass wir in Ihren tollen Büchern auch gut wegkommen, *Monsieur l'Auteur*. Vielleicht schreiben Sie ja auch mal über einen *flic* namens Marcel, der in Saint-Tropez heldenhaft seinen Dienst versieht? Mein Einverständnis haben Sie.«

Marie zog die Stirn in Falten. Wenn sie nicht alles täuschte, spielten Henris Romane ausnahmslos in Paris und Bordeaux, auch wenn sie das nur aus Erzählungen wusste. Ihr fehlte beim besten Willen die Zeit für solch seichte Büchlein. Wenn schon, dann beschäftigte sie sich mit ernsthafter Literatur. Aber warum wanzte sich der Polizist so an ihren Bruder heran? War er wirklich so eitel, wie man ihm nachsagte? Unterschätzte sie womöglich Henris Popularität?

»Ach ja? Das ist natürlich ein interessantes Angebot«, versetzte Henri, wandte sich dem *commissaire* zu und bat Valmer, Yves und Lucas, allein weiterzutragen. Der fehlende vierte Mann brachte sie für einen Moment ins Straucheln, wobei sie beinahe ihre heikle Fracht hätten fallen lassen. Doch schließlich gelang es ihnen, das Bündel in den Wagen zu wuchten.

Henri fragte derweil: »Dürfte ich Sie denn wirklich einmal porträtieren, in einem meiner Bücher, Monsieur? Natürlich so, dass man Sie nicht erkennt.«

Commissaire Marcel strahlte über beide Ohren. »Natürlich, gerne auch so, dass man mich identifizieren kann, ich habe nichts zu verbergen, und meine Aufklärungsrate ist untadelig. Verfügen Sie über mich, hochverehrter Monsieur Bécasse!«

»Vicomte. Bécasse ist nur mein Künstlername«, korrigierte Henri.

»Natürlich, ich vergaß. Ich bin von Anfang an ein glühender Verehrer Ihrer Werke«, schmachtete der Polizist. »Habe bis auf das neueste restlos alles gelesen, auch wenn ich zugeben muss, dass mir die Verfilmungen nicht ganz so gut gefallen wie die unvergleichlichen Bücher.«

»Ja, das sagen viele«, stimmte Henri ihm zu, und Marie hatte den Eindruck, dass er sich wirklich geschmeichelt fühlte. Dennoch registrierte sie zufrieden, dass er den *commissaire* hinhalten würde, bis der Transporter endlich abgefahren war, was sich nun allerdings verzögerte: Die Teppichrolle war allem Anschein nach zu lang für den Laderaum. War sie denn nur von Idioten umgeben? Wahrscheinlich das Schicksal großer Geister – an der Spitze war es nun mal einsam. Derweil bot sich ihr ein bizarres Bild: Während im Hintergrund die Männer verzweifelt versuchten, den Toten in ein viel zu kleines Auto zu quetschen, begockelten sich nur wenige Meter davor der Polizist und ihr Halbbruder.

»Also, wenn Sie mal die Expertise der echten Polizei benötigen«, schwelgte der *commissaire*, »steht Ihnen meine Bürotür stets offen. Ich bin Tag und Nacht für Sie erreichbar. Bei Mord bin ich ausgewiesener Experte.«

Marie hörte eine Autotür. Endlich hatten die anderen es geschafft. Das schien auch Henri nicht entgangen zu sein.

»Schön, das ist ein wirklich tolles Angebot, *Commissaire*, ich melde mich.«

»Ich würde mich sehr freuen. Übrigens auch über ein handsigniertes Exemplar Ihres neuesten Buches, der Klappentext klingt sehr spannend.«

»Das sollte sich machen lassen. Jetzt müssen wir aber leider, wir haben noch ein wenig im Haus zu tun. *Bonne journée, Commissaire!*«

Der Polizist blieb winkend stehen, bis die Vicomtes die Haustür hinter sich geschlossen hatten.

Als die Luft im wahrsten Sinne des Wortes wieder rein war, fanden sich alle auf Maries Wunsch in der Sitzgruppe rund um den offenen Kamin ein. »Wir müssen dringend besprechen, wie wir weiter verfahren wollen«, sagte sie, ging zur kleinen Hausbar auf dem Servierwagen und goss sich ein Glas Armagnac ein. Die Blicke ihrer Verwandten folgten ihr. Nach dem ersten Schluck fuhr sie fort: »Ich gehe inzwischen fest davon aus, dass uns von den Leuten, die uns hier einen ungebetenen Besuch abgestattet haben, auch die Leiche vor die Tür gelegt wurde. Sie sind offenbar weitaus gefährlicher und durchtriebener, als ich zunächst dachte. Wir müssen vorsichtig sein.«

»Wahrscheinlich«, stimmte Henri ihr zu.

»Aber wer sind die eigentlich?«

»Ganz sicher gehört schon mal der Typ vom Schlauchboot dazu«, sagte Yves.

Marie nickte. »Da sollten wir ansetzen.«

»Und wer ist sonst noch dabei?«, fragte Lucas. »Also, ich meine: An wessen Fersen sollen wir uns denn eigentlich heften?«

Marie legte die Stirn in Falten. »Clément hatte ja ganz richtig gesagt, dass unser *gardien* ein bisschen zu oft auftaucht, in letzter Zeit. Und was ist mit diesem Bootsjungen?«

Yves blickte auf. »Karim? Hm, den hab ja ich selbst herbestellt, um die Jacht zu reparieren.«

»Aber er hat sich komisch verhalten, findet ihr nicht?« Isabelle erntete von allen Seiten Kopfnicken.

»Also, ihr Süßen, dann lasst uns ausschwärmen und zusehen, was wir in Erfahrung bringen können«, erklärte Clément und sprang auf. »Endlich kommt Schwung in die Sache.«

Marie lächelte. Der Junge hatte schon als Kind ständig Action gebraucht, was sich bis heute nicht geändert hatte. »In Ordnung. Fangt mit den dreien an, vielleicht ergibt sich daraus ja mehr.«

Nachdem sie gegangen waren, nahm sich Marie einen der Stühle vom Esstisch und setzte sich neben ihren Vater, der im Rollstuhl vor sich hin döste. Sie strich ihm eine Weile sanft über das weiße Haar. Was würde passieren, wenn er nicht mehr da war? Würden sie jemals wieder alle zusammen hier im Haus sein? Darauf zumindest könnte sie ganz gut verzichten. Sie stand auf und ging zur großen Glastür des Salons, von wo aus sie auf die *Comtesse* und den Kanal dahinter blickte, auf dem zwei Elektroboote dahindümpelten. Ihnen näherte sich das Shuttle, das die Leute von der Kirche zur *capitainerie* und damit zum Linienschiff nach Saint-Tropez brachte. Die Sonne tauchte die Fassaden der Häuser gegenüber in warmes, goldenes Licht, als könne nichts und niemand das kleine Städtchen aus der Ruhe bringen. Doch dieser Frieden war trügerisch.

Ich sehe was, was du nicht siehst

Quenot hatte die Mosaiksteinchen fest in seiner Faust verschlossen, während er kreuz und quer durch die Gassen des Örtchens wuselte. Immer wieder blieb er stehen, schaute auf den Inhalt seiner Hand, verglich damit den Bodenbelag, schüttelte den Kopf und eilte weiter. Ständig rempelten ihn dabei irgendwelche Menschen an, denn heute, an diesem sonnigen Vormittag, waren die Touristen wie so oft von den umliegenden Campingplätzen in Scharen nach Port Grimaud geströmt. Am Steg für die elektrischen Boote hatte sich bereits eine lange Schlange gebildet, alle wollten im Schneckentempo die Kanäle auf und ab fahren und sich die Leute auf ihren Terrassen und deren Häuser im Hintergrund ansehen. Ein bisschen wirkte das auf ihn wie in einem Zoo, in dem man mit auf Schienen montierten Booten durch die Freigehege fuhr. Doch von ihm aus hätten sich heute ruhig alle Tagesgäste auf dem Wasser tummeln können, denn keiner von ihnen schien irgendein Ziel zu haben, sie schlenderten planlos herum, während er es eilig hatte. Zudem versperrten ihm die Passanten die Sicht auf den Boden, genauer auf die dort befindlichen Mosaike, die sie, da war er sicher, zum Schatz führen würden. Immerhin machten die meisten von selbst Platz, wenn sie den bulligen Ex-Soldaten anrollen sahen.

»Das heißt *pardon*«, rief ihm eine ältere Frau nach, die er wie ein Schneepflug zur Seite geräumt hatte. Er reagierte gar nicht darauf, ging weiter, den Blick stur nach unten gerichtet und schwer atmend. Nun rächte es sich, dass er bis jetzt nie auf die Bilder im Pflaster geachtet hatte. Über die verschiedenen Bodenarten in den Gärten und deren Nährstoffstatus hätte er stundenlange Vorträge halten können, doch die Gehwege hatten ihn nie interessiert.

Plötzlich blieb er stehen. Da war es, kein Zweifel. Unter den Arkaden eines der Häuser, die den Platz säumten, war ein größeres Mosaik eingelassen. Er schaute in seine Hand, dann wieder auf den Boden – alles dieselben Steinchen. Asymmetrisch geformt, schieferfarben und hellgrau. Erst jetzt hob er den Blick, um sich umzusehen – und war überrascht. Er stand beinahe auf dem Marktplatz. Nur ein paar Meter trennten ihn davon. Unzählige Male musste er hier schon vorbeigegangen sein, ohne dass ihm das Ornament aufgefallen wäre. Heute war das anders. Heute hatte er ein Rätsel zu lösen. Das Mosaik zeigte etwas, das sie weiterbringen würde, ganz bestimmt. Und er würde es entschlüsseln.

Allerdings stand mittendrin ein Kinderwagen. Die dazugehörenden Eltern beugten sich daneben über einen Stadtplan. Quenot steckte kurzerhand die Steine in seine Hosentasche und schob den Wagen ein Stück zur Seite.

»Was machen Sie denn?«, kreischte die Frau panisch, rannte zu ihrem Kind und riss es aus dem Wagen, wodurch es aufwachte und wie am Spieß zu brüllen begann. »Tu doch was, Martin, der grässliche Typ wollte unseren Sohn entführen!«

»Finger weg, Dreckschwein!«, schrie nun auch der Mann.

Paul überlegte, ob er darauf hinweisen sollte, dass er es gewesen war, der den Sprössling aus der prallen Sonne in den Schatten befördert hatte, doch ehe er sichs versah, war er umzingelt von aufgeregt rufenden Menschen, die in den verschiedensten Sprachen wild gestikulierend herumbrüllten. Für derartige Diskussionen hatte er nun wirklich keinen Nerv, noch dazu, weil man nie wusste, ob sein Fluch wieder für irgendeinen tödlichen Ausgang sorgen würde. Mit dem tiefsten Brummen, zu dem sein Körper fähig war, plusterte er sich auf und machte dazu die gefährlichste Schlägervisage, die er im Repertoire hatte. Das zeigte Wirkung. So wie Guillaume es verstand, die Leute für sich zu gewinnen, war Quenot ein Meister darin, sie auf Abstand zu halten. Die Schaulustigen wichen erschrocken zurück, die Mutter packte ihren Mann am Arm und zog ihn samt Kinderwagen davon, ohne sich noch einmal umzudrehen.

Endlich Ruhe. Endlich konnte er sich der geheimen Botschaft widmen. Doch was sollte das darstellen, was da mittels kleiner Steinchen in den Boden eingelassen worden war? Es wirkte wie … wie eine riesige Tomate mit, ja, mit einem Schwanz. Oder sollte es ein Apfel sein, und das längliche Gebilde eine Schlange? Eine Anspielung auf die Bibel also? Wie der Spruch von Roudeau mit dem Felsen? Doch der Apfel war im Vergleich zur Schlange viel zu groß. Vielleicht war das ja die Botschaft: Big Apple – New York. Würden sie dort, über dem großen Teich, die Antwort auf ihre Fragen finden? Er atmete tief durch. Das war komplizierter als gedacht. Obwohl er vorgehabt hatte, den anderen die fertige Lösung zu präsentieren, erst ihr Staunen und dann ihre Lobeshymnen entgegenzunehmen, musste er nun umdenken. Er würde ihre Hilfe brauchen, um den Hinweis zu entschlüsseln. Also griff er in eine der Seitentaschen seiner Flecktarnhose, holte einen Block und einen Stift heraus und begann, das Mosaik abzumalen. Ein Handy hätte das Ganze viel einfacher gemacht, doch er besaß keines. Aus seiner Militärzeit wusste er, wie leicht diese Dinger zu knacken und abzuhören waren, und verstand nicht, warum sich alle Welt inzwischen davon so abhängig machte.

Er tat sich schwer, denn das Zeichnen war, wie auch das Schreiben, nie seine Stärke gewesen. Mit verkrampften Fingern und im Mundwinkel eingeklemmter Zunge bewegte er den Stift über das Papier. Als er fertig war, ging er einen Schritt auf das

Motiv zu, um es sich noch einmal aus der Nähe anzusehen. Erst jetzt bemerkte er, dass der Boden der gesamten Arkade mit Mosaiksteinchen gestaltet war. Neben der seltsamen Tomate waren noch weitere Symbole zu sehen, etwa eine Art Rugby-Ei, ein Schild oder Buch oder Blatt oder ... Er seufzte. Das würde er niemals alles abmalen können, die anderen mussten sich wohl oder übel herbemühen.

»Oh, ein Seeteufel? Haben Sie den aus dem Gedächtnis gezeichnet?«

Verwirrt blickte Paul auf. Er kannte den Mann, der da neben ihm stand und auf seinen Block zeigte. Es war der Polizist, den alle hier nur *commissaire Marcel* nannten. Niemand hatte wirklich Respekt vor ihm, doch dass er auch von Kunst so wenig Ahnung hatte, war neu.

»Nein, das ist ...«

»Ein Fußball, natürlich, jetzt erkenne ich es. Vielleicht sollten Sie sich da besser mal Hilfe suchen. In Sainte-Maxime bietet eine Sommerakademie Kurse in naiver Malerei an.«

»Danke für den Hinweis, aber ich bleibe lieber beim Abstrakten«, knurrte der Belgier, stopfte frustriert seinen Zeichenblock in die Tasche und stapfte davon.

Guillaume Lipaire sah den grimmig dreinblickenden Belgier aus den Arkaden am Ende des Marktplatzes herauskommen. Reflexartig öffnete er den Mund, um ihn zu sich zu rufen, doch dann überlegte er es sich anders. Das würde ihn nur aufhalten.

Er sog an seiner Zigarre und wandte den Blick wieder zu der gemalten Statue an der Fassade eines der Häuser am Marktplatz. Sie stellte, in klassizistischem Stil, wenn er richtiglag, einen Jüngling mit einer Amphore dar. Es handelte sich um ein sogenanntes *Trompe-l'œuil*, also ein Gemälde, das Dreidimensionalität vortäuschte. Erst kürzlich war es restauriert worden, erinnerte sich Lipaire. Irgendwo in diesem Bild, das so realistisch gemalt war, dass man beim flüchtigen Hinschauen denken konnte, da stehe wirklich eine Figur in einer Nische, musste eine Botschaft versteckt sein, denn darunter prangte derselbe Ton-Fisch, der auch in der Truhe gelegen hatte, nur etwas größer. Von hier unten aus war jedoch nichts zu erkennen, es musste sich um ein Detail drehen, das nur aus der Nähe zu sehen war. Doch erstens prangte das Bild in etwa vier Metern Höhe über einem Balkon, und zweitens saß auf ebendiesem Balkon ein älteres Ehepaar und trank Wein. Prinzipiell eine sehr gute Idee, es sich mit Blick über das bunte Treiben des Örtchens in der Sonne bequem zu machen, musste Guillaume einräumen. Aber im Moment waren die beiden ihm einfach im Weg. Wenn er sie doch nur dort wegbekäme ... Nachdenklich blickte er sich um. Es herrschte das für diese Zeit übliche Gewusel auf dem Marktplatz: Eis essende Touristen in grellbunten Shorts auf den Bänken, *Apéro*-Trinker in den Cafés, Wassertaxis, die immer wieder neue Leute anspülten, die Boulespieler, die gerade im Schatten pausierten ... Moment, das war es. Lipaire überquerte flugs den Platz, eilte zu einem der Spieler, einem Dicken mit Vollbart, steckte ihm zwanzig Euro zu, flüsterte ihm etwas ins Ohr und lief schnell zurück zum Balkon. Im Geiste ging er schon die Griffe durch, mit denen er sich wie ein Fassadenkletterer behände hinaufschwingen würde, da hörte er, wie in seinem Rücken das Gezeter begann: »*Bordel de merde*, ich war näher dran. Du hast meine Kugel bewegt, *bouffon*!« – »Nimm das zurück, sonst hau ich dir eins auf die Mütze, du Scheißhaufen«, ging es munter zwischen den Männern hin und her. Diese Typen waren jeden Cent wert. Tatsächlich trat nach kurzer Zeit genau das ein, was er erwartet hatte: Das Ehepaar wurde neugierig. Die beiden, denen die Sicht auf die Spieler durch eine große Platane versperrt war, reckten zunächst ihre Hälse, standen dann getrieben von Sensationslust auf, gingen ins Haus, um kurz darauf auf dem Bürgersteig wieder aufzutauchen. Lipaire grinste. Er konnte in Menschen lesen wie in einem offenen Buch.

Lipaire nahm Anlauf, hüpfte auf einen kleinen Mauervorsprung und von dort auf das Dach des kleinen Lädchens, das bunte, duftende Seifen aus der Provence anbot. Er richtete sich auf, packte mit einer Hand den unteren Teil des schmiedeeisernen Balkongitters, spürte dann jedoch ein Stechen in der Nierengegend, lockerte unwillkürlich den Griff – und fiel mit dem Rücken voran nach unten. Mit einem dumpfen Knall landete er auf dem Vordach des Lädchens. Für ein paar Sekunden blieb ihm die Luft weg, und er schloss die Augen, um in sich hineinzuhorchen, ob es ernsthafte innere Verletzungen zu beklagen gab. Doch alles schien in Ordnung zu sein. Bis auf die Schmerzen jedenfalls. Er zog sein Handy heraus – das Display hatte einen kleinen Sprung abbekommen. Vielleicht würde Delphine ihm das ja günstig reparieren, jetzt, wo sie »Freunde« waren. Er bezweifelte es.

Immerhin hatte man auch von hier aus schon einen recht guten Blick auf das Gemälde. Doch spontan stach ihm nichts ins Auge, was als Zeichen gemeint sein konnte. Schnell schoss er ein paar Fotos der Wandmalerei, dann ließ er sich vom Blechdach gleiten und humpelte davon. Als er an den Boulespielern vorbeikam, sah er, wie die Streithähne von einem Mann in knittrigem Trenchcoat auf Abstand gehalten wurden. Solange sich *commissaire* Marcel um derartige Lappalien kümmerte und sich nicht in seine Angelegenheiten mischte, hatte Lipaire nichts zu befürchten.

»Louiiiiiis, komm, nicht bellen.« Lizzy Schindler ruckte an der Leine ihres Pudels, der, angestachelt vom lautstarken Wortgefecht der Boulespieler, in seinem Gekläffe kaum zu bremsen war. So kannte sie ihn gar nicht, aber Louis Quatorze war es, wie alle anderen hier auch, nicht gewohnt, dass es gar so laut und hitzig zuging. Als sie die große Brücke überquert hatten und die Streithähne außer Hör- und Sichtweite waren, beruhigte sich der Hund und trottete brav neben seinem Frauchen her. Nun konnten sie ihre Fährte aufnehmen. Ihre Muschelfährte. Lizzy Schindler war von den anderen als Expertin für diese Spur auserkoren worden, und sie wollte das Vertrauen in sie rechtfertigen, indem sie Ergebnisse lieferte. Sie sollten sehen, dass die Entscheidung, sie in ihre Gruppe aufzunehmen, im wahrsten Sinne des Wortes goldrichtig gewesen war.

Also folgte sie den Muscheldarstellungen durch die Stadt – und die waren zahlreicher, als sie erwartet hatte. Sogar auf kleinen Wegweisern waren sie angebracht. Allerdings führten die sie aus der Stadt hinaus, was sie wunderte. Aber was wusste sie schon davon, was sich Roudeau, der Lebenskünstler, in seinem verqueren Hirn zusammengesponnen hatte. Sie durchschritt den Torbogen links vom *Tour des Célibataires*. Dieser runde Turm am Eingang der Stadt war von Roudeau gebaut worden, um den Bediensteten der Restaurants und Geschäfte als Herberge zu dienen. Daher auch sein Name »Turm der Junggesellen«, was man heutzutage wohl eher mit »Singlesilo« umschrieben hätte. Er bestand aus vielen kleinen und kleinsten Zimmerchen, oft nur mit einem winzigen Fenster, von denen manche inzwischen zu größeren Wohneinheiten zusammengelegt worden waren. Lizzy hatte sich einmal ein Zimmer von dreizehn Quadratmetern angesehen und sich dann für das Rentenmodell entschieden, um in ihrem Appartement bleiben zu können.

Sie verließ das Örtchen durch das Hauptportal, überquerte den äußeren Wassergraben und bog vor dem großen Parkplatz nach links ab. Irgendwann endete der Gehweg, und Lizzy und Louis mussten auf der staubigen Landstraße weitergehen. Doch hierhin zeigte nun mal der vermaledeite Muschelwegweiser, was sollte sie also machen? Sie war bereits jetzt bedeutend weiter von ihrem geliebten Wohnort entfernt, als sie in den letzten Jahren jemals gelaufen war. Ihre Hüfte schmerzte. Sie hätte nicht so hochhackige Schuhe anziehen sollen. Auch Louis schnaufte besorgniserregend, aber sie vermutete, dass ihm ein bisschen mehr Bewegung ganz guttat. Da man seine Beinchen unter dem dicken Bauch kaum noch sah, hatte Lizzy sich schon länger vorgenommen, ihm ein kleines Sportprogramm zu verordnen. Nun trottete er mit eingezogenem Schwanz neben ihr her und blickte sie von unten fragend an, als wolle er sagen: *Wär's nicht langsam Zeit umzukehren?*

Als sie eine Weggabelung erreichte, erblickte sie unter einer mächtigen, Schatten spendenden Schirmpinie eine Bank. Die war zwar belegt, aber besser als nichts. Die beiden Wanderer, die dort saßen, ein Pärchen aus ihrer Heimat Österreich, wie sich herausstellte, gaben Louis ein wenig von ihrem Reiseproviant ab, einer hervorragend aussehenden *Quiche Lorraine* aus der besten Bäckerei des Ortes, was bei ihrem geschundenen Vierbeiner sichtlich die Lebensgeister weckte. Schwanzwedelnd baute sich der Pudel vor seinen neuen Freunden auf und leckte sich über die Schnauze.

»Sie gehen aber nicht mit dem Hund den Jakobsweg, oder?«, fragte die Frau.

»Welchen Weg?«

»Den Pilgerweg. Wir haben gesehen, wie Sie immer den Schildern gefolgt sind.« Sie zeigte auf den Wegweiser mit der stilisierten Muschel darauf, der auch hier am Baum angebracht war.

»Ach, jetzt versteh ich ...«

»Mit Verlaub, aber der Jakobsweg, in Ihrem Alter? Ich mein, so ganz ohne Gepäck und in Ihrer Aufmachung ...« Die Frau ließ ihren Blick über Lizzys Garderobe wandern, von ihrer bunten Kappe über das ärmellose Top, die hautengen Glitzerjeans bis zu den königsblauen Stöckelschuhen.

»Ach wo, aber mein Hund liebt lange Spaziergänge«, erwiderte Lizzy, worauf Louis einmal kurz aufjaulte. »Jetzt muss ich aber wirklich zurück, sonst wird's zu spät. Gute Pilgerei noch.«

Delphine biss gerade in ihr *pain aux raisins*, ein unverschämt süßes Gebäck mit Rosinen, als sie eine erschöpft wirkende Lizzy Schindler die Brücke zum Marktplatz hinaufgehen sah. Ihr war schleierhaft, wie man sich auf solch dürren Stelzen fortbewegen konnte. Und wie man überhaupt solche Stelzen bekam. Das konnte nur durch jahrelange Nahrungsverweigerung zu erreichen sein, dachte sie schaudernd und spülte ihr Gebäck mit einem Schluck *Orangina* hinunter. Sie war froh, dass ihr Teil der Aufgabe auch im Sitzen erfüllbar war. Man hatte ihr aufgetragen, die Straßennamen der Stadt auf Auffälligkeiten hin zu untersuchen. Warum genau, hatte sie nicht verstanden, allerdings auch nicht weiter nachgefragt. Denn statt wie die anderen wild durch die Gassen zu rennen, hatte sie an ihre Ladentür das *Bin gleich zurück*-Schild mit ihrer Notfallnummer für besonders eilige Kunden gehängt, sich in der Touristeninformation einen kostenlosen Stadtplan geholt, sich dann in das kleine Café an der *Rue des Artisans* gesetzt und versucht, in dem scheinbar zufälligen Gewirr einen tieferen Sinn zu erkennen. Sie konnte Zeichnungen von Schaltkreisen lesen, Pläne von Platinen, die deutlich komplizierter aufgebaut waren als ihr überschaubares Städtchen, doch ein Zusammenhang, der ihr bisher nicht aufgefallen war, wollte sich auch jetzt nicht aufdrängen. Nicht einmal, als sie versuchte, die Quadrate des Stadtplans mit den Namen der Straßen in irgendeine Beziehung zu bringen. Einmal dachte sie, sie hätte etwas gefunden, hatte die Kinder angerufen und ihnen aufgetragen, auf einem der Straßenschilder etwas zu überprüfen, doch wie sich herausstellte, handelte es sich nur um einen Druckfehler. Nach einer Stunde, zwei *Oranginas* und drei weiteren Rosinenschnecken gab sie auf. Sie würde noch einen *café allongé* trinken, vielleicht ein wenig Tetris auf einem ihrer Handys spielen, um dann mit leeren Händen zu den anderen zurückzukehren. Wo nichts war, konnte man eben auch nichts finden. Sich selbst zunickend, griff sie nach dem Zuckerstreuer, hielt ihn über die Tasse, doch er war leer. »*Merde*«, zischte sie. Heute klappte wohl gar nichts.

»Darf ich, Madame?«, fragte da eine näselnde Stimme vom Nebentisch.

Sie drehte sich um und sah, wie ein Mann mit Trenchcoat ihr seinen Zucker anbot. Weshalb man bei dieser Hitze einen Mantel trug, war ihr völlig schleierhaft. Aber bei dem Typen wunderte sie gar nichts mehr. »Vielen Dank, *Commissaire*.«

»Oh, Sie kennen mich?« Er schien nicht im Geringsten überrascht, seine Frage klang eher wie eine Bestätigung.

Delphine biss sich auf die Lippen. Natürlich kannte sie ihn, sie waren sich erst kürzlich begegnet. Er schien sich offenbar nicht mehr daran zu erinnern, was sie ein wenig ärgerte. »Aber ja. Wir haben uns in der Buchhandlung getroffen. Wie hätte ich das vergessen können?«

Der Typ nickte tatsächlich und lächelte sie stolz aus seinem zerknautschten Gesicht an. »Natürlich«, gab er zurück.

»Eben«, entfuhr es ihr, dann stand sie auf und ging. Die Gegenwart derart selbstverliebter Typen war ihr zutiefst unangenehm.

Mit leeren Händen

»Also, dann fasse ich noch mal zusammen«, sagte Marie, tupfte sich den Mund an einer Papierserviette ab und legte sie zu den Muschelschalen und Langustenkarkassen auf ihrem Teller. Es war ein klein wenig später geworden, bis alle eingetroffen waren, doch der Paella, die der Mietkoch bei ihnen zubereitet hatte, hatte es nicht geschadet. Der Mann verstand sein Handwerk, und das Beste war, dass er gleich noch das gesamte Geschirr und Besteck abholen würde. »Dieser *gardien* wollte auf einen Balkon klettern? Der Tätowierte aus dem Schlauchboot hat seltsame Kringel auf ein Blatt gezeichnet? Ist das wirklich alles, was ihr herausgefunden habt?« Sie sah in die Runde und erntete Schulterzucken.

»Mehr war eben nicht los«, sagte Isabelle entschuldigend. »Stimmt doch, Clément, oder?« Ihr Bruder nickte.

»Okay, und hat auch jemand diesen Wassertaxifahrer im Blick gehabt?«

»Nein.«

»Nein? Wieso nicht, Lucas, ich habe doch gesagt ...«

»Er ist Taxi gefahren«, antwortete ihr Mann.

»Weiter nichts?«

»Weiter nichts. Gehört wohl doch nicht zu der Truppe.«

Marie Yolante schüttelte ratlos den Kopf. Sie hatte das Gefühl, dass dieses dürftige Rechercheergebnis der Unfähigkeit und Lustlosigkeit ihrer Familie zuzuschreiben war. Wahrscheinlich hätte sie doch selbst mitgehen und nicht einfach das Heft aus der Hand geben sollen. »Gut, und welchen Schluss ziehen wir jetzt daraus?«

»Für mich haben die einfach alle tierisch einen an der Waffel«, befand Clément.

Yves nickte. »Das schon. Aber irgendwie haben sie derart seltsame Sachen gemacht – mir war fast, als würden sie uns verarschen. Als Ablenkungsmanöver, versteht ihr?«

»So wie die Sache mit der Jacht, als sie bei uns eingedrungen sind?«, präsisierte Marie.

Yves zuckte mit den Achseln. »Könnte doch sein, oder?«

»Lasst uns mal kurz zusammenfassen: Diese Leute haben vor unserer Ankunft in unserem Haus Barral getötet, weil sie an unser Geheimnis heranwollten. Ob es ihnen gelungen ist, ihn vorher zum Reden zu bringen, wissen wir nicht. Sieht aber nicht danach aus. Dann haben sie uns ein Erpresserschreiben samt Foto vom Toten geschickt, sind aber später bei uns eingedrungen, um sich exakt dieses wiederzuholen. Stimmt ihr mir so weit zu?«

Die anderen nickten.

»Also verfolgen sie irgendeinen perfiden Plan, den wir bloß noch nicht kennen. Sonst würde das alles gar keinen Sinn ergeben.«

»Ich fand die eher total *lost*«, sagte Isabelle.

»Du meinst, als würden sie einer Spur folgen, hätten aber den Faden verloren?«, fragte ihr Onkel.

»So könnte man es vielleicht sagen.«

Henri machte ein nachdenkliches Gesicht. »Die werden schon wissen, was sie tun.«

»Passt irgendwie nicht dazu, dass sie den armen Barral einfach abgemurkst haben und uns erpressen wollen«, schob Isabelle noch nach. »Übrigens: Was, wenn einer von denen irgendwann nachts …«

»Ach was, Clément beschützt uns alle, stimmt's?«, ätzte Yves, doch er erntete nur eine wegwerfende Handbewegung seines Cousins.

»Nur was genau haben sie vor? Ich meine, wenn man den Faden verloren hat, hat man ja zumindest irgendwann davor einmal einen gehabt, oder?«, versuchte Marie, ihr Gespräch wieder auf das eigentliche Thema zu bringen. »Und warum haben sie nie irgendeine Forderung geschickt? Es ist ja, als hätten sie die Erpressung bereut und wollten sie ungeschehen machen.«

»Jedenfalls müssen wir definitiv weiter dranbleiben«, fand Lucas. »Sie wissen offensichtlich mehr als wir, auch wenn sie den Schlüssel oder den entscheidenden Hinweis noch nicht gefunden haben.«

»Mir ist auch wirklich schleierhaft, wie die überhaupt zusammengehören«, erklärte Clément schließlich und schob seinen Teller ein Stück von sich. »Ich meine, was verbindet die? Und wer ist denn nun eigentlich alles dabei?«

Marie lächelte milde. »Das, mein Junge, hättet ihr heute herausfinden sollen.«

Unerwartete Hilfe

Lipaire blickte auf die Menschen, die um ihn herumsaßen. Selten hatte er so eine geballte Ladung Niedergeschlagenheit gesehen. Noch vor ein paar Stunden waren sie alle voller Energie und Tatendrang gewesen, waren ausgeschwärmt wie emsige Bienen, um dem Rätsel des Architekten auf den Grund zu gehen, doch jetzt schien jegliche Motivation von ihnen abgefallen zu sein. Und warum? Weil die Aussicht auf den Schatz wieder in weite Ferne gerückt war. Die Aussicht auf ein Leben in Saus und Braus. War das wirklich das Einzige, was sie aufrechthielt? Sie als Gruppe zusammenschweißte? Vielleicht war das zu wenig: eine Zwangsgemeinschaft auf der Jagd nach dem großen Geld. Dabei hatte es Momente gegeben, in denen er zu seiner eigenen Verwunderung das Gefühl gehabt hatte, dass sich da mehr zwischen ihnen entwickelte.

Er wischte sich mit der Hand übers Gesicht. Diese Gedankenspiele machten ihn ganz irr. Oder war es die gedrückte Stimmung? Dabei hatte er sie extra in einer der schönsten und hellsten Wohnungen in seinem Portfolio zusammengerufen, einer charmanten Maisonette mit direktem Blick auf die Bucht bis hinüber nach Saint-Tropez. Er hatte schon geahnt, dass es etwas zäh werden könnte. Dass das Appartement wegen eines Mieterwechsels zudem dringend sauber gemacht werden musste und Lipaire nun, da Karim nicht mehr zur Verfügung stand, die Mitglieder seines kleinen Klubs damit beauftragen wollte, war dafür nicht ausschlaggebend gewesen. Er hatte ihnen sogar extra ein paar Salzbrezeln aus seiner alten Heimat hingestellt und einen TetraPak Wein mit integriertem Zapfhahn mitgebracht.

Doch genutzt hatte auch diese inspirierende Atmosphäre nichts: Quenot saß dumpf brütend in einem Sessel, Delphine hatte sich auf das Sofa gelegt und starrte die Decke an, Lizzy spielte mit ihrer Zigarettenspitze, und selbst Pudel Louis fläzte lustlos zu ihren Füßen. Ihre Hoffnungen ruhten nun auf Jacqueline, für Lipaire sowieso die Intelligenteste in ihrem Bunde. Als sie endlich eintraf, erkannte er jedoch schon an ihrer Miene, dass auch sie keinen Erfolg gehabt hatte.

»Ich hab gefühlt hundert Fassaden überprüft, ob sie zu den Farben aus der Kiste passen, bei den Treffern die Hausnummern, Straßennamen, Planquadrate und Nummern auf der Farbskala notiert, bin von einer *gardienne* verjagt, von einem Hund ins Bein gezwickt, von einer Wespe gestochen und von einem unappetitlichen Typen im Trenchcoat angegraben worden, hab mir einen leichten Sonnenbrand zugezogen und doch nur das hier zustande gebracht.« Sie hielt einen Notizblock mit einem Gewirr aus Zahlen und Buchstaben hoch. Bevor sie weiterredete, zapfte sie sich ein Glas Wein und trank es in einem Zug aus. »Eines könnte ich noch probieren, aber wenn das nichts bringt...«

Gespannt verfolgten die anderen, wie sie einen Kugelschreiber aus ihrer Tasche holte und im Kopf die Zahlen noch einmal hin- und herzuschieben schien, dieses durch jenes teilte, hier eine Quersumme nahm und dort eine Zahl von der anderen abzog.

Als das Ergebnis schließlich vor ihr stand, brach sie in ein bitteres Lachen aus. »Zweiundvierzig«, keuchte sie. »Die Antwort hat der Supercomputer in *Per Anhalter durch die Galaxis* auch ausgespuckt. Da haben sie zwar keinen Schatz gesucht, aber immerhin die Frage nach dem Leben, dem Universum und dem ganzen

Rest gestellt. Genauso dumm wie die Programmierer schauen wir jetzt auch aus der Wäsche.«

Enttäuscht sanken alle wieder in ihre Sitzmöbel.

Lipaire blickte durch die Balkontür aufs Meer, das im letzten Licht des Tages unbewegt dalag. Was sollte er nur tun, um diesen trostlosen Haufen zum Weitermachen zu motivieren? Er war ja selbst enttäuscht davon, wie die Dinge zurzeit lagen. Vor allem die Sache mit Karim steckte ihm noch immer in den Knochen. Der Junge war wie ein Sohn für ihn. Während seine eigenen Kinder sich schon vor Jahren von ihm abgewandt hatten, wurde er von ihm als väterlicher Ratgeber gebraucht. Und mussten Väter nicht auch mit enttäuschten Erwartungen zurechtkommen? Wer wusste das besser als er.

Mit Enttäuschungen vielleicht, beantwortete er sich selbst die Frage. Aber nicht mit Verrat. Wie sollten sie jemals wieder an die Zeit davor anknüpfen können? Andererseits: Wenn das alles hier so lief, wie er es sich erhoffte, würde es keine Anknüpfung an das alte Leben geben. Dann würde ein neues, viel besseres beginnen.

Dieser Gedanke verlieh ihm wieder etwas Schwung. Er ließ seinen Blick über die Dinge aus der Kiste gleiten, die sie auf dem Tisch vor der hellen Ledercouch ausgebreitet hatten: die Farbdöschen, die Mosaiksteine, die Muscheln. »Und wenn wir noch schauen, ob die Muscheln irgendwo in Straßen sind, wo die Farben zu denen passen, die wir in der Kiste gefunden haben? Dann können wir vielleicht das Bild am Marktplatz noch einmal …«, begann er, wurde aber von Delphine unterbrochen.

»Geht's nicht noch ein bisschen komplizierter? Ich mein, Roudeau hat diese Hinweise ja wohl hinterlassen, damit man sie irgendwie deuten kann. Sonst wäre es völlig witzlos und kein vernünftiges Rätsel. Und jetzt meinst du, wir müssten noch sein Sternzeichen, das Geburtsdatum seiner Mutter und vielleicht noch das Alter des Taxifahrers, mit dem er zum ersten Mal hierhergekommen ist, in die Berechnung mit aufnehmen?«

»Glaub nicht, dass er damals mit dem Taxi gekommen ist«, brummte Quenot.

Delphine zeigte auf die Fundstücke. »Ich sag das nur ungern, aber das Zeug ist eine Sackgasse. Da bin ich mir inzwischen sicher.«

Guillaume wollte ihr schon widersprechen, doch dann hielt er inne. Sie hatte recht. Es half nichts, noch umständlicher zu denken, sie mussten sich ihr Scheitern eingestehen. Jedenfalls fürs Erste. Vielleicht müssten sie alles erst ein bisschen sacken lassen, dann würde sich schon etwas ergeben. »Gut, dann vertagen wir uns.«

Die anderen nickten und standen auf.

»Wir müssten nur noch ein bisschen aufräumen und sauber machen, damit niemand merkt, dass wir hier waren.«

Delphine blickte ihn ungläubig an. »Bitte? Ich soll jetzt deine Putzfrau spielen?«

»Nicht meine. Gehört ja nicht mir, die Wohnung. Und auch nur ein bisschen. Besenrein, du verstehst. Ihr habt ja ganz schön rumgebröselt.«

Delphine schüttelte entschieden den Kopf, doch Lipaire ließ nicht locker.

»Dir geht das sicher viel flotter von der Hand als mir. Kannst ja oben in den Schlafzimmern anfangen.«

Sie tippte sich mit dem Finger an die Stirn. »Da waren wir doch nicht mal.«

Er seufzte. Ohne Karim an seiner Seite war sein Leben in vielerlei Hinsicht mühseliger.

In diesem Moment wurde die Tür geöffnet. Alle blickten mit angehaltenem Atem zum Eingang. »Karim?«, stammelte Jacqueline.

»Salut!« Der Junge grüßte unsicher lächelnd in die Runde.

»Was machst du denn hier?«, fragte Lipaire mit einer Mischung aus Misstrauen und Erleichterung.

»Und woher weißt du, dass wir hier sind?«, ergänzte Delphine, was bei Lipaire sofort neuerliche Zweifel auslöste. Karim hatte nicht wissen können, dass sie sich hier treffen würden.

»Das war einfach«, erklärte Petitbon mit einer wegwerfenden Handbewegung. »Ich hab bei dir am Brett geschaut, welcher Schlüssel fehlt.«

»Bei mir zu Hause?«

»Klar, ich hab ja deinen Zweitschlüssel.«

»Nicht mehr lange«, entfuhr es Guillaume, doch schnell bereute er seine Worte.

»Wartet doch erst mal, was ich zu sagen habe. Stellt euch vor, das Phantom hat mich wieder kontaktiert!« Mit leuchtenden Augen blickte er in die Runde, doch die Begeisterung hielt sich in Grenzen.

»Na klar, das passt ja gerade ganz hervorragend«, ätzte Delphine, wobei sie nicht ihn, sondern ihre Gefährten ansah. »Wir schmeißen dich raus, und, schwups, meldet sich das Phantom bei dir, und schon bist du wieder unverzichtbar.«

»Aber so war es. Wirklich.« Er zog sein Handy aus der Hosentasche und hielt es ihnen hin. »Schaut doch selbst.«

Lipaire nahm das Gerät in die Hand und stellte sich zu den anderen. Zusammen schauten sie auf das Display, während Lipaire die Mails aufrief. Tatsächlich befand sich eine von quiestbarral@phare.fr darunter. Sie lautete: *Mir scheint, ihr habt euch verlaufen und seid in eine Sackgasse geraten. Scheut euch nicht, eine helfende Hand zu ergreifen. Ein Freund.*

Wieder tauschten sie fragende Blicke aus.

»Und wer sagt uns, dass du die nicht selbst geschrieben hast?«, fragte Quenot.

»Paul. Lieber Paul.« Karims Stimme klang flehentlich. »Liebe ... alle! Wenn ich diese Erpressungsgeschichte durchgezogen hätte, dann bräuchte ich euch doch gar nicht mehr. Warum sollte ich dann irgendwas von einem Phantom zusammenlügen?«

»Hm, da hat er recht, der Kleine«, räumte der Belgier ein, und Jacqueline fügte hinzu: »Bisher haben wir auch keinen wirklichen Beweis, dass Karim auf eigene Faust arbeitet.«

»Danke«, hauchte Petitbon in ihre Richtung.

Auch Lipaire musste gestehen, dass es eigentlich keinen Grund für ihn gab, hier zu erscheinen, wenn er ...

»Vielleicht braucht er noch irgendwelche Infos«, meldete sich Delphine zu Wort. »Will sehen, was wir wissen und so.«

Auch diese Hypothese war nicht von der Hand zu weisen. Allerdings wussten sie im Moment ja überhaupt nichts Neues, also würde Karims Anwesenheit keine Gefahr darstellen. Sie hatten sich festgefahren, was konnte es schaden, wenn er dabei war? Irgendwann würden sie schon erfahren, auf welcher Seite er stand. Im Moment konnte er mit seinen Kontakten und vor allem seinem Boot nur nützlich sein. Seine Gefühle dem Jungen gegenüber musste Guillaume im Moment einfach ausblenden.

»Ich meine, dass wir dem Jungen ruhig noch eine Chance geben können«, sprang nun auch Lizzy für ihn in die Bresche, und kaum hatte sie das gesagt, schwänzelte Louis um Karims Beine. »Er war immer so nett zu mir, ich kann nicht glauben, dass er irgendetwas machen würde, was anderen schadet.«

»Aber er soll sein Handy abgeben«, beharrte Delphine, die immer noch nicht überzeugt schien.

»Mein Handy? Das brauch ich doch.«

»Delphine gibt dir so lange ein anderes«, sagte Lipaire.

»Ach, tut sie das?«, fragte die. Weil alle das für eine gute Lösung hielten, gab sie klein bei, fügte aber an: »Die Leihgebühren werden am Schluss auf meinen Anteil draufgeschlagen.«

Guillaume nickte nur. Würde die Belohnung am Schluss das halten, was er sich versprach, käme keiner mehr auf die Idee, kleinlich irgendwelche Spesen abzurechnen. Und was Karim betraf: Wenn sein Verdacht wirklich zutreffen sollte, war es dann nicht sogar strategisch klüger, den Jungen um sich zu haben? So konnte er ihn besser im Auge behalten. Und Karim nicht so frei agieren. Außerdem würde er so vielleicht dem Phantom auf die Schliche kommen, falls die beiden gemeinsame Sache machten. »Gut, dann lasst uns überlegen, was wir auf die Mail antworten sollen«, sagte er schließlich.

»Wie wär's mit: *Der Adler ist gelandet*«, schlug Quenot vor.

»Wie kommt er denn jetzt auf Adler?«, wollte Lizzy wissen.

»Ich meine nur. War so ein Code, den wir in der Legion oft verwendet haben.«

»Noch jemand mit ähnlich glorreichen Einfällen?«, fragte Lipaire.

Jacqueline meldete sich, als seien sie in der Schule. »Wenn uns der unbekannte Freund wirklich helfen will, dann müsste er uns sagen, wie uns die Sachen in der Kiste weiterbringen sollen, oder?«

»Aber er weiß ja nichts von der Kiste«, gab Lizzy Schindler zu bedenken.

»Dann halten wir es doch erst mal ganz allgemein«, schlug Lipaire vor und tippte in Karims Handy: *Wie willst du uns denn helfen?* Er schaute in die Runde, und als alle nickten, schickte er die Mail ab.

Gespannt warteten sie vor dem Handy. Nur wenige Minuten später verriet ein Klingeln, dass eine weitere Nachricht eingegangen war. Sie rückten noch näher zusammen. »Von ihm«, flüsterte Lipaire.

»Oder ihr«, warf Jacqueline ein.

»Pardon?«

Das Mädchen zuckte mit den Schultern. »Ich mein ja bloß. Könnte doch sein.«

»Absolut«, stimmte Karim zu.

»Wie auch immer. Die Antwort lautet jedenfalls ...« Guillaume verstummte.

»Was? Wie lautet die Antwort?«, drängte Delphine.

»Da steht: *Vielleicht mit der geheimnisvollen Truhe.*«

»Was?« Delphine war baff. »Woher kann er das wissen?«

Sie blickten alle zu Karim, der abwehrend die Hände hob: »Ich weiß doch selber gar nichts von irgendeiner Truhe. Glaubt ihr mir jetzt endlich?«

Nun schienen alle ins Nachdenken zu kommen. Auch Lipaire war schleierhaft, woher er das mit der Blechkiste hätte wissen sollen, vorausgesetzt, dass nicht jemand anderes, beispielsweise Jacqueline ... Er schüttelte über sich selbst den Kopf. All diese Verdächtigungen brachten nichts.

»Beobachtet uns dieses Phantom etwa?«, fragte Lizzy plötzlich und schaute sich um, als suche sie eine versteckte Kamera. »Ich meine, das ist mir alles schon passiert. Dass mich Männer mit Ferngläsern ausgespäht haben und dergleichen. Beispielsweise damals, als ...«

»Ja, mag sein«, unterbrach sie Guillaume, »aber bis vor ein paar Stunden wussten ja nicht einmal wir selbst, dass wir uns hier treffen würden.«

»Fragen wir ihn doch einfach«, schlug Jacqueline vor.

»Wen?«

»Das Phantom. Also ihn oder sie, versteht sich.«

Der Deutsche nahm sich das Handy und tippte: *Woher weißt du das mit der Truhe?*

Schon kurz darauf kam die Antwort: *Ihr stellt die falschen Fragen. Ist es nicht viel wichtiger, warum ihr mit den Hinweisen darin nicht weiterkommt?*

»Stimmt«, kommentierte Jacqueline.

Während sie noch darüber nachdachten, erreichte sie eine weitere Nachricht: *Ihr müsst die Dinge mit anderen Augen sehen. Reiht den Inhalt auf, macht Fotos davon. Betrachtet ihn, als würdet ihr ihn durch die Augen eines anderen sehen.*

Der Belgier kratzte sich am Kopf. »Das soll uns helfen?«

»Schaden kann's ja nicht«, fand Jacqueline. »Wir haben eine ganz ähnliche Technik an der Schauspielschule. Da nehmen wir uns selbst mit der Videokamera auf, weil man dann eine Distanz zu allem bekommt. Vielleicht nützt uns das hierbei auch.«

Also arrangierten sie die Dinge neben der metallenen Truhe, und jeder machte Fotos davon, die sie dann intensiv betrachteten. Es war ganz still, man konnte sogar die Elektroboote draußen auf dem Kanal surren hören. Doch keiner meldete sich mit einem Geistesblitz. Quenot war der Erste, der nach vielen Minuten des Schweigens sagte: »Für mich sieht das Foto genauso aus, wie wenn ich einfach so draufschaue. Bloß dass alles viel kleiner ist. Keine Ahnung, was das bringen soll.«

Auch wenn er aus Prinzip weit davon entfernt war, dem Belgier zuzustimmen – Guillaume ging es genauso. Man sah auf den Fotos ja weniger als ... Ein metallisches Klingeln von Karims Handy ließ ihn innehalten. »Eine neue Nachricht?«

Der Junge nickte und gab ihm das Handy.

Habt ihr die Lösung gefunden?

»Der ist ja lustig«, schnaubte Delphine. »Soll er uns doch sagen, was die Lösung ist.«

Lipaire tippte bereits die Antwort. *Wir haben einige Ansätze, aber noch keine klare Linie.*

Jacqueline blickte ihn grinsend an. »So kann man es auch nennen.«

»Er muss ja nicht wissen, dass wir noch immer im Dunkeln tappen.«

Da kam schon die nächste Mail. »Fantômas ist ja richtig in Schreiblaune heute«, kommentierte Lipaire und las vor: »*Wenn ihr im Dunkeln tappt, versteift euch nicht auf den Inhalt. Vielleicht ist die Kiste selbst die Antwort.*«

Wie an der Schnur gezogen, hoben sich die sechs Köpfe und schauten auf die Kassette auf dem Tisch. Lipaire schlug sich gegen die Stirn. Sie waren wie vernagelt gewesen, hatten immer gedacht, der Schlüssel liege in ihrem Inhalt. Das Relief, diese kunstvoll gestaltete Darstellung ihrer Stadt, hatten sie nur am Rande, als schmückendes Beiwerk wahrgenommen. Er stand auf und nahm die Schatulle vorsichtig in die Hand. »Schaut mal, da sind zwei winzige Zahlen eingeschlagen. Die Neun und die Drei. Und dazu die Initialen M. R.«

»Aber der Architekt hieß doch Gilbert und nicht … Michel!«, wandte Quenot ein.

»Der schon, aber seine Frau hieß Manon«, hauchte Lizzy Schindler. »Seine letzte Frau, die alte Schreckschraube. Sie war Bildhauerin. Und übrigens ziemlich eifersüchtig. Zu Recht, muss man natürlich sagen …«

Lipaire nickte. »Das macht doch Sinn, dass Roudeau seine Frau das Relief hat gestalten lassen. Von dem Hinweis sollte ja wahrscheinlich kein anderer wissen.« Er hielt sich die Schatulle noch einmal ganz nah vors Gesicht und kniff die Augen zusammen. »Ist das …« Am unteren Ende war noch etwas eingelassen, das er beim flüchtigen Betrachten für eine stilisierte Kompassnadel gehalten hatte, wie man sie von Landkarten kannte. Jetzt aber fand er, dass es eher wirkte wie …

»Ein Pfeil«, sprach Lizzy den Gedanken aus, bevor er ihn zu Ende gedacht hatte.

»*Merde*, ja, klar, das ist ein Pfeil«, entfuhr es Delphine. »Mein Gott, wir müssen ja ein Brett vor dem Kopf gehabt haben, dass wir das nicht gleich gesehen haben.«

Quenot räusperte sich. »Also, ich hab mir schon gedacht, dass das was sein könnte.«

»Ja, natürlich, du Superhirn.« Delphine tätschelte ihm den Kopf. »Gut, dass du es für dich behalten hast.«

»Darf ich mal?«, fragte Jacqueline und nahm Lipaire die Truhe aus der Hand. »Hm, ja, sieht aus wie ein Pfeil. Aber wo zeigt er hin?« Sie nahm sich einen Bleistift, der neben dem Telefon lag, und legte ihn an die Spitze an, um sie so zu verlängern. »Kreuzt das irgendetwas, von dem ihr glaubt …«

»Die Werft!« Karim deutete aufgeregt auf eines der dargestellten Gebäude.

Lipaire musste zugeben, dass der Vorschlag etwas für sich hatte. Wie sie wussten, hatte bei Roudeau alles mit Wasser und Schiffen zu tun. Die große Schiffswerft, in der die meisten Bewohner ihre Jachten und Boote überholen und oft auch überwintern ließen, konnte also durchaus Sinn ergeben.

»Ich will euch jetzt nicht enttäuschen, aber …«

Alle Blicke gingen zu Jacqueline.

»Zwischen der Werft und dem Architekten gibt es doch keine enge Verbindung.«

Sichtlich enttäuscht, dass sie seinem Vorschlag widersprach, sah Karim sie an. »Er war immerhin begeisterter Segler.«

»Schon. Ich hab aber gelesen, dass er die Werft im Nachhinein für einen großen planerischen Fehler gehalten hat, weil sie gar nicht ins ästhetische Konzept passt. Doch da konnte er sie nicht mehr verhindern.«

Karim hob den Zeigefinger und wollte gerade noch einmal einhaken, da stimmte Delphine ihr zu: »Nicht gerade der Ort, an dem er seinen Schatz versteckt, das sehe ich genauso wie Jacqueline.«

Lipaire nickte. »Da ist was dran.«

Auch Karim gab seinen Widerstand auf. »Also sind wir

wieder am Anfang. Und wenn wir dem Phantom noch mal schreiben, dass wir nicht ganz verstehen, was er meint, und ihn bitten, noch ein bisschen genauere Hinweise zu geben? Man könnte ihn ja auch fragen, was er als Gegenleistung dafür möchte.«

»Soll ich ihm eine schöne *Quiche* backen?«, fragte Delphine. »Vielleicht mit Chorizo, Ziegenkäse und Honig, die bringe ich ihm die Tage vorbei.«

Lipaire schüttelte den Kopf. »Erstens wissen wir ja überhaupt nicht, wer es ist. Und zweitens: Man backt nicht für ... Phantome.«

Delphine stemmte die Hände in die Hüften. »Ach, kennst du dich mit denen etwa aus, oder was?«

»Nicht speziell, aber ...«

»Louis muss mal Gassi.« Lizzy legte ihrem Hund die Leine an, wackelte zur Tür und verließ ohne einen weiteren Kommentar die Wohnung.

In diesem Moment vibrierte Lipaires Handy. Er zog es aus der Tasche und warf einen schnellen Blick darauf. »Ach du Scheiße!«, entfuhr es ihm, woraufhin Karim »Ausdruck!« zischte.

Guillaume las sich die Nachricht noch einmal durch, dann sagte er: »Planänderung, dringend. Wir müssen unsere Besprechung mal kurz unterbrechen, es gibt einen Notfall.«

»Einen Notfall?«, wiederholte Delphine verwundert.

»Ja, Monsieur Mengin hat sich allem Anschein nach von seiner Frau getrennt.«

Die anderen sahen ihn verwundert an.

»Das ist natürlich schlimm für die beiden«, fand Delphine. »Haben sie Kinder?«

»Nein. Und es ist auch nicht schlimm an sich, weil sie sowieso alle paar Monate mal Schluss machen, um sich dann nach zwei Wochen wieder zu versöhnen.«

»Sorry, aber darf ich mal fragen, wer dieser Mengin überhaupt ist?«, wollte Jacqueline wissen.

»Ach so, natürlich: der Eigentümer just dieser Wohnung hier. Er hat mir gerade geschrieben, dass er noch heute spontan anreist, um die nächsten Wochen in Port Grimaud zu verbringen. Ich soll ihm die Post auf den Tisch legen und kurz durchlüften. Er ist in einer Stunde da.«

»Na, dann nichts wie raus!«, sagte Delphine und stand eilends auf. »Wollen wir uns einfach später bei mir im Laden treffen? Ich fahr kurz heim, mach den Kindern was zu essen, bring sie ins Bett, und dann komme ich wieder. So gegen elf, halb zwölf? Oder ist das zu spät?«

Die anderen schüttelten die Köpfe und wandten sich ebenfalls zum Gehen.

»Moment!« Lipaire stellte sich zwischen die Gruppe und die Tür. »Erst noch aufräumen.«

»Ich hab's dir vorhin schon gesagt: Es reicht, wenn ich meinem Alten hinterherputzen muss«, schimpfte Delphine.

Lipaire versuchte es mit seinem gefürchteten Dackelblick. »Nicht viel. Nur das Nötigste. Bisschen Staub wischen und so. Sonst muss Karim ja alles ganz allein machen. Und uns läuft die Zeit davon. Monsieur Mengin, ihr versteht …«

Halbherzig kamen sie der Aufforderung des Deutschen nach, doch schon nach wenigen Minuten gab Quenot zu bedenken, dass es verdächtig sei, wenn es besser aussehe als zuvor. Die anderen stimmten zu, murmelten irgendwelche Entschuldigungen und erklärten, sie müssten nun wirklich dringend nach Hause. Auch Karim fühlte sich anscheinend nicht in der Pflicht, weiterzumachen. Lipaire zuckte mit den Achseln, hielt aber Delphine noch auf, bevor auch sie durch die Tür schlüpfen konnte.

»Wenn du meinst, dass ich auch noch die Scheißhäuser putze, vergiss es.«

»Nein, es geht um etwas anderes«, flüsterte er und steckte ihr Karims Handy zu.

»Was soll ich damit? Ich hab schließlich genug von denen rumliegen.«

»Das mein ich nicht. Spiel da doch bitte so eine Überwachungssoftware drauf, bevor wir es ihm zurückgeben. Du weißt schon, wie bei deinen Kunden. Sicher ist sicher.«

Andere Saiten

»Es geht los, sie kommen raus.« Marie Vicomte deutete auf den Eingang des vierstöckigen Hauses, das direkt am Strand lag. Die Gruppe um Lipaire verließ gerade einer nach dem anderen das Gebäude. Lucas, der neben Marie auf dem Fahrersitz saß, ging unwillkürlich in Deckung.

»Das kannst du dir sparen«, zischte Henri von der Rückbank aus. »Euer schicker Bentley hat schließlich rundum getönte Scheiben, man könnte hier drin einen flotten Dreier schieben, und niemand würde was merken.«

»Du bist wie immer ausgesucht geschmacklos«, kommentierte Marie, wobei ihr der Seitenblick ihres Mannes nicht entging. Ihr Eheleben lief schon lange nur noch auf platonischer Ebene ab, auch wenn Lucas gerne mehr gehabt hätte. Auch deswegen ärgerte sie die Bemerkung ihres Halbbruders.

»Dass dieser Wassertaxifahrer auch mit drinhängt, habe ich mir ja gleich gedacht. Und das Töchterchen des Bürgermeisters«, flüsterte Marie.

»Ganz süßes Früchtchen«, sagte Henri.

»Aber wer ist denn bloß diese Dicke?«

»Ich glaube, die kenne ich. Sie hat einen Handyladen, vorn an der *Place des Artisans*.« Henri kniff die Augen zusammen. »Ja, ich bin mir sicher, ich habe von ihr mal etwas reparieren lassen.«

»Ach ja? An deinem alten Telefonknochen kann man noch was reparieren?«

»Also, für meine Zwecke reicht's, Schwesterchen. Ich hab das Ding nicht zum Angeben.«

Marie zuckte nur mit den Achseln. Immer wieder war ihr Halbbruder in der letzten Stunde ausgestiegen, weil sein Uralt-Handy im Bentley nicht genügend Empfang hatte. »Also, wenn ihr mich fragt, die sehen nicht aus, als hätten sie gerade des Rätsels Lösung gefunden«, sagte er schließlich.

Auch Marie hatte diesen Eindruck. Nur ihr Mann blieb stumm. »Möchtest du auch eine Einschätzung abgeben?«, forderte sie ihn auf.

»Oh, darf ich das? Ich dachte, ich bin nur der Fahrer.«

Sie schnaufte. »Das hat keiner gesagt.«

»Na, das ist ja mal etwas ganz Neues.«

»Werd nicht kindisch, Lucas«, zischte Marie und fuhr fort: »Also, wir müssen aufpassen. Einen haben sie ja schon auf dem Gewissen. Dennoch denke ich, dass sie nichts Konkretes haben. Zumindest nichts, das uns weiterhelfen könnte. Geschickt und gefährlich sind eben zwei Paar Stiefel. Sie haben auf mich bisher auch nicht gewirkt, als hätten sie irgendeine Ahnung, wonach sie überhaupt suchen. Ich vermute, sie stochern noch mehr im Nebel als wir: Wir wissen zumindest, worum es uns geht. Möglicherweise war das mit dem Spruch in unserem Haus nur ein Glückstreffer. Oder vielleicht hat Barral ihnen davon erzählt, bevor sie ihn umgebracht haben. Wer weiß, mit welchen Mitteln sie die Informationen aus ihm herausgepresst haben.«

»Gut«, sagte Lucas.

»Gut?«

»Ja, Marie. Gut, dass die nicht mehr wissen als wir.«

»Aber das bringt uns unserem Ziel auch nicht näher. Wenn sie schlauer wären, hätten wir einfach nur an ihnen dranbleiben müssen.«

»Verstehe. Aber so …«

»… müssen wir wohl selbst handeln«, vollendete Marie seinen Gedanken. Für sie war das nichts Ungewöhnliches. Wenn man wollte, dass etwas vernünftig erledigt wurde, dann kümmerte man sich am besten selbst darum. Das hatte sie mehr als einmal in ihrem Leben erfahren müssen. Und seit sie die Geschicke des Familienunternehmens in die Hand genommen hatte, war es geradezu ihr tägliches Brot.

»Aber, Marie, ich bitte dich: Was können wir denn schon ausrichten?«, widersprach Henri. »Die ganze Familie ist seit Jahrzehnten auf der Suche danach, wieso sollten wir ausgerechnet jetzt Glück haben?«

»Was schlägst du vor? Sollen wir weiterhin einfach rumsitzen und diesen Idioten beim Scheitern zusehen? Lucas, sag du doch auch was.«

»Ich? Ich ... bin ganz deiner Meinung, mein Herz.«

»Wie überraschend«, ätzte Henri. »Schön. Ich wusste zwar nicht, dass wir neuerdings nach demokratischen Prinzipien handeln, aber bitte: Ich beuge mich dem Votum der Mehrheit. Eineinhalb zu eins ist zwar knapp, aber egal ...«

»Ach, halt doch den Mund, *crétin*«, knurrte Lucas.

»Nein, liebster Schwager, das werde ich nicht. Ich habe nämlich einen Vorschlag zu machen.«

Marie sah überrascht auf. »Ich bin ganz Ohr.«

»Um euch zu beweisen, wie sehr ich an einem Fortschritt unsererseits interessiert bin, werde ich mich höchstpersönlich darum kümmern.«

Sie wandte sich um und musterte ihren Halbbruder im spärlichen Licht, das von der Straßenbeleuchtung in den Wagen drang. Sie war sich nicht sicher, ob sie ihm wirklich diese Aufgabe übertragen sollte. Andererseits: Was waren die Alternativen? Isabelle? Auf keinen Fall würde sie zulassen, dass sich ihre Tochter derart in Gefahr begab. Das Gleiche galt für Clément. Und Yves? Dem traute sich nicht einmal zu, ein Boot unfallfrei in den Hafen zu schippern. »Gut. Aber Lucas wird dir dabei helfen.«

Ihr Mann drehte sich überrascht herum. »Ich?«

»Ja, du. Oder hast du etwas Besseres zu tun, als deiner Familie aus einer misslichen Lage zu helfen?« Sie hatte die Worte mit Bedacht gewählt. Lucas würde sich ihr nicht widersetzen. Auch wenn sie ihm nicht viel zutraute, so traute sie ihm immerhin weitaus mehr zu als ihrem verkommenen Halbbruder. So wäre ihr Gatte zudem fürs Erste beschäftigt, und sie würde verlässlich erfahren, was Henri so trieb. Herausfordernd blickte sie ihn an. »Einverstanden?«

»Einverstanden«, gab er zähneknirschend zurück.

Nächtliche Geschäfte

Es war bereits weit nach halb zwölf, als Delphine vor dem großen Stadttor von Port Grimaud eintraf. Erst kurz nach Mitternacht hatte sie Jacqueline, Lipaire und Karim eine Nachricht geschrieben, ob einer von ihnen sie zu Hause abholen könne. Die drei hatten zusammen mit Paul Quenot bereits auf einer Bank vor ihrem Laden gewartet.

Nun brauste Jacqueline Venturino auf ihrem Roller heran – samt Delphine, die mit wehendem Haar hinter ihr saß. »*Pardon*, die Herren, aber ich musste erst noch die Raubtierfütterung hinter mich bringen«, rief sie, als sie nah genug waren. »Meine Familie frisst mir noch die Haare vom Kopf. Und da heißt es immer, Mädchen würden so wenig essen. Meine beiden hauen rein für vier. Von meinem Alten gar nicht zu reden. Sechs ganze Doraden, zwei Baguettes und eine Riesenschüssel *taboulé oriental*! Stellt euch das mal vor …«

Die Männer nickten beeindruckt.

»Dann wollten meine Mädels nicht ins Bett, und mein Göttergatte ist ja nicht in der Lage, sich um irgendwas zu kümmern. Nicht mal ums Auto. Mein alter Twingo hat den Geist aufgegeben. Macht keinen Mucks mehr. Lichtmaschine wahrscheinlich. Mindestens.« Sie stieg ab, wobei sie sich so fest an Jacqueline klammerte, dass die beinahe das Gleichgewicht verlor.

Als Jacqueline den Roller auf dem Gehweg vor der Brücke abstellte, nahm Guillaume Delphine zur Seite. »Sag mal, meine Liebe«, flüsterte er, »hast du denn inzwischen so ein … Trojanisches Pferd auf Karims Handy installieren können?«

Delphine langte in ihre Handtasche und zog das Mobiltelefon heraus. »Klar, hab ich. Das war das geringste Problem heute Abend. Es war sogar schon ein anderer drauf.«

»Ein anderer was?«, fragte Lipaire verwirrt.

»Na, ein anderer Trojaner eben.«

Als Guillaume und seine Gruppe Delphines Handyladen erreicht hatten, sahen sie ihn mit großen Augen an. Er hatte ihnen unterwegs mehrmals mit dem Zeigefinger vor dem Mund bedeutet, nicht weiterzureden, als sie auf das Thema ihrer Schatzsuche kamen. Bisweilen hatte er auch versucht, durch Pfeifen oder Singen die Gespräche der anderen zu übertönen oder zu einem belanglosen Thema wie dem richtigen Mischverhältnis eines *kir alpin* zu wechseln. Doch außer von Delphine erntete er dafür nur fragende Blicke.

Die schob jetzt den metallenen Gitterladen vor ihrem Geschäft hoch, sperrte die Tür auf, bat einen nach dem anderen herein und ließ den Rollladen wieder zurück auf den Boden rattern. Gut so, fand Lipaire, niemand musste mitbekommen, dass sie mitten in der Nacht hier waren – auch wenn das noch besser geklappt hätte, wenn sie das Ganze etwas leiser bewerkstelligt hätte.

Drinnen ließ er sich von ihr sofort Stift und Block geben und schrieb das Wort *Abschirmung* samt Fragezeichen darauf. Delphine las es, runzelte die Stirn und sah ihn schulterzuckend an. *Bleierne Kiste*, probierte er als Nächstes. Wieder schien sie nicht zu verstehen, ging aber zu einem ihrer Wandregale, entnahm ihm eine olivgrüne Tasche aus Neopren und ließ Karims Handy wortlos hineingleiten. Dann verschloss sie das Täschchen säuberlich und atmete tief durch. »Darf ich vorstellen? Der Eiserne Vorhang«, verkündete sie stolz.

Lipaire wusste sofort, was sie meinte, die anderen aber sahen sie völlig entgeistert an.

Sie atmete erleichtert auf. »Jetzt können wir offen reden. Also, was wolltest du mir denn mit deinem Gekritzel sagen? Ist das Germanisch?«

Lipaire sah auf den Zettel und musste zugeben, dass er in der Eile und Aufregung tatsächlich nicht seine Sonntagsschrift benutzt hatte. »Na ja: dass wir das Handy abschirmen müssen. Ich dachte an eine verbleite Kiste oder was in der Richtung. Aber so eine Tasche …«

»… ist heutzutage Standard«, erklärte sie. »Die sind aus Armeebeständen, und anscheinend ist davon mal eine größere Charge von irgendeinem Laster gefallen. Jedenfalls hat sie mein Großhändler echt günstig angeboten. Kisten braucht für so was niemand mehr, und Blei schon gar nicht.«

»Könnten wir erfahren, wovon ihr redet?«, bat Karim ungeduldig und erntete dafür Kopfnicken von den anderen.

Guillaume wollte ihnen gerade alles erklären, da klopfte es am Ladengitter. Er erstarrte, auch die anderen rührten sich nicht mehr. »*Merde*, sind sie uns jetzt doch auf die Schliche gekommen?«

»Wer?«, zischte Quenot.

»Die Polizei. Oder die Vicomtes. Und ich weiß nicht, was ich schlimmer fände.«

Es klopfte erneut, und als sie wieder nicht reagierten, folgte ein regelrechter Trommelwirbel.

»Da hat jemand ziemlich Wut im Bauch, glaub ich«, sagte Jacqueline kleinlaut, worauf Karim ihr so vorsichtig die Hand auf die Schulter legte, als könne er irgendetwas daran beschädigen.

»Und wenn es das Phantom ist?«, gab Delphine zu bedenken, da erklang draußen eine Stimme: »Neiiiiiin, doch nicht ausgerechnet hier dein Häufi machen, Louis! Da tritt sonst am Ende noch die Tante Delphine rein, wenn sie aus ihrem Geschäft kommt.«

Lipaire schüttelte erleichtert den Kopf, und Delphine schob erneut das Gitter nach oben, woraufhin Lizzy Schindler den Laden betrat. Sie trug einen gesteppten Hausmantel und Leopardenprint-Pantoffeln. Louis folgte ihr hechelnd. Die fragenden Gesichter der Anwesenden beantwortete sie mit einem: »Hättet ihr die Güte, mir zu erklären, warum mich keiner informiert hat?«

Alle sahen zu Guillaume, der aber zog die Schultern hoch. »Das ... also ... keine Ahnung, wie das passieren konnte, ehrlich gesagt.«

Lipaire hatte die alte Dame in der Eile schlicht vergessen. Schließlich hatte er es gerade noch geschafft, die Wohnung von Monsieur Mengin fertigzubekommen und seine Post zu holen. Er war ihm sogar auf der Treppe in die Arme gelaufen und hatte erzählt, dass die Trennung von seiner Frau diesmal endgültig und unwiderruflich sei, und ein wenig leiser nachgeschoben: »Außer sie entschuldigt sich.«

Delphine seufzte. »Jetzt sind ja alle da. Hat uns dein Louis aufgespürt, oder wie hast du uns gefunden?«

»Irgendwie schon«, erklärte die alte Dame und nahm auf einem Klappstuhl Platz, den ihr Karim eilig hingeschoben hatte. »Louis hat gewinselt und wollte raus, drum war ich unterwegs mit ihm. Und dein Rollladen weckt ja buchstäblich Tote auf. Tarnung schaut anders aus, wenn ihr mich fragt, Kinder. So, und jetzt lasst uns weiterhirnen.«

»Könnte ich erst mal erfahren, warum wir nicht mehr reden durften und weshalb ihr mein Handy in diesen seltsamen Armeebeutel gepackt habt?«, fragte Karim, der die ganze Zeit ungeduldig von einem Bein aufs andere trat.

Lipaire lächelte. »Kannst du die technischen Details übernehmen, Delphine?«

»Sicher. Also, Karim, du hast einen Trojaner auf deinem Handy, mit dem wir anscheinend ausgespäht wurden. Man kann mit diesen kleinen Scheißerchen Gespräche abhören, auf Nachrichten, Mails und Bilder zugreifen und sogar in deinem Namen Telefonate führen. Und nicht zuletzt hat man immer den genauen Standort des Telefons parat – und damit den seines Besitzers. Also deinen.«

Man sah Karim an seinem weit offen stehenden Mund an, wie erstaunt er über diese Neuigkeit war. Doch auch die anderen waren baff.

»Moment, das beweist ja …«, begann Petitbon, doch Lipaire fiel ihm sogleich ins Wort: »Das beweist, dass du nichts mit der Erpressung der Vicomtes zu tun hast. Wie ich es immer gesagt habe!« Er drückte ihn an sich.

»Du hast immer …«, stammelte Karim.

»Natürlich. Ich wusste, dass du so etwas nie machen würdest. Wie wir alle, stimmt's?« Er nickte auffordernd in die Runde.

»Stimmt«, pflichtete ihm einer nach dem anderen bei, die Blicke auf den Boden gerichtet.

»Ich hätte es ihm schon zugetraut«, polterte Lizzy dazwischen.

»Wie seid ihr denn da überhaupt draufgekommen?«, wollte Petitbon wissen.

Lipaires Blick ging wieder zu Delphine. Sie konnten ihm schlecht sagen, dass sie es just in dem Moment herausgefunden hatten, als sie ihm selbst Spyware aufspielen wollten. »Unsere liebe Delphine wollte dein Telefon reinigen und technisch ein wenig durchsehen, und dabei ist es ihr aufgefallen.«

»Genau. Kundendienst quasi«, sagte sie und deutete vage auf den olivgrünen Beutel. »Mach ich eigentlich immer …«

»Und im Moment kann mein Handy nicht senden, weil es …«

»Weil es abgeschirmt ist«, fuhr Delphine fort.

»Wer hat das Ding denn draufgespielt?«

»Ich sag's mal so: Ein Geheimagent könnte das bestimmt rausfinden, für meine Wenigkeit ist das aber zu hoch, *pardon*.«

»Und wenn wir das den Vicomtes zu verdanken haben?«, äußerte Jacqueline eine Vermutung.

Guillaume dachte laut nach. »Hm, das würde schon irgendwie zusammenpassen. Erst der Tote in ihrem Haus, dann die Hinweise von Roudeau ebenfalls in diesem Haus ...«

»Und wie kam er auf das Telefon drauf?«, hakte Quenot nach. »Der Trojaner, meine ich.«

»Das weiß ich nicht«, erwiderte Delphine nachdenklich. »Eine Möglichkeit wäre eine Mail mit einem Anhang oder Link. Aber so blöd ist heutzutage ja niemand mehr, dass er so was von einem Unbekannten öffnen würde.«

Lipaire schluckte. »Angenommen, jemand hätte es doch geöffnet. Aus grober Fahrlässigkeit oder so. Und weiter angenommen, der Anhang wäre ein Video gewesen, wo man ein Boot drauf sieht ...«

»Moment.« Karim hob die Hand. »Wenn wir, wie Jacky gerade gesagt hat, davon ausgehen, dass es die Vicomtes waren, die durch den Trojaner Informationen von uns bekommen haben ...«

»Ja, was ist dann, Poirot?«, unterbrach ihn Lipaire ungehalten. Er fürchtete, dass der Junge nun alles ihm in die Schuhe schieben würde.

»Na ja, ich meine, wenn andererseits das Phantom den Trojaner installiert hat, würde das bedeuten ...«

»... dass das Phantom einer von ihnen ist«, vollendete Jacqueline seine Annahme.

Eine Weile sahen alle nur starr vor sich hin und ließen diesen Gedanken sacken. Dann schüttelte Paul den Kopf. »Aber das macht ja keinen Sinn: Wieso sollten sie sich bitte selbst erpressen, hm?«

Lipaire nickte zögerlich.

»Und was, wenn uns die Vicomtes mit dem angeblichen Phantom auf eine falsche Fährte locken wollten? Und das mit der Erpressung nur erfunden haben?«, gab Delphine zu bedenken.

»Nein, wir haben doch das Foto und das Erpresserschreiben rein zufällig gefunden, als wir bei ihnen im Haus waren«, wandte Guillaume ein.

»Auch wieder wahr.«

»Andererseits haben uns die Hinweise echt weitergeholfen«, fand Jacqueline.

Quenot ließ sich von dem Barhocker gleiten, auf dem er Platz genommen hatte. »Auf den ersten Blick vielleicht. Aber wo sind wir denn jetzt? Haben wir wirklich, was wir wollten? Nein. Ich würde eher sagen, er oder sie oder alle oder ... was weiß ich, haben mit uns gespielt.« Er ballte seine Rechte zur Faust. »Und das sollte jetzt besser mal aufhören. Los, lasst uns das Handy zerstören, und dann machen wir sie alle platt!«

»Super Idee, Paul«, gab Jacqueline entnervt zurück.

Lipaire überlegte. Mit all diesen Hypothesen und Verdächtigungen kamen sie nicht weiter. Und mit sinnlosen Gewaltaktionen schon gar nicht. »Nichts und niemand wird hier plattgemacht«, stellte er unmissverständlich klar. »Wir lassen das Telefon fürs Erste in diesem abgeschirmten Säckchen. Wer weiß, vielleicht kann uns der Trojaner ja noch mal nützlich sein, dann drehen wir den Spieß um und lassen das ominöse Phantom nach *unserer* Pfeife tanzen. Aber jetzt haben wir anderes zu tun. Wir sollten uns wohl die Reliefkarte noch einmal vorknöpfen, oder?« Er erntete allgemeines Nicken, dann stellte er die Schatulle auf den Verkaufstresen.

Er hätte nicht sagen können, wie viel Zeit sie damit verbrachten, das bronzene Relief wieder und wieder mit dem gedruckten Plan des *office de tourisme* abzugleichen, den Delphine stapelweise im Laden ausliegen hatte, Hypothesen über Privathäuser zu bilden, auf die der Pfeil deuten könne. Und erneut die Frage nach der Werft zu diskutieren, um sie schließlich doch gänzlich zu verwerfen.

Irgendwann kam er für sich selbst an einen Punkt, an dem er zugeben musste, dass sie in eine Sackgasse geraten waren. Sie kamen so einfach nicht weiter, und wenn sie jeden Stein in Port Grimaud in Gedanken umdrehen würden.

»Also mir fehlt einfach der Durchblick«, murmelte Delphine und bestätigte damit seine nüchternen Überlegungen.

»Oder der *Überblick*«, ergänzte Paul. »Orientierung in unüberblickbarem Gelände ist eine der schwierigsten Disziplinen beim Militär. Auf mich konnten die Kameraden sich allerdings stets verlassen. Ich erinnere mich, wie meine Einheit im Dschungel von Guyana unterwegs war, um Gebiete zu kartieren, von denen ...«

»Wir sind aber hier nicht im Dschungel, und die Karte liegt bereits vor uns«, brummte Guillaume und deutete auf das Relief. »Also, Monsieur Fremdenlegion, sag uns doch bitte, was du darauf siehst, wenn du schon der große Orientierungsexperte bist.«

Der Belgier hob abwehrend die Hände. »Ist ja schon gut. Ich wollte ja nur erzählen, dass wir im Urwald oft auf Bäume geklettert sind, um uns zu orientieren.«

»Leider haben wir außer Palmen nichts, was als Ausguck dienen könnte«, gab Lizzy zu bedenken.

»*Putain*, das ist es!«, stieß Jacqueline aus, und die anderen nickten aufgeregt.

Nur Lizzy Schindler sah sie stirnrunzelnd an.

»Der Kirchturm, Madame Lizzy, wir müssen auf den Kirchturm. Von dort aus haben wir den Überblick!«

»Jetzt verstehe ich«, sagte die alte Dame lächelnd. »Komm, Louis, es geht los!«

»Wartet, ich pack noch schnell ein paar Schokoriegel ein, falls der kleine Hunger kommt«, erklärte Delphine, dann brachen sie auf.

Il est cinq heures, Grimaud s'éveille

Lipaire konnte sich nicht erinnern, wann er das letzte Mal zu so früher Stunde in Port Grimaud unterwegs gewesen war. Während sie durch den frühmorgendlichen Dunst über den Marktplatz auf die Kirche zuliefen, färbte sich das Firmament zartrosa. Noch war es kühl, doch der wolkenlose Himmel verhieß erneut einen heißen Tag. Ihn überraschte, wie viele Menschen jetzt schon unterwegs waren. Sicher spielte es eine Rolle, dass heute Markttag war, denn es wurden bereits die ersten Stände aufgebaut und Waren ausgelegt. Die große Paella-Pfanne war schon platziert, der Koch befüllte sie gerade mit den Zutaten. Eigentlich handelte es sich dabei ja um ein spanisches Gericht, aber es hatte sich inzwischen auch hier durchgesetzt. Ein paar Verkäufer standen gut gelaunt zusammen, rauchten, plauderten und tranken Kaffee. Lipaire nötigte es Respekt ab, dass man so früh schon so gut gelaunt sein konnte.

Quenot schien die Atmosphäre ebenfalls zu gefallen, denn er begann, ein Lied zu pfeifen, das Lipaire sofort erkannte. *Il est cinq heures, Paris s'éveille.* Er lächelte.

»Kennst du das?«, fragte Quenot, als er Guillaumes Lächeln bemerkte. »Ist von Jacques Dutronc. Zwar kein Belgier wie der gute alte Brel, aber trotzdem ein Knaller.«

Sofort setzte Lipaire wieder eine strenge Miene auf. Die friedliche Morgenstimmung hatte ihn für einen Moment ihre Differenzen vergessen lassen, doch nun hatte er sich wieder unter Kontrolle. »Ich dachte, du hast für Brel nicht besonders viel übrig«, brummte er.

»Daran erinnerst du dich?« Paul grinste ihn selig an.

»Los jetzt, wir haben keine Zeit zu quatschen«, gab Guillaume zurück und trieb auch die anderen zur Eile an. Nachdem sie die Brücke zur Insel mit der Kirche passiert hatten, ging er zielstrebig auf den alten weißen Citroën Méhari zu, der seit Jahren unter der ausladenden Pinie auf dem Vorplatz parkte. Niemand schien mehr so genau zu wissen, wem das offene Auto gehörte, dessen Zulassung längst ausgelaufen war, das aber so wunderbar französisch aussah, dass keiner auch nur im Traum daran dachte, es zu entfernen.

Zum Glück, denn Lipaire hatte vor Monaten eine Kopie des Turmschlüssels hier deponiert. Er hatte ihn sich von einem Bekannten heimlich anfertigen lassen, um spontane Damenbekanntschaften mit dem exklusiven Blick von dort oben zu jeder Tages- und Nachtzeit beeindrucken zu können, von dieser Möglichkeit jedoch bisher zu selten Gebrauch gemacht. Das musste sich ändern, nahm er sich vor.

Nachdem Lipaire sich vergewissert hatte, dass niemand Notiz von ihm nahm, fischte er den Schlüssel heraus und schloss die rostige Metalltür auf. Schon verschwanden sie in dem dunklen, etwas muffigen Treppenhaus.

Es waren nicht sehr viele Stufen, dennoch bot Quenot der heute irgendwie etwas zerbrechlich wirkenden Lizzy Schindler an, sie nach oben zu tragen.

»Auch wenn ich gern mal wieder von so starken Armen hochgehoben werden möchte: Danke, ich schaff das schon. Aber Louis hat es so mit der Hüfte in letzter Zeit.« Der Belgier nickte und nahm den Pudel auf den Arm, was der sich gern gefallen ließ.

Als sie oben angekommen waren, an die Brüstung traten und auf ihr Städtchen blickten, ging ein ehrfürchtiges Raunen durch ihre Reihen. Lipaire verstand sofort, warum. Port Grimaud sah im Zwielicht des anbrechenden Tages atemberaubend aus. Die

Häuser spiegelten sich im unbewegten Wasser, die Straßen waren weitgehend leer, abgesehen von den Händlern auf dem Platz. Bei den meisten Wohnungen waren die Fensterläden noch geschlossen, während in der Küche des *Fringale* bereits eifrig gewerkelt wurde. Die Dämmerung tauchte das alles in ein pastellfarbenes Licht.

Lipaires andächtige Stimmung wurde von Delphine jäh unterbrochen, die, während sie sich genüsslich einen Riegel einverleibte, sagte: »Da, schaut mal, ist das nicht der *Abbé*?«

Guillaume kniff die Augen zusammen. Tatsächlich, der Geistliche. Er hatte ihn nicht sofort erkannt, weil er für ihn ganz ungewohnte Freizeitkleidung trug: Seine blassen Beine steckten in Shorts, den Oberkörper bedeckte ein Muskelshirt mit der Aufschrift irgendeiner Sportmannschaft. Der *Abbé* kam aus einem Hauseingang unweit des Marktplatzes, sah sich verstohlen um und warf sich dann im fahlen Schein einer Straßenlaterne seine Soutane über.

»Hm, und ich dachte immer, der wohnt gegenüber der Kirche«, kommentierte Quenot die Szene.

»Tut er auch«, erwiderte Jacqueline grinsend.

Eine Weile ließen sie sich von den Szenen, die sich in den Häusern zu ihren Füßen abspielten, gefangen nehmen, betrachteten interessiert die Frau, die sich akribisch ihre Barthaare rasierte, sich schminkte und dann wieder zu ihrem schlafenden Gatten ins Bett zurückkehrte, und beobachteten einen älteren Mann, der sich in eine Art Korsett zwängte, was Lizzy mit den Worten kommentierte: »Mir hat er gesagt, er hätte abgenommen. Na, auf den fall ich nicht mehr rein.«

Irgendwann schaute Lipaire auf seine Armbanduhr und erschrak. Sie hatten schon viel zu viel Zeit verplempert. »Könnten wir unsere Aufmerksamkeit jetzt mal wieder auf den eigentlichen Grund richten, aus dem wir hier sind?«, fragte er streng.

Karim lachte. »Ist ja nicht so, dass du nicht auch neugierig gewesen wärst ...«

»Jaja, schon gut. Wer hat die Kiste?«

Delphine hielt die Tüte hoch, in der sie die Schatulle transportiert hatten. Vorsichtig nahm Lipaire sie heraus. »So, jetzt wollen wir mal sehen«, sagte er und ging mit der Truhe zu der Panoramakarte, die ringsherum an der Brüstung des Turms angebracht war. Sie bestand aus handbemalten Tafeln, die die einzelnen Ortschaften oder Berge abbildeten. Er richtete die Schatulle nach der Karte aus und verglich die Abbildungen immer wieder mit den Häusern der Stadt vor dem Panorama des bergigen Hinterlandes, dessen höchste Erhebungen inzwischen golden in der aufgehenden Sonne glänzten.

»Also, wenn du mich fragst: Der Pfeil zeigt ganz eindeutig auf die Werft«, sagte Karim neben ihm. »Sonst ist da ja nichts.«

Guillaume nickte. Auch er wusste nicht, auf was das Relief sonst noch hätte verweisen sollen. Es waren nur Wohnhäuser um die Werft herum, die weder in einem besonderen Stil gebaut waren noch sonst irgendwie hervorstachen.

Einer nach dem anderen gesellte sich nun zu ihnen, alle schauten sie immer wieder zwischen Relief und Panorama hin und her.

Lizzy atmete schließlich enttäuscht aus. »Da ist nichts. Ich kenne den Ort wie meine Westentasche. Alles, was dahinten noch kommt, ist Gassin. Und die Häuser da, also ich kenn einige von innen und kann doch behaupten ...«

»Sagen Sie das noch mal!« Mit geweiteten Augen blickte Lipaire die alte Dame an.

»Ich kenne einige der Häuser von innen. Im Laufe der Jahre kommt man ja ein wenig herum. Da ist nichts, was uns ...«

»Nicht das«, unterbrach er sie. »Das andere.«

»Dass dahinten nur noch Gassin kommt?«

»Ja, genau. Das ist es!« Freudestrahlend blickte er einen nach dem anderen an. »Versteht ihr nicht? Gassin! Das ist ...«

»Mein Wohnort«, vollendete Quenot nicht ohne Stolz den Satz. Dann kratzte er sich am Kopf. »Aber ich hab den Architekten doch gar nicht gekannt. Und damals hab ich da noch nicht gewohnt. Er hat also unmöglich wissen können, dass ...«

»Himmel, Paul, du Idiot. Natürlich hat deine Wohnung nichts mit dem Architekten zu tun. Aber Gassin selbst sehr wohl.«

Jetzt hellte sich Jacquelines Miene auf. »Klar, er hat es schließlich erbaut. Zumindest teilweise.«

»Genau.« Guillaume nickte heftig. »Und worauf?«

Jacqueline sog scharf die Luft ein. »Auf einem Felsen«, hauchte sie.

Jetzt ergriff die Aufregung auch die anderen. Sie nahmen sich die metallene Truhe und kontrollierten noch einmal die Richtung. »*Putain*, stimmt, natürlich!«, stieß Delphine heiser hervor.

Nur Karim schien noch nicht überzeugt. »Aber der Teil von Gassin, den Roudeau gebaut hat, ist doch eine Sozialsiedlung.«

»Bravo, Karim, hast also doch aufgepasst bei Madame Durand«, lobte Jacqueline und ergänzte: »*Nouveau Gassin* war sogar eines seiner Herzensprojekte.«

Der Junge errötete und winkte ab. »Nein, wir haben da mal kurz gewohnt.«

»Eine Sozialsiedlung, das ist doch genial.« Guillaume konnte seine Begeisterung kaum zügeln. »Niemand würde da einen Schatz suchen. An so einem profanen Ort, versteht ihr? Das ist wie ein ausgestreckter Mittelfinger an alle Reichen!«

»Und der Spruch im Haus passt auch. Wegen dem Felsen.«

»Ja, Paul, hast du's auch schon kapiert? Der Ort ist auf den Gipfel des Hügels und damit auf Felsen gebaut. Dafür ist er geradezu berühmt in der Gegend. Es muss Gassin sein. Das ist unser Ziel.«

Sie blieben noch eine Weile stehen und schauten ehrfürchtig auf den Berg, auf dessen Spitze das kleine Örtchen thronte. Erst nach einer Weile durchbrach Lipaire ihr Schweigen: »Worauf warten wir noch? Nichts wie los!«

Nacheinander rannten sie die Stufen nach unten, um dort ausgerechnet dem Pfarrer in die Arme zu laufen, der gerade das Kirchenportal aufsperrte.

»*Bonjour, Abbé!*«, riefen sie ihm nacheinander fröhlich zu.

»Wir hoffen, Sie hatten keine allzu anstrengende Nacht«, schob Delphine noch nach, dann liefen sie lachend davon.

Nachtwache

»Guten Morgen, Marie! Gut geschlafen?«

Marie Yolante Vicomte blinzelte in die Sonnenstrahlen, die schräg zwischen den langen Vorhängen hindurch in ihr Schlafzimmer schienen. Ein kurzes Lächeln schlich sich auf ihr Gesicht. Lucas' Stimme klang noch immer so samtig und weich wie damals, als sie sich kennengelernt hatten. Es war schön, von ihr geweckt zu werden. Sie setzte sich ruckartig auf. Geweckt? Von der Stimme ihres Mannes? Er schlief schon seit Jahren nicht mehr in ihrem Zimmer. Schlagartig war sie wieder im Hier und Jetzt, und ihr fielen all die anderen Seiten an ihrem Ehemann wieder ein, die dafür sorgten, dass sich ihr gemeinsames Glück auf wenige Augenblicke beschränkte. Auch die Ereignisse der letzten Nacht hatte sie nun wieder vor Augen: Sie hatte sich zu Hause absetzen lassen, um wenigstens ein paar Stunden Schlaf zu bekommen, während Lucas und Henri in ihrem Auftrag diesen Lipaire und seine seltsame Truppe weiter im Auge behielten. Nun wollte ihr Mann ihr wohl Bericht erstatten. Sie sah ihm dabei zu, wie er den Vorhang ein Stück aufzog und auf den Kanal in die aufgehende Sonne blickte.

Leise seufzte sie. Ob sie ihn um sein Lebensglück brachte, weil sie ihre Ehe nur mehr als Zweckgemeinschaft betrachtete? Andererseits machte er sich bestimmt keine derartigen Gedanken über sie. »Guten Morgen, Lucas. Was habt ihr in der Nacht noch herausgefunden?«, bemühte sie sich um einen möglichst milden Ton.

»Nicht viel, *chérie*. Leider.«

Chérie? Was sollte das denn?

Er wandte sich ihr zu, kam zum Bett und setzte sich neben sie auf die Kante der Matratze. Marie erschrak. »Habt ihr sie verloren?«

Lucas schüttelte den Kopf. »Nein. Sie haben sich nach Mitternacht alle in diesem Handyshop getroffen und geredet. Was, das konnten wir natürlich nicht hören.«

Sie nickte. Immerhin hatten sich ihr Mann und ihr Halbbruder nicht von diesen Freizeitganoven abhängen lassen.

»Irgendwann kam dann noch eine alte Frau vorbei, mit ihrem Hund. Stell dir vor, er hat direkt vor dem Laden sein Geschäft gemacht.«

»Soso. Tut das irgendwas zur Sache?«

»Was, *chérie*?«

»Der Köter und seine Verdauung«, zischte sie genervt. Er konnte ja eigentlich nichts dafür, aber manchmal hatte sie schon nach wenigen Augenblicken genug von seiner Art, sosehr sie sich auch bemühte, geduldig zu sein.

»Der nicht, aber seine Besitzerin. Sie hat wie eine Irre gegen den Rollladen getrommelt, dann haben sie sie reingelassen. Die ist bestimmt schon Ende achtzig, aber scheint dazuzugehören.«

Marie runzelte die Stirn. »Diese Gurkentruppe wird ja immer sonderbarer.« Aber vielleicht interpretierte Lucas da auch irgendetwas völlig falsch, schränkte sie in Gedanken ein. »Und das ist alles?«

»Nicht ganz. Henri und ich haben eine Weile gewartet – dein Bruder war ziemlich nervös, seine Nerven scheinen nicht für so etwas gemacht zu sein. Dabei sollte ihm das doch liegen, angesichts dessen, was er in seinen Büchern so fabuliert.«

»Und dann?«, bohrte sie ungeduldig nach, ohne auf den Kommentar einzugehen. Konnte er ihr denn nicht einfach sachlich berichten, ohne sich in irgendwelchen Belanglosigkeiten zu verlieren?

»Dann sind sie in der Morgendämmerung alle aus dem Laden gelaufen und rauf auf den Kirchturm. Sie hatten eine Metalltruhe dabei, aber wir wissen nicht, was drin war. Vielleicht ein Fernglas oder ein Teleskop, könnte ich mir denken.«

»Warum?«

»Weil ... es vielleicht Sinn machen würde, falls sie von dort oben etwas beobachten wollten.«

»Aber du weißt es nicht.«

»Nicht sicher, nein.«

»Konntet ihr euch auch auf den Turm schleichen?«

Er schüttelte den Kopf. »Dann wären wir aufgeflogen. Wir konnten nur unten warten, was wir auch getan haben.«

»Und was hatten sie oben zu suchen?«

»Das wissen wir nicht. Als sie wieder runterkamen, waren sie jedenfalls ziemlich aufgedreht. Fast euphorisiert, würde ich sagen. Weil sie vergessen haben, den Turm wieder abzusperren, bin ich dann aber später allein hochgegangen. Henri ist an ihnen drangeblieben, er will sich melden, wenn sich etwas tut.«

»Hast du oben irgendwas gefunden?«

»Nur ein paar leere Schokoriegel-Verpackungen, sonst gar nichts.«

»Na schön, dann warten wir, was Henri berichtet. Stößt du jetzt wieder zu ihm?«

»Ich denke schon«, antwortete Lucas und strich ihr ungelenk übers Haar. »Für die Familie bringe ich mich doch gern ein bisschen ein.«

Sie lächelte mechanisch, biss die Zähne zusammen und ließ sein Streicheln über sich ergehen.

»Und wie geht es weiter?«, fragte er.

Woher sollte sie das wissen? »Das werden wir sehen, Lucas. Sicher ist es am besten, wir lassen sie nicht mehr aus den Augen. Sollten sie etwas finden, schlagen wir zu und holen uns, was uns zusteht.«

»Du meinst, das funktioniert?«

Langsam bröckelte ihre Selbstbeherrschung. »Ich hoffe, ja. Sie sind nicht gerade die Hellsten, scheint mir. Es wird natürlich nicht leicht sein, den ganzen Haufen um diesen Lipaire ständig im Auge zu behalten. Wir müssen uns womöglich aufteilen. Und ich werde zusätzlich das Ehepaar Valmer aktivieren.«

»Schon wieder diese unsäglichen Royalisten?« Ihr Mann hörte endlich auf, sie zu streicheln.

»Vergiss nicht, dass sie uns in der Sache schon gute Dienste geleistet haben.«

»Du wirst wissen, was das Beste ist, Marie«, gab Lucas sich devot. Wieder so ein Zug an ihm, der sich in den letzten Jahren immer stärker entwickelt hatte und den sie nicht ausstehen konnte.

»Wie immer, Lucas«, gab sie knapp zurück.

Sightseeing mit Hindernissen

»Eine herrliche Fahrt! Das waren eben noch echte Luxuskarossen, damals«, schwärmte Lizzy Schindler, als sie in Gassin dem bronzefarbenen Citroën DS 23, Baujahr 1973, entstieg. Lipaire hatte den Wagen unweit vom Zentrum der von Gilbert Roudeau geplanten Sozialsiedlung im Süden des Örtchens abgestellt. Sofort hatte das hydropneumatische Fahrwerk die Karosserie so weit abgesenkt, dass sie fast den Boden berührte.

Nach Lizzy Schindler sprang erst Pudel Louis freudig bellend aus dem Fond des Wagens, danach krabbelten Jacqueline und Karim heraus. Der Junge sah aus, als wäre er gern noch ein bisschen länger eingezwängt auf der Rückbank neben der Studentin sitzen geblieben.

»Ich weiß ja nicht, musste es ausgerechnet diese alte Chaise sein?«, brummte Delphine, nachdem sie sich aus dem Beifahrersitz geschält und ihr T-Shirt zurechtgezupft hatte.

»Die DS ist groß genug für uns alle, fährt ungemein komfortabel und war außerdem gerade bis zum Rand vollgetankt«, erwiderte Lipaire ein bisschen beleidigt. Das betagte Auto war in makellosem Zustand und gehörte einer Familie aus dem Elsass. Er hätte es ohnehin die Tage noch polieren lassen müssen, wie die Eigentümer sich das für ihre Ankunft in ihrem Sommerhaus wünschten. Eine kleine Ausfahrt würde also absolut folgenlos bleiben. Und außerdem hatte er schon lange vorgehabt, sich den Wagen einmal auszuleihen.

Delphine hatte aber anscheinend keinen Sinn für die Schönheit klassischer Automobile, denn die ganze Fahrt über hatte sie sich über irgendetwas mokiert und auch am eigentlich unvergleichlichen Komfort der *Déesse*, was übersetzt zu Recht so viel hieß wie »Göttin«, herumgemäkelt. Und das ausgerechnet von jemandem, der einen heruntergekommenen Twingo zur Fortbewegung nutzte.

Lipaire strich fast zärtlich über das Dach des Citroën. Es handelte sich um eine Pallas, das Spitzenmodell der damaligen Baureihe, war *die* Ikone des Fahrzeugdesigns und über jeden ästhetischen Zweifel erhaben. Hatte nicht sogar der Philosoph Roland Barthes einen Aufsatz über das Modell verfasst und in ihm ein geradezu magisches Objekt, ja, eine Art Kunstwerk gesehen? Vielleicht würde Guillaume sich selbst in ein paar Monaten so ein Auto zulegen, dachte er. Wobei: Möglicherweise stand ihm ein Mercedes SL aus den späten Sechzigern doch besser zu Gesicht. Oder ein klassischer Porsche? Er würde es sehen.

»He, was ist los mit dir?«, riss ihn Karim aus seinen Tagträumereien.

»Nichts, ich war nur in Gedanken«, murmelte er.

»Wollen wir den kleinen Louis nicht lieber dalassen?«, schlug Jacqueline vor. »Nicht, dass er wieder anfängt zu graben ...«

»Wird vielleicht ein bisschen heiß für ihn heute«, pflichtete Lizzy Schindler ihr bei. »Der Wagen steht ja im Schatten. Allerdings müssten die Fenster einen Spalt offen bleiben, damit er nicht überhitzt.«

Lipaire seufzte. »Können wir ihn nicht einfach irgendwo anbinden? Die Sitze sind ziemlich empfindlich, und wenn ihm ein Missgeschick passiert ...«

»Irgendwo anbinden? Also, das ist doch die Höhe!«, kreischte Lizzy mit knallrotem Kopf. »Wenn das so ist und man uns hier nicht will, laufen wir eben zurück nach Port Grimaud. Komm, mein lieber Louis.« Sie warf energisch den Kopf herum und ging los.

»Madame, so bleiben Sie doch«, lenkte Guillaume sofort ein. »Er darf natürlich wieder ins Auto.«

»Vielleicht will er jetzt aber gar nicht mehr«, gab die alte Dame spitz zurück.

»Aber, Madame, er meint es doch gar nicht so. Stimmt's, Guillaume?«, versuchte sich Karim als Streitschlichter. Mit Erfolg: Lizzy Schindler ging zurück zum Citroën, deutete mit einer vagen Handbewegung auf die Seitenscheiben, die es herunterzulassen galt, und erklärte schließlich: »Gut, dann wollen wir mal nicht so sein, nicht wahr, Louis? Aber nur, damit das hier vorangeht.«

Lipaire hob den Hund in den Fond des Wagens, drückte die Tür zu und zischte ihm durchs Fenster ein »Mach bloß keinen Scheiß!« zu, was Louis mit einem schwer zu deutenden Winseln quittierte.

»Oh, Gertraud, schau nur, eine DS 23 in Topzustand. Die ist locker fünfzigtausend wert!«, tönte es plötzlich hinter Lipaire, als er sich wieder aufrichtete. Er drehte sich um und sah einen vielleicht siebzigjährigen Mann, der mit seinem Handy begeistert Fotos von der *Déesse* schoss. Seine Frau wirkte reichlich desinteressiert und drängte ihn zum Weitergehen. Amüsiert beobachtete Lipaire das Paar, da tauchte direkt neben ihm wie ein Schachtelteufel Quenot auf. Der Deutsche zuckte erschrocken zusammen. Er wusste natürlich, dass sie ihn hier, in seinem Wohnort, treffen würden, so hatten sie es schließlich ausgemacht. Warum er sich jedoch nie wie ein ganz normaler Mensch nähern konnte, verstand er beim besten Willen nicht.

»Noch auffälliger wär's nicht gegangen?«, piepste der Belgier vorwurfsvoll. »Stell dich doch gleich noch daneben, damit die Leute Selfies mit dir machen können.«

Lipaire winkte entnervt ab. »Könnten wir dann?«

»Wonach suchen wir denn eigentlich?«, wollte Delphine wissen.

Guillaume kratzte sich am Kopf. »Hm, also so ganz genau ... auf jeden Fall nach weiteren Hinweisen, würde ich sagen.«

»Hinweise ... wie unten in Port Grimaud also?«

»So ungefähr.«

»Aber da haben wir auch nichts gefunden«, gab Delphine zu bedenken.

»Stimmt schon. Aber das war der falsche Ort. Jetzt sind wir am richtigen, das hab ich regelrecht im Urin.«

»Soso.«

»Und wo fangen wir an?«, fragte Karim in die Runde.

»Ich würde sagen, da wir einen ausgewiesenen Gassin-Experten in unseren Reihen haben, könnte der uns in einem kleinen Referat die Besonderheiten seines Dorfes zusammenfassen, oder, Paul?«

Quenot schien aus allen Wolken zu fallen. »Ich? Wieso?«

»Na, weil du seit Jahren hier oben lebst. Und man beschäftigt sich doch als denkender Mensch automatisch mit der Geschichte seines Wohnortes, oder liege ich da falsch?«

Quenot senkte seinen Blick. »Klar. Und ich kann auf jeden Fall sagen«, begann er zögerlich, »dass wir uns hier in einem Teil des Örtchens befinden, der sich *Nouveau Village*, also *Neues Dorf*, nennt, weil er eben ... neuer ist als der alte Teil. Es gibt in Gassin eine Kirche, mehrere Läden, eine Schule und einen Kindergarten. Und ein *Office de Tourisme*. Ach ja, ein Sportgelände am Ortsausgang gibt es auch. Außerdem einen Gemeinschaftssaal für zweihundertfünfzig Leute, da ist samstags immer Bingoabend. Sehr beliebt. Hm, was noch? Einen Bäcker, einen Metzger, Cafés, Restaurants und eine Reihe anderer interessanter Dinge, auf die ich jetzt gar nicht weiter eingehen will.«

Lipaire versuchte, ein Grinsen zu unterdrücken – vergeblich.

Quenot hatte ganz offensichtlich keine Ahnung von seinem Wohnort.

»Wo genau wohnst du denn, Paul?«, fragte Delphine.

Der Belgier zeigte auf einen großen, dreistöckigen Gebäudekomplex, der durch mehrere Durchgänge im Erdgeschoss den Blick auf einen weitläufigen Innenhof mit Bäumen, Büschen und gepflasterten Wegen freigab.

Jacqueline nickte. »Das Haus, in dem Paul wohnt, ist der Zentralbau und damit das Herzstück des neuen Dorfteils von Roudeau, der übrigens erst in den Neunzigerjahren eingeweiht wurde«, erklärte sie.

Karim wirkte verwirrt: »Das sieht doch alles viel älter aus.« Er zeigte auf einige verschiedenfarbige Häuschen, alle mit kleinem Garten davor, von denen keins dem anderen glich.

»Denk an Port Grimaud, da hat Roudeau nach demselben Prinzip gearbeitet. Nur dass es ihm hier oben am Berg nicht um Freizeitwohnsitze für Besserverdiener ging, sondern um erschwingliche Wohnungen für Familien und Leute mit schmalerem Geldbeutel. Man wollte der Landflucht entgegenwirken, die immer schlimmer wurde. Mitte der Achtzigerjahre gab es nämlich nur noch eine Handvoll Senioren, die im alten Dorfkern wohnten. Also hat man sich zu dieser Ortserweiterung entschlossen, hier, südlich des alten Zentrums. Und deren Zentralbau sollte ein Dorf im Kleinen sein, die Wohnungen um einen Platz gruppiert, im Erdgeschoss Läden, eine Gemeinschaftsküche, die alle nutzen können, ein Versammlungsraum und sogar eine Grundschule.«

»Genau«, vermeldete Quenot und machte ein wichtiges Gesicht, als hätte er das auch noch angefügt, wenn man ihn nur gelassen hätte.

»Bravo, Jacqueline! Wenigstens eine, die sich auskennt«, gab Lizzy beeindruckt zum Besten. »Aber sag mal, Kindchen: Woher weißt du das denn?«

»Ach, mein Vater wollte vor ein paar Jahren, dass ich auf einen Empfang der Gemeinde Gassin zum fünfundzwanzigsten Jubiläum mitgehe. Und da gab es eben die eine oder andere Rede über die Geschichte. Aber sollten wir jetzt nicht mal reingehen?«

»Moment!«, rief Lipaire. »Wann, hast du gesagt, wurde das hier alles gebaut?«

»In den Neunzigern«, bestätigte sie noch einmal. »Die Feier war 2018, glaube ich, also müsste die Einweihung im Jahr 1993 gewesen sein. Aber nagle mich nicht aufs genaue Jahr fest, ich kann mich auch täuschen.«

»Erinnert ihr euch an die Zahlen auf der Kiste? Neun und drei? Das war eine Jahreszahl.«

Sie machten große Augen.

»1993«, wisperte Jacqueline schließlich.

Guillaume sog die Luft tief in seine Lungen. »Genau. Die Gegenstände in der Kiste waren aber älter.« Er wartete ab, bis alle nickten. Ihm war wichtig, dass sie verstanden, was nun kam. »Das bedeutet, dass Roudeau die Schatulle noch mal ausgegraben hat. Ich hab mich die ganze Zeit schon gewundert, warum so eine einfache Blechkiste so einen wertvollen Deckel hat. Aber jetzt ist es natürlich klar: Wahrscheinlich hatte er den Schatz bei sich versteckt. Und als ihm klar wurde, dass er den nicht mit ins Grab nehmen kann, musste er sich was anderes überlegen. Als er dann das endgültige Versteck für den Schatz gefunden hatte, hat er seine Frau gebeten, dieses mit künstlerischen Mitteln zu verschlüsseln. Das bedeutet, dass wir tatsächlich …« Er stockte mitten im Satz. Sie waren am Ziel.

»Kommt, ich zeig euch jetzt mal alles«, platzte Quenot in die Stille und ging in Richtung des Durchgangs, der auf den neuen Dorfplatz in der Mitte des Zentralbaus führte.

Sie betraten das Atrium und standen auf einer Grünfläche aus Kunstrasen.

»Willst du uns deinen Balkon zeigen?«, mutmaßte Karim.

»Schlecht möglich, ich wohne nämlich im Erdgeschoss«, erklärte der Belgier. »Ich bin auch gar nicht auf Besuch eingerichtet. Hätte nicht mal genügend Stühle für euch alle.«

»Ja, vielleicht ein andermal«, sagte Lipaire. Schließlich hatten sie Wichtigeres zu tun, als auf ein Kaffeekränzchen bei Paul Quenot vorbeizuschauen.

»Mich hätte schon mal interessiert, wie die Wohnungen hier so aussehen«, kommentierte Delphine ein wenig enttäuscht. »Falls ich meinen Alten doch mal verlasse, könnt ich mich vielleicht um eine bewerben.«

Quenot schüttelte den Kopf. »Nichts für eine Mutter mit zwei Kindern. Dafür sind die Appartements zu klein. Es gibt nur zwei Zimmer, und alle haben den gleichen Schnitt. Nur manche spiegelverkehrt, je nachdem, wo sie im Gebäude liegen. Ist hier nämlich alles regelmäßig. Das Gebäude, die Zimmer, die Eingänge.«

»Verdammt!«, rief Lipaire auf einmal aus. Er sah auf die Fassaden der Gebäudeteile um sie herum, die weißen, hölzernen Fenster, die schmalen metallenen Balkone. Alles war streng symmetrisch, selbst die Bögen der kleinen Arkaden, hinter denen sich die Eingänge zu den Häusern, Wohnungen und Läden befanden. Die Anordnung der Bäume und Büsche war regelmäßig, die Rasenflächen und Wege wie mit dem Lineal gezogen. Und sie liefen alle im Zentrum in einem Punkt zusammen: einem vierseitigen steinernen Brunnen!

»Ach, so schlimm ist es gar nicht«, erwiderte der Belgier.

»Nein, das mein ich nicht. Der Brunnen muss es sein, der Brunnen!«, rief der Deutsche, doch Paul zischte ihm sofort ein »Psst!« entgegen und legte seinen Zeigefinger an die Lippen. Sicher: Sie waren schließlich nicht die Einzigen hier, und auch wenn im Moment niemand auf dem Platz zu sehen war, standen dennoch zahlreiche Fenster offen, hinter denen man Fernseher laufen oder Töpfe klappern hörte.

Quenot erklärte leise: »Den Brunnen wollte ich euch … sowieso gerade zeigen.« Er ging drauf zu, die anderen folgten ihm.

»Auf der Stele in der Mitte ist ja auch so eine Bronzeplatte eingelassen«, entfuhr es Lipaire. Er deutete mit dem Finger darauf. Sie trug dasselbe Wappen, das auch die Brücke in Port Grimaud zierte, darunter prangte dieselbe Banderole mit dem Namen Roudeau.

Quenot nickte. »Ja … genau, ihr … lasst mich ja nie ausreden.«

»Lasst mich mal was nachsehen!«, murmelte Delphine, kniff die Augen zusammen und untersuchte den Rand der Platte. »Bingo. Dieselbe Signatur. M. R. 93«, vermeldete sie.

»Da muss er den Schatz versteckt haben. Dann lasst uns loslegen«, drängte Karim, doch Lipaire hielt ihn zurück.

»Nicht jetzt, am helllichten Tag! Wir hätten viel zu viele Zuschauer.«

»Und wenn wir uns als Gemeindearbeiter verkleiden und das Ding hochnehmen?«, schlug Paul vor.

Gar keine so schlechte Idee, musste Guillaume eingestehen, doch er zog den Schutz der Dunkelheit einer solch offenen Aktion vor. »Lasst es uns besser in der Nacht durchziehen«, flüsterte er seinen Mitstreitern zu. »Der Schatz hat lange genug hier gelegen, auf ein paar Stunden kommt es nicht an. Und außer uns weiß niemand, wo es zu suchen gilt. Also, zurück zum Auto und dann geordneter Rückzug, okay?« Er hörte seinen Worten nach und fand, dass sie bedenklich nach Ex-Legionär klangen. Es wurde Zeit, dass ihre gemeinsame Aktion zu einem Abschluss kam.

Als sie den Durchgang passiert hatten, blieb Lipaire so abrupt stehen, dass Karim, der dicht hinter ihm lief, gegen ihn knallte.

»*Merde*, Guillaume, kannst du mich nicht vorwarnen, wenn du so mir nichts, dir nichts …«

»Psst«, zischte der nur und starrte unverwandt auf den Mann und die Frau, die neben ihrem Auto standen, in dem der Hund wie wild bellte. Er hatte sie noch nie gesehen, doch im Gegensatz zu den Schaulustigen, die sie vorher von dem Wagen vertrieben hatten, schienen die beiden ganz und gar nicht an dem Oldtimer interessiert, sondern vielmehr am Wageninneren. Der Mann machte sogar Fotos mit einer kleinen Kamera. Auch das hätte vielleicht noch als reine Neugier an einem seltenen Fahrzeug durchgehen können. Aber der dritte Mann, der neben dem Wagen auf dem Boden kniete, um darunter zu schauen, nicht mehr. Endgültige Gewissheit brachte der Ausdruck in den Augen des Paares, als sich ihre Blicke kreuzten: eine Mischung aus Entsetzen darüber, ertappt worden zu sein, und offener Feindseligkeit.

»*Putain*, die sind hinter uns her«, fasste Quenot Lipaires Vermutung in Worte.

»Hinter uns?«, fragte Lizzy ängstlich. »Was ist mit Louis? Ist er in Gefahr? Mein Gott, wir müssen ihm helfen, schnell.«

Delphine schüttelte den Kopf. »Quatsch, was sollen die denn mit einem Dackel anfangen?«

»Louis ist kein Dackel, sondern ein Pudel.«

Lipaire ließ die drei am Auto für keinen Moment aus den Augen, als er sagte: »Könntet ihr bitte ruhig sein? Dem Hund geschieht nichts. Aber wir müssen schnellstens abhauen.«

»Abhauen?« Jacqueline klang nun auch alarmiert. »Was wollen die denn bloß von uns? Mein Gott, ich hätte mich nie darauf einlassen dürfen. Und das alles nur, weil ich dich irgendwie süß fand.«

»Mich?« Karim schien aus allen Wolken zu fallen. »Du findest *mich* süß?«

»Leute, bitte!« Lipaire spannte seine Muskeln an. Sie hatten nur einen Versuch. »Ich zähle bis drei, dann rennen wir los.«

»Wohin denn?«, wollte Delphine wissen.

»Paul, vielleicht könntest du uns doch mal schnell deine Wohnung zeigen.«

»Aber ich habe gar nicht aufgeräumt«, protestierte der Belgier.

»Das ist doch scheißegal, verdammt!«

»Ihr werdet schon sehen …«

»Die sind hinter uns her, *putain*. Also, bei drei nimmst du Madame Lizzy huckepack – *pardonnez-moi, Madame*, aber das muss jetzt leider sein –, und dann los.«

Quenot schien noch immer nicht überzeugt. »Aber ich …«

»Drei!«

Sie machten auf dem Absatz kehrt und begannen zu rennen.

»Paul, du musst uns den Weg zeigen«, keuchte Lipaire, als sie den Innenhof wieder erreicht hatten.

Schon zog der Muskelberg mit Lizzy Schindler, die er sich wie eine große Puppe über die Schulter geworfen hatte, an ihnen vorbei. Der alten Dame schien das jedoch nicht das Geringste auszumachen, im Gegenteil, sie hob die Hand und winkte den anderen zu. Lipaire hätte beinahe gelacht, so grotesk sah das aus, doch ihm war ganz und gar nicht nach Lachen zumute. Sein ganzer Körper war von Adrenalin geflutet. Er wagte einen Schulterblick – und sah, dass sie richtiggelegen hatten. Die drei Unbekannten erschienen gerade am anderen Ende des Durchgangs. Sie waren ihnen dicht auf den Fersen.

»Schneller«, trieb Guillaume die anderen an.

»Da vorn links rein«, presste Quenot hervor und zeigte auf eine der vielen Türen, die von dem Innenhof abgingen.

Lipaire hörte bereits das Klimpern des Schlüsselbunds, sah, wie der Belgier ihn in einer fließenden Bewegung ins Schloss steckte, die Tür aufriss, wartete, bis alle drin waren, und sie schnell, aber geräuschlos wieder zumachte. Dann ging er zu dem kleinen Stuhl neben einem Telefontischchen, um Lizzy

Schindler mit einem geschmeidig wirkenden Schulterwurf darauf abzusetzen. Lächelnd saß sie da, als habe sie schon die ganze Zeit dort gewartet.

Die anderen pressten sich gegen die Wand des Flurs, damit sie durch das winzige Fenster neben der Tür nicht gesehen werden konnten. Keine zwei Sekunden später hörten sie die schnellen Schritte ihrer Verfolger. Sie hielten die Luft an. Die Schritte wurden nun langsamer, leiser. Und kamen näher.

Angst ergriff Guillaume. Jedoch nicht um sich selbst. Er hatte Angst um die anderen. Machte sich Vorwürfe, dass er sie in diese Geschichte hineingezogen hatte, ohne zu wissen, was *diese Geschichte* eigentlich war. Welche Risiken sie barg. Wenn einem oder einer von ihnen etwas passieren sollte, hatte er das zu verantworten. Aber er wollte nicht, dass ihnen auch nur ein Haar gekrümmt wurde. Denn es war etwas passiert, womit er nicht gerechnet hatte: Er hatte sich an sie gewöhnt. Nein, mehr noch, er hatte sie gern. Sie waren unter unmöglichen Bedingungen zur unwahrscheinlichsten Truppe geworden, die man sich nur denken konnte. Ein Haufen unverbesserlicher Individualisten, die sich irgendwie zusammengerauft hatten. Und nach den vielen Jahren, die Lipaire sich allein durchgeschlagen hatte, in denen er, nach den großen Enttäuschungen seines Lebens, echte Bindungen gemieden hatte, fühlte sich das überraschend gut an.

Er sah einen nach dem anderen an: Quenot hatte die Augen zusammengekniffen und starrte wie hypnotisiert auf die Tür. Seine Hand wanderte zu seinem hinteren Hosenbund, wahrscheinlich hatte er ein Messer oder irgendetwas anderes Tödliches im Gürtel stecken. Delphine schaute eher genervt denn erschrocken drein, Jacqueline wirkte voll konzentriert. Und Karim? Er blickte unablässig grinsend zu dem Mädchen. Als er bemerkte, dass Lipaire ihn musterte, hob er entschuldigend die Schultern und formte mit den Lippen ein unhörbares »*süß*«. Madame Lizzy saß noch immer dort, wo Paul sie abgesetzt hatte. Offenbar waren sich nicht alle des Ernstes ihrer Lage bewusst. Vielleicht war das auch ganz gut so.

In diesem Moment verdunkelte sich das Fensterchen. Wahrscheinlich, weil jemand davorstand und zu ihnen hereinlugte. Lipaire wagte nicht zu atmen. Er schickte ein Stoßgebet zum Himmel, etwas, das er schon seit vielen Jahren nicht mehr getan hatte.

Dann verschwand der Schatten wieder. Und auch die Schritte entfernten sich langsam.

»Ist doch eigentlich ganz schön aufgeräumt«, flüsterte Jacqueline plötzlich.

Lipaire verstand nicht, was sie meinte. Erst als Quenot antwortete: »Na ja, aber wenn ich Besuch kriege, stell ich schon gern ein paar Blumen auf den Tisch«, fiel der Groschen. Ganz offensichtlich hatten die anderen deutlich bessere Nerven als er selbst.

»Blumen, echt jetzt?« Delphine schüttelte den Kopf. »Musst mal zu mir kommen, da kannst du froh sein, wenn keine Essensreste am Boden rumliegen.«

»Aber in deinem Laden war es doch sehr sauber«, zischelte Lizzy vom Telefontischchen herüber.

»Ja? Da lass ich meinen Alten auch nicht rein.«

Quenot wollte etwas antworten, da hob Lipaire die Hand. »Leise, verdammt.« Er lauschte in die Stille. »Ich glaube, sie sind weg. Wir sollten versuchen, zum Auto zu kommen, bevor sie zurück sind. Paul, kannst du schauen, ob die Luft rein ist?«

Der Belgier nickte, öffnete langsam die Tür, spähte durch den Spalt nach draußen, machte dann mit Daumen und Zeigefinger einen Kreis, gefolgt von ein paar seiner unverständlichen Militär-Pantomime-Handzeichen.

Genervt stieß Lipaire die Luft aus. »Lasst uns abhauen.«
Alle nickten, Quenot pflückte kommentarlos Lizzy von ihrem Stuhl, dann stieß er die Tür auf, und sie rannten los.

Kurz darauf saßen sie alle wieder in der DS, Quenot neben Lipaire, die anderen, nun zu viert, auf den Rücksitz gezwängt, wo Louis einen Freudentanz aufführte und sein Frauchen schwanzwedelnd begrüßte, als habe er sie monatelang nicht gesehen. Lipaire startete das Auto, das durch das hydropneumatische Fahrwerk erst einmal wie ein Aufzug nach oben gehoben wurde. Das war einzigartige, begeisternde Technik von Citroën, doch jetzt löste das kein erhebendes Gefühl aus, sondern setzte ihn zusätzlich unter Stress, denn jede Sekunde zählte. Vor allem, weil in diesem Moment ihre drei Verfolger aus dem Durchgang auf sie zugerannt kamen, wie er im Augenwinkel sah.

»Ha, die haben wir schön ausgetrickst«, jubilierte Jacqueline.

Guillaume legte den Gang ein und spielte mit dem Gedanken, das Fenster runterzulassen und ihnen zum Abschied den Mittelfinger zu zeigen, da kam vom anderen Ende der Straße ein schwarzer Bentley angepreschst und hielt direkt auf sie zu.

»Merde«, entfuhr es dem Deutschen, dann setzte sich der Citroën schwerfällig in Bewegung, als die dunkle Limousine an ihnen vorbeirauschte.

»Da, am Steuer, das ist Henri Vicomte«, schrie Karim.

Lipaire konnte das nicht erkennen, sah aber im Rückspiegel, wie der Bentley vor ihren Verfolgern scharf bremste, wie die Tür aufflog und sie in den Wagen sprangen. Der Deutsche drückte so stark aufs Gaspedal, als wolle er es durch den Boden pressen. Auch wenn das Modell zu seiner Entstehungszeit das technisch innovativste Auto der Welt gewesen war: Inzwischen wirkte die Beschleunigung doch ziemlich gemächlich. Hätte er gewusst, dass sie in eine Verfolgungsjagd geraten würden, hätte er sich das Porsche-SUV von Familie Schmittke geliehen. Doch alles Lamentieren half nichts, nun mussten sie eben mit dem klarkommen, was sie hatten. Außerdem waren die engen Serpentinen hinunter nach Port Grimaud sowieso nicht für hohe Geschwindigkeiten gemacht, egal mit welchem Fahrzeug.

Schon bei der ersten Abzweigung vor dem steinernen Portal des Gassiner Friedhofs haderte er aber wieder mit seiner Entscheidung. Während die DS auf gerader Strecke wie eine Sänfte über die Straße zu schweben schien, lösten Kurven in Verbindung mit hoher Geschwindigkeit eine Schaukelbewegung aus, als säße man bei starkem Seegang in einem Schiff. Seinen Mitfahrern entrang sich ein überraschter Laut, als er sich mit dem tonnenschweren Gefährt in die Kurve legte. Noch bevor er den Scheitelpunkt erreicht hatte, schaltete er herunter und drückte das Gaspedal wieder bis zum Anschlag durch. Auf der engen Straße preschten sie durch ein Waldstück aus Steineichen, und Lipaire konnte nur hoffen, dass kein Traktor eines Weinbauern vor ihnen auftauchte – oder, noch schlimmer, ihnen entgegenkam.

»Haben wir sie abgehängt?«, fragte Jacqueline und versuchte, sich umzudrehen, was ihr aber wegen der Enge auf der Rückbank nicht recht gelang.

Lipaire blickte in den Rückspiegel. Der Bentley war nicht zu sehen, aber das musste nichts heißen, die Strecke war kurvig und durch die Bäume schwer einsehbar. Doch gleich würden sie aus dem Wäldchen heraus sein und wieder bessere Sicht haben. Als es so weit war, tat sich auf einer Seite ein steiler Abhang auf, nur durch eine hölzerne Leitplanke von der Straße getrennt. Die würde dem Gewicht ihrer Karosse kaum Widerstand bieten, sollte er eine der Kurven nicht kriegen und ...

»Da sind sie!« Karim zeigte mit ausgestrecktem Arm nach oben.

Auch Lipaire sah es: Als sie eine Haarnadelkurve samt Hundertachtzig-Grad-Wende passiert hatten, tauchte am Ausgang des Wäldchens die schwarze Limousine der Vicomtes über ihnen auf.

»Fahr schneller«, kiekste Quenot neben ihm, doch Guillaume ignorierte ihn. Er war bereits am Limit, und lieber würde er sich von ihren Verfolgern schnappen lassen, als freiwillig in den Tod zu rasen. Konzentriert lenkte er den schwankenden Luxusdampfer weiter bergab, um in jeder Kehre festzustellen, dass der Bentley aufholte.

»Ich glaube, Louis ist schlecht«, hörte er plötzlich die besorgte Stimme von Lizzy Schindler, gefolgt von einem kehligen Würgen des Hundes und einem scharfen, sauren Geruch, der sich im Auto ausbreitete.

»Hat der Hund etwa gekotzt?«, fragte Lipaire mit einer Stimme, die fast genauso schrill klang wie die des Belgiers. »Das Auto ist nur geliehen, ich komm in Teufels Küche, wenn an die Sitze was drankommt.«

»Dann fahr nicht so deppert, *crétin*«, keifte Lizzy Schindler. So hatte er sie noch nie erlebt und hielt sich mit weiteren Äußerungen über das Tier lieber zurück. Er hatte sowieso andere Sorgen. Im Geiste versuchte er, die weitere Strecke durchzugehen, Abzweigungen vorherzusehen, die sie nehmen konnten, alte Schuppen, die ihnen als Unterschlupf dienen konnten …

»Auch das noch«, tönte Jacqueline von der Rückbank.

»Musst du auch kotzen?«, fragte Lipaire panisch.

»Nein, aber da steht die Polizei. Verkehrskontrolle, wie's aussieht.« Sie deutete nach vorn.

Tatsächlich waren dort, einige Kehren weiter unten, mehrere Polizisten auf der Straße zu sehen. »*Putain*«, fluchte er.

»Ausdruck«, merkte Karim von hinten aus an, doch dem Deutschen war nicht nach Geplänkel zumute.

Zum ersten Mal seit ihrer überstürzten Abfahrt meldete sich auch Delphine zu Wort. »Die *flics*! Jetzt sind wir am Arsch«, unkte sie.

Da spürte Guillaume, wie sich eine Hand wie ein Schraubstock um seinen Oberarm legte. »Paul, was soll das?«

Der Belgier blickte ihn durchdringend an. »Vertraust du mir?«

»Was?«

»Ob du mir vertraust.«

»Nein, natürlich nicht, das solltest du eigentlich …«

»Nur dieses eine Mal!«

»Ich hab dir früher vertraut, mehr als jedem anderen. Wohin uns das gebracht hat, wissen wir beide.«

»Ich habe eine Idee.«

»Was denn für eine?«

»Keine Zeit für Erklärungen. Verlass dich einfach auf mich.«

»Ich werd nicht ausgerechnet jetzt damit anfangen, mich auf dich zu …«

»Verdammt noch mal, Liebherr, jetzt halt die Klappe, und lass mich machen«, brüllte der Belgier. »Oder weißt du was Besseres?«

Lipaire nickte erschrocken. »Okay. Was soll ich tun?«

»Lass mich raus.«

»Du willst abhauen?«

»Nein. Lass mich einfach da vorn raus, beim Schafstall.«

»Beim Schafstall?« Lipaire wusste, welches Gebäude er meinte. Ein paar Hundert Meter weiter stand ein ehemaliger Stall, der vor einiger Zeit restauriert worden war und nun für kleine Feste und vor allem vom örtlichen Kindergarten als Indoor-Spielplatz genutzt wurde. »Was willst du …«

»Vertrau ihm, Himmel noch mal«, bellte Delphine von hinten, und Lipaire nickte wieder.

»Wenn ich raus bin, gib Gas, und fahr die Nächste links rein.«

»Aber das ist doch eine Schleife, da komm ich oberhalb vom Stall später wieder auf dieser Straße raus.«

Quenot nickte. »Genau. Dann sammelst du mich wieder ein.«

Der Deutsche rang mit sich. Sollte er wirklich nachgeben und den Belgier machen lassen? Sein Schicksal in Quenots Hände legen? Der klang tatsächlich, als habe er einen Plan. Andererseits: Was konnte der Belgier sich in dieser kurzen Zeit schon ausgedacht haben, worauf Lipaire nicht selbst gekommen wäre? Nein, das war alles zu undurchsichtig und zu ... In diesem Moment öffnete Quenot die Beifahrertür und ließ sich aus dem Auto fallen.

Lizzy und Jacqueline kreischten erschrocken auf, Lipaire verriss kurz das Lenkrad, während Karim geistesgegenwärtig nach vorn kletterte und die Tür wieder zuzog.

»Was war das denn jetzt?«, fragte Delphine, doch Guillaume antwortete nur: »Vertrauen!«

Dann bog er nach links ab, wie Quenot es gewollt hatte. Diese Straße war schmaler und unbefestigt, doch mit dem hochbeinigen Fahrwerk kamen sie gut voran. Der Bentley würde hier mehr Probleme haben, vermutete Lipaire, und langsam begann er, tatsächlich einen Plan hinter dieser Aktion zu vermuten. Im Rückspiegel sah er die mächtige Staubwolke, die sie hinter sich herzogen. Sie waren leicht auszumachen, ihre Verfolger würden keinerlei Probleme haben, ihre Spur aufzunehmen. Dennoch war er zumindest etwas weniger beunruhigt als zuvor. Die Verbundenheit zu seinem früheren Freund Paul war wohl doch nicht gänzlich verschwunden.

Lizzy lachte plötzlich laut los.

»Was ist, Madame?«, fragte Karim besorgt und drehte sich um.

»Ach, ich musste nur gerade an die Dreharbeiten zu einem dieser Gendarmen-Filme denken, da kommt auch so eine wilde Verfolgungsjagd in einem Citroën vor.«

»Waren Sie etwa dabei?« Jacquelines Stimme klang geradezu ehrfürchtig.

»Natürlich. Sie brauchten ja immer viele Komparsen.«

»Wahnsinn. Ich kann Ihnen gar nicht sagen, wie sehr ich bedaure, dass ich damals noch nicht gelebt habe.«

»Kann ich verstehen. Das war schon immer eine große Sache, wenn Louis in der Gegend war.«

»Ihr Hund?«, fragte Karim.

Jacqueline schnalzte mit der Zunge. »Du Knallkopf. De Funès natürlich, *n'est-ce pas, Madame?*«

»*C'est ça.* Eine Szene haben sie in Port Grimaud gedreht, ganz in der Nähe meines damaligen Hauses. Louis war sogar auf einen *Kir* bei mir auf der Terrasse, und danach …«

»Sie sind hinter uns«, platzte Guillaume heraus, der keinen anderen Weg sah, eine weitere Geschichte von Lizzy Schindler zu unterbinden.

»Und jetzt?«, wollte Karim wissen.

Lipaire konnte selbst kaum glauben, dass er antwortete: »Machen wir genau das, was Paul gesagt hat.« Sie waren nun kurz vor der Abzweigung, die sie wieder auf die Hauptstraße und damit hinunter nach Port Grimaud bringen würde. Er bremste leicht ab und zog dosiert das Lenkrad herum, um das Heck des Citroëns ausbrechen zu lassen. Die Karosse schlitterte seitlich in die Kurve, und sie waren wieder auf der asphaltierten D 89. Schlagartig hörte das Holpern auf. Alle, wahrscheinlich sogar Louis und die DS, atmeten erleichtert auf. Keiner sagte etwas, bis sie fast die Stelle erreicht hatten, an der Quenot vorher aus dem Auto gesprungen war.

»Scheiße, er ist nicht da!«, entfuhr es Delphine.

Lipaire sah es auch. Besser gesagt, er sah nichts. »*Putain de merde*«, schimpfte er. Wie hatte er sich nur auf diese dämliche Idee einlassen können. Er hätte es besser wissen müssen.

»Und jetzt?« Karim klang verzweifelt.

Lipaire blickte kurz zu ihm. »Kannst du auch mal was anderes fragen, als immer ...«

»Pass auf!«, schrie der Junge auf einmal und zeigte nach vorn.

Instinktiv trat Lipaire auf die Bremse, dann erst schaute er in Richtung Straßenrand – wo Quenot wieder einmal wie aus dem Nichts aufgetaucht war. Wie machte er das nur immer? Als das Auto quietschend zum Stehen kam, riss der Belgier die Tür auf und quetschte sich neben Karim auf den Beifahrersitz. Alle starrten ihn mit offenem Mund an.

»*Allez, allez*«, kiekste er nur, und Lipaire beschleunigte. Im Rückspiegel konnte er sehen, dass der Bentley gefährlich aufgeholt hatte. Und als er nach vorn blickte, entdeckte er auch wieder die Polizei. In weniger als dreißig Sekunden würden sie sie erreichen. Und dann? Wenn jetzt nicht noch ein Wunder geschah ...

»Fahr langsam«, zischte der Belgier, als sie die letzte Kurve vor den *flics* nahmen.

Mangels Alternativen tat Lipaire wie ihm geheißen. Als die Polizisten die DS kommen sahen, machten sie ein paar Schritte auf die Fahrbahn zu. Da hob einer der Beamten unvermittelt die Hand – und winkte sie hektisch vorbei. Die anderen hatten sich geduckt, um von den Polizisten nicht gesehen zu werden, doch die hatten gar keine Augen für sie, sondern starrten nur nach oben. Im Rückspiegel konnte Lipaire erkennen, dass sie etwas auf der Straße ausrollten.

Keiner sagte ein Wort, alle blickten nach hinten, wo nun der Bentley aus der letzten Kurve heranpreschte. Erneut fingen die Polizisten an zu winken, doch diesmal nicht, um ihre Verfolger zum Weiterfahren zu animieren. Im Gegenteil, sie wollten sie genau daran hindern. Und tatsächlich: Die Limousine bremste zwar ab, fuhr aber dennoch über das Nagelband, das die Polizei ausgerollt hatte, um sie zu stoppen – und geriet ins Schlingern, als die spitzen Nägel die Vorderreifen durchstachen. Das Letzte, was Lipaire sah, bevor die nächste Kurve sie aus dem Blickfeld führte, war ein verzweifelt wirkender Henri Vicomte, der aus dem Auto sprang und ihnen entmutigt nachblickte.

»Ich kann's nicht fassen«, sagte Karim nach ein paar stillen Sekunden. »Du hast uns gerettet, Paul!« Er klopfte dem Belgier auf die Schulter.

»Fantastisch!«, entfuhr es Lizzy, und Delphine kommentierte das Ganze mit: »Respekt.«

Nur Jacqueline stellte die Frage, die auch Lipaire mehr als alles andere umtrieb: »Wie hast du das gemacht?«

Quenot winkte ab. »Ach, das war doch gar nichts.«

»Gar nichts?« Karim klang fassungslos. »Das war ... der Wahnsinn.«

»Ich bin aber auch verdammt gut gefahren«, mischte sich Lipaire ein, doch sein Einwurf wurde ignoriert. Zu neugierig waren alle auf Pauls Geschichte.

»Jetzt sag schon, du Riesenbaby«, drängte Jacqueline. »Wie hast du das fertiggebracht? Das war wirklich ...«

»Danke, danke. Spielt doch keine Rolle, wie es sich genau zugetragen hat.«

»Oh, und ob das eine Rolle spielt«, beharrte Delphine. »Speis uns hier nicht mit so einem Scheiß ab. Was hast du gemacht?«

»Ich hab angerufen.«

Sie warteten, ob er diese kryptische Aussage noch präzisieren würde. Da das nicht der Fall war, fragte Lizzy: »Wo denn?«

»Bei der Polizei.«

»Bei der ... und warum musstest du dafür aussteigen?«, platzte es nun aus Lipaire heraus, der eigentlich seine Neugier hatte verbergen wollen.

»Ich wollte ja nicht von einem eurer Handys anrufen, sondern so, dass man es nicht zurückverfolgen kann.«

»Also?«, ermunterte Delphine ihn weiterzureden. »Herrje, jetzt lass dir nicht jedes Wort aus der Nase ziehen.«

»Also bin ich zum Schafstall. Ich kenn den ganz gut, ich fahr da schließlich jeden Tag vorbei. Meistens sind vormittags die vom Kindergarten drin, die kenn ich auch. Ich hab denen nämlich den Garten angelegt. Jedenfalls hängt da draußen noch ein öffentliches Kartentelefon.«

»Ach, die gibt's noch?«, warf Jacqueline ein.

»Zum Glück«, erwiderte Paul Quenot. »Und dann hab ich den *flics* was erzählt.«

»*Mon Dieu*, was denn?«, presste Delphine durch ihre Zähne hervor.

Doch Quenot lenkte ab: »Oh, wir sind ja schon da!«

Tatsächlich fuhren sie gerade auf den großen Parkplatz vor dem Ortseingang, an dem sie zuvor eingestiegen waren. Der Wagen stand noch nicht richtig, da riss der Belgier schon die Tür auf und stieg aus.

»Warum ziert er sich denn so?«, fragte Delphine.

Jacqueline zuckte mit den Schultern. »Irgendwie scheint es ihm peinlich zu sein, dass wir ihn so loben.«

»Warum, immerhin hat er uns den Arsch gerettet.«

»Das kriegen wir schon noch raus«, sagte Lipaire leise und verließ ebenfalls den Citroën. Mit zitternden Händen zündete er sich einen Zigarillo an. Als sie neben dem Auto standen, fügte er hinzu: »Das war ziemlich aufregend heute. Jetzt erholen wir uns erst mal, und morgen früh treffen wir uns zur Besprechung, ja? Ich mach so lange den Wagen sauber. Wohl oder übel.« Dabei blickte er vorwurfsvoll zu Lizzy Schindler, die jedoch nur nickte, sich ihren apathisch wirkenden Hund unter den Arm klemmte und davonstakste. Auch die anderen setzten sich langsam in

Bewegung, offensichtlich noch etwas mitgenommen von der gerade überstandenen Verfolgungsjagd. Nachdem sie ein paar Schritte gegangen waren, rief Lipaire ihnen nach: »Paul?«

Der Belgier blieb stehen und drehte sich langsam um. »Ja?«

Lipaire rang mit sich, dann brummte er: »Gar nicht mal so übel, die Aktion eben.«

Hilfe in der Not

Marie Vicomte atmete tief durch, als sie ihren silbernen Porsche vor dem Gebäude der *police nationale* in Saint-Tropez abstellte. Sie ließ das Verdeck offen. Direkt vor dem Gebäude der *flics* würde schon nichts passieren. Henri hatte sie vor einer Stunde angerufen und ihr aufgelöst erklärt, sie müsse ihm sofort seinen Personalausweis und den Führerschein bringen, er befinde sich wegen eines ärgerlichen Missverständnisses in Polizeigewahrsam. Außerdem seien zwei Reifen des Bentley platt, das Auto daher nicht fahrtüchtig. Das alles klang reichlich nebulös, und er würde ihr gleich Rede und Antwort stehen müssen. Was auch immer sich ihr Halbbruder da geleistet hatte – er hatte offenbar mal wieder auf ganzer Linie versagt. Schließlich hatten sie die ganze Zeit über peinlich darauf geachtet, die Polizei aus der Angelegenheit herauszuhalten. Und nun? Entnervt schüttelte sie den Kopf.

An der Pforte wurde sie in ein Zimmer im zweiten Stock geschickt. Ein wenig kam sie sich vor wie eine Mutter, die ihren Sohn nach einer Pausenschlägerei beim Direktor abholt. Sie durchschritt den Korridor bis zum genannten Raum, dann klopfte sie an die schmucklose Bürotür. Ein junger Polizist öffnete ihr, grüßte knapp und sah sie fragend an.

»Mein Name ist Marie Yolante Vicomte. Ich möchte umgehend zu meinem Bruder.«

»Treten Sie ein«, tönte es von drinnen. Marie ließ den jungen Polizisten stehen und ging auf einen großen Schreibtisch zu, an dem Henri tatsächlich wie ein Schuljunge auf einem unbequem aussehenden Holzstuhl einer streng dreinblickenden Mittvierzigerin in Uniform gegenübersaß. Sie hatte die Haare zu einem engen Dutt gebunden. An der Wand des kargen Zimmers hing ein Porträt des Präsidenten, in einer Ecke baumelte die Trikolore müde von einem Metallständer herab. An der Decke drehte sich behäbig ein Ventilator. Hinter den halb heruntergelassenen Jalousien sah man den neuen Hafen von Saint-Tropez mit seinen schneeweißen Jachten.

»Sie sind also die Schwester dieses Herrn hier?«, fragte die Frau, ohne aufzusehen.

»Halbschwester, darauf legen wir Wert, nicht wahr, Henri?«, sagte sie mit einem kühlen Seitenblick auf ihn. Der Polizistin schenkte sie ein freundliches Lächeln.

»So genau möchte ich gar nicht in Ihre Familiengeschichte eintauchen.«

Maries Miene verfinsterte sich.

»Fürs Erste genügt es mir, wenn Sie mir Personalausweis, Führerschein und Fahrzeugpapiere des Bentley übergeben würden.« Die Beamtin streckte, ohne aufzusehen, ihre Hand aus.

Marie zog die gewünschten Papiere aus ihrer Handtasche, übergab sie kommentarlos der Polizistin und sah Henri aus zusammengekniffenen Augen an. Mit den Lippen formte sie ein lautloses »Vollidiot«. Ihm hatte sie es zu verdanken, dass sie sich hier mit einer solchen Herablassung behandeln lassen musste. Nicht einmal einen Stuhl hatte man ihr angeboten!

»Liebste Marie, wie schön, dass du gleich kommen konntest, um mich aus dieser misslichen Lage zu befreien«, säuselte Henri.

»Nicht so voreilig, Monsieur«, brummte die Polizistin, die, ohne eine Miene zu verziehen, zwischen den Papieren und ihrem Computerbildschirm hin- und herblickte. »Wir müssen das hier erst einmal auf Echtheit überprüfen. Dann gilt es, alles ins

System einzupflegen und den Vorgang offiziell abzuschließen. Immerhin scheint die Sache mit der entführten Person vom Tisch zu sein. Dann ist da aber noch die Frage zu klären, warum Sie mit überhöhter Geschwindigkeit auf einen unserer Kontrollposten zugehalten haben und sich erst durch ein Nagelband haben stoppen lassen.«

»Das war nur ein Missverständnis, wie bereits mehrmals gesagt. Die haben das Band so schnell ausgerollt, dass ich nicht mehr anhalten konnte, was hätte ich also machen sollen?«

»Wollen Sie andeuten, dass meine Kollegen sich unrechtmäßig verhalten haben?«

»Nein, ich ...«, wand sich Henri, »... will doch nur erklären, warum ... ah, *merde*!«

»Erklärt haben Sie sich schon«, sagte die Frau langsam. Sie behandelte Henri, als sei er nicht ganz zurechnungsfähig, was Marie ein wenig mit ihr versöhnte. »Warten Sie einfach in Ruhe ab, ja? Sonst lasse ich Sie für eine Weile wegbringen, damit Sie wieder zu sich kommen.«

Marie sah ihm an, welche Mühe es ihm bereitete, eine Replik darauf hinunterzuschlucken. Da klingelte das Telefon, die Polizistin nahm ab, hörte kurz zu, beendete kommentarlos das Gespräch, erhob sich und verließ den Raum.

»Hättest du vielleicht die Güte, mir zu erklären, was vorgefallen ist?«, zischte Marie ihren Halbbruder an, als sich die Tür geschlossen hatte.

»Liebe Marie, erst einmal danke für deine Hilfe in meiner Not. Ich weiß das zu schätzen, obwohl ich natürlich in unser aller ... Angelegenheit unterwegs war, wie du dir denken kannst. Stell dir vor, wir haben diese ominöse Truppe beschattet, sie waren oben in Gassin in diesem neuen Ortsteil unterwegs und schienen auf irgendetwas gestoßen zu sein.«

»Gestoßen? Auf was denn?«

»Das weiß ich nicht so genau, ehrlich gesagt. Auch die Valmer-Typen sind daraus nicht so richtig schlau geworden. Auf jeden Fall haben sie irgendwann unsere Helfer entdeckt und sind wie die Irren davongebraust. Ich habe die anderen eingesammelt und mich mit dem Bentley an sie drangehängt. Auf einmal sind die in einem seltsamen Manöver über einen Feldweg gefahren, und irgendwann war da diese verdammte Polizeistreife. Die haben die Gruppe, ohne zu zögern, passieren lassen, obwohl deren alte Klapperkiste völlig übersetzt war. Uns haben sie gezielt rausgezogen – und dieses saublöde Nagelband unter das Auto gerollt.«

»Und was, verdammt noch mal, hat es mit der entführten Person auf sich?«

»Keine Ahnung«, flüsterte Henri mit Blick auf die Zimmertür. »Die *flics* haben gesagt, es gäbe Hinweise auf ein Kidnapping, aber das hat sich wohl geklärt.«

»Also nichts wegen ... du weißt schon wem?«

Henri schüttelte den Kopf.

Marie sog scharf die Luft ein. Wenigstens ging es bei dieser ominösen Sache nicht um Barral. Das hätte ihnen gerade noch gefehlt.

»Es war eine Verkettung ...«

»Von Idiotie und Unzurechnungsfähigkeit, ich weiß.« Sie funkelte ihn böse an. »Bist du jetzt eigentlich völlig verrückt geworden? Wir wollten kein Aufsehen, wollten heimlich an ihnen dranbleiben. Und du zettelst eine wilde Verfolgungsjagd an, die jedem Politessenfilm Ehre machen würde, und lässt dich danach auch noch von den *flics* hochnehmen?«

Henri zuckte schuldbewusst mit den Achseln.

»Mich hier antreten zu lassen wie irgendeine Angestellte! Nur weil du auch noch zu blöd bist, deine Papiere auf deinen Kindergartenausflug mitzunehmen.«

»Was heißt hier …«

»Wo sind diese idiotischen Royalisten überhaupt?«, fiel Marie ihm ins Wort.

»Keine Ahnung. Aber die werden sie auch gehen lassen müssen.«

Am liebsten hätte sie ihn geohrfeigt.

»Und der Bentley?«

»Noch in Polizeigewahrsam.«

»Ganz hervorragend.« Marie spürte die Resignation in sich aufsteigen. Was konnte man schon erreichen, wenn man mit Leuten wie Henri zusammenarbeiten musste? »Ab sofort keine Alleingänge mehr, verstanden? Du nimmst dir in Zukunft Lucas oder Clément mit. Am besten gleich beide. Und die Reifen zahlst du selbst!«

Die Tür öffnete sich wieder, und die Polizistin von eben kam herein, gefolgt von *commissaire* Marcel in einem hellen Leinenanzug mit halb offenem Hemd darunter. Er war es, der nun in dem bequemen Drehsessel Platz nahm, während er seine Kollegin mit einer Geste dazu aufforderte, neben ihm stehen zu bleiben. Gönnerhaft lächelnd begann er: »*Bonjour, Madame, Bonjour, Monsieur.* Ich kann mich nur bei Ihnen entschuldigen, Monsieur Bécasse. *Pardon,* Monsieur Vicomte, oder darf ich sagen, werter Monsieur Henri?«

»Henri genügt, mein lieber *Commissaire.*«

Marie verdrehte die Augen.

»Nun, meine Kollegin hier wusste leider nicht, wen sie vor sich hat«, fuhr der Polizist mit einem strafenden Blick auf seine Kollegin fort. »Wie sie mir eben gestanden hat, liest sie nicht, weil ihr angeblich die Zeit dazu fehlt. Können Sie sich so etwas vorstellen?«

Henri schüttelte den Kopf, woraufhin die Beamtin schuldbewusst den Blick senkte.

»Nun gut, lassen wir das unkommentiert. Hätte man mich gleich verständigt, wäre das natürlich für Sie schneller gegangen, lieber Monsieur Henri. Ich hoffe, man hat Sie wenigstens gut behandelt?«

Henri nickte gravitätisch. »Alles ... nun ja, in einem erträglichen Rahmen.«

»Immerhin. Dennoch habe ich die Kolleginnen und Kollegen gerügt, seien Sie sich dessen gewiss. Zudem möchte ich mich vielmals für die Unannehmlichkeiten entschuldigen, die Sie durch dieses Missverständnis hatten, Monsieur.«

Marie zog die Stirn kraus. Und was war mit ihren Unannehmlichkeiten?

»Nur noch eine Frage: Der Bentley ist auf einen Lucas Vicomte eingetragen, um wen handelt es sich dabei?«

»Meinen Schwager.«

»Meinen Mann, um genau zu sein«, stellte Marie klar, die es satthatte, nicht beachtet zu werden. »Der Wagen befindet sich aber de facto in meinem Besitz, ich habe schließlich dafür bezahlt.«

»Schön, dann hätten wir alles geklärt«, sagte der *commissaire* und gab Henri die Papiere zurück. »Die Protokolle lassen wir fertig machen und senden sie Ihnen zur Unterschrift per Post zu. Möchten Sie denn vielleicht gleich die Gelegenheit nutzen und unsere Räume hier ein wenig in Augenschein nehmen? Als kleine Inspirationsquelle für einen Ihrer nächsten Romane?« Er sah auf die riesige, goldene Automatikuhr an seinem Handgelenk. »Ich hätte zwei Stunden Zeit bis zu einem kleinen Pressemeeting, das wir anberaumt haben.«

Henris Blick ging zu Marie. Sie sah ihm an, dass er fieberhaft nach einer Möglichkeit suchte, seinem aufdringlichen Fan zu entgehen. Sie lächelte ihn süßlich an. »Ich muss ohnehin noch für ein paar Erledigungen in den Ort. Du kannst das Angebot des netten *commissaire* also ruhig annehmen.«

»Sehen Sie?«, strahlte *commissaire* Marcel sein Gegenüber an. »Bis dahin dürfte auch der Bentley wieder freigegeben sein. Klingt das nach einem Angebot?«

Marie verabschiedete sich lächelnd vom Polizisten und seiner Kollegin und warf ihrem perplex dreinsehenden Halbbruder zum Abschied eine Kusshand zu.

Einer für alle

»Habt ihr das in der Zeitung gelesen?« Delphine stürmte grußlos in die Wohnung, die Lipaire als Treffpunkt ausgesucht hatte und in der alle anderen bereits matt vor sich hin brüteten. Sie winkte mit der neuesten Ausgabe von *Var-Matin* und sprudelte los: »Eine Frau hat gestern am frühen Vormittag bei der Polizei angerufen, sie sei in einem Auto entführt worden, woraufhin eine Streife eine verdächtige Luxuskarosse aufgehalten hat. Ist das nicht unglaublich?«

»Allerdings ist das unglaublich«, antwortete Guillaume und fügte augenzwinkernd hinzu: »Und auch nicht ganz richtig. Jedenfalls die Tatsache, dass es sich um eine Frau handelte, die den Anruf getätigt hat, stimmt's, Paul?«

Der Belgier zuckte mit den Achseln, gab mit der tiefsten ihm zur Verfügung stehenden Stimmlage ein »Keinen blassen Schimmer« zurück und machte dann wieder ein unbeteiligtes Gesicht. Dabei hätte Lipaire ihn gern gelobt, er hatte seine Sache wirklich gut gemacht. Sie waren die Leute losgeworden, die sich an ihre Fersen geheftet hatten – und es stand schwarz auf weiß in der Zeitung, wie die Stimme des Belgiers auf Außenstehende wirkte.

Ihre Lage freilich war damit nicht einfacher geworden. Immer wieder lugte Guillaume aus dem Fenster der Wohnung, einem großzügigen Studio direkt über der Brücke in der *Rue de l'Octogone*. Von hier aus hatte man die Straße gut im Blick, konnte aber dennoch nicht allzu leicht gesehen werden. Von ihren Verfolgern hatte sich bisher niemand blicken lassen. Vielleicht war es ganz sinnvoll gewesen, dass sie einen Tag seit ihrer nervenaufreibenden Hatz durch die Straßen der Gegend hatten verstreichen lassen. Schließlich gingen sie nun davon aus, dass die Vicomtes hinter ihnen her waren, die, wie der Tod Barrals klar gezeigt hatte, zu allem fähig waren. Außerdem hatte sich die Adelsfamilie auch noch Verstärkung geholt: Die drei, die sie gestern am Citroën gesehen hatten, steckten mit ihnen unter einer Decke. Und sobald Lipaire und die anderen nun nach Gassin oder sonst wohin aufbrechen würden, mussten sie damit rechnen, dass sie auf Schritt und Tritt verfolgt wurden.

Er verbiss sich einen Fluch. Die Lage schien im Moment ziemlich aussichtslos. Ob die Vicomtes und ihre Verbündeten inzwischen wussten, wo sich der Schatz befand? Was, wenn sie eins und eins zusammengezählt hatten? Wenn sie längst unterwegs in das Örtchen Gassin waren, um ihn sich zu holen? Er atmete tief ein. Ja, womöglich war diese vielversprechende Schnitzeljagd, in die er zusammen mit den anderen hineingeschlittert war, schon vor dem Ziel zu Ende. Womöglich würde er doch nicht wie erhofft aus seiner beengten *gardien*-Wohnung zurück in ein sonnendurchflutetes eigenes Haus mit Gärtchen umziehen können. Aber wenigstens war keiner von ihnen zu Schaden gekommen.

»Die *police judiciaire* Saint-Tropez geht von einem üblen Scherz aus, den sich wahrscheinlich Jugendliche erlaubt haben.« Jacqueline hatte auf dem kleinen Zweisitzer vor der Regalwand Platz genommen und las den Artikel weiter, aus dem Delphine eben zitiert hatte. »Der leitende *commissaire* warnt eindringlich, dass solch dumme Streiche die Polizeiarbeit behindern und unabsehbare Folgen für unbescholtene Bürger nach sich ziehen könnten ... Anscheinend ist ein bekannter Krimiautor fälschlicherweise in Verdacht geraten.«

»Ein Krimiautor?«, fragte Karim. »Wer denn?«

»Henri Vicomte. Er ist doch gestern das Auto gefahren«, erklärte Lipaire.

»Alias Henri Bécasse«, ergänzte Jacqueline.

Guillaume nickte. »Unsere Gegenspieler geben sich keine Mühe mehr, sich im Hintergrund zu halten. Ich habe Angst, dass das alles eskaliert, Leute. Vielleicht müssen wir erst einmal Gras über die Sache wachsen lassen.«

Jacqueline stupste den Belgier in die Seite. »Fürs Gras sind hier immer noch wir zuständig, stimmt's?«

Paul lächelte schief, und auch Lipaire musste grinsen. Er musterte die anderen. Karim konnte den Blick inzwischen kaum noch von Jacqueline abwenden. Guillaume beneidete ihn ein wenig um die Fähigkeit, sich derart bedingungslos in jemanden zu verknallen. Das konnte man vielleicht nur bis Mitte zwanzig.

Jedenfalls fühlte er nun, da alle Zweifel an Petitbons Integrität ausgeräumt waren, wieder die alte Verbundenheit. Der frühe Tod von Karims Vater sowie die Zerrissenheit zwischen der Welt seiner marokkanischen Mutter und seiner französischen Heimat waren nicht leicht für ihn gewesen. Eines Tages würde er sich vielleicht seine Träume erfüllen können und ein großer Sportsegler werden. Auch deshalb hätte sich die Sache gelohnt, für die sie in den letzten Tagen gekämpft hatten.

»Guillaume, was ist denn? Wieso antwortest du nicht, wenn wir dich was fragen?« Karim klopfte ihm auf die Schulter und sah ihn mit sorgenvollem Gesicht an.

»Vielleicht ein Schlaganfall. Ich hatte mal einen Bekannten, bei dem war es ganz ähnlich, bis er dann auf einmal vornüber …«, mutmaßte Lizzy wenig beeindruckt, wurde aber von Quenot unterbrochen, der erklärte: »Könnte auch ein akut einsetzender Malariaschub sein. Wir hatten in unserer Kompanie einen Tschechen, der sich in Tansania was eingefangen hat und dann auf einmal mitten beim Essen …«

»Habt ihr sie nicht mehr alle? Ich war in Gedanken, sonst nichts. Was wolltet ihr noch mal von mir?«, blaffte Lipaire zurück.

»Wir wollten dich fragen, wie lange du das Gras wachsen lassen willst«, erklärte Delphine.

Er zuckte mit den Schultern.

»Ich bin jedenfalls dagegen«, fuhr sie fort. »Jetzt aufzugeben oder einfach nur abzuwarten wäre was für Weicheier, nicht für harte Hunde wie uns, stimmt's, Paul?« Damit biss sie beherzt in eine der Tomaten aus ihrem Garten, von denen sie eine ganze Tüte zu ihrem Treffen mitgebracht hatte.

»Ich seh das auch so«, sagte der Belgier. »Wir gehen da jetzt mit voller Kraft rein und machen alles platt, was sich uns in den Weg stellt. Ich hab in meiner Garage schon das eine oder andere ... nennen wir es Werkzeug, das als Argument dienen könnte. Versteht ihr, was ich meine?«

»Hör doch endlich auf mit deinen ständigen Gewaltfantasien«, wies Lipaire ihn zurecht. »Nimm dir mal ein Beispiel an deinen Blumen, wie friedlich die alles regeln und wie gelassen sie hinnehmen, was mit ihnen geschieht.«

»Wir sind doch in letzter Zeit eine supercoole Truppe geworden, Leute!« Jacqueline sprang von dem Zweisitzer auf. »Eine echte Gemeinschaft, in der sich jeder auf den anderen verlassen kann. Das ist einzigartiges Potenzial, das wir nutzen können.«

»Genau. Jacky hat recht. Immer wenn ich bei den Vicomtes war, haben die nur miteinander gestritten. Das kann uns doch nützen«, stimmte Karim ihr zu.

Jacqueline Venturino schenkte ihm dafür ein strahlendes Lächeln. »Unsere Gruppe ist weit mehr als die Summe der Einzelnen!«, erklärte sie feierlich.

Das klang gut, musste Lipaire einräumen. Auch wenn es sicher nur wieder irgendein Filmzitat war, das er nicht zuordnen konnte. Doch das Mädchen war noch nicht fertig.

»Wir müssen zusammenhalten. Komme, was da wolle!«

In guten wie in bösen Tagen, ergänzte Lipaire in Gedanken, aber das war bei ihm schon einmal gewaltig in die Hose gegangen. Doch er wollte Jacqueline mit einem despektierlichen Altherrenkommentar, der lediglich persönlicher Frustration entsprang, nicht die Euphorie nehmen. Denn die begann gerade, ihn ein ganz klein wenig mitzureißen.

»Wir sind schließlich nicht irgendwer«, fuhr das Mädchen fort. »Wir kennen uns hier bestens aus, wir haben Kontakte. Ich wette, jeder von uns hat mindestens zehn Leute, die ihm einen Gefallen schuldig sind.«

»Oder ihr«, ergänzte Delphine.

»Genau«, pflichtete ihr Jacky bei. »Jedenfalls sollten wir diese Kontakte nutzen, damit wir zu unserem Ziel gelangen. Nach allem, was wir durchgemacht haben, dürfen wir jetzt nicht aufgeben. Den Vicomtes hilft niemand von den Einheimischen, wir aber sind ...«

»Schätzchen, wir haben verstanden, worauf du hinauswillst«, unterbrach sie Lizzy Schindler. »Ich kann euch ja auch ganz gut leiden. Vor allem, weil sich wieder ein bisschen mehr rührt in meinem Leben. Aber mit bloßer Gefühlsduselei kommen wir nicht weiter. Wir brauchen einen Plan. Mehr denn je.«

»Falsch, Madame Lizzy«, korrigierte Jacqueline. »Also, ja, einen Plan auch. Aber zuerst noch etwas anderes. Einen Schwur, mit dem wir uns versichern, dass wir immer als Gruppe zusammenhalten. Also, wir geben uns jetzt alle die rechte Hand, dann sprecht ihr mir nach, okay?«

Sie streckte ihre Hand aus und erwartete offenbar, dass die anderen die ihren darauflegten. Karim folgte ihrer Aufforderung postwendend. Seufzend tat das auch Delphine, und nach ihr, mit dem Kommentar »Na ja, wenn's dich glücklich macht, Kindchen«, sogar Lizzy Schindler. Quenot und Lipaire sahen sich eine Weile regungslos an, dann schlossen sich auch der Belgier und als Letztes, mit hochgezogenen Brauen, Guillaume dem Kreis an. Als er seine Hand auf die des Belgiers legte, merkte er, wie feucht sie war. »Ganz schöne Schwitzehändchen«, sagte er grinsend, was ihm bitterböse Blicke des Ex-Legionärs einbrachte.

Schließlich erklärte Jacqueline in andachtsvollem Ton: »Unsere Feinde mögen uns das Leben nehmen, aber niemals nehmen sie uns unsere Freiheit. Einer für alle, alle für einen.«

Die anderen sahen sie mit großen Augen an. Es breitete sich eine unangenehme Stille aus, bis Karim zögerlich begann, die Sätze des Mädchens zu wiederholen, woraufhin schließlich alle murmelnd und mit gesenktem Blick einstimmten. Auch Lipaire, dem das entschieden zu pathetisch war, rang sich der Sache zuliebe dazu durch, die Lippen ein wenig zu bewegen. Und sogar Louis quittierte die Zeremonie mit zweifachem Bellen.

»Schön, hätten wir das also, brauchen wir nur noch eine Idee«, schloss der Deutsche die Sache ab.

»Vielleicht kann uns ja auch unser anonymer Freund helfen«, schlug Delphine vor und holte aus ihrer riesigen Handtasche den olivgrünen Neoprenbeutel mit Karims Handy hervor, auf dem noch immer der Trojaner war.

»Keine so tolle Idee«, fand Quenot.

»Genau, Paul«, stimmte Guillaume zu. »Wir wissen bisher weder, wer genau dahintersteckt, noch, was seine Agenda ist. Oder ihre.«

»Ihre?«, hakte Delphine skeptisch ein. »Dann hätte sie doch bestimmt nicht mit *ein Freund* unterschrieben.«

»Vielleicht auch nur eine Finte. Egal jetzt, wir lassen das Telefon auf alle Fälle besser, wo es ist, das hat uns schon Ärger genug gebracht.«

»Apropos, ich bräuchte mal ein neues, ich bin gerade auf das Uralt-Teil von meiner *maman* angewiesen. Das hat noch Tasten.«

»Komm einfach später mal kurz im Laden vorbei, Karim. Wir finden was für dich«, sagte Delphine und klang dabei ein wenig gönnerhaft. »Vielleicht richte ich dir einfach Barrals altes Caterpillar-Phone ein.«

»Hm, also wenn's eines von jemandem wäre, der noch lebt, hätt ich auch nichts dagegen, ehrlich gesagt.«

»*Aucun problème!* Wir sind doch jetzt Freunde, da kann man sich schon mal einen Gefallen tun. Du kriegst auf jeden Fall einen Sonderpreis.«

Lipaire hörte ihren Worten nach. Einen Gefallen. Das war es auch, was Jacqueline vorhin gesagt hatte: Es gab viele Leute hier in der Gegend, die ihm einen Gefallen schuldeten oder bei denen er noch etwas guthatte. Und umgekehrt, das brachte seine Art zu leben einfach so mit sich. Wenn er sich den Lebenswandel der anderen ansah, traute er sich zu, diese Annahme auf alle Mitglieder der Gruppe auszudehnen.

Er sah aus dem Fenster auf die Brücke. Dort stand, direkt am Scheitelpunkt, der Gießwagen, mit dem die Blumen, die in Kästen von der steinernen Brüstung hingen, bewässert wurden. In aller Seelenruhe, seine obligatorische *Gauloise* im Mundwinkel, goss Leonid, der ukrainischstämmige Gemeindearbeiter, der sich durch nichts und niemanden aus der Ruhe bringen ließ, aus einem kleinen Schlauch die Pflanzen. Da bemerkte Lipaire, dass sich auf beiden Seiten der Brücke gleich mehrere Fahrradfahrer, ein kleiner italienischer Sportwagen und zwei weiße Transporter stauten. An Leonid und seinem Gefährt war einfach kein Vorbeikommen. Wenn er da war, war die Straße dicht, er hielt völlig ungerührt jeglichen Verkehr auf. »Guter Mann, fahren Sie mal schnellstens Ihren Tankwagen da weg, ich muss zu meinem

Linienboot«, schimpfte ein blasser Mann in Trekkinghose. »Erst kommen Pflanzen, die haben Durst, dann kommen Leute, die haben Frust«, gab Leonid ungerührt zurück und zog genüsslich an seiner Zigarette.

Ruckartig drehte sich Lipaire zu den anderen um: »Hört mal, ich glaube, ich hab's! Lasst uns mal besprechen, bei wem ihr alle einen Gefallen einfordern könnt. Versucht, euch an alles zu erinnern, was euch einfällt. Je mehr, desto besser. Wenn wir es nur richtig anpacken, könnten wir es noch schaffen.«

Gefälligkeiten

Als Guillaume Lipaire kurz nach Mittag zu seinem Spaziergang aufbrach, war er bester Laune. Und das nicht nur wegen des Wetters – es war ein weiterer strahlender Sommertag, und eine erfrischende Brise wehte durch das Städtchen. Nein, er hatte nun wirklich das Gefühl, ja, die Gewissheit, dass sie ihr Ziel erreichen konnten. Gemeinsam. Dass nicht mehr er derjenige war, der die anderen mitschleppen musste, weil es ihnen an Weitblick und Durchhaltevermögen fehlte. Diesmal zogen sie alle an einem Strang, und ihr Plan war, wenn nicht genial, dann doch ziemlich nahe dran.

Beschwingt zündete er sich eine Zigarre an – eine schöne kubanische aus dem Humidor der Schmittkes, die darin ohnehin nur zu vertrocknen drohte –, nahm genüsslich ein paar Züge und machte sich auf, um seine Mitstreiter bei ihren Vorbereitungen zu besuchen, ihnen durch seine Anwesenheit zu signalisieren, dass er den Überblick hatte und sie sich aufeinander verlassen konnten.

Sein erster Weg führte ihn zu Massimo, einem Italiener, der hier vor vielen Jahren einen Friseursalon mit ganz besonderem Service eröffnet hatte. Schon von Weitem erblickte Guillaume durch die offen stehende Tür Lizzy Schindler, die mit unzähligen Lockenwicklern und Alufolie auf dem Kopf in einem der Stühle saß und in ein Croissant biss. Sie hatte sich sichtlich auf den Termin gefreut, vor allem, als sie ihr gesagt hatten, dass sie nichts würde bezahlen müssen. Dafür erhielten die Eltern des Friseurs, die in Italien wohnten, mal wieder ein schönes

Wochenende in einem der von Lipaire verwalteten Appartements.

Neben Lizzy, auf einem etwas kleineren Stuhl, hatte Louis Quatorze wie auf einem seinem Namen angemessenen Thron Platz genommen, vor sich ein Näpfchen mit Hundeknochen, über sich eine Trockenhaube, die seine frisch ondulierten Locken föhnte. Denn darin lag die Besonderheit von Massimos Salon: Er kümmerte sich auf Wunsch auch um die vierbeinigen Freunde seiner Kundschaft. Lipaire hatte Mühe, sich von diesem Bild zu lösen, so bizarr und gleichzeitig putzig sah es aus, wie Frauchen und Hund hier einträchtig bei der Schönheitspflege saßen. Überhaupt war die hochbetagte Frau eine Klasse für sich. Erstaunlich wach und agil für ihr Alter, mit trockenem Humor und immer guten Mutes, obwohl sie auch vom Leben gebeutelt worden war. Vielleicht half ihr dabei auch die Erinnerung an ihre schillernde Vergangenheit. Wenn nur die Hälfte ihrer Geschichten stimmte ... Diese Lebenseinstellung nötigte ihm Respekt ab, und er hoffte, im Alter genauso fit zu sein – auch wenn das noch viele Jahre entfernt war.

Er wollte sich schon zum Gehen wenden, da erblickte ihn Lizzy Schindler. Doch statt ihn zu grüßen oder ihm zuzuwinken, strich sie mit ihrem Zeigefinger über ihren rechten Nasenflügel, als würde sie dort ein Insekt verscheuchen. Er seufzte, dann vollführte er die gleiche Geste. Jacqueline hatte sie als ihr Erkennungszeichen vorgeschlagen. Die Studentin hatte sich dabei von dem Film *Der Clou* inspirieren lassen, was Lipaire ein bisschen albern fand. Da alle anderen aber Feuer und Flamme gewesen waren, hatte er letztlich zugestimmt. Und als er nun seinen Rundgang fortsetzte, summte er sogar die Titelmelodie des Streifens, den berühmten *Entertainer*.

Sein nächster Weg führte ihn an den Strand, wo er den kleinen Kiosk ansteuerte, in dem Fabrice, einer von Karims Bekannten, allerlei Wassersport- und Tauchutensilien verlieh. Vor der Bude hatte sich bereits eine kleine Schlange gebildet, denn Petitbon war gerade in ein Gespräch mit dem Besitzer vertieft und zeigte auf ein bestimmtes Gerät, doch der andere schüttelte immer wieder energisch den Kopf. Würde der Junge etwa an seinem Teil des Plans scheitern?

Doch als Karim ihn erblickte, grinste er unbeschwert – und vollführte dann ebenfalls die Geste mit dem Finger an der Nase. Das beruhigte Guillaume. Der Junge war wieder ganz der Alte und Lipaires Vertrauen in ihn wiederhergestellt. Er grüßte auf die gleiche Weise zurück und setzte seinen Spaziergang fort.

Sie schienen eine wirklich verlässliche Truppe geworden zu sein, dachte er, als er am *Café Fringale* vorbeiflanierte, in dem Jacqueline mit zwei anderen jungen Frauen saß. Das mussten die Kommilitoninnen sein, von denen sie gesprochen hatte. Sie hielt eine Ausgabe der *Vogue* in der Hand und deutete auf ein großes Foto darin. »Kriegt ihr das hin?«, hörte er sie fragen, worauf die anderen zuversichtlich nickten. Auch hier schien also alles bestens zu laufen, was ihn nicht wunderte: Sie war ein wirklich heller Kopf, und wenn sie mal nicht weiterwussten, hatte sie oft die zündende Idee. Hinter ihrer riesigen Brille und den wachen blauen Augen steckte ungeheures Potenzial. Allerdings befürchtete er, dass sie für Karim auf Dauer womöglich eine Nummer zu groß war. Er blieb noch so lange stehen, bis sie ihn sah, damit er auch mit ihr das Zeichen austauschen konnte. Sie hatte daran sicher den größten Spaß.

Somit blieb mit Delphine nur noch eine Person, die er bei ihren Vorbereitungen aufsuchen wollte, bevor er sich mit dem schwersten Fall in der Gruppe treffen würde, seinem ehemaligen Freund Paul Quenot. Noch vor wenigen Tagen hatte er gedacht, dass er ihn für alle Zeit mit Missachtung strafen würde, doch das Schicksal hatte anders entschieden. Guillaume konnte sich auch jetzt noch nicht vorstellen, dass sie einmal an ihre Beziehung von früher anknüpfen könnten. An die Zeit, als er, seine Frau Hilde, der Belgier und Pierre ein unschlagbares Quartett bildeten. Es war einfach zu viel passiert, zu groß waren die Verletzungen, zu unerhört der Vertrauensbruch. Da half auch der momentane Gefühlstaumel nichts, in dem sich die Gruppe befand. Mit Karim hatte ihn bereits vor ihrer gemeinsamen Aktion eine Art Vater-Sohn-Verhältnis verbunden. Die Frauen hatte er nur vom Sehen gekannt. Aber Paul? Immerhin war er einmal sein bester Freund und dann sein schlimmster Feind gewesen, für etwas dazwischen mussten sie noch einen Modus Vivendi finden.

Als er das Schild *Madame Portable* erblickte, das auf Delphines Handyladen hinwies, kehrten seine Gedanken ins Hier und Jetzt zurück. Er hätte nicht sagen können, auf welchem Weg er hierhergelangt war, so sehr hatten ihn die düsteren Erinnerungen beschäftigt.

Seine gute Stimmung war deswegen beinahe verflogen, hellte sich aber wieder merklich auf, als er durch das kleine Seitenfenster ihres Geschäfts Delphine erblickte, die gerade ein Telefonat führte. »Ja, genau. Darf auf keinen Fall mehr aus der Garage raus. Richtig. Hast du dir die Autonummer notiert? Gut, dann sind wir ja fertig. Und noch mal danke, damit sind wir quitt. *Bisous!*«

Sie war voll in ihrem Element, und er schämte sich ein bisschen dafür, dass er in ihr anfangs nicht mehr gesehen hatte als eine verschwitzte, ständig mampfende Dicke, die Touristen in ihrem Laden das Geld aus der Tasche zog. Doch seit er wusste, wie liebevoll sie für ihre Töchter sorgte, wie ihr Mann ihr das Leben schwer machte und wie gut sie sich mit Dingen auskannte, von denen er selbst nicht die leiseste Ahnung hatte, sah er sie mit anderen Augen.

Als sie auflegte, kreuzten sich ihre Blicke. Delphine hob die Hand und winkte ihm zu. Lipaire grinste, führte seinen Zeigefinger an die Nase und vollführte ihr Erkennungszeichen.

Er zwang sich selbst dazu, einen *café* zu trinken und ein bisschen auf den Kanal zu schauen, bevor er weiterging. Ein *petit noir*, der azurblaue Himmel, der sich im Wasser spiegelte, und das Grundrauschen des Städtchens waren einfach stärker als jeder dunkle Gedanke. So auch heute.

Er war von Haus aus niemand, der viel über Vergangenes grübelte – und im Moment hatte er mehr als einen Grund, sich seine Zukunft rosig auszumalen. Sein Handy klingelte. Er zog es aus der Tasche seiner Shorts und sah aufs Display. Bernadette, die Pflegerin des alten Chevalier Vicomte, rief an. Guillaume schluckte. Das schlechte Gewissen plagte ihn, denn sie hatte ihm bereits geschrieben, dass Marie Vicomte sie nach der Aktion mit der Jacht auf die Straße gesetzt hatte. Daran war letztlich er schuld. Er nahm den Anruf an und säuselte ins Mikrofon: »Bernadette, wenn ich Ihren Namen auf dem Telefon sehe, hellt sich umgehend meine Miene auf, und die Sonne blinzelt hinter einer Wolke hervor. Sogar bei blauem Himmel. Was kann ich für Sie tun?«

»Ihr Gesülze können Sie sich sparen.«

»Hören Sie, werte Bernadette, Sie sind wütend und haben allen Grund dazu«, nahm er ihr gleich den Wind aus den Segeln.

»Ja, natürlich, ich …«

Er ließ sie nicht ausreden. »Ich verspreche Ihnen: Was Sie für uns getan haben, ist nicht vergessen. Wir kümmern uns um Sie, versprochen. Ich melde mich in Kürze bei Ihnen, *au revoir*.« Schnell legte er auf. Er wusste noch nicht, wie, aber er würde sein Versprechen einlösen.

Nachdem er seine Rechnung hatte anschreiben lassen, ging er pfeifend in Richtung Marktplatz zu den Boulespielern. Gerade führten sie wieder für ein paar Euros, mit denen sie sich die Rente aufbesserten, einen ihrer »Schaukämpfe« für Touristen auf. Das stieß wie immer auf großes Hallo, wie die vielen gezückten Fotoapparate und Handykameras verrieten. Er ging direkt zu ihrem Wortführer, dem Dicken mit dem Schnurrbart. »*Salut*, Mathieu.«

»Ah, *l'Allemand*«, sagte der nur und tippte sich an die Schiebermütze.

Lipaire hasste es, wenn man ihn so nannte, ignorierte es aber.

»Na, hat unsere kleine Nummer neulich funktioniert?«, fragte der Schnauzbart.

»Ja, deswegen hab ich einen weiteren Auftrag für euch.«

»Kostet diesmal aber ein bisschen mehr.«

Guillaume nickte. Er hatte Respekt vor geschäftstüchtigen Menschen.

»Was können wir für dich tun?«, fragte Mathieu.

»Wie weit könnt ihr eigentlich mit euren Kugeln werfen?«

»Weit genug.«

»Hm. Wie wäre es, wenn ihr ausnahmsweise mal nicht hier, sondern oben im Dorf spielen würdet?«

Der Dicke kniff die Augen zusammen. »Oben? Da spielen wir doch ständig. Allerdings nur in unserer Freizeit.«

Lipaire rieb sich die Hände. »Na, dann könnt ihr in dem Fall ja das Angenehme mit dem Nützlichen verbinden ...«

Die Boulespieler hatten sofort angebissen, kein Wunder bei dem großzügigen Angebot, das Lipaire ihnen unterbreitet hatte. Aber das waren Peanuts, wenn sie erst einmal ihr Ziel erreicht hatten. Nun war er auf dem Weg zu Paul Quenots Garage. Neben dem großen Parkplatz vor der Stadt hatte man ein gekiestes Gelände mit langen Reihen windiger Wellblechverschläge bebaut. Auch wenn diese eigentlich für Autos gedacht waren, lagerten die meisten dort in Ermangelung von Kellern und Dachböden nur allerlei Krimskrams, der sich über die Jahre angesammelt hatte. Ab und zu konnte man durch ein offenes Tor auch mal einen Blick auf einen Oldtimer oder ein paar seltene Motorräder erhaschen. Der Belgier bewahrte hier seine Gartengeräte und vermutlich auch einen beträchtlichen Teil seiner Waffen auf, aber darüber wollte Guillaume lieber gar nicht nachdenken.

Er schwitzte. Während in den Gassen der Stadt und am Strand ein angenehmes Lüftchen wehte und man immer wieder den Schatten von Bäumen oder Häusern suchen konnte, brannte hier zwischen den Garagen die Sonne unerbittlich. Die Luft flirrte, kaum ein Pflänzchen unterbrach das Einerlei aus Kies und Wellblech. So schön die Stadt war, so unwirtlich und abweisend war dieser Ort. Mit jedem Schritt, der ihn seinem Ziel näher brachte, kehrten mehr der dunklen Gedanken zurück. Als er vor Quenots Garage stand, holte der gerade ein Gartengerät hervor, das ein wenig wie der Enterhaken eines Piraten aussah.

»Wen willst du denn damit kaltmachen?«, fragte er den Belgier unvermittelt.

»Niemanden. Ich räume meine Sachen wieder ein, weil sich Karim einen Klappspaten für seinen Auftrag ausgeliehen hat.«

»Aha.«

»Gar nichts *aha*.«

Lipaire seufzte. Die nächsten Stunden würden kein Zuckerschlecken werden. Gruppenschwur hin oder her. »Bist du fertig?«

»Gleich. Ich habe zwischen den Garagen ein paar Mauerblümchen gerettet und muss die noch in den Park pflanzen. Da werden sie täglich gewässert. Hier haben sie keine Überlebenschance. Die Sonne, die Trockenheit ...« Er zeigte auf eine Plastikschale mit einigen kümmerlichen Pflanzen darin.

»Kannst du das nicht später machen?«

Paul schüttelte den Kopf. »Sie brauchen Flüssigkeit. Dringend.«

»Da kann ich helfen«, erklärte Lipaire und schüttete den Inhalt seiner halb ausgetrunkenen Wasserflasche über die Blumen.

»Na gut. Ich hoffe, damit kommen sie einigermaßen über den Tag. Was machen wir denn jetzt eigentlich?«

»Wir treffen ein paar Leute.«

»Weit weg?«

»Fahren wäre ehrlich gestanden besser als Laufen«, räumte der Deutsche ein. »Soll ich schnell noch was organisieren?«

»Nein, ich hab da was.« Quenot ging in die Garage und blieb vor einem undefinierbaren Gebilde stehen, das unter einer Plane versteckt war. Guillaume fragte sich noch, ob er überhaupt wissen wollte, was sich darunter verbarg, da deckte es der Belgier schon auf. Zum Vorschein kam ein Quad, ein Moped mit vier Rädern. Bei diesem allerdings handelte es sich um ein sehr spezielles Modell: Die Reifen hatten ein übertrieben starkes Profil, eine lange Funkantenne prangte auf einem der Kotflügel – und das ganze Gefährt war in mattem Flecktarn lackiert.

Paul blickte stolz zu Lipaire, doch als der schwieg, sagte er: »Nicht schlecht, was?«

»Der Rasenmäher?«

»Rasenmäher?«, kiekste Quenot. »Das ist ein Military Quad, hat CB-Funk an Bord und eine spezielle Stealth-Lackierung, die es der Flugabwehr erschwert, uns aufzuspüren.«

Lipaire nickte. »Toll. Schade nur, dass keiner von uns ein Funkgerät besitzt. Und auch blöd, dass wir damit auf der Straße fahren, wo wir zwar für die Flugabwehr unsichtbar, für alle anderen Verkehrsteilnehmer aber gut zu sehen sind. Na, vielleicht auch besser so, unsichtbar könnte beim Rechts-vor-links Probleme bereiten.«

»Mach dich ruhig lustig. Immerhin gehört das Ding mir und ist nicht ... geliehen.«

»Was willst du damit sagen?«, fragte Lipaire mit zusammengekniffenen Augen.

»Gar nichts. Steig einfach auf.«

Der Deutsche zwängte sich hinter den Ex-Soldaten, wo er ein ganzes Stück höher saß als Quenot auf seinem Fahrersitz. Die körperliche Nähe war ihm unangenehm, doch auf diesem Gefährt nun einmal nicht zu vermeiden. Als Paul auch noch einen olivgrünen Stahlhelm aufzog, musste er sich bereits auf die Zunge beißen. Beim Starten des Motors war er ganz kurz davor, doch noch etwas Despektierliches zu sagen, denn die Maschine schepperte tatsächlich so blechern wie ein Rasenmäher – und war, wie er feststellen musste, in etwa auch so schnell. Aber noch hatten sie es ja nicht eilig.

Etwas später als von Lipaire geplant – mehr als fünfundzwanzig Stundenkilometer machte ihr Gefährt beim besten Willen nicht – kamen sie am großen Kreisverkehr in Richtung Saint-Tropez an. Wie immer um diese Tageszeit stauten sich die Autos auf der einzigen Zufahrt in den berühmten Ferienort, doch heute ärgerten sich Paul und Guillaume nicht darüber. Im Gegenteil, sie hatten darauf spekuliert und beobachteten nun ein Schauspiel, das sich hier tagtäglich ereignete: Kaum geriet der Verkehr ins Stocken, sprangen vom Fahrbahnrand ein halbes Dutzend Männer mit Kübeln, Bürsten und Gummiabziehern herbei, schütteten, ohne zu fragen, Wasser auf die Windschutzscheiben und begannen diese zu putzen. Teilweise zwar unter heftigem Protest der Insassen, die oft die Scheibenwischer anstellten, um dem Treiben ein Ende zu machen, was die Männer jedoch einfach ignorierten.

Waren sie fertig, was nur ein paar Sekunden dauerte, hielten sie die Hand auf – und die meisten Fahrer zahlten tatsächlich etwas für den unerwünschten Service. Vermutlich aus schlechtem

Gewissen, den Dienst zwar nicht bestellt, aber dennoch in Anspruch genommen zu haben. An der Qualität der Arbeit konnte es jedenfalls nicht liegen, dachte Lipaire mit einem Blick auf die verschmierten Frontscheiben, die nach der überfallartigen Putzaktion manchmal schlimmer aussahen als zuvor.

Während sie sich zentimeterweise der Kreuzung näherten, versuchten sie, jemanden vom Putzkommando zu sich zu winken, doch die Männer nahmen keine Notiz von ihnen. Erst konnte sich Lipaire keinen Reim darauf machen, doch dann wurde ihm klar, dass sie gar keine Windschutzscheibe hatten und somit als Einnahmequelle uninteressant waren.

Irgendwann gab er auf und tippte seinem Vordermann auf die Schulter. »Fahr mal rechts ran.« Dann stieg er ab, stellte sich an den Straßenrand und blickte sich suchend um. Normalerweise war bei den Putzmännern immer ein … ah, da saß er ja. Etwas abseits, im Schatten einer ausladenden Pinie, lümmelte ein ungepflegt wirkender Mann auf einem Klappstuhl, neben sich ein paar Schwämme und Eimer. Doch er selbst machte keine Anstalten, sich zwischen die Autos zu begeben. Musste er auch gar nicht. »Da, Paul, das ist der Putzpate«, erklärte Guillaume und deutete mit dem Finger auf den Mann.

»Oh, Scheibenreinigungs-Mafia, was?«, sagte Quenot grinsend.

»So was Ähnliches. Auf jeden Fall ist das unser Mann. Wir müssen ihn so behandeln, als sei er Chef eines wichtigen Unternehmens. Das heißt, du lässt einfach mich reden.«

Zehn Minuten später saßen sie wieder auf ihrem Quad, das in der Zwischenzeit von oben bis unten geschrubbt worden war – was zwar nicht ganz billig, aber eine der Bedingungen gewesen war, dass sich die Putzkolonne auf ihr Anliegen eingelassen hatte.

Als Lipaire ein paar Kilometer weiter am Straßenrand ein großes Schild mit der Aufschrift *Paintball Family – Ouvert toute l'année* entdeckte, tippte er seinem Fahrer erneut auf die Schulter, woraufhin der den Blinker setzte und in ein kleines Wäldchen abbog.

»Ich schau mir mal die Gewehre an, die die so im Programm haben«, sagte der Belgier, als er das Quad direkt vor einem Halteverbotsschild geparkt hatte, und stieg ab. Er wies auf einen kleinen Bürocontainer mit der Aufschrift *Waffenkammer*, der vor einer niedrigen Halle samt großem, umzäuntem Freigelände stand, von dem man immer wieder Knallen und Schreie hörte. Lipaire nickte erleichtert. Seine Verhandlungen würden sich auch hier einfacher gestalten, wenn der Belgier nicht dabei war. Schnellen Schrittes ging er auf die Anmeldung zu.

Keine fünf Minuten später stand er wieder am Quad, das allerdings nicht mehr ganz so gut getarnt und sauber war wie zuvor.

»Putain! Was ist *das* denn?«, kiekste hinter ihm Quenot, der offenbar aus dem Waffenarsenal zurück war.

»Sieht aus, als hätte ein bisschen Farbmunition ihr Ziel verfehlt«, antwortete Lipaire, der alle Mühe hatte, ein Grinsen zu unterdrücken. Ein rosa und ein hellblauer Farbklecks prangten nun auf dem rechten Kotflügel des Gefährts, das so gar nicht mehr nach Militär aussehen wollte. »Vielleicht hättest du besser auf den Parkplatz fahren sollen.«

»Die Tarnung ist damit im Eimer. Sogar für Sonar und konventionelles Radar sind wir so sichtbar«, sagte Quenot bedeutungsschwer.

»Na, dann ist ja gut, dass wir nur fünfundzwanzig Sachen machen, da können sie uns wenigstens nicht blitzen.«

»Du hättest ja ein bisschen aufpassen können!«

»Ich? Ich war schließlich genauso wenig hier wie du!«

Der Belgier stieg mürrisch auf und fuhr los.

»Wohin geht's als Nächstes?«, fragte er nach einiger Zeit, in der sie schweigend auf der lärmenden Maschine gefahren waren.

»Eigentlich sind wir fertig. Außer, dir fällt noch was ein.«

Quenot schüttelte den Kopf und machte am ersten Kreisverkehr am Ortsrand von Cogolin kehrt in Richtung Port Grimaud. Dabei blickte er immer wieder in den Rückspiegel seines Gefährts. Irgendwann rief er über seine Schulter: »Hast du die gesehen? Im blauen Toyota?«

»Ja, hab ich«, gab Lipaire zurück. Das Auto folgte ihnen, seit sie den Garagenhof verlassen hatten. Sie standen unter ständiger Beobachtung, aber das hatte er erwartet. Eigentlich war es sogar Bestandteil seines Plans. »Macht nichts, wir ignorieren sie einfach«, sagte er deswegen.

Sie fuhren eine Weile weiter, bis sie einen Hinweis passierten, den Lipaire nicht auf der Rechnung gehabt hatte. *Cascadeurs – Hell Drivers* war mit roter Farbe auf eine Holztafel gemalt worden. Er hatte natürlich schon von diesen Stuntleuten gehört, die wie ein Zirkus von Ort zu Ort tingelten und am Abend in ihren Shows die tollkühnsten Kunststücke wie Motorradsprünge über brennende Autos oder waghalsige Monstertruckshows aufführten. In Aktion gesehen hatte er sie bisher allerdings noch nicht. In diesem Moment drehte sich Quenot zu ihm um und deutete mit dem Kopf auf das Schild. Sie nickten beide, und der Belgier setzte den Blinker.

Ein Angebot, das man nicht ablehnen kann

»Na, was sagst du? Darf ich dich jetzt Léa nennen?«

Jacqueline Venturino sah in den Schminkspiegel, der links und rechts von einer Reihe Glühbirnen beleuchtet wurde, und wiegte den Kopf hin und her. Dass sie der Schauspielerin Léa Seydoux zum Verwechseln ähnlich sah, konnte man nicht gerade behaupten. Aber schließlich war die auch gut zehn Jahre älter als sie und Christelle, von der sie geschminkt worden war, erst im zweiten Semester, stand also noch ganz am Anfang ihrer Karriere als Maskenbildnerin. Dennoch: Mit der Perücke, zumal in einem Video, würde bestimmt klappen, was sie vorhatte. Jacqueline lächelte, presste die Lippen aufeinander, um den letzten Rest Gloss zu verteilen, und zupfte sich den Schminkumhang über ihrer Schulter zurecht.

»Wann genau ist es denn so weit, Jacky?«, wollte Christelle wissen. Die zierliche Pariserin mit dem Pagenschnitt, die vor einem Jahr direkt nach der Schule fürs Studium nach Cannes gekommen war, wirkte nervös.

»Wenn ich per WhatsApp das Signal dazu bekomme«, antwortete Jacqueline. »Müsste aber bald so weit sein.«

»Okay, hoffentlich komme ich glaubhaft rüber.«

»Du musst ja vor der Kamera gar nichts sagen, sondern mich einfach nur weiterschminken. Das kriegst du bestimmt toll hin«, beruhigte Jacqueline sie.

»Aber ich finde die Aktion super. Die kleine Schlampe, die dir auf diese miese Tour deinen Freund ausgespannt hat, hat's verdient!«

Jacqueline nickte. Ein wenig plagte sie das schlechte Gewissen. Denn sie hatte ihren Freundinnen von der Filmhochschule, mit denen sie sich gestern im *Fringale* getroffen hatte, eine Geschichte aufgetischt, die nicht ganz der Wahrheit entsprach. Eigentlich überhaupt nicht, korrigierte sie sich in Gedanken. Aber schließlich konnte sie ihnen ja schlecht die Story von ihrer Schatzsuche erzählen. Sie würde ihnen dafür ein bisschen Gras zum Selbstkostenpreis verkaufen, das würde die kleine Notlüge wieder wettmachen.

Es war schon eine ziemliche Räuberpistole, die sie sich ausgedacht hatte, um Isabelle Vicomte aus ihrem Haus in Port Grimaud wegzulocken. Aber sooft sie auch darüber nachdachte: Sie war gut, und wenn alle hier sich an ihren Part hielten, konnte es klappen. Ach was, es würde sogar mit Sicherheit klappen. Denn sie packten Isabelle schließlich an ihrer Schwachstelle, ihrer Eitelkeit. Wie gut, dass die all ihre Vorlieben, Wünsche und Träume auf Instagram veröffentlichte. Jacqueline hatte also kaum Mühe bei der Recherche gehabt und sich dann ein kleines Skript zurechtgelegt. Was für ein günstiger Umstand, dass die Vicomte-Tochter eine glühende Verehrerin von Léa Seydoux war, und das nicht erst seit ihrer Rolle im letzten James-Bond-Streifen. Sie verglich sich sogar immer wieder mit der populären Schauspielerin, bemühte sich um dieselben Posen und hatte so ziemlich alles gelikt und kommentiert, was Seydoux in den letzten Monaten gepostet hatte. Für ein Treffen mit ihrem Idol würde Isabelle alles machen, da war sich Jacky sicher.

»Na, ihr Süßen, alles bereit?« Lou-Anne betrat die Maske.

Da fiel Jacqueline ein, dass sie Joe, dem Hausmeister der Hochschule, noch ein Tütchen von Quenots hervorragender letzter Ernte vorbeibringen musste. Joe war einfach spitze und fragte nie nach, wenn sie ihn um seinen Zweitschlüssel oder einen anderen Gefallen baten.

»Müsste jeden Moment losgehen, Lou.« Die dunkelhäutige Studentin nickte. Sie war in Jacquelines Schauspielseminar der Star, konnte einfach in jede Rolle schlüpfen, wirkte dabei eigentlich immer überzeugend und sah auch noch in jeder Lebenslage zuckersüß aus. Jacky bewunderte sie für ihre Erscheinung und ihr Können.

Jetzt schob sich Lou-Anne die Brille zurecht und nahm ihr Klemmbrett zur Hand. Gleich würde sie Jackys, respektive Léas, Presseagentin geben. Und sie würde es sicher toll machen. Warum allerdings alle so vehement darauf bestanden hatten, dass Jacqueline besser nichts sagen, sondern nur versuchen solle, nett auszusehen und zu lächeln wie Léa Seydoux, hatte sie nicht verstanden.

Das Handy auf dem Schminktisch vibrierte. Jacqueline sah auf das Display. *Grande Dame ruft an.*

»Madame Lizzy? Ist es so weit?«

»Ja, ich bin auf meinem Posten. Ich werde dir gleich Bescheid geben, sobald unser Vögelchen den Wurm geschluckt hat und ausfliegt. *Bonne chance*, meine Kleine!«

»Okay, Leute: Alle auf Position, bitte!« Sie schaltete die Leuchte auf dem Stativ neben dem Tablet ein, woraufhin Lou-Anne ihren Bleistiftrock zurechtzog. Jacqueline setzte sich zu ihr und sagte: »Action.«

»Hallo, Isabelle«, begann Lou-Anne leise, damit es so aussah, als wolle sie den Filmstar in der Maske nicht stören, »ich bin Estelle, die Presseagentin von Léa Seydoux, bei der ich gerade in der Garderobe bin.« Jacqueline hob ihre Hand für ein kurzes affektiertes Winken. »Léa und ich haben uns gerade über dich unterhalten. Sie mag deine Arbeit bei Instagram, wo du uns wegen deiner vielen Follower aufgefallen bist. Um's kurz zu machen: Léa ist in Cannes und sucht hier an der Côte eine erfolgreiche, junge Influencerin für eine Kooperation im Zusammenhang mit ihrem neuen Filmprojekt. Wie wir an deinen letzten Reels und Storys gesehen haben, bist du ja gerade in der Gegend, oder? Melde dich einfach kurz mit einer persönlichen Nachricht. À bientôt!«

»Danke, das war's schon, Mädels!«, vermeldete Jacqueline. »Ein echter One-Taker, aber das ist man bei dir ja gewohnt, Lou-Anne, stimmt's?«

Sie kontrollierten, ob alles auf dem Film gut zu sehen und zu hören war, dann überspielten sie ihn auf das Smartphone, das Delphine ihr für den Zweck gegeben hatte und auf dem der Fake-Account der Pressefrau angelegt war. »Okay, ich schick das jetzt ab, und dann heißt es wohl erst mal warten«, sagte sie. Die anderen sahen sie gespannt an.

Keine zwei Minuten später vibrierte das Handy bereits. Aufgeregt schauten sie auf den Bildschirm.

»Das ist von ihr«, platzte Jacqueline begeistert heraus.

»Na also! Was schreibt sie?«, wollte Lou-Anne wissen.

»Passt auf, ich lese es euch vor: *Liebe Estelle, wow, großartig! Ach was: Wahnsinn! Wo kann ich euch treffen? Und wann?*«

Die Studentinnen grinsten sich an.

Hier am Filmset in Cannes. Am besten ASAP, Léa ist ziemlich busy, schrieb Jacqueline. Ihre Finger zitterten ein wenig.

Leider gerade schwierig bei mir, geht morgen auch?, lautete Isabelles umgehende Antwort.

»So, jetzt warten wir aber erst mal ein, zwei Minuten. Die soll ruhig ein bisschen zappeln. Kommt ihr mit runter auf 'ne Zigarette?«, schlug Lou-Anne vor, und die beiden anderen nickten.

Vor der Akademie angekommen, hätte Jacqueline am liebsten gleich geantwortet, zwang sich aber, noch zu warten. Erst als sie fertig geraucht hatten, tippte sie: *War dann wohl leider zu kurzfristig, sorry. Vielleicht ein andermal, wir haben ja noch ein paar Mitbewerberinnen auf der Liste.* »Abschicken?«, fragte sie in die Runde.

»Aber so was von«, antwortete Lou, und Christelle nickte. Jacqueline verschickte die Nachricht. Die Antwort kam postwendend: *Okay, ich mach's möglich. Kann in einer guten Stunde in Cannes sein. Wo genau?*

Jacky schrieb ihr die Adresse der Filmakademie und schob noch ein *Beeil dich!* nach.

Fünf Minuten danach rief Lizzy Schindler bei ihr an und erklärte, Isabelle Vicomte habe sich eben durch ein Fenster aus dem Haus gestohlen und sei von einem Taxi um die Ecke abgeholt worden.

Die nächste Stunde über warteten Jacqueline und die anderen auf der Dachterrasse der Akademie darauf, dass die kleine Vicomte sich melden würde, um ihre Ankunft zu verkünden. Und es hätte wirklich schlechtere Plätze dafür gegeben, denn von dem achtstöckigen Gebäude aus, das am Hang hinter der Stadt lag, übersah man den Jachthafen, auf dem die schneeweißen Luxusjachten friedlich in der Sonne glänzten. Darüber hinaus hatte man einen fantastischen Blick auf die komplette Bucht bis zur *Île Sainte-Marguerite*, deren bewaldeter Hügel sich sanft aus dem Wasser erhob. Sie bedauerten es fast ein bisschen, als sich exakt eine Stunde vierzehn nach ihrer letzten Nachricht Isabelle meldete: Sie verlasse eben die Autobahn und sei in wenigen Minuten da.

»Na, da hat sie aber ganz schön Gas gegeben«, kommentierte Lou-Anne und sah auf ihre Smartwatch.

Jacqueline grinste. »Stimmt, sie brennt offenbar darauf, Léa zu treffen. Na dann, auf geht's!«

Wie geplant begab sich Lou-Anne nach unten, vor den Eingang der Akademie, um ihre Zielperson in Empfang zu nehmen und in den gläsernen Aufzug nach oben zu lotsen. Christelle trat ihren Weg in den Technikraum der Akademie an.

Gebannt beobachtete Jacky aus dem verglasten Konferenzraum, wie Lou-Anne das Mädchen in Empfang nahm, ihr mit dem Hinweis auf eine Diskretionsvereinbarung am Filmset das Handy abnahm und sie dann in den Fahrstuhl bugsierte. Als der sich in Bewegung setzte, schickte Jacqueline eine Nachricht mit dem Wort *Stopp* an Christelle. Einige Sekunden später blieb der Aufzug mit einem Ruck stecken. Jacqueline grinste schadenfroh, als sie das erschrockene Gesicht des Mädchens sah.

»Okay, das war's. Ich danke euch allen, ihr wart super«, sagte Jacqueline strahlend, als sie sich mit den anderen beiden Mädchen in der Lobby traf. »Ich kümmer mich drum, dass unsere Besucherin rechtzeitig wieder rauskommt, bevor sie uns noch verdurstet oder einem hysterischen Anfall erliegt. Joe wird sie in«, sie blickte auf ihr Handy, »exakt einer Stunde fünfundfünfzig befreien und erstaunt fragen, was sie denn an einem Samstag in der verlassenen Akademie macht, und ihr damit drohen, sie bei der Polizei anzuzeigen, dann aber noch mal ein Auge zudrücken.«

»Man könnte meinen, du spielst die Hauptrolle in einem Agentenfilm«, sagte Christelle augenzwinkernd.

»Wer weiß, irgendwann vielleicht?«, gab Jacky lächelnd zurück. Dann drehte sie sich in Richtung Aufzug, wo Isabelle mit rotem Kopf wild gestikulierte. Sie konnte es sich einfach nicht nehmen lassen, ihr noch eine Kusshand zuzuwerfen. »Ich bin euch echt was schuldig, Leute.«

»Ach was, war doch lustig«, sagte Lou-Anne und streckte ihr ein goldenes Handy hin. »Hier ist noch Isabelles iPhone. Was machst du jetzt damit?«

»Das wird noch gebraucht«, erklärte Jacky nebulös und verließ mit den anderen die Akademie.

Sie lachten ausgelassen, als sie plötzlich ein aufgeregtes Rufen vernahmen. »Hallo, *Mademoiselle!* Hallo, hören Sie, bitte warten Sie doch!«

Jacqueline drehte sich um und sah eine Frau von vielleicht fünfundfünfzig Jahren mit wehendem Haar auf sie zurennen. Ihr Herz begann, wie wild zu pochen. War das nun der Moment, in dem sie aufflogen?

»*Putain*, was wird das denn?«, zischte sie den anderen zu, die sie mit ratlosen Mienen anblickten.

»Mademoiselle Seydoux, würden Sie bitte ein Selfie mit mir machen? Ich bin Ihr größter Fan.«

Jacqueline seufzte erleichtert, nickte der Dame freundlich zu und setzte ein strahlendes Lächeln auf. Sie wusste, wie wichtig es war, sich auch als Filmstar Zeit für seine Fans zu nehmen.

Zwei Éclairs

Delphine saß in einem netten kleinen Café direkt an der *Croisette*, der berühmten Prachtmeile von Cannes, und biss gerade beherzt in das *éclair*, das sie sich nebst einem weiteren bestellt hatte. Es war zu ihrer großen Freude eines mit richtig guter Füllung, knallgelb eingefärbt und mit viel künstlicher Vanille. Genau wie die aus dem Supermarkt. Sie mochte sie viel lieber als die der Patisserien, die neuerdings aus unerklärlichen Gründen echten, aber leider ziemlich blassen Bourbon-Vanille-Pudding in die Gebäckstücke füllten. Just in dem Moment, in dem sie den Mund voller pappsüßer Creme hatte, klingelte ihr Telefon. *Filmstar ruft an*, vermeldete das Display. Sie schlang den Bissen, so gut es ging, hinunter und nahm das Gespräch an.

»Ja, waff gimt's?«, mampfte sie ins Telefon.

»Delphine, alles gut bei dir? Du klingst so komisch.«

»Allef beftems. Und keine Namn.«

»Äh ... okay. Aber ich komm doch sowieso gleich bei dir vorbei. Egal, ich wollte dir nur sagen, dass Nummer eins aus dem Spiel ist. Ich hab ihr ein Angebot gemacht, das sie nicht ablehnen konnte.«

Delphine lachte, legte auf und wählte Lizzys Nummer, die ihr bestätigte, dass die Lage unverändert sei: Isabelle habe sich vor über einer Stunde weggeschlichen, danach habe niemand mehr das Haus verlassen.

Kurz darauf tauchte Jacqueline bereits an ihrem Tisch auf. Sie musste zweimal hinsehen, denn sie sah aus wie diese Schauspielerin ...

Bevor sie etwas sagen konnte, legte die junge Frau ihr in Agentenmanier ein goldenes Handy unter einer Zeitung auf den Tisch, warf ihr noch eine Kusshand zu und brauste mit ihrem Roller davon.

Delphine zuckte mit den Achseln, rieb sich die Hände und zog den Laptop aus ihrem Einkaufsnetz. Nun kam also ihr Part bei der Sache. Sie schob sich die Lese- über die Plastiksonnenbrille mit den großen Gläsern, suchte das passende Verbindungskabel für Isabelle Vicomtes iPhone, stöpselte das Gerät an und startete die Software auf dem Computer. Zufrieden genehmigte sich Delphine ein weiteres Stückchen Vanillegebäck, dann vermeldete der Rechner mit einem metallischen »Pling«, dass er seine Arbeit bereits verrichtet hatte: Das Handy war entsperrt. Sie schleckte sich den Zuckerguss des *éclairs* notdürftig von der Hand, suchte den Kontakt von Marie Yolante, der amtierenden Chefin des Vicomte-Clans, und tippte mit spitzen Fingern:

Maman, bitte, du musst mir helfen.
Hol mich hier raus, schnell!

Eine Weile passierte nichts. Als Delphine dann bereits das zweite *éclair* zur Hälfte vertilgt hatte, diesmal ein Exemplar mit Kaffeecreme, das seinem vanilligen Bruder bei Weitem nicht das Wasser reichen konnte, kam endlich eine Antwort.

Mon Dieu, wo bist du denn?
Dachte, du seist oben im
Zimmer. Was ist passiert? Hast
du dich davongeschlichen?

Delphine überlegte einen Augenblick, dann musste sie grinsen und antwortete:

> Geschlichen? Echt jetzt?
> *Maman*, ich bin kein Kind
> mehr. Ich bin in Cannes. Hilf
> mir. Bitte.

Delphine blinzelte in die Sonne. Den Kommentar zu Isabelles Alter hatte sie sich einfach nicht verkneifen können. Sie trank von ihrem *café au lait* und verschluckte sich vor Schreck, als das goldene Handy zu vibrieren begann und auf dem Display die Meldung *Marie ruft an* erschien.

Delphine ließ es läuten, bis die Mobilbox angesprungen war. Das Handy vermeldete eine Sprachnachricht, dann schrieb Delphine zurück:

> Ich kann nicht telefonieren,
> *maman*. Nur schreiben. Es
> hat sich etwas in Cannes
> ergeben. Aber jetzt stecke
> ich hier fest ... ich erkläre
> dir alles später. Komm jetzt!
> Bitte!! SOFORT!!!

Die Antwort ließ nur wenige Sekunden auf sich warten.

> Ich habe verstanden, *ma puce*.
> Bleib ruhig, ich fahre jetzt los.
> Wohin genau soll ich kommen?

Delphine gab ihr die Adresse durch: Eine kleine Tiefgarage unweit der zentralen Markthalle von Cannes, die ihr alter Freund Mathieu von einer externen Steuerzentrale aus verwaltete. Er war im Bilde und wartete schon auf das silberne Porsche-Cabriolet.

Zu gern wäre Delphine bei ihm vorbeigeschneit und hätte sich auf dem Monitor die bestimmt fuchsteufelswilde Marie Vicomte angesehen, doch zu diesem Zeitpunkt musste sie Cannes längst verlassen haben. Sie war ja schließlich nicht zum Spaß unterwegs. Außerdem würde sich Mathieu, ihre verflossene Jugendliebe, sonst nur wieder unberechtigte Hoffnung auf ein Liebescomeback machen. Und dafür hatte sie im Moment überhaupt keinen Kopf.

Sie schob sich den letzten Rest Gebäck in den Mund, packte ihren Laptop weg, befreite Isabelle Vicomtes Handy mittels einer Serviette notdürftig von den Zuckergussresten und Fettfinger-Abdrücken, legte einen Zwanzigeuroschein in das kleine Schälchen mit der Rechnung und griff zu ihrem eigenen Telefon. Sie tippte gespannt auf den Kontakt *Grande Dame* und hielt sich das Gerät ans Ohr.

»Kindchen, was ist denn bloß los? Hier tut sich leider überhaupt nichts.«

Delphine stutzte. Eigentlich hatte sie gedacht, dass Marie Vicomte überstürzt aufbrechen würde, um ihr Prinzesschen zu retten. Und nun tat sich nichts? Sie checkte zur Sicherheit noch einmal Isabelles Handy. Keine neue Nachricht. »Hm, keine Ahnung, es sieht eigentlich so aus, als hätte sie den Köder ...«

»Korrigiere, eben verlässt Madame Marie das Haus. Mit gepunktetem Kopftuch und dunkler Sonnenbrille. Sieht nach einer Spritztour im Cabrio aus. Gut gemacht. *Over and out.*«

Schiffeversenken

Karim Petitbon nahm das von Delphine eigens für diesen Zweck zur Verfügung gestellte Handy zur Hand, ausgerechnet ein bonbonpinkes Gerät mit einem großen, glitzernden Feen-Sticker, und öffnete die Kontakte-App. Es waren nur die Decknamen und Nummern ihrer Gruppe dort verzeichnet, er suchte also den Eintrag mit der Bezeichnung *Grande Dame* und drückte auf den stilisierten Telefonhörer daneben.

»Ja?«, meldete sich Lizzy Schindlers Stimme, schon bevor das erste Tuten verklungen war.

»Madame, wie sieht es aus?«

»Freie Bahn für die *Operation Seeräuber*«, tönte es aus dem Hörer.

»Dann geht es los?«

»*Bonne chance*, Kleiner.«

Er legte auf. Lizzy Schindler war die Einzige, von der er sich die Anrede *Kleiner* gefallen ließ. Bei ihr wirkte sie sogar wie eine Auszeichnung. Und wenn Lizzy ihn mochte, würde das Jacquelines Sicht auf ihn bestimmt positiv beeinflussen. So waren Frauen nun mal.

Beflügelt von diesen Gedanken bestieg er an der Anlegestelle sein Wassertaxi und fuhr los. Als er nach kurzer Fahrt das weitläufige Haus der Vicomtes erreichte, drosselte er den Motor. Er musste erst einmal sichergehen, dass sich niemand im Garten befand. Doch die Luft war rein, und er legte so hinter der *Comtesse* an, die wie immer quer vertäut am Steg lag, dass er vom Haus aus nicht gesehen werden konnte. Dann stahl er sich auf das Schiff und verschwand unter Deck.

Es dauerte nicht lange, bis er das Funkgerät ausgebaut hatte und die kleine Treppe zurück nach oben nahm. Nun kam es darauf an: Das kleine Beiboot mit dem Außenborder war direkt neben der Jacht festgemacht. Karim sprang auf den Steg und öffnete von dort aus die Ventile der beiden seitlichen Luftschläuche. Das gewaltige Zischen, mit dem das Schlauchboot die Luft verlor, tat in seinen Ohren weh. Aber das war gut, denn er brauchte den Lärm für die nächste Stufe seines Plans. Also sprintete er zurück zu seinem Solartaxi und sprang an Bord. Er machte die Leine los, glitt aus den Schatten der *Comtesse* heraus und wartete einen Augenblick, das Funkgerät der Jacht gut sichtbar unter den Arm geklemmt.

In diesem Moment erschien in der Terrassentür ein Mann. Allerdings einer, den Karim noch nie gesehen hatte. »*Merde*«, schimpfte er. Er hatte darauf gehofft, dass Yves als Erster herauskommen würde.

»He, was machst du da?«, rief der Mann.

»Ich … repariere das Funkgerät«, antwortete Karim und hielt den Apparat hoch. »Monsieur Yves hat mir den Auftrag dazu gegeben.«

Der Mann stand unschlüssig auf der Terrasse und blickte zwischen ihm und der Jacht hin und her.

»*Putain*, jetzt hol schon den Möchtegern-Kapitän«, murmelte Karim, dann setzte er laut hinzu: »Aber Ihr Schlauchboot scheint leck zu sein, wie man hört.«

Der Mann ging unschlüssig zurück ins Haus, und schon wenige Sekunden darauf trat Yves Vicomte auf die Terrasse. Na also, ging doch.

»Ich kümmere mich darum, Lucas«, rief Yves nach drinnen, dann erblickte er Karim. »Petitbon! Was zur Hölle machst du hier?«

»Ich? Ich kündige. Und das Funkgerät nehm ich als Abfindung

mit. Kann ich gut brauchen«, rief Karim zurück und beschleunigte. Mit einem Schulterblick versicherte er sich, dass Yves den Köder geschluckt hatte. Das schien geklappt zu haben: Mit hochrotem Gesicht kam er angerannt, blieb kurz vor dem Schlauchboot stehen, sprang dann auf die *Comtesse* und machte sie los. Karim drosselte die Geschwindigkeit etwas, um Yves genügend Zeit zu geben, mit dem Boot abzulegen und ihm zu folgen. Der schien in seiner Wut nicht zu bremsen, brüllte Flüche und Verwünschungen in seine Richtung, bis er endlich Fahrt aufnahm.

»Himmel, ich hab schon gedacht, ich muss dir helfen«, brummte Karim und drehte den Motor auf. Er achtete darauf, den Abstand nicht so groß werden zu lassen, dass Yves die Verfolgung abbrechen würde, aber auch nicht so klein, dass er ihn zu früh einholte.

Sie ließen das Hafenbecken hinter sich und erreichten schließlich jene Stelle in der Bucht, die Karim sich ausgesucht hatte. Nun wurde er doch ein wenig nervös, denn in den folgenden Minuten durfte er sich keinerlei Fehler leisten. Er band mit einem Seil das Steuer fest, nahm ein wenig Fahrt weg, ging nach hinten und hob die Plane hoch, unter der er die Sachen verborgen hatte, die er nun brauchte. Dann zog er sich Shirt und Schuhe aus und glitt mit seinen Utensilien ins Wasser.

Das nunmehr führerlose Boot entfernte sich. Er tauchte ein paar Meter, dann schaltete er den knallgrünen Scubajet an, einen der kleinsten Tauchmotoren auf dem Markt. Karim hoffte, dass das Ding auch die nötige Power hatte, um alles wie geplant über die Bühne zu bringen. Doch seine Bedenken wurden schnell zerstreut, als er unter Wasser mit Wucht nach vorn gerissen wurde. So heftig, dass er beinahe losgelassen hätte. Doch schon nach ein paar Sekunden hatte er den Dreh raus und genoss die rasante Tauchfahrt. Wie Aquaman in einem dieser Superheldenfilme rauschte er knapp unter der Oberfläche dahin. Wenn ihn

Jacqueline doch nur so sehen könnte. Er würde ihr auf jeden Fall in schillernden Farben davon berichten, wenn alles vorbei war.

Nach nicht einmal einer Minute nahm Karim die *Comtesse* über sich als Schatten wahr. Das malmende Geräusch des Motors mahnte ihn, tunlichst auf die Schraube aufzupassen. Er näherte sich dem Heck vorsichtig von der Seite, tauchte auf und holte tief Luft. Er war ein guter Taucher, das kam ihm zugute. Zwei Minuten unter Wasser waren sein Rekord. Er griff mit einer Hand an einen der Fender, die hinten an der Jacht hingen, und ließ sich einen Moment lang mitziehen. Mit einem kurzen Blick prüfte er, ob sich das Taxi noch auf Kurs befand: Alles in bester Ordnung, das Boot zog weiter schnurgerade seine Bahn, stellte er erleichtert fest.

Nun galt es: Er holte die Harpune aus seinem Gürtel, tauchte unter, wartete den richtigen Moment ab und betätigte den Abzugshebel. Pfeilschnell schoss der Dreizack in die Schraube. Es tat Karim in der Seele weh, dass er der *Comtesse* derartigen Schaden zufügen musste, doch es ging nun mal nicht anders. Er tauchte wieder auf, kurz darauf erstarb der Motor mit einem blubbernden Geräusch. Nun begann Teil zwei seines Planes. Er nahm Quenots olivgrünen Klappspaten aus seinem Hosenbund, tauchte erneut unter und schlug mit dem Werkzeug mehrmals exakt auf die Gelenkstelle des Rudergestänges ein. Der Spaten glitt problemlos durchs Wasser, und als die Stange endlich brach, tauchte er mit dem letzten bisschen Luft auf und machte an der Wasseroberfläche einen tiefen Atemzug.

»Du miese kleine *canaille*!«, hörte er von oben.

Karim hob den Blick und schaute direkt in das puterrote Gesicht von Yves Vicomte, der sich über das Heck der Jacht beugte. »Jetzt hör mal gut zu«, brüllte er, doch im selben Moment tauchte Karim wieder ab, brachte den Unterwasserscooter wieder in Position und drehte am Gashebel. Wie ein Torpedo wurde er nach vorn gerissen und steuerte wieder sein Taxi an. Dort angekommen, zog er sich an Bord und schaute zurück zur *Comtesse*, die nun schon ein beträchtliches Stück von ihm entfernt in den Wellen dümpelte.

Yves sprang wie wild an Deck herum, beugte sich mal hier, mal dort über die Reling, offenbar auf der Suche nach ihm. Der Junge löste das Steuer wieder, drehte den Motor auf, wendete und fuhr der manövrierunfähigen Jacht entgegen. Als er in Hörweite war, betätigte er sein Signalhorn, worauf Yves herumfuhr und ungläubig in seine Richtung starrte.

»Wie hast du das geschafft, du Stück Scheiße? Warte, bis ich dich erwische.«

Karim grinste. »Könnte schwierig werden, ich glaub, irgendwas ist mit deinem Motor.«

»Scheißegal, ich kann schließlich segeln!«

»Aber nicht mit einem kaputten Ruder.«

»Was hast du gemacht, du ...«

»Ich muss dann mal weiter«, unterbrach ihn Karim und drückte den Gashebel des Wassertaxis bis zum Anschlag nach vorn. Dann jedoch fiel ihm noch etwas ein. »Du kannst um Hilfe funken. Wobei ... da fällt mir ein: Dein Funkgerät hast du mir ja als Abfindung gegeben. Na ja, hast ja bestimmt ein Handy dabei. Aber dauern wird's trotzdem ...«

»Arschloch!«, brüllte Yves hinter ihm her. »Du bist entlassen!«

Grinsend nahm Karim sein Telefon zur Hand, drückte auf Wahlwiederholung und erklärte stolz, nachdem sich Lizzy Schindler gemeldet hatte: »Madame, das Schiff ist versenkt!«

Es wird ernst

Keine Minute später klingelte Lipaires Prepaidtelefon. »*Oui, Madame?*«, meldete er sich.

»Ihr seid dran. *Bonne chance*«, sagte Lizzy Schindler nur und legte wieder auf.

Guillaume atmete tief durch. Bisher schien alles glatt zu laufen. Das bedeutete: Es fehlte nur noch ihr Beitrag, dann wäre der Plan vollendet. Eine Mischung aus Euphorie und Angst machte sich in ihm breit. Er hatte es nun in der Hand. Er und Quenot, der in seiner obligatorischen Tarnkleidung vor ihm saß und ihn mit großen Augen anschaute. »Marschbefehl?«, fragte der Belgier, und seine Stimme verriet, dass auch er nervös war.

»*Oui, soldat*«, konnte sich Guillaume als Antwort nicht verkneifen. Sie nickten einander zu und verließen die kleine *gardien*-Wohnung. Dann schlenderten sie gemächlich durch den Ort und durch das große Stadttor hinaus und über die Brücke Richtung Parkplatz, auf dem das Auto stand, das Lipaire für die heutige Fahrt organisiert hatte. Er tat sich schwer, der Versuchung zu widerstehen, sich umzudrehen. Dabei hätte er sich gerne versichert, dass ihre Verfolger an ihnen dranhingen. Doch davon musste er jetzt einfach ausgehen, warum sollten sie auf einmal nicht mehr an ihnen interessiert sein? Zur Sicherheit unterhielten sie sich auf ihrem Weg aber in ungewohnter Lautstärke.

»So, dann brechen wir jetzt einmal auf, Paul«, plärrte er seinen Nebenmann an, als sei dieser schwerhörig.

»Ja, das machen wir. Auf geht's zum Schatz!«

»Endlich ist es so weit!«

Eine alte Frau mit Stock, an der sie vorbeigingen, blieb stehen und schaute den beiden kopfschüttelnd hinterher.

Auf dem Parkplatz steuerte Lipaire die hintere Ecke an, wo nur zwei Autos standen. Quenot ging auf einen weißen Kastenwagen zu und sagte: »Kannst du vielleicht mal aufsperren?«

»Hab ich schon.«

Der Belgier zog vergeblich am Türgriff. »Nein, eben nicht.«

»Doch. Wir fahren mit dem.« Lipaire zeigte auf den schwarzen Rolls-Royce, der ein paar Plätze weiter stand.

Es war ein gepflegter, gerade mal zehn Jahre alter Phantom-Cabrio in Nachtschwarz mit fast 500 PS, den er schon länger für eine kleine Spritztour im Auge hatte. Seit seine Besitzer das Auto vor über einem Jahr hier geparkt hatten, stand es nur ungenutzt herum – eine Schande. Nun schien der passende Moment für seine Jungfernfahrt gekommen.

Quenot machte große Augen. »Übertreibst du nicht langsam? Was kommt als Nächstes? Das Batmobil?«

»Jetzt hör auf, dich zu beschweren, und steig ein.«

Sie verstauten das Werkzeug – eine Spitzhacke, eine Schaufel, mehrere Hämmer und Meißel – im Kofferraum und drückten den Deckel zu. Wahrscheinlich gab es weltweit nicht mal eine Handvoll dieser Limousinen, in denen jemals derartige Gerätschaften transportiert worden waren. Lipaire startete den Motor und fuhr los. Obwohl sie eine derart heikle Aufgabe vor sich hatten, konnte er nicht anders, als die Fahrt zu genießen. Er fühlte sich mit all den bunten Lämpchen und dem Klavierlack wie der Captain eines Raumschiffs. Schließlich musste er sich daran gewöhnen, sich standesgemäß zu bewegen. Ihre Kontrahenten taten das ja auch. *Kontrahenten*, natürlich! Er blickte in den Rückspiegel – und da waren sie, die Handlanger der Vicomtes in ihrem blauen Toyota. Allein die Tatsache, dass er diese sündhaft teure Luxuskarosse fuhr und die anderen nur einen Japaner, bereitete ihm ein diebisches Vergnügen.

»Du scheinst ja richtig Spaß zu haben«, kommentierte Paul vom Beifahrersitz aus.

»Wenn man eine Sache gut geplant hat, spricht nichts dagegen, die Ausführung auch zu genießen. Und du, mach dich lieber mal nützlich und ruf die *Grande Dame* an.«

»Wen?«

»Unsere Späherin.« Er reichte dem Belgier das Handy, mit dem sie von Delphine ausgestattet worden waren.

»Ach so.« Der Belgier wählte Lizzys Nummer. »Hallo, Madame? Lagebericht, bitte. Aha, verstehe. Die Vögel sind ausgeflogen. Gut, dann viel Spaß.« Dann hängte er ein. »Die restlichen drei Vicomtes sind jetzt auch unterwegs. Sie haben unseren Köder geschluckt. Und sie geht jetzt rein.«

Lipaire nickte. Wie hatte Jacqueline neulich aus einem weiteren berühmten Film zitiert: *Ich liebe es, wenn ein Plan funktioniert.* Dann wandte er sich an seinen Beifahrer: »Während Lizzy sich um ihren alten Bekannten Chevalier kümmert, haben wir zwei Verfolger an uns dran, wenn ich das richtig sehe.«

»Fünf, um genau zu sein«, korrigierte Quenot.

»Ja, fünf, aber verteilt auf zwei Autos.«

»Nicht schlampig in den Details werden.«

Guillaume stieß hörbar die Luft aus. Das war früher sein Spruch gewesen. »Richtig. Aber jetzt Konzentration auf unsere Aufgabe.«

Sie fuhren die Straße hinauf nach Grimaud. Das malerische Dorf wurde von der Ruine des Châteaus dominiert, in dem sie sich neulich abends getroffen hatten. Im Zentrum hatte Lipaire eine Überraschung für seine Verfolger eingeplant, die den kleinen Umweg locker wettmachte. Während sie an den Weinfeldern links und rechts der Straße und am kleinen Heliport vorbeiglitten, beschloss er, die Idee mit dem Mercedes-Roadster doch noch einmal zu überdenken, denn dieses fahrbare Wohnzimmer hier war einfach großartig. Und mit offenem Verdeck an einem lauen Sommerabend damit über die *Croisette* in Cannes zu cruisen wäre bestimmt unvergleichlich.

Er sah immer wieder in den Rückspiegel, während sie erst die Feuerwehr, dann das Hauptquartier der Gendarmerie und schließlich die ausgedehnten Lagerhallen der Winzergenossenschaft der *Vignerons de Grimaud* links liegen ließen. Der Toyota blieb stets in überschaubarer Entfernung hinter ihnen. Gut so.

Doch nun wurde es ernst: Sie passierten den ersten Kreisverkehr und bogen rechts in die Allee ab, die ins Zentrum führte. Als sie die ersten Häuser erreichten, die beiderseits die Fahrbahn säumten, blinkte ihnen ein beleuchtetes Tempo-30-Schild entgegen. Die Schwellen aus Gummi, die man auf den Asphalt montiert hatte, bremsten sie trotz der Federung ihrer Luxuskarosse deutlich ab – doch das war auch Teil des Plans. Links tauchte jetzt das repräsentative Gebäude der Gemeindebibliothek auf, das waghalsig an den Abhang hinunter zum Meer gebaut war. Er betätigte zweimal kurz die Hupe, reduzierte noch einmal die Geschwindigkeit – und fuhr an dem kleinen Platz mit dem Brunnen vorbei, der das *office de tourisme* beherbergte und, in einer zweiten Ebene darüber, etwa vier Meter oberhalb der Straße, den Bouleplatz des Dorfes, auf dem die Spieler aus Port Grimaud ihre privaten Wettkämpfe ausfochten. Wie abgesprochen, waren sie bereits in ein Spiel vertieft. Lipaire ließ das Fenster herunter, reckte über das Dach des Rolls hinweg den Daumen nach oben, worauf der Dicke mit dem Schnauzbart nickte und schnell seine Kumpane um sich scharte. Guillaume bremste auf Schrittgeschwindigkeit herunter, denn er wollte das nun folgende Schauspiel auf keinen Fall verpassen. Im Rückspiegel sah er, wie der Toyota die Stelle unterhalb der Spieler erreichte – und sich ein wahrer Regen aus Boulekugeln über ihn ergoss. Die Windschutzscheibe des blauen Wagens bestand nur noch aus kleinsten Splittern. Damit würden sie nicht mehr fahren können. Quenot kicherte wie ein kleines Kind, und Lipaire gab wieder Gas. Er war sich nicht sicher, ob sie damit ihre Verfolger dauerhaft ausgeschaltet hatten, aber zumindest waren sie für eine Weile beschäftigt.

Doch die Freude währte nur kurz, denn sie hatten das Dorf kaum verlassen, da kam ihnen von unten der schwarze Bentley der Vicomtes entgegen. Lipaire erkannte Henris Gesicht auf dem Beifahrersitz. Dann traf sein Blick den des Fahrers. Er war noch nicht oft mit den anderen Vicomtes im Haus gewesen, aber ein paar Mal hatte der *gardien* ihn schon gesehen: Marie Vicomtes Ehemann. Und der schien ein ganz passabler Autofahrer zu sein, denn im Rückspiegel sah Lipaire, wie die schwere Limousine eine scharfe Hundertachtzig-Grad-Wende vollzog und die Verfolgung aufnahm. So weit lief zwar alles wie geplant, doch ob auch ihre nächsten Fallen zuschnappen würden, stand in den Sternen. Das hing schließlich nicht nur von ihnen ab.

»Meinst du, die Sachen, die wir uns überlegt haben, funktionieren alle?«, fragte Quenot, als könne er seine Gedanken erraten.

»Selbstverständlich. Ich habe das alles bestens durchdacht. Also ... wir, meine ich.«

Sie schwiegen, bis sie in der Ebene, kurz vor der Abzweigung nach Gassin, wieder im allabendlichen Stau vor dem Kreisverkehr standen. Inzwischen hatte die Dämmerung eingesetzt. Auch hier verlief zunächst alles wie immer: Die Scheibenputzer strömten vom Straßenrand auf die Fahrbahn und seiften ungefragt die Autofenster ein. Als zwei von ihnen auf den Rolls-Royce zukamen, blinzelte ihnen Lipaire nur zu und zeigte mit dem Daumen auf den Bentley hinter ihnen. Die beiden nickten, dann konnte Lipaire sehen, dass sie aus einem Beutel eine extra Dose zogen, mit der sie eifrig die Windschutzscheibe besprühten.

»Ist das etwa ...«, begann Paul, der wie Lipaire gebannt in den Außenspiegel starrte. Guillaume nickte. »Sprühkleber«, beendete er den Satz. Die Wischerblätter des Wagens hinter ihnen setzten sich in Bewegung, blieben aber mitten auf der Scheibe hängen. Die drei Männer stiegen hektisch aus und begannen, die Putzkräfte zu beschimpfen, die sie nur schulterzuckend ansahen. Wie aufs Stichwort baute sich das restliche Putzkommando um sie herum auf, worauf die Vicomtes beschwichtigend die Hände hoben. Dann versuchten Henri, sein Schwager und der Dritte, ein junger Mann, in dem Lipaire Maries Sohn Clément zu erkennen glaubte, vergeblich, den bereits fest gewordenen Kleber von der Scheibe zu kratzen.

»Die sind wir los«, freute sich der Belgier und klatschte in die Hände. Auch Lipaire grinste, zumal sie die Abzweigung nach Gassin in Kürze erreichen würden. Dann konnte sie keiner mehr aufhalten.

Genau in diesem Moment brauste von hinten mit lautem Hupen auf dem schmalen Seitenstreifen der blaue Toyota heran. Es sah aus, als würde er jeden Moment in den Straßengraben rutschen.

»Merde«, fluchte Lipaire. Das war schneller gegangen als gedacht. Und nun erkannte er auch, weshalb. Die beiden Insassen hatten die Windschutzscheibe entfernt und fuhren nun »vorne ohne«. Das Letzte, was er sah, bevor er rechts nach Gassin abbog, war, wie die drei Vicomtes ihren Bentley stehen ließen und in den engen Fond des Toyota kletterten.

»Das geht nicht gut, das geht nicht gut«, zeterte Quenot auf dem Beifahrersitz. Seine Zuversicht war offenbar schon wieder dahin.

»Reiß dich zusammen, Soldat!«, bellte Lipaire, woraufhin sein

Mitfahrer auf der Stelle verstummte. Selbst nach dieser langen Zeit wusste der Deutsche noch genau, welche Knöpfe er bei ihm drücken musste.

Dann gab er Gas. Im Gegensatz zur *Déesse* reagierte der Rolls sofort und presste sie in die Sitze. Doch die Straße wurde schon bald eng und kurvig, sie würden diese Geschwindigkeit nicht lange aufrechterhalten können. Mussten sie aber auch nicht, denn in diesem Augenblick passierten sie das Paintball-Schild. Lipaire betätigte die Lichthupe, und schon kurze Zeit später hielt er am Straßenrand an.

»Was machst du?«, schrie Quenot mit schriller Stimme. »Fahr doch weiter. Sie kommen.«

»Ach was, keine Panik, schau doch!« Er deutete nach hinten. Jetzt drehte sich der Belgier um, und sie wurden Zeuge, was ein Paintball-Hagel bei einem Auto ohne Windschutzscheibe anrichten konnte. *Verheerend* war das Wort, das Lipaire in den Sinn kam. Von allen Seiten flogen die Farbkugeln auf das zerbeulte Fahrzeug, platzten auf und hinterließen bunte Kleckse. Doch nicht nur das: Auch die Insassen wurden mangels schützender Scheibe von Dutzenden Projektilen getroffen, sodass ihnen die Sicht genommen wurde und sie – zu Lipaires Erleichterung mit geringer Geschwindigkeit – gegen einen Baum krachten. Er hoffte inständig, dass niemand ernsthaft verletzt war, aber sie mussten ihre Verfolger nun einmal loswerden. Nach ein paar Sekunden schälten sich die fünf Insassen jedoch unversehrt, wenn auch etwas wackelig, aus dem Auto. Beruhigt atmete er aus.

Die Oberkörper der Männer waren von bunten Farbklecksen übersät. Zusammen mit dem demolierten Wagen sah das Ganze aus wie ein modernes Gemälde von Monet, Guillaumes Lieblingsmaler. Er kniff die Augen zusammen und fuhr mit quietschenden Reifen weiter.

»Das war's jetzt, oder?«, wollte sein Beifahrer wissen, als die Verfolger endgültig außer Sicht waren.

Jetzt erst wurde Lipaire bewusst, dass Paul recht hatte. »Ja. Ich glaube, ja, verdammt noch mal, das war's.« Er brach in derart schallendes Gelächter aus, dass ihm schon nach ein paar Sekunden die Tränen herunterliefen. Die gesamte Anspannung der letzten Stunden fiel schlagartig von ihm ab und brach sich in einem Lachkrampf Bahn. Auch Quenot stimmte mit ein, lachte hysterisch, schlug ihm immer wieder gegen den Oberarm, was zwar kumpelhaft gemeint war, aber ob der Kraft des Belgiers richtig wehtat. Vielleicht hätte ihr Veitstanz im Luxusauto noch eine Weile angedauert, doch plötzlich schrie Lipaire: »Was zur Hölle …« Der Rest des Satzes ging in dem Getöse unter, das von dem Motorrad mit dem brennenden Fahrer stammte, das gerade auf ihrer Motorhaube gelandet war und nun mit ohrenbetäubendem Lärm neben ihnen weiterfuhr, bevor es in einen Seitenweg einbog und davonpreschte. Guillaume war instinktiv auf die Bremse getreten, was sie unsanft in ihre Gurte gedrückt hatte.

Verwirrt schaute er sich um. »Was soll … ich meine …«

Da zog Quenot ein Messer.

Jegliche Farbe wich aus dem Gesicht des Deutschen. *Also doch!* Quenot war der Maulwurf gewesen, und nun hatte sein letztes Stündlein geschlagen. Nun würde der Belgier ihn beseitigen, genauso wie damals ihren gemeinsamen Geschäftspartner. All die Jahre hatte er gerätselt, warum er von einem Tag auf den anderen verschwunden war. Nun hatte er Gewissheit. Quenot hatte ihn eiskalt observiert.

Mit weit aufgerissenen Augen starrte Guillaume auf die Klinge, die sich seinem Gesicht näherte, bis Quenot sie in einer geschmeidigen Bewegung schwang, den Gurt durchtrennte, mit den Beinen die Beifahrertür aufstieß und sich nach draußen wuchtete. Lipaire hielt er dabei fest wie ein Schraubstock gepackt und zog ihn hinter sich her.

Als die beiden draußen auf dem Bankett aufschlugen, rappelte sich Guillaume unter Aufbietung all seiner Kräfte hoch. Er war dem Belgier körperlich unterlegen, aber er würde hier nicht kampflos abtreten ... Ein schrilles, nervenzerfetzendes Quietschen, begleitet vom Dröhnen eines mächtigen Motors, ließ ihn herumfahren. Zunächst begriff er nicht, was er sah. Das heißt, er begriff es zwar, konnte es aber einfach nicht glauben: Ein Auto auf Rädern so groß wie ein Kastenwagen rollte gerade über ihre Limousine und presste sie dabei platt wie eine Flunder. »Was ... wie ...« Dann las er die rot-gelbe Aufschrift auf dem monströsen Gefährt – und schlagartig wurde ihm alles klar. *Cascadeurs – Hell Drivers* stand dort. Und noch etwas wurde ihm in diesem Moment bewusst: Quenot hatte ihm nicht etwa nach dem Leben getrachtet, er hatte es ihm gerettet. Er schämte sich für seine anfängliche Vermutung. »Paul, ich weiß nicht, wie ich dir ...«, begann er, doch der Belgier winkte ab.

»Du hättest dasselbe für mich getan.«

Hätte er das? So sicher war er sich da nicht, doch er hatte auch keine Zeit, weiter darüber nachzudenken. Er rannte um den Rolls herum, respektive um das, was davon übrig war, und winkte wie ein Fluglotse mit den Armen, um den Fahrer des Ungetüms zum Anhalten zu bewegen. Tatsächlich stoppte der die Höllenmaschine, streckte seinen kahl rasierten Kopf aus dem Fenster und rief: »Du?«

»Ja, ich. Du Idiot hättest uns beide beinahe plattgemacht.« Er zeigte auf Quenot, der sich gerade den Staub von seinen Tarnklamotten klopfte.

»Aber du wolltest doch, dass ich den schwarzen Bentley aufhalte.«

Lipaire raufte sich die Haare. »Das ist ... das *war* ein Rolls-

Royce, kein Bentley, *imbécile*. Und außerdem ging's, wie du sagst, ums Aufhalten, nicht darum, die Insassen zu Mus zu verarbeiten.«

»Jaja, jetzt hab dich nicht so. Diese englischen Autos können was ab. Und es hat doch funktioniert.«

»Funktioniert?« Guillaumes Stimme hatte inzwischen Quenots Tonlage angenommen. »Wir waren durch, du Hornochse. Alles war gut. Und dann kommst du mit deinem, deinem ...«

»T-Rex«, rief der Glatzkopf stolz.

Jetzt gab Lipaire auf. Er ließ sich an Ort und Stelle auf die Knie sinken und vergrub das Gesicht in den Händen. Da legte sich eine Hand auf seine Schulter: »Komm, steck nicht den Kopf in den Sand«, sagte der Belgier.

»Aber alles ist verloren. Wir kommen nicht mehr rechtzeitig hoch. Der Rolls ist Schrott, ich werd den abstottern bis an mein Lebensende, alles fliegt auf, und wir haben nicht mal mehr ein Auto.«

Quenot rieb sich nachdenklich das Kinn. »Hm, vielleicht doch ...«

»Um Himmels willen, Paul, pass doch auf, der Baum!« Lipaire duckte sich unwillkürlich, auch wenn keinerlei Gefahr bestand, dass die Äste der Steineiche bis ins Innere der Fahrerkabine vordrangen. Aber in einem Monstertruck zu sitzen war nun mal eine ungewohnte und für ihn beängstigende Erfahrung – zumal auf diesen engen Straßen, die ständig an einen potenziell tödlichen Abgrund grenzten. Nur gut, dass es bislang keinerlei Gegenverkehr gegeben hatte.

Paul dagegen schien die Sache einen Heidenspaß zu machen. Er hatte darauf bestanden, das Steuer zu übernehmen, weil er »Kampferfahrung« habe – was immer das in diesem Zusammenhang auch heißen mochte. Lipaire hatte nur halbherzig widerstanden, ihm war dieses Ungetüm unheimlich. Dennoch wünschte er sich jetzt, er hätte nicht eingewilligt, denn der Belgier preschte durch die Serpentinen, als fahre er eine Vespa und nicht einen Rolls-Royce verschlingenden Panzer. Immerhin hatte der eine ganze Batterie Scheinwerfer auf dem Dach und erleuchtete die Umgebung taghell.

»Jetzt hast du mir gerade das Leben gerettet, und schon willst du mich wieder umbringen?«

Quenot blickte ihn so lange an, dass der Deutsche ihm irgendwann ein panisches »Schau gefälligst auf die Fahrbahn!« zubrüllte.

»Vorher hast du mir besser gefallen«, sagte Quenot.

»Vorher?«

»Unmittelbar nach meiner heldenhaften Rettung.«

»Heldenhaft, jetzt wollen wir mal nicht ...«

»Siehst du?«

»Ja, tut mir leid. Ohne dich ... es fällt mir einfach schwer, das zuzugeben, nach allem, was passiert ist.«

Der Mann am Steuer nickte. »Vielleicht ist es an der Zeit, dass du die ganze Wahrheit erfährst.«

»Was meinst du damit?«

»Die Sache von damals.«

»Fang besser gar nicht erst davon an.« Demonstrativ verschränkte Lipaire seine Arme vor der Brust. Er wollte nicht, dass alte Wunden aufgerissen wurden, die gerade erst im Begriff waren zu heilen.

»Aber ich habe lange genug geschwiegen. Wegen dir.«

»Wegen mir?«

»Deine Frau und Pierre haben das mit dem Handel von harten Drogen eingefädelt. Nicht ich. Ich hatte nie was mit diesem Teufelszeug zu tun.«

Guillaume atmete tief durch. Quenot wollte sich selbst also

reinwaschen von dieser ganzen schmutzigen Sache! Dabei war es doch nur logisch, dass der Belgier Pierre und Hilde auf die Idee mit dem synthetischen Zeug gebracht hatte. Dann hatte er Pierre über die Klinge springen lassen – und dafür gesorgt, dass Hilde nicht mehr da war, ihn aus seinem Leben gestrichen hatte.

Eine Weile war es still, jedenfalls kam es Lipaire so vor, obwohl um sie herum wegen des dröhnenden Motors und der Äste, die sie ständig streiften, ein Höllenlärm herrschte. Doch dann stieg die kalte Wut in ihm hoch. »Du Dreckskerl! So eine Geschichte willst du mir auftischen? Ich hab euch damals überrascht, dich und Hilde, ich weiß, was ihr ...«

»Gar nichts weißt du.«

»Natürlich. Du hast mit ihr was ausgeheckt. Und auf einmal war sie weg.«

»Ich hab sie gezwungen zu gehen. Genauso wie Pierre.«

Lipaire öffnete seinen Mund, doch er brachte kein Wort heraus.

»Schau nicht so. Es hätte dich kaputt gemacht. Wenn du rausgefunden hättest, dass Pierre und sie hinter deinem Rücken angefangen haben, mit dem Scheißzeug zu handeln. Und nicht nur das. Hast du denn nie was bemerkt, zwischen den beiden? Erst die Blicke und dann, du weißt schon ...«

Die Erkenntnis traf den Deutschen mit voller Wucht. Tränen stiegen ihm in die Augen. Er wusste, dass Paul die Wahrheit sagte, hatte immer etwas Derartiges vermutet. Aber es war so viel leichter gewesen, die ganze Wut auf Quenot zu lenken, als sich einzugestehen, was auf der Hand lag: dass Hilde, seine große Liebe, mit der er eine Familie gegründet hatte, Hilde, die Mutter seiner Kinder, die mit ihm den Konkurs in Deutschland durchgestanden hatte – dass Hilde fremdgegangen war. Ausgerechnet mit seinem Freund Pierre. Sie waren ein tolles Quartett gewesen, hatten mit Pauls Gras einen florierenden Handel aufgezogen.

War es blauäugig gewesen, ihr das Haus zu überschreiben, damit es nicht auch in die Konkursmasse fiel? Inzwischen wusste er die Antwort. Wusste, dass sein ganzes Leben, seine Ehe, seine Familie, eine Lüge, ein schlechter Witz gewesen war. »Wage es nicht, so einen Schwachsinn zu behaupten, sonst ...«, presste Lipaire dennoch hervor. All sein aufgestauter Zorn, seine Selbstvorwürfe über das Leben, das er verloren hatte, lagen in diesen Worten.

Doch an Paul Quenot prallten sie ab. »Du kannst mir nicht mehr drohen. Ich hab alles geregelt, damit du klarkommst. Die beiden hätten dich eiskalt hingehängt, wenn man ihnen auf die Schliche gekommen wäre. Sie hatten bereits einen Plan für den Fall des Falles. Und du hättest deine Hilde sicher noch gedeckt. Obwohl sie dich betrogen hat. Du wärst daran zerbrochen. Ich habe ihnen also klargemacht, dass sie verschwinden müssen. Auf Nimmerwiedersehen. Dass sich die Kinder auch von dir abwenden, konnte ich ja nicht ahnen. Schließlich waren sie schon erwachsen. Das tut mir leid, ist aber nicht meine Schuld. Ich hab jedenfalls den Kopf für dich hingehalten. All die Jahre, in denen du mir was-weiß-ich-was unterstellt hast. Das war für mich okay. Bis jetzt.« Er blickte ihn durchdringend an.

»Schau auf die Straße«, bellte Lipaire ihn an. Er wollte nicht, dass Quenot seine Tränen sah. Seine Wut war noch nicht verflogen, aber sie richtete sich nun nicht mehr gegen seinen Freund, sondern gegen sich selbst. Er hatte Paul verraten. Ihm unsagbare Dinge unterstellt, um sich selbst in die Tasche zu lügen. Und Paul hatte es geschehen lassen. Er war der beste Freund gewesen, den man sich nur vorstellen konnte. Und er selbst der schlechteste. Das war nicht wiedergutzumachen.

Guillaume brauchte eine Weile, bis er sich wieder im Griff hatte. »Halt an«, sagte er dann.

»Spinnst du?«, piepste der Belgier.

»Doch. Halt an. Lass mich aussteigen. Ihr braucht mich nicht. Holt euch den Schatz allein. Ich hab ihn nicht verdient.«

Entschlossen schüttelte Paul den Kopf. »Nein, Freundchen. Diesmal wirst du dich nicht einfach aus meinem Leben verpissen. Das hier ist *unser* Plan. Deiner genauso wie der von allen anderen. Wir haben das angefangen, und wir bringen es zusammen zu Ende.«

Lipaire schnürte es die Kehle zu. Dieser grobschlächtige Ex-Soldat verfügte über so viel mehr Mitgefühl als er selbst. Er holte ein Taschentuch heraus und schnäuzte sich lautstark.

»Hör auf zu flennen«, kommentierte der Belgier grinsend.

»Danke«, war alles, was Lipaire herausbrachte.

»Bitte, Herr Liebherr.«

Der Deutsche zuckte zusammen, wie immer, wenn er diesen Namen hörte. Paul kannte eben all seine Geheimnisse. Und bei niemandem waren sie besser aufgehoben. Der Mann, der einst Wilhelm Liebherr gewesen war und vielleicht wieder ein bisschen mehr zu diesem Menschen werden musste, holte tief Luft. »Hör zu, Paul ...«

»Klappe, du Heulsuse, wir sind da!«

Das Ziel vor Augen

Quenot stellte den Truck direkt vor dem Eingang zum Innenhof ab. Ein Wunder, dass sie ihrem Ziel mit dem Ungetüm überhaupt so nahe gekommen waren. Lipaire hatte bereits befürchtet, sie müssten das Gefährt vor den Toren von Gassin stehen lassen. Inzwischen war es fast dunkel, nur ein letzter, blasser Streifen Dämmerung am Horizont war zu sehen. Zumindest ihr Timing war perfekt.

Guillaume kletterte über die riesigen Reifen nach unten, während sich der Belgier zur Ladefläche des Pick-ups hangelte, wo sie die Werkzeuge aus dem Rolls-Royce-Wrack verstaut hatten. Dorthin passten sie ja auch besser als in die britische Nobelkarosse. »Hier, fang!« Quenot hatte eine Schaufel und die Spitzhacke in der Hand und machte sich zum Wurf bereit.

»Spinnst du? Willst du mich umbringen?«

»Wie oft soll ich dir das noch sagen? Nein, sonst hätte ich es längst getan.« Er bückte sich, so weit es ging, und reichte die Sachen nach unten.

Mit Hammer und Meißel in der Hand trat Lipaire in den Innenhof, alle weiteren Gerätschaften hatte sein Begleiter geschultert. Der Platz war menschenleer, nur ein paar Laternen tauchten ihn in schummriges Licht. Einige Wohnungen waren erleuchtet, doch am meisten Licht drang durch die tiefen, offen stehenden Fenster des Versammlungssaals, aus dem ein Gewirr aus Stimmen zu hören war, das hin und wieder durch eine Lautsprecheransage unterbrochen wurde.

»Bingo!«, sagte Quenot.

Guillaume kniff die Augen zusammen. »Hast du schon was entdeckt?«

»Nein. Samstag ist Bingoabend. Ganz kurzweilig.«

»Kurzweilig? Bingoabend? Wie alt bist du? Neunzig?«

Paul schnaubte. »Das hat nichts mit dem Alter zu tun und ist ein schönes Gemeinschaftsangebot für die Bewohner des *Nouveau Village*. Die Bingodamen sind auch nett. Und Benoît, der Spielleiter, ist ...«

»Ja?«

»... besonders nett.«

»Verstehe.«

»Nichts verstehst du!«

»Ob der nette Mann noch die Fenster zumacht?«

»Ach was, die meisten hören nicht mehr so gut, und im Raum ist so viel Geschnatter, dass wir uns keine Sorgen machen müssen. Solange das Dosenbier nicht ausgeht.«

Lipaire nickte. Sie hatten den Brunnen erreicht.

»Also dann, auf geht's!« Quenot spuckte in die Hände, griff sich die Spitzhacke, holte aus und hieb mit voller Wucht auf das Becken ein, was gewaltigen Krach machte und ordentlich platschte. Am Stein war allerdings kaum ein Kratzer zu sehen.

»Merde!«, schimpfte der Belgier, der von oben bis unten nass gespritzt war.

Lipaire seufzte. Konnte sein Freund denn nie vorher denken und dann erst zuschlagen? Schließlich ging alles leichter, wenn man einen Plan hatte. Er hielt ihm sein Stofftaschentuch hin, doch Quenot winkte ab. »Ist ganz frisch.«

Widerwillig griff der Belgier danach und wischte sich das Gesicht trocken.

»Lass uns doch erst mal logisch überlegen, bevor wir hier alles kurz und klein hauen, okay?«

»Überlegen, überlegen. Wir haben lange genug überlegt. Jetzt müssen wir endlich handeln.«

»Ja, aber wenn wir das Ding in Schutt und Asche legen, kriegen das irgendwann selbst deine schwerhörigen Bingofreundinnen spitz.«

»Also?«, fragte Quenot genervt.

»Also ... denken wir darüber nach, was am meisten Sinn macht. Wo würdest du denn hier einen Schatz verstecken?« Er betrachtete den Brunnen mit zugekniffenen Augen.

»Ich würd ihn darunter einbetonieren, damit keiner ihn mehr rausbringt. Nur ich, mit einem Presslufthammer. Oder mit Dynamit.«

Lipaire schüttelte den Kopf. Wahrscheinlich hatten die Eltern des Belgiers ihn als Kind zu wenig mit Baggern und Dampfwalzen spielen lassen. Wie ging das nur mit der liebevollen Art zusammen, mit der er sich um Blumen und andere bedrohte Pflanzen kümmerte?

»Also, ich für meinen Teil würde den Schatz dort verstecken, wo er erstens nicht ständig nass wird und wo ich zweitens gut wieder hinkomme, ohne alles zerstören zu müssen«, dachte Guillaume laut nach. »Zum Beispiel ... hinter einer eingelassenen Bronzeplatte. Auf die hast du uns sogar hingewiesen, als wir zum ersten Mal hier waren.« Er zeigte auf das Relief, das die steinerne Stele zierte, die aus dem ummauerten Bassin des Brunnens herausragte. Auf jeder Seite war ein bronzefarbenes Rohr angebracht, aus dem das Wasser nach unten ins Becken plätscherte. Wenn innerhalb der Stele die Leitungen verliefen, gab es gute Chancen, dass das Ding innen hohl war. Ein geradezu ideales Versteck also.

»Okay, stimmt, könnte man auch machen. Dann versuch du mal da dein Glück, Wilhelm.« Quenot schulterte seinen Pickel und machte Platz.

Lipaire schürzte die Lippen. Wenn er Pauls Aufforderung folgen würde, müsste er dazu höchstpersönlich ins Becken des Brunnens steigen. Er wäre schon nach kürzester Zeit pitschnass. Und das, wo er es schon hasste, von einem Schauer überrascht zu werden und dann mit einem klammen Hemd herumlaufen zu müssen. »Könntest nicht du vielleicht ...«

»Ich?«, fiepte Quenot empört. »War doch deine Idee!«

»Schon. Aber deine Begabungen liegen doch seit jeher eher im praktischen Bereich, während ich von mir behaupten kann, dass ...«

»Was machen Sie hier, mitten in der Nacht?«

Lipaire hielt den Atem an, traute sich nicht, in die Richtung zu blicken, aus der die dumpfe Stimme eben gekommen war. Sein Blick ging zu Quenot. Der zwinkerte ihm kaum merklich zu, bückte sich dann blitzartig, zog ein Messer aus dem Schaft an seiner Wade, vollführte eine für seinen massigen Körper erstaunlich geschmeidige Drehung und packte sich den Mann in der schwarzen Kapuzenjacke. Mit einem geschickten Manöver legte der Belgier seinen Arm um den Hals des Unbekannten und drückte ihm das Kampfmesser an die Kehle.

»Hey, Paul, lass mich los, verdammt!«

»Karim?«

»Ja, verdammt!«

»Bist du's wirklich?«, versicherte sich Quenot.

»Willst du meinen Ausweis sehen?«

Der Ex-Soldat ließ von ihm ab und zischte: »Mach so was nie mehr, Kleiner! Das kann ins Auge gehen.«

»Mein Gott, ein kleines Späßchen wird doch erlaubt sein. Ihr müsst mir ja nicht gleich an die Gurgel gehen. Alles gut bei euch? Wie weit seid ihr?«, wollte Karim wissen, während er sich den Hals rieb.

»Wir sind ...«, begann Lipaire, dann kam ihm eine Idee. »Wir sind richtig froh, dass du kommst. Du hast uns nämlich gerade noch gefehlt.«

»Ach ja?«

Er nahm ihn bei der Schulter und führte ihn ein Stück näher zum Brunnen. »Dein Element ist ja das Wasser, oder?«

Der Junge nickte.

»Und der Zufall will es, dass wir gerade vor einer Aufgabe stehen, die gewieften Umgang mit dem kühlen Nass verlangt, ja, geradezu herausfordert.« Damit hielt er ihm Hammer und Meißel hin und deutete auf das bronzene Relief.

»Wenn du mir damit auf die charmante Tour sagen willst, dass du dir zu fein bist, um ins Becken zu steigen: Gib schon her.«

»Ruhe, wir kriegen Besuch!«

Alle drei blickten in die Richtung, in die Quenot deutete. Eine schlanke Frau lief beschwingten Schritts quer über den Platz, ihr langes blondes Haar wehte im Abendwind. Erst dachte Guillaume, sie wohne womöglich hier in der Anlage oder wolle einen Besuch machen, doch sie steuerte genau auf sie zu. Jetzt, als sie sie schon fast erreicht hatte, begann sie auch noch, verstohlen zu winken.

»Haltung, Männer!«, zischte Lipaire in zackigem Ton. »Und lasst mich reden, klar?« Dann setzte er sein Lächeln auf, mit dem er noch jedes Frauenherz erobert hatte. »Guten Abend, Madame, ich freue mich ganz außerordentlich, dass Sie uns hier besuchen. Eine so betörende Schönheit bekommt man ja wirklich nicht jeden Tag zu Gesicht.«

Die Besucherin brach in schallendes Gelächter aus und zog sich die Perücke vom Kopf. »War ich echt so gut? Hätte ich gar nicht gedacht«, sagte Jacqueline Venturino und stopfte das Haarteil in ihren Rucksack.

»Jacky?«, entfuhr es Karim. »Wow ...«

»Sagt mal, steht da draußen wirklich ein Monstertruck, oder hab ich Halluzinationen?«

»Das ... erklären wir dir ein andermal. Wir müssten jetzt nämlich endlich mal anfangen«, drängte der Deutsche. »Sonst ist der Vorsprung, den wir uns so mühsam erarbeitet haben, dahin. Karim wollte gerade ins Bassin steigen und die Stele aufmeißeln, stimmt's?« Er wusste, dass der Junge jetzt auf keinen Fall kneifen würde. Nicht vor Jacqueline.

»Bingo! Bingo!«, schallte es da wie ein Startsignal über den Platz. Karim schnappte sich Hammer und Meißel: »Kommst du mit rein, Jacky?«

»Würd ich nicht machen, er will nur, dass dein weißes T-Shirt nass wird!« Alle sahen verdutzt zu Delphine, die in diesem Moment zu ihnen stieß. »Ich kenn euch Kerle doch. Mich lädt ja schon lang keiner mehr zum Wet-T-Shirt-Contest ein ... Wie wär's eigentlich, wenn ihr mal dieses Geplätscher da ausschalten würdet? Das macht mich ganz wuschig im Kopf.« Sie deutete auf den Brunnen.

»Ausschalten? Was heißt da *ausschalten*?«, fragte Lipaire.

»Das, was ich sage.« Delphine ging auf eine Parkbank ganz in der Nähe zu, neben der ein gemauerter Quader aus dem Boden ragte. Sie zog eine kleine Metallklappe auf, leuchtete mit ihrem Handy und steckte ihre Hand hinein. Umgehend versiegte der Brunnen.

Guillaume blickte die anderen an. Auch sie waren baff, das sah er deutlich. Dann applaudierte er ganz leise.

Jetzt schwang Karim sich über den Rand des Bassins und begann, die Platte auszumeißeln, was mehr Lärm machte als gedacht, noch dazu seitdem das Plätschern im Hintergrund verklungen war.

»Du musst vor allem dann klopfen, wenn's beim Bingo heiß hergeht«, empfahl Lipaire, doch Karim war nicht mehr zu bremsen. Gebannt sahen sie ihm dabei zu, wie er rings um das Relief den Putz abschlug.

»Brecheisen«, sagte er irgendwann. Wie ein Assistenzarzt bei einer Herzoperation reichte Quenot ihm das Werkzeug. Mit einem beherzten Ruck entfernte Karim die Platte. Sofort steckte er seinen Arm in die so entstandene Öffnung.

»Bingo, Bingo!«, hörte man in der Ferne eine Frauenstimme rufen.

Dann verstummten alle Geräusche. Jedenfalls kam es Lipaire so vor. Keiner wagte, auch nur laut zu atmen, so gespannt starrten sie alle auf Karim. Der tastete den Hohlraum ab, steckte seinen Arm noch tiefer hinein, bekam plötzlich große Augen und rief: »Bingo, Leute!« Dann zog er seinen Arm heraus. In der Hand hielt er eine lange, schmale Metallröhre, die er in die Höhe reckte, als handle es sich um die Siegertrophäe des *America's Cup*.

»Ein Bild, da ist sicher ein Bild drin«, hauchte Delphine andächtig. »Ein Picasso vielleicht. Oder ein Gauguin.«

»Könnte auch ein Zepter sein, schließlich haben wir es mit Adeligen zu tun«, mutmaßte Jacqueline.

»Unsinn, das ist ein Schwert. Vielleicht Excalibur?«

Karim schüttelte den Kopf. »Das wäre doch viel größer, Paul!«

»Na, solange es nicht das Damoklesschwert ist, ist ja alles okay«, sagte Jacqueline grinsend.

Delphine machte ein besorgtes Gesicht. »Lieber Gott, lass es bloß nicht eine weitere Schatzkarte sein. Ich muss mich schließlich auch mal wieder um den Laden und die Kinder kümmern.«

»Los, öffne es, Karim!«, forderte Lipaire ihn auf, der zu nervös war, um sich an dem Ratespiel zu beteiligen.

»Das überlassen Sie vielleicht besser mir, *Monsieur le Gardien!*«

Ihre Köpfe schnellten zur Seite – und blickten in den Lauf einer Pistole. Dahinter erkannte Guillaume schemenhaft das eiskalte Lächeln von Marie Vicomte. »Madame ... was verschafft uns die Ehre Ihres Besuchs? Sie sehen heute ja wieder aus wie der frische Frühlingsmorgen. Darf ich Sie vielleicht ...«

»Sparen Sie sich Ihr Gewäsch, Sie Aushilfsplayboy!«, herrschte sie ihn an. »Und jetzt gib mir die Rolle, Kleiner!« Sie richtete ihre Waffe direkt auf Petitbon. Der warf Lipaire einen Blick zu, der resigniert mit den Achseln zuckte. Seufzend reichte ihr Karim das Metallgebilde.

Marie Vicomte klemmte sich die Rolle unter den Arm und schraubte mit der freien Hand den Deckel ab. Das Messing, aus dem sie bestand, war über die Jahre dunkel angelaufen, der Verschluss knarzte. »Ich kann mich nur bei Ihnen bedanken«, sagte sie freundlich, doch in Lipaires Ohren klang es nach Hohn und Spott. »Bei Monsieur Barral hätte mich dieses Ding hier ein Vermögen gekostet, während Sie es ganz und gar unentgeltlich für mich gefunden haben.«

Delphine schnaubte verächtlich. »Müssten Sie nicht in Cannes sein?«

»Das würde Ihnen so gefallen, was, Miss Piggy?«

»Aber ... wie?«

»Meine Tochter Isabelle hat das letzte Mal *maman* zu mir gesagt, als sie drei Jahre alt war. Seitdem nennt sie mich beim Vornamen. Ich fand das ja immer irgendwie schade, aber heute war ich, ehrlich gesagt, ganz froh darüber.«

Lipaire entging nicht, dass Delphine ihm einen entschuldigenden Blick zuwarf. Doch er schüttelte nur sanft den Kopf. Jedem hätte dieser Fehler unterlaufen können. Dass ausgerechnet sie es war, die die verfängliche Nachricht an Marie Vicomte geschrieben hatte, war nichts weiter als ein Zufall gewesen.

»Apropos, was haben Sie mit Isabelle gemacht?«, blaffte die Frau und fuchtelte mit der Waffe.

»Es geht ihr gut, keine Sorge«, erklärte Jacqueline, deren zitternder Stimme Guillaume die Angst deutlich anmerkte. Umso erstaunlicher fand er, dass sie sich trotzdem traute, der Frau

Paroli zu bieten. »Sie ist nur auf dem Weg nach oben stecken geblieben. Aber ihr wird kein Haar gekrümmt. Wir sind schließlich keine Mörder!«

»Ach ja?«, zischte Marie Vicomte. »Und was ist mit Monsieur Barral passiert?«

»Den habt doch ihr auf dem Gewissen!«, sprang Karim dem Mädchen bei. Seine Augen funkelten die Frau an.

»Derartiger Methoden bedient sich unsere Familie schon seit einem guten Jahrhundert nicht mehr.«

»Madame Vicomte, nur eine bescheidene Frage: Was befindet sich denn nun in der Metallrolle?«, fragte Lipaire, dem es nicht sonderlich geschickt erschien, einer bewaffneten Frau einen Mord vorzuwerfen. Außerdem konnte er seine Neugierde kaum noch zügeln.

Marie Vicomtes Miene hellte sich auf. »Etwas sehr, sehr Wertvolles, verlassen Sie sich drauf. Sie hatten also durchaus den richtigen Riecher.« In dem Augenblick, als sie in die Metallhülse griff, erleuchteten die Lichtkegel zweier Scheinwerfer die Szenerie. In einem der Durchgänge war ein Auto aufgetaucht, aus dem fünf Männer sprangen. Lipaire konnte gegen das Licht der Scheinwerfer nichts erkennen als schwarze Schemen, die auf sie zurannten. Ob jemand aus dem Wohnkomplex die Polizei gerufen hatte?

»Marie, *chérie*«, rief da jedoch eine der Gestalten.

Jetzt verließ den Deutschen all sein Mut. Es handelte sich um den Rest der Familie Vicomte und ihre Handlanger. Anscheinend hatten sie nach dem Crash mit dem Toyota einen anderen fahrbaren Untersatz aufgetrieben.

»*Maman*, geht's dir gut?«, fragte Clément keuchend.

»Ah, er kann's zu seiner Mutter sagen, bloß das Töchterchen muss den Blödsinn mit dem Vornamen anfangen«, murmelte Delphine beleidigt.

Lipaire musste unwillkürlich lachen. Inzwischen waren auch die Gesichter der drei Neuankömmlinge zu erkennen. Noch immer konnte man die Spuren des Paintball-Beschusses sehen.

»Was amüsiert Sie denn so, Monsieur?«, erkundigte sich Henri Vicomte. »Gibt es Schwierigkeiten, Marie? Hast du es?«

»Ich wollte gerade nachschauen, da seid ihr gekommen«, gab sie zurück und klang dabei ein wenig vorwurfsvoll. Sie hielt ihrem Sohn das bereits geöffnete Messingrohr hin, der ihm eine Papierrolle entnahm.

»Hab ich doch gewusst, dass es ein Picasso ist und kein Schwert!«, triumphierte Delphine, und Quenot flüsterte: »Oder doch eine Schatzkarte?«

»Schatzkarte? Wir sind doch nicht in einem Piratenfilm«, sagte Marie spitz, nahm ihrem Sohn das Papier aus der Hand und rollte es vorsichtig auf. Sie überflog es kurz, lächelte, zeigte es ihnen und erklärte: »Das hier ist eine Urkunde von unschätzbarem, historischem Wert.«

Lipaire fuhr die Enttäuschung schmerzvoll in den Magen. *Urkunde? Historischer Wert?* Deshalb hatten sie den ganzen Aufwand betrieben, ihr Leben riskiert, die halbe Gegend rebellisch gemacht und eine Spur der Verwüstung hinterlassen? Ihm wurde heiß und kalt zugleich.

»Ein wertloser Fetzen Papier!«, flüsterte Paul.

»Bingo!«, tönte es wieder aus dem Saal.

»Für Sie vielleicht. Für uns hingegen ist es die Rückkehr zu alter Stärke und Größe.«

Lipaire sah die Mitglieder seiner Gruppe einen nach dem anderen an. Sie blickten alle genauso bedröppelt drein, wie er sich fühlte.

»Na, jetzt schauen Sie mal nicht so belämmert. Sie wissen also tatsächlich nicht, worum es sich hierbei handelt?«

Lipaire schüttelte reflexartig den Kopf. »Woher denn auch?«

»Nun, ich dachte von Barral? Haben Sie denn nicht deswegen den ganzen Aufwand betrieben? Egal. Dann will ich Sie mal ins Bild setzen: Dieses Papier belegt«, dabei präsentierte sie das alte Schriftstück wie eine Jagdtrophäe, »unseren rechtmäßigen Anspruch auf das Gebiet, auf dem sich heute Port Grimaud und ein Teil des Umlandes befinden. Das alles gehört den Nachkommen der Vicomtes de Grimaud. Also ... uns!«

Lipaire riss die Augen auf. Die *Vicomtes de Grimaud* – VdG, darum hatte es sich bei der Abkürzung in der Mail also gehandelt.

»Ja, Sie haben richtig gehört. Wir waren das Herrschergeschlecht dieser Gegend, bevor widrige Umstände meine Vorfahren in ein anderes, bürgerliches Leben gezwungen haben. Lassen wir das. Jetzt nämlich werden wir zu altem Glanz zurückfinden, denn dieses Gebiet wurde nie offiziell der Französischen Republik unterstellt. Bis zum heutigen Tag. Was dieses Dokument völkerrechtlich belegt. Das hier ist unser Monaco, unser Liechtenstein, unser ...«

»Aber was genau hat das mit dem Architekten zu tun?«, unterbrach sie Jacqueline.

»Roudeau?« Maries Miene verfinsterte sich wieder. »Er hat im Gefängnis von der Urkunde und unserer Suche danach erfahren. Und von deren Verbleib – offenbar wusste ein Mithäftling mehr darüber. Daraufhin entwarf er einen perfiden Racheplan, weil er meinem Großvater die Schuld für seine Haftstrafe gegeben hat. Deswegen hat er sie nicht einfach verbrannt, sondern hier versteckt. Er wollte sie uns vor die Nase halten, aber so, dass sie doch unerreichbar blieb. Er liebte wohl diese Art von Spielchen. Aber wir waren letztlich doch schlauer.«

»Von wegen. Wir waren schlauer«, protestierte Delphine.

»Stimmt, der Punkt geht an Sie. So, nun müssen wir aber wirklich aufbrechen, wir haben schließlich einiges vor in nächster Zeit, Sie werden schon sehen.«

Lipaire wusste nicht, wo ihm der Kopf stand. Konnte es wirklich sein, dass dieses verdammte Ding, das sie all die Zeit über gesucht hatten, tatsächlich nur für die Vicomtes unschätzbaren Wert besaß? Und sie so dumm gewesen waren, sich für deren Zwecke einspannen zu lassen? »*Putain de merde*«, zischte er. Sie hatten sich übers Ohr hauen lassen wie unverbesserliche Amateure.

»Na, was ist denn das für eine Ausdrucksweise«, tadelte Marie Vicomte ihn überlegen lächelnd und entfernte sich, die drei Männer im Schlepptau. Als sie die Parkbank passierten, hielt sie noch einmal inne, drehte sich um und legte demonstrativ die Waffe ab. »Die können Sie gern als Andenken behalten. Wertloser Tand, Schreckschuss. Fünfunddreißig Euro, in diesem unsäglichen Azur-Park. Ach ja, und machen Sie sich keine Gedanken wegen der Schäden am Brunnen. Wir kümmern uns von nun an darum. Und um alles andere hier.«

Epilog: Auf die Freundschaft

Vier Wochen später

»Santé!« Guillaume Lipaire hob sein Glas so schwungvoll in die Luft, dass ein paar Tropfen Rotwein auf sein weißes Hemd spritzten. Doch das konnte seine Laune an diesem wunderbaren Tag nicht trüben, zumal das Hemd, wie die meisten in seinem Schrank, schon etwas älter und sowieso nicht mehr ganz fleckenfrei war.

Zufrieden blickte er in die Gesichter um sich herum, die die gleiche Freude ausstrahlten, die er im Moment verspürte: Karim, der den jungen Vicomte so fulminant übers Ohr gehauen hatte, Jacqueline, die zum ersten Mal im wahren Leben ihr Schauspieltalent unter Beweis stellen konnte, Madame Lizzy, die einfach eine Klasse für sich war, Delphine mit ihrer Alltagsintelligenz. Und schließlich Paul, der gute alte Paul, den er auf diesem abenteuerlichen Weg wiedergefunden hatte. Nun standen sie alle ausgelassen auf der Jacht, die er zur Feier des Tages gemietet hatte – auch wenn sie eher wie die Besatzung denn wie exklusive Partygäste anmuteten. Dabei hatten sie sich Mühe gegeben, sich dem Anlass entsprechend schick zu machen. Sogar Louis hatte ein neues Halsband mit einem hübschen goldenen Anhänger um. Bei manchen jedoch gab die Garderobe nicht viel mehr her als eine Flecktarnhose in dunklem Grün. Lipaire grinste, als er Quenot ansah. Immerhin war sein Gesicht heute nicht schwarz angemalt.

Das hätte auch nicht gepasst zu diesem wunderbaren Abend, dessen laue Luft sie streichelnd umwehte. Und erst der Himmel –

so pastellkitschig hatte er ihn damals vorgefunden, als er zum ersten Mal nach Port Grimaud gekommen war. Damals war ihm sofort klar gewesen, dass er bleiben würde. Wie sich sein Leben dann entwickeln sollte, hatte er natürlich nicht vorhergesehen. Aber heute war er mit sich im Reinen.

Sie tranken den ersten Schluck Rotwein, doch Delphine verzog sofort das Gesicht. »Hättest ruhig was Besseres als diese Plörre springen lassen können«, schimpfte sie, als sie das Glas wieder absetzte.

»Ist doch egal«, kommentierte Madame Lizzy, stellte ihr Glas auf den Boden und ließ ihren Pudel daraus schlabbern. »Für Louis tut's das allemal. Habt ihr übrigens gesehen? Er hat einen neuen Anhänger fürs Halsband. Das hat er von einem ganz netten Mann bekommen, der es ihm einfach so geschenkt hat, weil er ihn putzig findet. Die Leute sind so nett. Manchmal.« Der Hund hatte das Glas inzwischen geleert. »Schaut nur, wie's ihm schmeckt. Und wir sind schließlich nicht wegen des Weins hier.«

»Irgendwie doch«, warf Karim grinsend ein.

Das war Guillaumes Stichwort. »Liebe Freunde«, begann er, setzte dann aber noch einmal an, weil Delphine sich hörbar räusperte. »Liebe Freundinnen und Freunde. Wir haben zusammen ein großes Abenteuer durchgestanden. Und auch wenn es nicht das Ergebnis gezeitigt hat, das ich mir ... das wir uns erhofft haben, war es doch nicht ganz umsonst.«

»Jetzt rück schon die Kohle raus«, unterbrach ihn Quenots Kieksstimme. Alle applaudierten.

»Aber, aber, wer wird denn gleich gierig werden?«, beruhigte er sie augenzwinkernd. Dann holte er aus seiner Gesäßtasche fünf Umschläge, von denen jeder einen bekam.

»Und Louis?«, fragte Lizzy, als die Kuverts verteilt waren. »Immerhin hat er uns auf der Insel einen entscheidenden Schritt weitergebracht.«

Da Guillaume sich nicht sicher war, ob sie es ernst meinte, ignorierte er ihren Einwurf. »Es dürfte immerhin mehr sein, als ihr sonst in ein paar Tagen verdient.« Er freute sich an ihren Gesichtern, als sie die Umschläge öffneten und die Geldbündel bestaunten. Für die meisten von ihnen war das, was sie in Händen hielten, wirklich eine Art Schatz, auch wenn er zunächst gedacht hatte, es ginge hier um Millionen.

»Moment mal«, meldete sich Delphine zu Wort. Sie war die Einzige, die die Scheine nachzählte. »Das sind nur vierundzwanzigtausend. War nicht von vierzigtausend die Rede?«

Er seufzte. »Die Wiederbeschaffung eines gleichwertigen Rolls-Royce samt Umbau der Innenausstattung und Korrektur der Fahrgestellnummer hat leider ein ziemliches Loch in unsere Kasse gerissen. Die Kosten der Aktion haben sich insgesamt auf achtzigtausend Euro belaufen. Ein Kompromiss, aber ganz solide gemacht. Ach ja, und die gute Bernadette mussten wir ja zur Überbrückung auch noch ein wenig unterstützen, bis sie was Neues findet. Wobei sie, glaube ich, gar nicht so traurig ist, dass sie den alten Chevalier vom Hals hat. Der Rest sind Entlohnungen für diverse Gefälligkeiten.«

Delphine biss die Zähne zusammen. »Fünfzehntausendfünfhundert weniger für jeden? Weißt du, wie lange ich dafür in meinem Laden stehe? Hättet ihr nicht auch mit meinem Twingo fahren können, statt mit einer Karre, die mehr wert ist als meine Wohnung und das Geschäft zusammen?«

»Auf keinen Fall. Dann wären wir jetzt nämlich Mus«, wandte Quenot ein. »Der Rolls hat uns das Leben gerettet.«

»Jetzt werd doch nicht gleich wieder so melodramatisch«, maulte Delphine.

Da legte ihr Lipaire eine Hand auf die Schulter und sagte in ruhigem Ton: »Meine Liebe, man sollte sich jeden Tag an dem freuen, was man hat, und nicht über vergossene Milch weinen.«

»Welche Milch denn?«

»Ein deutsches Sprichwort. Es bedeutet, dass ...«

»Schon kapiert. Bin ja nicht blöd«, fiel ihm Delphine ins Wort. Dann fügte sie an: »Dann wären es aber trotzdem vierundzwanzigtausendfünfhundert. Fehlen fünfhundert Euro für jeden.«

»Waren es ja auch. Bevor ich diese wundervolle Jacht gechartert habe.« Er deutete auf das schneeweiße Segelschiff, das sich hier im Golf neben den anderen Luxusbooten prächtig machte. »Spesen, ihr versteht. Die musste ich euch leider abziehen.«

»Du bist und bleibst ein unverbesserlicher Deutscher«, kommentierte Quenot, und die anderen skandierten: »*Vive l'Allemand!*«

Jacqueline schnalzte mit der Zunge. »Ich wär ja zu gern dabei gewesen, wie die Vicomtes in ihr Haus gekommen sind und ihren leeren Weinschrein vorgefunden haben.«

Karim stimmte ihr sofort zu. »Ja, die blöden Gesichter wären mir ein paar Scheine wert gewesen. Aber sagen Sie mal, Madame Lizzy, wie haben Sie die Flaschen eigentlich rausgekriegt?«

»Jetzt lassen wir das mit der Madame mal! Ich bin die Lizzy.« Sie hob ihr Glas und nahm dann einen großen Schluck. Diesmal verzogen alle die Gesichter, aber wohl deswegen, weil aus dem Gefäß der alten Dame gerade noch der Hund getrunken hatte. »Also, das war so«, begann sie, nachdem sie in einem der Sitzsäcke an Deck Platz genommen und die anderen um sich herum gruppiert hatten, »ich hab ja eigentlich was gegen Rollatoren. Sie lassen einen so schrecklich alt aussehen. Aber in dem Fall dachte ich mir, leih ich mir mal den von Georges, einem Freund. Er bräuchte ihn eigentlich gar nicht, er ist sonst noch recht beweglich ...«

»Bleiben wir doch beim Thema, Lizzy«, unterbrach Lipaire sie.

»Natürlich. Also, jedenfalls haben die drei Flaschen genau in sein Einkaufskörbchen reingepasst. Und ich konnte einfach damit rausrollern.«

Die anderen klatschten ihr Beifall. »Dann hast du das von Anfang an geplant?«, fragte Karim nach.

»Ja. Ich und Guillaume. Es war sozusagen unsere Versicherung, falls das mit dem Schatz … na, ihr wisst schon.«

»Und der alte Vicomte hat die dir einfach so gegeben?«, staunte Delphine.

»Nein, das nicht. Ich musste mich schon ein bisschen meiner …«

»Es ist doch schön, wenn noch ein paar Geheimnisse bleiben, oder?«, unterbrach sie Lipaire erneut. Trotz der gelösten Stimmung hatte er keinen Bedarf an einer ihrer Geschichten.

Delphine zuckte mit den Schultern und langte nach einem der *canapés*. »Bin ich eigentlich die Einzige, die immer hungrig ist?« Da keiner von ihnen antwortete, fuhr sie mit vollem Mund fort: »Aber an wen du die Fläschchen verkauft hast, könntest du wenigstens verraten, Guillaume.«

»Oh, das ist kein Geheimnis. Es war ein Weinsammler, den ich schon lange kenne. Der hat mir die beiden Flaschen ohne weitere Fragen abgenommen. Kein Wunder, hat sie ja trotz des ordentlichen Preises weit unter Wert gekauft.«

»Moment!« Quenot sprang auf. »Lizzy hat doch gerade was von drei Flaschen gesagt. Was ist mit der dritten passiert?«

Gespannt blickten sie Lipaire an, der schließlich grinsend sein Glas hob und rief: »*Santé!*«

Mechanisch erhoben die anderen ebenfalls ihre Gläser, hielten aber mitten in der Bewegung inne und starrten erst ihn und dann ihre Weinkelche fassungslos an.

»Nicht wahr, oder?«, flüsterte Delphine.

»Spinnst du?«, kiekste Quenot. »Das schöne Geld!«

Lizzy streichelte ihrem Pudel über den Kopf und klagte: »Das wär dein Anteil gewesen, Louis.«

»Oder das Geld für diesen gottverdammten Rolls!«, zeterte Delphine.

Nur Karim und Jacqueline fingen sich schnell wieder und leerten ihre Gläser in einem Zug.

Guillaume tat es ihnen gleich und setzte dann sein Getränk mit einem lang gezogenen »Aaaahhhh« ab. »Man muss sich im Leben auch mal was gönnen. Und, ganz ehrlich, was hättet ihr denn mit den paar Euros mehr gemacht? Ist unsere Genugtuung nicht eine viel größere Belohnung? Die Freude drüber, dass wir jetzt hier den teuren Wein dieser dekadenten Adligen trinken? Denen es nur um Geld und Macht geht, während wir etwas viel Größeres errungen haben?«

Delphine blickte sich fragend um. »Die Jacht heute?«

»Freundschaft.« Guillaume sagte das völlig ernst. Vielleicht zum ersten Mal in seinem Leben war ihm die Tragweite dieses Wortes bewusst.

Delphine blickte ihn mit gerunzelter Stirn an, dann entspannte sich ihre Miene, und sie hob ihr Glas. »Auf die Freundschaft.«

»Auf die Freundschaft«, stimmten schließlich alle mit ein.

Es wurde einer der ausgelassensten Abende, die Lipaire seit Langem erlebt hatte, vielleicht der schönste überhaupt, seit er sich in Port Grimaud niedergelassen hatte. Sie stießen immer wieder an, und als die teure Flasche der Vicomtes leer war, gingen sie erleichtert zu einem wesentlich billigeren, dafür aber süffigeren Tropfen über. Jeder scherzte mit jedem, ab und zu tanzten sie zur Loungemusik aus den Lautsprechern, und selbst als Louis auf einem der Sitzsäcke sein Geschäft verrichtete, steigerte das ihre Heiterkeit nur noch.

Irgendwann – es war inzwischen schon dunkel geworden, und die Lichter der Küstenorte ringsherum glitzerten wie die Diamanten, die sie sich eigentlich von ihrem Schatz erhofft hatten – stellte sich Delphine neben Guillaume an die Reling. »Sag mal, das wollt ich schon längst fragen, hab ich in all der Aufregung aber immer vergessen: Wie seid Karim und du überhaupt draufgekommen, dass es einen Schatz zu finden gibt?«

»Das war auf dem Schiff von Barral. Da lagen überall Zettel rum, auf denen *Trésor d'Or* stand, deshalb dachten wir ...«

»Diesen Irrtum kann ich aufklären«, tönte Jacquelines Stimme hinter ihnen.

»Ja? Und wie?« Gespannt blickte Lipaire die junge Frau an.

»Die Lebensgefährtin von Barral ist Schmuckdesignerin. Und ihr Label heißt *Trésor d'Or*. Daher überall der Name. War ganz leicht auf Instagram zu finden. *Santé!*« Damit ging sie wieder zu den anderen.

»Patentes Mädel«, sagte Delphine und sah ihr hinterher. »Wär die nicht was für ...«

»Also, ich muss doch sehr bitten.«

»Karim, wollte ich sagen.«

»Ach so, ja, dann ...«

»Die würde doch besser zu ihm passen als die Alte aus Barrals Handy.«

»Die ... ach so, das ist vorbei, glaube ich. Ja, das mit den beiden könnte was werden, aber der Junge stellt sich noch ziemlich ungelenk an.«

»Dann zeig ihm doch mal, wie's geht. Wenn du was kannst, dann ist das doch Frauen bezirzen, oder?« Sie zwinkerte ihm zu und ließ ihn wieder allein.

Verdutzt blieb er an der Reling stehen. Was hatte sie denn damit gemeint? War das ein Kompliment gewesen? Oder sogar mehr?

Guillaume wurde abgelenkt, als er ein Polizeiboot entdeckte, das sich ihnen näherte. Sofort spürte er in seinem Magen wieder dieses Kribbeln, das ihn zurzeit immer heimsuchte, wenn er auf die Vertreter der Staatsmacht traf. Als das Boot näher kam, erblickte er *commissaire* Marcel an Deck. Er winkte hinüber, und der

Polizist grüßte fröhlich zurück, als er an ihnen vorbei in Richtung Saint-Tropez glitt.

Lächelnd drehte sich Lipaire um und hielt nach Karim Ausschau. Vielleicht war jetzt der Moment, das Gespräch zu vertiefen, das sie neulich unter der Brücke begonnen hatten. Da entdeckte er ihn – mit Jacqueline. Benötigte er etwa gar keine Nachhilfe mehr? Der Junge und das Mädchen prosteten sich zu, dann beugte er sich auf einmal zu ihr und gab ihr einen Schmatzer auf den Mund. Überrascht stolperte sie zurück. »Sag mal: Spinnst du jetzt komplett?«, rief sie.

»Aber ich ... dachte du ... weil ich so süß bin ...«

Lipaire schloss kopfschüttelnd die Augen. Er hätte das Gespräch doch schon früher ansetzen sollen.

Es war gegen drei Uhr morgens, alle waren ermattet in den Sitzsäcken versunken und Lipaires Havanna bis auf einen winzigen Rest aufgeraucht. »Ich glaube, wir brechen dann langsam wieder auf, oder?«, fragte er.

Die anderen nickten.

»Karim, du kannst uns doch noch zurückbringen, oder?« Er blickte zu dem Jungen, der zusammengerollt auf dem Sack lümmelte, der am weitesten von Jacqueline entfernt war.

»Sicher«, gab er kurz angebunden zurück.

»Eins ist mir immer noch nicht klar«, meldete sich da plötzlich Quenot zu Wort.

»Was denn noch?«, schnaufte Lipaire, der eigentlich keine Lust hatte, jetzt noch irgendwelche Details seines Plans zu erläutern.

»Wer hat das Erpresserschreiben verfasst?«

Lipaire holte Luft, um zu antworten, hielt dann jedoch inne. Er hatte darauf keine Antwort.

»Und wer hat den Toten weggeschafft?«, legte der Belgier nach. »Und wohin?«

Auch darüber hatte Lipaire noch gar nicht nachgedacht.

»Wird wohl das Phantom gewesen sein«, warf Karim von der Seite ein.

»Könnte sein«, stimmte Jacqueline ihm zu.

Sofort richtete sich der Junge etwas auf. »Ja, meinst du?«

»Aber warum sollte der seine eigenen Leute erpressen?«, gab Jacqueline zu bedenken. »Ich meine, wir gehen doch davon aus, dass es einer von den Vicomtes ist.«

»Oder eine«, ergänzte Delphine.

»Ach, die Leute in der High Society sind eben komisch«, erklärte Lizzy mit einem Seufzen. »Ich kann ein Lied davon singen, ich war schließlich selbst lange genug Teil davon.«

Erst nach einer langen Pause fragte Karim: »Ob wir jemals wieder was mit denen zu tun kriegen?«

»Ich hoffe, nicht!«, antwortete Jacqueline. »Immerhin haben sie meiner Meinung nach Barral auf dem Gewissen, ich glaube dieser Marie Vicomte nämlich kein Wort. Deren Wege kreuzt man besser nicht zweimal, sonst ...«

Sie kam nicht dazu, ihren Satz zu vollenden, denn auf all ihren Handys erklang gleichzeitig ein metallisches »Pling«, das den Eingang einer Nachricht verriet. Erstaunt blickten sie sich an und zogen dann ihre Geräte heraus.

»Haben wir jetzt etwa alle die gleiche WhatsApp bekommen?«, fasste Delphine ihre Verwunderung in Worte.

»Ich glaube, ja«, erwiderte Lipaire und las die Nachricht laut vor: »*Mes amis, macht euch deswegen keine Sorgen. Der arme Barral starb eines natürlichen Todes. Ich habe noch versucht, ihn wiederzubeleben, nachdem er urplötzlich wie ein Stein zusammengesackt ist, aber leider vergeblich. Vielleicht hat er zu viel Rotwein getrunken. Apropos: Santé! Lasst ihn euch gut schmecken! Ein Freund.*«

»Das gibt's doch nicht«, keuchte Paul. »Woher weiß der, dass wir gerade darüber gesprochen haben?«

»Also ich bin unschuldig«, sagte Karim sofort. »Hab mein Handy übrigens nie zurückbekommen.«

Delphine hob beschwichtigend die Hände. »Jaja, niemand wirft dir noch was vor, stimmt's?«

Alle nickten. Da ertönte der Klingelton noch einmal. Zögernd blickten sie wieder auf ihre Displays, und Lipaire las:

»PS: *Zerbrecht euch nicht den Kopf, wer ich bin und weshalb ich so gut Bescheid weiß. Seid lieber froh darüber. Ihr werdet in der Zukunft einen Freund gebrauchen können. Denn das Spiel ist noch nicht zu Ende* ...«

Nachwort

Für dieses Buch war es uns besonders wichtig, uns so nahe wie möglich an der Realität und der Historie von Port Grimaud entlangzuhangeln. Denn eine Stadt, die ein so einzigartiges und außergewöhnliches architektonisches Ensemble darstellt, lässt sich auch in einer fiktionalen Geschichte nur wiedergeben, wenn man ihre Geschichte erzählt.

Andererseits war schnell klar, dass dieses besondere Städtchen nicht nur Kulisse für unsere neue Serie sein soll: Port Grimaud entwickelte sich fast zur eigenen Figur in diesem Roman. Und damit war es wichtig, immer wieder auch von der Wirklichkeit abzuweichen, entschieden fiktional zu werden.

So hat etwa die Figur unseres Architekten Roudeau im Buch als Person nichts mehr zu tun mit dem echten Stadtplaner François Spoerry, der Port Grimaud entworfen und gebaut hat. Seine Visionen, seine Beharrlichkeit, die Verehrung, die ihm und seinem Schaffen auch viele Jahre nach seinem Tod noch zuteilwird, haben wir übernommen. Sein Privatleben, seine geschilderte Persönlichkeit ist fiktiv.

Dennoch werden Sie bei einem Spaziergang durch das Örtchen, den wir Ihnen nur wärmstens ans Herz legen können, vieles entdecken, was in diesem Roman vorkommt, auch wenn natürlich wie immer Ähnlichkeiten mit echten Personen oder Ereignissen rein zufällig sind. Aber bei Bauwerken und Landschaften war uns Akkuratesse wichtig, denn die Wirklichkeit, die sich vor Ort bietet, ist zu schön, um sie zu verfälschen.

Unser Dank gilt dem gesamten Ullstein Verlag und Bonnier Media Deutschland, die von Anfang an Feuer und Flamme für unser neues Frankreich-Projekt waren. Besonders herzlichen Dank an Christian Schumacher-Gebler, den Geschäftsführer von Bonnier Media Deutschland, und Karsten Kredel, unseren Verleger, für ihre direkte und anregende Unterstützung bei der Recherche vor Ort.

Auch unserem Freund und Agenten Marcel Hartges ein herzliches »Merci« für die Recherche-Unterstützung – und für die Inspiration. Und nichts für ungut, dass der *commissaire* denselben Vornamen trägt.

Merci vielmals auch unserer Lektorin Nina Wegscheider, die den Ullstein Verlag leider verlassen hat. Dieses Buch ist das Abschlussprojekt unserer langjährigen engen Zusammenarbeit, wir wünschen alles Gute auf dem weiteren Weg in der Buchbranche. Danke auch an Claudia Winkler, unsere neue Lektorin, die sich schon voll in die Arbeit gestürzt hat und uns mit Rat und Tat zur Seite stand. Wir freuen uns auf die Zusammenarbeit!

Vielen Dank an Zero Media für die Gestaltung des außergewöhnlichen Covers. Zudem geht unser Dank an Stefanie Martin für die wie immer beeindruckende und souveräne Vertriebsarbeit, an das gesamte Marketing-Team von Ullstein und ganz besonders an Sandra Paule-Schadow für ihre exzellente Pressearbeit.

GLOSSAR

A
à bientôt – bis bald
à plus – bis dann
un abbé – Geistlicher
l'Allemand – der Deutsche
allez, allez – los jetzt!
apéro – Aperitif
l'aspérule – Waldmeister (wer's mag …)
aucun problème – gar kein Problem
au revoir – auf Wiedersehen

B
la banlieue – Vorort, Vorstadt (meist nicht die beste Wohngegend)
beur – Araber
bien sûr – selbstverständlich
le bisou – Küsschen / Bussi (damit begrüßt man sich in Frankreich)
un bol – Schüssel / Schale (in der gern mal der café au lait serviert wird)
bon – gut
bonjour – guten Tag
bonne chance – viel Glück
bonne journée – einen schönen Tag
bonne nuit – gute Nacht

bonsoir – guten Abend
bordel de merde – verdammt noch mal
un bouffon – Depp, Kasperl

C

c'est ça – so ist es
un café allongé – verlängerter Kaffee, also ein Espresso, der mit heißem Wasser »gestreckt« wird, auch *café américain*
un café au lait – Milchkaffee
calmez-vous! – beruhigt euch!
la canaille – Kanaille
le canapé – Sofa
la capitainerie – Hafenmeisterei
la chérie, le chéri – Liebling
le citron – Zitrone
le club gay – Schwulenklub
la coche d'eau – Wassertaxi (wörtlich eigentlich: Wasserkutsche)
le collège – Gesamtschule / Sekundarschule
le commissaire – Kommissar
un connard – Arschloch, Vollidiot, Blödmann
la crêpe – Pfannkuchen (na ja, eigentlich viel mehr als das)
le crétin – Trottel, Dummkopf, Flachpfeife, Dumpfbacke

D

d'accord – einverstanden
désolée – kurz für: tut mir leid
le Diabolo Menthe – Erfrischungsgetränk mit Sodawasser, Pfefferminzsirup, Limettensaft und Eis
donc – also (wie im Deutschen gerne als Füllwort benutzt)

E

éclair – mit Creme gefülltes Gebäck
enquête – Umfrage
exactement – genau
excusez-moi – entschuldigen Sie

F

le flic – Polizist (ugs.), Bulle, Polyp
les frites – Pommes

G

la galette – die herzhafte Version einer Crêpe, normalerweise aus Buchweizenmehl hergestellt. Kommt eigentlich aus der Bretagne ...
le garçon – Ober, Kellner, Oberkellner
le gardien, la gardienne – Quartiermeister(in), Blockwart(in) (das klingt aber schlimmer, als es ist)
gendarmerie maritime – Wasserpolizei

I

Il est cinq heures, Paris s'éveille – ganz schön in die Jahre gekommener Schlager von Jacques Dutronc, übersetzt: Es ist fünf Uhr, Paris erwacht. Im Französischunterricht absolutes Pflichtprogramm ...
un imbécile – Depp, Dummkopf, Idiot, Vollidiot, Schwachkopf

J

j'arrive – ich komme
je t'aime – ich liebe dich (hier ein Hit, der erst von Brigitte Bardot und dann von Jane Birkin gesungen wurde)
je vois la vie en rose – Song-Hit von Édith Piaf, übersetzt: Ich sehe das Leben durch die rosarote Brille

K

un kir alpin – ein Hugo (also, der Cocktail)
un kir Cassis – Cocktail aus Weißwein und Johannesbeerlikör

L

laissez-faire – Gewährenlassen, war ein Schlagwort des Wirtschaftsliberalismus des 19. Jahrhunderts, bedeutet im übertragenen Sinne so viel wie den Verzicht auf Regulation, Grenzen oder Vorgaben, etwa in der Kindererziehung
l'auteur – der Autor / die Autorin
légion étrangère – Fremdenlegion
le lycée – Gymnasium (nur Oberstufe, denn davor gehen alle aufs *collège*)

M

ma chère – meine Liebe, meine Teure
»ma douce tarte au miel« – »mein süßes Honigtörtchen«
ma puce – mein Kleiner, meine Kleine, mein Schatz (sagen gern die Eltern zum Kind), wörtlich übersetzt: Mein Floh. Wobei *puce* auch noch das Wort für Computerchip ist, aber das führt jetzt zu weit.
madame – sollte hinlänglich bekannt sein
mademoiselle – Fräulein
le maire – der Bürgermeister / Gemeindevorsteher
la maison de pêcheur – Fischerhaus
maman – Mama
merci – wie wir ja alle schon aus der Werbung wissen: Danke heißt *merci*!
la merde – Scheiße
mes ami(e)s – meine Freunde (Freundinnen)
messieurs – meine Herren

le mistral – der starke, oftmals kalte Nordwind in der Provence, der aus dem Rhônetal weht
mon cher – mein Lieber
mon commandant – mein Kommandant / Major
mon Dieu – mein Gott
monsieur – also, wenn wir *Madame* nicht übersetzt haben, machen wir es bei *Monsieur* natürlich auch nicht. Gleichberechtigung.

N
n'est-ce pas? – ... nicht wahr? / ... oder?

O
l'office de tourisme – Fremdenverkehrsbüro
oui – das Gegenteil von *non*
ouvert toute l'année – ganzjährig geöffnet

P
papi – Opa
pardon – Entschuldigung
pardonnez-moi – Verzeihen Sie
pas mal – nicht schlecht
pâtisserie – Konditorei
un petit noir – kleiner schwarzer Kaffee / Espresso
pissaladière – Zwiebelkuchen
police judiciaire – Kripo
police nationale – Nationalpolizei (mit der Gendarmerie das wichtigste überregionale Polizeiorgan in Frankreich)
putain! – Scheiße! Verdammt!
putain de merde – verdammte Scheiße!

R

le résident / la résidente – Bewohner(in)
rien du tout – gar nichts, überhaupt nichts
une rôtisserie – Grillrestaurant

S

salut! – hallo / tschüss!
santé! – zum Wohl!
s'il vous plaît – bitte

T

un taboulé oriental – orientalischer Couscoussalat
une tarte au miel – Honigkuchen
une tarte tropézienne – Tortenspezialität aus Saint-Tropez
    (schon ziemlich lecker)
tout de suite – gleich, sofort

V

vive l'Allemand – es lebe der Deutsche
»Les Voiles de Saint-Tropez« – traditionsreiche Segelregatta
    im Golf von Saint-Tropez, die immer am Ende des Sommers
    zahlreiche Menschen in die Region lockt
un voilier – Segeljacht

Kluftinger kommt ins Schwitzen

Zefix ... was für eine Hitze! Eigentlich viel zu schwül, um vor die Tür zu gehen. Aber Kluftinger hat keine Wahl: Er muss in der Tongrube ermitteln, in der Professor Brunner vor einiger Zeit das berühmte Skelett des Urzeitaffen "Udo" ausgegraben hat. Nun wurde Brunner verscharrt unter einem Schaufelbagger gefunden. Der Wissenschaftler, der mit seinem Fund beweisen wollte, dass die Wiege der Menschheit im Allgäu liegt, hatte viele Feinde. Kluftinger hat deshalb gleich mehrere Verdächtige im Visier, darunter die Mitglieder einer obskuren Sekte. Aber auch privat muss sich der Kommissar um ein Observationsobjekt kümmern: Die Tagesmutter seiner kleinen Enkelin verfolgt höchst seltsame Erziehungsansätze. Grund genug, ihr genauer auf die Finger zu schauen und Flugstunden mit Doktor Langhammer und seiner neuen High-Tech-Drohne auf sich zu nehmen. Doch der Probeflug gerät gefährlich aus dem Ruder ...

Volker Klüpfel und Michael Kobr
Affenhitze
Kluftingers neuer Fall

Hardcover mit Schutzumschlag
Auch als E-Book erhältlich
www.ullstein.de

ullstein

Kluftinger räumt auf

Kluftinger steht vor einem Rätsel: Wie um Himmels Willen funktioniert eine Waschmaschine? Und wie überlebt man eine Verkaufsparty für Küchenmaschinen bei Doktor Langhammer? Weil seine Frau Erika krank ist und zu Hause ausfällt, muss sich Kluftinger mit derartig ungewohnten Fragen herumschlagen. Die Aufgaben im Präsidium sind nicht weniger anspruchsvoll: Der Kommissar will nach über dreißig Jahren den grausamen Mord an einer Lehrerin aufklären. Die junge Frau wurde am Funkensonntag an einem Kreuz verbrannt. Doch das Team des Kommissars zeigt wenig Interesse am Fall »Funkenmord«. Nur die neue Kollegin Lucy Beer steht dem Kommissar mit ihren unkonventionellen Methoden zur Seite. Der letzte Brief des Mordopfers bringt die beiden auf eine heiße Spur ...

Der Nummer-1-Bestseller von Deutschlands erfolgreichstem Autorenduo

Volker Klüpfel und Michael Kobr
Funkenmord
Kluftingers elfter Fall

Taschenbuch
Auch als E-Book erhältlich
www.ullstein.de

So viel Lametta war noch nie

Weihnachten bei den Kluftingers, das sind Erikas selbstgebackene Plätzchen, Kluftingers alljährlicher Kampf mit dem Christbaum und weitere unverzichtbare Traditionen. Die werden allerdings gründlich durcheinandergewirbelt, als sich spontan Besuch aus Japan ankündigt und Erika zu allem Unglück zwei Tage vor Heiligabend von der Leiter fällt. Kommissar Kluftinger ist also bei den Festvorbereitungen auf sich allein gestellt. Keine leichte Aufgabe, denn sein japanischer Besucher erwartet nicht weniger als das ultimative Allgäuer Weihnachtserlebnis. Und so nehmen die Katastrophen ihren Lauf ...

24 ganz private Weihnachtskatastrophen mit dem Kult-Kommissar aus dem Allgäu

Volker Klüpfel und Michael Kobr
Morgen, Klufti, wird's was geben
Eine Weihnachtsgeschichte

Hardcover
Auch als E-Book erhältlich
www.ullstein.de

ullstein

Draußen kannst du dich verstecken.
Aber entkommen kannst du nicht.

Ein tödliches Geheimnis zwingt Cayenne und ihren Bruder Joshua zu einem Leben außerhalb der Gesellschaft. Zusammen mit dem mysteriösen Stephan verstecken sie sich im Wald. Er drillt die Teenager mit aller Härte, bereitet sie vor auf einen Kampf um Leben und Tod. Doch je mehr Zeit vergeht, desto weniger glaubt Cayenne, dass ihnen wirklich Gefahr droht. Bis er plötzlich vor ihr steht: der Mann, der sie töten will.

Hart. Spannend. Außergewöhnlich. Der erste Thriller des Bestsellerduos Klüpfel & Kobr.

Volker Klüpfel und Michael Kobr
Draussen
Thriller

Taschenbuch
Auch als E-Book erhältlich
www.ullstein.de

ullstein